Alfred Bekker
Gorian
Die Hüter der Magie

W0178526

Alfred Bekker

GORIAN

Die Hüter der Magie

Roman

Originalausgabe

blanvalet

MIX
Papier aus verantwor-
tungsvollen Quellen
FSC® C014496
FSC
www.fsc.org

Verlagsgruppe Random House FSC-DEU-0100
Das FSC®-zertifizierte Papier *Holmen Book Cream* für dieses Buch
liefert Holmen Paper, Hallstavik, Schweden.

1. Auflage
Originalausgabe Februar 2011 bei Blanvalet,
einem Unternehmen der Verlagsgruppe Random House GmbH, München
Copyright © 2010 by Alfred Bekker
Umschlaggestaltung: HildenDesign München
Umschlagillustration: © HildenDesign unter Verwendung
einer Illustration von Nick Deligaris
Lektorat: Peter Thannisch
HK · Herstellung: sam
Satz: KompetenzCenter, Mönchengladbach
Druck und Einband: GGP Media GmbH, Pößneck
Printed in Germany
ISBN: 978-3-442-26764-4

www.blanvalet.de

Inhalt

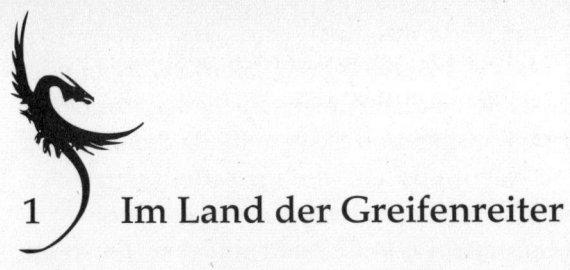

1) Im Land der Greifenreiter

Schwerter klirrten Funken sprühend gegeneinander, und magische Blitze zuckten aus den dunklen Klingen.

Gorian ahnte den Angriff seines Kontrahenten voraus und parierte ihn. Sternenmetall prallte auf Sternenmetall. Mit einem Kraftschrei konzentrierte Gorian so viel Magie in sein Schwert, dass es für einen Moment aufglühte, als es auf das Metall der gegnerischen Waffe traf. Ein zischender Laut ertönte, und der Gegner wurde durch die Gewalt der Magie gegen die überlebensgroße Steinstatue eines Greifen geschleudert.

Dieser Steingreif stand am Rand des Felsplateaus, auf dem sich der Kampf zutrug. Dahinter gähnte ein Abgrund von zwanzig Klaftern, an dessen Fuß die aufgewühlten Wellen der gryphländischen See gegen den Felsen schlugen.

Gorian fasste Sternenklinge mit der Rechten. Die Linke umklammerte den Griff eines Dolchs aus Sternenmetall, dem er den Namen Rächer gegeben hatte. »Du wirst mich heute nicht besiegen, Torbas!«

Sein Gegner atmete tief durch. Die falkengrauen Augen fixierten Gorian mit ihrem durchdringenden Blick. Das dunkle Haar wirkte wie wirres Geflecht.

Die jungen Männer waren beide in jener Nacht geboren, als ein Stück des Schattenbringers, der die Sonne verdunkelte, glühend zur Erde gestürzt war, aus dessen Erz Gorians Vater die beiden Schwerter Sternenklinge und Schattenstich sowie den Dolch namens Rächer geschmiedet hatte. Die Sternenkonstellation schien ihnen beiden das gleiche magische Talent und ein ähnlich bedeutungsvolles Schicksal zu verheißen, aber es war schließlich Gorian gewesen, der am Speerstein von Orxanor mit dem Frostgott Honyrr gekämpft, ihn besiegt und die beiden geraubten Schwerter aus Sternenmetall zurückgeholt hatte.

Sternenklinge und Schattenstich …

Zwei Waffen, denen große Kraft innewohnte und die dafür geschaffen waren, einst auch Morygor, den Herrn der Frostfeste zu bezwingen.

Torbas' Gesicht veränderte sich. Entschlossenheit mischte sich mit einem Zug fast tierhafter Wildheit, den Gorian bisher noch nicht bei dem Gefährten bemerkt hatte und der ihn im ersten Moment erschreckte.

Torbas fasste Schattenstich mit beiden Händen und griff noch einmal an. Seine Augen, die für einige Momente ihre normale Färbung angenommen hatten, waren wieder vollkommen von Schwärze ausgefüllt, und der Kraftschrei, den er ausstieß, deutete an, dass er wirklich alles an Magie einzusetzen versuchte, was er in sich wachrufen konnte. Schattenstich wirbelte blitzartig durch die Luft, umflort von einer bläulichen Lichtaura, die bei jeder Bewegung dieser mit Magie aufgeladenen Klinge aufleuchtete.

Gorian parierte die Schläge scheinbar mühelos. Immer wieder ließ er das Schwert seines Gegners an seiner eigenen Klinge abgleiten. Dabei schabte Sternenmetall gegeneinander und erzeugte durchdringende, unangenehme Geräusche, die manchmal fast wie ein Aufstöhnen klangen.

Immer heftiger und in immer rascherer Folge kamen Torbas' Schläge, und Gorian war gezwungen, sogar mehrere Schritte zurückzuweichen.

Da war eine ungeheure Wut in Torbas, erkannte Gorian, und für einen Augenblick fragte er sich schaudernd, welche Quelle diese Wut wohl haben mochte. Jedenfalls wurde Torbas stärker. Unbarmherzig setzte er nach, trieb Gorian zwei weitere Schritte zurück.

Dann folgte ein Schlag, den Gorian fast zu spät voraussah, ein angetäuschter Hieb, der im letzten Moment gestoppt und in seiner Richtung so verändert wurde, dass auch jemand, der diese Technik bis zur Meisterschaft perfektioniert hatte, die Aktion des Gegners kaum mehr vorausahnen konnte, selbst ein erfahrener Schwertmeister nicht, der die Kunst der Voraussicht bereits zu seiner zweiten Natur hatte werden lassen. Gorian konnte nur noch ganz knapp ausweichen, sodass Schattenstich haarscharf an seinem Ohr vorbeisauste.

Torbas stieß erneut einen Kraftschrei aus. Gorian parierte und schlug dann so heftig zu, dass beim Aufeinandertreffen der beiden Klingen ein greller, kugelförmiger Lichtblitz aufleuchtete. Gleichzeitig rief er eine Formel, die er bei seiner begonnenen Ausbildung im Ordenshaus der Magie erlernt hatte, und Torbas wurde Schattenstich förmlich aus der Hand gerissen. Im hohen Bogen flog die Waffe davon, kreiste dabei in einer Weise, die jedem Naturgesetz hohnsprach, mal schneller und dann wieder langsamer um den eigenen Schwerpunkt und verschwand in dem Abgrund jenseits der überlebensgroßen Greifenstatue. Das widernatürlich laute Klirren, mit dem Schattenstich bei seinem Weg in die Tiefe gegen hervorspringende Klippen prallte, wirkte seltsam gedehnt, so als wäre die Zeit selbst in die Länge gezogen, und manche der Laute erinnerten an Schmerzensschreie.

Die Spitze von Gorians Sternenklinge war auf Torbas' Brust gerichtet. Dieser atmete tief durch. Seine Züge waren derart verzerrt, dass es Gorian erschreckte. Torbas' Augen waren noch immer vollkommen von Schwärze erfüllt, so als wäre die Magie der Alten Kraft in ihm weiterhin bis zum höchstmöglichen Maß wachgerufen. Er wirkte äußerst angespannt und schien diesen Zustand zunächst auch kaum wieder rückgängig machen zu können, was ein Schwertschüler des Ordens der Alten Kraft in Torbas' Stadium der Ausbildung eigentlich längst beherrschen musste.

»Dies war ein Übungskampf!«, entfuhr es Gorian, immer noch fassungslos darüber, wie rücksichtslos Torbas gegen ihn vorgegangen war.

Nur allmählich löste sich die Schwärze in Torbas' Augen auf und machte wieder der bei ihm üblichen falkengrauen Färbung Platz. Er blickte auf die Spitze von Sternenklinge und murmelte: »Du hast wohl gesiegt, so wie es aussieht.«

»Torbas, was war gerade mit dir los?«, fuhr Gorian ihn an.

Ein mattes Lächeln umspielte Torbas' Lippen. »Nichts«, behauptete er. »Es ist alles in Ordnung. Falls ich zu hart gewesen sein sollte, tut es mir leid. Allerdings glaube ich nicht, dass du irgendwann in ernsthafter Gefahr gewesen bist.«

»Ach nein?«

»Du warst mir immer einen entscheidenden Schritt voraus. Allerdings ...« Sein Blick richtete sich auf Gorians Schulter. Unter dem Lederwams quoll Blut hervor und tränkte das weiße Hemd.

Es war schwarzes Blut.

Gorian bemerkte es ebenfalls. »Oh ...«, murmelte er und wurde blass. Das Erschrecken konnte er kaum verbergen.

»Ich habe es vielleicht doch etwas übertrieben«, meinte Torbas. »Das habe ich wirklich nicht gewollt.«

»Nein, das warst du nicht«, entgegnete Gorian. »Das ist die Wunde, die ich im Kampf gegen Honyrr davontrug.«

»Ich dachte, Sheera hätte sie geheilt.«

»Aber ab und zu fängt die Narbe an zu bluten.«

»Schwarzes Blut?«

Gorian nickte. »Wir waren sehr weit in Morygors Reich, Torbas, und die dunklen Kräfte dort waren ausgesprochen stark. Wir alle waren Morygors Aura ausgesetzt.«

»Erinnere mich nicht daran«, murmelte Torbas, und er wirkte richtiggehend betrübt dabei.

»Es ist die pure Finsternis, die da nach außen quillt«, sagte Gorian. »Ich habe offenbar zu viel von dieser dunklen Magie in mich aufgenommen, als wir auf dem Weg zum Speerstein waren. Mein Vater hatte an der Hand auch so eine Wunde, die nicht mehr heilen wollte und von Zeit zu Zeit schwarzes Blut absonderte. Ich hoffe, dass sich meine Schulterwunde nicht ähnlich entwickelt.«

Torbas nickte leicht. »Seit wir in Morygors Reich waren, ist nichts mehr, wie es zuvor gewesen ist, nicht wahr?«

»Nein«, gab Gorian zu. »Das gilt offenbar für uns alle.«

»Keiner von uns ist als derjenige zurückgekehrt, der er war, als wir mit Centros Bals Greifengondel zum Speerstein von Orxanor flogen. Weder du noch ich – und von Sheera und Meister Thondaril kann man dasselbe sagen.«

»Woher kommt diese Wut, die seitdem in dir ist?«, fragte Gorian. Bisher hatte er noch nicht gewagt, Torbas auf diesen Punkt anzusprechen. Dies, so fand er, war der richtige Augenblick dafür. Und vielleicht konnte durch eine offene Aussprache das Befremden vermindert werden, das zwischen ihnen herrschte, seit sie das Frostreich verlassen hatten.

Torbas schluckte. »Ich weiß es nicht. Ich weiß nur, dass da manchmal etwas in mir ist, das noch nicht da war, bevor wir ins Frostreich flogen. Und manchmal höre ich immer noch die Stimme …«

»Die Stimme?«, fragte Gorian alarmiert.

»Du willst doch sicher nicht behaupten, dass du sie nicht auch gehört hättest. Morygors Gedankenstimme.«

»Er fürchtet uns, Torbas. Und deshalb versucht er, uns auf seine Seite zu ziehen. Wir müssen stark bleiben. Die größte Macht, die Morygor zur Verfügung steht, sind nicht die Horden von untoten Frostkriegern oder die gewaltigen Leviathane, in deren Bäuchen ganze Heere Platz haben. Es ist die Macht seiner Gedanken, die sich in deinen Geist schleichen, ohne dass du es richtig merkst.«

»Wir werden noch viel Kraft brauchen«, stimmte Torbas zu. Er drehte sich um und ging zu dem steinernen Greifen. Er blickte über die hüfthohe Mauer, streckte eine Hand aus und ließ Schattenstich wieder emporschweben. Ganz kurz füllten sich seine Augen dabei wieder mit Finsternis. »Eines Tages werde ich mit diesem Schwert so gut kämpfen, wie du es vermagst, Gorian.«

»Eines Tages werden wir mit diesen Klingen Morygors Schicksalslinie kreuzen und ihn besiegen!«

»Wir?« Torbas hob die Augenbrauen. »Ich bin gern dabei, aber Morygor sieht in mir offensichtlich nicht eine so bedeutende Gefahr für seine Zukunft. Schließlich hat er bisher nur versucht, dich von seinen Schergen töten zu lassen.«

»Meister Thondaril lässt euch rufen!«, vernahmen sie beide eine weibliche Stimme.

Gorian drehte sich um. Ein ebenmäßiges Gesicht, ruhige meergrüne Augen und seidiges, bis über die Schultern fallendes Haar. Sheera trat aus dem Eingang der Höhlenwohnung, in der die Gesandtschaft des Ordens der Alten Kraft untergebracht war.

Die junge Frau blickte von Torbas zu Gorian. »*Warum war dein Geist so verschlossen, dass es unmöglich war, dich mit einem Gedanken zu rufen?*«, fragte Sheera stumm und ohne dabei auch nur die Lippen zu bewegen. Dann fiel ihr das Blut auf. »*Schon wieder?*«, erreichte Gorian ihr Gedanke, in dem tiefste Besorgnis mitschwang.

Ein mattes Lächeln zeigte sich in seinem Gesicht. »Es ist nicht so schlimm«, behauptete er.

»Ich werde noch einmal ein paar Heilsteine auflegen müssen«, sagte sie nun laut. »Aber das scheint das Problem auf Dauer nicht zu lösen. Vielleicht solltest du doch die Hilfe von Meister Aarad annehmen.«

Meister Aarad war ein ausgebildeter Heiler, der die Gesandtschaft des Ordens der Alten Kraft in Gryphenklau leitete. Er genoss das besondere Vertrauen des Königs von Gryphland, dem Reich der Greifenreiter, was vornehmlich darin begründet lag, dass er dessen kränkliche jüngste Tochter bisher am Leben erhalten hatte, obwohl alle einheimischen Ärzte sie längst aufgegeben hatten. Damit war er natürlich ein nahezu idealer Botschafter des Ordens beim gryphländischen König.

Gorian allerdings traute niemandem mehr so ohne Weiteres, seit sich sogar der Hochmeister des Ordens als Verräter entpuppt hatte. Und vielleicht fürchtete er auch, die Wahrheit über diese Wunde zu hören: dass es kein Heilmittel gegen die Blutungen gab und dass sich sowohl sein Körper als auch seine Seele während des Aufenthalts in Morygors Reich so sehr mit dunkler Magie aufgeladen hatten, dass diese Kräfte einfach hinausmussten, in welcher Form auch immer.

Gorian erwiderte den Blick von Sheeras meergrünen Augen. Eines der wenigen Dinge, die sich nicht verändert hatten, seit sie Morygors Reich verlassen hatten und an Bord der Gondel des Greifenreiters Centros Bal nach Gryphenklau gelangt waren, schien ihm die grenzenlose Faszination und Zuneigung zu sein, die er für dieses Mädchen empfand – und die Gewissheit, dass ihrer beider Schicksalslinien miteinander verwoben waren.

Die eigentümliche Vertrautheit, die Gorian ihr gegenüber empfand, war nicht im Mindesten erschüttert, und das beruhigte ihn irgendwie.

Die siebentürmige Kathedrale von Toque am Oberlauf des Bar war ein Wahrzeichen des Glaubens an den Verborgenen Gott.

Toque, mitten im Herzland des Heiligen Reichs gelegen, war auch die Residenzstadt des Herzogs von Quellanien, aber die Kathedrale allein war etwa doppelt so groß wie das herzogliche Schloss und die eigentliche Stadt, die ihren Reichtum vor allem den vielen Pilgern verdankte, die jedes Jahr zu Hunderttausenden herbeiströmten und das Gebiet um die Kathedrale im Sommer monatelang zu einer gewaltigen Zeltstadt anschwellen ließen. Vom heiligen Wasser einiger Heilquellen erhoffte man sich Linderung von Krankheiten oder gesunden Nachwuchs oder Vergebung von Sünden. Selbst den einen oder anderen bekehrten Oger-Söldner, der in seinem früheren Leben Menschenfleisch als Delikatesse empfunden hatte, zog es her, um in die Gemeinschaft der Gläubigen aufgenommen zu werden.

Man sagte, dass jedes zweite Haus in Toque ein Gasthaus sei und die Zahl der Einwohner im Winter kaum ein Zehntel dessen erreichte, was man in den reisefreundlichen Sommermonaten an Volk zu sehen bekam.

Es war Spätsommer, aber es wehte ein so eisiger Wind über die quellanischen Felder bis in die westlich des Bar gelegene Tiefebene von Garilanien, wie in manch hartem Winter nicht. Und immer wieder gab es Schnee- und Hagelschauer aus einem grauen Himmel. Die Sonne zeigte sich nur als großer verwaschener Lichtfleck, der durch die Wolkendecke schimmerte und zusätzlich noch zur Hälfte von etwas Dunklem verdeckt wurde – dem Schattenbringer, den die Magie Morygors allmählich vor die Sonne schob, sodass die Erde immer mehr zu einem Reich der Kälte wurde.

Die Zeltstadt rund um Toque befand sich in Auflösung, und ihre Bewohner bestanden in diesen Tagen auch nicht überwiegend aus Pilgern, sondern aus Flüchtlingen, denen es gelungen war, sich bis nach Toque zu retten. Dass ihnen allerdings der Nimbus der mächtigen Kathedrale Schutz vor den heranrückenden Horden Morygors bieten konnte, schienen die wenigsten von ihnen zu glauben. Stattdessen versuchten einige mit allen Mitteln, das garilanische Ufer zu erreichen, doch die breite Brücke, die sich über den Bar spannte, war hoffnungslos verstopft. Manche ließen sich mit Booten übersetzen oder versuchten einen Platz an Bord eines der Flussschiffe zu ergattern, mit denen man bis nach Nelbar in Oquitonien gelangen konnte, wo der Bar in das laramontische Meer mündete. Ein noch größerer Zug von Menschen bewegte sich allerdings über die dem quellanischen Ufer folgende Straße nach Süden, was bedeutete, dass ihnen der breite Strom keinerlei Fluchtmöglichkeit mehr ließ, wenn der Feind auftauchte.

Und dieser Feind war nahe ...

... und unbarmherzig.

Schon seit drei Tagen waren keine weiteren Flüchtlinge mehr über die Ebene der quellanischen Felder nach Toque gelangt. Ein Zeichen, das nicht zu missdeuten war.

Am Horizont schob sich ein mehrere Klafter hoher Eispanzer gen Süden und Westen. Die Geschwindigkeit, mit der dieser breite Gletscher vordrang, widersprach allem, was man über die Natur des Eises wusste. Wie eine zähflüssige Masse walzte sich das Eis vorwärts und begrub alles unter sich, während ein frostiger Hauch die Verteidiger von Toque erstarren ließ. Voller Verzweiflung und Hoffnungslosigkeit blickten die wenigen Ritter und Landsknechte, die noch auf den Mauern und Türmen der Stadt ausharrten, dieser grauweißen Wand entgegen. Einige zu allem entschlossene Schwertmeister des Ordens der Alten Kraft befanden sich unter ihnen, zu erkennen an den Meisterringen, die sie trugen. Aber ein Großteil der Bewaffneten hatte schon vor Tagen zusammen mit dem Herzog und seiner Familie und dem Bischof die Stadt verlassen.

Die graue Wand näherte sich, und noch ehe die Dunkelheit hereinbrach, walzten die Eismassen die äußeren Stadtmauern nieder, schoben sich durch die Straßen, drückten Hauswände ein und begruben bis auf eine Höhe von anderthalb Klaftern alles unter sich, was ihnen im Weg stand. Das Eis hatte dabei eine Geschwindigkeit, die dem eines Wanderers mit normalem Schritttempo entsprach. Da auch die Straße nach Süden auf viele Meilen von dem heranfließenden Gletscher betroffen war, blieb den vielen Menschen, die sich noch in der Stadt befanden, nur noch die Flucht über die völlig überladene Brücke des Bar oder zur Kathedrale, die ebenso wie das herzögliche Schloss auf einer Anhöhe gelegen war.

Bald ragte der von Menschen umlagerte Bereich um die

siebentürmige Kathedrale wie eine Insel aus einem vereisten Ozean. Das etwas tiefer gelegene herzogliche Schloss hingegen wurde zum Großteil ebenfalls von den Eismassen fortgerissen. Einzig und allein der Burgfried hielt noch stand und ragte trotzig aus dem grauen Eis hervor, das sich weiter voranschob, dem Fluss entgegen, in den sich das Eis schließlich als zähflüssiger Strom ergoss.

Immer wieder brachen Gletscherstücke ab und wurden südwärts getrieben. Manchmal brachten diese Eisstücke Boote und Flussschiffe in arge Bedrängnis, und es war nur noch eine Frage der Zeit, bis auf dem Oberlauf des Flusses, der eigentlich auf der gesamten Länge zwischen Toque bis Nelbar schiffbar war, jeglicher Transport eingestellt werden musste.

Die Eismassen brachten schließlich auch die Pfeiler der Brücke zum Einsturz. Ein Treck von Tausenden, die niemand mehr davon hatte abhalten können, trotz aller drohenden Gefahr die völlig überfüllte Brücke zu betreten, stürzte in die Tiefe. Aber ihr Schreien ging unter in den manchmal eher stöhnenden, dann wieder mehr schabenden oder krachenden Lauten, die das Eis bei seinem Vormarsch verursachte.

Dichtes Schneegestöber setzte ein, und der eisige Wind frischte auf, so als hätten sich alle in Morygors Diensten stehenden Frostgötter dazu entschlossen, im selben Moment ihren kalten Hauch über das Land zu verbreiten.

Aus der Kathedrale drangen die Gesänge verzweifelter Gläubiger sowie einiger Geistlicher aus den niederen Rängen der Priesterschaft des Verborgenen Gottes. Gesänge, die um magische Hilfe jener mächtigen Wesenheit baten, denn nach Auffassung der Priesterschaft war jede Magie eine gnädige Gabe des Verborgenen Gottes und nicht ein Talent des Einzelnen, wovon die Lehre des Ordens der Alten Kraft ausging. Aber der Verborgene Gott schien taub gegenüber dem Flehen seiner Gläubigen.

Bis zum Morgengrauen wurde das Schneetreiben immer dichter. Den Fluss zu überqueren war nahezu unmöglich geworden. Er war zwar inzwischen halb zugefroren, und immer größere Eisstücke brachen von dem heranfließenden Gletscher ab und lagerten sich aneinander, aber es war lebensgefährlich, den Fuß auf dieses Brucheis zu setzen. Dennoch gab es genug Verzweifelte, die es trotzdem versuchten. Ihre Schreie gingen im allgemeinen Lärm unter.

Die quellanischen Felder, wie man die Ebene östlich des oberen Bar allgemein nannte, waren inzwischen eine einzige grauweiße und mit einer hüfthohen Schneeschicht bedeckte Einöde. Auch der letzte Turm des herzoglichen Schlosses war unter dem Druck des Eises zerbrochen. Einzig die gewaltigen Mauern der siebentürmigen Kathedrale trotzten noch dem frostigen Hauch aus Morygors Reich, aber Schneeverwehungen türmten sich klafterhoch an ihnen auf.

Der Schneefall hörte auf, und eine kalte, fahle Sonne stand am Himmel, gut die Hälfte verdeckt von der Schwärze des Schattenbringers. Die Luft war eisig klar, und man konnte weit über die Ebenen sehen. Hundert Leviathane rückten in breiter Front über den Horizont, jeder von ihnen zwanzig oder mehr Schiffslängen messend und im Bauch jeweils eine ganze Armee von Frostkriegern, die jederzeit ausgespien werden konnten.

Schneller als westreichische Galeeren und heiligreichische Koggen das Meer von Ost-Erdenrund durchpflügten, glitten die gewaltigen Wesen über die weiße Decke aus Eis und Schnee. Untote Armbrustschützen aus Torheim hatten sich auf den Rücken der Giganten positioniert, die breiter als jede Brücke und jede Straße waren, die je von Menschen- oder Ogerhand erschaffen worden war. Die jeweilige Eskorte, bestehend aus Tausenden von orxanischen Wollnashornreitern, stand nicht selten in Gefahr, von den gewaltigen Leibern der Leviathane erdrückt zu werden, zumal diese trotz ihrer beachtlichen Größe eine enorme Geschwindigkeit vorlegten, bei der die Wollnashörner gerade noch mithalten konnten.

Wie eine Flutwelle drang diese Streitmacht auf einer Breite, die den gesamten Horizont einnahm, in Richtung des Flusses Bar voran. Während die Gesänge in der Kathedrale anhielten, stürzte bereits der erste der sieben Türme unter dem Druck eines der Leviathane in sich zusammen …

Gorian starrte auf die verblassenden Bilder in der ovalen, etwa mannsgroßen, flimmernden magischen Sphäre, die Meister Thondaril erzeugt hatte. Thondaril hob die Hand mit den Ringen eines Meisters in den Ordenshäusern der Magie und des Schwertes und ließ die Sphäre langsam in seiner Handfläche verschwinden. Sein wie aus Stein gemeißeltes Gesicht wirkte noch ernster, als man es ohnehin schon von ihm gewohnt war.

Außer Gorian und Meister Thondaril befanden sich noch Torbas, Sheera und Meister Aarad in dem Raum, der zur Wohnhöhle der Ordensgesandtschaft in Gryphenklau gehörte. Die Stadt der Greifenreiter war nahezu völlig in ein gewaltiges Felsmassiv hineingeschlagen worden. Künstliche Wohnhöhlen waren mit dem natürlichen Höhlensystem verbunden worden – Höhlen, in denen früher wilde Greifen gelebt hatten und die nun als Stallungen für diese riesenhaften Mischwesen aus Vogel und Löwe dienten.

Dass es dem Orden gestattet war, seine Gesandtschaft in einer dieser Wohnhöhlen einzurichten, konnte durchaus als Ausdruck besonderer Wertschätzung angesehen werden. Die Gesandtschaft des Heiligreichischen Kaisers jedenfalls befand sich in der zu Gryphenklau gehörenden separaten Hafenstadt am Fuß des Felsmassivs, und obwohl sowohl der Orden als auch der Kaiser beide Repräsentanten desselben Landes waren, zeigte der König auf diese Weise ziemlich deutlich, wessen Anwesenheit am gryphländischen Königshof höher geschätzt wurde.

Gorian betastete mit der Hand die Schulter, an der er während seines Kampfes mit Honyrr verletzt worden war. Rächer – sein eigener Dolch – hätte ihn beinahe getötet. Gorian hatte sich noch schnell ein frisches Hemd angezogen, bevor er schließlich als Letzter den Raum betreten hatte. Aber von den bewegten Bildern, die Meister Thondarils Magie gezeigt hatte, hatte er dennoch genug gesehen, um zu ermessen, wie ernst die Lage war.

»Das, was ich euch gerade zeigte, sandte mir Schwertmeister Sarenthorm durch Handlichtlesen«, erklärte Thondaril. »Leider habe ich die Verbindung zu ihm verloren und befürchte das Schlimmste.«

»Bis Toque sind sie also schon«, murmelte Meister Aarad, und sein von schlohweißem Haar umrahmtes Gesicht bekam noch zusätzlich ein paar tiefe Sorgenfalten. Seit sie in Gryphenklau weilten, war der Leiter der Ordensgesandtschaft Gorian immer wie ein Sinnbild innerer Gelassenheit und des seelischen Gleichmuts vorgekommen. Aber das war wie verflogen, und die Verstörung war ihm nur allzu deutlich anzusehen. »Die Kathedrale von Toque dem Erdboden gleichgemacht …« Er schüttelte verzweifelt den Kopf. »Wie kann der Verborgene Gott so etwas zulassen? Wie kann er tatenlos mitansehen, wie eines der Wahrzeichen des Glaubens an ihn in Grund und Boden gewalzt wird?«

»Ich fürchte, dass sich das Heilige Reich in Auflösung befindet«, erklärte Thondaril, und seine Stimme klang hart und klar dabei. »Der Kaiser ist nach Arabur in seine laramontische Stammlande geflohen, aber es ist nicht anzunehmen, dass Laramont von Morygors Horde lange verschont bleiben wird. Der Oberlauf des Bar wird inzwischen gefroren sein, und nachdem Toque gefallen ist, werden die Leviathane jetzt über das Tiefland von Garilanien herfallen. In Atanien befindet sich nur noch ein schmaler Küstenstreifen nicht in der Gewalt des Feindes, was wohl nur der Tatsache geschuldet ist, dass die zerklüfteten Höhen des mittelatanischen Gebirges das Vordringen der Leviathane etwas verlangsamen oder sie zu Umwegen zwingen. Zwei Drittel des Heiligen Reichs sind schon von Morygor erobert worden. Von Pantanela und einem Großteil des nördlichen Ogerlandes können wir das nur vermuten, weil uns von dort schon seit langem keine Nachrichten mehr erreichen. Bis zu den Inseln der Dreilande ist das Meer gefroren – und das Eis breitet sich unaufhaltsam weiter nach Süden und Westen aus.« Thondaril atmete tief durch. »Und es gibt keinen Grund anzunehmen, dass Morygor, wenn seine Schergen die südlichen Grenzen des Heiligen Reichs erreicht haben, plötzlich die Tugend der Bescheidenheit für sich entdeckt. Die Leviathane werden Garilanien im Eiltempo durchqueren und Mitulien erreichen – und danach auch den Norden Gryphlands.«

»Es müssten sich alle Mächte zusammenschließen, die noch zum Widerstand in der Lage sind«, meinte Gorian.

»Daran arbeite ich, seit der Krieg ausgebrochen ist und sich gezeigt hat, dass offenbar kein Heer dieser Welt

Morygors Horden allein aufzuhalten vermag«, erklärte ihm Meister Aarad. »Aber das ist leichter gesagt als getan. Nicht einmal alle überlebenden Großen *innerhalb* des Heiligen Reichs sind sich wirklich einig – und hier in Gryphland oder in Westreich scheint man darauf zu hoffen, dass der eisige Hauch über das eigene Land hinwegzieht wie ein vorübergehendes Unwetter.«

»Jeder, der zum Himmel aufblickt und sieht, um wie vieles mehr der Schattenbringer die Sonne verdeckt als noch vor ein paar Wochen, muss doch begreifen, dass sich dieser Wunsch nicht erfüllen kann«, sagte Gorian voll grimmigem Unverständnis über solche falschen Hoffnungen.

»Ja, aber du wirst zugeben, dass es leichter fällt, gegen einen Feind ins Feld zu ziehen, gegen den zu siegen zumindest eine Möglichkeit besteht«, entgegnete Torbas. »Ehrlich gesagt, kann ich die in diesem Fall bislang nicht erkennen.«

Er wandte den Kopf und sah Gorian an, und sein Blick hatte einen Ausdruck, den Gorian nicht so recht zu deuten wusste. Wo war die selbstbewusste, spöttische Überheblichkeit, die sonst so kennzeichnend für Torbas war? Wo die Unerschrockenheit, die sich nicht selten in purer Respektlosigkeit gegenüber allem und jedem geäußert hatte? Gorian war sich mittlerweile sicher, dass sich diese Wandlung in den eisigen Weiten des Frostreichs ereignet hatte. Torbas hatte offenbar eine Form von Furcht kennengelernt, die ihm zuvor unbekannt gewesen war – und vor allem auch die Grenzen der eigenen Fähigkeiten und Kräfte.

Schließlich hatte er es nicht vermocht, der Aura Morygors zu widerstehen und Gorian trotz aller gegen ihn gerichteten Magie und ihn bedrängenden Einflüsterungen bis zum Speerstein zu folgen. Stattdessen hatte er ebenso aufgeben müssen wie Sheera und sogar der zweifache Ordensmeister Thondaril. Ein tief greifendes Erlebnis, das Torbas zweifellos als Niederlage empfunden hatte. Als Niederlage gegenüber Gorian – aber auch als Versagen gegenüber den Ansprüchen, die er an sich selbst gestellt hatte.

»Du lebst in der Überzeugung, dass Morygor dich aufgrund irgendwelcher Vorhersagen, die kein Mensch wirklich zu durchschauen oder nachzuvollziehen vermag, fürchtet wie die Pest«, fuhr er fort, an Gorian gerichtet. »Das verleiht dir vielleicht etwas mehr Mut als anderen.«

»Nein, das ist nicht wahr«, entgegnete Gorian. »Auch ich habe keinerlei Gewissheit.«

»Ach nein?«

»Möchtet ihr beide euren privaten Disput erst zu Ende führen, oder wollt ihr hören, was ich vorzuschlagen habe?«, ging Thondaril in scharfem Tonfall dazwischen.

Sowohl Torbas als auch Gorian verstummten und drehten sich zu ihrem Meister um. Beide neigten sie als Zeichen der Demut und des Respekts das Haupt.

Meister Thondaril stemmte die Arme in die Hüften und atmete tief ein. »Meister Aarad wird weiterhin versuchen, ein Bündnis aller verbliebenen Kräfte zustande zu bringen. Aber solange Morygor über den Schattenbringer gebietet, ist jede Schlacht gegen seine Schergen von vornherein verloren. Der Schattenbringer sorgt für den widernatürlichen Winter, den wir erleben. Zumindest trägt er den Hauptteil dazu bei, darin sind sich alle Gelehrten einig. Mag sein, dass auch der eine oder andere Frostgott, den Morygor durch das Weltentor holte, mit seinem Eishauch dazu beiträgt, aber fest steht, dass Morygors Horden niemals so weit nach Süden hätten vordringen können, hätten sie dort nicht Bedingungen vorgefunden, die ihnen die Existenz überhaupt erst ermöglichten: Leviathane, untote Orxanier und Torheimer – sie alle sind Geschöpfe der Kälte, und nur in so einer Umgebung können sie sich wirklich entfalten. Es gibt seit langem eine Theorie, dass sich der Schattenbringer beeinflussen lässt, und zwar durch eine Kombination verschiedener Kräfte und magischer Prinzipien. Schwerter aus Sternenmetall sind sicherlich besser als irgendetwas sonst geeignet, die Kräfte zu bündeln, auf die es dabei ankommt. Wir werden unsere Art der Magie mit der der Caladran kombinieren müssen, denn niemand versteht die Gestirne so gut wie sie.«

»Die Caladran sind dafür bekannt, dass sie ihre Magie geheim halten und nicht mit anderen teilen«, stellte Sheera fest. »Ehrwürdiger Meister, wie wollt Ihr sie dazu überreden, uns zu helfen?«

»Morygor ist selbst ein Caladran, wenn auch ein Abtrünniger«, antwortete Thondaril. »Oder vielleicht sollte man besser sagen: Er *war* einst ein Caladran, denn er hat sich längst zu einer ganz anderen Wesenheit entwickelt, von der niemand wirklich etwas weiß. Ich gehe davon aus, dass man nirgends so gut um die Gefahr weiß, die von Morygor und seinem Frostreich ausgeht, als bei den Caladran. Zudem werden auch deren Inseln früher oder später vom Eis eingeschlossen werden, und die Leviathane walzen dann die legendären Städte dieses Volkes genauso nieder, wie es mit der siebentürmigen Kathedrale von Toque geschehen ist. Die Caladran *werden* uns helfen!«

»Oder sie werden einfach ihre Himmelsschiffe besteigen und davonfliegen«, meinte Torbas. »Angeblich waren sie früher sogar imstande, zu den Sternen zu fliegen.«

»Nach allem, was dem Orden bekannt ist, entspricht das den Tatsachen«, sagte Aarad bedächtig.

»Dann verstehe ich nicht, warum sie nicht ihre alte Kunst benutzen, um mit ein paar Himmelsschiffen zum Schattenbringer zu fliegen und ihn von der Sonne fortzuziehen«, sagte Torbas. »Kann das denn so schwer sein? Vor hundert Jahren schon hätten sie das tun sollen!«

»Sie haben manche ihrer alten Künste vergessen, und letztlich haben wir auch nur Hinweise, aber keinen wirklichen Beweis dafür, dass ihre Magie und ihre Schifffahrt einst zu solch großartigen Taten fähig waren«, gab Aarad zu bedenken. »Doch du solltest dir Meister Thondarils Vorschlag zu Ende anhören.«

Offenbar hatte Thondaril zuerst mit Aarad über seine Pläne gesprochen, erkannte Gorian und wechselte einen Blick mit Sheera.

»Das gefällt dir nicht, was?«, empfing er ihren Gedanken.

Gorian war überrascht. Er fragte sich, weshalb er manchmal ihre Gedanken klar erkennen konnte und in anderen Situationen keine Verbindung zu ihr hatte.

»Es liegt an dir, Gorian«, behauptete Sheera mit einem weiteren Gedanken. *»Daran, wie sehr du deinen Geist öffnest. Das gehört eigentlich zum Heilertalent dazu, und du willst doch die Meisterschaft in allen fünf Häusern des Ordens erringen, richtig?«*

»In der Gruft von Felsenburg werden uralte Caladran-Schriften aufbewahrt«, fuhr Thondaril zwischenzeitlich fort. »Schriften, aus denen wir vielleicht etwas mehr darüber erfahren, ob sich der Schattenbringer durch die Sternenmagie der Caladran beeinflussen lässt. Meister Aarad hat auch schon beim Landesherrscher angefragt, ob uns die Reise nach Felsenburg gestattet wird.«

»Kann man denn in Gryphland nicht frei reisen?«, fragte Gorian erstaunt.

»Nicht nach Felsenburg. Dorthin darf man nur nach vorheriger Genehmigung, denn auch der gryphländische Reichsschatz ist dort untergebracht. Die Burg liegt in einem nahezu unbewohnten und wüstenartigen Ödland zwischen den mittelgryphländischen Bergen und Mitulien. Das Gebiet ist so unwegsam, dass man ohne Greifen kaum dorthin gelangt.«

»Es ist die menschenfeindlichste Gegend, die ich je gesehen habe«, erklärte Aarad.

»Ihr seid also schon dort gewesen«, sagte Gorian.

Der Ordensgesandte in Gryphenklau nickte. »Ja, vor Jahren erhielt ich zur Vervollkommnung meiner Heiler-Fähigkeiten die Erlaubnis, in den alten Schriften dort zu forschen. Damals stand es sehr schlecht um die Tochter des Königs, und ich nehme an, dass ich nur deswegen die Erlaubnis erhielt. Übrigens tauchen immer wieder mal bruchstückhafte und wohl auch falsche Abschriften aus den Beständen Felsenburgs auf dem Schwarzmarkt von Gryphenklau auf und werden dort zu horrenden Preisen gehandelt.«

»Warum fliegen wir nicht gleich zu den Caladran?«, wollte Gorian wissen. »Wenn man noch irgendetwas gegen Morygor ausrichten will, wird man ohnehin ein Bündnis aller noch freien Völker schmieden müssen, und da sollten nicht ausgerechnet die mächtigsten Magier fehlen, oder?«

»Die erste Schwierigkeit besteht schon allein darin, einen Gryphländer zu finden, der uns mit seinem Greifen zu den Inseln der Caladran fliegt«, antwortete Aarad. »Beide Länder sind nämlich traditionell miteinander verfeindet, auch wenn das im Heiligen Reich wenig bekannt ist, denn es hat schon seit tausend Jahren keine offenen kriegerischen Auseinandersetzungen mehr zwischen Caladran und Greifenreitern gegeben. Der Grund dafür ist, dass keiner stark genug wäre, den anderen zu besiegen, jedenfalls nicht, ohne einen unverhältnismäßig hohen Preis dafür zu zahlen. Diese Feindschaft hat mit den Caladran-Schriften in Felsenburg zu tun. Sie wurden nämlich geraubt.«

Thondaril ergriff wieder das Wort. »Würden wir eine der Schriften mit zu den Inseln der Caladran bringen, würde man das als Friedensangebot verstehen – jedenfalls wenn wir in einer Greifengondel reisen oder zumindest ein Dokument vorweisen, mit dem wir beweisen, im Auftrag des Königs von Gryphland zu handeln. Dann gelänge es uns vielleicht, die Caladran als Verbündete zu gewinnen.«

»Dann sollten wir so bald wie möglich nach Felsenburg aufbrechen«, meinte Gorian.

»Die Zustimmung des Königs steht noch aus«, sagte Aarad.

»Haltet Ihr es für möglich, dass ihm bereits von anderer Seite Versprechungen gemacht wurden?«, äußerte Sheera eine Befürchtung, die ihr auf einmal kam.

»Von Morygor?«, fragte Aarad.

»Wenn er das Geflecht der Schicksalslinien und Wahrscheinlichkeiten so gut zu überblicken vermag, wie wir annehmen, dann weiß er von unserem Plan und wird versuchen, ihn zu vereiteln«, stimmte Thondaril ihrer Sorge zu.

»Ich kenne den Herrscher seit langem und kann mir das eigentlich nicht vorstellen«, erklärte Aarad. »Andererseits weiß ich nicht, was er tun wird, stünde es so schlecht um seine Tochter, dass auch ich ihr nicht mehr zu helfen vermag ...«

2) Der Totenalb

Gorian saß in sich versunken neben dem Steingreifen und führte seine geistigen Übungen durch. Dazu hätte ihm in der Gesandtschaftshöhle auch eine Zelle zur Verfügung gestanden, denn schließlich war man dort auf Gäste, die dem Orden angehörten, bestens eingestellt. Aber er sah es mittlerweile als zusätzliche Herausforderung an, denselben Grad geistiger Versenkung auch außerhalb der Abgeschiedenheit einer Ordenszelle zu erreichen.

Es herrschte klares Wetter, und der strahlend blaue Himmel erinnerte ihn an jenen Moment, als er im Boot seines Vaters erwachte und emporsah. Es war jener Augenblick, in dem seine Erinnerungen einsetzten und zu dem seine Gedanken immer dann zurückkehrten, wenn er in besonderer Weise versuchte, sich innerlich für kommende Aufgaben zu wappnen und zu stärken.

Diesmal allerdings hatte er Schwierigkeiten, sich zu sammeln. Und das lag nicht daran, dass ihn der Blick auf die wimmelnde Hauptstadt Gryphlands abgelenkt hätte. Unzählige Greifen umschwebten mit mehr oder weniger sanftem Flügelschlag den Gryphenklau-Felsen, in dessen Höhlen nahezu die gesamte Stadt untergebracht war. Die meisten dieser majestätischen Wesen trugen von gut dressierten Seilschlangen gehaltene Gondeln unter ihren löwenartigen

Leibern, während die krächzenden, manchmal schrillen und mal sehr tiefen Töne, die aus den Schnäbeln ihrer Vogelköpfe drangen, die Luft mit einer lauten Geräuschkulisse erfüllten. Diese mischte sich mit dem Rauschen des nahen Meeres und den Rufen der Greifenreiter, die sich untereinander ansonsten durch Zeichen verständigten, um vor allem Kollisionen der manchmal schiffsgroßen Gondeln mit wertvollen Ladungen zu verhindern.

Unterhalb der in den Fels geschlagenen Hauptstadt lag der Hafen, Port Gryphenklau geheißen. Dort legten Schiffe aus aller Herren Länder an, wobei westreichische und heiligreichische Galeeren und vor allem Schiffe aus Margorea die Mehrheit stellten. Die Einheimischen benutzten kaum Schiffe, sondern zogen es verständlicherweise vor, in ihren Greifengondeln zu reisen.

Gryphland war größtenteils so zerklüftet und unwegsam, dass auch der Einsatz von flugunfähigen Reittieren kaum sinnvoll erschien. Allerdings war Meister Aarad, der in seinen Jahren als Ordensgesandter zu einem Kenner Gryphlands geworden war und wie kaum ein anderer über die Besonderheiten dieses Landes Bescheid wusste, in diesem Punkt anderer Ansicht. »Es ist genau umgekehrt, als es den Anschein hat«, erinnerte sich Gorian der Worte, die Aarad zu diesem Thema geäußert hatte. »Weil es den Gryphländern gelang, die Greifen zu zähmen, haben sie sich niemals die Mühe gemacht, Straßen zu bauen oder Wege anzulegen, wie man es andernorts getan hat.«

Tatsächlich gab es in Gryphland kaum Straßen. Nicht einmal von Port Gryphenklau zur Hauptstadt führte ein Weg. Vor ein oder zwei Menschenaltern hatte der damalige König Baumeister aus Mitulien damit beauftragt, eine Straße bis hinauf zum Gipfel des Gryphenklau-Felsens zu bauen, wo sich der Eingang zu den Palasthöhlen befand. Die Rampe, die damals fertiggestellt worden war, existierte noch immer, und ebenso ein erstes Stück dieser Straße. Aber die Bauarbeiten hatten abrupt eingestellt werden müssen, weil es zu einem Aufstand der äußerst einflussreichen Gilde der Frachtgreifenreiter gekommen war, die um ihre Pfründe gefürchtet hatten. Und so war es dabei geblieben, dass es keinerlei direkte Verbindung zwischen Hafen und Hauptstadt gab und alle Waren, die mit Schiffen angeliefert wurden, zunächst in Greifengondeln umgeladen werden mussten, bevor sie in den Palast gelangen konnten. Damit war etwas für gryphländische Verhältnisse so Exotisches wie Pferdefuhrwerke oder gar von Hand gezogene Karren auf Zeitalter hinaus ins Reich der Albträume von silbergierigen Frachtgreifenreitern verbannt. Kein gryphländischer König würde auf absehbare Zeit einen weiteren Versuch in diese Richtung wagen. Die Rampe und das begonnene Stück der Straße, die nach guter mitulischer Baukunst für die Ewigkeit geschaffen schienen, waren ein Mahnmal, das den jeweiligen König immer daran erinnern sollte, dass sich Gryphland nicht regieren ließ, wenn man die Gilden der Greifenreiter gegen sich hatte.

Für einen Moment glaubte Gorian, einen Schatten im glitzernden Sonnenlicht zu sehen, weit draußen auf dem Meer, und augenblicklich war er aus seiner gedanklichen Sammlung herausgerissen. Die Hand glitt zum Schwert Sternenklinge, das er neben sich auf den Granitboden des Felsplateaus abgelegt hatte. Die Waffe hatte er ständig bei sich, denn er war immer auf einen Angriff vorbereitet. Morygor hatte schließlich mehrfach versucht, ihn zu töten, und nur der Frostherrscher allein wusste, wann der nächste metamagisch berechnete Zeitpunkt gekommen war, an dem sich die Schicksalslinien in Morygors Sinn günstig beeinflussen ließen.

Spüre, was da ist. Erkenne, was nur eine Reflexion deiner eigenen Gedanken ist, erinnerte sich Gorian eines der Ordens-Axiome.

Seine Augen wurden für einen Moment schwarz, als er genug Magie in sich sammelte, um erspüren zu können, was der Schatten gewesen sein mochte. Die Empfindung, die er dabei hatte, war nur sehr flüchtig und so schnell wieder vorbei, dass es sehr schwer war, sie richtig zu beurteilen. Sosehr er mit den Mitteln seines inzwischen schon sehr gut ausgebildeten Geistes um sich tastete, er fand nichts mehr.

»*Was beunruhigt dich?*«, erreichte ihn stattdessen ein Gedanke von Sheera.

Er spürte erst jetzt ihre körperliche Anwesenheit, was nur daran liegen konnte, dass er sich sehr stark auf den Schatten konzentriert hatte. Er drehte sich herum.

Sheera setzte sich zu ihm. »Manchmal hat es keinen Sinn, sich sammeln zu wollen«, sagte sie.

»Für einen Moment habe ich gedacht, da wäre ein Magie-Schatten, dort draußen auf dem Meer. Aber ich scheine mich getäuscht zu haben.«

»Mir ist das auch schon passiert«, erklärte Sheera. »Der Schattenbringer spiegelt sich manchmal im Wasser. Und diese Spiegelungen haben sogar noch etwas magische Kraft. Zumindest genug, um sie spüren zu können wie einen bösen Gedanken.«

Er sah sie an, und der Blick ihrer meergrünen Augen offenbarte ihm, dass sie sehr genau erkannt hatte, was wirklich mit ihm los war und was ihn nicht zur Ruhe kommen ließ.

»Mir gegenüber kannst du offen sprechen«, sagte sie. Sie brauchte nicht einmal genauer zu präzisieren, was genau sie damit meinte.

»Ich bin unzufrieden«, erklärte er. »Seit wir das Frostreich verlassen haben, ist kaum noch etwas, wie es war. Ich habe all meine Kraft in dem Kampf am Speerstein aufgebracht, weil ich geglaubt hatte, es wäre Morygor, dem ich gegenüberstand, und die Stunde der entscheidenden Begegnung zwischen uns wäre gekommen. In Wirklichkeit hatte Morygor nur einen Schergen geschickt.«

»Du hast einen Frostgott besiegt und die beiden Schwerter, die dein Vater schmiedete, zurückgeholt«, gab Sheera zu bedenken.

»Ich habe nur gegen einen Diener Morygors gekämpft und wäre beinahe dabei umgekommen. Vermutlich war genau das Morygors Ziel.«

»Aber es ist nicht so gekommen, wie er es plante. Du lebst und bist wieder zu Kräften gekommen.«

»Ja, aber zu einem hohen Preis. Bevor ich am Speerstein kämpfte, hatte ich keine Zweifel daran, Morygor besiegen zu können. Dass meine Kraft nicht ausreichen könnte, wäre mir nie in den Sinn gekommen.«

»Und jetzt?«

»Ich weiß nicht.«

»Du hast deine Grenzen kennengelernt und bist vielleicht sogar darüber hinausgegangen. Das ist nichts, was dich innerlich niederdrücken, sondern ermutigen sollte. Immerhin haben sich deine Kräfte als stärker erwiesen als die aller anderen, die dich begleitet haben. Und das gilt sogar für Meister Thondaril.«

»Ja, ich weiß.«

»Was ist mit deiner Wunde?«

»Sie hat aufgehört zu bluten. Deine Heilerde hat geholfen.«

»Ich habe leider nicht mehr viel davon, und hier in Gryphenklau ist sie schwer zu bekommen. Aber ich habe Meister Aarad gefragt, und er meinte, dass er einen Weg finden wird, welche zu besorgen.«

Sie schwiegen eine Weile und beobachteten einen Beinahezusammenstoß von zwei völlig überladenen Greifengondeln. Einer der Greifen, ein wahrer Riese seiner Art, stieß ein wütendes Fauchen aus, und sein Reiter hatte alle Mühe, die gewaltige Kreatur zu bändigen. Unglücklicherweise war die Gondel offen und die Ladung nachlässig befestigt. Ein halbes Dutzend große Stoffballen fielen in die Tiefe und landeten in jenem nicht immer wohlriechenden Graben, in dem die Abwässer des Hafens und der Hauptstadt zusammenflossen, um dann ins Meer geleitet zu werden.

»Im Moment verläuft nichts so, wie es sein sollte«, meinte Gorian irgendwann. »Ich habe das Gefühl, hier seit Monaten nur nutzlos herumzusitzen.«

»Du musstest deine Kraft zurückgewinnen. Wahrscheinlich mussten wir das alle.«

»Morygor lässt uns diese Zeit nicht«, widersprach Gorian. »Nicht mal meine Ausbildung konnte ich richtig fortsetzen, weil sich in der Gesandtschaft hier in Gryphenklau kein ausbildungsberechtigter Seher oder Schattenmeister befindet.«

Sheera lächelte. »Vielleicht war dein Plan, dich in allen fünf Häusern des Ordens gleichzeitig ausbilden zu lassen, ohnehin ein bisschen zu ehrgeizig.«

Er sah sie sehr ernst an. »Das ist kein übertriebener Ehrgeiz, sondern reine Notwendigkeit, wenn ich gegen Morygor bestehen will. Sieh doch unsere jetzige Lage. Wenn sich mein Schattenmeister-Lehrer Aberian nicht als Verräter entpuppt hätte und ich in der Ausbildung weiter wäre, könnte ich mich jetzt einfach über einen Schattenpfad innerhalb von Augenblicken auf die Inseln der Caladran oder nach Felsenburg begeben. Stattdessen sitzen wir hier und warten darauf, dass ein gnädiger Herrscher uns die Erlaubnis gibt, nach Felsenburg zu reisen. Und ich wette, wenn wir diese Erlaubnis schließlich bekommen, wird sich kein Greifenreiter finden, der uns für noch so viel Silber zu den Caladran-Inseln fliegt, sodass wir elendig lang mit einer westreichischen Galeere unterwegs sein werden. Bis wir ans Ziel gelangen, bedeckt der Schattenbringer die Sonne wahrscheinlich völlig, und der Eispanzer reicht dann vermutlich so weit ins Meer hinaus, dass man zu Fuß zu den Caladran laufen kann.«

»Gorian«, sagte sie, »manche Dinge brauchen einfach ihre Zeit.«

»Ja, aber es fällt mir schwer, das zu akzeptieren.«

Später wurden sie von einer der vielen Greifengondeln abgeholt, die ständig über der Stadt verkehrten und Gryphenklau aus der Ferne wie einen wimmelnden Bienenstock aussehen ließen.

König Demris Gon gewährte eine Audienz, an der ausdrücklich auch Aarads Gäste teilnehmen sollten.

In einem Flugmanöver, das Gorian schier den Atem raubte, flog der Greifenreiter des Königs mit seiner Gondel in den Eingang der Palast-Höhle ein, die den ganzen oberen Bereich des Felsmassivs von Gryphenklau ausfüllte. Aber der Greifenreiter verstand sein Handwerk und lenkte sein Flugtier mitsamt der Gondel sicher durch einen Felskorridor, der schließlich in einer riesenhaften Halle endete. Tropf-

steine wurden von unzähligen Öllampen und Fackeln beleuchtet und erstrahlten in den prächtigsten Farben. Es roch
nach Weihrauch.

Etwa ein halbes Dutzend Kriegsgreifen und ihre Reiter
befanden sich in der Halle, außerdem Hunderte von bewaffneten Wachen.

»Der Audienzsaal ist etwas bescheidener und kleiner«,
erklärte Aarad, nachdem sie die Gondel verlassen hatten.
»Dies ist nur die Eingangshalle des Palasts, aber König
Demris Gon pflegt Gäste in einem eher intimeren Rahmen
zu empfangen. Davon abgesehen ist es auch schon lange
her, dass hier ausschweifende Feste stattgefunden haben.
Dem König sind solche Vergnügungen zuwider. Wundert
euch also nicht darüber, wenn ihr bescheiden bewirtet und
ohne großen Pomp begrüßt werdet.«

»Das klingt nicht gerade, als wäre der hiesige Herrscher
eine Frohnatur«, meldete sich Torbas zu Wort.

»Nein, man könnte sagen, er ist das genaue Gegenteil davon«, erklärte Aarad, der Torbas' Bemerkung vernommen
hatte, obwohl diese eigentlich für Gorian bestimmt gewesen
war. »Er ist ein zum Schwermut neigender Melancholiker,
der sich fragt, warum der Verborgene Gott seine Tochter so
sehr mit andauernder Krankheit gestraft hat.«

Gorian stutzte, und Sheera bemerkte es. Sie sah ihn an,
und es war nicht einmal nötig, dass ihre Gedanken eine
Frage formulierten. »Da ist irgendetwas«, murmelte er. »Es
ist genauso wie ...«

»Der Schatten, den du auf dem Meer gesehen hast?«

»Ja.«

»*Ich habe es auch gespürt. Aber nur einen kurzen Moment*«,
fügte sie in Gedanken hinzu. »*Wir werden aufpassen müssen,
dass wir nicht wieder an Verräter geraten!*«

Tatsächlich fühlte sich Gorian an die Ereignisse am Hof des Basilisken-Reichs erinnert, als sich herausgestellt hatte, dass der dortige hahnenköpfige Herrscher mit dem unaussprechlichen Namen längst auf Seiten Morygors stand.

Sie waren gewarnt.

Die Wachen unterhielten sich mit Aarad in gryphländischer Sprache, die der Heiler offenbar perfekt beherrschte. Gorian und seine Gefährten hingegen trugen ihre Sprechsteine bei sich, die sie am Hof des Basilisken-Königs erhalten hatten und die jede Sprache in jede andere übersetzen konnten. Auf irgendeine Weise erfassten sie wohl die Gedanken der Sprecher und übertrugen sie an ihre Träger. Diese Basilisken-Magie war bisher selbst für Magiemeister des Ordens der Alten Kraft unergründlich. Allerdings ließ sich das Gewisper der Steine glücklicherweise durch einen einfachen Gedankenbefehl zum Schweigen bringen, was Gorian in der Zeit, die er nun schon in Gryphenklau weilte, oft getan hatte, wenn er sich in der Gegenwart von Gryphländern aufhielt, denn inzwischen hatte er die Sprache des Landes einigermaßen gelernt. Die Anwendung von Magie hatte ihn darin unterstützt, und außerdem war die Sprache Gryphlands mit dem Heiligreichischen verwandt, sodass sich viele Wörter ähnelten.

Zwar vermochte Gorian sich noch längst nicht so gut auf Gryphländisch auszudrücken wie Aarad, aber es reichte, um auf dem Markt in Port Gryphenklau zu feilschen oder das Gerede der Leute mitzubekommen.

Eine breite, in den Stein gehauene Treppe führte durch einen Höhlenkorridor. In dessen Wänden waren leuchtende Steine eingelassen, die alles in ein diffuses Licht tauchten.

Überall waren weitere Wachen postiert, und es wurde schnell klar, wie weitläufig die Palastanlage innerhalb des

Felsens war. Welche jener Höhlen, durch die sie geführt wurden, künstlich angelegt und welche natürlichen Ursprungs war, ließ sich oftmals nicht so recht unterscheiden. Manchmal schien man auch natürliche Höhlengänge entsprechend verändert zu haben.

Schließlich führte man sie in einen Saal, dessen Wände und Deckengewölbe vollkommen mit Mosaiken bedeckt waren. Vereinzelte Leuchtsteine verbreiteten ein kaltes bläuliches Licht. Gorian hatte davon gehört, dass diese Steine das Sonnenlicht in sich aufnahmen und in der Dunkelheit wieder abgaben.

Außerdem gab es Fackeln und Öllampen, deren flackerndes Licht sehr viel wärmer wirkte. In einigen Schalen brannte Weihrauch, der in großen Mengen mit Schiffen aus Margorea in Port Gryphenklau angeliefert und dann von Greifengondeln hinauf zum Palast geschafft wurde. Gorian hatte das in den letzten Wochen und Monaten oft genug beobachten können. Er hatte im Hafen mal jemanden gefragt, was es denn damit auf sich habe – einer seiner ersten Versuche, eine Unterhaltung in Gryphländisch zu führen und ohne den Sprechstein auszukommen, denn dessen Magie mochte im Basilisken-Reich etwas Alltägliches sein, aber im Reich der Greifenreiter verwirrten die wispernden Steine einen Gesprächspartner.

Man hatte Gorian auf seine Frage hin geantwortet, dass der Geruch von Weihrauch den Tod fernhielte. Der ungeheure Weihrauchbedarf des Palasts war offenbar auf die Krankheit der Königstochter zurückzuführen. König Demris Gon vertraute wohl nicht allein den Künsten des Heilers Aarad, sondern versuchte jedes Mittel, dessen Wirkung zumindest nicht vollständig widerlegt war.

Demris Gon saß auf einem Thron, der aus dem Schnabel

eines Greifen errichtet war. Sein Gesicht war so grau wie sein Bart. Seine Gemahlin Temsora Gon hatte ebenfalls einen Greifenschnabelthron, doch der war unbesetzt, und das schon seit Jahren, wie man hörte. Die Königin hatte sich aus Kummer über den Gesundheitszustand ihrer Tochter schon seit langer Zeit nicht mehr bei offiziellen Anlässen gezeigt, sondern sich vollkommen zurückgezogen. Angeblich stand sie unter dem Einfluss eines Predigers, der sie glauben machte, nur stete Bußgebete zum Verborgenen Gott könnten ihre Tochter noch retten und jegliche Heilkunst wäre ansonsten vergebens.

Rechts und links des Doppelthrons hatten die beiden Söhne des Königs Platz genommen. Demris Gon hatte ihnen beiden seinen eigenen Namen vererbt, was die Unterscheidung bei der Anrede etwas schwierig machte. Deswegen sprachen die meisten auch nur vom Älteren und vom Jüngeren Prinzen. Welcher der beiden einmal König werden würde, war bislang offen, und es war kein Geheimnis, dass beide erbitterte Kontrahenten waren, die sich gegenseitig in Wahrheit den Tod wünschten.

»Seid gegrüßt, edler Herrscher Gryphlands und Verteidiger des Glaubens an den einzig wahren und wahrhaftigen Gott«, sagte Aarad in fließendem Gryphländisch. »In meiner Begleitung befinden sich jene Gäste, von denen ich schon sprach und die vielleicht unsere letzte Hoffnung sind, dem drohenden Unheil aus dem Norden zu widerstehen.«

Demris Gon hob die Augenbrauen. »So, sind sie das? Welch größeres Unheil könnte mir noch widerfahren, als mir bereits zuteilwurde.« Er seufzte laut. »Manchmal entsetzt mich selbst das Maß an innerer Gleichgültigkeit, das die Nähe des Todes erzeugt.«

»Mit Verlaub, angesichts der großen Bedrohung, die ganz

Ost-Erdenrund heimsucht, werden wir uns keine Gleichgültigkeit erlauben können«, ergriff Thondaril das Wort. Er benutzte dabei den Sprechstein der Basilisken, und dessen Gewisper erstaunte offenbar sowohl den Jüngeren als auch den Älteren Prinzen, auch wenn sie sonst vieles trennen mochte.

»Aarad hat mich ausführlich über die Geschehnisse informiert, die sich im Heiligen Reich zugetragen haben, und ich bin erschüttert über die Zerstörung der Kathedrale von Toque«, erklärte Demris Gon. »Dreimal ist meine Gemahlin mit meiner kranken Tochter dorthin gepilgert in der Hoffnung auf Heilung. Erniedrigt hat sich meine Königin, indem sie ein aschefarbenes Bettlergewand trug und sich unter die Massen mischte, die dort um Wunder flehten. Die hat es dort angeblich auch immer wieder gegeben. Warum ist ausgerechnet uns so ein Wunder versagt geblieben? Ich verstehe es nicht. Als hätte sich der Verborgene Gott von uns abgewandt!«

»Kaiser Corach hat sich nach Arabur in Laramont zurückgezogen«, mischte sich nun der Jüngere Prinz ein.

»Es soll dort ein Bündnis aller Mächte geschmiedet werden«, erklärte Thondaril. »Der neu eingesetzte Herrscher des Basilisken-Reichs ist auf unserer Seite, und auch die Könige von Melagosien, Westreich und Mitulien haben ihre Gesandten geschickt.«

»Man hört aber auch, dass sie alle zögern, sich diesem Bündnis anzuschließen«, fuhr der Jüngere Prinz fort. »Könnt Ihr mir den Grund dafür nennen, wenn doch die Gefahr so groß ist, wie Ihr sagt?«

»Es ist die Furcht«, antwortete Thondaril. »Und vielleicht die vage Hoffnung auf ein gnädiges Schicksal, wenn man sich dem Feind unterwirft. Aber diese Hoffnung ist trügerisch. Wenn sich Morygors Reich erst von Hemisphäre zu Hemisphäre erstreckt und der Schattenbringer das wärmende Licht der Sonne vollends raubt, wird die Welt zu einem Ort, an dem unsereins nicht mehr existieren kann. Nur wenn wir gemeinsam handeln, besteht noch die Aussicht, das Unheil abzuwenden. Wir brauchen die Hilfe Gryphlands so dringend wie auch jene der Caladran. Alte Feindschaften werden wir schlichtweg vergessen müssen, oder wir werden alle untergehen und zu untoten Sklaven in einem Reich kalter Totenschatten werden.«

Der Ältere Prinz wollte das Wort ergreifen, doch König Demris Gon gebot ihm mit erhobener Hand zu schweigen, was dieser zwar hinnahm, aber seine Verärgerung darüber und die Eifersucht auf seinen Bruder, der vor ihm hatte sprechen dürfen, konnte er nicht verbergen. Seinem Bruder war die Gelegenheit gegeben worden, sich zu äußern, ihm nicht. Das ärgerte ihn zutiefst. Offenbar versuchte jeder der beiden Prinzen ständig unter Beweis zu stellen, besser für die königliche Nachfolge geeignet zu sein als der andere.

»Ich werde meinen jüngeren Sohn als Gesandten nach Arabur schicken und dann erwägen, dem Bündnis beizutreten«, entschied der König. »Dass ich mir als Gryphländer ein Bündnis mit den Caladran kaum vorzustellen vermag, ist eine andere Sache. Aber vielleicht habt Ihr recht, und es ist an der Zeit, alte Feindschaften zu begraben.«

»Heißt das, Ihr gestattet uns auch die Reise nach Felsenburg?«, hakte Thondaril sofort nach.

»Ihr seid ein berühmter Mann, und Aarad hat mir geschildert, wie außerordentlich Eure Bedeutung im Moment für den Orden ist, also sei Euch Eure Forschheit verziehen«, gab Demris Gon zurück. »Ich werde darüber nachdenken und zu gegebener Zeit entscheiden.«

»Aber …«

»So lautet mein Wort, und das ist in diesem Land Gesetz«, erklärte Demris Gon, dann glitt sein Blick ins Nichts, und seine Gedanken schienen in abgelegene Sphären andauernder Verzweiflung und vorweggenommener Trauer abzudriften.

»Dem Herzen dieses Mannes ist es gleichgültig geworden, ob alles zugrunde geht«, erreichte Gorian ein Gedanke von Sheera. *»Wer weiß, vielleicht wünscht er es sich sogar insgeheim, weil er glaubt, dass dann seine eigene Qual ein Ende hätte.«*

Gorian hatte den gleichen Eindruck, aber es von einer angehenden Heilerin bestätigt zu bekommen, der man die Fähigkeit nachsagte, tiefer als die Angehörigen anderer Ordenshäuser in die Seelen von Menschen blicken zu können, war ernüchternd.

Und wieder spürte Gorian für einen kurzen Moment die Anwesenheit von sehr dunkler Magie. Da war ein Gedanke, der so bösartig und gleichzeitig so fremd war, dass man ihn unmöglich in menschliche Sprache übertragen konnte. Er hatte etwas von einem höhnischen, vor Zynismus triefenden Gelächter und der dunklen Freude eines Folterers an seinem Handwerk.

Doch schon einen Lidschlag später war nichts mehr davon zu spüren, so als hätte sich derjenige oder dieses Etwas, von dem der Gedanke stammte, abgeschirmt.

Ein Ruck ging durch den Körper des Königs, als hätte auch er diese dunkle Wesenheit bemerkt. Suchend blickte er im Raum umher. »Manchmal glaube ich schon, die Schatten des Todes zu sehen, wie sie diesen Palast durchstreifen, wie sie sich an die Öllampen hängen, mich verlachen und sich an meiner Furcht weiden …« Auf einmal fixierte sein Blick Gorian, auf eine Weise, die diesem sehr unangenehm war.

»Gorian… Der Ordensgesandte Aarad hat mir viel über dich erzählt. Darüber, dass du ein besonderes magisches Talent hättest, und auch davon, dass du derjenige bist, der Morygors Schicksalslinie kreuzen könnte …«

Gorian nickte und erwiderte den Blick des Königs. Er versuchte dabei möglichst furchtlos zu wirken, was aber nicht der Wirklichkeit entsprach. Thondaril und Aarad hatten schließlich sehr deutlich gemacht, wie viel vom Wohlwollen dieses Mannes abhing.

»Was ist das für ein besonderes Schwert, das du da über deinem Rücken trägst?«, fragte der König.

Gorian missfiel es, dass Aarad den Herrscher des Greifenreiter-Reichs offenbar so genau über ihn unterrichtet hatte. Anscheinend hatte Thondaril den Ordensgesandten in Gryphenklau viel weitreichender ins Vertrauen gezogen, als Gorian bisher angenommen hatte, und auch das wollte ihm nicht behagen. Der zweifache Ordensmeister musste schon sehr gute Gründe haben, Aarad dermaßen zu vertrauen.

»Zeig mir die Klinge!«, forderte Demris Gon. »Leg sie in meine Hände!« Er stand auf, schritt die Stufen des Podests, auf dem sein Thron stand, hinab und ging auf Gorian zu. Das Flackern in seinen Augen verriet plötzlich eine geradezu unheimliche Gier.

Gorian zog Sternenklinge aus der Rückenscheide und legte das Schwert in die ausgestreckten Hände des gryphländischen Königs.

»Mit dieser Waffe willst du also Morygor besiegen?«

»Mein Vater hat sie geschmiedet«, erklärte Gorian und benutzte dabei demonstrativ die Sprache Gryphlands.

Die beiden Prinzen wechselten einen erstaunten Blick, und auch König Demris Gon sah Gorian verwundert an und murmelte: »Normalerweise erwartet selbst ein Heiligreicher niederen Standes, dass ein jeder seine Sprache spricht.«

»Ich pflege keinen derartigen Hochmut«, erklärte Gorian.

»Das ehrt dich, doch fürchte ich, du gehörst damit in deinem Land einer Minderheit an.«

»Das mag sein.«

»Die meisten sehen im Gryphländischen nur den vulgären Bastard der erhabenen heiligreichischen Sprache und verkennen dabei, dass diese ebenso kultiviert ist wie ihre Mutter.«

»Als jemand, der Eure Sprache erst vor kurzem lernte, kann ich dies nur bestätigen, Majestät«, gab Gorian zurück.

Der König drehte sich um, immer noch Sternenklinge in den Händen. Gorian hatte den Eindruck, dass ihn die Unterhaltung, die er mit ihm geführt hatte, gar nicht weiter interessierte, weil ihn die Klinge in ihren Bann gezogen hatte, aus welchem Grund auch immer.

»Mit Verlaub, gebt mir bitte das Schwert zurück«, bat er. »Ich habe es in einem harten Kampf zurückgewinnen müssen, und bei aller zu Gebote stehenden Höflichkeit …«

Der König wirbelte herum, hielt das Schwert auf einmal in der Rechten und richtete dessen Spitze gegen Gorian. Das Gesicht des gryphländischen Herrschers hatte sich auf eine schreckliche, groteske Weise verändert. Seine Züge wirkten verzerrt, und blanker Wahn glitzerte in seinen Augen.

»Du wirst dieses Schwert nie wieder in Händen halten, Gorian aus Twixlum!«, fauchte er.

Woher kannte er den Namen des Dorfes, in dessen Nähe sich der Hof von Gorians Vater befunden hatte? Dass Aarad ihm auch diese Einzelheit mitgeteilt hatte, war unwahrscheinlich, denn sie hatte keinerlei Bedeutung.

Im nächsten Moment holte Demris Gon zum Schlag gegen Gorian aus. Dieser reagierte blitzschnell. Er hob die Hand, sammelte innerhalb eines Herzschlags seine magischen Kräfte, und seine Augen wurden vollkommen schwarz. Den Schwerthieb lenkte er mit seiner Magie zur Seite hin ab, ließ den Herrscher zurücktaumeln und entriss ihm mithilfe der Alten Kraft die Waffe.

Aus der Klinge zuckten Blitze, während das Schwert durch die Luft flog, sich dabei zweimal um den Schwerpunkt drehte und dann mit dem Griff in Gorians ausgestreckter Hand landete.

Da geschah etwas, das noch merkwürdiger, noch erschreckender war: Die Arme des Königs verlängerten sich, streckten sich um das Vier- bis Fünffache, und seine Hände bildeten messerlange Krallen aus, während er sich wie ein wildes Tier auf Gorian stürzte.

Thondaril schritt ein, ließ Strahlen aus blauweißem Licht aus seinen Fingerspitzen schießen, die den König erfassten und ihn zurückwarfen.

»Vater!«, rief der Jüngere Prinz fassungslos.

Der König atmete schwer. Noch immer leuchtete der pure Wahnsinn in seinen Augen.

Thondaril machte einen Schritt nach vorn, murmelte einige Worte in alt-nemorischer Sprache und richtete seine Hände erneut gegen König Demris Gon. Die beiden Prinzen ließen es geschehen. Der Ältere hatte zwar die Hand am Schwertgriff, ließ die Waffe aber stecken.

Als der König auch Thondaril angreifen wollte, schleuderte dieser erneut Strahlen gegen ihn. Aber diesmal war es Schwarzlicht, das Demris Gon erfasste. Die magische Formel, die Thondaril gleichzeitig rief, dröhnte durch den Raum. Der König schrie auf.

Dann sank er in sich zusammen, während ein schwarzer Schatten zur Höhlendecke emporschwebte und dort verschwand. Die körperlichen Veränderungen, die mit Demris Gon vor sich gegangen waren, bildeten sich zurück, und auch der wahnhafte Ausdruck in seinem Gesicht verschwand.

»Was habt Ihr getan?«, rief der Ältere Prinz.

»Der Dämon, von dem Euer Vater und König besessen war, ist fort«, sagte Thondaril. »Er ist jetzt wieder er selbst. Doch damit ich verhindern kann, dass der Dämon zurückkehrt, müsst Ihr mir die volle Wahrheit sagen, vor allem all das, was Ihr bisher verschwiegen habt. Es wird ohnehin ans Tageslicht kommen, doch mit jedem Moment, den Ihr zögert, wird die Gefahr für Euch, für Euren Vater und für Euer Land größer.«

Der Sprechstein, den Meister Thondaril an einem Lederband vor der Brust trug, übersetzte wispernd seine Worte.

Die beiden Prinzen wechselten einen Hilfe suchenden Blick.

»Sagt es ihm!«, ächzte der König, der auf den Stufen des Thronpodests lag. »Die Fremden sind wahrhaftig auf unserer Seite …« Er atmete noch immer schwer, rang nach Luft und schien sehr schwach, nachdem der Schatten aus seinem Körper gefahren war.

Aarad kümmerte sich sofort um ihn. Er legte ihm die Hand auf die Stirn und sprach eine Heilerformel, die kurzfristig für eine gewisse Kräftigung sorgen sollte, dann halfen er und der Jüngere Prinz dem Herrscher zu seinem Thron, in dem er sich seufzend niederließ.

Der Ältere Prinz wandte sich an Gorian. »Das Schwert, das du trägst, und die Zwillingsklinge, die dein Gefährte führt«, er deutete auf Torbas, »scheinen wirklich ganz besondere Waffen zu sein und wecken die Gier von Mächten, die niemand von uns versteht und von denen auch niemand hierzulande je gehört hat ...«

»Was ist geschehen?«, fragte Gorian, und dass er sich dabei des Gryphländischen bediente und nicht der in diesem Land als hochmütig empfundenen Sprache des Heiligen Reichs, trug dazu bei, dass der Ältere Prinz Vertrauen zu ihm fasste.

»Ein Fremder in dunkler Kutte, unter dessen Kapuze nichts als ein Schatten aus absoluter Schwärze zu sehen war, befand sich plötzlich im Raum, als unser Vater mit uns die Frage erörterte, ob wir euch die Reise nach Felsenburg erlauben sollen oder nicht. Niemand wusste, wie er in den Palast gekommen war, keine der Wachen hatte ihn gesehen, wie sich später herausstellte. Er sagte, er sei ein Totenalb – ausgesandt, beschworen, um Leben zu nehmen.«

»Dann berührte er mich an der Schulter«, ergriff der König selbst das Wort, »und drang in mich ein, um dich zu töten, Gorian.«

»Dahinter steckt Morygor«, murmelte Thondaril. »Er hat den Totenalb geschickt. Mag der Henker wissen, mit welchen Versprechungen und durch welche Magie er ihn auf seine Seite gezogen hat. Allgemein gelten Totenalben als unbestechlich.«

»Es hat solche Kreaturen in diesem Land bisher nicht gegeben«, sagte der Jüngere Prinz.

Thondaril wandte ihm den Blick zu. »Es gibt nur noch wenige von ihnen, und sie zogen es in den letzten Zeitaltern vor, im Verborgenen zu wirken. Sie vereinnahmen die Seelen von Toten, um deren Kraft in sich aufzunehmen, und sehr selten nehmen sie auch von Lebenden Besitz, wenn sie sich irgendeinen Vorteil davon versprechen.«

»Dann muss ich Euch wohl sehr dankbar dafür sein, dass Ihr mich vom Einfluss dieses Wesens befreit habt«, gestand Demris Gon zu. Er öffnete den Kragen seines Hemdes, um besser atmen zu können. Sein bleiches Gesicht gewann wieder etwas Farbe.

»Der Letzte, der sich bekannterweise den Totenalben entgegenstellte, war unser legendärer Ordensgründer, der Erste Meister«, erklärte Thondaril. »Seine Ratschläge für den Kampf gegen Totenalben zählen zu den am wenigsten bekannten Axiomen des Ordens.«

»Er verbannte die meisten von ihnen durch einen mächtigen Zauber in das Zwischenreich der Halbexistenz«, warf Gorian ein, der sich sehr wohl an diese Axiome und die dazugehörigen Geschichten und Legenden erinnerte. Allerdings hatte er damals, als er die entsprechenden Zeilen in den Büchern seines Vaters gelesen hatte, nicht viel damit anfangen können, und niemals wäre es ihm in den Sinn gekommen, selbst einmal einem solchen Totenalb zu begegnen. »Morygor könnte sie ebenso wie die Frostgötter und die Leviathane durch das Weltentor zurückgeholt und ihnen dafür Dienste abverlangt haben.«

»So wird es sein«, stimmte Thondaril zu.

»Vater, sagt ihnen die ganze Wahrheit«, verlangte der Ältere Prinz. »Unser Schweigen kann nun niemandem mehr helfen, auch unserer Schwester nicht.«

Demris Gon hob den Kopf, blickte zuerst seinen älteren Sohn an, dann den jüngeren und schließlich Gorian. »Man versprach mir, dass meine Tochter durch die Kraft des Totenalbs wieder völlig gesunden würde. Falls ich mich ihm aber verweigern sollte, würde er sich an ihrer Seele laben und an ihrer Todesangst, denn sie sei dem Reich der Schatten bereits näher als den Gefilden der Lebenden. Ich war zu schwach, mich dagegen aufzulehnen, und habe zugelassen, dass der Totenalb von mir Besitz ergriff. Ich erwarte nicht, dass du mir dies verzeihst, Gorian.«

»Ich trage Euch nichts nach«, versicherte dieser.

»Ich habe versucht, dich zu töten!«

»Ihr wart unter fremdem Einfluss.«

»Ich habe mich ihm unterworfen!«

»Und nur deshalb lebt Ihr noch, mein König. Nach allem, was der Erste Meister über die Totenalben niederschrieb, brauchen sie das Einverständnis dessen, von dem sie Besitz ergreifen, und dieses Einverständnis erpressen sie auf perfide Weise, so wie auch in Eurem Fall.«

»Mein Schüler kennt die Axiome offenbar besser als mancher Meister«, mischte sich Thondaril ein. »Hättet Ihr geistigen Widerstand geleistet, Demris Gon, wärt Ihr jetzt vermutlich tot, und Eure Seele hätte dieser Kreatur zur Kräftigung gedient.«

»Ich verstehe nichts von diesen Dingen. Die Gryphländer haben kein besonderes Talent zur Magie, das enthielt uns der Verborgene Gott offenbar vor, aus einem Grund, den er ebenso vor uns verborgen hält wie sein Antlitz.«

Gorian trat einen Schritt vor, obwohl ihm sowohl der Blick als auch ein intensiver Gedanke seines Meisters dringend davon abriet.

»*Nicht!*«

Es kam nur selten vor, dass Gorian einen Gedanken Thondarils empfing, so wie es bei Sheera recht häufig der Fall war. Der Meister in den Ordenshäusern von Schwert und Magie hielt seinen Geist verschlossen, und Gorian war sich sehr wohl bewusst, dass er einige Dinge vor ihm geheim hielt.

Trotz der Ermahnung des zweifachen Ordensmeisters trat

Gorian noch einen Schritt nach vorn und folgte damit seinem Gefühl. Ebenso, als er sagte: »Dass Ihr gegenüber dem Totenalb schwach wart, ist verzeihlich, und niemand von uns kann behaupten, er würde in einer vergleichbaren Situation mehr Stärke beweisen. Jetzt aber solltet Ihr Stärke zeigen. Eine Stärke, die sich durch eine rasche Entscheidung kundtut. Erlaubt uns die Reise nach Felsenburg, und gebt uns ein Schreiben mit dem königlichen Siegel mit, das uns alle Türen öffnet, hinter die wir sehen wollen. Ihr würdet damit Euren Beitrag im Kampf gegen Morygor leisten, einen Beitrag, der vielleicht wichtiger ist als alles, was derzeit in Arabur verhandelt wird.«

Der König runzelte die Stirn. »Ich werde ...«

Weiter kam er nicht.

Denn in diesem Augenblick stürzte eine Frau mit schlohweißem Haar in den Saal. Keine der Wachen hielt sie auf. Ihr fließendes Gewand war gewiss aus einem der sehr edlen und teuren Stoffe, die mit den Schiffen der Margoreaner angeliefert wurden, und zudem trug sie ein goldenes Amulett mit dem königlichen Greifenwappen.

»Unsere Tochter!«, rief sie schluchzend. »Sie liegt im Sterben! Schnell! Es muss etwas geschehen!«

3) Die Königstochter

Sie folgten Demris Gon und seiner vollkommen aufgelösten Gemahlin durch mehrere Korridore in die Privatgemächer der königlichen Familie. Der Herrscher Gryphlands wünschte ausdrücklich, dass ihn sowohl der Heiler Aarad als auch die anderen Ordensangehörigen begleiteten.

Unterwegs versuchte Aarad vergeblich, der Königin nähere Angaben über den Zustand ihrer Tochter zu entlocken, doch sie war völlig außer sich.

»Sie ist um einiges jünger als ihr Gemahl, aber das leidvolle Schicksal ihrer Tochter hat sie schnell altern lassen«, empfing Gorian einen Gedanken Sheeras.

Für einen Moment glaubte er wieder jene dunkle Magie zu spüren, die ihm bereits aufgefallen war, als er die Greifengondel verlassen hatte.

Schließlich gelangten sie in das Gemach der Königstochter.

Bleich und kränklich lag sie auf ihrem Bett, Schweiß perlte auf ihrer Stirn, und schwarzes Blut quoll ihr aus Augen, Ohren und Nase. Eine Dienerin versuchte vergeblich, den Blutfluss mit Tüchern zu mindern.

Der Blick der Königstochter war starr auf einen imaginären Punkt konzentriert. Sie stieß Laute aus, die vielleicht unverständliche Worte waren, vielleicht auch nichts weiter als ein letztes Aufstöhnen unter einem schier unermesslichen Schmerz.

Ein großköpfiger Zahlenmagier und ein Priester des Verborgenen Gottes standen neben dem Bett. Von dem Zahlenmagier hatte Gorian schon gehört, Aarad hatte ihn erwähnt. Er hieß Ptembros und war als Arzt tätig, denn er behauptete, mit der Hilfe der Zahlenmagie nicht nur marode Geschäfte von ihrer Misswirtschaft, sondern auch Kranke von ihrem Leiden befreien zu können. Die Packleute am Hafen von Gryphenklau erzählten sich, Ptembros sei durch den Einfluss der Königin an den Hof gelangt und genieße dort hohes Ansehen, auch wenn die Wirksamkeit seiner Heilmagie von nahezu allen Ärzten der Stadt angezweifelt wurde.

Der Mann mit dem übergroßen, ballonartigen und von zahllosen sich verzweigenden Adern überzogenen Kopf stand da, hob die dürren, langfingrigen Hände und murmelte eine Abfolge von Zahlen, die auf Gorian völlig willkürlich wirkte. Dass er dabei den heiligreichischen Dialekt von Baronea benutzte, ließ die Prozedur auf gryphländische Ohren vielleicht etwas geheimnisvoller wirken.

Der Priester wirkte einfach nur entsetzt. Er schien die Kranke bereits aufgegeben zu haben und es nicht mehr für lohnend zu erachten, die Hilfe des Verborgenen Gottes zu erflehen.

»Zur Seite! Lasst Heiler Aarad sein Werk tun!«, rief der König, während seine Gemahlin laut schluchzte.

»Sieh hin, was geschieht, Gorian«, raunte Thondaril seinem Schüler zu. »Schließlich willst du ja in allen fünf Häusern den Meistertitel erringen, also auch den der Heiler.«

»Ja, diesen Plan habe ich in der Tat noch nicht aufgegeben«, bestätigte Gorian, dann flüsterte er: »Spürt Ihr es auch, Meister Thondaril?«

»Was?«

Gorians Augen wurden schwarz, und er fühlte, dass da etwas Dunkles, abgrundtief Böses unmittelbar unter ihnen war. Im ersten Moment dachte er, es wäre wieder der Totenalb, aber da war eine Nuance, die nicht zu diesem Wesen passte, dafür aber zu jenem, das über das Meer gekommen sein musste. Es war dieses bedrückende Gefühl, von dem Sheera geglaubt hatte, es wäre eine Widerspiegelung des Schattenbringers.

Und dann sah er es plötzlich.

Es hatte Flügel und sah aus wie eine hässliche Kreuzung aus Fledermaus und Waldhyäne. Fast regungslos hockte die Kreatur auf der Brust der Königstochter, und Gorian glaubte ihr triumphierendes, meckerndes Gelächter zu hören.

Ein Schattenmahr, durchfuhr es ihn.

Den Erzählungen nach waren diese Wesen die Begleiter der Totenalben. Sie folgten ihnen wie Hunde und ernährten sich vom Seelenaas – dem, was die Totenalben verschmähten.

Außer Gorian schien niemand den Schattenmahr zu bemerken, denn im Gegensatz zu Totenalben waren sie meist unsichtbar. Weshalb aber Gorian das geflügelte Wesen zu sehen vermochte, darüber machte er sich zunächst keine Gedanken; die Legenden gaben auch dafür eine Vielzahl von Erklärungen.

Er sah, wie das Wesen sein hyänenartiges Maul weit aufriss und sich anschickte, die wolfsartigen Reißzähne in den Hals der Kranken zu schlagen.

Da stürzte Gorian nach vorn, zog Sternenklinge hervor und stieß den im Weg stehenden Priester zur Seite, einen Kraftschrei auf den Lippen.

Sternenklinge fuhr durch den Körper des Schattenmahrs und teilte ihn in Hüfthöhe in zwei blutige Hälften, aus denen, ebenso wie bei der Königstochter, schwarzes Blut quoll. Blitze zuckten aus dem Schwert und tanzten für einige Augenblicke über die beiden Hälften des Schattenmahrs, dessen meckerndes Gelächter sich in einen schrillen Laut wandelte, der so hochtönend war, dass menschliche Ohren ihn nicht zu hören vermochten. Die Hälfte mit dem Kopf und den Vorderpranken bewegte sich noch, der Unterleib mit den Flügeln hingegen lag regungslos auf der Brust der Königstochter und zerfiel zu einer zähflüssigen schwarzen Masse.

Im nächsten Moment sprang die obere Körperhälfte des Ungetüms auf Gorian zu, das Maul weit aufgerissen.

Gorian wollte sich mit einem Schwertstreich schützen, aber eine unsichtbare Kraft ließ den Hieb abprallen und zur Seite gleiten. Das Wesen traf ihn an der Schulter, an der er während seines Kampfes am Speerstein so schwer verwundet worden war, und er stürzte zu Boden, während der Schattenmahr zubiss.

Gorian riss seinen Dolch aus Sternenmetall hervor und ließ die Klinge aufwärtsfahren. Eine Welle des Schmerzes raste von der Schulter durch seinen ganzen Leib, aber das hielt ihn nicht davon ab, seine Magie einzusetzen.

Der Rächer stieß durch den halbierten Schattenmahr, spießte ihn förmlich auf, und Gorian riss ihn von seiner Schulter und schleuderte ihn mitsamt dem Dolch von sich.

Der Rächer nagelte die verbliebene Oberhälfte der Schreckenskreatur an einen mannsgroßen geschlossenen Gebetsschrein, in dessen Holz die Klinge zitternd stecken blieb. Das grausige Wesen gab keinen Laut mehr von sich. Seine Augen waren erstarrt, schwarzes Blut troff aus seinem offenen Leib, dort, wo Gorian ihn mit dem Schwert durchtrennt hatte. Innerhalb weniger Augenblicke zerfiel der Schattenmahr zu einer zähflüssigen schwarzen Masse.

Gorian erhob sich. Ihm war schwindelig. Diese Kreatur hatte seine Schwachstelle genau gespürt und ihm in die Schulterwunde gebissen.

Er vernahm seinen Namen wie aus weiter Ferne und fragte sich, ob es vielleicht ein Gedanke Sheeras war, die er mit einem Blick vergebens suchte.

Dunkle Schlieren umgaben ihn auf einmal, und er bemerkte, dass es sein Blut war, das aus seiner Schulterwunde und durch sein aufgerissenes Hemd quoll und sich in diesen dunklen Rauch verwandelte.

»*Ein braves Haustier, das seinen Auftrag bis zur Selbstaufopferung erfüllt*«, dröhnte plötzlich eine Gedankenstimme in seinem Kopf. »*Ich werde mir einen anderen Schattenmahr zulegen und abrichten müssen. Wer weiß, vielleicht genügt ja das, was von deiner Seele übrig bleibt, um einen neuen zu erschaffen.*«

Gorian sprang auf, wirbelte herum. Der schwarze Rauch war verflogen, und seltsamerweise befand sich von den anderen niemand mehr im Höhlengemach. Er war allein. Von der Königstochter war nur ein großer dunkler Fleck eingetrockneten schwarzen Bluts geblieben, der ihre Körperform ungefähr nachzeichnete.

Er blickte zu dem geschlossenen Gebetsschrein, streckte die Hand aus und wollte den Rächer zu sich rufen. Aber das gelang ihm nicht. Irgendetwas schien die Magie aus ihm herauszusaugen, wenn er sie anzuwenden versuchte, denn auch sein zweiter Versuch schlug fehl.

»*Verunsichert? Ohne das, was du für deine besondere Fähigkeit hältst, bist du ein Nichts. An dem Ort, an dem du dich nun befin-*

dest, wirken deine Kräfte nicht mehr in gewohnter Weise, und auch die meisten Regeln, die du für unumstößlich hältst, gelten hier nicht.« Ein höhnisches Gelächter dröhnte in Gorians Kopf.

»Wer bist du?«, rief er und wirbelte erneut herum, weil er glaubte, im Augenwinkel einen Schatten gesehen zu haben, der aber nur von einer der flackernden Öllampen erzeugt worden war. Das Licht, das sie spendeten, wurde im nächsten Moment erheblich schwächer, denn drei der sieben Lampen verloschen.

Anders als im Thronsaal gab es in dem Höhlengemach auch keine Leuchtsteine, die das Sonnenlicht speicherten und abgaben. Dafür befand sich an der Decke ein großes Mosaik, das eine Sonne auf einem blauen Himmel mit wenigen Wolken zeigte.

Ein Bild der Hoffnung für die dahinsiechende Königstochter, so schien es, das Gorian an jenen Augenblick erinnerte, als er im Alter von zweieinhalb Jahren auf dem Boot seines Vaters erwacht war. Einen gravierenden Unterschied gab es allerdings: Die von dem Mosaik abgebildete Sonne hatte keinen Schatten, der sie immer mehr bedeckte.

Eine weitere Öllampe erlosch.

Der Rächer begann im Holz des Schreins zu zittern. Dessen Tür schlug auf, und der Dolch wurde mittels Magie durch die Luft geschleudert, drehte sich dabei auf eine völlig chaotische, nicht zu kalkulierende Weise, zog einen Halbkreis durch den Raum und schoss dann mit der Spitze voran auf Gorian zu.

Der hielt in der Rechten noch immer Sternenklinge, hob blitzschnell die Linke und schnappte den Griff des Dolchs, bevor dessen Klinge ihm in jene Schulter dringen konnte, an der er bereits verletzt war. Für einen kurzen Moment spürte er noch eine fremde Kraft in dem Dolch, dann war sie verschwunden.

Wenigstens über die unmittelbare Voraussicht, mittels der ein Schwertmeister die Handlungen seines Gegners zu erahnen vermochte, schien er noch in gewohnter Weise zu verfügen.

Der Schrein stand halb offen und gab den Blick auf ein fratzenhaftes Götzengesicht frei. Es war aus Holz geschnitzt und mit grellen Farben angemalt.

Der Kopf schien einer grotesken Mischung aus Tier und Mensch zu gehören und erinnerte mit seinen hervorstehenden Hauern an einen Orxanier. Im Gegensatz zu diesem hatte dieses Wesen jedoch zwei Paare übergroße Ohren.

Der König von Gryphland und seine Gemahlin hatten sich bei der verzweifelten Suche nach Hilfe für ihre Tochter nicht nur auf den Verborgenen Gott verlassen, sondern wohl auch noch zu einem jener Götzen gefleht, die man in der Zeit vor der Verbreitung des einzig wahren Glaubens in den meisten Ländern Ost-Erdenrunds verehrt hatte. Sicher handelte es sich nicht um ein Abbild einer der so genannten Alten Götter, deren Anbetung nicht nur im Heiligen Reich bei strengster Strafe verboten war, sondern auch in allen anderen Gebieten, in denen der Bischof von Atrantia als geistliches Oberhaupt aller Gläubigen anerkannt wurde, also auch in Gryphland.

Vermutlich stellte der Kopf also eher einen der örtlichen Naturgötzen dar, deren Verehrung zwar verpönt war, aber in den Ländern des Südens und Westens nie ganz ausgerottet werden konnte. Immerhin hatte man den Schrein anstandshalber geschlossen gehalten, wenn der Priester des Verborgenen Gottes bei der Kranken gewesen war.

Gorian betrachtete die Klinge des Rächers. Das schwarze

Blut daran bildete einen dunklen Belag, der bereits abbröckelte, so als wäre er schon seit langem getrocknet.

Er steckte die Waffe zurück in die Scheide an seinem Gürtel und wirbelte erneut herum, als eine der letzten drei Öllampen erlosch, woraufhin nur noch Halbdunkel in dem Gemach herrschte – und plötzlich wurde auch ein Teil des Sonnenmosaiks an der Decke von einem großen dunklen Schatten verdeckt.

»Warum zeigst du dich nicht?«, rief Gorian und stellte in diesem Moment fest, dass seine Stimme der einzige Laut war, der noch an seine Ohren drang. Alle anderen Geräusche, die normalerweise eine Art klanglichen Hintergrund bildeten und einem aufgrund ihrer Selbstverständlichkeit und Allgegenwart kaum auffielen, waren verstummt, selbst das Meeresrauschen, das ansonsten unablässig in allen Wohnhöhlen Gryphenklaus mehr oder weniger stark widerhallte.

Auch die vorletzte Öllampe verlosch.

»*Es ist amüsant, in deine Seele zu sehen*«, vernahm er erneut die Gedankenstimme. »*Ich erkenne darin Furcht und Verwirrung. Und dass du kaum noch in der Lage bist, dein erlerntes Wissen auf diese völlig veränderte Situation anzuwenden.*«

Wie von selbst schloss sich der Schrein wieder, wurde sogar mit großer Kraft zugeschlagen, wobei allerdings kein Geräusch entstand. Der kleine Riegel, der die Schreintür verschloss, bewegte sich ebenfalls lautlos. Die schwarze Substanz, zu welcher der Schattenmahr zerflossen war, bildete nur noch einen Fleck im Holz, der aussah, als wäre er schon viele Jahre alt.

In was für eine eigenartige Existenzebene war Gorian nur geraten? Dann fiel ihm der schwarze Rauch ein, und er fragte sich, ob er auf irgendeine Weise ins Zwischenreich der

Schattenpfade gelangt war, das die Schattenmeister des Ordens zur Überwindung großer Entfernungen innerhalb von wenigen Augenblicken nutzten.

»Deine Ausbildung im Ordenshaus der Schatten scheint wirklich noch nicht weit fortgeschritten, dass du so lange für diese Schlussfolgerung gebraucht hast.« Triumphierendes Gelächter folgte.

»Du bist der Totenalb, der vom König Besitz ergriffen hatte«, sagte Gorian laut und stellte erschrocken fest, dass sich auch der Klang seiner Stimme verändert hatte. Sie hörte sich stumpf an, ohne Echo, als würde er sich beim Sprechen ein Kissen vor den Mund halten.

Der Angriff des Schattenmahrs hatte offenbar nur dem einen Zweck gedient, ihn in dieses lautlose Zwischenreich zu holen – eine Nebenwelt, in der Bedingungen herrschten, die es dem Totenalb erleichterten, seinen ursprünglichen Auftrag auszuführen und Gorian zu töten.

»Ich hasse das Licht und liebe die Dunkelheit«, sagte die Gedankenstimme.

Dann bildete sich aus dem Schatten, der das Sonnenmosaik bedeckte, eine Gestalt aus purer Finsternis.

Gorian wich ein paar Schritte zur Seite. Seine Tritte verursachten dabei auf dem Steinboden der Wohnhöhle keinerlei Geräusch.

Die Gestalt sprang lautlos von der Decke und landete auf dem Boden, um sich dann aufzurichten. Ihre Umrisse ähnelten dem eines Menschen. Innerhalb weniger Augenblicke veränderte sie sich, gewann mehr und mehr an Substanz, und Gorian erkannte, dass die Kreatur in einer dunklen Kutte steckte, die bis zum Boden reichte. Sie streckte den Arm aus, der sich auf groteske Weise verlängerte, und Augenblicke später verstofflichte sich eine monströse Axt

mit zwei Klingen. Das metallische Blinken der Schneide-
blätter stand in starkem Kontrast zu der Finsternis, die insbesondere unter der Kapuze herrschte und offenbar von
keinem Lichtstrahl erhellt werden konnte.

*»Du wirst doch sicher Verständnis dafür haben, wenn ich kein
Risiko eingehe und die Kampfbedingungen so verändere, dass ich
meinem zum Jähzorn neigenden Herrn mit Sicherheit einen Erfolg werde vermelden können.«*

Mit diesen Worten hob der Alb den freien Arm, und eine
Wolke aus schwarzem Rauch drang unter dem weiten Kut-
tenärmel hervor, schwebte auf die letzte noch brennende
Öllampe zu und ließ sie verlöschen.

Nur noch Finsternis umgab Gorian, und das höhnische,
siegesgewisse Lachen des Totenalbs dröhnte auf schmerzhafte Weise in seinen Gedanken.

Es ist der Geist, der sieht, nicht das Auge, erinnerte sich
Gorian an eines der Axiome des Ordens. *Die Sinne sind nur
schwache Hilfsmittel des Geistes, dem allein die Erkenntnis vorbe-
halten ist …*

Gorian bewegte sich nicht, stand wie erstarrt in der Dunkelheit, hielt den Griff von Sternenklinge mit beiden Händen
umfasst, und wieder fiel ihm die völlige Geräuschlosigkeit
in dieser absoluten und undurchdringlichen Finsternis auf.

*Für das Auge undurchdringlich – aber nicht für den Strahl des
Geistes,* ging es ihm durch den Kopf.

Es gab nichts, was ihm seine Sinne in diesem Augenblick
hätten vermitteln können. Und irgendwann würde die Axt,
von der Dunkelheit verborgen, auf ihn zuschnellen, ihm
den Schädel spalten, ohne dass ihm noch Zeit für einen Gedanken blieb.

Gorian fragte sich plötzlich, weshalb das eigentlich noch
nicht geschehen war.

Dann aber rief er sich ins Gedächtnis, was er über die Natur der Totenalben gehört und gelesen hatte. Zum Beispiel, dass sie sich an der Furcht ihrer Opfer weideten. Ein düsteres, abartiges Vergnügen, das ihnen zusätzliche und ganz besondere Kräfte zuführte und nach dem sie süchtig werden konnten wie manche Menschen nach gegorenen Getränken, Rauchwerk oder den Säften der Mohnblüte.

»Ah, wie sehr sich der mächtige Morygor vor dir fürchtet – und als was für ein erbärmlicher Hund stehst du nun vor mir!«, verhöhnte ihn der Totenalb, der seine Freude schließlich nicht mehr für sich behalten konnte. *»Ich muss gestehen, dass ich selten die Endlichkeit allen Seins und insbesondere eines Opfers so bedauert habe wie in diesem Fall. Aber kein Genuss währt ewig. Und im Übrigen bin ich meinem Herrn verpflichtet …«*

Plötzlich riss Gorian sein Schwert empor, und hart krachte es mit der Klinge der Streitaxt zusammen, die der Totenalb schwang.

Auch das geschah völlig geräuschlos.

Ein paar Funken sprühten, als das Sternenmetall gegen die Axtklinge prallte.

Ein weiterer Hieb des Totenalbs folgte, doch auch den wehrte Gorian ab. Der dritte Hieb war so heftig, dass er ihm beinahe das Schwert aus der Hand prellte.

Er taumelte zurück und versuchte abzuschätzen, wie viel Raum wohl noch zwischen seinem Rücken und der Wand der Wohnhöhle lag.

Ein Schwall wütender und nicht mehr in Worte zu fassender Gedanken traf ihn. Der Totenalb schien die Erkenntnis nur schwer verdauen zu können, dass sein Opfer seinen Angriff vorhergesehen und pariert hatte.

Lass den Geist sehen und vergiss Augen und Ohren!, ging es Gorian durch den Sinn. Unter den besonderen Bedingungen dieser Schattenwelt, in die ihn der Totenalb gezwungen hatte, war es zwecklos, sich in herkömmlicher Weise mit Magie und Schwert zur Wehr zu setzen. Er musste einen anderen Weg finden.

Er schloss die Augen. Drei Angriffen hatte er standhalten können …

Wieder attackierte ihn der Totenalb, genauso lautlos und unsichtbar wie zuvor. Aber diesmal begegnete ihm Gorian bereits mit sehr viel mehr Sicherheit. Es erinnerte ihn an die ersten, noch sehr spielerischen Kampfübungen, die sein Vater Nhorich mit ihm durchgeführt hatte. Übungen, bei denen er jene Kunst der Schwertmeister hatte erlernen sollen, sich geistig in den Gegner hineinzuversetzen und seine Handlungen vorauszuahnen.

»Stimmt es, dass einige Schwertmeister mit geschlossenen Augen kämpfen können?«, hatte Gorian seinen Vater damals gefragt.

»Von tausend Schwertmeistern vermag es nur einer«, hatte Nhorich geantwortet. »Meister Erian, dein Großvater, gehörte zu den wenigen. Ich habe ihm darin leider nie nacheifern können, obwohl er versucht hat, mir auch das beizubringen.«

»Stand Großvater denn besonders viel von der Alten Kraft zur Verfügung?«

»Auch das. Aber darauf kommt es nicht an.«

»Worauf dann?«

»Auf die Fähigkeit zur Erkenntnis. Darauf, sein inneres Auge auf eine Weise zu benutzen, die mir niemals möglich war.« Und dann hatte Nhorich seinem Sohn auf die Schulter geklopft und hinzugefügt: »Wenn der Schattenbringer eines Tages nicht einmal mehr genug Licht zur Erde lässt, dass man ein Schwert führen kann, lohnt sich der Kampf ohnehin nicht mehr, denn dann wird die Welt zu einem gefrorenen toten Brocken in der unendlichen Kälte des Polyversums. Ein Ort, an dem keine Existenz möglich ist ...«

An diese Worte erinnerte sich Gorian, während er den nächsten Angriff seines Gegners erwartete. Von Hieb zu Hieb wurde es für ihn leichter vorherzusehen, wie sein Gegner als Nächstes die Axt führen würde. Er konnte den Totenalb und sein Tun trotz Finsternis und Geräuschlosigkeit genau erahnen, und schließlich spürte er sogar, wo sich sein Feind gerade im Raum befand.

Wieder erfolgte ein Angriff.

Mit einer ins Unermessliche gesteigerten Wut hieb der Totenalb auf ihn ein. Nie zuvor hatte Gorian ein Wesen in derart rascher Folge Hiebe mit einer vergleichsweise großen Waffe austeilen sehen, wie es sein unsichtbarer Gegner nun tat.

Trotzdem brachten ihn diese Hiebe nicht einmal ansatzweise in Gefahr. Er lenkte ihre Kraft geschickt ab, parierte die furchtbaren Schläge mit immer größerem Geschick.

Wut ist die Tochter der Unsicherheit und die Schwester der Furcht, fiel ihm ein weiteres der Ordens-Axiome ein.

Als ihn der Totenalb erneut attackierte, wagte es Gorian sogar, einen eigenen Schlag anzutäuschen. Ein gleichermaßen ungestümer wie unvorsichtiger Hieb verfehlte ganz knapp seinen Kopf. Gorian tauchte darunter hinweg und stieß dann mit Sternenklinge zu.

Aber er rief dabei keinen Kraftschrei, der in dieser geräuschlosen Welt ohnehin von niemandem gehört worden wäre. Er konzentrierte seine angesammelte Kraft auch nicht auf das Schwert, damit seine Kraft in seinen Gegner überströmen und ihn vernichten konnte.

Er tat genau das Gegenteil.

In dem Moment, als die Klinge aus Sternenmetall in den unsichtbaren Körper des Totenalbs schnitt, sog er alle Kraft aus seinem Gegner, und Blitze tanzten am Schwert entlang.

Ein Gedankenschrei raubte Gorian fast die Besinnung. Dann öffnete er die Augen.

Dunkler Rauch stieg vom Boden auf und verflüchtigte sich innerhalb weniger Herzschläge. Dann blendete ihn das flackernde Licht von Öllampen, das ihm für einen Moment fast unerträglich hell erschien, und Schwindel erfasste ihn.

»Gorian!«, hörte er Sheeras Stimme und dann Meister Thondaril, der eine magische Formel murmelte; sie war Gorian unbekannt, sorgte aber offenbar dafür, dass sein Schwindelgefühl verschwand.

Er war zurück. Zurück aus der Zwischenwelt der Schattenpfade, die auf geheimnisvolle Weise neben jener Welt existierte, die für alle wahrnehmbar war. Eine geisterhafte Zwillingsschwester der Wirklichkeit ohne Geräusche.

Vor ihm lag ausgestreckt der Totenalb in seinem kuttenartigen Gewand. Schwarzes Blut quoll aus der Wunde, die Gorian ihm beigebracht hatte.

Dann zerflossen der Körper und das Gewand zu einer zähen, dunklen Flüssigkeit, die von dem schwarzen Blut nicht zu unterscheiden war, und Gleiches geschah mit seiner Axt. Kurz war das sonst im Schatten der Kapuze verborgene Gesicht zu sehen, doch es war nur noch ein Totenschädel.

Die Flüssigkeit drang in den Boden ein, versickerte, und nur noch ein dunkler Fleck mit den ungefähren Umrissen der Gestalt blieb zurück.

Gorian konnte sich einen Moment lang nicht von diesem Anblick lösen, bis er Sheeras Hand sacht auf seiner Schulter spürte.

»Dem Verborgenen Gott sei Dank, du bist zurückgekehrt!«, er-

reichte ihn ihr Gedanke. »*Es hätte eine Schattenpfadreise ohne Wiederkehr werden können.*«

Gorian sah auf und blickte in Sheeras grünlich schimmernde Augen. Sie berührte seine Schulter, wo er von dem Schattenmahr gebissen worden war. Aber es schmerzte nicht mehr. »*Du hast dich selbst geheilt? Mir war für einen Moment, als ...*« Ein Lächeln spielte um ihre Lippen. »*Aber in der Welt der Schattenpfade ist so einiges möglich ...*«

Gorian wollte etwas sagen, aber ein Kloß steckte ihm im Hals. Zu überwältigend war das, was er soeben erlebt hatte. Er war dem Tod sehr nahe gewesen – oder vielleicht sogar einem noch schlimmeren Schicksal. Und nicht für alles, was geschehen war, hatte er eine Erklärung. Noch nicht ...

Der Priester, der Zahlenmagier und die Königin standen ergriffen um das Bett der Königstochter, und König Demris Gon strahlte eine Freude aus wie wohl seit vielen Jahren nicht mehr.

Die Königstochter hatte sich aufgerichtet, saß aufrecht im Bett, und die dunklen Ringe unter ihren Augen waren verschwunden. Es quoll auch kein dunkles Blut mehr aus Mund, Nase, Ohren und Augen.

»Die Genesung Eurer Tochter ist eine Gnade des Verborgenen Gottes«, behauptete der Priester, dann sprach er mit der Königin ein Dankgebet.

Aarad legte der Königstochter nach Art eines Heilers die Hand auf die Stirn und konzentrierte seinen Geist auf die Erforschung ihres Gesundheitszustandes. Sein Urteil stand schon nach kurzer Zeit fest. »Sie trägt keine Anzeichen jener Krankheit mehr in sich, die sie so lange daniedergehalten hat«, verkündete der Gesandte des Ordens.

Der Ältere und der Jüngere Prinz hielten sich etwas abseits. Sie schienen beide noch nicht so recht zu wissen, was sie von der plötzlichen Gesundung ihrer Schwester letztlich halten sollten. Gorian wusste nicht, ob nach dem Hausrecht der gryphländischen Königsfamilie eine weibliche Thronfolge möglich war. Er würde Aarad bei Gelegenheit danach fragen.

»Du hast offenbar etwas vollbracht, das sonst niemandem möglich war«, ergriff König Demris Gon das Wort und wandte sich dabei an Gorian. Dabei trat er ganz unköniglich an ihn heran und ergriff seine Hand. »Ich weiß nicht, wie ich dir danken soll!«

»Erfülle ihm alle Wünsche, die er fordert«, riet die Königin. »Und versichere dich auf Dauer der Dienste dieses jungen Mannes.«

»Das wird leider nicht möglich sein« entgegnete Gorian freundlich. »Aber ich bitte Euch erneut darum, uns die Reise nach Felsenburg zu gestatten und uns den Zugang zu den dort gelagerten Caladran-Schriften zu gewähren. Außerdem erlaubt uns bitte, zumindest eine dieser Schriften mit zu den Inseln der Caladran zu nehmen, um sie ihren ehemaligen Besitzern zurückzugeben.«

Auf einmal prägte wieder Unentschlossenheit die Züge des Königs. Sein Blick wurde unruhig, und schon an seiner Körperhaltung war abzulesen, wie ihn die innere Zerrissenheit erneut bedrängte. Er ließ Gorians Hand los und machte einen Schritt zurück.

»Ihr solltet zu Eurem Wort stehen, mein Gemahl!«, verlangte die Königin.

»Aber was, wenn ein weiteres dieser Schattenwesen unsere Tochter heimsucht? Etwa, um Rache dafür zu üben, dass ich mich mit dem Orden der Alten Kraft verbündete und seinen Mitgliedern ihre Wünsche gewährte? Ist das denn ausgeschlossen?«

»Sollte dies geschehen, dann sei es so«, mischte sich die Königstochter ein, und ihre Stimme klang überraschend fest, ihr Blick wirkte klar. »Vater, ich schwankte so lange am Rande des Grabes, dass ich den Tod nicht mehr fürchte. Jeden Schrecken, den ich noch erleiden könnte, habe ich in der Vergangenheit bereits erduldet.«

Einige Herzschläge lang sagte niemand ein Wort. Alle Augen waren auf den König gerichtet.

»Gut«, sagte Demris Gon schließlich. »Ruft meinen Sekretär. Ein entsprechendes Dokument soll ausgestellt und besiegelt werden!«

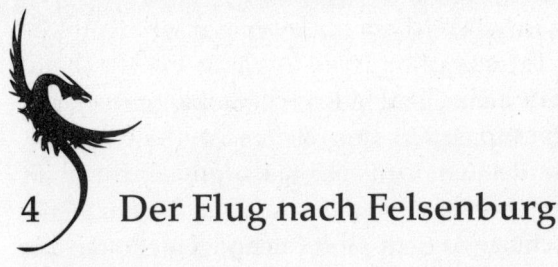

4 Der Flug nach Felsenburg

Erstaunlich schnell wurde das für den Flug nach Felsenburg nötige Dokument ausgestellt und mit dem Siegel des Königs versehen. Es enthielt die königliche Erlaubnis, Felsenburg überhaupt anzufliegen und dort zu landen, und wies den Verwalter der geraubten Caladran-Schriften an, Gorian und seinen Gefährten Zugang zu allen Räumlichkeiten und sämtlichen Schriftstücken zu gewähren, die in der im nordöstlichen Ödland gelegenen Burg aufbewahrt wurden. Zudem wurde darin bestätigt, dass sie das Recht hatten, mindestens eines dieser Schriftstücke auszuwählen und mitzunehmen.

»Der schon von meinem Vater eingesetzte Verwalter heißt Oras Ban«, erläuterte Demris Gon. »Er ist schon sehr alt, gilt als eigenwillig und nicht gerade umgänglich. Aber er untersteht meiner Befehlsgewalt und wird sich Eurem Willen fügen, wenn Ihr ihm dieses Dokument vorlegt. Doch um einen Gefallen bitte ich Euch.«

»Wenn wir ihn erfüllen können«, sagte Thondaril.

»Sagt ihm nicht, dass Ihr beabsichtigt, eine dieser Schriften als Zeichen des guten Willens und zur Schmiedung eines künftigen Bündnisses zu den Caladran zu bringen. Dafür hätte er keinerlei Verständnis und sähe es als tiefste Schmach für Gryphland an.«

»Wenn es uns möglich ist, werden wir es unerwähnt lassen«, versprach Thondaril.

»Natürlich stellt mein Gemahl Euch eine königliche Greifengondel samt Mannschaft und Reiter zur Verfügung«, mischte sich die Königin ein, und sie sagte es direkt an Gorian gerichtet. Sie war offenbar der Ansicht, diesem Fremden, der ihre Tochter vor dem schon sicher geglaubten Tod bewahrt hatte, noch zu sehr viel mehr Dank verpflichtet zu sein.

Doch noch ehe Gorian antworten konnte, ergriff Thondaril wieder das Wort. »Wir werden uns selbst um eine Reisegelegenheit kümmern«, sagte er freundlich. »Es stehen unruhige Zeiten bevor, und Ihr werdet jeden Eurer Kriegsgreifen benötigen, um Euer Land zu verteidigen.«

Später, als sie in die Höhlen der Ordensgesandtschaft zurückgekehrt waren, verriet Thondaril den wahren Grund dafür, dass er das Angebot der Königin abgelehnt hatte. »Wir können zwar nicht ohne Greifen nach Felsenburg gelangen – es sei denn, wir hätten für diese Reise durch ein extrem unwegsames Land Monate Zeit, was, wie wir alle wissen, nicht der Fall ist –, aber ich möchte niemanden bei mir haben, dem ich nicht voll und ganz vertraue. Niemanden, der im Sold eines anderen steht – und schon gar nicht jemanden, der einem Mann gehorcht, der so wankelmütig ist wie der König von Gryphland. Wer weiß schon, welchen Dämon ihm Morygor demnächst im Schlaf schickt, damit er das Bündnis mit uns wieder aufkündigt.«

»Gleichgültig, an welchen seiner beiden Söhne er sein Reich übergibt«, warf Torbas mit spöttischem Unterton ein, »er sollte es nur möglichst bald tun. Jeder Bettler, den er im Hafen aufgabelt, wäre ein Herrscher mit mehr Entschlusskraft.«

Gorian wandte sich an Meister Thondaril. »Wie sollen wir aber dann zur Burg gelangen?«

»Wir nehmen die Hilfe eines Mannes in Anspruch, der immerhin bereit war, uns ins Reich der Kälte zu fliegen. Der gesehen hat, was denjenigen geschieht, die unter Morygors kalte Herrschaft fallen.«

»Centros Bal«, murmelte Gorian. Er lächelte matt. »Habe ich mir gedacht. Aber man wird ihn überzeugen müssen.«

»Darum wirst du mich begleiten, wenn ich zu ihm gehe«, bestimmte Meister Thondaril.

Centros Bal besaß ein Haus in Port Gryphenklau. Es lag in Sichtweite der Kaimauern und Umschlagplätze, wo die Waren angeliefert und umgeladen wurden. Oft genug wechselten sie aber nicht nur vom Schiff in die Greifengondel, sondern auch gleich für einen mehr oder weniger guten Preis den Besitzer. Der gesamte Hafen glich einer einzigen Markthandelsmeile.

Das Haus Centros Bals war zugleich ein Kontor und beherbergte auch die Stallung für seinen Greifen. Fünf Geschosse ragte es empor, und das kuppelförmige Dach ließ sich durch einen ausgeklügelten Mechanismus, den ein Baumeister aus Mitulien entworfen hatte, so weit öffnen, dass ein Greif einfliegen und landen konnte. Im Untergeschoss war eine Zucht und Dressurschule für Seilschlangen untergebracht; diese hilfreichen Wesen waren schließlich für jeden Greifenreiter unentbehrlich. Insbesondere auf ausgedehnten Reisen wie die Bernsteinflüge Centros Bals zu den Mittlinger Inseln musste man sich auf die Tiere verlassen können, die sich mit einem Ende um den Körper des Greifen schlangen und mit dem anderen die Gondel hielten oder bei einem Reiterwechsel einen Mann umfassten, um ihn vom Gondelbalkon auf den Greifenrücken oder zurückzuheben.

Gorian und Thondaril wurden am Eingang des Hauses von Fentos Roon in Empfang genommen. Der zweite und selten zum Einsatz kommende Greifenreiter in den Diensten Centros Bals erkannte die beiden sofort wieder.

»Ihr seht ja, dass hier ein ständiges Kommen und Gehen herrscht, aber ich bin sicher, dass Centros Bal für Euch ganz gewiss Zeit findet«, sagte er freundlich.

»Ich hoffe, die Geschäfte deines Herrn gehen gut«, erwiderte Thondaril.

Sie mussten zur Seite weichen, weil eine Kolonne von Ogern, die sich im Hafen als Träger verdingten, große Stoffballen zu den Lagerräumen brachte.

»Mein Herr kann nicht klagen«, antwortete Fentos Roon. »Der Bernsteinverkauf in Basaleia hat – zumal durch die Umgehung des Zwischenhandels – eine gute Summe eingebracht. Es ist nur bedauerlich, dass sich dieses Geschäft bis auf weiteres nicht wiederholen lässt.«

Da hatte er recht. Solange die Mittlinger Inseln und das Meer, das sie umgab, von einem inzwischen wahrscheinlich mannshohen Eispanzer bedeckt waren, blieb jeder weitere Bernsteinflug ausgeschlossen. Davon abgesehen gehörte dieses Gebiet nun zu Morygors Reich, und es war davon auszugehen, dass sich seine dunkle magische Aura dort bereits so stark manifestiert hatte, wie es im Bereich des Speersteins von Orxanor der Fall gewesen war. Diese Aura veränderte jeden und machte ihn zum Untoten, wenn er sich zu lange in ihrem Einflussbereich aufhielt und nicht die innere Stärke aufbrachte, ihr zu widerstehen.

Ohne magische Hilfe war das eigentlich nicht denkbar. Nur Gorian hatte es seinerzeit geschafft, zumindest bis zum

Speerstein vorzudringen, aber auch das nur zum Preis der totalen, todesähnlichen Erschöpfung.

Centros Bal empfing Gorian und Thondaril in der Kanzlei seines Kontors. Der kleine, drahtige Mann mit dem grauen Bart, der als »Nordfahrer« in ganz Ost-Erdenrund bekannt war, schien sich ehrlich zu freuen, die beiden wiederzusehen. Er trug seinen eng anliegenden Greifenreiter-Anzug, so als wäre er gerade erst von einem längeren Flug zurückgekehrt.

Ein Zahlenmagier – unzweifelhaft an seinem übergroßen kahlen und von einem Netz aus pulsierenden Adern überzogenen Kopf als solcher zu erkennen – stand an einem Schreibpult und murmelte Zahlen vor sich hin.

Auf dem Pult saß eine achtäugige Schreibspinne. Aus den Enden ihrer Beine quoll Tinte, mit der sie die Angaben des Zahlenmagiers mit einer solchen Feinheit und Akribie in eine Tabelle eintrug, wie dies keinem menschlichen Schreiber möglich gewesen wäre.

Gorian betrachtete die Schreibspinne einen Moment, und sie schien mit drei oder vier ihrer Augen diesen Blick zu erwidern, wobei sie ihre Schreibgeschwindigkeit kein bisschen verringerte.

Centros Bal bemerkte Gorians Interesse und lächelte. »Du hast sicher schon so ein Tier gesehen, was?«

»Ich habe davon gehört.«

»Die Schiffe aus Margorea bringen sie her, und sie erfreuen sich immer größerer Beliebtheit. Und sie sind sehr gelehrig. Aber es gibt bereits Bestrebungen der Schreibergilde, sie zu verbieten, weil sonst niemand mehr die Mühen des Schreibenlernens auf sich nimmt.«

»Wollen die Mitglieder der Schreibergilde sie nicht eher deshalb verbieten, weil sie um ihre Pfründe fürchten?«, vermutete Thondaril.

Centros Bal schüttelte den Kopf. »O nein, da liegt Ihr falsch, werter Thondaril«, entgegnete er in bestem Heiligreichisch. »Für eine Schreibspinne muss man den Lohn von drei Schreibern für ein ganzes Jahr zahlen, so teuer sind die Tierchen. Von den Kosten der Haltung ganz zu schweigen. Die Biester sind nämlich ziemlich anspruchsvoll.«

»Aber sie schreiben schneller und machen weniger Fehler«, erklärte der Zahlenmagier, der seine für unbeteiligte Hörer sinnlos erscheinende Zahlenlitanei für einen Moment unterbrach.

Centros Bal stellte ihnen den Zahlenmagier vor. Er hieß Rastos und stammte aus Andobar, der Hauptstadt des gleichnamigen Inselfürstentums vor der gryphländischen Küste. Formal gehörte Andobar zum Königreich Gryphland, aber faktisch war es schon seit jenen Tagen unabhängig, da die gryphländischen Greifenreiter gegen die Himmelsschiffe der Caladran gekämpft hatten. Der Fürst von Andobar hatte sich nämlich für neutral erklärt und sich geweigert, mit seinen eigenen Greifenreitern gegen den Feind zu Felde zu ziehen. Für manche Gryphländer hatte die Bezeichnung Andobarianer seitdem die gleiche Bedeutung wie das Wort Verräter.

Insbesondere den Mitgliedern der zahlreichen Gilden von Gryphland, die eine erhebliche Macht ausübten, war Andobar und jeder, der von dort stammte, verhasst, denn das angebliche Gildenunwesen war in dem Inselfürstentum abgeschafft worden. Die Fürsten von Andobar hatten damit den Handel angekurbelt und gleichzeitig die Gilden auf dem gryphländischen Festland dazu gezwungen, die Einfuhr so mancher Ware, die sie für bedenkliche Konkurrenz hielten, zuzulassen.

»Rastos vertritt mich hier in Gryphenklau, wenn ich auf

Reisen bin«, erklärte Centros Bal. »Er genießt mein vollstes Vertrauen und hält hier meine Geschäfte am Laufen.«

»Ich habe schon von Euch gehört, Thondaril«, sagte Rastos höflich und in geschliffenem Heiligreichisch. Dann wandte er den ballonartigen Kopf und sah Gorian an. »Und von Euch erzählt man sich seit Kurzem ebenfalls sehr wundersame Dinge, Meister Gorian.«

Dass der Zahlenmagier ihn nicht nur in der Höflichkeitsform, sondern auch noch mit Meister ansprach, war wohl den Gerüchten geschuldet, die über die Errettung der Königstochter in Gryphenklau kursierten.

»Verzeiht, aber ich bin noch kein Meister, sondern ein nach wie vor gelehriger Schüler Thondarils«, gab Gorian auf Gryphländisch zurück.

»So ist das, was Ihr für das Königshaus getan habt, noch beeindruckender. Das ganze Land wird davon profitieren.«

»Leider vermochte niemand, den König von seinem Hang zur Entschlusslosigkeit zu heilen«, bekannte Gorian. »Er zögert noch, einem Bündnis gegen Morygor beizutreten, und wird nur einen seiner Söhne zu den Verhandlungen nach Arabur schicken.«

»Arabur? Der Kaiser des Heiligen Reichs soll sich dort verkrochen haben und hofft vermutlich genauso, dass der Giftkelch des Untergangs an ihm vorübergeht, wie unser eigener König.«

»Die sind alle starr vor Schrecken«, meinte Centros Bal. »Ich befürchte, bevor bei den Beratungen in Arabur irgendwelche Beschlüsse gefasst werden, hat sich eine Eisschicht über ganz Ost-Erdenrund gelegt.«

»Ihr habt die Schrecken von Morygors Reich mit eigenen Augen gesehen«, sagte Thondaril zu dem Nordfahrer. »Darum sollte Euch mehr als allen anderen klar sein, dass etwas getan werden muss und wir nicht auf die Entscheidungen der Mächtigen warten können.«

Centros Bal atmete tief durch. »Ihr braucht jemanden, der Euch fliegt, Meister Thondaril? Seid Ihr deswegen hier?«

»Ihr sollt es nicht umsonst tun. Der Orden verfügt noch immer über gewaltige Mittel, auch außerhalb des Heiligen Reichs, sodass Ihr sicher sein könnt, einen fürstlichen Lohn zu erhalten.«

Der hagere, kleine Mann, dessen Alter schwer zu schätzen war, lachte meckernd. »Wenn die Leviathane erst die Südküste Gryphlands oder Laramonts erreichen und alles niederwalzen, wird niemand mehr irgendeinen Lohn einfordern können, gleichgültig wie hoch oder fest versprochen er sein möchte. Und selbst wenn der Orden noch Schatzkammern in Andobar oder vielleicht sogar im fernen Margorea unterhält, um auch für die größtmögliche Katastrophe gewappnet zu sein, das Eis wird irgendwann auch bis dorthin reichen; das Laramontische Meer ist so wenig ein Hindernis, wie es andere Meere zuvor gewesen sind.«

Thondaril ging auf die Einwände des Greifenreiters erst gar nicht ein, sondern erklärte: »Ich brauche jemanden, der uns nach Felsenburg fliegt. Und ich möchte, dass Ihr das tut.«

»Ich war schon dort«, bekannte Centros Bal. Er deutete auf die Schreibspinne, die die Unterhaltung aufmerksam zu verfolgen schien, während sie gleichzeitig Kopien von Listen anfertigte, und das mit einer Geschwindigkeit, zu der auch der beste menschliche Schreiber niemals fähig gewesen wäre. »Ich habe ein halbes Dutzend Schreibspinnen an den Königlichen Verwalter von Felsenburg verkauft. Da ich aufgrund der abgenommenen Menge einen guten Preis bei meinem margoreanischen Schreibspinnenzüchter bekam, habe ich mir selbst auch eine geleistet, obwohl mir das sonst zu teuer gewesen wäre.« Er zuckte mit den Schultern. »Aber die Biester amortisieren sich, sag ich Euch.«

»Ihr würdet uns also nach Felsenburg fliegen?«, vergewisserte sich Thondaril. »Über den Preis werden wir gewiss einig.«

»Wann wollt Ihr aufbrechen?«

»Am liebsten noch heute.«

»Morgen früh sind mein Greif und ich für Euch bereit.«

»Einverstanden.«

»Aber von Felsenburg aus wird die Reise dann weitergehen«, mischte sich Gorian ein.

»*Nicht!*« Er konnte die Mahnung Thondarils fast körperlich spüren. Offenbar hatte der zweifache Ordensmeister keineswegs die Absicht, Centros Bal bereits zu diesem Zeitpunkt voll und ganz einzuweihen.

Aber irgendein Gefühl sagte Gorian, dass dies hier und jetzt ausgesprochen werden musste. Und so tat er es. »Von Felsenburg aus sollt Ihr uns geradewegs zu den Inseln der Caladran bringen.«

Centros Bal reagierte so, wie Thondaril es offenbar befürchtet hatte. Der Greifenreiter wurde trotz einer von der Sonne gebräunten Haut plötzlich so bleich wie die schmucklose Wand hinter ihm. »Nein«, sagte er hart und klar. »Alles, nur das nicht! Der ganze Schatz des Ordens reicht nicht aus, dass ich dorthin fliege, wo man die Greifenreiter hasst wie sonst nirgends.«

»Ihr sollt es auch nicht des Silbers wegen tun, das Euch der Orden zahlen wird, Centros Bal«, entgegnete Gorian auf Gryphländisch. »Tut es aus der Notwendigkeit heraus, dass sich alle Kräfte gegen den gemeinsamen Feind vereinen müssen. Tut es, weil die Magie der Caladran vielleicht die einzige Möglichkeit ist, Morygor noch aufzuhalten.« Mit diesen Worten zog er Sternenklinge hervor.

Der hagere Greifenreiter wirkte irritiert, als Gorian ihm die Klinge vor das Gesicht hielt, sodass er sie genau betrachten konnte.

»Der beiden Schwerter meines Vaters wegen war ich am Speerstein und wäre dort um ein Haar gestorben«, fuhr Gorian fort. »Und die Gefahr, die Ihr bei diesem Unternehmen auf Euch genommen habt, war keineswegs geringer. Nun brauchen wir abermals einen Greifenreiter mit Eurem Mut und Eurer Unerschrockenheit.«

Centros Bal schwieg eine Weile. Er kratzte sich am Kinn, und auf seiner Stirn hatte sich eine tiefe Furche gebildet. »Ich könnte Euch von Felsenburg aus direkt nach Havalan fliegen«, sagte er schließlich in gedämpftem Tonfall. »Die Westreicher pflegen traditionell gute Beziehungen zu den Caladran, und Ihr werdet sicher schnell eine Galeere finden, die Euch ans Ziel bringt.«

»Ich hatte gehofft, Ihr wüsstet, wie mächtig unser Feind ist und dass die verrinnende Zeit sein größter Verbündeter ist«, sagte Gorian. »Abgesehen davon muss es ein Greifenreiter sein, der uns zu den Caladran begleitet. Wir wollen eine der gestohlenen Schriften zurückbringen, und dieses Signal wird nur dann richtig verstanden werden, wenn ein Gryphländer zugegen ist.«

»Dann sollte das besser ein Gesandter des Königs oder noch besser einer der Kronprinzen sein.«

»Meint Ihr die beiden Jünglinge, die sich gegenseitig belauern wie Oger-Ringer auf dem Jahrmarkt und nur hoffen und darauf warten, dass einer von ihnen nicht am Hof ist, wenn der König stirbt, sodass der andere dann die Macht an sich reißen kann?« Gorian schüttelte den Kopf. »Ihr habt keinen Rang und kein Amt, und doch seid Ihr ein wesentlich besserer Botschafter Eures Landes. Ihr seid der Nordfahrer, und man wird selbst auf den Caladran-Inseln von Euch gehört haben.« Er atmete tief durch und steckte das Schwert wieder ein. »Sollten wir uns in Euch getäuscht haben, wäre dies sehr bedauerlich, denn es dürfte kaum jemanden geben, der Euch auf diesem Flug ersetzen könnte.«

»Manche Dinge muss auch ein Kaufmann um der Ehre willen tun«, mischte sich Rastos ein.

Centros Bal verzog das Gesicht. »Normalerweise würde ich nicht viel darauf geben, wenn ausgerechnet ein Zahlenmagier aus dem Land der Andobarianer-Verräter so etwas sagt. Es sei denn, sein Name ist Rastos.« Mit einer ruckartigen Bewegung wandte er sich Thondaril zu und sagte auf Heiligreichisch: »Er mag noch kein Meister des Ordens sein, aber ein Meister der Überredungskunst ist dieser junge Mann allemal. Wahrlich, dieses Talent würde ich mir bei manchem meiner Angestellten wünschen, die ich für teures Silber bezahle, um meine Waren an den Mann zu bringen.«

Thondaril hob die Augenbrauen. »Heißt das …?«

»Morgen früh bei Sonnenaufgang! Und seid bitte pünktlich, Meister Thondaril, damit wir am Abend in Felsenburg sind!«

Am Abend vor dem Aufbruch suchte Gorian seinen Mentor in dessen Zelle in der Ordensgesandtschaft von Gryphenklau auf.

Thondaril beendete gerade seine Übungen zur geistigen Versenkung. Seine Augen waren vollkommen schwarz und blieben es zunächst – ein Zeichen dafür, wie sehr er die Alte Kraft in sich gesammelt und konzentriert hatte.

Mit verschränkten Beinen und gegen die Schläfen gepressten Daumen und Zeigefingern saß er auf der einfachen Pritsche.

»Wenn ich ungelegen komme, dann…«, begann Gorian und wollte schon wieder gehen.

»Dann hätte ich dich nicht hereingebeten«, sagte der zweifache Meister und ließ die Hände sinken. »Wir haben in der Tat miteinander zu reden. Und das sollten wir tun, ehe wir aufbrechen.«

Es hatte sich für sie, seit sie das Haus des Greifenreiters verlassen hatten, nicht mehr die Gelegenheit für ein Gespräch unter vier Augen ergeben.

»Meister, es tut mir leid, dass ich gegenüber Centros Bal derart vorgeprescht bin, obwohl Ihr mich ermahnet und…«

»Du hast eine sehr verharmlosende Weise, das auszudrücken«, fiel Thondaril ihm ins Wort und erhob sich.

»Ich war überzeugt, das Richtige zu tun.«

»Eine solche Überzeugung ist oft genug der Keim des Irrtums. Du hast Glück gehabt, dass sich die Angelegenheit in unserem Sinn entwickelt hat. Aber es hätte auch anders kommen können.« Thondaril atmete tief aus. »Stell dir vor, Centros Bal hätte abgelehnt. So viel Auswahl an Greifenreitern, denen wir trauen können, haben wir nicht. Wir hätten ihn auch später noch bitten können, uns zu den Caladran-Inseln zu fliegen, zu einem Zeitpunkt, da er die Notwendigkeit dazu womöglich eher eingesehen hätte. Notfalls hätte ich seinen Willen manipuliert, und da er über keine magischen Fähigkeiten verfügt, wäre das auch nicht allzu schwer gewesen.«

»Damit hättet Ihr gegen die Regeln des Ordens verstoßen.«

»In dieser außergewöhnlichen Lage hätte ich das akzeptiert.«

»Ich gehe lieber den direkten Weg, Meister Thondaril. Ich will mich nicht verstellen. Ich will niemandem mit Magie meinen Willen aufzwingen und damit die Ordensregeln brechen. Und den Caladran wäre bestimmt auch aufgefallen, dass der Greifenreiter, der uns begleitet, dies nicht freiwillig tut, sondern weil er beeinflusst wird.«

Thondaril erhob sich. »Deine Haltung ist ehrenwert. Und der direkte Weg, wie du es ausgedrückt hast, hat sicher manches für sich. Aber hin und wieder ist es eben einfach nicht möglich, sich an alle Regeln zu halten, weil wir dadurch zu viele Risiken eingehen würden und letztlich das gefährden, was uns wichtig ist. Deine Ehrlichkeit und Offenheit hat dich diesmal ans Ziel gebracht, sie hätte dich aber auch davon entfernen können, und das wäre in diesem Fall verhängnisvoll gewesen. Die Dinge sind nicht immer schwarz oder weiß, sondern zumeist grau. Aber das wirst du hoffentlich noch lernen.«

Nach seiner Rede wandte sich Thondaril dem kleinen Tisch in der Zelle zu, auf dem außer einem aufgeschlagenen Exemplar der Ordens-Axiome noch eine kleine Ledertasche lag, die der Meister des Schwertes und der Magie ansonsten stets an seinem Gürtel trug.

Er griff in die Tasche, und Gorian erkannte sofort, was er da hervorholte. Es war der Ring eines Meisters, wie Thondaril selbst ihn zweifach am Finger trug.

»Der Orden ist ja derzeit damit beschäftigt, sich zu rekonstituieren«, sagte Thondaril mit ruhiger Stimme. »Unser Hochmeister entpuppte sich als Verräter, und von dem Verlust der Ordensburg werden wir uns lange nicht erholen. Aber inzwischen gibt es ein neu gebildetes Entscheidungskonvent, dem auch ich angehöre, und mittels Handlichtlesen ist es uns möglich, auch über große Entfernungen hinweg miteinander zu kommunizieren.« Thondaril hielt Gorian den Meisterring hin. »Den Mitgliedern des Entscheidungskonvents wurde die Autorität verliehen, aus eigenem Ermessen Meisterringe an ihre Schüler zu vergeben. Und ich bin der Auffassung, dass du dir deinen verdient hast. Mag sein, dass dir noch vieles fehlt, aber das wird dich die Zeit lehren. Dass es dir gelang, die Schwerter deines Vaters zurückzugewinnen, ist meines Erachtens Beweis genug für deine Fähigkeiten, daher ernenne ich dich hiermit zum Schwertmeister des Ordens der Alten Kraft, sofern du bei der Allmacht des Verborgenen Gottes schwörst, dein Talent und dein Wissen niemals im Geist des Bösen anzuwenden, die Axiome des Ordens zu achten und zur Verteidigung des Heiligen Reichs beizutragen.«

Gorian war mehr als nur überrascht. Wie lange hatte er davon geträumt. Immer wieder hatte er sich vorgestellt, wie es sein würde, wenn er eines Tages zum Schwertmeister ernannt wurde.

Nun war es so weit – allerdings unter Umständen, die ganz anders waren, als er es sich gedacht hatte.

»Ich schwöre es!«, sagte er eilig. »Der Verborgene Gott sei mein Helfer, sofern ich mit meinem Talent der seine bin!«

Seine Worte entsprachen der traditionellen Antwortformel. Sie stammte noch aus der Zeit des legendären Ersten Meisters, als dieser die ersten Gefolgsleute mit der Meisterwürde versah.

Thondaril steckte Gorian den Ring an die Hand. »Du wirst dir gewiss einen anderen Rahmen für diese Zeremonie vorgestellt haben. Den kann ich dir angesichts unserer Lage leider nicht bieten.«

»Das schmälert nicht die Bedeutung, die dieser Augenblick für mich hat«, erklärte Gorian.

»Was die anderen Meistertitel angeht, deren Erreichen du dir ja in aller Ernsthaftigkeit vorgenommen hattest …«

»Ich werde mich gedulden«, versprach Gorian.

»Das wirst du müssen«, nickte Thondaril. »Und ich möchte dich diesbezüglich auch noch einmal ermahnen, um dich von gefährlichen Selbstversuchen abzuhalten, insbesondere hinsichtlich der Schattenpfadgängerei. Der Angriff, dem du im Gemach der Königstochter ausgesetzt warst, hat dich in die Zwischenwelt der Schattenpfade gerissen, und du kannst von Glück sagen, sie ohne Schaden an Geist und Körper wieder verlassen zu haben.«

»Ich habe die Kraft des Totenalbs in mich aufgenommen«, erklärte Gorian. »So habe ich ihn getötet – durch Entziehung seiner Kraft. Es war genau das Gegenteil von dem, was man einen Schwertschüler lehrt.«

»Dass du diese Kraft aufgenommen hast, rettete vermutlich dein Leben, denn jemand, der nicht genug über die Schattenpfade weiß, endet schon nach kurzem Aufenthalt in jener Zwischenwelt als vorzeitig gealterter Greis, dem jegliche Lebenskraft fehlt.« Noch einmal ermahnte er den neuen Schwertmeister und sprach mit großer Eindringlichkeit: »Komm also nicht auf die Idee, eigene Schritte in diese Richtung unternehmen zu wollen, nur weil dir im Moment ein Lehrmeister fehlt, der dir zeigen könnte, wie man auf den Schattenpfaden zu wandeln vermag, ohne Schaden zu nehmen. Hast du verstanden?«

»Jedes Wort. Und ich verspreche, nicht unbedacht zu handeln.«

Es war Thondaril nicht anzumerken, ob ihn die Versicherungen seines Schülers wirklich restlos überzeugten. »Gut. Es wird dir sicherlich noch möglich sein, auch die Ausbildung in den anderen Ordenshäusern fortzusetzen. Vorausgesetzt, es gelingt uns irgendwie, Morygors Horden zumindest für einige Zeit aufzuhalten.«

Gorian hatte noch ein Anliegen. »Ich möchte Euch gewiss keine Ratschläge erteilen, Meister ...«, begann er und suchte ganz offensichtlich nach den richtigen Worten.

»Das würde sich auch nicht geziemen«, erwiderte Thondaril. »Allerdings sagen die Axiome, dass die Wahrheit keinen Rang kennt. Und davon abgesehen bist du jetzt ein Meister wie ich. Dass du aber noch lange und in vielem auf den Rat des Erfahreneren hören solltest, ist natürlich eine andere Sache.«

Gorian nickte. Der Meisterring an seinem Finger drückte noch. »Meister Thondaril, da Ihr mich in den Rang eines Meisters erhoben habt, solltet Ihr auch Torbas diese Ehre zuteilwerden lassen.«

Thondaril hob die Augenbrauen. »So?«

»Er ist mir nicht nur ebenbürtig, sondern überlegen. Zwar gebe ich es ungern zu, aber in allen Übungskämpfen, in denen wir uns in letzter Zeit gemessen haben, und das waren viele, hat er mich besiegt, und hinsichtlich des magischen Talents dürfte er mir gleichwertig sein.«

»Und doch warst du es, der zum Speerstein gelangte, nicht er.«

»Mit Verlaub, Meister Thondaril, aber auch Ihr konntet mir nicht bis dorthin folgen.«

»Morygors Aura war zu stark.«

»Meister, ich bitte Euch inständig, Torbas den Ring nicht zu versagen. Er hat ihn ebenso verdient wie ich.«

»Du bist jetzt ein Meister und hast das Recht, dir Schüler zu suchen und sie auszubilden. Zumindest den Regeln des Ordens nach ist das so, auch wenn ich dir zum gegenwärtigen Zeitpunkt dringend davon abrate. Aber du wirst niemals das Recht haben, meine Entscheidungen anzuzweifeln oder darüber zu befinden, wen ich zum Meister ernennen soll und wen nicht!« Die Furchen auf Thondarils Stirn waren tief geworden, und sein Gesicht, das ohnehin wie aus Stein gemeißelt wirkte, glich einer abweisenden Maske.

Vielleicht bin ich zu weit gegangen, dachte Gorian.

»O ja, das bist du!«, erreichte ihn ein Gedanke Thondarils. *»Geh jetzt!«*

Gorian nahm den Meisterring wieder von seinem Finger und legte ihn auf den Tisch. »Gebt ihn mir in dem Augenblick, da Ihr auch Torbas für würdig befindet, Meister.«

»Du bist ein Narr!«

»Möglicherweise. Aber Torbas und ich sind Gefährten. Ich habe ihm eines der Schwerter meines Vaters gegeben und werde auf ihn angewiesen sein. Wenn einer von uns ein Meister ist, während der andere Schüler bleibt, werden wir niemals den nötigen Zusammenhalt wiederfinden, den wir benötigen.«

Thondaril schwieg einen Moment. *»Wiederfinden?«*, fragte er dann in Gedanken, und der Blick, mit dem er Gorian bedachte, war so durchdringend, dass dieser glaubte, der zweifache Ordensmeister könnte bis auf den Grund seiner Seele sehen. »Was ist zwischen euch vorgefallen?«, hakte Thondaril unerbittlich nach.

»Ich weiß es nicht«, antwortete Gorian. »Ich weiß nur, dass nichts mehr so ist, wie es sein sollte, seit wir aus dem Frostreich zurückgekehrt sind. Sollte Torbas nun auch noch diesen Ring an meinem Finger sehen, wäre das womöglich der entscheidende Schnitt, der das Band zwischen uns völlig durchtrennt. Doch das darf nicht geschehen. Es würde uns entzweien.«

Gorian atmete laut aus. Er fürchtete sich vor Thondarils Antwort.

Die bestand zunächst in einem nachdenklichen Schweigen. Dann nahm er den Ring und steckte ihn zurück in die Tasche. »Die Nacht ist kurz. Du solltest das, was von ihr geblieben ist, zum Schlafen nutzen ... *Schüler*!«

Am nächsten Morgen standen Gorian und Sheera auf dem Felsplateau der Gesandtschaftshöhle und beobachteten, wie sich unten in Port Gryphenklau der Greif von Centros Bal in die Lüfte erhob. Die Gondel war mit einer deutlich höheren Anzahl von Seilschlangen gesichert, als es Gorian vom letzten Flug mit dem Nordlandfahrer in Erinnerung hatte.

»Vielleicht erwartet er besondere Schwierigkeiten auf dieser Reise«, lautete Sheeras Vermutung, die Gorians Gedanken las. »In meiner oquitonischen Heimat erzählt man sich allerlei Geschichten über das Landesinnere von Gryphland.«

»Es gelangen nicht viele Fremde dorthin, und unbekannte Gebiete eignen sich immer für Schreckensgeschichten«, gab Gorian zurück.

Sie sah ihn von der Seite her an und schien zu spüren, dass ihn irgendetwas sehr stark beschäftigte, aber sie sandte ihm nicht einmal einen fragenden Gedanken – und dafür war er ihr in diesem Augenblick sehr dankbar. Nein, was sich am vergangenen Abend in Meister Thondarils Zelle abgespielt hatte, sollte zwischen ihm und seinem Meister bleiben. Für alle Zeiten. Vor allem Torbas durfte nie davon erfahren.

Auch Thondaril, Torbas und Aarad traten ins Freie. Eigentlich hatte Gorian erwartet, dass der Heiler als besonderer Kenner des Landes sie nach Felsenburg begleiten würde. Aber Aarad hatte offensichtlich andere Pläne, denn er trug nicht einmal eine Waffe, geschweige denn irgendwelches Gepäck bei sich.

»Meister Aarad wird leider nicht mitkommen«, erklärte Thondaril seinen Schülern. »Wir sind zu dem Schluss gelangt, dass jemand am Hof bleiben sollte, falls sich das Befinden der Königstochter überraschend wieder verschlechtern sollte. Sie ist noch geschwächt, und sollte ihr Gesundheitszustand plötzlich wieder umschlagen, kann sich das erheblich auf unser Bündnis mit Demris Gon auswirken.«

Centros Bals Greif erreichte das Felsplateau, und die Gondel sank herab, bis sie sanft aufsetzte.

Fentos Roon, der Zweite Greifenreiter, öffnete ihnen die Gondeltür, und Gorian und seine Gefährten stiegen ein. Die Seilschlangen strafften sich und stießen dabei ein Zischen aus, dann hob sich die Gondel wieder. Als Gorian wenig später aus einem der verglasten Fenster sah, schwebten sie bereits hoch über Gryphenklau.

»Ich bin gespannt, ob uns die Schriften von Felsenburg wirklich helfen«, hörte er Torbas neben sich sagen. »Ich habe da so meine Zweifel. Schon deswegen, weil niemand von uns die Caladran-Sprache beherrscht.«

»Nun, ich verfüge zumindest über gewisse Grundkenntnisse«, erklärte Thondaril. »Und die Schrift beherrsche ich gut genug, um den Wert eines Buches oder einer Schriftrolle einigermaßen ermessen zu können.«

»Habt Ihr je die Magie der Caladran ausprobiert?«, fragte Gorian interessiert.

»Das zu versuchen kann ich keinem empfehlen. Zumindest niemandem, der sie nicht wirklich beherrscht, und das sind wohl nur die Caladran selbst. Und auch die haben angeblich viel von ihrem früheren Wissen verloren.«

»Man sagt, die goldäugigen Spitzohren vermochten früher sogar mit ihren Himmelsschiffen zu den Sternen zu fliegen«, sagte Torbas. »Aber dieser Teil ihrer Magie scheint wohl auch in Vergessenheit geraten zu sein …«

Stunden gingen dahin, in denen sie über das zerklüftete Innere Gryphlands flogen. Der Verborgene Gott musste diese Landschaft in einer Laune unbändigen Zorns geschaffen haben. Schroffe, wie Messer aus geschliffenem Stein in die Höhe ragende Felsmassive wechselten sich mit tiefen, schmalen Schluchten ab, in denen ewiger Schatten herrschte.

In vielen der Felsmassive befanden sich die Wohnhöhlen einzelner Greifenreiter und ihres Gefolges, wie Fentos Roon ihnen erklärte. Er, der Zweite Greifenreiter Centros Bals, schien gar nicht mehr damit zu rechnen, auf diesem Flug überhaupt zum Einsatz zu kommen. Jedenfalls trug er keinen der gefütterten Greifenreiteranzüge aus Leder, die in besonderer Weise vor der Höhenkälte schützten, sondern ein gewöhnliches Wams und eine eng anliegende Hose.

Der Dritte Greifenreiter hörte der Unterhaltung nur interessiert zu. Gorian kannte ihn nicht. Es handelte sich jedenfalls nicht um denselben jungen Mann, der den Flug zum Speerstein von Orxanor als zweiter Ersatzmann mitgemacht hatte.

Später erfuhr Gorian, dass er Zog Yaal hieß und ein absoluter Anfänger in der Kunst der Greifenreiterei war. Im Gegensatz zu seinem Vorgänger jedoch hatte er keinerlei Bedenken, einen Flug zu den Inseln der Caladran zu unternehmen.

Zog Yaal war ein schweigsamer junger Mann, dem das dunkle Haar bis zu den Augenbrauen in die Stirn fiel. Auch als Torbas ihn ansprach, antwortete er nur das Nötigste.

Fentos Roon hingegen war äußerst redselig und erzählte auch, warum es seinem Herrn so wichtig war, dass sie Felsenburg noch vor Einbruch der Dunkelheit erreichten. »Es ist wegen den Fledermenschen. Sie kommen des Nachts aus dem Schatten der tiefen Erdspalten.«

»Auch hier, so nahe Gryphenklaus?«, fragte Sheera und runzelte die Stirn.

»Ja, aber hier gibt es nur noch sehr wenige von ihnen, und das sind auch Einzelgänger, die nicht in Rudeln auftreten«, gab Fentos Roon zu. »Im Nordwesten jedoch sind sie sehr zahlreich. Zwischen Mittelgryphland und der Grenze nach Mitulien erstrecken sich weite öde Gebiete, wo sie in sehr tiefen Schluchten hausen. Dieses Land gehört zwar offiziell noch zum Greifenreiter-Reich, aber kein gryphländischer König hat dort je wirklich geherrscht, auch wenn sich das jeder Mensch und jeder Greif wünschen mag.«

»Wieso sich jeder menschliche Bewohner dieses Landes das wünscht, leuchtet mir ein«, bekannte Torbas. »Aber wieso erwähnst du die Greifen? Auf deren Wünsche wird doch hierzulande kaum Rücksicht genommen. Ich meine, zumindest habe ich noch nie davon gehört, dass ein Greifenreiter sein Reittier gefragt hätte, ob das Reiseziel seinen Wünschen entspräche oder die Gondel nicht zu schwer sei.« Er lachte kurz auf, aber sein Humor fand bei keinem der anderen Anklang.

»Ich kann dir sagen, weshalb sich die Greifen nichts sehnlicher wünschten, als dass ein starker gryphländischer König diese Gebiete beherrschte«, sagte Fentos Roon sehr ernst, und sein Tonfall machte deutlich, dass man hierzulande keine Witze über diese Angelegenheit riss. »Die Fledermenschen jagen sie. Das ist der Hauptgrund dafür, dass die Anzahl der wilden Greifen im Landesinneren immer mehr zurückgeht. Vor langer Zeit tobte der Legende nach ein Krieg zwischen Fledermenschen und Greifen. Letzteren fehlte die Schläue ihrer Gegner, und so waren sie im Nachteil und wären beinahe ausgerottet worden. Daher schlossen sie einen Pakt mit den Menschen, die sich bereits an der Küste angesiedelt hatten und bisher vergeblich versuchten, ins Landesinnere vorzudringen. Die Greifen boten den Menschen ihre Dienste an, und im Gegenzug machten die Menschen aus den Greifen eine Streitmacht, die sich gegen die Fledermenschen behaupten konnte.«

»Und auf diese Weise wurden die Fledermenschen besiegt?«, fragte Torbas.

»Nein«, widersprach Fentos Roon. »Es war einer der ersten Könige Gryphlands, der dafür verantwortlich war. Er reiste einst zu den Inseln der Caladran, denn in jener Zeit gab es noch keine Feindschaft zwischen unseren Ländern …«

»Was auf ein Bündnis in der Zukunft hoffen lässt«, warf Sheera ein.

Fentos Roon wiegte skeptisch den Kopf. »Um das zu beurteilen, sollte man das Ende der Geschichte kennen.«

Gorian hob die Augenbrauen. »Dann spannt uns nicht länger auf die Folter«, verlangte er auf Gryphländisch; bisher war die Unterhaltung auf Heiligreichisch geführt worden, das auch Fentos Roon gut beherrschte.

»Dieser König hieß Song Mol«, fuhr Fentos Roon fort, »und wurde zu einer Sagengestalt, um die sich alle möglichen furchtbaren Geschichten ranken und mit der man bei uns kleine Kinder erschreckt.«

»Was hat er getan?«

»Er brachte von den Inseln der Caladran einen Zauber mit, um die Fledermenschen dort zu bekämpfen, wohin

ihnen niemand folgen mochte – in den tiefsten Schatten-
schlünde der gryphländischen Gebirgszüge. Er hatte den
Caladran den Zauber geraubt, und die Legendenerzähler in
Port Gryphenklau nennen es den ersten Zauberraub.«

»So gab es also noch einen zweiten?«, fragte Gorian.

Fentos Roon nickte nur, um dann seine Geschichte wei-
terzuerzählen: »Mit dem Zauber, den Song Mol von den
Inseln der Caladran mitbrachte, beschwor er die Feuerdämonen, die in den Tiefen der Erdspalten schliefen und
nur daraus hervorkommen, wenn sie auf die richtige Weise
gerufen werden. Genau das tat Song Mol.«

»Also war er in der Lage, die Magie der Caladran anzuwenden, obwohl er ein Mensch war?«, staunte Gorian.

»Das ist nur eine Legende«, mischte sich Thondaril ein,
der sehr wohl ahnte, warum Gorian dieser Punkt so wichtig
war. »Ihren Wahrheitsgehalt können wir nicht überprüfen.«

»Die Feuerdämonen quollen aus den Erdspalten«, erzählte Fentos Roon, »und da sie die Tiefenbereiche der
Schluchten als ihr eigenes Reich ansahen, vernichteten sie
die Fledermenschen dort. Manchen von ihnen gelang zwar
die Flucht, und sie kehrten später zurück. Aber seit jenen
Tagen sind sie für den König von Gryphland keine ernstzu-
nehmenden Gegner mehr. Allerdings hatte die Sache einen
Haken. Die Feuerdämonen ließen sich nämlich nicht wieder
bannen. Sie verweigerten Song Mol den Gehorsam und verwüsteten das Land. Die Gebiete zwischen Felsenburg und
der mitulischen Grenze waren einst fruchtbar und ebenso
das Tal zwischen den südlichen Bergen und dem mittelgryphländischen Bergrücken. Nun wächst dort nichts mehr.
Die Feuerdämonen wüteten immer weiter und drohten das
ganze Königreich zu vernichten. Song Mols Kenntnisse der
Caladran-Magie aber waren lückenhaft und reichten ein-

fach nicht aus, die Kreaturen wieder zu bannen. So blieb ihm nichts anderes übrig, als erneut zu den Caladran zu fliegen, um Abbitte zu leisten und sie um Hilfe anzuflehen. Doch die Caladran wiesen ihn zurück. Es kümmerte sie nicht, dass viele Gryphländer durch die Feuerdämonen ihr Leben verloren. Der Untergang des Königreichs wäre die gerechte Strafe dafür, dass Song Mol den Zauber gestohlen hatte …«

»Du hast fürwahr ein Talent zum Geschichtenerzählen«, unterbrauch ihn Torbas, und in seinen Worten schwangen sowohl Spott als auch Anerkennung mit. »Auf jeden Fall würdest du damit dein Auskommen in den Straßen von Port Gryphenklau finden, sollte dein Herr eines Tages zu der Ansicht gelangen, auf einen Zweiten Greifenreiter verzichten zu können, der ja ohnehin kaum zum Einsatz kommt.«

»Diese Geschichten kennt in Gryphland jedes Kind«, erwiderte Fentos Roon. »Wer damit Geld verdienen will, indem er sie an Straßenecken erzählt, muss sie schon sehr gut auszuschmücken wissen, um noch irgendein Greifenküken aus dem Bau zu locken.«

»Offenbar gelang es den Feuerdämonen nicht, das ganze Greifenreiter-Reich zu zerstören«, mischte sich Gorian ein. »Was hat sie aufgehalten?«

»Es war ein Caladran«, antwortete Fentos Roon. »Niemand kennt seinen Namen, die Legenden nennen ihn nur den Namenlosen Renegaten, und sicherlich war es nicht nur sein ihn plagendes Gewissen, das ihn so handeln ließ, sondern er war aus irgendeinem Grund ein Verfemter seines Volkes. Jedenfalls beging er den zweiten Zauberraub und brachte dem König von Gryphland eine Anzahl sehr wertvoller magischer Schriften.«

»Ich nehme mal an, dass der Namenlose Renegat die

Caladran-Magie richtig anzuwenden wusste und die Feuerdämonen bannte«, warf Sheera ein.

»Ja«, bestätigte Fentos Roon, »so war es.«

»Aber der Raub dieser magischen Schriften ...«, begann
Gorian.

Fentos Roon nickte. »... war der Beginn der ewigen Feindschaft zwischen Caladran und Greifenreitern. Die Caladran
verlangten ihre Rückgabe und die Auslieferung des Namenlosen Renegaten. Song Mol lehnte dies ab.«

»Was wurde aus dem Namenlosen Renegaten?«, wollte
Gorian wissen.

Fentos Roon hob die Schultern. »Es gibt Dutzende sich
teils heftig widersprechender Geschichten über sein weiteres Schicksal. Wahrscheinlich ist keine von ihnen wahr.«

In diesem Augenblick spürte Gorian einen Schmerz, der
wie ein Messer durch seinen Kopf fuhr.

Es dauerte einen Moment, bis er begriff, dass dieser Schmerz
von einer Gedankenstimme ausgelöst wurde, die ungeheuer schrill in seinem Schädel widerhallte und von einem
Schwall völlig ungeordneter Bilder begleitet wurde, Farben,
Formen und Eindrücke, zwischen denen es keinerlei Zusammenhang zu geben schien und die schließlich in einem bun-
ten, immer dunkler werdenden Strudel verwischten.

Seine Augen wurden schwarz, er presste Daumen und
Zeigefinger beider Hände gegen die Schläfen.

Sheera berührte ihn an der Schulter, aber das bekam er
kaum mit. Auch ihren fragenden Gedanken nahm er nur
wie ein sehr fernes Echo wahr.

»Was ist?«

Dann war es plötzlich vorbei. Sheera sah ihn an, und er
erwiderte den Blick.

Er versuchte sich an Einzelheiten aus dem chaotischen Bilderschwall zu erinnern, an irgendetwas, das ihm vielleicht Aufschluss darüber geben konnte, mit welchem Geist er soeben in Verbindung gestanden hatte.

Da sah er etwas vor seinem inneren Auge, das ihm wie eine Erinnerung schien: Ein etwa katzengroßes geflügeltes Wesen mit einer Haut wie aus Stein flog über eine verschneite eisige Ödnis und hielt ihn mit seinen übergroßen Klauen am Wams gepackt.

Doch es waren nicht seine eigenen Erinnerungen, wie Gorian sofort klar war, denn er war zu diesem Zeitpunkt bewusstlos gewesen.

»Es war Ar-Don«, murmelte er Sheera zu. Er war sich vollkommen sicher: Es war der Gargoyle, der sich nach langer Zeit wieder bei ihm gemeldet hatte.

Er hatte ihm während des Kampfes am Speerstein von Orxanor beigestanden und ihn schließlich zurück zu seinen Gefährten gebracht. Seither war Ar-Don spurlos verschwunden, und das, obwohl er Gorian zuvor stets überallhin gefolgt war.

In Gryphenklau hatte Gorian immer wieder mithilfe seiner magischen Sinne versucht, Verbindung zu ihm aufzunehmen. Manchmal hatte er geträumt, dass der zwielichtige, höchst eigenwillige und bisweilen zur Grausamkeit neigende Gargoyle des Nachts durch ein offenes Fenster hereingeflogen kam, wie es in der Vergangenheit des Öfteren geschehen war. Aber nichts dergleichen hatte sich ereignet.

Gorian hatte nach langem Zögern Thondaril darauf angesprochen, der Ar-Don stets mit großem Misstrauen begegnet war. »Mag sein, dass er dir das Leben gerettet hat«, hatte ihm der zweifache Ordensmeister geantwortet. »Aber du musst immer damit rechnen, dass er eines Tages erneut unter den Einfluss Morygors gerät, mag er seinen ehemaligen Herrn auch noch so hassen.«

Auch Thondaril hatte den Namen vernommen, den Gorian der Ordensschülerin zugeflüstert hatte, und fragte: »Er hat dir eine Botschaft geschickt?«

»Ja, ich glaube schon.«

»Was war der Inhalt?«

»Ich weiß es nicht. Ich weiß nur, dass sich Ar-Don in allergrößter Not befinden muss, denn ich empfand tiefste Qual und höchste Verzweiflung.«

»Dann sei besonders vorsichtig, sollte er dir irgendwann wieder begegnen«, riet Thondaril.

»Warum sagt Ihr das, Meister?«

»Ahnst du es wirklich nicht? Es könnte sein, dass die Qualen, die diese Kreatur erleidet, ihr in den Folterkellern von Morygors Frostfeste zugefügt werden, weil unser Feind ihn gerade erneut zu seinem Werkzeug macht. Also hüte dich vor ihm!«

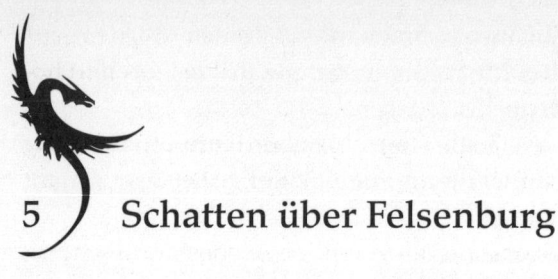

5) Schatten über Felsenburg

Die Stunden gingen dahin, und Centros Bals Greifengondel ließ schließlich das zerklüftete Gebirge im Südwesten Gryphlands hinter sich. Bis zum mittelgryphländischen Bergrücken erstreckte sich eine öde Senke Hunderte von Meilen weit, wie Gorian sie noch nie zuvor gesehen hatte. Eine Wüste aus schwarzem, sehr feinem Staub, der hin und wieder vom Wind zu säulenartigen Wirbeln aufgeweht wurde. Die Staubsäulen hatten Ähnlichkeit mit wandelnden Schattenpfadgängern, kurz bevor sie an ihrem Zielort verstofflichten. Auch türmte der Wind den schwarzen Staub zu gewaltigen Wanderdünen auf.

»Scheint so, als wäre an den Legenden von den Feuerdämonen tatsächlich etwas dran, so verbrannt, wie das hier aussieht«, äußerte Torbas mit gerunzelter Stirn, während er angestrengt aus einem der verglasten Fenster blickte.

»In Gryphenklau nennt man die Senke zwischen den Gebirgen auch die Aschewüste«, bestätigte Fentos Roon. »Hier lebt niemand. Es gibt keinen Ort in ganz Ost-Erdenrund, der so vom Tod gezeichnet ist wie dieses Land.«

Auf einmal war ein durchdringender ächzender Laut zu hören, der wie das Räuspern einer riesenhaften Kreatur klang.

»Der Greif!«, kommentierte Fentos Roon. »Die Tiere reagieren empfindlich auf den feinen Aschestaub, der hier ständig aufgewirbelt wird. Mein Herr wird den Greifen höher steigen lassen.«

Tatsächlich war gleich darauf der heftigere Flügelschlag des Greifen zu spüren, denn die Gondel geriet dabei leicht in Schwankungen.

Auch den Seilschlangen schien der Aschestaub nicht zu behagen, denn sie zischelten protestierend.

Nur hin und wieder waren am Horizont einzelne Greifenreiter zu sehen, die das unwirtliche Land ebenfalls so schnell wie möglich zu überqueren suchten. Sie lebten zumeist in den vereinzelten Residenz-Höhlen, die es in den schroffen Felsmassiven des mittelgryphländischen Bergrückens gab.

Fentos Roon machte einen besorgten Eindruck. Er sah immer wieder aus dem Fenster und sagte schließlich: »Ich kann nur hoffen, dass es meinem Herrn gelingt, den Greifen zu größerer Eile anzutreiben. Die Dämmerung bricht bald herein ...«

Tatsächlich wurde der Flügelschlag des Greifen etwas kräftiger, und die Fluggeschwindigkeit nahm leicht zu. Schließlich erreichten sie die ersten Ausläufer des Berglandes, an dessen Nordwestseite sich Felsenburg befand.

Sie ließen die Aschewüste hinter sich und überflogen wieder stark zerklüftetes Land. Die Felsmassive ragten noch ein Stück höher auf als in dem weiter südlich gelegenen Bergland, und die Schluchten schienen noch tiefer.

Der Greif stieß immer wieder stöhnende Laute aus. Sie befanden sich in einer Höhe, in denen Greife nicht gern flogen, weil die Luft für sie zu dünn wurde, wie Fentos Roon den anderen erklärte.

Und dann waren da auch noch die alten Feinde der Greifen, die man immer öfter als dunkle Schatten aus den finsteren Felsspalten emporschweben sah. Aus der Ferne war nicht viel von ihnen zu erkennen, nur dass ihre Körper eine bizarre Mischung zwischen Mensch und Fledermaus waren. Auf ihren Lederschwingen glitten sie durch die schattigen Bereiche der Täler. Offenbar waren sie mit Speeren bewaffnet und mit im Wind flatternden dunklen Gewändern bekleidet.

»Sie sehen aus wie missgestaltete Menschenkinder mit fellbedeckten, spitzohrigen Köpfen und Fledermausflügeln auf den Rücken«, erklärte Fentos Roon. »Stehen sie aufrecht, reichen einem selbst die größten von ihnen kaum bis zur Hüfte. Dennoch sollte man sich vor ihnen in Acht nehmen. Vor allem, wenn sie in Schwärmen auftreten. Die Spitzen ihrer Speere sind aus Obsidian.«

»Und was hält sie davon ab, über eine einsame Greifengondel wie die unsere herzufallen?«, fragte Gorian.

»Vor allem ihre Abneigung gegen Licht und Feuer«, gab Centros Bals Zweiter Greifenreiter Auskunft. »Sie fürchten das Licht der Sonne ebenso wie das Feuer aus den Tiefen der Erde, denn ihr eigentliches Element ist die Dunkelheit der Felsschluchten, Erdspalten und Höhlen. Selbst die Helligkeit des Mondes hält sie manchmal schon davon ab, aus ihren Löchern zu kommen.«

»Wären sie dann nicht ideale Verbündete für Morygor?«, warf Torbas ein. »Wenn der Schattenbringer die Sonne zur Gänze verdeckt, dürfte das doch genau nach dem Geschmack dieser geflügelten Plagegeister sein, oder?«

»Das Eis würde auch ihren Lebensraum durchdringen«, gab Sheera zu bedenken. »Ihre Schluchten würden unter Gletschern begraben werden.«

Torbas zuckte mit den Schultern. »Dafür herrschte aber ewige Nacht, sie bräuchten nie wieder das Licht des Tages zu fürchten und sich nicht mehr in ihren Erdspalten zu verkriechen.«

Als sie die Gebirgszüge überquerten, wurde es auch in der Gondel kalt. Die Gipfelregionen der Berge waren mit einer dünnen Schicht aus Schnee und Eis bedeckt, die im Licht der untergehenden Sonne ein einmaliges Farbenspiel bot.

Dann erreichten sie die Nordosthänge des mittelgryphländischen Bergrückens und sahen Felsenburg.

Es handelte sich um einen einzelnen säulenartig emporragenden und nahezu zylinderförmigen Felsen. An seinem Gipfel befand sich ein Plateau, das von zinnenbewehrten Mauern umgrenzt wurde, und je mehr sie sich dem Säulenfelsen näherten, desto deutlicher erkannten sie, dass mindestens das obere Drittel des Massivs auf ähnliche Weise bewohnt war wie die Felsen von Gryphenklau: Überall waren die zum Teil mit Toren verschlossenen Zugänge von Wohnhöhlen zu sehen, größer als die Stadttore von Segantia oder Toque, und es gab auch Einflugkavernen für ankommende Greifen, wie Fentos Roon erklärte. Vor den Höhleneingängen befanden sich mitunter kleine Vorsprünge und offenbar künstlich angelegte Plateaus, die denen in Gryphenklau ähnelten.

Das Gelände um die Felsensäule herum war flach und öde. Eine schwarze Wüste, offenbar ebenfalls geschaffen durch den verheerenden Brand, den die Feuerdämonen der Legende nach verursacht hatten. Allerdings gab es fast keinen Staub. Anders als in der Aschewüste hatte ihn wohl der beständig wehende Wind abgetragen und nichts als kahles schwarzes Gestein zurückgelassen.

Am westlichen Horizont erstreckte sich ein Gebirgsausläufer, hinter dem die Sonne mit ihrem ewigen schattenhaften Begleiter bereits zu zwei Dritteln verschwunden war. Da schossen bei der Burg auf einmal Flammen aus einem Dutzend in den Himmel ragender Steinsäulen.

»Ich nehme an, das soll die Fledermenschen auf Distanz halten«, sagte Gorian und sah Fentos Roon dabei an.

Dieser nickte. »Es soll sie daran erinnern, dass es ihnen schlecht bekommt, wenn sie die Autorität des jeweiligen Königs von Gryphland in Zweifel ziehen.«

»Und? Erweisen sie sich als gute Untertanen, seit so viele ihrer Vorfahren von den Feuerdämonen vernichtet wurden?«, fragte Torbas leicht spöttisch. »Oder ist es nur eine Frage der Zeit, bis sie vielleicht den Aufstand wagen?«

»Wer weiß«, murmelte Fentos Roon.

Der Greif flog mitsamt seiner Gondel durch das Tor einer Einflugkaverne. Sie gelangten in eine Höhle, in der so manche Kathedrale Platz gefunden hätte. Dutzende von Greifen waren dort untergebracht. Manche stießen schrille Schreie aus, als sie auf den Neuankömmling aufmerksam wurden, woraufhin sie von den Greifenpflegern mit lauten Rufen zurechtgewiesen wurden. Die Echos all dieser Laute ergaben einen Höllenlärm, sodass man für einige Zeit selbst innerhalb der Gondel sein eigenes Wort nicht verstehen konnte.

Die Gondel setzte bei einem der künstlich eingeebneten freien Plätze auf. Die Seilschlangen erschlafften, und der Greif landete mit heftigem Flügelschlag neben der Gondel.

Fentos Roon öffnete die Tür, und die Passagiere folgten Thondaril hinaus in die Einflugkaverne, während Centros Bal vom Rücken seines Reittiers stieg.

»Alles, was hier noch zu tun ist, können meine Männer erledigen«, sagte er und öffnete seinen Lederanzug ein

Stück, denn in der Höhle war es verhältnismäßig warm, was sicherlich an der Anwesenheit so vieler Greifen lag, deren Körper förmlich dampften.

Ein Hauptmann und fünf bewaffnete Wachleute empfingen sie. Offenbar hatte man das Nahen des Greifen bereits beobachtet und ihr Eintreffen erwartet.

»Wir haben hier nicht häufig Besuch«, erklärte der Hauptmann. »Öfter als einmal im Monat verirrt sich kaum mal ein Greifenreiter hierher, und dann handelt es sich zumeist um den königlichen Steuereintreiber.«

»Das mag daran liegen, dass man eine Genehmigung braucht, um Felsenburg überhaupt anfliegen zu dürfen«, äußerte Meister Thondaril, »und diese Dokumente werden offenbar nicht allzu großzügig vergeben.«

Der Hauptmann war im ersten Moment verwirrt, was wohl daran lag, dass Thondarils Worte von dem Sprechstein auf seiner Brust wispernd übersetzt wurden. Diese Form der Basilisken-Magie war an einem so abgelegenen Ort wie Felsenburg offenbar noch weitaus ungewöhnlicher als in dem vergleichsweise weltläufigen Gryphenklau.

»Dafür gibt es gute Gründe«, antwortete er schließlich. »Und ich hoffe, dass Ihr es nicht gewagt habt, in Felsenburg einzufliegen, ohne ein entsprechendes Schriftstück bei Euch zu tragen.« Er streckte fordernd die Hand aus.

»Das Dokument, das mir der König ausgestellt hat, ist nur für den Verwalter persönlich bestimmt«, erwiderte Thondaril in einem Tonfall, der an der Grenze zur Schroffheit lag. Er zog das versiegelte Dokument hervor, zeigte es dem Hauptmann und fuhr dann fort: »Das Siegel mögt Ihr erkennen – der Inhalt aber ist nur für die Augen des ehrwürdigen Oras Ban bestimmt.«

»Seht meine Augen als die des Verwalters an«, entgegnete

der Hauptmann sichtlich verärgert. »So handhaben wir es hier auf Felsenburg.«

Doch Thondaril ließ die Hand mit dem Dokument sinken und hielt ihm stattdessen die andere mit den zwei Meisterringen hin. »Seht Ihr dies? Vom Meister der Magie und des Schwertes wird man wohl selbst an diesem entlegenen Ort gehört haben. Wollt Ihr an meinen Worten zweifeln und Euch damit gegen den Willen des Königs von Gryphland stellen?«

Der Hauptmann runzelte die Stirn. »Ihr seid jener zweifache Meister, den man Thondaril nennt und über den man sich überall die heldenhaftesten Geschichten erzählt?«

»Der bin ich.«

»Es soll wenige geben, die Magie und Schwert so beherrschen wie Ihr.« Er verneigte sich leicht. »Mein Name ist Bram Segg, und ich werde Euch gern zum Verwalter führen.«

»Dann lasst uns keine Zeit verlieren, denn unser aller Feind Morygor verzeiht kein Zögern.«

Hauptmann Bram Segg führte sie einen engen Treppengang hinauf bis auf einen Turm, von dem aus man eine viele Meilen weite Aussicht in alle Richtungen hatte.

Ein Mann mit pergamentartiger faltiger Haut stand an den Zinnen und blickte angestrengt durch ein Rohr zum Himmel. Er trug ein bis zum Boden reichendes Gewand, das so grau war wie sein Gesicht. Kein einziges Haar hatte er noch auf dem Kopf, und seine sehr hageren Züge mit den vorstehenden Wangenknochen erinnerten an einen Totenschädel.

Der König in Gryphenklau hatte den Verwalter von Felsenburg als einen uralten Mann beschrieben. Dies musste er wohl sein.

Er drehte sich herum, wobei er das Rohr losließ, durch

das er geblickt hatte; es war auf einem dreifüßigen Ständer aus Holz befestigt. »Ich habe Euch beobachtet, seit Ihr mit Eurem Greifen über die Berggipfel kamt«, erklärte er, dann deutete er auf das Rohr. »Diese Erfindung der westreichischen Seefahrer ermöglicht es, weit entfernte Dinge wie aus der Nähe zu betrachten, und das ganz ohne Magie!«

»Ich will ohne Umschweife zum Thema kommen, Oras Ban«, sagte Thondaril, und der Sprechstein auf seiner Brust übersetzte seine Worte, während er dem Verwalter das Dokument des Königs überreichte. »Aus dem Norden droht eine furchtbare Gefahr, und wenn wir nicht schnell handeln, wird es keine Rettung mehr geben.«

Oras Ban nahm das Dokument, brach das Siegel und las dann aufmerksam, wobei sich eine tiefe Furche auf seiner Stirn bildete. Gorian fiel auf, dass er trotz der unverkennbaren Zeichen des Alters keineswegs gebrechlich wirkte. Seine Bewegungen waren die eines Jahrzehnte jüngeren Mannes, während sein Gesicht das eines hochbetagten Greises war, der die Grenze der menschlichen Lebensspanne bereits erreicht hatte.

»Ich will nicht behaupten, dass mir gefällt, was hier steht«, erklärte er und gab Thondaril das Dokument zurück. »Ihr seid ein bekannter Mann, und wenn der König Euch vertraut, so habe ich keinen Anlass, dies nicht zu tun. Und dennoch sträubt sich alles in mir, einem Fremden Zugriff auf jene wertvollen Dokumente zu gewähren, die der kostbarste Schatz unseres Reiches sind.«

In diesem Augenblick erfüllte ein schrilles Geschrei die Luft.

Die Sonne war soeben gänzlich versunken, doch im fahlen Mondlicht war der dunkle Umriss eines Greifen zu sehen, der über die schneebedeckten Gipfel flog und es offenbar sehr eilig hatte.

»Ein Greif ohne Reiter?«, wunderte sich Torbas. »Muss eines der letzten wildlebenden Exemplare sein.«

Auf einmal schossen aus einem der dunklen Schlünde zwischen den Felsmassiven erst Dutzende, dann Hunderte von Fledermenschen, dabei sehr hohe Töne ausstoßend, die sogar noch bis zu der kleinen Gruppe auf dem Turm Felsenburgs drangen.

Im nächsten Moment trafen mehrere Speere mit Obsidian-Spitzen den löwenartigen Körper des Greifen. Das Tier hackte mit seinem gewaltigen Schnabel nach den Angreifern, flatterte hastig mit den Flügeln, schlug mit allen vier Tatzen wie von Sinnen um sich und taumelte durch die Luft. Seine spitzen Krallen erwischten ein paar der Fledermenschen, die tödlich verwundet in die Tiefe trudelten.

Dann aber stürzte sich eine ganze Traube von Fledermenschen ohne Rücksicht auf eigene Verluste auf den Wildgreifen, und weitere Speere stießen in den Leib der riesigen Kreatur oder rissen die Flügel des Greifen auf. Mit durchdringendem, von den Berghängen widerhallendem Gebrüll stürzte der Greif mitsamt seinen Angreifern in eine der vielen Schluchten, wo sein Schrei verklang.

»Sie sind zahlreicher geworden und trauen sich immer häufiger aus ihren Erdspalten«, sagte Oras Ban in düsterem Tonfall. »Früher hätten sie sich so kurz nach Sonnenuntergang und bei derart hellem Mondschein nicht hervorgewagt. Inzwischen zeigen sie sogar kaum noch Angst vor dem Licht.«

»Worauf führt Ihr diese Veränderung zurück?«, fragte Gorian.

Oras Ban horchte auf, denn Gorian hatte Gryphländisch

gesprochen, dann antwortete er: »Weil sie immer zahlreicher werden, ist ihre Nahrung knapp geworden, das wird es sein. Eines Tages werden unsere Flammensäulen sie nicht mehr daran hindern, auch Felsenburg heimzusuchen.«

Da geschah es – eine Gedankenbotschaft erreichte Gorian, auch wenn sie sehr schwach war: »*Ar-Don … braucht Hilfe … gefangen …!*«

»*Wo bist du?*«, fragte Gorian in Gedanken.

»*Dunkel … alles dunkel … Ar-Don umgibt Finsternis … Ah, die Qual …*«

»Ist Eurem jungen Begleiter nicht gut?«

Gorian blickte auf und sah das Stirnrunzeln auf Oras Bans Gesicht.

Seine Augen waren nicht schwarz geworden, das hätte Gorian gemerkt. Er hätte die entsprechende magische Anspannung gespürt.

»Er sieht ganz blass aus«, fuhr Oras Ban fort, dann wandte er sich an Thondaril: »Nun, ich nehme an, dass sich auch die anderen Mitglieder Eurer Gruppe zunächst einmal von den Reisestrapazen erholen sollten.«

»Eine Reise in einer komfortablen Greifengondel sehe ich keineswegs als besondere Strapaze an«, lehnte der Ordensmeister das Angebot ab. »Wenn nichts dagegen spricht, soll man uns gleich zum Aufbewahrungsort der Caladran-Werke führen, damit wir daraus eine Schrift aussuchen, die sich als Versöhnungsgeschenk eignet. Das Dokument des Königs gibt mir das Recht dazu.«

Die Augen des Königlichen Verwalters wurden schmal. Es war unverkennbar, dass ihm Thondarils befehlender Tonfall nicht gefiel.

»Wir dürfen keine Zeit verlieren, ehrenwerter Oras Ban«, drängte Thondaril – und Gorian konnte sich nicht erinnern, den zweifachen Ordensmeister schon einmal so ungeduldig erlebt zu haben. »Die Lage ist verzweifelt. Selbst bei allergrößter Eile besteht die Gefahr, dass wir das Bündnis mit den Caladran zu spät schmieden, weil sich Morygors Frostreich inzwischen bis an die Südküste Ost-Erdenrunds ausgebreitet hat und der Schattenbringer das Sonnenlicht vollkommen verschlingt.«

»Ich schlage vor, Ihr bezieht zunächst einmal Eure Quartiere«, antwortete Oras Ban verstimmt. »Ihr, Meister Thondaril, und Euer gesamtes Gefolge seid meine Gäste, und es soll Euch an nichts fehlen. Was Euer Anliegen betrifft, so werde ich darüber beraten.«

»Beraten?«, fragte Thondaril verständnislos. »Ich habe hier ein von Demris Gon gesiegeltes Dokument! Der Befehl des Königs ist unmissverständlich! Wollt Ihr etwa den Willen Eures Herrschers missachten?«

»Keinesfalls, Meister Thondaril«, erwiderte Oras Ban dünnlippig. »Aber Ihr müsst Verständnis dafür haben, dass ich zunächst mit dem Bibliothekar sprechen möchte. Ich versichere Euch, Euch nicht zu lange warten zu lassen.«

Nach diesen Worten kommandierte er Hauptmann Bram Segg dazu ab, den Gästen ihre Quartiere zu zeigen.

Es waren einfache Wohnhöhlen, die in mancherlei Hinsicht den Zellen in der Ordensburg ähnelten. Aber das lag nicht daran, dass man den Gästen die Möglichkeit zur geistigen Versenkung und Sammlung der inneren Kräfte geben wollte, sondern war aus rein baulichen und architektonischen Gründen so, schließlich hatte man all diese Räume in den Fels schlagen müssen.

Damit dennoch Tageslicht in die Kammern drang, gab es ein ausgeklügeltes System von schmalen Schächten und

Spiegeln. Auf diese Weise fiel am Tage Licht durch Decken-öffnungen in die sehr einfach eingerichteten Räume und wurde von fluoreszierenden Steinen aufgenommen, die es in der Nacht wieder abgaben. Wollte man sich zur Ruhe legen, konnte man den fluoreszierenden Stein mit einem blickdichten Tuch abdecken, das dafür bereitlag.

Gorian und Torbas mussten sich einen der wenigen grö-ßeren Räume teilen, alle anderen bekamen Einzelquartiere zugewiesen. Gorian war das nur recht. Vielleicht konnten die Gespräche, die sie unweigerlich führen würden, eine Brücke zwischen ihnen spannen, damit sie jene unsichtbare Kluft überschreiten konnten, die sie beide seit ihrer Rück-kehr aus dem Frostreich trennte.

»Ich habe eine Botschaft von Ar-Don empfangen«, berich-tete er seinem Gefährten, als sie schließlich allein in ihrem Quartier waren. »Er braucht Hilfe. Ich weiß, dass er irgend-wo gefangen gehalten und schrecklich gequält wird.«

»Dann wird ihn Morygor wieder in seine Gewalt gebracht haben«, war Torbas überzeugt.

»Das befürchtete auch Thondaril schon.«

»Aber du bist anderer Ansicht?«

Gorian zuckte mit den Schultern. »Ich bin mir eigentlich sicher, dass er hier ganz in der Nähe ist.«

Torbas runzelte die Stirn, dann wechselte er scheinbar das Thema. »Ich fürchte, dass wir uns länger als geplant auf Fel-senburg aufhalten werden. Der Verwalter ist offenbar nicht gewillt, sich so ohne Weiteres Thondarils Autorität zu beu-gen. Das Dokument König Demris Gons scheint ihn mehr zu verärgern denn gefügig zu machen.« Er ließ sich auf die schmale Pritsche nieder. »Ich fürchte also, du wirst Zeit ge-nug haben, herauszufinden, ob dein Verdacht bezüglich des Gargoyles stimmt.«

Gorian nickte und sah Torbas geradewegs an, der seinem Blick bisher ausgewichen war. »Ich brauche vielleicht deine Hilfe.«

Torbas verzog den Mund, und Gorian fragte sich, wie er diesen Gesichtsausdruck deuten sollte. War das Spott? Verbitterung? Vielleicht von beidem etwas und dazu noch ein paar weitere Nuancen, die Gorian ebenso wenig gefielen.

»Hilfe? Du?«, fragte Torbas schließlich. »Welche Art von Hilfe könnte jemand mit deinen außerordentlichen Fähigkeiten denn benötigen?«

»Ich meine es sehr ernst, Torbas.«

Torbas schmälerte die Augen. »Ich ebenfalls, Gorian. Aber du redest so, als würdest du daran zweifeln, dich weiterhin auf mich verlassen zu können. Wenn dein Plan nicht bar jeder Vernunft ist, werde ich dir helfen. Und wahrscheinlich selbst dann, wenn dein Vorhaben vollkommen verrückt sein sollte.«

»Gut zu wissen«, murmelte Gorian.

Im nächsten Moment gesellte sich Sheera zu ihnen. Sie bewohnte eine Wohnhöhle am Ende des Gangs. »Meister Thondaril möchte, dass ihr zwei euch bereit macht.«

»Bereit? Wofür?«, fragte Torbas erstaunt.

»Oras Ban gibt ein Bankett zu unseren Ehren«, erklärte Sheera. »Und danach, so hat er Meister Thondaril ausrichten lassen, wird man uns in die Bibliothek führen.«

»Hast du inzwischen eine Ahnung, wer dieser geheimnisvolle Bibliothekar sein könnte, den Oras Ban erwähnte, und was er hier zu sagen hat?«, fragte Gorian.

Sheera schüttelte den Kopf. »Nein, und ich bin überzeugt, dass nicht einmal Thondaril dies weiß. Aber vielleicht lernen wir ihn auf dem Bankett kennen.«

Hauptmann Bram Segg führte Gorian, Sheera und Torbas durch eine Vielzahl von Gängen und über mehrere Treppen auf den Burghof und von dort in den hoch aufragenden Palas von Felsenburg, in dem sie nochmals mehr als hundert Stufen emporsteigen mussten.

Schließlich traten sie in einen großen Saal, dessen hohe Fenster voll verglast waren und durch die sie den flackernden Schein sahen, den die Leuchtfeuer von Felsenburg hinaus in die Nacht sandten und der beinahe bis zu den Felsen des nahen Gebirges reichte und sich dann mit dem fahlen Licht des Mondes mischte.

Der Bankettraum hingegen wurde nur von ein paar Kerzenständern auf den Tischen spärlich beleuchtet. Offenbar wollte man dadurch verhindern, dass sich die Gäste ständig in den nach Westreicher Standard verglasten Fenstern spiegelten und kein Blick ins Freie möglich war.

Tatsächlich standen die meisten Anwesenden auch vor den Fenstern, darunter Thondaril und Centros Bal. Der Kommandant der Burgwache erklärte gerade, dass man in den letzten Tagen erstmals größere Gruppe von Fledermenschen beobachtet hatte, die sich zu Schwärmen zusammengeschlossen hatten und davongeflogen waren. »Immer zahlreicher wagen sie sich aus ihren Spalten. Aber das wirklich Verwunderliche ist, dass sie nicht mehr zurückkehren.«

»In welche Richtung sind sie verschwunden?«, wollte Thondaril wissen.

»Sie flogen über die Berge«, antwortete ihm der Kommandant, ein Mann mit rot durchsetztem Haar, was in Gryphland durchaus keine Seltenheit war, »und ein paar Greifenreiter sahen sie anschließend über den südöstlichen Teil der Aschewüste ziehen, auf die Grenze nach Melagosien zu.«

»Heißt das, sie flogen auch am Tage?«, fragte Thondaril erstaunt.

»So ist es«, bestätigte der rothaarige Kommandant. »Und das, obwohl sie normalerweise nichts so sehr fürchten wie das Licht. Aber im Grenzland gibt es kleinere Waldgebiete, und angeblich kauerten dort Tausende von Fledermenschen in den besonders hellen Mittagsstunden im Schatten der Bäume. Allerdings fand man auch einige von ihnen tot auf dem Weg dorthin. Offenbar war es das Sonnenlicht, das sie verenden ließ.«

»Was kann es sein, das ihnen dermaßen wichtig ist, dass sie darüber jeden Sinn für Gefahr verlieren?«, fragte sich Thondaril.

»Man könnte fast meinen, dass sie vor irgendetwas flüchten.«

Auf einmal spürte Gorian erneut Ar-Dons verzweifelte Gedanken – wobei der Begriff *Gedanke* kaum noch auf die chaotische Flut von Worten, Bildern und Empfindungen zutraf. Keine einzige auch nur annähernd klare Botschaft ließ sich darin erkennen. Für einen Moment sah Gorian den Mond vor seinem inneren Auge – und davor einen Schwarm von Fledermenschen, die sich als dunkle Schatten gegen das fahle Licht des Nachtgestirns abhoben.

Die Szenerie glich exakt dem, was durch die Fenster des Bankettraums zu beobachten war. Allerdings war der Blickwinkel ein anderer. Es war, als ob jemand aus der Tiefe einer Schlucht heraus in den Nachthimmel blickte. Konnte das sein? Befand sich Ar-Don in einem dieser finsteren Gräben zwischen den Felsmassiven?

Gorian lauschte mit seinen magischen Sinnen aufmerksam in sich hinein, achtete auf jeden fremden Gedanken, auf jede Empfindung, die ihm eigenartig vorkam. Aber da war nichts, was ihm Antworten auf seine Fragen gegeben hätte.

Aber einer solchen bedurfte es auch gar nicht. Ar-Don befand sich ganz in der Nähe, irgendwo in den Schluchten am Nordrand des mittelgryphländischen Bergrückens, und Gorians Entschluss stand in diesem Augenblick unumstößlich fest.

Ich werde dir helfen – Freund!

Auf welche Weise, davon hatte er allerdings noch nicht einmal eine vage Vorstellung.

Oras Ban betrat als Letzter den Bankettraum, dann wurde zu Tisch gebeten. Thondaril wurde ein Stuhl unmittelbar neben dem Königlichen Verwalter zugewiesen, und auch Gorian, Torbas und Sheera wurden ganz in seiner Nähe platziert. Centros Bal und Fentos Roon hingegen mussten sich deutlich entfernt von Oras Ban niederlassen, was wohl darin begründet lag, dass er den Greifenreitern keine wirkliche Bedeutung zumaß.

Diener in bunter Livree trugen die Speisen auf, Mägde in schwingenden Kleidern und mit kunstvoll aufgestecktem Haar schenkten die Getränke ein.

Gorian musste zugestehen, dass sich die Gastgeber alle Mühe gaben, es ihnen an nichts fehlen zu lassen. Es gab viel Fleisch, und auf Gorians Nachfrage hin, um welche Tierart es sich dabei handelte, antwortete ihm der Verwalter: »Wüstenvögel. Es gibt sie zu Tausenden.« Er wandte sich an Thondaril. »Den Angehörigen Eures Ordens sagt man nach, dass sie aufgrund magischer Hilfsmittel stets gut informiert sind ...«

»Das kann man mit Fug und Recht behaupten«, gab Thondaril zu.

Oras Bans Tonfall wurde sehr ernst, sein Blick fixierte den Gast geradezu. »Wo steht der Feind?«

»Über das Handlichtlesen stehe ich ständig mit anderen Ordensmeistern in Verbindung«, erklärte Thondaril. »Möchtet Ihr sehen, wie die Lage ist?«

»Nun, wenn Ihr das möglich machen könntet …«

»Nichts leichter als das. Und ich denke zudem, eine solche Demonstration wäre für jeden hier im Raum interessant.«

Thondaril erhob sich, und plötzlich waren alle Augen auf ihn gerichtet. Er legte die Handflächen mit den Handkanten gegeneinander, sodass sie an ein aufgeschlagenes Buch erinnerten, und murmelte ein paar Worte in alt-nemorischer Sprache. Ein Lichtschimmer bildete sich in seinen Handflächen und wurde größer und heller. Thondaril ließ ihn ein Stück emporschweben, und es hatte den Eindruck, als würde er ihn allein mit seinem Blick kontrollieren.

Dann machte er eine Bewegung mit den Händen, woraufhin eine Lichtsphäre entstand, die so groß war wie eines der Gemälde, die einst in der Kathedrale von Toque zu finden gewesen waren, bevor der Feind dieses außergewöhnliche Bauwerk zerstörte.

»Diese Bilder, die ich Euch jetzt zeige«, sprach der zweifache Meister, »habe ich kurz vor unserer Ankunft von meinen Ordensbrüdern in Garilanien empfangen. Sie werden Euch die Dringlichkeit der Lage verdeutlichen.«

In der Lichtsphäre waren Gebiete mit fruchtbaren Feldern zu sehen. Dann tauchte am Horizont eine graue Wand auf, die zunächst wie eine Nebelbank wirkte. In Wahrheit aber war es eine Gletscherfront, die haushoch über das Land walzte und alles unter sich begrub, mit einer Fließgeschwindigkeit, die an Harz oder Sirup erinnerte.

»Dies sind die Tiefebenen von Garilanien«, erklärte Thondaril. »Dass Ihr dort keinen einzigen Bewohner mehr seht, liegt daran, dass jeder, der noch dazu in der Lage war, längst geflohen ist, nachdem sich herumsprach, wie die Kathedrale von Toque unterging.«

Er zeigte auch Bilder von diesem Ereignis, denn er ging wohl davon aus, dass es auf seine Gastgeber weit größeren Eindruck machte, wenn sie sahen, wie eines der bekanntesten und größten Bauwerke des gesamten Heiligen Reichs zerstört wurde, als wenn in einem fernen Herzogtum nur ein paar Bauern ihre Felder verloren.

»Garilanien ist weit«, sagte Oras Ban. »Und Toque ...« Er machte eine wegwerfende Handbewegung. »Ein Ort, den hier niemand je gesehen hat.«

»*Alles, was jenseits der schwarzen Steinwüste und der mitulischen Grenze liegt, scheint für ihn weit weg zu sein*«, erreichte Gorian ein Gedanke Sheeras.

»*Kein Wunder, wenn er hier nie wegkommt.*«

»*Du denkst an Ar-Don ...*«

»*Nicht jetzt!*«

Gorian brach die gedankliche Verbindung zu ihr ab. Dass sie so leicht erkannt hatte, was ihn im Moment so brennend beschäftigte, gefiel ihm nicht. Es war nicht so, dass er sie von seinen Überlegungen ausschließen wollte, aber er musste sich zunächst selbst darüber klar werden, was zu tun war. Davon abgesehen befürchtete er auch, dass sie versuchen würde, ihn von seinem Plan abzubringen, der gerade erst in seinen Hirnwindungen Gestalt anzunehmen begann.

Thondaril erklärte den Bankettgästen weiterhin die verzweifelte Lage, in der sich das Heilige Reich befand, und welche Gefahr in Kürze auch Mitulien und Gryphland drohte, denn es gab keinerlei Anhaltspunkte dafür, dass die Expansion von Morygors Frostreich auch nur zeitweilig zum Stillstand gekommen war. »Es ist bedauerlich, dass der

Bibliothekar nicht ebenfalls anwesend ist, damit auch er sich ein Bild von der drohenden Katastrophe machen kann«, sagte er schließlich an den Königlichen Verwalter von Felsenburg gerichtet. »Es wäre gewiss auch für ihn sehr lehrreich.«

»Daran zweifle ich nicht«, antwortete Oras Ban. »Aber er ist nun einmal nicht sehr gesellig. Genau genommen verabscheut er gemeine Gesellschaft und vergräbt sich lieber in seinen Bibliothekshöhlen.«

Und Hauptmann Bram Segg ergänzte: »Ich schätze, in den letzten Jahren hat er nicht einmal das Tageslicht zu Gesicht bekommen.«

»Und so glaubt Ihr, dass es ihm auch nichts ausmacht, wenn die Sonne demnächst vollständig vom Schattenbringer verdeckt wird, meint Ihr das, Hauptmann?«, sagte Meister Thondaril mit galligem Unterton. »Dann richtet ihm aus, dass er sich falsche Vorstellungen macht. Der Felsenturm und diese Burg werden der Macht der Kälte kaum länger standhalten als ein gewöhnlicher Grashalm auf den Feldern von Garilanien. Und auch wenn die Gletscher in dieser Gegend schwächer sein sollten, weil es hier kaum Wasser gibt, das gefrieren kann, so werden die Leviathane kommen und alles niederwalzen. Wenn wir die Caladran nicht günstig stimmen, sodass sie ihre Magie in unsere Dienste stellen, werden wir alle sterben.«

Thondaril deutete in Richtung der Fenster. Inzwischen hatten die Diener ein paar mehr Leuchter entzündet, sodass auf dem Glas die Spiegelbilder der Versammelten zu sehen waren, aber die Fledermenschen, die über den Bergen kreisten, waren im hellen Mondlicht dennoch deutlich zu erkennen. »Wer weiß, vielleicht haben jene so unruhig durch die Nacht schwirrenden Geschöpfe schon längst erkannt, was hier bevorsteht. Vielleicht sind sie deshalb auf der Flucht über die Berge, und sie schreckt nicht einmal die Trostlosigkeit der Aschewüste und das Licht des Tages!«

Thondaril verstummte, und tiefes Schweigen machte sich im Bankettsaal breit, sodass trotz der großen Entfernung das Rascheln der Tausenden von Fledermenschenflügel und die schrillen Rufe der unheimlichen Wesen zu hören waren. Es wirkte wie ein mahnender Chor, und Gorian konnte den Anwesenden durchaus ansehen, dass sie beeindruckt waren.

Nur für Oras Ban schien das nicht zu gelten. Seine Züge wirkten starr und kalt, als er wieder das Wort ergriff. »Obgleich Ihr bereits zweifacher Meister seid, scheint Euch die Ungeduld der Jugend nicht verlassen zu haben, werter Thondaril. Doch man sagt, in der Ruhe liege die Kraft. Will man das Richtige tun, muss man sich die Zeit nehmen, seine Entscheidungen zu bedenken, und darf sich nicht wie Ihr von der Furcht treiben lassen.«

»Es ist nicht die Furcht, die mich treibt, sondern die Sorge«, widersprach der Ordensmeister in deutlich verhaltenem Tonfall, denn er hatte begriffen, dass er den Königlichen Verwalter durch ungestüme Forderungen nicht auf seine Seite ziehen konnte. »Hierher wird sich kein Flüchtling verirren, weil zwischen Felsenburg und der mitulischen Grenze die verbrannte Einöde liegt. Aber Petaa quillt bereits vor Menschen über, dass die Stadtmauern zu bersten drohen, und unzählige Flüchtlinge verstopfen die Straßen und Wege in den südlichen Herzogtümern des Heiligen Reichs.« Er ließ in der Sphäre ein paar Bilder davon erscheinen, die ihm von anderen des Handlichtlesens mächtigen Ordensmeistern gesandt worden waren.

Doch während alle anderen im Raum gebannt darauf

starrten, warf Oras Ban nicht einmal einen Blick dorthin, sondern sagte unbeeindruckt von dem geballten menschlichen Leid, das Thondaril der Versammlung vorführte: »Unsere Abgeschiedenheit ist in diesem Fall unser Privileg.«

Thondaril ließ die Lichtsphäre verschwinden, wobei seine Augen für einen Moment ganz schwarz wurden. Für Gorian ein Zeichen, dass er sich sehr angestrengt hatte und sich nun durch Magie wieder Kräfte zuführte.

Doch es war sicherlich nicht das Erzeugen und Aufrechterhalten der Sphäre, das ihn so mitgenommen hatte, sondern die Erkenntnis, wie wenig sein Gegenüber das weitere Schicksal ganz Ost-Erdenrunds kümmerte.

Der Verwalter Felsenburgs hatte für seine Gäste ein wahres Festmahl auftischen lassen, doch der Appetit war Thondaril gründlich vergangen. Gorian aber fiel auf, dass auch Oras Ban keinen einzigen Bissen zu sich nahm. Besteck und Geschirr, die an seinem Platz standen, blieben bis zum Schluss unberührt.

Schließlich brachte einer der Diener ein Glas mit einer bläulich schimmernden Flüssigkeit, das Oras Ban in einem Zug leerte.

»Ein interessantes Getränk, dass Ihr da zu Euch nehmt«, äußerte Gorian, woraufhin ihm der Verwalter einen unangenehm durchdringenden Blick zuwarf. In seiner Ausbildung zum Heilmeister des Ordens stand Gorian zwar noch am Anfang, aber er hatte bereits genug gelernt, um zu erkennen, dass dieses Gebräu über ganz besondere Eigenschaften verfügte, die in dieser Intensität nur wenige Heiltränke aufwiesen. Er spürte die eigentümliche Magie, die von diesem Trank ausging, obwohl der Verwalter das Glas längst geleert hatte.

»*Dein Gespür für Magie trügt dich nicht*«, empfing er Sheeras Gedanken, die natürlich weit mehr von diesen Dingen verstand.

Die Züge des Verwalters verzerrten sich zu einem kalten Lächeln. »Für jeden anderen wäre dieser Trank pures Gift – mich hält er am Leben. Solche Paradoxien sind ein wichtiger Bestandteil jeder Existenz und nur scheinbar ein Widerspruch.« Sein Blick wirkte auf einmal in sich gekehrt, und ein Ausdruck der Qual legte sich auf sein Gesicht. Eine Qual, die Gorian sich nicht erklären konnte.

In diesem Augenblick betrat ein Diener den Raum. Er ging geradewegs zu Oras Ban und flüsterte diesem etwas ins Ohr.

Daraufhin wandte sich der Königliche Verwalter wieder an Meister Thondaril. »Der Bibliothekar würde Euch doch noch heute Abend empfangen.«

Thondaril erhob sich sogleich, ungeachtet jeglicher Etikette. »Dann sollten wir keine Zeit verlieren. Lasst mich zu ihm führen!«

Oras Ban gab dem Diener einen Wink. »Bring ihn in das Bibliotheksgewölbe!«

Thondaril war leicht irritiert, als der Diener zunächst keinerlei Anstalten machte, dem Befehl Folge zu leisten. »Worauf wartest du?«, fragte er, und sein Sprechstein übersetzte die Worte.

»Verzeiht, Meister, aber der Bibliothekar legt Wert auf die Anwesenheit der drei Schüler, die Euch begleiten.«

Gorian fragte sich, woher der Bibliothekar von ihnen wusste. Nun, vielleicht hatte er sich über Thondaril und sein Gefolge genauer in Kenntnis setzen lassen, bevor er sich entschieden hatte, den Ordensmeister zu empfangen.

Gorian, Torbas und Sheera standen ebenfalls auf, verbeugten sich artig vor dem Verwalter von Felsenburg und folgten Thondaril.

Der Diener führte die Gruppe aus dem Bankettraum, durch eine Tür, die ihnen vorher seltsamerweise nicht aufgefallen war, als wäre sie zuvor von einem Illusionszauber verborgen gewesen. Ein Druck mit der Hand auf eine bestimmte Stelle setzte einen ausgeklügelten Mechanismus in Gang und öffnete sie.

In dem Gang dahinter erwartete sie ein Wachmann, bis auf die Zähne bewaffnet und das Gesicht unter einer Maske aus messingfarbenem Metall verborgen, das aber offenbar seine Züge auf einzigartige Art nachformte. Gorian hatte noch keinen Schmied etwas Vergleichbares herstellen sehen, selbst seinen Vater nicht, der ja auch ein Meister der Schmiedekunst gewesen war und sich sogar getraut hatte, magisch aufgeladenes Sternenmetall zu verarbeiten.

Der Maskierte trug zudem einen Harnisch aus dem gleichen Metall, und aus dem bestand auch die Fibel, die seinen Umhang hielt. In den Scheiden seines Waffengehänges steckten ein Schwert mit relativ kurzer und sehr breiter Klinge und ein gebogener Dolch, und in der rechten Hand hielt er eine Öllampe, von der ein eigenartiger Geruch ausging.

»*Caladran-Öl!*«, empfing Gorian einen Gedanken Sheeras; sie war sich dessen absolut sicher.

Caladran-Öl wurden alle möglichen wundersamen Eigenschaften zugeschrieben, darunter auch Heilwirkungen. Niemand wusste, woraus genau es sich zusammensetzte, geschweige denn, wie es hergestellt wurde. Bisweilen, wenn sie die Häfen des Heiligen Reichs aufsuchten, tauschten die Caladran dieses begehrte Gut gegen andere kostbare Waren, dennoch war Caladran-Öl in ganz Ost-Erdenrund so selten und wertvoll, dass es kaum vorstellbar war, dass es jemand in einer Öllampe einfach abbrennen ließ.

Wortlos drehte sich der Maskierte um, um die Gruppe zu führen. Ihm folgten zuerst der Diener, dann Thondaril und Torbas und schließlich Gorian und Sheera. Die Tür schloss sich hinter ihnen wie von Zauberhand.

In den Wänden des Korridors waren Spiegel eingelassen, die dafür sorgten, dass das Licht der einen Öllampe in der Hand des Maskierten ausreichte, den Gang vollständig zu erhellen, denn ihr Schein wurde dutzendfach widergespiegelt.

Schließlich gelangten sie an eine enge Wendeltreppe, die endlos in die Tiefe zu führen schien.

Eine eigenartige Aura schien alles zu erfüllen. Eine Kraft, die vielleicht magischen Ursprungs war und größte Ähnlichkeit hatte mit …

Morygors Aura!

Die Erkenntnis traf Gorian wie ein Schlag, und er blieb stehen. Der Maskierte bemerkte es und sagte: »Es besteht kein Anlass zur Furcht.«

Thondaril warf Gorian einen Blick zu, der diesem sagte, dass auch der Meister der Magie und des Schwertes spürte, was Gorian empfand. Torbas wirkte nur leicht verwirrt, und Gleiches galt für Sheera, die zwar mit Sicherheit seinen heftigen Gedanken mitbekommen hatte, ihn aber offenbar nicht zu deuten wusste.

Spürten sie denn nicht, was hier unten lauerte? Waren ihre magischen Sinne so taub und unempfindlich, dass sie nicht erkannten, welch gefährliche Macht sich hier manifestierte?

Gorian fühlte sich wie gelähmt. Er dachte an den Kampf am Speerstein und wie Morygors üble Aura die ganze Zeit über auf seiner Seele gelastet hatte. Es war wohl doch kein Zufall, dass er der Einzige gewesen war, der dieser Macht hatte widerstehen und bis zum Speerstein hatte vordringen können.

Doch auch Thondaril spürte offenbar die unheimliche Kraft, die an diesem Ort herrschte, doch sie ängstigte ihn nicht.

»Es ist ähnlich, Gorian – aber nicht dasselbe«, antwortete er auf Gorians unausgesprochene Frage.

»Aber wie kann das sein?«

»Es ist Caladran-Magie. Vielleicht ist sie in manchen der Schriften so stark, dass sie bis hierher ausstrahlt, ich weiß es nicht.«

Der Maskierte hüllte sich dazu in Schweigen, während der Diener einen ähnlich irritierten Eindruck machte wie Torbas und Sheera.

»Mir scheint, der Maskenmann redet nicht mit jedem«, murmelte Torbas, doch sein Sprechstein schwieg, sodass seine Worte nicht übersetzt wurden. Es war zwar Basilisken-Magie, die den Steinen ihre Kräfte verlieh, doch die unterschied sich nicht so sehr von der Magie des Ordens, dass sich ein Sprechstein nicht mit den Gedankenbefehlen eines angehenden Schwertmeisters beeinflussen ließ, und Torbas hatte wohl herausgefunden, wie er den seinen kontrollieren konnte.

Der Maskierte und der Diener führten sie schließlich an eine schwere Holztür. Dahinter befand sich ein Gewölbe, dessen Wände bis zur Decke mit Regalen voller Bücher und Schriftrollen bedeckt waren. Dicke Folianten reihten sich nebeneinander, die Regale waren aus dem Holz des Trockenbaums gefertigt. Der Sinn lag auf der Hand: Das Trockenbaumholz entzog seiner Umgebung Feuchtigkeit und verhinderte, dass die Schriften schimmelten.

An einem groben Holztisch mit einem brennenden Kerzenleuchter saß eine hochgewachsene Gestalt in einer Kutte und wirkte wie eine Verkörperung des Todes selbst. Das flackernde Licht der Kerzen tanzte über den dunkelgrauen Stoff, aber der Bereich unter der tief herabgezogenen Kapuze blieb im Schatten verborgen.

Der Diener verneigte sich und sagte ein paar Worte auf Gryphländisch, während der Maskierte wie eine Statue dastand. Gorian erheischte endlich einen Blick auf seine Augen in den schmalen Sehschlitzen der Metallmaske. Sie wirkten unnatürlich starr.

Der Kuttenträger hob eine knorrige, bleiche Hand und erklärte: »Ich habe Euch erwartet.«

Seine Worte wirkten auf Gorian arrogant, ja, fast großspurig, aber immerhin sprach er akzentfreies Heiligreichisch ohne einen klanglichen Hinweis darauf, in welchem der Herzogtümer er diese Sprache erlernt haben mochte.

»Seid Ihr der Bibliothekar?«, fragte Thondaril.

»Der bin ich.«

»Wie ist Euer Name?«

»Gehört Ihr nicht einem Orden an, dessen Gründer seinen Namen einst als Zeichen der Bescheidenheit ablegte? Ich gebe zu, ich hatte weniger edle Motive. Im Gegenteil, ich verlor meinen Namen nicht einmal aus freien Stücken. Wie auch immer, ich trage zurzeit keinen. Nennt mich also, wie immer es Euch beliebt.«

Thondaril machte einen Schritt nach vorn. Da stöhnte der namenlose Bibliothekar plötzlich auf und fuhr sich mit seiner klauenartigen Hand an den Kopf. Ein weiterer Laut folgte, der wie ein nur mühsam unterdrückter Schmerzensruf klang.

»Ich bitte Euch, nicht weiterhin so rücksichtslos zu sein und derart hart aufzutreten«, beschwerte er sich. »Ich habe Eure Schritte schon gehört, lange bevor Ihr hierher herabgestiegen seid.«

»Ihr scheint mir sehr empfindlich«, sagte Thondaril.

»Empfindlichkeit ist die Kehrseite der Feinsinnigkeit«, erwiderte der Namenlose.

Thondaril ging nicht weiter darauf ein. »Lasst mich Euch erklären, weshalb wir hier sind.«

Doch der Namenlose winkte ab. »Das ist nicht nötig, ich weiß es längst. Eure Stimmen waren so aufdringlich wie Eure Gedanken. Sie dröhnten durch diese Mauern und hallten so stark wider, dass es kaum zu ertragen war.« Mit diesen Worten klappte er den ledergebundenen Folianten zu, der zuvor aufgeschlagen vor ihm auf dem Tisch gelegen hatte.

Gorian hatte einen kurzen Blick darauf werfen und immerhin erkennen können, dass es Elbenrunen waren, mit denen die Seiten fein säuberlich und mit filigraner Handschrift beschrieben waren. Es handelte sich also um kein Buch, das mit einer Druckpresse hundertfach vervielfältigt worden war, sondern um ein wertvolles Einzelstück, selbst dann noch, wenn es sich um eine Kopie handelte, denn ein einzelner Schreiber hatte daran vermutlich mehrere Jahre gearbeitet.

Der Namenlose erhob sich, nahm den Folianten, ging zu einem Regal in der Nähe und schob ihn in eine Lücke zwischen den anderen wertvollen Büchern, die in diesem Gewölbe aufbewahrt wurden.

»Ich bin im Besitz eines Dokuments, das mich ermächtigt, mir jede Schrift aushändigen zu lassen, die ich aus Eurer Bibliothek erwähle«, erklärte Thondaril mit spürbarer Ungeduld. Er holte das Dokument hervor und reichte es dem Namenlosen.

Dieser aber machte keine Anstalten, es entgegenzunehmen, sondern fragte nur: »Was soll ich damit?«

»Dieses Schriftstück verpflichtet Euch ebenso wie den Königlichen Verwalter von Felsenburg, unseren Forderungen Folge zu leisten.«

»Ich fühle mich an derartige Verpflichtungen nicht gebunden. Insofern hat dieses Schriftstück für mich keine Bedeutung.«

Thondaril lag eine scharfe Entgegnung auf der Zunge, aber der Namenlose hob die Hand und bedeutete ihm zu schweigen.

»Ich weiß, was Ihr sagen wollt. Und ich weiß, was Euer Plan ist. Ihr wollt zu den Inseln der Caladran und sie mit einem Geschenk aus dieser Bibliothek als Bündnispartner gegen Morygor gewinnen.«

»Und was ist dagegen einzuwenden?«

»Nichts – außer dass Ihr Euch vielleicht falsche Vorstellungen von den Caladran macht.«

»Das lasst getrost meine Sorge sein!«

»Glaubt Ihr wirklich, Ihr könnt sie damit dazu bewegen, ihren Hass und ihre Verachtung aufzugeben? Die Caladran sind nachtragend und selbstsüchtig. Sie interessieren sich einzig und allein für ihre eigenen Interessen und für sonst gar nichts. Was mit dem Rest Erdenrunds geschieht, ist ihnen so gleichgültig wie nur irgendetwas.«

»Ihr sprecht über Euer eigenes Volk, nicht wahr?«, mischte sich Gorian ein, und er sagte es mit ruhiger, klarer Stimme.

Für einige Augenblicke herrschte tiefes Schweigen. Der Namenlose starrte Gorian an, und der junge Ordensschüler spürte, wie eine fremde Kraft seinen Geist zu durchforschen versuchte.

Dann trat der Namenlose auf Gorian zu, dessen Augen

schwarz wurden, denn er musste sich aufs Höchste konzentrieren, um dem geistigen Einfluss seines Gegenübers standzuhalten. »Was geschieht, geschieht«, sagte der Bibliothekar. »Ich habe die Hoffnungen, die Linien des Schicksals nachhaltig beeinflussen zu können, vor langer Zeit aufgegeben.«

»In Bälde wird auch dieser Ort ein Teil des Frostreichs werden«, hielt Gorian dagegen. »Kümmert Euch das auch nicht? Wollt Ihr ohne Gegenwehr untergehen?«

»Du bist jung, und deine Natur als Mensch verwehrt es dir, wirklich alt und weise zu werden. So wird dir die Gnade vollkommener Gleichgültigkeit kaum je zuteilwerden.«

Zu Thondarils Überraschung und der seiner Mitschüler sagte Gorian, ohne dass sich dabei seine Stimmlage veränderte: »Ihr seid jener Caladran, den man den Namenlosen Renegaten nennt. Ich spüre Eure Magie, Eure Aura, die der Morygors so sehr ähnelt. Und es ist nicht der innere Frieden, den Ihr gefunden habt. Nein, das Mitgefühl, das Euch zum Ausgestoßenen machte, erstarb in all den Jahren. Nicht einmal Euer eigenes Schicksal kümmert Euch noch.«

»Das liegt daran, dass ich die Vergänglichkeit allen Seins und die Vergeblichkeit aller Taten erkannte, junger Freund«, erwiderte der Namenlose und schlug die Kapuze seiner Kutte zurück. Tatsächlich kam darunter der Kopf eines Caladran zum Vorschein. Die Haut war bleich, fast wie bei einem Toten, und zwei spitze Ohren stachen durch das schlohweiße Haar. Er hob eine Hand, in der ein grelles Licht entflammte. Es wurde bläulich und beschien Gorians Gesicht. »So viel Kraft bei einem, der kein Abkömmling der Caladran ist. Das ist ungewöhnlich.«

Wieder hatte Gorian das Gefühl, dass ein fremder Geist seine Seele zu erforschen versuchte, und diesmal konnte er nichts dagegen ausrichten.

Thondaril wollte eingreifen, doch als er sich in Bewegung setzte, richtete der Namenlose die freie Hand in seine Richtung, und der Meister der Magie und des Schwertes erstarrte.

Dann verlosch das bläuliche Licht.

Der Namenlose senkte die Arme. »Ich weiß jetzt vieles, was mir bisher verborgen war. Und ich werde dieses Wissen in meine Entscheidungen mit einbeziehen.«

»Entscheidungen?«, eiferte sich Thondaril, der wieder Herr seiner selbst war. Seine ebenfalls schwarz gewordenen Augen zeigten an, dass er seine magischen Kräfte konzentrierte, um gegen weitere Beeinflussungsversuche des Namenlosen gewappnet zu sein. »Was gibt es da noch zu entscheiden?«

»Ihr seid ein Mensch«, entgegnete der Namenlose mit leiser, ruhiger Stimme. »Die Caladran nennen euch ›Söhne des Todes‹, denn der Tod hält euch in seinen Klauen, noch bevor ihr euch eurer selbst bewusst werdet. Daher rührt auch eure Ungeduld. Aber ich habe nicht die Absicht, mich davon zu vorschnellen Entschlüssen treiben zu lassen, sondern werde die wichtigen Entscheidungen, die anstehen, mit Bedacht treffen.«

»Von welchen Entscheidungen sprecht Ihr?«, mischte sich Gorian wieder ein.

Der Namenlose wandte fast provozierend langsam den Kopf. Gorian fiel auf, dass seine Augen nicht goldfarben waren, wie es bei den meisten Caladran der Fall war, sondern dunkel, fast schwarz. Ein hintergründiges Lächeln spielte um seinen dünnlippigen Mund.

»Der Schüler stellt die richtigen Fragen, ganz so, wie es sein sollte«, murmelte er. »So höre denn die Antwort: Ich werde sehen, welche Wege und Wahrscheinlichkeiten in der

Zukunft mit deinem Namen verknüpft sind und ob die Möglichkeit besteht, dass du der Stein sein könntest, der ins Auge des Riesen trifft und ihn zu Fall bringt.«

»Morygor befürchtet dies.«

»Die Befürchtungen eines anderen sind für mich kein Maßstab. Morygor hat selbst so viel Furcht verbreitet, dass sie manchmal auf ihn zurückschlägt, so wie eine Schlange ihr eigenes Gift einnimmt, wenn sie ihre Beute verschlingt.«

»Gesetzt den Fall, Ihr kommt zu dem Schluss, dass der Kampf gegen Morygor nicht von vornherein aussichtslos ist, seid Ihr dann bereit, uns zu helfen?«

»Dann werde ich sehen, was zu tun ist.«

Noch etwas war Gorian aufgefallen: »Ihr sprecht von den Caladran wie von einem Euch fremden Volk.«

»Sie wurden mir fremd, obwohl ich einer der ihren war, denn sie haben mich verstoßen. Ich gehöre nicht mehr zu ihnen und empfinde nichts mehr für sie als pure Verachtung.«

»Ist es das, was Euch daran hindert, das Notwendige zu tun?«, frage Gorian.

Ein Ruck ging durch die Gestalt des Namenlosen. Er stand da, blickte Gorian auf eine Weise an, die vieles zugleich ausdrückte: Hass mischte sich mit Abscheu und dem offensichtlichen Erschrecken darüber, dass dieser sterbliche Jüngling ihn weit mehr durchschaute, als ihm lieb sein konnte. Seine Nasenflügel bebten, als er entgegnete: »Du einfältiger Sohn des Todes glaubst vielleicht, dass du einfach nur ein paar der Caladran-Schriften zu ihren Inseln bringen musst, um ihr Wohlwollen zu gewinnen! Aber da bist du im Irrtum. Die Frage, welche dieser Schriften man ihnen übergibt, ist ebenso sorgfältig zu erwägen wie die, ob dieses Unterfangen überhaupt sinnvoll ist. Sonst wirst du keinen Frieden stiften, sondern nur neue Gegnerschaft!«

Der Namenlose machte eine weit ausholende Geste mit beiden Armen, wobei ein bläulicher Schein Schultern und Arme bis zu den Ellbogen umflorte.

»Geht!«, rief er, und seine Worte dröhnten Gorian gleichzeitig als Gedankenstimme im Kopf, sodass er sie zweifach hörte, in der Sprache Gryphlands und in dem geheimnisvoll klingenden Idiom der Caladran. »Geht und verschont mich mit Eurem Geschwätz, das so flüchtig ist wie Eure gesamte Existenz, und wartet ab, bis ich Euch rufen lasse und meine Entscheidung verkünde!«

»Wie lange wird das dauern?«, verlangte Gorian zu wissen.

Aber die Antwort bestand nur darin, dass sich die Augen des Namenlosen mit einem grellen Licht füllten, das zunächst bläulich schimmerte, dann aber weiß und so hell wurde, dass alle im Raum die Gesichter abwandten und mit den Armen schützten, um nicht geblendet zu werden.

Gorian schauderte für einen Moment, als er die Stärke jener Magie spürte, die bei dem Caladran wirksam war, und Thondaril und Torbas wichen zurück.

Gorian wollte noch etwas einwenden, aber ein sehr eindringlicher Gedanke Sheeras hielt ihn davon ab.

»Es hat keinen Sinn. Nicht so.«

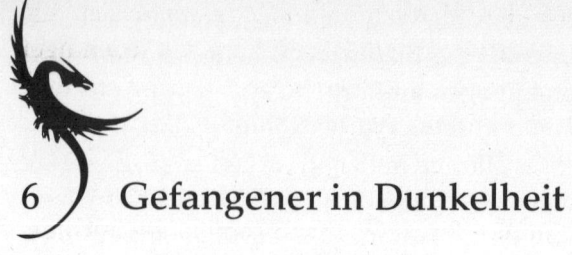

6) Gefangener in Dunkelheit

Meister Thondaril war außer sich. Noch in derselben Nacht suchte er ein weiteres Mal Oras Ban auf, um ihn dazu zu bewegen, den Befehl des Königs gegenüber dem Namenlosen durchzusetzen.

Aber das war vergeblich.

Am nächsten Tag rief er die Ordensschüler in sein Quartier. »Es ist ungewiss, wie lange wir hier noch festgehalten werden«, erklärte er Gorian, Sheera und Torbas.

»Gibt es keinen Weg, sich mit Gewalt zu holen, was man uns freiwillig nicht herausrückt?«, fragte Torbas. »Wenn wir einige der Schriften rauben und dann zu den Caladran fliegen, werden die uns das vielleicht als Freundschaftsdienst anrechnen.«

»Das kann ich nicht empfehlen«, mischte sich Sheera ein. Sie strich sich eine Strähne ihres Haars aus dem Gesicht und sah Torbas an. »Hast du nicht die gewaltige Kraft gespürt, über die der Namenlose verfügt?«

»Wir sind zu viert, und unsere Kräfte sind auch nicht gerade klein. Außerdem haben wir noch das hier.« Er zog Schattenstich aus der Scheide seines Wehrgehänges. »Wir sind im Besitz von zwei Klingen aus Sternenmetall, und damit dürfte sich wohl selbst diese uralte Kreatur besiegen lassen. Ha, bezeichnet Menschen als Söhne des Todes und hat seine eigene Zeit doch in Wahrheit längst hinter sich! Ein mit Magie aufgeladener Untoter, kein bisschen lebendiger als so manche finstere Gestalt, die in Morygors Reihen kämpft! Davor sollten wir uns nicht fürchten.« Er steckte Schattenstich zurück in die Scheide und wandte das Gesicht Thondaril zu. »Was meint Ihr, Meister? Ich nehme nicht an, dass Ihr als Sohn des Todes, wie der Namenlose Euch bezeichnet, auch noch ein Sohn der Furcht seid.«

Doch Thondaril hörte Torbas nicht einmal richtig zu. Er schien mit seinen Gedanken weit entfernt, rieb sich das Kinn und entschied dann: »Wir werden uns vorerst in Geduld üben. Eine andere Möglichkeit haben wir nicht. Der Namenlose Renegat ist zu mächtig, als dass wir ihn uns zum Gegner machen dürfen. Dabei würden wir nur unsere Kräfte aufreiben, und das käme einzig Morygor zugute.« Er schüttelte bedächtig den Kopf. »Irgendetwas geht hier vor. Etwas, das ich noch nicht so recht begreife …«

Er hob die Hand, und ein Lichtstrahl fuhr aus der Handinnenfläche, traf die Wand und erzeugte dort einen Lichtkegel, so groß wie ein Kriegerschild. Eine Landkarte war darin zu sehen. Sie ähnelte jenen Karten aus der Bibliothek der Ordensburg vor deren Zerstörung und zeigte das Heilige Reich und die angrenzenden Länder.

»Wie ihr wisst, stehe ich über das Handlichtlesen ständig mit anderen Ordensbrüdern in Verbindung und kann daher ungefähr abschätzen, wie weit sich Morygors Reich bereits ausgedehnt hat und wohin er seine Kräfte wendet.« Die Gebiete, die bereits von den Horden des Frostherrn erobert worden waren, hatten auf der Lichtkarte eine eisblaue Färbung. »Quellanien, Garilanien und der Norden von Nomrigge sind zu Eiswüsten geworden und nun Teil von Morygors kaltem Reich. Während die Gletscher und seine

Leviathane in Richtung Süden offenbar ins Stocken geraten sind, dringen sie immer weiter nach Südwesten vor. Anstatt Oquitonien und Baronea zu überrollen, drängen seine Schergen mit Macht über die mitulische Grenze und ...«

»... nach Felsenburg!«, erkannte Gorian.

Thondaril nickte. »In den Kathedralen von Petaa und Tulia singen die Menschen dem Verborgenen Gott Dankes-Chöre, weil er sie erhört zu haben scheint und die Gefahr in Richtung Gryphland an ihnen vorüberzieht.« Er ließ die Lichtkarte mit einer Handbewegung verschwinden.

»Morygor ahnt, dass hier eine Kraft ist, die er bekämpfen muss, weil sie ihm in der Zukunft gefährlich werden könnte«, war Sheera überzeugt und sagte dann: »Gorian!«

»Ich bin mir nicht sicher, ob das wirklich allein seinetwegen geschieht«, widersprach Thondaril. »Es sind so viele Zeichen zu beobachten, die mich nachdenklich machen, aber aus denen ich noch kein Gesamtbild zu erkennen vermag. Die Flucht der Fledermenschen zum Beispiel.«

»Wie lange gedenkt Ihr, auf die Entscheidung des Namenlosen zu warten?«, fragte Torbas im herausfordernden Tonfall, der Thondaril sichtlich missfiel.

»Das wirst du mir überlassen, *Schüler*!«

Die Tage in Felsenburg verliefen nicht sonderlich ereignisreich. Auffällig war allerdings, dass sich auch an den folgenden Abenden große Schwärme von Fledermenschen sammelten und Zugvögeln der nördlichen Länder ähnlich davonflogen.

Zwischenzeitlich empfing Gorian immer wieder fremde Gedanken, die er für Botschaften von Ar-Don hielt, auch wenn sie inzwischen kaum noch aus Bildern oder Worten bestanden, die sich in irgendeiner Weise deuten ließen. Zumeist waren es nur zerfließende Farben, die sich schließlich in tiefstes Schwarz verwandelten. Und das Gefühl einer Kälte, die nichts mit der von Gestein oder Eis oder einer unfreundlichen Witterung gemein hatte. Es war eine schauderhafte Seelenkälte, die Gorian daran erinnerte, als er nach dem Kampf am Speerstein von Orxanor dem Tod näher gewesen war als dem Leben.

Dass ihn Ar-Don damals gerettet hatte, verstärkte das Gefühl der Verpflichtung, das er gegenüber dem Gargoyle empfand.

Eines Tages suchte er Fentos Roon auf. Es war gar nicht so einfach, mit ihm zu sprechen, ohne dass jemand anderes, allen voran Centros Bal, in der Nähe war. Doch das, was Gorian mit dem Zweiten Greifenreiter zu bereden hatte, ging sonst niemanden etwas an.

Fentos Roon war gerade damit beschäftigt, dem Greifen mit einem langstieligen Besen den Schnabel zu putzen, was sich die gewaltige Kreatur erstaunlich bereitwillig gefallen ließ. Centros Bals Greif und seine Gondel befanden sich nach wie vor in der großen Einflughöhle. Nicht alle Greifen waren so gut erzogen wie der des Nordfahrers. Immer wieder dröhnte irgendwo ein Schrei dieser Kreaturen, und dies so laut, dass die gesamte Höhle zu erzittern schien und man für einige Momente sein eigenes Wort nicht verstehen konnte.

»Bist du zufällig gekommen, um mir zu helfen?«, fragte Fentos Roon, während er mit dem Besen an dem geöffneten Schnabel herumschrubbte. Schon in Gryphenklau war Gorian diese Vorgehensweise aufgefallen. Nach dem, was er gehört hatte, tat man es, um Ablagerungen zu vermeiden, die den Schnabel ansonsten langsam zerfraßen, was dann den Greifen in den Wahnsinn trieb. Da dies bei älteren, wildlebenden Greifen immer wieder vorkam, kannte das Gryphländische die Redewendung »Verrückt wie ein alter Greif mit faulem Schnabel«.

»Eigentlich bin ich hier, um *dich* um Hilfe zu bitten«, erklärte Gorian.

Centros Bals Zweiter Greifenreiter ließ den Besen sinken. Der Greif klappte den Schnabel mit lautem Klackern zu und schnaufte, so als wollte er seinen Unmut wegen der Unterbrechung kundtun.

»Eigentlich sollte mir Zog Yaal helfen, aber der ist ein fauler Hund«, beschwerte sich Fentos Roon. »Er drückt sich, wo er kann, dabei hat er ohnehin kaum was zu tun.«

Gorian ging nicht auf Fentos Roons Gejammer ein, sondern forderte: »Ich möchte, dass du mir zeigst, wie man mit einer Seilschlange umgeht.«

Fentos verengte die Augen zu Schlitzen, und eine tiefe Falte erschien auf seiner Stirn. »Was hast du vor?«

»Es gibt keine Möglichkeit, aus Felsenburg heraus und in die Berge zu gelangen, außer mit einem Greifen.«

»Wenn du in die Berge willst, lass dich von meinem Herrn dort absetzen. Der Greif muss sich sowieso regelmäßig bewegen.«

»Nein, das geht nicht«, widersprach Gorian. »Thondaril sollte möglichst nichts erfahren, aber das würde er in diesem Fall.« Er überlegte einen Moment, dann entschied er, Fentos Roon auch noch den Rest zu offenbaren. »Ar-Don wird irgendwo in einer der Schluchten gefangen gehalten. Torbas und ich wollen ihm helfen.«

»Ihr wollt euch mit Seilschlangen aus Felsenburg abseilen?«, fragte Fentos Roon erschrocken und vergaß danach, den Mund wieder zu schließen.

»Nicht nur das. Wir brauchen sie auch, um in die Tiefe der dunklen Schluchten zu gelangen.«

»Dorthin, wo die Fledermenschen hausen?«

»Hilfst du uns?«

Fentos Roon atmete tief durch. »Das ist nicht so einfach, wie ihr beiden vielleicht denkt. Mit Magie hat das nämlich nichts zu tun. Man muss mit den Seilschlangen reden. Sie hören auf leises Flüstern, denn ihre Ohren sind empfindlicher, als man es sich vorzustellen vermag. Und man darf sie nicht verstimmen.«

»Das kann so schwer nicht zu lernen sein«, gab sich Gorian überzeugt, seine Ungeduld mühsam unterdrückend.

Fentos Roon kratzte sich am Kopf, schien noch etwas unschlüssig, wie er sich verhalten sollte. Der durchdringende Schrei eines anderen Greifen entband ihn für einige Augenblicke von einer Antwort.

»Ich komme mit euch«, erklärte er dann. »Anders geht es nicht.«

»Wirst du nicht Ärger mit Centros Bal bekommen?«

»Natürlich. Aber das nehme ich in Kauf, und sein Zorn wird sich auch wieder legen. Er weiß ganz genau, was er an mir hat, und wird mich nicht einfach so aus seinen Diensten entlassen. Dieser Gargoyle hat dich zurückgebracht, als du mehr tot als lebendig warst. Er hat dich gerettet. So jemanden darf man nicht im Stich lassen, selbst wenn es sich um eine derart hässliche Kreatur wie ihn handelt.«

Es war nach Mitternacht, als Fentos Roon, Torbas und Gorian durch die Einflugsöffnung der Greifen schlichen. Leicht war das nicht, denn der Boden war in diesem Teil des Höhlensystems sehr uneben, mit scharfkantigen Abbrüchen und spitzen Felsen. Nie hatte es jemand für nötig gehalten, sie abzuschlagen und den Grund zu ebnen oder einen gangbaren Weg anzulegen, schließlich flogen die Greifen durch diesen Teil des Höhlensystems und landeten erst ein ganzes Stück weiter im Inneren des Bergmassivs, in das die Felsenburg überwiegend hineingehauen worden war.

Endlich hatte die kleine Gruppe den Rand des trichterförmigen Tunnels erreicht. Dort ging es nahezu senkrecht in die Tiefe.

»Hast du Sheera eigentlich in deinen Plan eingeweiht?«, fragte Torbas den anderen Ordensschüler.

Gorian verzog das Gesicht und antwortete mürrisch: »Es ist schwer, etwas vor ihr zu verbergen.«

»Das heißt also ja«, stellte Torbas fest. »Nun, ich habe auch nichts anderes erwartet. Immerhin existiert zwischen euch – wie soll ich es sagen? – eine *besondere Verbindung*, wenn man das so ausdrücken will.«

»Lass uns zusehen, dass wir nach unten kommen, ohne dass wir uns den Hals brechen«, wechselte Gorian das Thema.

Torbas lachte leise. »Ich verstehe schon, du willst nicht über Sheera und dich reden.« Dann wurde er wieder ernst. »Besteht nicht die Gefahr, dass Thondaril sie geistig ausforscht?«

»Nein.«

»Er könnte es, wenn er wollte.«

»Das schon«, musste Gorian zugeben. »Aber er verbringt die halbe Nacht damit, über das Handlichtlesen Informationen von anderen Ordensbrüdern zu erhalten, um mehr über die allgemeine Lage zu erfahren. Darum wird er auch kaum so schnell bemerken, dass wir fort sind – es sei denn, jemand von uns ist unvorsichtig und reißt ihn mit einem aufdringlichen Gedanken aus der Konzentration.«

»Oder aus den wenigen Stunden Schlaf, die er sich hin und wieder noch gönnt«, ergänzte Torbas.

Fentos Roon lauschte dem kurzen Gespräch der beiden Ordensschüler nur mit halbem Ohr. Sie redeten häufig über Dinge, von denen er nichts verstand, daran hatte er sich längst gewöhnt, und so fragte er auch nicht nach. Trotzdem mischte er sich in ihre leise geführte Unterhaltung ein, indem er fragte: »Wie ist es, wollen wir hinabsteigen, oder möchtet ihr beide die ganze Nacht über Mutmaßungen über euren Meister anstellen?«

Torbas hatte sein Schwert auf den Rücken gegürtet, so wie Gorian es zu tragen pflegte, um nicht beim Klettern behindert zu werden. Jeder von ihnen trug eine Seilschlange über der Schulter, die Fentos Roon ihnen gegeben hatte. Die kopf- und seelenlos wirkenden Tiere schlangen sich um den Oberkörper – allerdings ohne dass einer ihrer Träger dabei das Gefühl hatte, in irgendeiner Weise eingeschnürt zu sein. Der junge Greifenreiter hatte seinen beiden Begleitern zudem die wichtigsten Befehle, mit denen die Seilschlangen gelenkt werden konnten, beigebracht. Die Worte, die dabei benutzt wurden, entstammten einer sehr frühen Form der gryphländischen Sprache, sodass ihre genau Bedeutung auch Gorian unbekannt war.

»Vier oder fünf Grundbefehle reichen für unser Vorhaben«, hatte Fentos Roon erklärt. »Merkt euch diese Wörter gut, dann seid ihr für den Notfall gerüstet.«

»Notfall?«, hatte Torbas nachgefragt.

Fentos Roon hatte daraufhin genickt. »Beim Abstieg werde ich alle drei Schlangen kontrollieren. Sicher ist sicher. Aber vielleicht werden wir später getrennt, dann müsst ihr zumindest die wichtigsten Befehle kennen. Ihr müsst die Schlangen dann auch mit ihren jeweiligen Namen ansprechen, vergesst das nicht. Aber sprecht sie auf keinen Fall aus, während ich euch in die Tiefe bringe, denn dann würden die Tiere augenblicklich nur noch auf eure Befehle hören, und das würde euch in eine schwierige Lage bringen.«

Seilschlangen fanden so gut wie überall Halt, vermochten sich selbst an glattem Fels festzusaugen, und nicht einmal messerscharfe Kanten machten ihnen etwas aus. So wie beim Reiterwechsel während eines Gondelflugs umschlang das Kopfende den Oberkörper des zu Tragenden, während sich die Reichweite der Schlage verkürzte oder verlängerte, indem sie ihren Leib wie eine Feder spannte oder entspannte und sich sogar noch zusammenzog, wodurch der Körper dicker wurde, oder sich streckte, wobei der Durchmesser des Leibes schrumpfte. Bei welcher Länge bei der jeweiligen Schlange letztlich das Maximum erreicht war, darüber konnte nur spekuliert werden; selbst Fentos Roon konnte darüber keine genauen Auskünfte geben und beantwortete Gorians entsprechende Frage mit den Worten: »Also, die Exemplare, die ich euch gegeben habe, haben sich beide schon mal auf eine Länge von über hundert Schritten gestreckt, aber ob noch mehr möglich ist, weiß ich nicht.«

»Na ja, wenn wir abstürzen, können wir ja noch versuchen, uns mithilfe unserer Magie abzufedern«, hatte Torbas gemeint. »Aber darauf verlassen würde ich mich nur ungern.«

Fentos Roon gab den Seilschlangen kurze und prägnante Befehle, und sie ließen die drei Gefährten hinab, wobei diese sich mit den Füßen von der Felswand abstoßen mussten. Fentos' Anweisungen waren dabei kaum zu hören, so leise sprach er. Aber die drei Schlangen, die er zuvor jeweils mit ihren Namen angesprochen hatte, reagierten auf jedes Kommando, und überhaupt waren die drei Exemplare, die er für den Abstieg ausgesucht hatte, gut dressiert.

Dennoch hatten sie sich eine gewisse Selbstständigkeit

bewahrt, und so wählten sie allein und mit sicherem Gespür jene Stellen an der Felswand, an denen sie am besten Halt fanden und sich festsaugen konnten. Wenn sie sich von diesen Haltepunkten lösten, pressten sie kurzzeitig andere Teile ihrer lang gezogenen Körper gegen den Fels und hafteten dort fest.

Manchmal wickelten sie ihre Schwanzenden auch um kleine Vorsprünge oder klemmten diese in fugenartige Ritzen fest, wobei sie den hinteren Bereich ihrer Leiber verdickten.

Während er sich dem aus schwarzem Gestein bestehenden Boden immer mehr näherte, staunte Gorian darüber, wie schnell der Abstieg vonstattenging. Unten angelangt breitete sich vor ihnen eine pechschwarze Felsenwüste bis zu den Bergen aus. Hell funkelten die Sterne am Himmel, doch das dunkle Gestein schien ihr Licht geradezu aufzusaugen, sodass kaum Einzelheiten auszumachen waren.

Torbas hob die Hand und ließ darin ein Licht aufleuchten, so wie beim Handlichtlesen, nur dass der Thiskaréner im Moment mit niemandem Verbindung aufnehmen, sondern nur die unmittelbare Umgebung beleuchten wollte.

»Lass das besser!«, warnte Gorian.

»Wieso?«, fragte Torbas spöttisch. »Glaubst du, Thondaril steht oben an den Zinnen und sieht gerade jetzt in die Tiefe?«

»Thondaril müsste uns nicht einmal sehen, um zu wissen, was wir tun. Wir können nur hoffen, dass er gerade so sehr beschäftigt ist, dass er nicht an uns denkt. Aber ich meine jemand anderen, dessen Aufmerksamkeit du erregen könntest.«

»Diesen seltsamen Caladran, der sich für etwas Besonderes hält?«

»Ja, den auch. Aber ich dachte eher an Oras Ban. Sobald einem seiner Wächter hier unten etwas Merkwürdiges auffällt, wird der Königliche Verwalter es erfahren, und dessen Rolle auf Felsenburg durchschaue ich noch immer nicht so recht.«

Torbas zuckte mit den Schultern, doch er ließ das magische Licht in seiner Hand verlöschen. »Dann werden wir eben aufpassen müssen, dass wir nicht irgendwo hineintreten.«

Sie machten sich auf den Weg, und Gorian führte die kleine Gruppe an, denn immerhin hatte er ja geistige Verbindung zu Ar-Don und erkannte am ehesten, wo der Gargoyle zu finden war.

Es dauerte nicht lange, bis sie die ersten Ausläufer der nahen Berge erreichten. Immer wieder erhob sich ein Schwarm Fledermenschen aus einer der tiefsten Felsspalten, und ihre Rufe durchdrangen die Nacht. Sie kreisten zunächst über den Bergen und zogen dann davon.

Gorian konzentrierte all seine Sinne auf Ar-Don, sodass er nicht einmal wahrnahm, wenn Fentos Roon oder Torbas ihn ansprachen.

»Ich bin ein Straßenjunge und habe oft zu hören bekommen, ich hätte keine Manieren«, spottete Torbas an Fentos Roon gewandt, dann deutete er auf Gorian. »Aber was soll man davon halten? Der Sohn und Enkel eines Schwertmeisters redet offenbar nicht mit jedem.«

In diesem Moment empfing Gorian ein paar Gedanken von Ar-Don, die diesmal wieder einigermaßen klar waren. Wieder sah er vor seinem geistigen Auge den Himmel über einer Schlucht.

Auf einmal spürte er, wie ihn etwas einschnürte, ihm den Brustkorb zusammenpresste und den Atem raubte.

Die Seilschlange!

Von plötzlicher Panik ergriffen blieb er stehen und versuchte, die wie eine Schärpe um seinen Oberkörper geschlungene Schlange abzustreifen, was ihm aber nicht gelang. Im Gegenteil, sie schien sich nur noch enger um ihn zu schnüren.

Er fiel nieder und rollte über den Boden, als würde er mit einer Würgeschlange kämpfen, wie sie in Omont und in Teilen des Ogerlandes gefürchtet wurden.

Schließlich quetschte er einen der Befehle hervor, die Fentos Roon ihm beigebracht hatte, wobei er nicht vergaß, den Namen der Schlange zu benutzen.

Plötzlich war der Druck um seine Brust weg, doch dafür packten ihn Hände bei den Schultern und hielten ihn fest, keuchend und japsend schnappte er nach Luft, während die Seilschlange schlaff um seinen Oberkörper hing.

Torbas murmelte eine Kräftigungsformel, wie sie alle Ordensschüler lernen mussten. Gleichzeitig redete Fentos Roon beruhigend auf die Seilschlange ein.

»Nehmt mir dieses Ding vom Leib!«, keuchte Gorian.

»Sie hat dir nichts getan«, widersprach Fentos Roon. »Du hast sie mit deinem panischen Befehl vollkommen verwirrt, und weil du ihren Namen genannt hast, konnte sie gar nicht anders, als darauf zu hören.«

Allmählich gewann Gorian die Beherrschung zurück. »Sie hat versucht, mich zu zerquetschen.«

»Nein, das ist nicht wahr«, widersprach Fentos Roon in sehr überzeugt klingendem Tonfall.

Und Torbas bestätigte dies. »Als du zu Boden gegangen bist, waren wir sofort bei dir, und die Seilschlange hing ganz locker um deinen Körper.«

Gorian runzelte die Stirn und murmelte schließlich: »Dann

muss es ein sehr intensiver Gedanke von Ar-Don gewesen sein.«

Torbas half ihm auf. »Ehrlich gesagt, es beunruhigt mich, dass Ar-Don einen derart starken Einfluss auf dich auszuüben vermag.«

»Er hat entsetzliche Angst und befindet sich in einer verzweifelten Lage.«

»Und seine Gedanken sind offenbar so eindringlich, dass du sie für deine eigenen gehalten hast«, sagte Torbas. »Das ist nicht gut, Gorian.«

Gorian kniff den Mund zusammen, nickte aber zustimmend. Die magische Literatur des Ordens berichtete von solchen Phänomenen, und die Gefahr war keineswegs zu unterschätzen, denn bei einer derart engen geistigen Verbindung konnte auch Gorian Schaden nehmen oder sogar sein Leben verlieren, wenn Ar-Don starb.

»Du solltest deinen Geist gegen Ar-Don abschirmen, bevor er dich umbringt oder du eines Tages zu seiner willenlosen Marionette wirst«, mahnte Torbas.

»Mach dir keine Sorgen«, entgegnete Gorian. »Ich habe der Aura Morygors widerstanden, da wird mir das auch bei dem Gargoyle gelingen.« Er wandte sich an Fentos Roon. »Ar-Don befindet sich in einer Schlucht, und sein Körper ist irgendwie eingeschnürt, mit etwas, das sich für mich wie eine Seilschlange anfühlte.«

»Es gibt wilde Seilschlangen in den Bergen«, erklärte Fentos Roon. »Ihre Zahl hat ebenso abgenommen wie die der wilden Greifen, aber hin und wieder trifft man auf eine.«

»Werden sie von den Fledermenschen abgerichtet?«

»Darüber gibt es widersprüchliche Geschichten«, antwortete Fentos Roon. »Vielleicht tun dies nur bestimmte Stämme oder Horden. Seit dem Sieg der Greifenreiter über die

Fledermenschen hat man sich nie wieder sonderlich mit den Gebräuchen und Sitten dieser Geschöpfe beschäftigt.«

»Ich verstehe …«, murmelte Gorian. »Und ein Grund, weshalb Fledermenschen einen Gargoyle gefangen halten könnten, fällt dir auch nicht ein?«

Fentos Roon schüttelte den Kopf. »Tut mir leid.«

Gorian schaute wieder nach vorn, zu den ersten Ausläufern des Gebirges, die sich als schroffe Felsmassive vor ihnen erhoben wie drohende Riesen aus purer Finsternis. Wie Tore in ein Schattenreich wirkten sie auf ihn, und er fühlte sich unwillkürlich daran erinnert, wie er in der Zwischenwelt der Schattenpfade mit dem Totenalb in vollkommener Dunkelheit gekämpft hatte.

»Ich nehme an, du spürst die magische Aura ebenfalls«, wandte er sich an Torbas.

»Nur wer völlig magisch unbegabt ist, würde sie nicht spüren«, war Torbas' Ansicht. »Allerdings …«

Er verstummte, doch Gorian sprach aus, was sein Begleiter nicht in Worte zu fassen vermochte: »Es ist anders als alles, was mir in dieser Hinsicht je begegnet ist.«

Torbas nickte, hob die Hand und schloss die Augen. »Sehr alt«, murmelte er. »Älter, als wir es uns vorzustellen vermögen.«

Die Kraft, die sie beide spürten, war wie ein Meeresrauschen, das alle anderen Geräusche unterlegte. Ebenso vermischte sich diese besondere Kraft mit allem, was die beiden Ordensschüler mit ihren magischen Sinnen sonst noch zu erfassen vermochten.

Gorian war sich plötzlich sicher, diese uralte magische Aura bereits verspürt zu haben, als sie die Berge im Süden Gryphlands überflogen hatten, nur hatte er nicht weiter darauf geachtet. Er erinnerte sich an eines der Ordens-Axiome, das besagte: *Sehr mächtige Dinge zeigen sich oft durch ihre stete Präsenz und nicht durch ihre Wirkung auf den Augenblick.*

Wieder tauchte ein Schwarm Fledermenschen aus einer der Felsspalten auf und kreiste am Himmel. Aber im Gegensatz zu den Schwärmen, die Gorian bisher beobachtet hatte, blieben diese Fledermenschen vollkommen stumm. Keine durchdringend schrillen Rufe erfüllten die Nacht, nur das Rascheln unzähliger Schwingen. Auf einmal drängten sich Hunderte, ja, Tausende aus anderen Erdspalten und verdeckten den Sternenhimmel mit einem Teppich schwarzer Schwingen. Wie ein riesiger Schatten sammelten sich die Kreaturen genau über Gorian und seinen beiden Begleitern und verschluckten selbst das Licht des Mondes.

Dann sackten die ersten Fledermenschen hinab, landeten in einigem Abstand, ihre mit Obsidian-Spitzen versehenen Speere in den Händen. Innerhalb weniger Augenblicke gingen Hunderte dieser Geschöpfe ringsum nieder, während die anderen noch in der Luft blieben und immer engere Kreise über den drei Gefährten zogen.

Gorian warf einen Blick über die Schulter. Sie waren eingekreist. Von allen Seiten näherten sich die Fledermenschen mit drohend gesenkten Speeren, die Flügel auf den Rücken zusammengefaltet. Ein Chor hochtönender Laute, die Gorian an das Zirpen von Grillen erinnerten, erfüllte nun die Luft.

Torbas zog Schattenstich und knurrte: »Scheint so, als wären wir hier nicht willkommen.«

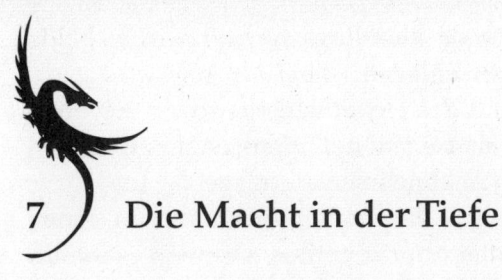

7 ⟩ Die Macht in der Tiefe

Von allen Seiten näherten sich Fledermenschen, zögerlich und scheu. Keiner von ihnen war größer als ein etwa zehnjähriges Menschenkind, viele sogar kleiner, die meisten reichten einem erwachsenen Mann gerade bis zur Hüfte.

Nach und nach landeten auch diejenigen, die bis dahin noch immer tiefere Kreise über Gorian und seinen beiden Begleitern gezogen hatten. Sie trugen grob zusammengenähte Felle, und ihre mandelförmigen, deutlich hervorstehenden Augen in den behaarten Gesichtern schimmerten im fahlen Licht des Mondes, das nun wieder ungehindert vom Himmel schien.

Die zirpenden und zischenden Laute, mit denen sich die Fledermenschen austauschten, verebbten allmählich. Gorian versuchte, ihre Gedanken zu erspüren, aber sie waren zu fremdartig, um irgendetwas daraus schließen zu können. Das Einzige, was für ihn schnell feststand, war, dass sie alle von einer großen Furcht erfüllt waren. Der Grund dafür aber blieb ihm unklar.

Aber er spürte noch etwas. Etwas, womit er nicht gerechnet hatte.

Magie.

Sie war nur sehr schwach ausgeprägt, aber unzweifelhaft vorhanden. Mit der starken Kraft, die irgendwo in diesen

Bergen lauerte, hatte sie allerdings nichts zu tun, beide Kräfte waren völlig verschieden.

Das magische Talent der Fledermenschen war sicherlich sehr viel schwächer als bei jedem Ordensschüler, trotzdem würde sich Gorian in Acht nehmen.

Auf einmal schleuderte einer der Fledermenschen seinen Speer. Torbas ahnte den Angriff voraus, wie man es ihn im Haus des Schwertes gelehrt hatte, wirbelte herum und ließ Schattenstich emporschnellen, sodass die Klinge aus Sternenmetall genau im richtigen Moment auf die Obsidian-Spitze des Speers traf. Ein greller Lichtblitz flammte auf, und Torbas taumelte zwei Schritt zurück. Eigentlich hatte er den Speer zur Seite ablenken wollen, aber das hatte er nicht ganz geschafft. Nur ganz knapp verfehlte ihn die Wurfwaffe und prallte auf das schwarze Bodengestein, wobei Funken aufsprühten, als die Spitze aus Obsidian auftraf, mit solcher Kraft war der Speer geworfen worden.

»Beim Verborgenen Gott und allen Teufeln!«, entfuhr es Torbas. »Was war das denn?«

»Fledermenschen-Magie!«, rief Gorian, riss ebenfalls sein Schwert hervor und lenkte einen weiteren Speerwurf zur Seite hin ab, wofür er mit aller Kraft zuschlagen musste, während er die ungeheure, durch Magie verstärkte Kraft spürte, mit welcher der Speer geschleudert worden war.

Gorians Augen waren ebenso von Schwärze erfüllt wie die von Torbas, und Fentos Roon stand zwischen den beiden Gefährten. Die einzige Waffe, die er bei sich trug, war ein langer, leicht gebogener Dolch, den Gorian bislang eher für einen Ziergegenstand gehalten hatte. In den Straßen von Gryphenklau hatte er viele Männer mit solchen Dolchen gesehen, und die meisten hatten zur Gilde der Greifenreiter gehört oder sich zumindest den Anschein gegeben.

Nun wurden von allen Seiten Speere geworfen. Gorian und Torbas ließen ihre Schwerter kreisen. Den Bruchteil eines Augenblicks ahnten sie die Angriffe nach Art der Schwertmeister voraus und waren dadurch überhaupt in der Lage, sie abzuwehren, allerdings nur mit größter Kraftanstrengung, denn in jedem dieser Würfe steckte eine übermenschliche Wucht.

Auf einmal ertönte ein schrilles Pfeifen, und die Fledermenschen antworteten mit ohrenbetäubendem Kreischen, flatterten empor und stoben in alle Richtungen davon. Ein paar Speere wurden noch geworfen, aber sie waren vergleichsweise leicht abzuwehren, denn den Würfen fehlte die besondere, durch Magie verstärkte Wut, die den ersten Angriffen eigen gewesen war.

Die Fledermenschen bildeten keinen geordneten Schwarm mehr, sondern wirbelten durcheinander, stießen zum Teil sogar zusammen, sodass sich ihre Flügel ineinander verhakten und sie abstürzten. Erst kurz vor dem Aufschlag auf das schwarze Bodengestein lösten sie sich voneinander und fingen ihren Sturz ab, um dann wieder in wilder Panik davonzuflattern.

Der Pfeifton hielt an, und es schien, als hätten die Fledermenschen nur noch eins im Sinn: seiner unmittelbaren Wirkung zu entkommen.

Dann endlich war der Spuk vorbei, das Pfeifen brach abrupt ab, und Gorian, der den Griff von Sternenklinge mit beiden Händen umfasste, sah aus den Augenwinkeln, wie Fentos Roon einen Gegenstand von den Lippen nahm und nach Luft rang.

»Eine Fledermenschen-Flöte!«, keuchte Fentos Roon. »Wir Greifenreiter führen sie immer bei uns, wenn wir das Gebiet dieser Wesen überfliegen. Falls man in die Verlegenheit gerät, mit der Greifengondel notlanden zu müssen, kann man sie sich damit vom Hals halten; sie können die Töne nicht ertragen und nehmen davor Reißaus.« Damit setzte er die Flöte noch einmal an die Lippen und blies mit aller Kraft und aufgeblähten Wangen, woraufhin Gorian und Torbas die Gesichter verzogen.

»Muss das sein?«, fragte Torbas. »Diese Töne sind nicht nur für Fledermenschen unerträglich!«

Aber Fentos Roon ließ sich nicht beirren und blies noch so lange weiter, wie es sein Atemvorrat zuließ. »Sicher ist sicher«, meinte er dann und atmete tief durch. Die Flöte sah aus, als wäre sie aus einem Knochen gefertigt. »Ich hab sie wegen der verfluchten Dunkelheit nicht gleich in meiner Gürteltasche finden können, sonst hätte ich die Bande schon früher verjagt.«

»Na, da sind wir aber froh, dass du doch noch fündig geworden bist«, spöttelte Torbas.

»Könnte jemand von euch so freundlich sein, mit seinem Handlicht auf den Boden zu leuchten«, bat der Zweite Greifenreiter Centros Bals. »Mir ist nämlich was heruntergefallen, als ich nach der Flöte in meiner Tasche kramte.« Er steckte sie zurück in seine Gürteltasche, in der ein paar Münzen klimperten. »So gut bezahlt mich auch der berühmte Nordfahrer nicht, dass ich es mir leisten könnte, Silbergeld in der Steinwüste zu verstreuen.«

Torbas seufzte. »Na gut, wir sind ja jetzt weit genug von Felsenburg entfernt.« Er hielt Schattenstich nach wie vor in der Rechten, denn noch traute er dem Frieden nicht, zumal ein paar der Fledermenschen noch als dunkle Schatten in einiger Entfernung auf den Felsen ringsum zu sehen waren, wo sie hockten, als würden sie das weitere Geschehen abwarten und auf die Möglichkeit zu einem Angriff lauern.

In seiner Linken ließ Torbas ein Licht aufscheinen, das allerdings nur verhältnismäßig schwach schimmerte, kaum heller als eine einfache Wachskerze.

Er ließ den Lichtkegel über den Boden wandern, und Fentos Roon sammelte ein halbes Dutzend Münzen ein, die er verloren hatte.

»Wir sollten die Fledermenschen nicht unterschätzen«, mahnte Gorian, nachdem die drei ihren Weg schließlich fortsetzten und in das zerklüftete Gebiet eindrangen. »Die Magie, die sie zur Verstärkung ihrer Angriffe einsetzen, ist sehr einfach, aber effektiv.«

»Jetzt ist mir auch klar, wie sie es schaffen, einen Wildgreifen zur Strecke zu bringen.« Torbas wandte sich an Fentos Roon. »Hast du eine Erklärung dafür, dass sie uns angegriffen haben?«

Der Zweite Greifenreiter des Nordfahrers Centros Bal schüttelte den Kopf. »Seit König Song Mol die Feuerdämonen entfesselt hat, sind sie Menschen gegenüber eigentlich ausgesprochen scheu.«

»Und trotzdem trägst du diese Flöte bei dir?«, hielt Torbas dem entgegen.

»Jedes Mitglied der Greifenreitergilde ist verpflichtet, so eine Flöte auf Flügen über das Gebiet der Fledermenschen bei sich zu tragen. Aber dieses Gesetz ist uralt, und angeblich stammt es noch von König Song Mol selbst. Dass Fledermenschen einen Greifenreiter wirklich attackieren, geschieht vielleicht ein- oder zweimal in einem Menschenleben, dafür fürchten sie einfach zu sehr die Rache des Königs.«

»Offenbar tun sie das nicht mehr«, meinte Torbas.

»Oder sie fürchten etwas anderes noch viel mehr«, vermutete Gorian.

Beide Ordensschüler trugen inzwischen ihre Schwerter wieder auf dem Rücken, denn die Hände brauchten sie fürs Klettern. Immer öfter kamen auch wieder die Seilschlangen zum Einsatz.

Hier und dort waren auf den umliegenden Felsen einzelne Fledermenschen zu sehen, und hin und wieder stob einer der Geflügelten auf, wenn ihm die Menschen zu nahe kamen. Meistens aber hielten sie sich in den ausgedehnten Schattenzonen verborgen, und wenn sie sich nicht gerade bewegten oder ihre zirpenden Laute von sich gaben, waren sie kaum zu entdecken und eins mit der Finsternis, die sie umgab.

Gorian und Torbas setzten schließlich auch ihre Handlichter ein, damit niemand von ihnen in eine der vielen Erdspalten stürzte. Von Felsenburg aus waren sie nicht mehr zu sehen, da Anhöhen und Felsen sie umgaben. Allenfalls würde ein Posten auf den Wehrgängen das Aufflackern eines Lichtschimmers zwischen den Felsen ausmachen, denn während das schwarze Gestein, das die Ebene um Felsenburg umgab, alles Licht zu verschlucken schien, setzte sich der mittelgryphländische Bergrücken aus unterschiedlichen Gesteinsarten zusammen.

»Manche davon ähneln Halbedelsteinen«, erklärte Fentos Roon, darauf von Torbas angesprochen. »Wenn das Licht der Sonne oder des Mondes auf sie trifft, kommt es zu den eigenartigsten Lichterscheinungen. Die Wachen auf Felsenburg werden sich also über eure Handlichter nicht wundern, weil sie die Steine und das Mondlicht dafür verantwortlich machen.«

»Ich spüre eine gewaltige fremdartige Magie, die alles hier zu durchdringen scheint«, eröffnete Gorian seinen Gefährten. »Sie wird stärker, je weiter wir in die Berge vordringen. Ich spreche nicht von der simplen Fledermenschen-Magie. Diese ist anders, stärker.«

»Von Magie verstehe ich nichts«, erwiderte Fentos Roon.

»Aber du weißt über dieses Land Bescheid. Hast du irgendeine Ahnung, was die Ursache dieser Kraft sein könnte?«

»Nein. Hör mal, ich bin Greifenreiter, kein Bergwanderer, auch wenn das im Moment so aussehen mag. Ich bin schon tausendmal über das Fledermenschenland hinweggeflogen, aber niemals hier gelandet, nur hin und wieder mal in Felsenburg und auf ein paar Residenzburgen einzelner Greifenreiter, die hier leben.«

»Haben die vielleicht irgendetwas darüber erzählt?«

»Die interessieren sich nur für Magie, wenn sie jemand einsetzt, um ihnen die Geschäfte zu verderben. Ansonsten verlassen sie sich lieber auf ihre Greifen.«

Sie bewegten sich an bodenlosen Abgründen entlang. Wenn ein Stein ins Rutschen geriet, schlug er erst nach langem Fall irgendwo unten auf, und so war zu erahnen, wie tief diese Erdspalten waren.

Fentos Roon hielt Gorian und Torbas dazu an, ihren jeweiligen Seilschlangen selbst die notwendigen Anweisungen zu geben, was auch immer besser klappte, und so sicherten die Tiere ihre Träger zuverlässig beim Klettern oder zogen sie steile Felswände empor, an denen sie zuvor scheinbar mühelos emporgeglitten waren. Gorian lernte schnell, dass man sich bei den Befehlen an die Seilschlangen besser zurückhielt, denn je mehr man sich beschränkte, desto genauer schienen sie die Absichten ihrer Herren zu verstehen.

Er versuchte auch mehrmals, mit seinen magischen Sinnen zu den Gedanken seiner Seilschlange vorzudringen, die ihm auf so überraschend effektive Weise beim Klettern half, doch seine geistigen Fühler griffen jedes Mal ins Leere, als wäre da nichts, nicht einmal ein einzelner Gedanke und nicht der Hauch von Magie. Der Geist der Seilschlange musste derart fremdartig sein, dass er sich selbst einem Schüler in allen fünf Ordenshäusern, dem man ja bereits zumindest in einem die Meisterschaft angeboten hatte, nicht im Mindesten erschloss.

So konzentrierte er sich wieder darauf, eine Verbindung mit Ar-Don herzustellen, doch seit ihn der Gargoyle mit einem so intensiven Gedanken bedrängt hatte, dass er schon glaubte, von seiner Seilschlange erwürgt zu werden, war von Ar-Don nichts mehr zu spüren, und er empfing nicht einmal mehr die chaotischen Bilder und Empfindungen.

Hingegen gab es in den Felsen feinste Spuren, die belegten, dass er hier gewesen war. Magische Spuren, die Gorian niemandem hätte beschreiben können, die er aber so deutlich erkannte wie ein Raubtier die Witterung seiner Beute.

Er musste auf jede Kleinigkeit in der Umgebung achten.

Sie hatten ein Felsplateau erreicht, von dem aus man bei Tag sicherlich eine gute Aussicht über das umliegende Land hatte. In der Nacht aber waren ringsum nur Schatten auszumachen und Lichtreflexe, hervorgerufen vom Mond- und Sternenlicht, das von besonderen Gesteinsarten gespiegelt wurde.

Gorian blieb stehen, schloss die Augen und versuchte die Bilder erneut in sich wachzurufen, die er mit den Gedanken Ar-Dons empfangen hatte.

Und auf einmal spürte er wieder etwas, wenn auch nur für einen kurzen Moment. Da war eine Empfindung von Schmerz, Schwäche und unendlicher Furcht.

Er öffnete die Augen und blickte auf den vom Mondlicht beschienenen felsigen Boden zu seinen Füßen. Feine Sprünge im Gestein bildeten eine Struktur, die an einen sich verzweigenden, durch das Land mäandernden Fluss oder einen Blitz erinnerten.

Auf einmal *wusste* Gorian, dass auch Ar-Don diesen Riss im Stein gesehen hatte, und zwar vor nicht allzu langer Zeit.

»Er war hier«, murmelte er. »Genau hier …«

Torbas enthielt sich eines Kommentars, und Fentos Roon flüsterte gerade seiner Seilschlange ein paar beruhigende Zischlaute zu, und zwar in eine Vertiefung ungefähr eine Armspanne vom Seilschlangenende entfernt. Offenbar befand sich dort das, was man bei einem anderen Geschöpf als Ohr bezeichnet hätte.

Gorian sah einen Schatten auf der anderen Seite der abgrundtiefen Schlucht, die das Felsplateau begrenzte. Es handelte sich um eine gezackte Felsformation.

Er trat an den Rand des Felsplateaus und blickte in die undurchdringliche Schwärze des Abgrunds. »Genau hier muss er sein«, behauptete er und leuchtete mit dem magischen Handlicht hinab. Aber der Schein verlor sich in der Finsternis.

Ein paar unterarmlange pelzige und sechsfüßige Kreaturen mit peitschenartigen Schwänzen krabbelten über die senkrecht in die Tiefe führenden Felswände, so als würden sie sich über eine waagerechte Fläche bewegen. Wenn Gorians Handlicht sie traf, huschten sie davon und verbargen sich in kleinen Spalten und Ritzen, wobei sie ein lautes Fiepen ausstießen.

»Sieht nicht gerade einladend aus«, meinte Torbas. »Sag bloß, dein Gargoyle-Freund steckt in diesem Dreckloch fest.«

»Er ist dort, das weiß ich«, gab Gorian sehr ernst zurück. Und dann empfing er ganz kurz einen Gedanken, der aus einem einzigen Bild bestand: Es war wieder ein Blick aus der Tiefe einer Schlucht hoch in den nächtlichen Sternen-himmel.

Aber diesmal war der Umriss einer Gestalt zu sehen, die am Felsrand stand und hinabsah. Eine Gestalt, deren rechte Hand ein blendendes Licht ausstrahlte.

Gorian sah niemand anderen als sich selbst.

In diesem Moment raste ein Speer von der gegenüber-liegenden Seite der Schlucht direkt auf Gorian zu. Diesmal warnte ihn keine Vorahnung, er hatte sich zu sehr auf Ar-Dons Gedanken konzentriert, und so konnte er nicht mehr rechtzeitig reagieren.

Doch Torbas riss ihn gerade noch rechtzeitig zurück, und der Speer, mit magisch verstärkter Kraft geschleudert, sauste haarscharf an Gorian vorbei.

Doch der Speer änderte abrupt seine Bahn, jedem Natur-gesetz Hohn sprechend – und fuhr Fentos Roon mitten in die Brust!

Die Obsidian-Spitze durchbohrte Fentos Roons Leib und trat im Rücken wieder aus. Ein keuchender Laut drang noch über die Lippen des Zweiten Greifenreiters, dann sackte er zu Boden.

Weitere Speere wurden von der gegenüberliegenden Seite der Schlucht herübergeschleudert. Dutzende von Fleder-menschen-Kriegern waren dort herangeschlichen und sahen nun den Augenblick für einen Angriff für gekommen.

Während die beiden Ordensschüler darum bemüht wa-ren, die magisch verstärkten Speerwürfe mit Sternenklinge und Schattenstich abzuwehren, kroch auf einmal ein Heer der lichtscheuen Sechsfußratten aus der Schlucht. Wie ein Teppich aus grauem Fell schoben sie sich über den Rand der Erdspalte, zunächst Hunderte, dann Tausende, die dicht gedrängt aus der Tiefe krabbelten und die Nachtluft mit ihrem schrillen Pfeifen erfüllten.

Schon hatten die ersten den Körper des toten Fentos Roon erreicht, und bald war sein Leichnam über und über von grauen Pelzen bedeckt. Manche der Tiere liefen auch Gorian und Torbas zwischen den Füßen umher. Quietschend wichen sie aus, wenn nach ihnen getreten wurde. Aber sie griffen die beiden Ordensschüler nicht an, ihr Interesse galt allein dem Toten, dessen Körper sie mit sich schleiften. Von den pelzigen Aasfressern vollkommen bedeckt, bewegte sich der Leichnam auf den Rand der Schlucht zu, dann stürzten sich die Sechsfußratten mit ihrer Beute hinab in den Erd-spalt.

Ein paar erschreckend lange Augenblicke später war ein dumpfer Aufschlag zu hören. Entweder machte den Sechs-fußratten ein Aufprall selbst aus größter Höhe nichts aus, oder sie opferten sich bereitwillig für die Nahrungsbeschaf-fung ihrer Artgenossen.

Voller Wut wehrte Gorian weitere Speerwürfe mit dem Schwert ab. Auch Torbas kämpfte tapfer, doch eine der Obsidian-Spitzen ritzte ihn am Arm. Die Speere waren ma-gisch so beeinflusst, dass ihre Flugbahnen selbst mit den er-staunlichen Fähigkeiten eines Schwertmeisters nur schwer-lich vorauszuahnen waren.

Torbas nahm einen der Speere vom Boden auf und schleu-derte ihn zurück, wobei er erst eine kurze magische Formel murmelte und dann einen Kraftschrei ausstieß. Der Speer flog über die Schlucht, drehte sich jedoch auf halbem Weg und kehrte mit einer Wucht zurück, dass Torbas ihn nur mit einem heftigen Schwertschlag abzulenken vermochte, wo-bei ein grünlicher Blitz aus Schattenstich zuckte.

Während Gorian mit einer Hand Sternenklinge hielt und

mit dem Schwert einen weiteren Speerwurf abwehrte, riss er Rächer aus dem Gürtel und schleuderte auch ihn mit einem Kraftschrei zur gegenüberliegenden Seite der Schlucht. Schrille Schreie gellten durch die Nacht. Nur schattenhaft zu erkennende Fledermenschen stoben davon. Manche stürzten, offenbar von Rächer getroffen, zu Boden.

Die Waffe aus Sternenmetall wirbelte durch die Luft und kehrte sicher in Gorians ausgestreckte Hand zurück. Fledermenschen-Blut troff von der Klinge, und ein Chor angstvoll zirpender Stimmen erhob sich. Ein letzter Speer wurde geworfen, allerdings nicht mehr mit der gleichen magischen Kraft wie zuvor, sodass ihn Torbas mit Leichtigkeit abwehren konnte.

Danach herrschte eine geradezu unheilvolle Stille. Gorian und Torbas lauschten angestrengt und ließen die Blicke suchend durch die Nacht schweifen. Aber die Gefahr schien zunächst vorbei.

»Alle Achtung, in deiner Hand ist dieser Dolch eine furchtbare Waffe«, stellte Torbas fest.

»Eine, die niemand unterschätzen sollte«, bestätigte Gorian finster und dachte an den bedauernswerten Fentos Roon.

Torbas nahm einen der Obsidian-Speere vom Boden auf und warf ihn in die Tiefe. Aber anstatt dass man wenig später einen Aufprall hörte, tauchte der Speer wieder empor und raste auf Torbas zu. Die Klinge seines Schwertes prallte Funken sprühend gegen die Obsidian-Spitze, und der Speer glitt zur Seite.

»Teuflische Waffen haben diese Fledermenschen«, knurrte Torbas.

»Es ist ihre Magie, vor der wir uns in Acht nehmen müssen.«

»Ja, und jetzt haben wir nicht mal mehr Fentos Roons

Flöte, um uns diese Biester vom Leib zu halten«, murrte Torbas, der noch einmal einen Blick in das schwarze Nichts warf, das sich unter ihnen auftat. »Armer Kerl. So ein Schicksal wünsche ich nicht mal meinem ärgsten Feind.«

»Wir müssen dort hinunter«, entschied Gorian.

Torbas seufzte. »Ich habe dir zugesagt, dass du auf mich zählen kannst. Und das war nicht einfach nur so dahingesagt. Ich folge dir auch in dieses Rattenloch, in der Hoffnung, dass ich nicht ebenso ende wie Fentos Roon.«

»Danke.«

»Davon abgesehen haben wir wohl allenfalls zusammen eine Aussicht, lebend nach Felsenburg zurückzukehren, wenn ich die Situation hier richtig beurteile.«

»Dann lass uns keine Zeit verlieren«, forderte Gorian. Er stieß das Schwert zurück in seine Rückenscheide, nahm die Seilschlange von der Schulter und ließ sie in die Tiefe gleiten, wozu ein einziger gezischelter Befehl ausreichte.

Wenig später ließen sich Gorian und Torbas in die Tiefe hinab. Es herrschte eine feuchte Kühle, die alles zu durchdringen schien, und Gorian fühlte sich an eine modrige Totengruft erinnert.

Während die Seilschlangen die beiden Ordensschüler in den scheinbar bodenlosen dunklen Schlund trugen, ließ Gorian den Schein seines Handlichts kreisen, um sich umzuschauen. Überall krochen Sechsfußratten über die Wände. Ihre Augen schienen sehr empfindlich, was nicht verwunderlich war, da sie sich in der Dunkelheit der Erdspalte orientieren mussten. Wenn der Schein der Handlichter sie erwischte, ließen sie sich zumeist einfach in die Finsternis fallen. Ein Sturz aus dieser Höhe schien ihnen tatsächlich nichts auszumachen.

Die Schlucht wurde mit zunehmender Tiefe schmaler. Spinnengetier von der Größe einer menschlichen Hand wob Gespinste, die im Lichtschein seltsam schimmerten, und hin und wieder sah Gorian auch eine Sechsfußratte, die sich darin verfangen hatte und sich nicht mehr befreien konnte.

»Mich wundert, dass hier unten keine Fledermenschen mehr zu finden sind«, äußerte Torbas, nachdem sie eine Weile geschwiegen und sich umgesehen hatten.

»Sie haben sich anscheinend alle davongemacht«, meinte Gorian, wohl wissend, dass dies nicht die Antwort war, die sich Torbas erhofft hatte. Aber den Grund, warum keines dieser Wesen mehr in dieser Erdspalte anzutreffen war, kannte auch er nicht.

Endlich erreichten sie den Grund, doch zunächst leuchteten Gorian und Torbas den Boden so gut wie möglich ab, bevor sie mit den Füßen aufsetzten.

»Und wohin jetzt?«, fragte Torbas.

»Folge mir einfach.«

»Du bist dir immer noch sicher, dass wir hier am richtigen Ort sind?«

»Ar-Don befindet sich ganz in der Nähe.« Gorian gab seiner Seilschlange einen wispernden Befehl, und sie wickelte sich wieder wie eine Schärpe um seinen Oberkörper. Dann ging er ein paar Schritte voran, während er mit seinem Handlicht auf den Boden vor sich leuchtete.

Torbas nahm Schattenstich in die rechte Hand und folgte ihm.

Wenig später fiel der Schein von Gorians Handlicht auf eine Ansammlung von Knochen. Dazwischen lagen ein paar Silbermünzen, ein Dolch mit gekrümmter Klinge und eine metallene Gürtelschnalle.

Die sterblichen Überreste von Fentos Roon. Die Sechsfußratten hatten selbst die Kleidung und das Leder seines Gürtels vertilgt.

»Beim Verborgenen Gott!«, stieß Torbas hervor. »Wenn es einen Ort der Verdammnis gibt, dann muss er aussehen wie dieser hier!«

»Möge Fentos Roons Seele trotzdem Frieden finden.«

»Centros Bal wird über diesen Verlust alles andere als erbaut sein«, murmelte Torbas. »Wir können nur hoffen, dass er immer noch bereit ist, uns zu den Inseln der Caladran zu fliegen.«

»Das wird er.«

»Optimist. Und denk auch mal an Thondaril, was wir von dem zu hören kriegen.« Torbas stocherte mit der Spitze Schattenstichs in den Knochen herum, dann bückte er sich und hob die Knochenflöte auf, mit der Fentos Roon die Fledermenschen vertrieben hatte. »Das hier sichert uns vielleicht den Rückweg.«

In diesem Moment begannen sich die Knochen zu bewegen. Sie zitterten, und Gorian und Torbas spürten das Zittern auch unter ihren Füßen. Ein dumpfer Laut erklang, der so tief war, dass Gorian das Gefühl hatte, jemand drückte ihm heftig in den Magen, und er fühlte sich an die Rufe der gewaltigen Leviathane erinnert, in deren Körpern Morygor einen Großteil seiner Kriegshorden über das Eis transportieren ließ. Und doch war dieses Geräusch etwas völlig anderes.

Es war die schlummernde Kraft in der Tiefe, wurde ihm fröstelnd klar. Jene Magie, die in der ganzen Umgebung so allgegenwärtig war wie das Meeresrauschen an der Küste.

War diese Kraft die Ursache dafür, dass keine Fledermenschen in dieser Schlucht zu finden waren?

Gorian und Torbas standen einige Augenblicke wie erstarrt, dann endete das Zittern, und der Ton aus der Tiefe des Erdinneren brach ab.

»Das hört sich ganz so an, als sollten wir es den Fledermenschen gleichtun und so schnell wie möglich von hier verschwinden!«, meinte Torbas.

Wie zur Bestätigung seiner Worte bildete sich auf dem steinigen Boden plötzlich eine glühende Linie, die den ansonsten vollkommen lichtlosen Bereich am Grund der Schlucht mit rötlichem Schimmer füllte. Es sah aus, als würde das Gestein schmelzen. Allerdings war es offenbar ein kaltes Feuer, das dort in der Tiefe brannte und sich den Weg nach oben zu bahnen versuchte.

Gorian und Torbas sprangen erschrocken zur Seite, als sich der Riss wie eine rote Feuerschlange durch das Gestein zog und sich dann immer mehr verzweigte und zu einem Geflecht wurde, das an pulsierende Blutgefäße erinnerte. Erneut erklang das dumpfe, tiefe Geräusch, lauter diesmal, und zum ersten Mal war die magische Macht, die in diesen Bergen alles zu durchdringen schien, mehr als nur ein Rauschen im Hintergrund.

Gorian überkamen Bilder, Eindrücke, Empfindungen, die vollkommen fremdartig waren und seine magischen Sinne regelrecht überfluteten. Einen Kampfschrei ausstoßend versuchte er sich dagegen abzuschirmen. Er taumelte, stützte sich an der kalten Felswand ab. Die aderförmigen Verzweigungen hatten inzwischen auch diese erreicht, rankten daran empor wie Efeu, und überall krabbelte lichtscheues Getier aus Spalten und kleinen Höhlen, Sechsfußratten und gut handgroße Asseln. Quiekend und pfeifend und völlig außer sich wuselten sie durcheinander, stießen einander an, verbissen sich in kurzen, heftigen Kämpfen ineinander und huschten dann davon, wobei die meisten der Sechsfußratten senkrecht die Wände emporschnellten, was für ihre Art keinerlei Schwierigkeit darstellte.

Auch die handgroßen Asseln versuchten, dem Geflecht aus pulsierendem Rot zu entgehen, das sie offensichtlich aus ihren schmalen Höhlengängen vertrieben hatte, denn hier und dort schimmerte es rötlich aus den Löchern in den Felswänden hervor, während das Brummen der tiefen Töne aus dem Erdinneren immer durchdringender wurde.

Gleichzeitig empfand Gorian eine Art geistigen Druck, und unwillkürlich berührte er mit Daumen und Zeigefinger der linken Hand seine Schläfe. Torbas schien es ähnlich zu ergehen.

»Das sind die Feuerdämonen!«, rief Gorian.

»Du denkst, die alten Geschichten dieses Landes sind wahr?«

»Es scheint so!«

»Dann haben sich die Fledermenschen ihretwegen aus dem Staub gemacht und nicht etwa, weil sie den Angriff von Morygors Horden vorausahnten und sich davor in Sicherheit bringen wollten.«

»Beides hat irgendwie miteinander zu tun!«, war Gorian überzeugt.

»Wie kommst du darauf?«

»Ich kann es nicht sagen. Ich spüre es nur einfach.«

»Ich weiß ja, dass du auch die Ausbildung im Haus der Seher begonnen hast«, entgegnete Torbas, »dennoch erstaunt es mich, dass du in der kurzen Zeit schon so viel gelernt haben willst.« Selbst in dieser mehr als bedrohlichen Situation schwang deutlicher Spott in Torbas' Worten mit. »Aber bei so einem Wunderkind wie dir kann man natürlich nie wissen.«

Die gesamte sich wie ein Schlauch durch den Fels ziehende Schlucht wurde vom Schimmern des pulsierenden roten Glutgeflechts erhellt. Das tiefe Brummen, das alles erzittern ließ, wandelte sich in ein Stampfen, dessen Rhythmus an einen Herzschlag erinnerte.

Ganz schwach erreichte Gorian ein Gedanke von Ar-Don.

»Hilf ...«

Und dann sah Gorian den Gargoyle. Er hing in Augenhöhe an der Felswand, gehalten von einer Seilschlange, eines jener wilden Exemplare, von denen Fentos Roon erzählt hatte.

Sie hielt sich mit ihren Enden am Fels fest und berührte dabei zwei Knotenpunkte des rot schimmernden Adergeflechts, das den Stein durchzog. Der Gargoyle war derart eingeschnürt, dass er sich nicht bewegen konnte. Unter ihm auf dem Boden hatte sich grauer Staub aufgehäuft, Körpersubstanz, die Ar-Don bei seinen erfolglosen Befreiungsversuchen verloren hatte.

»Hilf mir ...«

»Ich bin da, Ar-Don. Was soll ich tun?«, fragte Gorian mit einem Gedanken jene Kreatur, die einst versucht hatte, ihn zu töten, bevor sie ihm schließlich das Leben gerettet hatte. Die Kreatur, mit der er auf eine eigenartige, paradoxe und offenbar sehr schicksalhafte Weise verbunden war, und das so sehr, dass er nicht gezögert hatte, sie an diesem Höllengrund zu suchen. »Ar-Don, was soll ich tun?«, wiederholte er seine Frage laut.

Ar-Don hob den Kopf leicht an. Seine Augen glühten in dem gleichen Rot wie das Adergeflecht, das den Fels durchzog.

Wieso veränderte der Gargoyle nicht einfach seine Form, um dem erdrückenden Griff der Seilschlange zu entkommen? Gorian zog Rächer aus der Gürtelscheide. Magie, dachte er. Die Antwort auf die Frage konnte nur ein magischer Bann oder etwas Vergleichbares sein.

Ein Schwall sehr schwacher und völlig ungeordneter Gedanken erreichte ihn wieder. Er konnte nicht darauf hoffen, dass ihm Ar-Don irgendetwas erklärte, dafür war der Gargoyle zu sehr geschwächt, ob nun durch die Seilschlange oder durch die Magie, die ihm die Fähigkeit zur Gestaltwandlung nahm. Vielleicht, überlegte Gorian, lag es auch an den Feuerdämonen, die unaufhaltsam an die Oberfläche drängten.

Kurz entschlossen stieß Gorian einen Kraftschrei aus und wollte den Körper der Seilschlange mit dem Dolch in zwei Hälften trennen. Doch kaum berührte Rächer das Tier, wurde Gorian von einer ungeheuren Kraft zurückgeschleudert, sodass er mit dem Rücken gegen die gegenüberliegende Steinwand schlug. Plötzlich griffen rot glühende Lichtadern aus dem Gestein hinter ihm und umfassten ihn, umfingen wie zuckende Blitze seinen Körper.

Der Dolch aus Sternenmetall hatte sich seiner Hand entwunden und bohrte sich in den Steinkörper des Gargoyles, drang zischend und quälend langsam in ihn ein, während Ar-Don ein lautes Fauchen ausstieß, das schließlich in ein jämmerliches, schmerzerfülltes Stöhnen überging.

Torbas hieb mit Schattenstich auf die Seilschlange ein, trennte mit blitzschnellen Schlägen ihre beiden Enden ab, mit denen sie an der Felswand haftete, und der Gargoyle fiel mitsamt der ihn nach wie vor umfassenden Seilschlange genau in den Haufen aus grauem Staub. Ein greller Lichtflor umgab ihn auf einmal und blendete Torbas, dann zerfiel Ar-Don in mehrere Einzelteile.

Die an ihren beiden Enden verstümmelte Seilschlange

jedoch sprang empor, geradewegs auf Torbas zu. Zwei Hiebe mit dem Schwert zerteilten sie, aber die einzelnen Stücke, offenbar von der Magie der Feuerdämonen erfüllt, umwickelten ihn und rangen ihn nieder.

Gorian hatte in der Zwischenzeit einen Kraftzauber angewandt, in den er alles an Magie gelegt hatte, was er aufzubringen vermochte, und sich damit aus der Umfesselung der Feuerdämonen befreit. Deren Macht ließ ihn schaudern, dabei spürte er, dass sie nur ein kleiner Bruchteil dessen war, was in der Tiefe noch schlummerte.

Er riss sein Schwert aus der Rückenscheide, stieß einen Kraftschrei aus und lenkte den Rest seiner magischen Energie in die Klinge, die daraufhin bläulich aufleuchtete.

Torbas lag hilflos am Boden. Die einzelnen Teile der Seilschlange hatten ihn umfasst, und der Feuerdämon, der sie erfüllte, entzog ihm sämtliche Kräfte. Schattenstich war ihm aus der Hand entglitten, während er wie eine zuckende Marionette wirkte, an deren Fäden ein Kind zupfte.

Gorian führte einen derart exakten Schwerthieb aus, wie es nur einem ausgebildeten Schwertmeister möglich war. Die Spitze von Sternenklinge ritzte durch eines der Teilstücke des Seilschlangenleibes, und die in ihm gefangene Magie entlud sich. Das Seilschlangenstück wurde schwarz und zerbröselte innerhalb weniger Herzschläge zu ascheartigem Staub.

Weitere Hiebe, mit ebensolcher Präzision geführt, trafen auch die anderen Stücke der zerteilten Seilschlange, ohne dass Torbas auch nur einen Kratzer abbekam, und auch sie zerfielen.

Torbas blieb zunächst zitternd am Boden liegen, murmelte eine Stärkungsformel, dann erhob er sich, schüttelte dabei die Asche von sich und griff wieder nach Schattenstich.

»Du bist besser im Umgang mit dem Schwert, als manche Übungskämpfe zwischen uns zwischenzeitlich vermuten ließen«, keuchte er, und ein schwaches Lächeln spielte kurz um seine Lippen, während er Gorian einen dankbaren Blick zuwarf. In dem roten Licht, das die Schlucht ausfüllte, war deutlich zu sehen, dass seine Augen vollkommen schwarz geworden waren. Er versuchte, alle Kräfte in sich zu sammeln, die er noch irgendwoher aus den Untiefen seines Geistes mobilisieren konnte. Er würde sie brauchen, so viel schien sicher.

»Alles in Ordnung?«, fragte Gorian knapp.

»Es geht schon. So schlimm wie du nach deinem Kampf am Speerstein von Orxanor bin ich jedenfalls nicht dran.« Torbas atmete tief durch. »Aber es war verflucht knapp.«

»Ja, das war es.«

Torbas deutete auf den Haufen Staub, in dem die Bruchstücke des Gargoyles halb eingesunken waren. »Ich schlage vor, du kümmerst dich um deinen Freund.«

Gorian streckte die linke Hand aus, und aus dem Aschehaufen schnellte Rächer hervor und auf ihn zu. Im nächsten Moment schlossen sich seine Finger um den Griff des Dolchs.

Ein Gedanke erreichte ihn.

»Ar-Don ist frei! Und mit ihm die Mächte des Chaos!«

Dann hallte ein schauderhaftes Gelächter in Gorians Kopf wider, während sich das abgebrochene Steinmaul des Gargoyles öffnete und ein Fauchen ausstieß.

8) Die Feuerdämonen

Die Bruchstücke des zersprungenen Gargoyles verschmolzen wieder miteinander zu einer Gesteinsmasse, in der sich kleine Gargoyle-Mäuler bildeten, die zischende Laute ausstießen. *»All die Kraft ... sie ist fort ... Ich bin so schwach ... Ah ...«* Wieder empfing Gorian einen Schwall chaotischer Gedanken. Dann sah er Bilder vor seinem inneren Auge, Szenen aus Ar-Dons Erinnerung, die ihm womöglich erklären sollten, was geschehen war. *»Flog aus dem Frostreich ... Folgte dir ... Erreichte diese Berge, geriet in Gefangenschaft der Fledermenschen durch magischen Bann ... Sollte geopfert werden bei einem mächtigen Ritual ...«*

Gorian sah im Geiste Fledermenschen mit Fackeln, die rhythmisierte Zisch- und Schnalzlaute von sich gaben. Sie schwenkten die Fackeln, während Ar-Don von einer offenbar unter ihrem Bann stehenden Wildseilschlange zusammengeschnürt wurde, wobei eine Lichtaura den Gargoyle umgab. Immer wieder schossen grelle Blitze in das Gestein auf der anderen Seite der Schlucht, woraufhin dort rot leuchtende Linien erschienen, hell strahlende Zeichnungen, die wie Ausschnitte aus dem großen, glutvollen Adergeflecht wirkten, das dort nun zu sehen war. Allerdings verblassten sie immer wieder. Für sich genommen wirkten sie wie sehr komplizierte, verschnörkelte magische Symbole.

»Die Fledermenschen haben die Feuerdämonen gerufen?«, entfuhr es Gorian, und ihm war gar nicht bewusst, dass er laut sprach. »Das sind doch ihre schlimmsten Feinde aus der Vergangenheit.«

»*Dämonen des Feuers und der Tiefe … Schlimmste Feinde der Fledermenschen … Gerufen vom Greifenreiter-König Song Mol, der ihrer nicht mehr Herr und Räuber fremder Magie wurde …*«

»Du kennst diese Legende?«

»*Keine Legende … Wahrheit darin ist … so grausame Wahrheit … Aber Vergangenheit spielt keine Rolle mehr … Die Mächte des Chaos sind entfesselt … Die Dämonen des Feuers werden die Wüste erneut schwärzen … Meine Kraft, die mir genommen wurde, hat dazu beigetragen … Viel zu spät jetzt … Nicht mehr ungeschehen zu machen …*«

Der Gargoyle hatte beinahe seine alte Gestalt zurückgewonnen, wofür er die Körpersubstanz, die er zuvor verloren hatte, wieder in sich aufnahm. Noch wirkte sein Körper sehr unsymmetrisch. Die Flügel waren unterschiedlich groß, und ihre Anzahl variierte immer wieder. Manchmal wucherten auch zusätzliche Gliedmaßen und Köpfe aus seinem steinernen Leib, nur um kurz danach wieder zu verschwinden. »*Fledermenschen fürchten nichts so sehr wie Feuerdämonen … Wissen genau, dass es unmöglich für sie ist, sie zurück in die Tiefe zu bannen … Wissen aber auch, dass Feuerdämonen stärkster Gegner für noch verheerenderen Feind, der sich nähert …*«

»Morygor«, murmelte Gorian. »Also doch.« Deshalb hatten die Fledermenschen ihre Schluchten verlassen und sich davongemacht. Und deswegen hatten sie auch um jeden Preis zu verhindern versucht, dass Gorian und seine Begleiter Ar-Don aus dem Bann befreiten.

»Ja, *Morygor*«, betätigte Ar-Don. »*Mein Tod hätte einen Sinn*

*gehabt. Beinahe wäre selbst ich, der eigentlich nicht sterben kann,
zu einem leblosen Stück Stein geworden … Aber mir blieb genug
Kraft, um nicht ein erinnerungsloser Fels zu werden … Immer
noch Ar-Don! Immer noch ist die Qual von Meister Domrich in
meinen Gedanken … und der Wunsch, Morygor zu töten. Aber es
war sehr knapp … Und jetzt wirst du mich tragen müssen. Lass
uns aufbrechen. Der Bann ist aufgehoben, keine Magie wird mehr
von mir in das Gestein übertragen, um den Feuerdämonen den
Weg zu ebnen, wie es die Fledermenschen planten. Doch sie sind
unerfahrene, primitive Magier. Die Macht in der Erde wird sich
von allein befreien, und wenn wir uns nicht beeilen, wird sie uns
vollkommen verschlingen, so wie dies mit unseren nahenden Feinden geschehen wird …«*

Mit einem Satz sprang er plötzlich auf, wobei sich mehrere lange, an Affenarme erinnernde Gliedmaßen aus seinem steinernen Körper bildeten, der auf einmal eine grünlich schimmernde Farbe annahm. Im nächsten Moment
klammerte er sich an Gorian fest.

*»Trag mich … Denn ich bin schwach! So wie ich dich trug,
über die Eiswüste, die einst die See an der Küste bei Orxanor
war … Die Schlacht zwischen Feuer und Eis steht bevor, und ich
kann niemandem raten, zwischen jenen Mächten zu verweilen,
die um die Herrschaft ringen werden …«*

Der herzschlagartige Rhythmus, der aus der Erde kam,
wurde immer heftiger. Die Glutadern hatten sich so weit
verzweigt, dass jede Handbreit des Felsgesteins von kleinsten Verästelungen durchzogen war. Das rote Licht, das von
all diesen glühenden Linien ausging, überstrahlte selbst den
ersten Schimmer der Morgensonne, der über der Schlucht
bereits den neuen Tag ankündigte.

»Ein Ordensschüler, der sich fürsorglich um einen geflügelten Steindämon kümmert. Wer hätte das gedacht«, spot-

tete Torbas, während er Gorian betrachtete, an dessen Oberkörper sich Ar-Don festgeklammert hatte wie ein Affe. Zu Gorians Überraschung war der Gargoyle sehr leicht. »Ich hoffe nur, du bereust es nicht irgendwann, dieses Biest gerettet zu haben.«

»Man weiß nie, wie lange eine Freundschaft hält«, gab Gorian zurück.

»Siehst du, genau das ist der Punkt. Ich glaube nämlich nicht, dass diese Kreatur wirklich zu schätzen weiß, was du für sie tust.«

»Und das, was Ar-Don für mich getan hat?«

»Mag der Verborgene Gott wissen, aus welchen Motiven heraus er damals handelte.«

Mit diesen Worten warf Torbas seine Seilschlange empor. Das dienstbare Wesen zierte sich diesmal allerdings. Es stieß einen tiefen Zischlaut aus und weigerte sich, das Kopfende irgendwo an dem rot geäderten Gestein haften zu lassen. Es fiel zurück, und Torbas fing es wieder auf. Erst beim zweiten Versuch gehorchte die Schlange.

Gorian steckte Rächer zurück und schnallte sich den Gürtel mit der Schwertscheide um die Hüfte, damit er Ar-Don auf den Rücken nehmen konnte. Dann schwang er seine Seilschlange empor und machte die gleiche Erfahrung wie Torbas. Den Seilschlangen waren die pulsierenden Adern im Gestein offenbar nicht geheuer. Drei Versuche brauchte Gorian, bis seine Seilschlange an der Felswand haften blieb, um ihn emporzuziehen.

Die Berührung mit dem rot schimmernden Adergeflecht hatte keinerlei Auswirkungen auf Tier und Mensch. Es zischte nur manchmal leise, wenn sich Gorian mit den Stiefelsohlen vom Fels abstieß. Allerdings spürte Gorian sehr deutlich, wie die magische Kraft der Feuerdämonen zunahm. Er glaubte sogar hin und wieder, einzelne Gedanken wahrzunehmen, auch wenn er mit ihnen nicht viel anfangen konnte, denn sie waren einfach zu fremdartig.

»*Feuerdämonen sind noch nicht vollständig befreit*«, empfing er dafür eine stumme, aber gut verständliche Botschaft von Ar-Don, der wohl Gorians Verwirrung erkannt hatte. »*Größter Teil ihrer Zerstörungskraft ist noch im Verborgenen … wird aber schneller hervortreten, als uns lieb sein kann …*«

Es dauerte nicht lange, bis die Seilschlangen sowohl Torbas als auch Gorian aus der tiefen Erdspalte emporgehoben hatten. Sie befanden sich wieder auf dem Felsplateau und mussten feststellen, dass auch hier das Gestein bereits von einem Geäst aus rot schimmernden Adern durchzogen war, das sich auch noch immer weiter verzweigte.

»Es erfasst nach und nach den ganzen Berg«, sagte Torbas. »Und es wird sich weiter durch das Gestein fressen, bis es schließlich Felsenburg erreicht.«

»Wenn es in dieser Geschwindigkeit fortschreitet, dauert das nicht mehr lang«, befürchtete Gorian.

Torbas nickte mit düsterer Miene. Er ließ den Blick schweifen. Der pulsierende, dumpfe Klang, der an einen Herzschlag erinnerte, drang stampfend aus mindestens einem Dutzend weiterer Täler und Schluchten. Hier und dort wurden bereits Felskuppen von den roten Adern durchzogen, die im Rhythmus dieses unheimlichen Herzens pulsierten.

»Es ist schon viel weiter fortgeschritten, als wir dort unten ahnen konnten«, stellte Gorian fest. »Die Feuerdämonen dringen überall durch das Gestein, und es ist nur eine Frage der Zeit, wann die ersten von ihnen tatsächlich hervortreten.«

In der Ferne waren im Licht der aufgehenden Morgensonne mehrere Schwärme von Fledermenschen zu sehen, die sich entfernten. Ihre aufgeregten Rufe verklangen zunehmend.

Ein paar wenige dieser Kreaturen kauerten noch in der Nähe, aber die Ausbreitung des pulsierenden Adergeflechts im Gestein scheuchte sie nach und nach auf. Dass Gorian ihr rituelles Opfer auf dem Rücken trug und fortbrachte, schien sie nicht mehr zu kümmern. Das Ritual war damit zwar unterbrochen, aber die Kraft, die Ar-Don bereits entzogen worden war, reichte offensichtlich, um die Feuerdämonen seit langer Zeit wieder zu wecken.

Auf einmal erhob sich aus diesen pulsierenden Adern eine Gestalt, die vollkommen aus Flammen zu bestehen schien. Doch wie die Glut in den Adern, so war auch dieses Feuer vollkommen kalt.

Der Feuerdämon näherte sich rasch. Aus seinen Gliedmaßen formten sich Waffen, schwertähnliche Fortsätze, mit denen er auf Torbas einzuschlagen begann. Der wehrte sich, parierte mit Schattenstich die blitzschnell geführten Angriffe. Immer wenn das Sternenmetall, aus denen das Schwert geschmiedet war, die Auswüchse des Substanz gewordenen Feuerdämons traf, ertönte ein stöhnender Schmerzenslaut.

Torbas stieß einen Kraftschrei nach Art der Schwertmeister aus und rammte seine Klinge tief in den Leib des Feuerdämons. Dessen Kraft schmolz zischend dahin, er wurde kleiner und kleiner, und schließlich war er ganz verschwunden und wieder eins mit dem Geflecht am Boden geworden.

»Das war nur der erste. Und ein schwacher dazu!«, lautete der Gedankenkommentar von Ar-Don. *»Es werde weitere kommen … viele … Ja, man wird ihre Zahl nicht erfassen können, und ihre Zerstörungswut wird keine Grenzen kennen …«*

Aber wenn Gorian nicht all seine magischen Sinne vollkommen täuschten, freute gerade der letzte Umstand den Gargoyle ungemein.

»Lass uns bloß zusehen, dass wir von hier fortkommen!«, sagte Torbas in grimmiger Entschlossenheit.

Gorian hatte ebenfalls sein Schwert gezogen. Jederzeit konnte sich ein einzelner Feuerdämon aus dem Gesamtverbund lösen und einen Überraschungsangriff starten.

Die beiden Ordensschüler eilten über das Felsplateau und anschließend über einen schmalen Grat. Nebel stieg aus einzelnen Tälern auf, und manchmal zuckten in den dichter werdenden Schwaden Blitze, die nicht wie üblich von oben nach unten zuckten, sondern in genau umgekehrter Richtung. Blutrot schossen sie empor, setzten sich in den Dunstwolken fort, verzweigten sich dort und bildeten hin und wieder und für ein paar Augenblicke riesige Gestalten, die entfernt an Menschen erinnerten, mitunter aber auch Ähnlichkeit mit vielarmigen, spinnenähnlichen Ungeheuern hatten.

Ein Greifenschrei drang durch die kühle Morgenluft, und als Gorian und Torbas emporblickten, sahen sie die dunklen Umrisse des Flugtiers mitsamt dazugehöriger Gondel, die sich gegen die noch tief stehende Sonne abhoben.

»Das ist Centros Bal!«, rief Gorian erstaunt.

»Und ich brauche nicht mal irgendwelche magischen Sinne zu bemühen, um dir sagen zu können, dass sich Meister Thondaril in der Gondel befindet«, ergänzte Torbas. »Wie konnten wir auch nur für einen Augenblick annehmen, dass wir seiner Aufmerksamkeit für länger als eine Nacht entgehen.«

»Im Moment bin ich froh, dass wir uns in dieser Hinsicht getäuscht haben.«

»Wir werden erklären müssen, was mit Fentos Roon geschehen ist.«

»Ich weiß.«

»Oder besser gesagt: *Du* wirst es erklären müssen. Schließlich ist er *dir* gefolgt – so wie ich auch.«

Seilschlangen wurden herabgelassen, als sich die Gondel direkt über ihnen befand. Der Greif stand flatternd in der Luft, während sich Gorian und Torbas von den Schlangen umfassen und emporziehen ließen.

Sheera empfing sie an der offenen Gondeltür. »Seid ihr verletzt? Braucht ihr die Hilfe einer angehenden Heilerin?«

»Wir wohl nicht«, sagte Gorian. »Aber falls du in deiner bisherigen Ausbildung schon mal was über die Heilung von Gargoyles gehört hast, wäre deine Hilfe sehr willkommen.«

Sheeras Miene verdüsterte sich, als sie Ar-Don gewahrte, der sich nach wie vor an Gorians Rücken festklammerte. Er hatte dafür noch zwei zusätzliche und unterschiedlich lange Arme ausgebildet, doch nachdem Gorian ihn abgesetzt hatte, bildeten sich die überzähligen Gliedmaßen nach und nach zurück.

»*Kein Heiler kann mir verlorene Kräfte zurückgeben*«, sandte er einen Gedanken offenbar nicht nur an Gorian, sondern auch an Sheera. Zumindest schloss Gorian das aus ihrer Reaktion.

Sie sah Gorian an, berührte ihn leicht an der Schulter und antwortete ihm im Geiste: »*Ich mache mir mehr Sorgen um dich als um diesen Stein.*«

»*Mit mir ist alles in Ordnung.*«

»*Nein, das stimmt nicht.*«

Sie legte die flache Hand genau an jene Stelle seiner Schulter, wo er während des Kampfes am Speerstein von Orxanor durch seinen eigenen Dolch verletzt worden war. Gorian hatte nicht darauf geachtet, doch offenbar war die Wunde wieder aufgerissen und hatte erneut schwarzes Blut abgesondert. Sein Lederwams hielt das vor den Augen der anderen verborgen, aber Sheera erkannte es trotzdem.

Ihre Augen wurden vollkommen schwarz, so als würde sie die pure Finsternis, die mit dem schwarzen Blut förmlich aus seinem Körper quoll, in sich aufnehmen. Dann schloss sie die Augen. »*Du bist mit einer Macht von sehr starker und sehr fremdartiger Magie in Berührung gekommen.*«

»Das stimmt«, sagte er laut.

»*Diese Wunde wird immer wieder aufreißen, Gorian.*«

Ar-Don kauerte sich unterdessen in eine Ecke. Auf irgendeine Weise musste er weitere Körpersubstanz aufgenommen haben, denn war er früher zumeist so groß wie eine Katze gewesen, so hatte er jetzt die Ausmaße eines Hundes. Seine Oberfläche war grau wie Stein, so wie damals die Stücke, in die er zerschlagen gewesen war, als Gorian ihn von dem Bann seines Vaters Nhorich befreite.

»*Keine Sorge!*«, empfing Gorian einen von abgrundtiefer Boshaftigkeit geprägten Gedanken dieses Wesens, das so schwer einzuschätzen war. »*Der Hass wird meine Existenz bewahren ... Er ist das Gefäß meines Selbst, das aus so vielen Einzelteilen besteht und doch mehr ist als ihre Summe.*«

Dieser Gedanke mischte sich mit Bildern des Schreckens und grauenhaften Schreien. Es handelte sich um bruchstückhafte Erinnerungen an die Schmerzen und Qualen, die Ar-Don und Schwertmeister Domrich, dessen Seele in ihn eingegangen war, einst erlitten hatten und die den abgrundtiefen Hass begründeten, den der Gargoyle gegen Morygor empfand.

Sheera war ganz auf Gorian und dessen Wunde konzentriert und murmelte eine Heilformel. Dann öffnete sie wieder die Augen und sagte: »Ich werde mich später genauer um deine Verletzung kümmern müssen.«

»Gut«, murmelte Gorian.

Während Zog Yaal, der Dritte Greifenreiter Centros Bals, etwas unschlüssig dastand, blickte Meister Thondaril angestrengt durch das große Gondelfenster hinaus.

Gorian und Torbas hatte er bisher keines Blickes gewürdigt, und selbst die Anwesenheit Ar-Dons schien ihm im Augenblick gleichgültig, obwohl er ansonsten nie einen Hehl daraus machte, dass er dem Gargoyle misstraute und ihn für eine Kreatur Morygors mit bestenfalls zweifelhafter Loyalität hielt.

Noch immer wollte er von den beiden Ordensschülern keine Notiz nehmen. Offenbar war das seine Art, seine Missbilligung über ihr Verhalten zu zeigen.

»Meister …«, ergriff Gorian schließlich das Wort, denn das Schweigen Thondarils war schlimmer, als es jede Zurechtweisung und jeder Vorwurf hätten sein können.

»Was willst du mir sagen, was ich nicht schon wüsste?«, unterbrach ihn Thondaril mit beinahe tonloser Stimme. »Dass du eine gute Seele wie Fentos Roon geopfert hast, um einen Gargoyle zu retten, von dem du nicht weißt, ob er nicht doch eines Tages seinen ursprünglichen Plan, dich zu töten, in die Tat umsetzen wird? Dass du dafür unsere gesamte Mission in Gefahr gebracht hast? Dass du um ein Haar die letzte und einzige Möglichkeit, Morygor noch zu besiegen, verschenkt hättest, weil du dein Leben so leichtfertig für nichts und wieder nichts aufs Spiel gesetzt hast? Ich kann in deiner Seele sehen, was geschehen ist, du brauchst nicht ein einziges Wort darüber zu verlieren. Dein schlechtes Gewissen macht deine Gedanken so aufdringlich und laut, dass man sie nicht überhören kann.«

»Aber, Meister ...«

»Schweig!«

»Wie könnt Ihr so etwas sagen? Wir haben in bester Absicht ...«

»Schweig, sage ich! Genau das ist am unerträglichsten: diese Selbstgefälligkeit! Ich hatte vor allem dich für klüger eingeschätzt und bin bitter enttäuscht. Ist dir immer noch nicht klar, was deine Bestimmung ist und was alles von dir abhängen könnte? Sieh ab und zu mal zum Himmel, solltest du es vergessen haben! Da schiebt sich ein dunkler Schatten vor die Sonne, mit dem Morygor ganz Erdenrund in eine Eiswüste verwandeln will, und du beraubst uns fast der einzigen Hoffnung, dies zu verhindern! Es hätte nicht viel gefehlt, und alles wäre umsonst gewesen. Und das nur, um einen Steindämon zu retten. Es ist nicht zu fassen!«

Gorian schluckte. Er brauchte einen Augenblick, um sich zu fassen. »Habt Ihr vergessen, wer mich am Speerstein gerettet hat?«, fragte er dann in einem Tonfall, dessen Ruhe und Klarheit ihn selbst am meisten überraschte. »Und davon abgesehen haben die Fledermenschen Ar-Don dafür benutzt, die Feuerdämonen zu wecken, die ihnen vor langer Zeit fast selbst die Vernichtung brachten. Sie haben das getan, damit die Feuerdämonen Morygors eisigem Heerzug begegnen. Überall kommen sie hervor, und sie werden sich in großer Zahl den Horden des Frostreichs entgegenstellen.«

»Offenbar haben wir alle die magischen Fähigkeiten der Fledermenschen unterschätzt«, gab Thondaril zu. »Aber es ist nur ein Akt der Verzweiflung, den sie begangen haben. Ob er unserem Vorhaben, Morygors Herrschaft zu beenden, nützt oder es eher behindert, wird die Zukunft zeigen.« Endlich drehte er sich herum. »Hat einer von euch beiden vielleicht mal darüber nachgedacht, welchen Eindruck eure Handlungsweise auf Oras Ban oder den Bibliothekar von Felsenburg macht? Aus irgendeinem Grund zögert man, uns die Schriften herauszugeben, die wir benötigen. Da wir nicht die Macht haben, sie uns einfach zu nehmen, werden wir Oras Ban und den Bibliothekar überzeugen müssen, es freiwillig zu tun, und das ist durch eure Eigenmächtigkeit nicht gerade leichter geworden!«

Vielleicht doch, ging es Gorian durch den Sinn, aber er behielt diesen Gedanken für sich, denn er hatte das untrügliche Gefühl, dass dies nicht der rechte Moment war, diese Dinge mit Thondaril zu besprechen.

Als Centros Bals Greifengondel Felsenburg erreichte, setzte leichtes Schneegeriesel ein, ein erster Vorbote des ewigen Winters. Die Schlacht zwischen Feuer und Eis stand kurz bevor. Beide Seiten schienen ihre Kräfte zu sammeln.

Nachdem die Gondel in der Greifenhöhle abgesetzt worden war und Zog Yaal die Tür öffnete, erwachte Ar-Don zu neuem Leben, während er zuvor nur reglos in einer Ecke gehockt hatte wie ein lebloser Gesteinsbrocken. Er trennte sich von einem Teil seiner Körpersubstanz, ließ sie einfach als pulverisiertes grauweißes Gestein zu Boden rieseln, bildete zwei Paar Flügel aus und schwang sich wild flatternd empor.

Mit einem zischenden Laut, gepaart mit einem Gedanken, der an ein erleichtertes Seufzen gemahnte, stob er durch die Gondeltür hinaus und flatterte zur Höhlendecke empor. Die Farbe seines Körpers veränderte sich, wurde zunächst feuerrot, dann purpurfarben und wechselte schließlich in ein kaltes Blau, das ihn wie eine zum Leben erweckte Skulptur aus Eis erscheinen ließ.

Auch Thondaril und seine Schüler verließen die Gondel, und selbst in der Greifenhöhle konnten sie den eisigen Hauch spüren, der von draußen hereinwehte. Das war nicht nur irgendein gewöhnlicher kühler Morgen in den Bergen, sondern der Beginn eines neuen Eroberungsfeldzugs des Frostreichs.

»Ar-Don!«, rief Gorian und versuchte zugleich, den Gargoyle mit einem intensiven Gedanken zu erreichen, aber er erhielt keinerlei Antwort.

Ar-Dons Fauchen hallte in der Höhle wider, und das Echo, das dabei entstand, klang wie höhnisches Gelächter, dann entschwand er in einer der kleinen Nebenhöhlen zwischen den herabhängenden Tropfsteinen.

»*Er ist immer noch sehr schwach, Gorian*«, empfing er einen Gedanken Sheeras. »*Du kannst es daran erkennen, dass er einen Teil seiner Substanz aufgab und sich zwei Flügelpaare wachsen ließ, um sich überhaupt emporschwingen zu können. Aber seine Unabhängigkeit scheint ihm wichtiger zu sein als alles andere.*«

Gorian nickte leicht. Sie hatte vermutlich recht.

Er fasste sich erneut ein Herz und sprach Thondaril an. »Meister, Ihr müsst Oras Ban warnen. Der Königliche Verwalter sollte dringend die Räumung Felsenburgs veranlassen. Jeder, der hierbleibt, ist verloren, wenn die Feuerdämonen und die Kräfte des Frostreichs aufeinandertreffen. Und dass genau dies geschehen wird, werdet Ihr sicherlich nicht leugnen wollen.«

Thondaril blieb stehen, drehte sich sehr langsam um, doch der Blick, mit dem er Gorian bedachte, war unergründlich. Sosehr er sich auch über ihn und Torbas ärgern mochte, kein einziger Gedanke drang davon nach außen. Ein Musterbeispiel an Selbstbeherrschung und Abschirmung, erkannte Gorian halb bewundernd, halb schaudernd.

»Es ist erfreulich, dass du beginnst, die Folgen deiner Taten zu bedenken«, erklärte Thondaril kühl.

»Meister, Euer Groll gegenüber Torbas und mir ist nur zu verständlich. Aber wenn jemand Oras Ban überzeugen kann, dann seid Ihr es. Und Ihr solltet auch versuchen, noch einmal mit dem Bibliothekar zu sprechen. Denn die magischen Schriften, die er verwaltet, werden ebenfalls vernichtet werden, wenn sie in Felsenburg verbleiben. Noch ist vielleicht Zeit, etwas zu unternehmen und alles zu retten, die Bewohner Felsenburgs ebenso wie die geraubten Schriften der Caladran.«

»Sage mir nicht, was ich zu tun habe, Schüler!«, gab Thondaril reserviert zurück, dann deutete er zu dem Greifen, der neben der Gondel gelandet war und seine Flügel auf dem löwenartigen Rücken zusammengefaltet hatte. Centros Bal saß noch auf seinem Reittier und tätschelte ihm den Hals. Der Greif wirkte unruhiger als sonst, fauchende Zischlaute drangen aus dem halb geöffneten Schnabel, und Centros Bal tat alles, das Tier zu besänftigen. Vielleicht hatte der Anblick der überall aus dem Boden drängenden Feuerdämonen die uralte Erinnerung seiner Vorfahren in ihm wachgerufen, an jene Zeit, in der die Greifen nur durch das Bündnis mit den Menschen überlebt hatten und die Feuerdämonen zwar zunächst ihre Verbündeten, dann aber ihre schlimmsten Feinde gewesen waren. »Du selbst hast noch eine bittere Pflicht vor dir, Gorian«, fuhr Thondaril fort. »Du und Torbas, denn Fentos Roon wurde das Opfer eurer beider Leichtfertigkeit. Wir können froh sein, wenn Centros Bal noch bereit ist, uns zu den Inseln der Caladran zu fliegen. Danach, Schüler, darfst du mir gern helfen, Oras Ban zu überzeugen. Und vielleicht ist uns das Schicksal sogar so gnädig, dass wir noch einmal die Möglichkeit erhalten, unser Anliegen dem Bibliothekar vorzutragen, obwohl ich bei ihm den Eindruck hatte, dass ihm sein alter Hass wichtiger ist als die Zukunft. Offenbar wird einem die Zukunft gleichgültig, wenn man schon so lange gelebt hat.«

Nach diesen Worten verließ Thondaril die Höhle. Gorian gesellte sich zu Torbas, der mit Sheera noch bei der Gondel stand, und zu dritt warteten sie, bis Centros Bal und sein Dritter Greifenreiter Zog Yaal mit den Greifen fertig waren.

Gorian machte keine Umschweife. Er erzählte in knappen Worten, was Fentos Roon zugestoßen war.

Das Gesicht des Nordfahrers blieb unbewegt. »Ich habe mir etwas in der Art schon gedacht, als wir nur dich und Torbas in den Bergen entdeckten«, sagte er. »Und selbst, wenn er noch irgendwo dort zu finden gewesen wäre, hätte ich nicht mehr nach ihm suchen können, denn die Feuer-dämonen haben meinen Greifen halb wahnsinnig gemacht. Fentos Roon war für mich mehr als nur ein Greifenreiter in meinen Diensten. Ich bin seit meiner Jugend mit seinem Vater eng befreundet, und ich weiß noch nicht, wie ich ihm den Tod seines Sohnes begreiflich machen soll.«

»Es tut mir sehr leid.«

»Du trägst nicht mehr Schuld an seinem Ende als er selbst. Ein risikofreudiger junger Mann, der sich von einem anderen ebenso risikofreudigen Jungen zu einem gefähr-lichen Abenteuer überreden ließ – so was geht leider nicht immer gut aus.«

»Wir haben alles versucht, um ihn zu schützen.«

»Das weiß ich. Aber dies sei dir gesagt, Gorian: Ich bewundere, was du am Speerstein getan hast, doch wenn du den Herrscher des Frostreichs besiegen willst, wirst du deine Leichtsinnigkeit ablegen müssen. Verlass dich nicht darauf, dass dich das Schicksal oder der Verborgene Gott oder welche Macht auch immer dich auserwählt haben mag, bedingungslos schützt. In dieser Hinsicht hat sich schon so mancher getäuscht.«

»Solche Gedanken sind mir fremd«, entgegnete Gorian.

Ein mattes Lächeln hellte das Gesicht des Nordfahrers auf. »Eigenartig. Niemand anderem mit vergleichbarem Talent würde ich das glauben. Dir schon. Keine Ahnung warum, aber so ist es nun mal.« Centros Bal legte Gorian eine Hand auf die Schulter. »Fentos Roon wird nicht der letzte deiner Gefährten sein, der in deinem Kampf gegen das Frostreich sein Leben lässt. Das ist nicht zu ändern. Nenn es Schicksal oder den Lauf der Dinge oder meinetwegen den Willen des Verborgenen Gottes, wenn dich das erleichtert. Aber bedenke immer, dass alle, die dich begleiten, schwächer sind als du, dass sie nicht die gleichen Fähigkeiten und Talente haben und auch nicht das Privileg, dass Morygor sie fürchtet.«

»Können wir dann immer noch davon ausgehen, dass Ihr uns zu den Inseln der Caladran bringen werdet?«, fragte Torbas.

Der Nordfahrer sah ihn an, und die Wärme wich aus seinem Blick. Ohne zu antworten setzte er sich in Bewegung und schritt davon, gefolgt von Zog Yaal. »Ich muss dir noch viel beibringen«, hörte Gorian den Nordfahrer zu dem jungen Greifenreiter sagen, als wäre nichts gewesen. »In Zukunft wirst auch du dem riesigen Löwenvogelmischling deinen Willen aufzwingen müssen.«

»Mal ehrlich, ich war doch nicht etwa undiplomatisch, oder?«, fragte Torbas seine Mitschüler, als die beiden Greifenreiter die Höhle verlassen hatten.

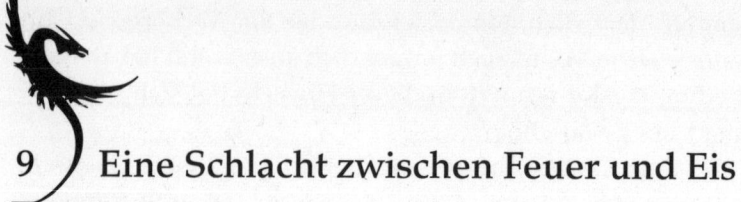

9) Eine Schlacht zwischen Feuer und Eis

»Seit Menschengedenken war der Himmel nicht so grau und wolkenverhangen wie heute«, sagte Oras Ban, der Königliche Verwalter von Felsenburg, während er über die Zinnen des Westturms blickte.

Thondaril und die drei Ordensschüler standen bei ihm. Gorian war nicht klar, welche Rolle der Meister des Schwertes und der Magie seinen drei *Schülern* bei dieser Zusammenkunft zugedacht hatte. Erwartete er allen Ernstes, dass sie einen Beitrag dazu leisten konnten, den Königlichen Verwalter von der Notwendigkeit ihrer Mission zu überzeugen? Oder ging es ihm darum, insbesondere Torbas und Gorian noch einmal vorzuführen, in welche prekäre Lage sie alle durch ihren nächtlichen Alleingang geraten waren.

Schneeflocken fielen aus den grauen Wolken, und aus Nordosten wehte ein eisiger Wind. In den nahen Bergen südwestlich von Felsenburg aber breitete sich das Netzwerk von rötlich schimmernden pulsierenden Adern immer weiter aus und bedeckte bereits einen ganzen Landstrich. Wie eine Flechte eroberte es langsam Berg für Berg, und das dumpfe, dröhnende Stampfen aus der Tiefe war auch in Felsenburg nicht mehr zu überhören.

»Der alte Fluch kämpft sich an die Oberfläche und schüttelt den Bann König Song Mols ab«, murmelte Oras Ban.

»Und gleichzeitig rückt ein noch viel furchtbarerer Feind aus Nordosten auf Felsenburg zu«, ergänzte Thondaril. »Ihr solltet die Stadt räumen lassen.«

»Wir haben nicht genug Greifen hier auf Felsenburg, um die Flucht aller zu ermöglichen«, hielt Oras Ban dagegen.

»Ich habe bereits über Handlichtlesen Verbindung mit Meister Aarad in Gryphenklau aufgenommen, der sich an den König wenden wird, um für entsprechende Abhilfe zu sorgen.«

Oras Ban runzelte unwillig die Stirn. »Ohne dies mit mir abzusprechen?«

»Dazu war keine Zeit«, verteidigte sich Thondaril. »Bald wird hier eine Schlacht toben, wie Ihr noch von keiner gehört habt. Die Horden Morygors sind an den Städten Mituliens vorbeigezogen, ohne sie überhaupt zu beachten. Nun nähern sie sich aus Nordosten. Der Eiswind, der so vollkommen untypisch für dieses Land ist, kündet von ihrem Kommen.«

Oras Ban stieß schnaubend den Atem aus, der dicht vor Mund und Nase gefror und eine graue Wolke bildete. »Euer Handeln war voreilig«, hielt er Thondaril vor. »Gegenüber magischen Bedrohungen sind wir keineswegs so wehrlos, wie Ihr zu denken scheint.«

»Ihr rechnet damit, dass die Magie des Namenlosen Renegaten Euch helfen wird?«, fragte der zweifache Ordensmeister.

Oras Ban verzog keine Miene. »Ihr habt also erkannt, wer der Bibliothekar ist. Dann wisst Ihr auch, weshalb ich ihm nicht einfach befehlen kann wie einem gewöhnlichen Lakaien. Es wäre nicht möglich gewesen, die Schriften der Caladran so lange zu schützen ohne seine magische Hilfe.«

Seine pergamentartige Haut schien noch dünner als zuvor. Bläuliche Adern pulsierten darunter, und deutlich waren die Knochen seines Gesichts zu sehen, das Gorian an einen Totenschädel erinnerte. Und doch verriet keine seiner Bewegungen irgendwelche Anzeichen des Alters. Dieser Widerspruch war Gorian schon am Anfang aufgefallen. Oras Ban war kein Caladran, dazu fehlten ihm nicht nur die spitzen Ohren, aber seine Ähnlichkeit mit dem alterslosen Namenlosen Renegaten war augenfällig.

»*Du denkst an die bläuliche Substanz, von der er sich offenbar ernährt*«, empfing Gorian einen Gedanken Sheeras. »*Es handelt sich dabei um eine fremdartige Heilmagie. Ich kann sie überall spüren, aber sie ist mir vollkommen unbekannt.*«

»*Caladran-Magie?*«

»*Wer weiß.*«

Hielt diese Heilmagie Oras Ban am Leben? Aber das konnte seine Tatenlosigkeit nicht erklären. Es musste einen anderen Grund geben, der ihn so gleichgültig gegenüber der nahenden Gefahr machte.

»Es steht Euch jederzeit frei, Felsenburg zu verlassen und zu den Inseln der Caladran aufzubrechen, so wie es Eurem ursprünglichen Plan entspricht«, sagte er zu Thondaril. »An Eurer Stelle würde ich die Zeit dazu nutzen, solange es noch möglich ist. Ich hingegen vertraue auf den magischen Schutz des Namenlosen Renegaten. Kein Caladran hat es je geschafft, die Schriften seines Volkes von hier zu stehlen – und glaubt nicht, es hätte keine entsprechenden Versuche gegeben.«

»Die Horden Morygors sind etwas anderes«, erwiderte Thondaril. »Ihr braucht nur hinauf in den Himmel zu blicken, zum Schattenbringer, der die Sonne immer mehr verdeckt, um mit eigenen Augen zu erkennen, dass Morygors Macht mit nichts vergleichbar ist. Ihr seid verloren, wenn Ihr hierbleibt, Oras Ban.«

»Ja, vielleicht«, murmelte der Königliche Verwalter. »Aber

wenn Ihr nicht aufpasst, dann seid Ihr und Eure Begleiter es vielleicht auch.«

Den Tag über geschah nicht viel, außer dass man von den Zinnen der Burg aus beobachten konnte, wie sich das Glutnetz der Feuerdämonen immer weiter ausbreitete. Gorian sah es mit Sorge. Thondaril versuchte immer wieder, zum Bibliothekar vorgelassen zu werden, aber der hatte den Zugang zu den Gewölben, in denen die gestohlenen Schriften untergebracht wurden, auf eine Weise verschlossen, dass man nicht einmal mehr mit den Mitteln herkömmlicher Magie dorthin vordringen konnte. Selbst die Anwesenheit des Namenlosen Renegaten war nicht mehr zu erspüren, seine Kraft schien nicht mehr vorhanden.

Die Wachen des Königlichen Verwalters von Felsenburg glaubten sogar, der Zugang zur Bibliothek sei zugemauert. Sie waren der festen Überzeugung, massives Mauerwerk vor sich zu sehen. Nur bei Thondaril, Gorian, Torbas und Sheera wirkte diese einfache Illusionsmagie nicht, sie erkannten die fest verschlossenen Türen, die ihnen den Zutritt zur Bibliothek verwehrten.

Die Tür im Bankettraum vermochte Thondaril mithilfe seiner Magie schließlich zu öffnen, nicht aber die zweite Tür, die den eigentlichen und offenbar einzigen Zugang zum Bibliotheksgewölbe darstellte.

Der Diener, der die Gefährten das erste Mal herabgeführt hatte, war verschwunden und ließ sich nicht auftreiben. Gleiches galt für die maskierte Wache des Bibliothekars, und auch Oras Ban wollte dem Meister des Schwertes und der Magie weder weiterhelfen noch sich überhaupt erklärend dazu äußern.

Thondaril war außer sich. Vor der Möglichkeit, die Tür

mittels Magie gewaltsam zu öffnen, schreckte er aber noch zurück, denn er wollte sich den uralten Caladran nicht zum Feind machen.

»Vielleicht ist es tatsächlich das Beste, einfach die Greifengondel zu besteigen und ohne diese verfluchten Schriften zu den Inseln der Caladran zu fliegen«, äußerte Torbas zwischenzeitlich, als sie an den Burgzinnen standen und mit wachsender Besorgnis in Richtung der Berge sahen. Feuerrote vielbeinige Gestalten liefen dort über die Anhöhen, kletterten die steilsten Hänge empor. Sie quollen in immer größerer Zahl aus dem Gestein hervor, bildeten sich aus dem roten, pulsierenden Adernetzwerk, das inzwischen die Berge durchzog, so weit das Auge reichte.

Das herzschlagartige Stampfen war so durchdringend geworden, dass es selbst Felsenburg erzittern ließ, und die ersten rot glühenden Feueradern tasteten sich bereits in die schwarze Steinwüste hinein, die sich an das Gebirge anschloss. Vor langer Zeit hatte das Wüten der Feuerdämonen diese Landschaft auf alle Zeiten geprägt, nun sah es so aus, als würde dies ein zweites Mal geschehen.

Plötzlich schossen Flammen aus dem Boden, bildeten riesenhafte Gestalten, größer als jeder Wachturm einer heiligreichischen Burg. Arme aus purem Feuer hoben sich zischend zum Himmel, und in lodernden Köpfen blinzelten Augen aus schwärzester Finsternis, um gleich darauf wieder von den Flammen verdeckt zu werden.

In stetiger Veränderung waren diese Gestalten begriffen. Hin und wieder bildeten sie zusätzliche Arme und Beine aus und auch gewaltige Feuerschwänze, die sich wie Peitschen um kleinere Felsmassive legten und das Gestein zerschmolzen.

»Riecht ihr das?«, fragte Torbas und verzog das Gesicht.

»Schwefel«, murmelte Sheera.

»Als wir dort drüben waren, war das Dämonenfeuer noch kalt wie Eis«, erinnerte sich Gorian. »Das hat sich offenbar geändert.«

Die Wolkendecke über den Bergen und Felsenburg wurde immer dichter und dunkler. Obwohl es mitten am Tag war, konnte man meinen, die Dämmerung hätte längst eingesetzt. Von der Sonne war nicht einmal ein schwacher Lichtfleck zu sehen, der Schattenbringer jedoch seltsamerweise umso deutlicher, beinahe so, als würde er nicht nur die Sonne verdecken, sondern seinerseits auch magisches Schwarzlicht ausstrahlen.

Der Schneefall und der eiskalte Wind wurden heftiger. Zischend schmolz der Schnee, wo er in den Bergen den Boden berührte. Kleine Wolken aus Wasserdampf stiegen auf, aber hier und dort erhob sich auch schwarzer Rauch, der vom Wind durch die Berge getrieben wurde. Das Dämonenfeuer, das inzwischen nicht mehr kalt war, verbrannte die wenigen Sträucher und Bäume, die sich in den Bergen halten konnten, und dann schmolz auch in sich immer mehr ausbreitenden Bereichen das Gestein. Ganze Berghänge gerieten in Bewegung, sackten glutflüssig ab, erstarrten dann für eine Weile, um erneut aufgeschmolzen zu werden.

Flammensäulen schossen immer höher empor, und die riesenhaften Feuergestalten, die sich dabei bildeten, behielten für immer längere Zeit ihre Form.

Einer von ihnen verließ mit weiten Schritten die Berge. Es zischte jedes Mal, wenn seine feurigen Füße den Boden berührten. Er schritt über die schwarze, inzwischen ebenfalls an einigen Stellen aufgeschmolzene Ebene, die sich zwischen den ersten Ausläufern des Gebirges und dem Massiv, in das Felsenburg hineingehauen worden war, befand.

Die panischen Rufe der Wachen gellten durch das kalte Schneegestöber. Aber noch bevor das gigantische Feuerwesen die Hälfte der Strecke bis nach Felsenburg zurückgelegt hatte, fiel seine Gestalt in sich zusammen. Die Flammen breiteten sich auf dem Boden aus, verloschen schließlich, und das Einzige, was zurückblieb, waren weitere rote Adern im Gestein.

Thondaril empfing eine Nachricht übers Handlichtlesen. Angestrengt blickte der Meister der Magie und des Schwertes in seine leuchtenden Handflächen, dann sah er wieder auf.

»Das war Aarad«, erklärte er finster. »Es ist für die Greifenreiter derzeit unmöglich, den mittelgryphländischen Bergrücken zu überfliegen. Die Bewohner der wenigen verstreuten Einzelresidenz-Burgen haben diese fluchtartig verlassen, in dem Versuch, sich zu retten. Alles steht in Flammen, überall schießen Feuersäulen so hoch aus dem Boden, dass man das Gebiet nicht überfliegen kann.«

»Das bedeutet, Felsenburg erhält keine Hilfe«, stellte Sheera fest.

Meister Thondaril nickte. Dann ging er wortlos davon.

»Wohin wollt Ihr, Meister?«, fragte Gorian.

Aber er erhielt keine Antwort.

Ein Händler, der am Vortag mit einer königlichen Sondererlaubnis in Felsenburg eingeflogen war, brach am Nachmittag mit seiner Greifengondel zum Rückflug auf. Er wollte sich nicht länger auf die Versicherungen Oras Bans verlassen, dass für Felsenburg keine Gefahr bestünde.

Gorian beobachtete vom Hauptturm aus, wie die Gondel parallel zu den Bergen Richtung Melagosien und Eldosen flog. Offenbar wollte der Händler den in Flammen stehenden mittelgryphländischen Bergrücken weiträumig umfliegen, auch wenn dies einen sehr großen Umweg bedeutete.

Die Rufe des Greifen schallten über die Ebene.

»Greifen spüren die Gefahr«, sagte Centros Bal, der sich ebenfalls auf den Hauptturm begeben hatte, um den Flug seines Gildengenossen zu beobachten. Vielleicht hatte er auch gehofft, Meister Thondaril anzutreffen, doch der war verschwunden. »Ich bin der Meinung, dass wir Felsenburg so schnell wie möglich verlassen sollten.«

»Überzeugt Thondaril davon«, schlug ihm Torbas vor.

»Ich hatte gehofft, dass ihr ihn vielleicht in diese Richtung beeinflussen könntet. Hier brauen sich Dinge zusammen, mit denen ich nichts zu tun haben möchte. Ich habe mich umgehört. Dass mit Oras Ban etwas nicht stimmt, erzählt man sich seit langem, und das hat nicht nur mit seinem ungewöhnlich hohen Alter zu tun.«

»Er erfreut sich dank der Heilmagie der Caladran einer ungewöhnlich guten Gesundheit«, stellte Sheera fest.

Centros Bal war im ersten Moment überrascht, dann nickte er Sheera anerkennend zu. »Was du da sagst, deckt sich mit dem, was man mir hinter vorgehaltener Hand anvertraute.«

»Was habt Ihr noch erfahren?«, fragte Gorian.

»Dass die Magie, die Oras Ban am Leben erhält, an diesen Ort gebunden ist. Verlässt er Felsenburg, nützt ihm auch der magische Trunk nichts mehr, von dem er sich vorzugsweise zu ernähren scheint.«

»Das würde erklären, warum er Felsenburg nicht aufgeben will«, murmelte Gorian.

»Und angeblich ist dies nicht nur bei Oras Ban der Fall«, fuhr Centros Bal fort, »sondern bei den meisten, die hier leben. Sie alle sind dem Tode geweiht, wenn sie diesen Ort verlassen.« Er streckte die Hand aus und deutete zu der sich entfernenden Greifengondel. »Die wenigen, auf die das nicht zutrifft, nutzen gerade die letzte Möglichkeit, die Stadt zu verlassen, bevor hier alles der Zerstörung anheimfällt.«

In diesem Moment schoss eine besonders hohe Flammensäule aus einer der Bergspalten, die noch vor kurzem die Wohnstätte der Fledermenschen gewesen waren. So hoch wie ein Kathedralenturm ragte die Feuersäule empor und formte innerhalb weniger Augenblicke ein halbes Dutzend Flammenarme. Dann lief die Gestalt mit gewaltigen Schritten los, verließ die Berge und rannte auf die Greifengondel des Händlers zu.

Der Greif schlug verzweifelt mit den großen Schwingen, seine Rufe mischten sich mit denen des Feuerdämons, dessen Gestalt mit jedem Schritt kleiner wurde. Feuer tropfte wie geschmolzenes Gestein von seinen Armen und traf zischend auf den Boden auf, wo kleine, schnell verlöschende Brände entstanden.

Der Greifenreiter änderte den Kurs in südöstliche Richtung, aber das nützte ihm nichts mehr. Der Feuerdämon war zwar inzwischen erheblich geschrumpft und hatte kaum noch die Hälfte seiner ursprünglichen Größe, doch die reichte vollkommen, um mit seinen Feuerpranken nach der Gondel greifen zu können. Zischend wurde sie von den lodernden Flammen erfasst, die bald auch den Greifen und seinen Reiter umhüllten. Brennend stürzten sie ab, der Greif wand sich unter Schmerzen am Boden und schlug mit brennenden Flügeln und Tatzen um sich. Von seinem Reiter war nichts mehr zu sehen, aber es war ausgeschlossen, dass er noch lebte.

Der Kopf des Feuerdämons veränderte sich, formte ein Maul, so groß wie ein Haus, wofür er den Rest seines Flammenkörpers weiter schrumpfen ließ. Ein Flammenstrahl schoss aus dem Maul hervor und verbrannte alles, was noch von der Gondel geblieben war und auch den Greifen zu Asche.

Dann erst schrumpfte der Feuerdämon vollständig zusammen, wobei er in mehrere kleinere Flammenkörper zerfiel, die unterschiedlich schnell verloschen.

»So viel zu Euren Plänen, Felsenburg verlassen zu wollen, Centros Bal«, sagte Torbas. Gorian kannte ihn gut genug, um zu wissen, dass sein beißender Spott in diesem Fall nur dazu diente, seinen eigenen Schrecken zu verbergen.

In der Nacht kratzte es an der Tür der kleinen Kammer, die man Gorian und Torbas zugewiesen hatte.

Die beiden Ordensschüler erwachten, und Gorian rief: »Wer ist dort?«

Zur Antwort erhielt er ein Fauchen und einen Gedanken. *»Erkennst du mich nicht mehr?«*

Gorian schlug die Decke zur Seite, stieg von der Pritsche und ging zur Tür, die er mit seinem Handlicht beleuchtete. Dann schob er den Riegel zur Seite und öffnete sie.

Draußen im Korridor kauerte Ar-Don, dessen steinerner Körper grünlich leuchtete.

»Offenbar zieht er deine Gesellschaft einer Nacht in der Greifenhöhle vor«, lautete Torbas' Kommentar, der ebenfalls aufgestanden war und Gorian über die Schulter blickte. »Kann ich zwar durchaus verstehen, dennoch hoffe ich, dass du nicht ernsthaft daran denkst, dieses Biest bei uns übernachten zu lassen.«

Gorian aber tat, als hätte er seinen Kameraden nicht mal gehört, und sagte zu dem Gargoyle: »Komm rein.«

Ar-Don huschte an Gorians Beinen vorbei in das enge Quartier, das sich die beiden Ordensschüler teilten. Er kauerte sich unter den einfachen Holztisch und verharrte dort vollkommen regungslos, so als hätte er sich endgültig in eine starre Steinskulptur verwandelt.

Am nächsten Morgen, als Gorian erwachte, war das rätselhafte Wesen fort, obwohl die Tür noch immer von innen verriegelt war. Da Ar-Don seine Körperform nahezu beliebig verändern konnte, nahm Gorian an, dass er durch den schmalen Spalt zwischen Tür und Boden nach draußen geschlüpft war. Vielleicht war seine Magie aber auch viel stärker, als Gorian es bisher für möglich gehalten hatte. Auf seinen fragenden Gedanken hin bekam er jedenfalls keine Antwort.

Gorian weckte Torbas, und beide zogen sie alles an Kleidung an, was sie in ihrem Gepäck vorfanden, denn eine unmenschliche Kälte war in jeden Winkel von Felsenburg gekrochen.

»Spürst du es?«, fragte Torbas, als Gorian seine Waffen anlegte.

»Ja, es ist kalt.«

»Ich meine nicht den Temperatursturz, sondern Morygors Aura. Das Frostreich nähert sich.«

Gorian hatte nicht darauf geachtet, denn seine Gedanken hatten sich um Ar-Dons Verbleib gedreht. Doch als er sich nun darauf konzentrierte, spürte auch er es.

»Seit den Tagen, da wir zum Speerstein von Orxanor aufbrachen, ist nichts mehr, wie es war«, sagte Torbas unvermittelt. Gorian wunderte sich, dass er ausgerechnet in diesem Moment darauf zu sprechen kam. Vielleicht lag es daran, dass sie beide wieder Morygors verderbliche Aura spürten, wenn auch längst nicht so stark wie damals auf ihrem Weg zum Speerstein. »Ich habe das noch niemandem gesagt, aber …« Torbas brach ab.

»Was hat du noch niemandem gesagt?«, hakte Gorian nach.

»Dass es mir so vorkommt, als wäre die Aura Morygors seitdem die ganze Zeit über um uns. Es hat keinen Tag gegeben, an dem ich sie nicht ganz leicht im Hintergrund gespürt habe. Außerdem habe ich das Gefühl, dass wir uns seit unserem Weg zum Speerstein alle verändert haben.«

»Morygor stellt uns auf die Probe«, sagte Gorian. »Er tut alles, was in seiner Macht steht, um unsere Seelen zu beherrschen, vergiss das nicht«

»Nein, das vergesse ich nicht«, murmelte Torbas. »Wie könnte ich das auch? Schließlich hat sich selbst der Hochmeister unseres Ordens als zu schwach erwiesen und sich dem Einfluss des Bösen ergeben.«

»Uns wird das nicht passieren«, war Gorian überzeugt.

»Bist du dir sicher?«

»Du nicht?«

»Inzwischen glaube ich, dass alles geschehen kann, Gorian. Wirklich alles.«

In diesem Augenblick waren die Hörner der Wachen zu hören. Sie bliesen Alarm.

Wenig später standen Gorian, Torbas, Sheera und Thondaril an einer der Brustwehren. Im Burghof lag knietiefer Schnee, und es gab nicht genug Burgwachen, ihn fortzuräumen. Die Leuchtfeuer, die eigentlich in der Nacht die Fledermenschen vertreiben sollten, waren verloschen, denn Hauben aus Schnee und Eis bedeckten auch die Spitzen der schmalen Türme, die zuvor riesigen Fackeln geähnelt hatten. Überall hingen Eiszapfen von den Dachkanten der Gebäude, die verglasten Fenster waren mit Eisblumen überzogen, und eine Schicht aus Raureif hatte sich über die dicken Mauern gelegt.

Schnee und Eis bedeckten auch das Land Richtung Nordosten bis zum Horizont hin, nur hier und dort ragte noch ein schwarzes Stück Fels daraus hervor. Westlich von Felsenburg reichte das verschneite und vereiste Gebiet jedoch kaum eine halbe Meile weit. Das eisige Weißgrau endete abrupt an einer unsichtbaren Grenze, so als wäre dort Morygors Macht jäh auf einen Einhalt gebietenden Einfluss gestoßen. Gleiches galt für das Geflecht rot leuchtender Adern, das die Berge durchzog und sich von dort aus bereits ein Stück in die schwarze Steinebene zwischen Felsenburg und dem mittelgryphländischen Bergrücken fortgesetzt hatte, dann aber ebenso jäh endete.

Zwischen dem grauweißen Frost und dem rot glühenden Geflecht flammender Erdadern befand sich ein Niemandsland von mindestens zweihundert Schritten. Felsenburg gehörte dieser offenkundig gewordenen Grenzziehung nach zu dem Bereich, den die Mächte des Frostreichs für sich beanspruchten.

Auch der Himmel teilte sich genau über dem Niemandsland zwischen Feuer und Eis: Über den Bergen war er klar und hell, der kalte Dunst des Frostreichs hatte sich von dort verzogen, und die sich am Tag zuvor noch auftürmenden Schneewolken hatten sich aufgelöst. Die Sonne stand über den Bergen, wurde jedoch vom Schattenbringer inzwischen weit über die Hälfte verdeckt.

»Als ob sich der Kampf zwischen Feuer und Eis im Himmel spiegelt«, empfing Gorian einen Gedanken Sheeras.

»Und wir werden zwischen den Fronten zermalmt«, befürchtete er.

»Und wenn die Feuerdämonen dem Frostreich Einhalt gebieten? Zumindest für eine Weile? Die Fledermenschen waren der Ansicht, dass dies möglich ist.«

»Man müsste ihre Magie lenken können und zielgerichteter wirken lassen«, ging es Gorian durch den Sinn, wobei er Sheera ganz bewusst an diesem Gedanken teilhaben ließ, der ihn schon zuvor beschäftigt hatte, ohne dass er sich bislang mit jemandem darüber ausgetauscht hatte.

»Niemand kann diese Mächte beherrschen, Gorian. Nicht einmal ein Magiemeister.«

»Song Mol konnte es. Mithilfe der Caladran-Magie. Doch ich nehme an, dass der Namenlose Renegat diese Magie damals anwandte, nicht Song Mol selbst, wie es in der Legende heißt.«

»Unglücklicherweise will der Namenlose aber nicht mehr mit uns sprechen.«

In diesem Moment ertönte im Burghof ein Hörnerchor. Oras Ban war mit seinem Gefolge ins Freie getreten. Der Königliche Verwalter hatte Harnisch und Waffen angelegt und trug einen Helm mit prachtvollem Federbusch. Sein Gang war von jugendlicher Leichtigkeit und stand im krassen Gegensatz zu seinem uralten faltigen Gesicht.

»Hört mich an!«, rief er, und seine Stimme hallte im Innenhof der Burg auf eine Weise wider, wie man es ansonsten nur von den legendären Theater-Arenen von Rea erzählte, in denen angeblich selbst das Rascheln eines Gewandes noch auf den letzten Zuschauerrängen zu hören war. »Weder die Feuerdämonen noch das Frostreich können uns etwas anhaben. Die Katapulte sind geladen, die Schleudern bereit – und die Magie Song Mols wird Felsenburg schützen!« Er zog sein Schwert und richtete die Spitze in den Himmel. »Trank und Leben für jeden, der seinen Posten nicht verlässt!«

Von den Wehrgängen antworteten ihm begeisterte Rufe.

»Oras Ban teilt ihnen offenbar die lebensverlängernden

Caladran-Tränke zu«, stellte Sheera angewidert fest. »Darauf gründet seine Macht.«

»Tja, nicht gerade jemand mit den besten Charakterzügen, mit dem wir da verbündet sind«, spottete Torbas. »Aber wohin sollten die Wachen schon fliehen, wenn sie ihre Posten verlassen.«

»Es zeigt, wie unsicher er sich seiner Sache ist«, murmelte Meister Thondaril.

Oras Ban ließ sich von einem seiner Gefolgsleute einen Becher mit dem blau schimmernden Gebräu reichen und trank ihn in einem Zug leer. Daraufhin straffte sich die Haut seines Gesichts, und seine Augen leuchteten auf eigentümliche Weise.

Auf einmal tauchte aus den Pflastersteinen, die den Burginnenhof bedeckten, eine Gestalt hervor, durchdrang das Gestein wie ein Geist eine Burgmauer.

Es war der Maskierte, der Gorian und seine Gefährten zum Bibliothekar geführt hatte.

Oras Ban erschrak und ließ den Pokal fallen, der scheppernd auf das Pflaster schlug. Dann aber sammelte er sich und gebot mit lauter Stimme: »Es wird Zeit, dass dein Herr uns hilft!«

Der Maskierte antwortete mit einer Gedankenstimme, die Gorian – und offenbar auch alle anderen – mit fast schmerzhafter Intensität erreichte. Dabei schienen ein Dutzend verschiedener Sprachen gleichzeitig in seinem Kopf zu hallen, und doch war jedes Wort klar und deutlich zu verstehen: »*Es ist zu viel. Die gestohlene Magie verliert ihre Wirkung, wenn sie zu häufig angewendet wird. Ob Elixier oder Gift, es ist eine Frage der Menge und des Maßes. Und das Maß, das du benötigst, kann nicht allen zur Verfügung stehen.*«

»Es ist genug da!«, widersprach Oras Ban. »Habt ihr gehört? Genug, um euch allen das Leben zu erhalten, und solltet ihr noch so schwer verwundet werden!«

Der Maskierte antwortete nicht darauf. Er wandte sich ab, ging gemessenen Schrittes über den Innenhof und erreichte die dicke Schutzmauer, die für ihn allerdings kein Hindernis darstellte. Er ging einfach hindurch, kam auf der anderen Seite wieder hervor und schwebte hinab in den Abgrund.

Sanft landete er am Fuß des Felsmassivs und ging gut zwanzig Schritt durch den Schnee zu einer ganz bestimmten Stelle, die er genau zu kennen schien. Dort zog er sein Schwert, dessen breite Klinge zu einer flackernden blauen Flamme wurde. Er senkte die Feuerklinge und berührte damit den Boden, woraufhin sich innerhalb eines Augenblicks ein Flammenkreis um das Felsmassiv bildete, in das Felsenburg hineingeschlagen war.

Es war ein kaum sichtbares Feuer und so kalt, dass es auch den Schnee in unmittelbarer Umgebung nicht schmolz.

Der Maskierte formulierte mit seiner Gedankenstimme ein paar Worte in der Sprache der Caladran, dann machte er kehrt, ging geradewegs auf die Felswand zu und verschwand darin, so als bestünde sie nicht aus hartem Gestein, sondern wäre eine Luftspiegelung ohne Substanz.

»Offenbar hält man sich die Feuerdämonen hier mit Feuer vom Leib«, kommentierte Thondaril. »Man bekämpft Feuer mit Feuer, ein Prinzip, das auch die Magie des Ordens kennt.«

»Vielleicht sind die Magie des Ordens und die der Caladran gar nicht so verschieden, wie wir glauben«, äußerte Gorian.

»O doch, Schüler. Das sind sie. Ein paar kleinere Gemeinsamkeiten ändern daran nichts.«

Am Horizont Richtung Mitulien erhob sich auf einmal eine graue Wand. Meister Thondaril formte mit seiner Magie eine Lichtaura, die einer gläsernen Linse glich, wozu er einige Worte in alt-nemorischer Sprache murmelte, die Gorian sich zu merken versuchte. Dann schuf Thondaril eine zweite Linse und dirigierte diese mit Handbewegungen und magischen Beschwörungen vor die erste, sodass sie wie ein westreichisches Fernrohr wirkten.

Zunächst war nur die graue Wand zu sehen, die sich am Horizont aufgebaut hatte. Eine Wand aus Eis, die nur etwa haushoch emporragte. Auf magische Weise wurde Wasser aus dem Boden gesogen und dem Eispanzer hinzugefügt. Da es in dieser Gegend jedoch nicht viel Wasser gab, bewegte sich die graue Wand langsamer voran, als es bei der Zerstörung von Toque der Fall gewesen war.

Oder, dachte Gorian, die Macht der Feuerdämonen strahlte durch das Erdreich bis dorthin.

Thondaril veränderte die Blickrichtung der magischen Linsen, und sie sahen vor dem Eispanzer eine Reihe Leviathane. Sie waren stehen geblieben und hatten die Mäuler geöffnet, sodass die untoten Frostkrieger, die sie in ihren Leibern transportierten, hinaussehen konnten, um die Lage einzuschätzen. Gorian bemerkte auch einige Trupps von Wollnashornreitern, die neben den Leviathanen daherschritten und im Vergleich zu den gewaltigen Wesen nahezu winzig wirkten.

»Es scheint, als gewährt man uns noch einen kleinen Aufschub«, meinte Torbas. »Der Vormarsch der Leviathane ist offenbar ins Stocken geraten.«

»Im Moment bereiten mir die Leviathane die geringeren Sorgen«, gestand Meister Thondaril, »trotz ihrer enormen Zerstörungskraft.«

»Wieso?«, wunderte sich Torbas.

»Kannst du sie nicht spüren, Schüler?«, fragte Thondaril. »Empfängst du nicht ihre magischen Schwingungen?«

Er veränderte wieder die Ausrichtung und den Abstand der beiden magischen Linsen zueinander, und zwei gewaltige Gestalten wurden sichtbar. Sie waren so groß wie das gesamte Felsmassiv von Felsenburg. Rumpf, Kopf und Gliedmaßen wirkten kantig und eckig und schienen aus eisigen Quadern und Heptaedern zu bestehen.

»Aggr und Paggr, die Kristallbrüder«, grollte Meister Thondaril. »Zwei der mächtigsten Frostgötter, die nach der Schlacht am Weltentor vom Erdenrund verbannt wurden und die Morygor zurückgeholt hat. Man hat lange nichts mehr von ihnen gehört.«

Die beiden Kristallwesen bewegten sich im Gleichschritt über das Eis. Ihr dumpfes Stampfen war bis nach Felsenburg zu hören und mischte sich mit dem pulsierenden Herzschlag des glutroten Adergeflechts in den Bergen. Gefrierender Atem umgab die Köpfe, in denen ihre Augen blau leuchteten wie kalte Flammen, und in ihren klaffenden Mäulern schimmerten ebenso bläulich mehrere Reihen spitzer Eiszähne.

Über ihnen in der Luft fiel Meister Thondaril ein kleiner Punkt auf, doch erst als er abermals den Abstand der magischen Linsen ein wenig verändert hatte, konnte man erkennen, worum es sich dabei handelte.

»Ar-Don!«, stieß Gorian hervor.

»Hoffen wir, dass dein Freund und Schatten nur einen Kundschafterflug unternimmt und nicht die Seiten gewechselt hat«, murmelte Thondaril.

Ar-Don stieg höher, flatterte hektisch mit den Flügeln, und seine Farbe veränderte sich von einem leuchtenden

Purpur zuerst in ein blasses Blau, das bereits sehr der eisigen Oberfläche der beiden Kristallbrüder glich, und wurde schließlich grauweiß, sodass er vor dem dunstigen Hintergrund nicht mehr auszumachen war.

Aggr und Paggr hingegen waren nicht zu übersehen. Selbst die Leviathane wichen ihnen ängstlich aus, und auch die Wollnashornreiter mussten sich vor den gewaltigen Füßen der Kristallbrüder in Sicherheit bringen. Nicht alle schafften es. Rücksichtslos trampelten Aggr und Paggr sie in den eisigen Untergrund, und dies mit einer solchen Gewalt, dass es selbst für einen untoten Orxanier keine Möglichkeit der Weiterexistenz mehr gab. Dazu stießen sie Laute aus, die an das Heulen des eisigen Nordwinds erinnerten.

Gorian spürte die gewaltige magische Kraft, die ihnen innewohnte. Die Kraft von Göttern.

»Aber sie sind nicht frei«, erinnerte ihn Sheera. *»Sie sind Morygors Sklaven, und ganz gleich, wie mächtig sie uns erscheinen mögen, ihre Stärke ist nichts im Vergleich mit jener Macht, über die Morygor gebietet.«*

In einiger Entfernung von Felsenburg blieben sie stehen. Ihr Blick richtete sich auf den ebenfalls bläulichen Feuerkreis, den der Maskierte um das Felsmassiv herum entzündet hatte.

Ein Schwall von äußerst aufdringlichen Gedanken erreichte Gorian, doch sie waren so fremdartig, dass kein Mensch ihren Sinn erfassen konnte. Nur ein Merkmal glaubte Gorian daraus herauslesen zu können: *Furcht!*

Offenbar fürchteten sie sich vor Morygors Zorn, falls sie versagten. Er hatte sie auf Erdenrund zurückgeholt und kannte sicherlich Mittel und Wege, sie wieder in jene Schattenwelt zu verbannen, aus der er sie gerufen hatte, sollten sie sich nicht als nützlich für ihn erweisen.

Sicherlich waren die beiden frostigen Götterbrüder stark genug, das ganze zylindrische Felsmassiv niederzustürzen, in das die Stadt der Greifenreiter hineingehauen worden war. Aber das taten sie nicht. Der Feuerkreis schien ihnen Respekt einzuflößen.

»Welcher von ihnen ist Aggr und welcher Paggr?«, fragte Torbas an Meister Thondaril gerichtet. Für ihn sahen die beiden Eisriesen vollkommen gleich aus. Es war ihm unmöglich, sie zu unterscheiden.

»Einer von ihnen ist der Mutigere und geht stets als Erster voran«, erklärte Meister Thondaril. »Das ist Aggr. Paggr folgt nur seinem Bruder, aber er gilt als der Klügere von beiden.«

»Der Klügere folgt dem Dümmeren?«, wunderte sich Torbas. »Nicht umgekehrt?«

»Das ist nicht nur unter den Frostgöttern so«, entgegnete Meister Thondaril düster.

Einer der beiden Riesen machte einen weiteren Schritt auf die Felsensäule zu. Da breitete sich der blaue Flammenkranz auf das Anderthalbfache seines bisherigen Radius aus, und gleichzeitig schossen die Flammen so hoch empor, dass sie dem Frostgott kurzfristig bis zu den Schultern reichten.

Aggr – um den musste es sich handeln, wenn Thondaril recht hatte – sprang zurück und stieß einen wütenden Ruf aus, während sein Bruder Paggr meckernd lachte; jedenfalls waren die Laute, die er hervorbrachte, so zu deuten. Dann aber stieß er seinen Bruder an, so als wollte er ihn auf etwas aufmerksam machen.

In den nahen Bergen hatten sich mehr als ein Dutzend Flammengestalten gebildet, von denen manche sogar die Größe der beiden Kristallbrüder hatten. Überall erhoben sie sich aus dem roten Adergeflecht. Der Rhythmus des pulsierenden Stampfens, das an ein schlagendes Herz erinnerte, hatte sich zwischenzeitlich derart gesteigert, dass es zu einem Vibrieren des Bodens geworden war, das auf dem Burghof kleine Risse im Gestein entstehen ließ.

Aggr und Paggr gingen auf das Gebirge zu und durchmaßen mit raumgreifenden Schritten das Niemandsland zwischen Feuer und Eis. Überall dort, wo ihre Füße auftrafen, zog sich das rote Adergeflecht zurück.

Mit durchdringendem sirenenartigem Geheul stürzten sich Dutzende von Feuerdämonen auf die beiden Kristallbrüder. Zischend drangen ihre Feuerarme in die eisigen Körper ein und schmolzen große Löcher in sie hinein, aus denen grelle Blitze zuckten.

Die Kristallbrüder schlugen mit ihren eisigen Fäusten um sich. Die letztlich substanzlosen Flammenwesen boten zwar keinen Widerstand, doch jedes Mal, wenn die Pranken der Frostgötter sie trafen, verloren die Feuerdämonen etwas von ihrer Kraft und schrumpften zusammen. Aggr und Paggr schlugen wie Berserker auf sie ein, während sich die Löcher in ihren eigenen eisigen Kristallkörpern allmählich schlossen.

Schließlich zogen sich die Feuerdämonen hinter die erste Linie aus Felsmassiven und Anhöhen zurück und mit ihnen das rote Geflecht, das zuvor noch den Boden des Kampfplatzes durchdrungen hatte.

Aggr öffnete sein Maul, Paggr folgte seinem Beispiel, und weiße Strahlen drangen daraus hervor, die eine raureifartige Schicht über die nahen Felshänge legten. Ein Chor von schmerzerfüllten Schreien war daraufhin zu hören. Die Feuerdämonen wichen noch weiter zurück, während die beiden Frostgötter ihre Feinde regelrecht vor sich hertrieben. Sie folgten den Feuerdämonen in die Berge, erst Aggr, dann Paggr, und aufgrund ihrer gewaltigen Größe erklommen sie mit Leichtigkeit die ersten Höhen und zogen sich an den Felswänden empor, wobei sie immer wieder ihren Eishauch ausspieen.

Dieser Kraft waren die Feuerdämonen nicht gewachsen, und sie nahmen Reißaus. Aggr richtete beide Arme auf die fliehenden Dämonenfeinde, und seine Pranken formten Mäuler, aus denen ebenfalls eisiger Hauch hervorschoss. Feuerdämonen, die davon erfasst wurden, schrumpften zusammen oder lösten sich mit lautem Zischen auf. Die anderen sanken in den Boden ein, wurden wieder Teil des roten Adergeflechts und zogen sich mit diesem zurück. Der dröhnende Herzschlag wurde langsamer, setzte sogar manchmal aus, und zwischen den schroffen Felshängen hallte ächzendes Stöhnen wider.

Gleichzeitig schob sich der Eispanzer am Horizont weiter vorwärts, walzte langsam, aber doch beständig voran. Schneefall hatte wieder eingesetzt, und die scharfe Wettergrenze zwischen den Einflussbereichen von Feuer und Eis verlagerte sich nach und nach. Wolken bildeten sich an dem zuvor strahlend blauen Himmel über dem Gebirge, und es wurde merklich dunkler.

Gorian starrte zum Schattenbringer empor. »Er bewegt sich!«, flüsterte er ergriffen.

Deutlich war zu sehen, wie sich der Schattenbringer immer mehr vor die Sonne schob, viel schneller als in all den Jahrzehnten zuvor.

»Es ist Morygors Magie!«, empfing Gorian Sheeras Gedanken.

Und im nächsten Moment spürte er eine magische Schwingung. Sie ging von seinem auf den Rücken geschnallten Schwert Sternenklinge aus und auch von seinem Dolch, den er Rächer getauft hatte.

Er sah Torbas an und erkannte an seinem Blick, dass auch dessen Schwert Schattenstich die Schwingungen ausstrahlte.

»Unsere Waffen sind aus Sternenmetall, Torbas«, erklärte ihm Gorian. »Da besteht offenbar noch immer eine Verbindung mit dem Schattenbringer, aus dessen Metall sie geschmiedet wurden.«

»Was geschieht hier, Gorian?«, fragte Torbas atemlos.

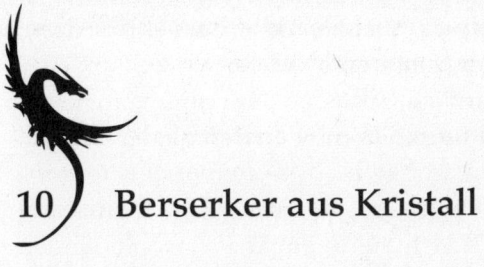

10) Berserker aus Kristall

Gorian, Sheera und Torbas folgten Meister Thondaril auf den höchsten Turm von Felsenburg, um einen besseren Überblick zu bekommen. Wieder ließ Thondaril die Linsen entstehen. Eine schimmernde Wand hatte sich hinter der dritten Gebirgskette gebildet, und auch in den anderen Gebieten befand sich das Feuergeflecht auf dem Rückzug. Der Herzschlag des glutroten Adergeflechts war nur noch ganz leise wie aus weiter Ferne zu hören.

Gleichzeitig walzte der Eispanzer aus Nordosten heran. Auch wenn er längst nicht so hoch war und bedrohlich wirkte wie in jenen Gebieten, in denen die Magie Morygors mehr Feuchtigkeit aus dem Boden ziehen und zu Eis gefrieren lassen konnte, so war es doch allenfalls noch eine Frage von einem halben Tag, wenn nicht weniger, bis das ganze Gebiet zwischen den Bergen und dem nordöstlichen Horizont zu einer eisigen Ödnis geworden war.

Doch Aggr und Paggr hatten den Kampf gegen die Feuerdämonen keineswegs spurlos überstanden. Als ihr Frosthauch endlich versiegte, waren sie deutlich geschrumpft. Sie reckten die Arme empor, wobei sich die Mäuler in ihren Pranken weit öffneten, und zum ersten Mal sandten sie Gedanken aus, deren Sinn sich Gorian offenbarte. Er verstand zwar nicht, was die Gedankenstimmen der beiden Kristallbrüder sagten, aber es war ihm sofort klar, dass es sich dabei um Zaubersprüche der Caladran handelte.

Strahlen aus Schwarzlicht schossen daraufhin vom Schattenbringer herab und fuhren in die Prankenmäuler der Eisriesen.

Die Kristallwesen wuchsen wieder, gaben grunzende Laute von sich, mit denen sie offenbar ihr Wohlbefinden zum Ausdruck brachten, und ihre bläulich schimmernden Augen leuchteten stärker als zuvor.

Wieder spürte Gorian, dass auch Sternenklinge und der Rächer auf die Kräfte des Schattenbringers reagierten.

Er griff zum Schwert. Sein Instinkt für Gefahren paarte sich in diesem Augenblick mit der Kunst der Vorausahnung, wie sie die Schwertmeister im Kampf zu praktizieren pflegten.

Aggr – der mutigere der beiden Kristallbrüder – richtete die Mäuler an den Enden seiner Arme auf jene Turmspitze, auf der Gorian und seine Gefährten standen.

Gorian stieß einen Kraftschrei aus, richtete das Schwert aus Sternenmetall gerade in dem Moment auf Aggr, als aus dessen Prankenmäulern mit Schwarzlicht gemischter Frosthauch austrat und innerhalb eines Augenaufschlags die gesamte Turmspitze einhüllte. Auf alle hatte diese Magie eine vollkommen lähmende Wirkung.

Auch Gorian wurde von einer Kälte erfasst, wie er sie nie zuvor verspürt hatte. Hinzu kam das Gefühl der Ohnmacht, der Schwäche und des nahen Todes, ähnlich wie er es in jenem Moment empfunden hatte, als er am Speerstein von Orxanor von seinem eigenen Dolch verletzt worden war.

Die Klinge seines Schwertes glühte auf. Er umklammerte den Griff mit beiden Händen, spürte, wie eine unwiderstehliche Kraft an der Klinge riss, und er selbst wurde von dieser Macht emporgerissen und einem Katapultgeschoss gleich auf Aggr zugeschleudert.

Rasend schnell überwand er die Distanz, und als er den Frostgott erreichte, drang Sternenklinge bis ans Heft zischend in das rechte Auge des Kristallriesen ein. Blaues Licht, gemischt mit zuckenden Fetzen aus schwarzen Schatten, zuckte um ihn herum, und goldfarben sprühte es aus dem Stichkanal von Sternenklinge heraus.

Es war die Macht des Schattenbringers, der noch immer mit Gorians Waffe verbunden war, die das Schwert mit unbändiger magischer Kraft angezogen hatte. Das wurde Gorian klar, ohne dass er darüber nachdenken musste. Die düstere Energie, die Aggr in sich hineingesogen hatte, damit sie ihn stärkte, war ihm zum Verhängnis geworden.

Aggr taumelte ein paar Schritte zurück. Aus seinem riesigen Maul mit den bläulich leuchtenden Zähnen knisterten Blitze zu Gorian hinauf, erfassten ihn und ließen ihn zucken.

Gorian versuchte all seine inneren Kräfte zu mobilisieren. Seine Augen waren vollkommen schwarz. Er stieß einen weiteren Kraftschrei aus und ließ mit der Macht seines Geistes Rächer aus der Gürtelscheide schnellen. Der Dolch aus Sternenmetall flog in die Höhe. Ein weiterer Kraftschrei folgte, dazu ein konzentrierter Gedanke, in alt-nemorischer Sprache formuliert ...

... und Aggrs Kristallkopf platzte auf!

Ein breiter Strahl aus Schwarzlicht drang daraus hervor, traf den sich in der Luft drehenden Dolch und wurde von diesem hinauf zum Schattenbringer gelenkt.

Der Kristallriese begann zu zittern, machte noch einen taumelnden Schritt zurück, fiel dann krachend auf den Rücken, und der schwarze Strahl aus seinem Kopf versiegte.

Alle Kraft kehrt zu ihrem Ursprung zurück. Gorian erinnerte sich an dieses Axiom des Ordens, das ebenfalls dem Ersten Meister zugeschrieben wurde.

Rächer schwebte noch immer in der Luft, allen Naturgesetzen zum Trotz, drehte sich um sich selbst und glühte auf. Dann richtete sich die Spitze nach unten, und er schoss plötzlich mit einer Wucht in die Tiefe, die ebenso gegen die Fallgesetze verstieß wie die scheinbare Gewichtslosigkeit des Dolchs zuvor. Gorian konnte sich gerade noch zur Seite rollen, bevor sich Rächer genau dort in den Kristallkörper des Frostgottes bohrte, wo er gerade noch gelegen hatte.

Zitternd blieb die Waffe stecken, die Gorian zweifellos durchbohrt hätte, hätte er sich nicht schnell genug in Sicherheit gebracht, und zwar genau an der Schulter, an der ihn der Dolch bereits während des Kampfes am Speerstein verletzt hatte. Nur die schwertmeisterliche Kunst der Vorausahnung hatte Gorian davor bewahrt.

Alle Kraft kehrt zu ihrem Ursprung zurück ... Offenbar galt dieses Axiom auch in diesem Falle.

Gorian griff nach dem Dolch und zog ihn ebenso wie Sternenklinge aus dem Körper des regungslos daliegenden und all seiner Existenzenergie beraubten Kristallriesen. Das blaue Leuchten des noch intakten rechten Auges war erloschen. Und auf einmal begann Aggr zu schmelzen, die Oberfläche seines Körpers wurde feucht und rutschig.

Gorian steckte sein Schwert ein und benutzte Rächer wie einen Eispickel, um von dem gewaltigen Kristallkörper hinabzusteigen. Selbst mit magischer Unterstützung war das ziemlich heikel, und schließlich rutschte er aus und fiel von Aggrs eckigem Kristallkopf auf den steinigen, von einer dünnen Schicht aus Eis und Schnee bedeckten Boden.

Es gelang ihm, den Sturz mit Magie abzufedern, sodass er mit ein paar blauen Flecken davonkam.

Er rappelte sich wieder auf, seine Augen verloren ihre Schwärze.

»*Gorian!*«, empfing er Sheeras Gedanken.

»*Alles in Ordnung!*«, sandte er ihr zurück.

Ein lautes Brüllen ließ ihn aufblicken.

Dutzende von Katapulten nahmen den zweiten der Kristallbrüder unter Beschuss. Der als vorsichtiger und bedächtiger geltende Paggr hatte sich wohl zunächst einige Augenblicke sammeln müssen, nachdem er gesehen hatte, was seinem Bruder widerfahren war.

Nun wurde er mehrere Riesenschritte zurückgedrängt, denn die Katapulte verschossen glühende Metallkugeln, die zischend in den Kristallkörper schlugen. Ganze Stücke wurden aus dem eisigen Leib herausgesprengt.

Gorian spürte sofort, um welches Material es sich bei den Geschossen handelte: Die besondere Aura von Sternenmetall war unverkennbar. Zudem waren die Kugeln von den Bewohnern von Felsenburg magisch aufgeladen worden. Der Namenlose Renegat musste es Oras Bans Männern beigebracht haben, damit sie sich auf diese Weise verteidigen konnten.

Lag die Ruhe, die der Namenlose Renegat trotz der Bedrohung an den Tag gelegt hatte, vielleicht in dem Wissen begründet, wie gut Felsenburg auf einen Angriff seitens der Feuerdämonen und des Frostreichs vorbereitet war?

Weder den Verteidigern von Ameer noch denen der Ordensburg war es trotz des Einsatzes von Magie gelungen, Morygors Horden für längere Zeit standzuhalten. Aber vielleicht war die Caladran-Magie des Namenlosen Renegaten ja stärker.

Gorian suchte hinter dem schmelzenden Körper des toten Kristallriesen Schutz, während weitere magisch aufgeladene Geschosse hoch über ihn hinwegpfiffen und Paggr trafen.

Doch nun war Paggrs berserkerhafte Wut geweckt, er öffnete sein riesiges Maul und hob gleichzeitig die Arme, an deren Pranken sich wieder Mäuler bildeten, und entließ den tödlichen Eishauch.

In Kürze bildete sich eine Eisschicht an der Paggr zugewandten Seite des Massivs von Felsenburg. Die Menschen an den Zinnen erstarrten augenblicklich zu Eis, die Schießhöhlen, in denen die Katapulte standen, wurden von dicken Frostschichten verschlossen, und auch jene Katapulte, die auf den Wehrgängen im Freien standen, würde man für einige Zeit nicht mehr einsetzen können, da ihre Mechanismen vereisten.

Paggr stieß einen dröhnenden, trompetenden Laut aus, eine Mischung aus Wut- und Triumphgeheul. Durch die Katapulttreffer hatte er an Substanz verloren und war noch mehr geschrumpft. Dennoch war er weiterhin riesig.

Gorian kauerte noch immer hinter Aggrs leblosem Kristallkörper, der allerdings schon seine eckigen Konturen verloren hatte und weiter zusammenschmolz. Der Ordensschüler schlich zum Fuß des toten Eisriesen und spähte zu der Felsensäule, deren eine Seite vollkommen von einer dicken Eisschicht überzogen war. Der Feuerkreis, der Felsenburg hatte schützen sollen, war gegen Paggrs Frosthauch wirkungslos, die Flammen waren kaum noch zu sehen, der Kreis selber geschrumpft.

Paggr richtete den Blick seiner blau leuchtenden Augen auf den schmelzenden Leichnam seines Bruders – und sah auf einmal Gorian!

Der Kristallriese stieß einen Wutschrei aus, und erneut erreichte Gorian ein Schwall von Gedanken. Diesmal aber waren sie geordneter, Gedanken, in denen sich Trauer, Wut und blanker Hass auf eine Weise mischten, die von menschlichen Empfindungen nicht weit entfernt waren.

Paggr kniete neben dem immer mehr zerfließenden Körper seines Bruders nieder.

»Aggr! Mein Bruder! Ermordet!«

Er berührte ihn mit der rechten Pranke, woraufhin sie mit Aggrs Kristallkörper verschmolz. Es knisterte, Blitze zuckten, und die kristallinen, eckigen Formen Aggrs stellten sich teilweise wieder her, zerflossen aber kurz darauf erneut. Selbst die Augen leuchteten noch einmal kurz bläulich auf, verloschen jedoch gleich wieder.

Da war einfach keine Lebenskraft mehr in Aggr. Sein eisiger Körper war entseelt, und so viel Magie sein Bruder auch in den toten Körper sandte, er konnte den verloschenen Lebensfunken nicht wieder zünden.

Seine Aufmerksamkeit wandte sich Gorian zu.

»Du Wurm! Mörder!«

Es hätte nicht einmal jener besonderen Art der Vorahnung bedurft, wie sie im Haus des Schwertes gelehrt wurde, um den Angriff des Kristallriesen vorauszusehen. Paggr öffnete das Maul, aber noch ehe sein Frosthauch Gorian erfasste, hatte dieser Sternenklinge hervorgerissen und einen Abwehrzauber gerufen. Er ließ die Klinge wie einen Fächer wirbeln, wobei sie eine bläuliche Spur hinter sich herzog, die sich für einen kurzen Moment zu einem durchsichtigen schimmernden Schirm aufspannte und Paggrs Frosthauch abfing.

Paggr brüllte auf, als er erkannte, dass sein Angriff abgewehrt worden war, und er überschüttete Gorian mit einem so heftigen Schwall von Hassgedanken, dass dieser Mühe hatte, sich gegen ihren bedrängenden Einfluss zu wehren.

Dann spie der Frostgott einen weiteren Eishauch aus, heftiger und kälter als der erste. Zwar gelang es Gorian, auch diesen mittels Magie abzuwehren, aber die pure Kraft, mit der der Eiswind auf den bläulich schimmernden Schirm traf, schleuderte den Ordensschüler fast zwanzig Schritt zurück.

Gorian rollte sich über die Schulter ab, rappelte sich auf und stand im nächsten Moment wieder da, Sternenklinge in der Rechten. Er konzentrierte seine Kräfte. Einen Augenblick lang überlegte er, Rächer oder Sternenklinge nach Art der Schwertmeister gegen seinen Gegner zu schleudern, aber er verwarf den Gedanken schnell wieder. So würde er ein Wesen wie Paggr nicht besiegen können, zumal er diesmal nicht wie bei Aggr die Kräfte des Schattenbringers gegen denjenigen richten konnte, der sie gerufen hatte.

Aber was war, wenn er diese Kraft selbst zu rufen versuchte? Warum sollte ihm das nicht gelingen? Schließlich waren seine Waffen aus dem Metall des geheimnisvollen düsteren Himmelskörpers geschmiedet. Der Kampf gegen Aggr hatte bewiesen, dass er stark genug war, die Kräfte des Schattenbringers immerhin zu lenken.

Gorian konzentrierte seine magischen Sinne auf den Schattenbringer und richtete Sternenklinge in den Himmel. Er spürte ein Vibrieren, das den Stahl der Klinge durchlief, sich über seine Hände, die den Griff umfassten, fortsetzte und schließlich Arme und Schultern erfasste.

Er begann zu zittern. Seine Augen waren von Schwärze erfüllt, aber diesmal tränte ihm die Finsternis sogar als dunkles Blut aus Augen, Nase und Ohren. Gleichzeitig spürte er einen höllischen Schmerz an jener Stelle, wo ihn Rächer im Kampf am Speerstein verwundet hatte. Wahrscheinlich war die Wunde gerade wieder aufgebrochen.

Die Verbindung zum Schattenbringer war allerdings nur schwach, und Gorian wurde von Verzweiflung gepackt. Ihn schwindelte. Alles begann sich vor seinen Augen zu drehen. Offenbar hatte er seine Kräfte überschätzt.

Oder wusste er einfach nicht, wie er sie in diesem Fall wirkungsvoll anwenden musste?

Es blieb ihm keine Zeit mehr, darüber lange nachzudenken. Paggr war so von Wut ergriffen, dass er vollends zum tobenden Berserker wurde. Er stieg über seinen schmelzenden toten Bruder hinweg, sackte in die Knie, und wie ein gewaltiger Hammer sauste seine zur Faust geballte Pranke herab und krachte auf den Boden. Um ein Haar hätte sie Gorian zermalmt. Nur mit knapper Not gelang es ihm, sich rechtzeitig zur Seite zu werfen.

Ein weiterer Schlag folgte, Gorian taumelte davon, nur die Ordenskunst der unmittelbaren Voraussicht rettete sein Leben.

Die Arme des Frostgottes wuchsen an und wurden derart lang, dass Paggr wie ein Zerrbild seiner selbst aussah. Während Gorian davonhetzte und den Schlägen immer wieder ganz knapp ausweichen konnte, setzte ihm der Kristallriese nach, versuchte auch, Gorian unter seinen stampfenden Füßen zu zertreten, doch seine Angriffe waren leicht vorhersehbar, und allein diesem Umstand hatte es Gorian zu verdanken, dass er noch lebte.

»*Zerquetschen werde ich dich, Mörder!*«

Je wütender Paggr wurde, desto schlechter waren seine Schläge gezielt.

Gorian hatte sich bei seiner Flucht immer mehr dem Flammenkreis genähert, den der Maskierte entzündet hatte. Er fragte sich, ob es ihm wohl möglich war, den Feuerkreis einfach zu durchschreiten. Aggr hatte dies versucht und nicht geschafft, aber Gorian war kein magisches Wesen wie die Frostgötter.

Er verharrte dicht vor dem Flammenkreis. Der Kristallriese sank auf alle viere nieder und näherte sich ihm wie eine Katze auf der Jagd. Er bewegte sich langsam und hob die rechte Faust, in der sich gleichzeitig ein Maul und zwei Augen bildeten. Außerdem wuchsen ihm zusätzliche Arme aus dem Leib, manche lang und dünn und mit Spitzen an den Enden. Sie wirkten wie Schlangen aus Eis, und Paggr ließ sie peitschengleich über den Boden schnellen.

Eine davon erwischte Gorian, wickelte sich um seine Beine und riss ihn von den Füßen. Paggr zog ihn zu sich heran.

Doch Gorian durchschlug den eisigen Schlangenarm mit seinem Schwert und befreite sich rasch von jenem Stück, das sich wie eine Fessel um seine Beine geschlungen hatte. Es war nicht weiter schwer, es loszuwerden, denn es schmolz bereits.

Dann richtete Gorian das Schwert gegen den Kristallriesen und konzentrierte noch einmal alle Magie, die er noch in sich wachrufen konnte, in das Metall der Klinge.

Alle Kraft in einen einzigen Moment legen, das war die wahre Kunst der Schwertmeister. Mit der Macht seines Geistes erfasste er die Katapultgeschosse aus Sternenmetall, die überall in der weiteren Umgebung umherlagen, hob sie vom Boden und ließ sie durch die Luft schnellen, wie er es ansonsten mit seinem Schwert oder dem Dolch tat.

Dutzendfach durchschlugen die Metallkugeln den Körper des kristallenen Frostgottes, wobei sie aufglühten und auf absurden Flugbahnen wieder zurückkehrten, um den Eisriesen erneut zu traktieren. Ein paar trafen auch den Sockel der Felsensäule und sprengten ganze Stücke aus dem Gestein. Der Flammenkreis um Felsenburg konnte sie nicht abfangen. Das magische Feuer reagierte zwar, indem die Flammen deutlich sichtbarer aufloderten, aber mehr geschah nicht.

Paggrs Eiskristallkörper wurde von den magisch aufgeladenen Geschossen regelrecht zerschlagen und lag schließlich zerschmettert am Boden.

Aber seine Augen leuchteten noch, die Krater in seinem Kristallleib begannen sich wieder zu schließen, und abgeschlagene Stücke bildeten sich nach.

Gorian musste den Lebensfunken dieses Gottes ebenso auslöschen, wie es ihm bei Aggr gelungen war. Eine zweite Gelegenheit würde er nicht erhalten. Wenn er zu lange zögerte und sich der Eisriese wieder erholte, war alles vergebens.

Gorian fühlte seine Schwäche. Die letzte Attacke gegen seinen Gegner hatte ihm alles abverlangt. Da war keine innere Kraft mehr in ihm. Er konnte sie zumindest nicht spüren, was ihn zutiefst erschreckte, denn diese besonderen Kräfte hatten von Beginn an sein Leben geprägt.

Er entsann sich wieder an jenen Moment, als er im Alter von zwei Jahren im Boot seines Vaters erwacht war und die Augen geöffnet hatte. Die erste Erinnerung seines Lebens, der Moment, in dem alles begonnen hatte. Nur Augenblicke später hatte er den Angriff eines fliegenden Fisches vorhergesehen.

Er hatte damals natürlich nicht gewusst, welch besonderer Natur die Kräfte waren, die in ihm schlummerten. Zu selbstverständlich waren sie für ihn gewesen, zu sehr ein Teil seines innersten Selbst.

Und nun schienen sie fort zu sein. Nicht einmal ein magischer Sinn schien noch vorhanden.

Gorian stand wankend und zitternd da und sah hilflos zu, wie sich der darniederliegende Frostgott wieder zusammenfügte und erholte.

Das durfte nicht geschehen, dachte er voller Verzweiflung und sank auf die Knie.

Im entscheidenden Moment ohne die Macht, das zu tun, was richtig war ...

Wie übel musste es das Schicksal mit ihm meinen, wenn dies seine Bestimmung sein sollte.

In diesem Augenblick bemerkte er eine Bewegung aus den Augenwinkeln. Er wandte den Kopf und sah, wie sich eine Gestalt aus dem grauen Stein der Felsensäule schälte. Da anscheinend selbst Gorians Gedanken von einer lähmenden Schwäche befallen waren, dauerte es einen Moment, bis er begriff, dass es sich um den Maskierten handelte.

Der Unheimliche zog ein Schwert und murmelte eine Beschwörung, woraufhin der Flammenkreis auf einer Länge von etwa einem Dutzend Schritt verlosch. Der Maskierte schritt durch die entstandene Lücke und näherte sich dem noch lebenden Kristallbruder. Sein Breitschwert wurde wieder zur Flammenklinge, und mit dieser berührte er Paggrs eisigen Schädel.

Der Frostgott schrie noch einmal auf und sandte einen Schwall Hassgedanken aus, die Gorian schmerzhaft im Kopf dröhnten, da er sich nicht mehr dagegen abschirmen konnte. Gleichzeitig schmolzen Paggrs Überreste, und es dauerte nur Augenblicke, dann war nichts mehr von ihm vorhanden.

Das Flammenschwert des Maskierten verwandelte sich in eine breite Klinge zurück. Er steckte die Waffe ein und drehte sich zu Gorian um.

Dieser wollte etwas sagen, doch ein dicker Kloß verstopfte ihm die Kehle, und so war er nicht in der Lage, einen einzigen Ton hervorzubringen.

Auch der Maskierte sagte kein Wort, sondern deutete nur auf die Felsensäule. Dann durchschritt er wieder die Lücke im Flammenkreis und wiederholte seine Geste. Offenbar sollte Gorian ihm folgen, wohin auch immer.

Seine Beine waren schwer, so als wären sie mit Blei gefüllt. Er steckte Sternenklinge zurück in die Rückenscheide und wandte den Blick zum Horizont, von wo sich der Eispanzer immer näher heranschob.

Heute Abend, dachte er. Heute Abend würden die Horden Morygors Felsenburg erreichen, und wenn das Eis selbst die Felsensäule nicht niederriss, würden es die Leviathane tun.

Er folgte dem Maskierten, und nachdem er die Lücke im Flammenkreis durchschritten hatte, schloss sie sich wieder. Der Maskierte stand vor dem Felsen und schien auf Gorian zu warten.

Gorian zögerte. »Und wie geht es jetzt weiter? Du scheinst ja durch Gestein gehen zu können, aber ich wüsste nicht, dass dies je einem Angehörigen des Ordens möglich gewesen wäre.«

Der Maskierte bedeutete Gorian näher zu kommen und ergriff dessen Hand. Ein Blitz zuckte aus der des Maskierten und tauchte Gorian in eine Aura aus golden schimmerndem Licht.

Noch ehe Gorian sich versah, zog ihn der Maskierte einfach in den Felsen hinein, ohne dass das massive Gestein irgendeinen Widerstand bot.

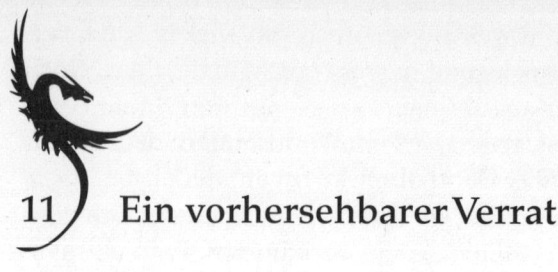

11 Ein vorhersehbarer Verrat

Gorian sah für einige Augenblicke nichts als hin und wieder aufblitzende Lichter in den unterschiedlichsten Farben und ansonsten tiefe Schwärze.

Die Fähigkeit des Maskierten, feste Materie zu durchschreiten, schien mit der Schattenpfadgängerei verwandt zu sein. Vielleicht war der Maskierte sogar ein Schattenpfadgänger, auch wenn er seine Kunst auf andere Weise anwendete, als dies im Haus der Schattenmeister üblich war. Womöglich benutzte er dafür Caladran-Magie, und Gorian fragte sich für einen Moment, ob er nicht vielleicht sogar ein Caladran war. Aber die fein nachgezeichneten Gesichtszüge der Maske deuteten eher auf einen Menschen hin.

Letztlich verstand Gorian nicht genug von der Magie der Caladran, um sie zweifelsfrei als solche erkennen zu können.

Schließlich fand er sich in einem dunklen Höhlengewölbe wieder. Lampen sorgten für flackerndes Licht, und Gorian roch den charakteristischen Duft von Caladran-Öl. Regale bedeckten ringsum die Wände und reichten bis an die Höhlendecke. Sie waren mit dicken, in wertvolles Leder gebundenen Folianten und Schriftrollen gefüllt. Offenbar befand er sich in einem Bibliotheksgewölbe, auch wenn es sich um einen anderen Raum handelte als jenen, in dem er mit seinem Meister und seinen Mitschülern dem Namenlosen Renegaten begegnet war.

Der Maskierte befand sich immer noch an seiner Seite, hatte seine Hand aber losgelassen und machte erneut eine Geste, mit der er Gorian aufforderte, ihm zu folgen. Seine Hände steckten in Handschuhen, die in dem gedämpften Licht metallisch schimmerten. Sie schienen aus dem gleichen Material zu bestehen wie die messingfarbene Maske und der Harnisch. Gorian hatte bisher nicht darauf geachtet, aber ihm fiel auf, dass der kleine Finger an beiden Händen dicker war als der Ringfinger.

Sie traten in einen weiteren Raum, und sogleich vernahm Gorian die Stimme des Bibliothekars: »Da bist du ja endlich!«

Um in den Raum zu gelangen, waren sie durch einen schweren Vorhang getreten. Allerdings war es Gorian beim Durchschreiten kurz so vorgekommen, als wäre der Vorhang in Wahrheit eine schwere Tür aus Eisen oder gar eine Felswand. *Illusionszauber nach Art der Caladran*, glaubte er den Grund für diese Irritation zu erkennen. *Unwirksam für den geschulten Geist…*

»Sei dir dessen niemals zu sicher«, widersprach der Namenlose Renegat. Es gefiel Gorian nicht, dass sein Gegenüber nicht nur ungefragt, sondern auch noch unbemerkt in seine Gedanken eindringen konnte. Doch auch auf diese ärgerliche Regung antwortete der Bibliothekar sogleich. »Es ist keine Zeit für unnötige Höflichkeit oder Rücksichtnahme auf deine Empfindlichkeiten. Die Zukunft bildet sich, und der Strom des Schicksals fließt manchmal nicht in sein eigentlich vorherbestimmtes Bett, sondern sucht sich einen eigenen Weg.«

»Sagt mir, was Ihr von mir wollt!«, erwiderte Gorian schroffer als eigentlich beabsichtigt.

Der Namenlose Renegat hatte die Kapuze seiner Kutte nach hinten geschlagen. Sein Caladran-Gesicht wirkte ernst, und dem intensiven Blick seiner schräg gestellten Augen war etwas Falkenhaftes eigen. »Mit deiner Magie hast du zwei Wesen besiegt, in denen die Menschen des Nordens Götter sahen, obwohl sie in Wirklichkeit nichts weiter waren als groteske Monstren, denen das Schicksal sterblicher Wesen vollkommen gleichgültig war.«

»Das scheinen Aggr und Paggr mit den Caladran gemein gehabt zu haben«, konnte sich Gorian eine spitze Bemerkung nicht verkneifen. Diplomatie war etwas anderes, aber zumindest in einem Punkt stimmte er dem Namenlosen Renegaten zu: Für Höflichkeiten und Rücksichtnahmen war keine Zeit mehr. Die Lage war mehr als bedrohlich, daran änderte auch die Vernichtung der beiden Kristallbrüder nichts. Ein Aufschub war alles, was ihnen der Sieg eingebracht hatte, und der war zu einem sehr hohen Preis erkauft worden: vollkommene magische Schwäche.

»Diese Schwäche geht vorüber«, versicherte der uralte Caladran-Renegat. »Du glaubst, dass dein Talent nicht mehr vorhanden wäre, aber das stimmt nicht.«

»Warum spüre ich es dann nicht?«

»Du durchschaust die einfachen Illusionen der Caladran-Magie. Das sollte dir Beweis genug sein, dass es stimmt, was ich sage. Deine Kräfte sind noch vorhanden, aber du hast im Augenblick keinen bewussten Zugriff darauf. Es beunruhigt dich, dass du deine innere Kraft plötzlich nicht mehr spürst, dass du auf magischer Ebene taub und blind scheinst, und du vermisst die Gedankenverbindung zu diesem Mädchen, das in deiner Begleitung war, als wir uns das erste Mal trafen. Vor allem machst du dir Sorgen um deine Gefährten, fragst dich, ob der Eishauch der Kristallbrüder sie ausgelöscht hat. Aber deine Sorgen sind unbegründet, denn keiner deiner Begleiter ist ohne magisches Potenzial, sodass sie sich schützen konnten.«

Gorian schluckte. »Da Ihr in meinen Gedanken lesen könnt wie in einem offenen Buch, was wollt Ihr dann noch mit mir besprechen? Wieso hat mich Euer maskierter Bewacher hergebracht? Was wollt …«

Ein Scheppern ließ Gorian verstummen. Es folgte ein Laut, der wie ein Todesröcheln klang und dann erstarb.

Gorian ging an dem Namenlosen Renegaten vorbei auf ein Stück Felswand zu, das seine Aufmerksamkeit erregte, weil es nicht von Regalen verdeckt war. Im nächsten Moment zeigte sich ihm ein offener Durchgang in einen weiteren Raum. Und ganz schwach spürte er auch wieder seine Magie, die er schon verloren geglaubt hatte.

Der Durchgang führte in einen weiteren Bibliotheksraum, der allerdings deutlich kleiner war als diejenigen, die Gorian bisher betreten hatte.

Der Diener, der Gorian und seine Begleiter am Tag ihrer Ankunft in Felsenburg in die Bibliotheksgewölbe geführt hatte, saß vollkommen erschlafft auf einem Stuhl aus dunklem Ebenholz. Nur die verzierten Armlehnen hinderten seinen Körper daran, von der Sitzfläche zu rutschen. Die starren Augen ließen keinen Zweifel, dass er nicht mehr lebte – und der messingfarbene Kelch, der zu Boden gefallen war, schien die Ursache dafür zu sein. Reste eines Caladran-Tranks waren herausgespritzt.

»Was bedeutet das?«, fragte Gorian den Namenlosen Renegaten, der ihm mit dem Maskierten gefolgt war.

»Nichts. Er wusste, dass er uns auf unsere Reise nicht begleiten kann, und hat es deshalb vorgezogen, den Trank des Ewigen Schlafes zu sich zu nehmen. Dieser Trank enthält genug Magie, um zu verhindern, dass er zu grausigem Scheinleben wiedererwacht wie all die anderen, die in den Einflussbereich des Frostreichs geraten.«

»Unsere Reise?«, fragte Gorian. »Von was für einer Reise sprecht Ihr?«

Der Namenlose deutete auf eine Kiste, die aus demselben messingfarbenen Metall bestand wie Maske und Harnisch seines überwiegend stummen Wächters. »Mein Diener war so freundlich, alles dort hineinzupacken, was wir zu den Inseln der Caladran mitnehmen müssen.«

Gorian starrte auf den Leichnam des Dieners, der sich rapide veränderte und innerhalb weniger Augenblicke um Jahrzehnte alterte. Die Haut wurde faltig und erinnerte an brüchiges Pergament, die Haare wurden schlohweiß, und schließlich saß ein dem Aussehen nach hundertjähriger Greis auf dem Stuhl vor Gorian. Doch der Verfall schritt noch weiter fort, die pergamentartige Haut platzte auf, darunter kamen bleiche Knochen zum Vorschein, doch selbst die zerfielen zu Staub.

»Dies ist ein magischer Ort mit einer ganz besonderen Aura«, sagte der Namenlose Renegat. »Ich habe ihn mit Bedacht gewählt, um hier die gestohlenen magischen Schriften aufzubewahren. Keine dieser Schriften soll schließlich verschimmeln oder auf andere Weise Schaden nehmen. Mit Unterstützung der Caladran-Magie und der Heilkunst lässt sich die Aura Felsenburgs dafür nutzen, Dinge zu erhalten, und zwar weit über ihre Zeit hinaus, gleichgültig ob Schriften, Seelen oder Körper.«

»Ihr habt Euch eine Horde untoter Diener herangezüchtet, deren Zeit längst vorbei war!«, hielt Gorian dem Namenlosen Renegaten erschüttert vor. »Allen voran Oras Ban, den Königlichen Verwalter!«

»Ich gab ihnen Leben, sie mir ihre Loyalität. Willst du behaupten, das wäre kein ehrlicher Handel gewesen?«, entgegnete der Namenlose Renegat, wobei ein mattes Lächeln um seine dünnen Lippen spielte. »Abgesehen davon hätte ich mich nur ungern auf eine lange Reihe entscheidungsschwacher gryphländischer Könige verlassen, von denen gewiss ein halbes Dutzend bereit gewesen wäre, mich oder meine Schriften oder beides für Gold oder Einfluss den Caladran auszuliefern oder sonst wem zu verschachern.«

»Ich verstehe«, murmelte Gorian. »Und jetzt lasst Ihr Eure Gefolgsleute zum Sterben zurück.«

»Ich habe keine Wahl«, erwiderte der Namenlose Renegat. »Ich würde nicht so handeln, gäbe es eine andere Möglichkeit. Und davon abgesehen hat jeder von ihnen – Oras Ban eingeschlossen – mehr Leben bekommen, als ihm die Natur jemals zugestanden hätte. Manche von denen, die hier als Wachen dienen, waren todkrank oder schwer verletzt, doch ich habe sie geheilt und ihre Leben über das natürliche Maß hinaus verlängert. All jene, die ich jetzt zurücklasse, sollten mir dankbar sein, doch Dankbarkeit ist nicht die Stärke des Menschenvolks. Sie sind unersättlich und schwach, und beides macht sie anfällig für Wesen mit stärkerem Willen.«

»Wesen wie Morygor«, sagte Gorian.

»Ich sehe, du verstehst mich, obwohl ich das aufgrund deiner Jugend kaum für möglich hielt.«

»Es ist nicht leicht, der Aura Morygors zu widerstehen, wie ich aus eigener Erfahrung weiß«, gestand Gorian ein.

»Ja, und nun frage dich selbst einmal, ob du diesem Einfluss hättest widerstehen können, hätte man dich vor die Wahl zwischen Weiterexistenz und Tod gestellt.« Der Namenlose trat an Gorian heran und sah ihn mit stechendem

Blick an. »Die Wahrscheinlichkeiten der Schicksalslinien verändern sich. Wege, die sich vor kurzem sehr deutlich abzeichneten, verlieren sich im Nebel. Vielleicht ist es die Kraft Morygors, die dies bewirkt. Er beeinflusst den Schattenbringer, aber vielleicht beeinflusst der Schattenbringer auch die Ereignisse auf Erdenrund. Hör mir gut zu, wir müssen aus Felsenburg fliehen, denn Oras Ban wird sich mit großer Wahrscheinlichkeit auf die Seite unserer Feinde schlagen.«

»Seid Ihr sicher?«, fragte Gorian.

»Wenn er es nicht tut, dann jemand aus seinem unmittelbaren Umkreis, davon bin ich überzeugt. Morygor kann ihnen genau das geben, wonach sie dürsten: Leben!«

»Aber das ist kein wirkliches Leben«, gab Gorian zu bedenken. »Es ist die Scheinexistenz der Untoten.«

»Es ist mehr, als ich ihnen bieten kann, Gorian.« Der Namenlose deutete wieder auf die Metallkiste und hob sie mit seiner Magie vom Boden. »Das hier muss in die Greifengondel, mit der ihr gekommen seid. Wir müssen uns beeilen, denn die Verräter werden sich in Kürze entscheiden, auf Morygors Seite zu wechseln.«

Der Namenlose Renegat erkannte die Möglichkeiten der Zukunft offenbar auf ähnliche Weise wie Morygor. Allerdings bezweifelte Gorian, dass er es in dieser Kunst annähernd zu jener Meisterschaft gebracht hatte, wie sie der Herr der Frostfeste erlangt hatte.

»Wie weit und wie sicher seht Ihr die Zukunft voraus?«, fragte Gorian nach einigem Zögern.

»Was Oras Ban angeht verdichtet sich alles auf eine einzige Wahrscheinlichkeit, so wie alle Flüsse einem großen Strom und schließlich dem Meer zufließen, auch wenn sie auf dem Weg dorthin manchmal über die Ufer treten und ihr Bett verändern.«

Der Namenlose Renegat ließ die messingfarbene Metallkiste ein Stück durch den Raum schweben und übergab sie dann mit einer Handbewegung dem Einfluss des Maskierten. Die beiden verständigten sich anscheinend stumm über ihre Gedanken, allerdings ohne dass Gorian davon etwas mitbekam. Er versuchte mithilfe seiner magischen Sinne zu erspüren, was genau sich in der Metallkiste befand, aber die Alte Kraft ließ ihn im Stich, er spürte nichts.

»Das liegt nicht an dir«, erklärte der Namenlose und beweis damit erneut, wie genau er Gorians Gedanken verfolgte. »Die Truhe schirmt ihren Inhalt vollkommen ab – zu ihrem eigenen Schutz und zu dem aller Unbedarften, die mit ihr in Berührung kommen.«

»Was ist da drin?«, verlangte Gorian zu wissen. »Welche Schriften und welche Art von Magie?«

»Auch wenn dein Meister dir seinerseits etwas voreilig den Rang eines Meisters verleihen wollte, bist du noch lange nicht so weit, das zu verstehen.«

Es versetzte Gorian einen Stich, dass der Namenlose sogar davon wusste. Er hatte nicht einmal Sheera oder Torbas davon erzählt.

Der Maskierte berührte die schwebende Kiste mit der flachen Hand. Eine Lichterscheinung flackerte kurz auf, und für einen Herzschlag lang schien es, als würde sein metallisch schimmernder Handschuh anfangen zu brennen. Die Truhe haftete daraufhin an seiner Handinnenfläche. Er trat auf ein Stück freie Felswand zu und verschwand darin, und die Truhe mit ihm.

»Er bringt unser wichtigstes Gepäckstück zu eurer Greifengondel«, erklärte der Namenlose Renegat.

»Ihr scheint das Einverständnis aller Beteiligten vorauszusetzen«, stellte Gorian missbilligend fest.

»Weder du noch deine Gefährten haben eine Wahl. Und genau darüber wirst du sie jetzt informieren.«

»Aber ...«

»In Eurer primitiven menschlichen Spielart der Magie pflegt ihr eine Kunst, die ihr das Handlichtlesen nennt.«

»Gegenwärtig bin ich nicht in der Lage, meine Magie gezielt einzusetzen«, erinnerte ihn Gorian.

»Ich werde dir helfen.« Er trat an Gorian heran und legte seine Hand auf den Kopf des Ordensschülers, der auf einmal unkontrolliert zu zucken und zu zittern begann. Er hatte das Gefühl zu fallen und empfand einen furchtbaren Schmerz, der sich aber dann zu etwas anderem wandelte.

Kraft ...

Der Namenlose nahm die dürre Caladran-Hand wieder fort. »Und nun verliere keine Zeit mehr!«

Gorian fügte die Handkanten zusammen, sodass seine Hände wie ein geöffnetes Buch wirkten. Ein Licht entstand, und Gorian spürte Erleichterung, als er das Gesicht von Thondaril sah.

Zugleich empfing er einen Gedanken Sheeras.

»Endlich! Was ist geschehen? Du warst wie tot und ...«

Abrupt brach die Gedankenbotschaft ab – ebenso wie die Handlichtverbindung zu Thondaril.

Stattdessen erreichten Gorian Bilder, die direkt in seinem Kopf entstanden. Er sah durch Sheeras Augen, wie Oras Ban und ein Dutzend Wachen seine Gefährten mit gezogenen Waffen in die Enge trieben. Sie befanden sich auf dem höchsten Turm Felsenburgs. Torbas und Thondaril rissen augenblicklich ihre Klingen hervor und nahmen Kampfhaltung ein, wie sie im Haus des Schwertes gelehrt wurde.

»Rührt Euch nicht und legt Eure Waffen ab!«, hörte Gorian in seinem Kopf Oras Ban rufen. »Die Armbrüste meiner

Männer sind mit Bolzen aus Sternenmetall geladen, das so behandelt wurde, wie es uns der Namenlose Renegat gelehrt hat! Selbst Eure Magie wird sich dagegen als machtlos erweisen!«

»Ist die Aura Morygors für Euch zu übermächtig, Oras Ban? Oder was treibt Euch zu diesem Verrat?«, rief Thondaril, und sein Sprechstein übersetzte die Worte ins Gryphländische. »Bei der Gleichgültigkeit des Verborgenen Gottes, ich hätte es mir denken können.«

»Ihr würdet mich verstehen, wärt Ihr in meiner Lage!«

»Hört nicht auf die Stimme, die Euch etwas einzuflüstern versucht. Morygor wird seine Versprechen niemals halten!«

»So wie die Dinge stehen, haben wir keine Alternative. Und es ist auch nicht nur die Gedankenstimme Morygors, der ich folge, sondern vor allem der Hoffnung auf ein Weiterleben.«

»Ihr werdet Untote sein!«, hielt Thondaril dagegen.

Oras Ban ging nicht darauf ein, sondern forderte erneut: »Legt Eure Waffen ab. Niemand will Euren Tod. Morygor will nur zwei Dinge: dass die Schriften mit der gestohlenen Magie der Caladran diesen Ort nicht verlassen und dass Gorian stirbt. Für Euch aber gäbe es eine Zukunft.«

Für Augenblicke nahm das Gesicht Oras Bans die Züge Morygors an, als er noch ein junger Caladran gewesen war.

Gorian fiel es in diesem Moment wie Schuppen von den Augen. Morygor nahm schon seit langem Einfluss auf Oras Ban, auch wenn der Königliche Verwalter ihm vielleicht erst jetzt endgültig nachgegeben hatte. Die Langfristigkeit, mit der Morygor die Verzweigungen der Schicksalswege berechnete, war erschreckend, aber genau darin lagen seine Erfolge begründet. Er erkannte Gefahren für sich und seine Herrschaft bereits in einem Stadium, da er ihnen noch mit

Leichtigkeit begegnen konnte, jeder potenzielle Gegner wurde frühzeitig ausgeschaltet. Unter diesen Umständen grenzte es an ein Wunder, dass Gorian noch unter den Lebenden weilte.

»Ich muss ihnen helfen!«, stieß er hervor.

»Komm!«, rief der Namenlose Renegat und ergriff seine Hand. Die seine war eiskalt wie die eines Toten. Offenbar wusste auch er, was sich derzeit auf dem Turm abspielte.

Er zog Gorian mit sich auf jenes freie Stück der felsigen Höhlenwand zu, durch das der Maskierte zuvor verschwunden war. »Das Reisen durch Gestein ist eine leider arg in Vergessenheit geratene, aber sehr praktische Kunst.«

Während sie zusammen durch den Fels traten, sah Gorian wieder durch Sheeras Augen, was auf dem Turm geschah. Ein krächzender Schrei ließ die junge Ordensschülerin den Blick heben. Über dem Turm war ein geflügeltes Wesen erschienen, das sich schattenhaft gegen den grau gewordenen Himmel abhob.

Gorian erkannte in ihm sofort Ar-Don, auch wenn der Gargoyle diesmal eine vollkommen schwarze Färbung angenommen hatte.

Er stürzte herab und stieß dabei einen durchdringenden Schrei aus, in dem sich ein Schwall hasserfüllter, mordlüsterner Gedanken mischte.

Oras Ban schrie heiser einen Befehl in gryphländischer Sprache.

Unter seinen Männern waren fünf Armbrustschützen. Sie hoben ihre Waffen und schossen sie ab. Die magisch behandelten Bolzen aus Sternenmetall zogen glühende Spuren durch die Luft. Kurz hintereinander trafen sie den Gargoyle und sprengten ihn auseinander.

Seine Bruchstücke hagelten mit ungeheurer Wucht vom

Himmel und durchschlugen die Leiber von Oras Ban und seinen Männern. Ihre Körper zuckten unter den Einschlägen, wurden regelrecht zerfetzt und zerfielen zu Staub, noch ehe sie zu Boden stürzten.

Gorian und der Namenlose Renegat erreichten die Einflughöhle der Greifen. Sie traten einfach aus dem Fels heraus, ganz in der Nähe von Centros Bals Greifengondel, wo der Maskierte bereits auf sie wartete. Die metallene Truhe stand vor ihm auf dem Boden.

Zog Yaal saß auf dem Rücken des Greifen, und Centros Bal stand vor seiner Gondel.

»Wir brechen auf!«, rief Gorian.

»Ich dachte schon, der Kerl hier will mich auf den Arm nehmen«, entgegnete Centros Bal und deutete auf den Maskierten. »Was ist mit Meister Thondaril und …«

»Keine Fragen jetzt! Tut, was ich sage!«, verlangte Gorian.

Ein markerschütterndes Brüllen durchdrang die Höhle, vermischt mit dem lauten Klackern zuklappender riesenhafter Schnäbel, das sich als Echo fortpflanzte.

»*Bedenke, dass alle Greifenreiter, die noch hier in Felsenburg weilen, Oras Bans Getreue sind!*«, erreichte Gorian ein Gedanke des Namenlosen Renegaten. »*Inzwischen sind sie wohl Morygors Sklaven!*«

12 ⟩ Greifenkämpfe

»Ich weiß nicht, was hier vor sich geht, und ich hoffe, dass du es Meister Thondaril erklären kannst«, sagte Centros Bal zu Gorian, während der Maskierte die messingfarbene Metalltruhe ins Innere der Greifengondel schweben ließ. »Ich jedenfalls übernehme für nichts irgendeine Verantwortung.«

»Es reicht, wenn Ihr uns hier herausbringt!«, drängte Gorian. »Und zwar lebend!«

Zog Yaal und der Namenlose Renegat waren bereits in der Gondel verschwunden. Centros Bal drehte sich wortlos um, ging auf seinen Greifen zu und ließ sich von einer Seilschlange auf dessen Rücken heben.

Gorian bemerkte jedoch, dass die Seilschlange zögerte, die Befehle Centros Bals auszuführen. Er verstand seit seinem Ausflug zur Befreiung von Ar-Don genug von diesen Tieren, um das erkennen zu können. Auch Centros Bals Greif war unruhig und schnappte wie ein wütender Schwan immer wieder mit dem Schnabel in die Luft, was ohrenbetäubend knallte.

Centros Bal versuchte sein Reittier zu beruhigen, indem er bestimmte Bereiche zwischen dem Halsgefieder und dem raubkatzenähnlichen Fell berührte, Druckpunkte, die jeder Greifenreiter kennen musste.

Einer der anderen Greifen flatterte empor. Auf seinem Rücken saß eine der Wachen Oras Bans und lenkte ihn bis zur Höhlendecke. Gorian begriff, dass man sie nicht einfach entkommen lassen wollte, und er spürte auch die Aura Morygors so stark wie nie zuvor, seit er in Felsenburg weilte. Der Herr der Frostfeste schien sich auf diesen Ort zu konzentrieren. Offenbar hing viel für ihn davon ab, was hier geschah.

Doch noch etwas registrierte Gorian, und darüber empfand er große Erleichterung: Seine magischen Sinne funktionierten wieder wie gewohnt.

Er ahnte voraus, was geschehen würde, und so ließ er sowohl Sternenklinge als auch Rächer stecken, als der gegnerische Greif zum Angriffsflug von der Höhlendecke herabstürzte.

Der Maskierte hingegen zog sein Breitschwert, dessen Klinge sich abermals in eine Flamme verwandelte. Er ließ das Schwert durch die Luft wirbeln, und die Flamme löste sich vom Schwertgriff und fauchte dem Greifen entgegen, sich breit auffächernd und sich in einen Feuervogel von gewaltiger Größe verwandelnd.

Weit riss der Flammenvogel den gekrümmten Schnabel auf, und der Greif schreckte zurück und geriet dabei aus der Flugbahn. Sein Reiter konnte sich nur mit Mühe und Not auf seinem Rücken halten, während das Tier zu Boden taumelte und dort eine ziemlich unsanfte Landung hinlegte.

Dann aber durchschaute Gorian die Illusion. Da war kein Feuervogel. Für einen kurzen Moment nur hatte die Illusionsmagie auch den Ordensschüler zu täuschen vermocht.

Der Maskierte steckte das Schwert wieder ein und wies stumm auf die offene Tür der Greifengondel.

In der Einflughöhle der Greifen brach unterdessen das

blanke Chaos aus, denn im Gegensatz zu Gorian sahen die Tiere den angreifenden Flammenvogel immer noch und suchten sich vor ihm in Sicherheit zu bringen. Nur der Greif von Centros Bal blieb davon unberührt.

Dass Centros Bal ein überaus geschickter Greifenreiter war, der sein Reittier so gut beherrschte wie kaum einer seiner Zunft sonst, konnte kaum der Grund dafür sein. Offenbar schirmte der Maskierte Centros Bals Greif vom Einfluss seines Illusionszaubers ab, während er gleichzeitig Dutzende der zum Angriff entschlossenen Mischwesen aus Vogel und Riesenlöwe in die Flucht schlug.

Das musste Caladran-Magie auf dem höchsten Niveau sein, ging es Gorian durch den Kopf. Und wenn schon ein Verstoßener und sein maskiertes Faktotum zu solchen Dingen fähig waren, zu was waren dann die Bewohner der Caladran-Inseln in der Lage?

Für einen Moment dachte er an die Himmelsschiffe der Caladran und daran, dass sie einst angeblich sogar zu den Sternen geflogen waren. Er würde ihre Magie erlernen müssen, wollte er Morygor entgegentreten und ihn besiegen, denn auch der war einst ein Caladran gewesen, und seine Macht war die Schattenseite ihrer magischen Künste.

Der Maskierte bestieg die Gondel, und als auch Gorian den Fuß hineinsetzte, hob sie bereits vom Boden ab. Die Seilschlangen strafften sich, dann jagte Centros Bals Greif mit kraftvollem Flügelschlag durch die Einflugshöhle von Felsenburg.

Der Maskierte beugte sich noch einmal durch die offene Gondeltür und richtete sein Schwert nach hinten, denn drei Greifenreitern war es gelungen, ihre Tiere wieder unter ihre Kontrolle zu zwingen und die Verfolgung aufzunehmen. Aus der Klinge des Breitschwerts löste sich eine flackernde

Lichtblase, und für einen Moment glaubte auch Gorian, der ebenfalls noch in der Gondeltür stand, dass die Einflughöhle hinter ihnen von massivem Fels verschlossen wurde. Einen Augenaufschlag später durchschaute er auch diese Illusion, doch die Verfolger zügelten ihre Greifen und folgten ihnen nicht weiter.

Als die Gondel die Einflughöhle verlassen hatte, ließ Centros Bal den Greifen einen Bogen über Felsenburg fliegen. Die Nordwestseite war vollkommen vereist. Von oben war zu erkennen, welch verheerende Folgen der Angriff der Kristallbrüder gezeitigt hatte. Ein Großteil der Wachen war zu Eis erstarrt. Manche waren sogar an ihren Katapulten festgefroren, die ebenfalls von einem Eispanzer überzogen waren.

Gorian fragte sich, wie es wohl in den Gebäuden und Höhlen aussah und wie viele der ohnehin nicht sehr zahlreichen Bewohner Felsenburgs noch am Leben waren.

»*Zum Turm!*«, sandte er einen sehr intensiven Gedanken an Centros Bal, den selbst ein magisch ungeschulter Mensch empfangen musste. Das aber wäre nicht nötig gewesen, denn Centros Bal sah, dass sich Thondaril, Sheera und Torbas dort unten aufhielten.

Die Gondel verharrte direkt über ihnen, während Zog Yaal Seilschlangen durch die noch immer offene Gondeltür hinabließ und die beiden Ordensschüler und ihren Meister nacheinander an Bord holte. Ar-Don folgte ihnen.

Der Körper des Gargoyles war grotesk verformt, so als wäre er aus Bruchstücken falsch zusammengesetzt worden. Fünf Beine ragten aus diesem Körper hervor, und er hatte vier Flügelpaare in verschiedenen Größen, die auch unterschiedlich schnell flatterten. Außerdem wirkte er viel größer; er hatte offenbar etwas von der Substanz der getöteten

Wachen und Oras Bans in sich aufgenommen. Dass er sich überhaupt in der Luft halten konnte, war wohl nur durch Magie zu erklären.

Er kroch in eine Ecke der Gondel und veränderte sogleich wieder seine Form.

Mit kräftigen Flügelschlägen schnellte der Greif weiter empor. Der Wind aus Nordosten war eisig und trieb dichten Schnee vor sich her. Bereits die Hälfte des Gebietes zwischen Felsenburg und dem Horizont in Richtung der mitulischen Grenze war inzwischen von dem beständig vordringenden Eispanzer bedeckt. Der gewaltige Gletscher bewegte sich wie eine zähflüssige Substanz voran und schob die hügelartigen Endmoränen aus Geröll und Gesteinsbrocken vor sich her. Die Eismassen würden in der Landschaft Spuren für die Ewigkeit hinterlassen.

Die Leviathane mit den orxanischen Wollnashörnern in ihren Leibern blieben zunächst zurück, um sich mit weiteren Kräften aus Morygors untotem Frostheer zu formieren, bevor sie den Feuerdämonen begegnen würden. Die waren zwar von den Kristallbrüdern hinter die ersten Bergketten zurückgedrängt worden, waren allerdings wieder im Begriff, das verlorene Terrain zurückzuerobern. Die dünne Schicht aus Eis und Schnee, die die ersten Anhöhen überzog, schmolz bereits, und hier und dort drang das glühende Adergeflecht darunter hervor. Auch das pulsierende Stampfen, das bereits schon so gut wie verstummt war, gewann wieder an Intensität.

Die Schlacht zwischen Feuer und Eis war noch lange nicht geschlagen. Beide Seiten sammelten nur Kräfte für einen weiteren Waffengang. Vielleicht würde der Plan der Fledermenschen, die Bedrohung durch das Frostreich mittels der Feuerdämonen aufzuhalten, zumindest für eine

Weile aufgehen. Allerdings würde dadurch wohl kaum mehr als ein Aufschub erreicht.

»Es weht verdammt kalt herein«, meinte Torbas. »Was haltet ihr davon, wenn wir die Gondeltür schließen?«

Zog Yaal wollte das bereits tun, aber der Maskierte bedeutete ihm mit einer unmissverständlichen Geste, dass er zurückbleiben sollte. Die ganze Zeit über stand er an der offenen Gondeltür und blickte in die Tiefe. So etwas wie Schwindelgefühl schien er nicht zu kennen und hielt es auch nicht für notwendig, sich irgendwo festzuhalten.

Die Gondel schwebte noch über Felsenburg. Aus der Greifenhöhle flatterten einige Greifen hervor, die offenbar die Flüchtenden verfolgen sollten.

»Mach ein Ende!«, befahl der Namenlose Renegat, der es durch eines der Fenster beobachtete.

Daraufhin streckte der Maskierte sein Breitschwert hinaus, dessen Klinge sich abermals in eine Flamme verwandelte. Sie schoss in die Tiefe, traf auf den Feuerkreis, der nach wie vor das gesamte Felsmassiv schwach schimmernd umgab, und ließ diesen hoch emporzüngeln. Die magischen Flammen – ursprünglich als Schutz vor den Feuerdämonen bestimmt – hüllten auf einmal das gesamte Massiv mitsamt Felsenburg ein. Auch die gerade aus der Höhe schwirrenden Greifenreiter wurden von ihnen erfasst und verglühten zu Asche.

Sogar das Gestein, in das Felsenburg einst hineingeschlagen war, wurde von dem magischen Feuer ergriffen und stand plötzlich in Flammen. Der Fels schmolz nicht auf, sondern zerbröckelte zu schwarzer Asche.

Für eine Weile wirkte die Gesteinssäule von Felsenburg wie eine hell lodernde Fackel, dann brach sie in sich zusammen.

»Euer Handeln gegen jene, die Euch so lange Zeit Unterschlupf gewährten, erscheint mir ziemlich rücksichtslos«, sagte Meister Thondaril.

Er sprach zu dem Namenlosen Renegaten, der an einem der Fenster der Gondel stand und angestrengt hinausstarrte, so als rechnete er mit weiteren Schwierigkeiten.

Nun aber wandte der uralte Caladran den Kopf. »Glaubt mir, ich hatte keine Wahl. Im Übrigen habe ich einmal für mein Mitleid über Gebühr bezahlt, denn es machte mich zum Verdammten und Ausgestoßenen.«

Der Maskierte, der an der Seite des Renegaten stand, murmelte etwas, doch die Sprache, die er benutzte, war so fremdartig, dass nicht einmal die Sprechsteine der Basilisken sie zu übersetzen vermochten. Gorian aber nahm zugleich einen sehr starken Gedanken wahr, und es war das erste Mal, dass er bei dem Maskierten, der sich bisher vollkommen abgeschirmt hatte, überhaupt eine geistige Kraft registrierte. Seine wenigen unverständlichen Worte und dieser Gedanke waren wohl eine Art Kommentar zu dem, was der Namenlose gerade geäußert hatte. Doch ob zumindest der den Maskierten verstanden hatte, blieb ein Geheimnis. Der Renegat blickte zwar auf, doch sein unbeweglich wirkendes Caladran-Gesicht zeigte keinerlei Regung.

Danach herrschte eine Weile Schweigen. Es war Torbas, der es schließlich brach. »Schade um all die magischen Schriften in den Gewölben von Felsenburg. Das darin enthaltene Wissen hätte uns im Kampf gegen Morygor sicher genutzt.«

»Es hätte nur dazu geführt, dass ihr euch selbst in Gefahr bringt«, gab sich der Namenlose Renegat überzeugt. »Menschen sind so ungeschickt in der Anwendung von Magie wie einfältige Kinder, die mit Feuer spielen.«

»Ich hoffe, dass man mir Gelegenheit geben wird, die Magie der Caladran zu erlernen, wenn wir ihre Inseln erreicht haben«, sagte Gorian, der sich von der Äußerung des Namenlosen wenig beeindruckt gab.

Der nickte sogar. »Ja, du bist eine Ausnahme unter den Menschen. Zwar reicht das kurze Aufflackern deines Seelenlichts, das für dich ein ganzes Leben darstellt, kaum aus, um die Künste der Caladran auch nur ansatzweise erfassen zu können, doch du hast dennoch eine beachtenswerte Kraft in dir. Und wer weiß. Das Netz der Schicksalswege wird im Augenblick anscheinend neu geknüpft, Wahrscheinlichkeiten und Gewichte verändern sich. Wir werden sehen, wohin uns das führt.«

»Morygor allerdings scheint die Zukunft und ihre Möglichkeiten sehr deutlich zu sehen«, gab Gorian zu Bedenken.

»Ich bin ein Ausgestoßener, weil ich zu viel Mitleid zeigte. Mit Kreaturen, die es nach Meinung vieler meines Volkes nicht wert sind, dass man ihnen eine derartige Gefühlsregung entgegenbringt. Morygor hingegen ist aus dem gegenteiligen Grund ein Verdammter. Er kennt kein Mitleid. Im Gegenteil, er ergötzt sich am Leid anderer. In der Macht, andere leiden lassen und ihnen Schmerzen zufügen zu können, erweist sich seiner Meinung nach die Macht an sich.«

»War das der Grund, warum man ihn verstoßen hat?«, fragte Gorian, denn er wollte so viel wie möglich über seinen Feind erfahren, und das, was man in den Ländern der Menschen über diesen, wie Gorian glaubte, entscheidenden Punkt wusste, war mehr als bruchstückhaft. »Man sagt, er hätte verbotene Künste angewendet. Ihr aber sprecht von mangelndem Mitleid.«

»Ich habe nur laut gedacht«, behauptete der Namenlose Renegat. »Eine Angewohnheit, die das einsame Leben in der Abgeschiedenheit eines Bibliotheksgewölbes mit sich bringt. Wenn sich die Jahre in ihrer Gleichtönigkeit aneinanderreihen und diejenigen, mit denen man sein Schicksal teilt, zur Schweigsamkeit neigen, missbraucht man schließlich die Illusionsmagie, um sich neue Gesprächspartner zu erschaffen.«

Der Namenlose Renegat warf, während er dies sagte, einen kurzen Seitenblick auf den Maskierten, der allerdings in keiner Weise zu erkennen gab, ob er diese Worte überhaupt zur Kenntnis genommen hatte.

»Erzählt mir mehr über Morygor«, forderte Gorian, der das Gefühl hatte, dass sein Gegenüber mit seinen Ausschweifungen nur ablenken wollte. Aus irgendeinem Grund scheute er vor dem Thema zurück, das Gorian zur Sprache gebracht hatte.

Der Renegat sah ihn wieder an, und zwischen seinen schräg stehenden Caladran-Augen bildete sich eine tiefe Furche. »Möchtest du wissen, was in jedem zukünftigen Augenblick deines Lebens geschieht? Möchtest du alles vorhersehen können, was sich ereignet? Wissen, wie groß die Wahrscheinlichkeiten sind und welchen Weg durch das Gewirr der verschiedenen Zukunftspfade du vermutlich gehen wirst?«

»Was spräche dagegen? Dann wäre ich Morygor ebenbürtig und könnte ebenso wie er im Hier und Jetzt Entscheidungen treffen, die sich in weiter Zukunft günstig für mich auswirken. Ich könnte Dinge zu einem Zeitpunkt in Bewegung setzen, da dies noch keine Mühe und Kraft erfordert, die aber in den nächsten Jahren oder Jahrzehnten bestimmend für mein Leben sein würden.«

»So denkt man vielleicht, wenn einem nur eine kurze Existenz vergönnt ist.«

»Morygor denkt offenbar genauso«, erwiderte Gorian, »und nach allem, was ich weiß, ist er nicht weniger langlebig als andere Caladran auch.«

»Morygor ist eine Ausnahme. Aber die Grausamkeit eines vorherbestimmten Lebens ist umso größer, je länger es vermutlich andauert. Zumindest ist dieses Empfinden unter den Caladran weit verbreitet. Darum sind bei ihnen bestimmte magische Praktiken bis heute verboten, zum Beispiel ein zu weit reichender Blick in die Zukunft. Ein Wesen, das davon ausgeht, dass sein Leben zu einem Großteil vorherbestimmt ist, ist nicht mehr frei, sondern Sklave seines offenbar feststehenden Schicksals. Ereignisse, die keine große Wahrscheinlichkeit haben, treten mit Sicherheit nicht ein, wenn der Betreffende von ihrer geringen Wahrscheinlichkeit weiß. Zu viel Wissen um die Zukunft schränkt jede Entscheidung ein und macht ein jedes Wesen unfrei. Morygors Interesse jedoch war immer ganz besonders auf die Voraussicht der Schicksalswege gerichtet. Seine Mitleidlosigkeit besteht darin, dass er sein Wissen nicht für sich behält, und das war einer der Gründe, dass er zum Ausgestoßenen wurde. Zumindest, soweit man es mir berichtete. Denn was immer letztlich zu Morygors Verbannung führte, ereignete sich lange, bevor ich ins Exil gehen musste. Sehr lange.«

»Aber man hat Euch davon berichtet, sagtet Ihr gerade«, entgegnete Gorian, der hellhörig geworden war. »Daraus schließe ich, dass Ihr in all den Zeitaltern, da Ihr bei den Greifenreitern weiltet, Kontakt zu den Caladran gehalten habt.« Er wunderte sich zunächst über diese Feststellung, dann aber sagte er sich, dass den Caladran sicherlich noch weitaus bessere magische Techniken zur Verfügung standen als das Handlichtlesen, wie es die Mitglieder des Ordens der Alten Kraft praktizierten, um untereinander auch über weite Entfernungen hinweg in Verbindung zu bleiben.

»Es ist jetzt nicht der richtige Zeitpunkt, um über diesen Punkt weiterzusprechen«, sagte der Namenlose Renegat, doch Gorian registrierte, dass ein Ausdruck der Qual das ansonsten regungslos wirkende Gesicht des uralten Caladran prägte.

Nicht nur ihm fiel es auf. »*Er scheint ein besonderes Interesse an Morygor zu haben*«, meldete sich Sheera mit einer Gedankenbotschaft bei Gorian. »*Frag ihn, warum das so ist!*«

»*Ich weiß nicht, ob das wirklich eine gute Idee wäre*«, antwortete ihr Gorian.

»*Doch, es ist wichtig. Es besteht eine Verbindung zwischen den beiden, die sehr stark ist. Frag ihn danach, er muss uns darauf antworten!*«

»Ich muss gar nichts!«, sagte der Renegat laut. »Außerdem würdet ihr es nicht verstehen. Ihr verdankt meinem maskierten Begleiter und mir euer Leben. Euer Plan wäre gescheitert, hätte ich ihn nicht zu meinem gemacht!« Und stumm fügte er noch sehr eindringlich und mit unmenschlicher Kälte hinzu: »*Also seid dankbar und folgt mir!*«

Centros Bal lenkte den Greifen die Nordostseite des mittelgryphländischen Bergrückens entlang. Schneegestöber und Hagel wechselten einander ab, und manchmal konnte man, wenn man aus den Gondelfenstern blickte, so gut wie nichts sehen.

Aber wo der Einfluss der Feuerdämonen begann, war deutlich ein abrupter Wechsel des Wetters zu erkennen, dort war der Himmel klar und blau. Riesenhafte Feuerfontänen schossen empor, um groteske, vielarmige Flammengestalten zu bilden.

Noch immer tobte der Kampf zwischen Feuer und Eis und wurde auf einer unvorstellbar breiten Front geführt. Die Gletscher hatten inzwischen die äußersten Ausläufer der Berge erreicht und sie unter sich begraben. Sie schoben die geröllhaltigen Endmoränen vor sich her, hinein in das rot geäderte Feuerreich. Aber dieses Geröll wurde von den Feuerdämonen sogleich zurück in den eisigen Nordostwind geschleudert, der seinerseits Schnee und Hagel in die entgegengesetzte Richtung blies.

Die Nacht brach herein, als die Gondel den Schlangenzahn erreichte, ein Gebirge, das nahe der westreichischen Grenze vom mittelgryphländischen Bergrücken abzweigte. Es verlief Richtung Nordosten und reichte bis tief in jenes Gebiet, das sich bereits fest in der Gewalt des Frostreichs befand.

Der Schlangenzahn glühte und sah in der Dunkelheit aus wie feurige Lava. Centros Bal blieb keine Wahl, als das Gebirge zu umfliegen. Zu gefährlich waren die immer wieder aufschießenden Flammenfontänen, die sich sodann in feurige Dämonengestalten verwandelten.

Sie verbreiteten in einem viele Meilen weiten Umkreis flackernden Schein und stürmten auf die in sicherem Abstand wartenden Leviathane zu, die keinerlei Anstalten machten, sich weiter zu nähern, während die Feuerdämonen mit jedem Schritt, den sie zurücklegten, schwächer wurden. Nur einige von ihnen erreichten schließlich Morygors Heer, waren aber dann kaum noch größer als die orxanischen Wollnashornreiter, mit denen sie sich Kämpfe lieferten.

Einmal sah Gorian ein Wollnashorn mit brennendem Fell und in heller Panik durch die verschneite Ebene preschen. Schließlich warf sich das Tier nieder, wälzte sich in Eis und Schnee und löschte so das Feuer.

»Die Wollnashörner sind lebendig, ihre Reiter aber untot«, sagte Sheera. »Ihnen können die Feuerdämonen offenbar weniger anhaben als ihren Tieren.«

»Immerhin sehen wir hier zum ersten Mal eine Macht, die es mit Morygors Horden aufzunehmen vermag«, meinte Gorian.

»Du warst es, der ihnen Einhalt gebot«, erinnerte sie ihn. »Die Kristallbrüder mit ihrem Frosthauch waren durchaus in der Lage, die Front der Feuerdämonen bis weit in die Berge zurückzudrängen. Doch seit die beiden vernichtet sind, ist Morygors Vormarsch auf ganzer Linie ins Stocken geraten.«

Gorian wandte sich an den Namenlosen Renegaten. »Wie ist Eure Einschätzung dazu?«, fragte er. »Wie lange werden die Feuerdämonen Morygors Horden widerstehen können?«

»Deine Gefährtin hat recht«, sagte der Namenlose Renegat. »Die Feuerdämonen wären schon längst überall auf dem Rückzug, wäre es dir nicht gelungen, die Kristallbrüder zu besiegen. Dennoch ist es nur eine Frage der Zeit, bis das Frostreich den Sieg davontragen wird. Es war schließlich die Magie der Caladran, die einst half, die Feuerdämonen in die Schranken zu weisen. Ganz vernichten lassen sie sich ebenso wenig wie Gargoyles und ein paar andere sehr lästige Mächte, mit deren Existenz man sich wohl auf Dauer abfinden muss.«

»Dann wird Morygor sicherlich jemanden schicken, der die Aufgabe der Kristallbrüder zu Ende führen wird«, meinte Gorian.

»Ohne Zweifel«, stimmte der Namenlose Renegat zu.

»Es fragt sich nur, wie deren Aufgabe eigentlich ausgesehen hat«, mischte sich Meister Thondaril ein und sah Gorian an. »Ich für meinen Teil nehme an, dass sie hauptsächlich deinetwegen geschickt wurden und erst in zweiter Linie, um gegen die Feuerdämonen vorzugehen.«

Auf einmal ging ein Ruck durch Gorian, und plötzlich stürzte er zur Gondeltür, riss sie auf und trat auf den kleinen Balkon, von wo aus sich die Greifenreiter von den Seilschlangen auf den Rücken ihres Reittiers heben ließen. Eiswind schlug ihm entgegen, und sofort hatte er das Gefühl, sein Gesicht würde ihm erfrieren.

Er murmelte einen Befehl an die Seilschlangen. Eine davon wand sich um seinen Oberkörper, hob ihn empor, und einen Augenblick später befand er sich auf dem Rücken des Greifen, der inzwischen ziemlich weit in das verschneite Gebiet des Frostreichs zurückgekehrt war, um den Feuerdämonen auf dem Schlangenzahn zu entgehen.

Die Seilschlange wollte sich gerade lösen, als Gorian ihr einen gegenteiligen Befehl erteilte, denn er wollte nicht ohne irgendeine Sicherung in dieser Höhe auf einem Greifenrücken hocken. Mochte ein routinierter Greifenreiter wie Centros Bal darüber auch keinen Gedanken mehr verschwenden, Gorian fühlte sich sicherer so.

»He, was soll das?«, rief der Nordfahrer. »Passagiere haben hier nichts zu …«

Etwas schnellte wie ein Schatten aus dem Schneegestöber hervor, Flügel schlugen mit klatschenden Lauten. Gorian griff zum Schwert, riss Sternenklinge aus der Rückenscheide und hieb mit der Klinge durch die Luft.

Ein unterdrückter, abrupt abbrechender Vogelruf drang durch die Nacht und mischte sich mit einem wie Protest klingenden Aufstöhnen des Greifen.

Gorians Schwert hatte den Körper einer Eiskrähe genau in dem Moment durchschlagen, als sich der Vogel auf Centros Bal hatte stürzen und seinen Schnabel dolchähnlich in dessen Hals hatte rammen wollen. Gorian hatte den Angriff nach Art der Schwertmeister vorausgeahnt.

Er ließ das Schwert herumfahren und erwischte eine zweite, dann eine dritte und eine vierte Eiskrähe, dann sprang er auf, stand – von der Seilschlange gehalten – auf dem breiten Greifenrücken. Das kraftvolle Spiel der gewaltigen Muskeln des löwenähnlichen Körpers war selbst durch die festen Sohlen von Gorians ledernen Stiefeln deutlich zu spüren. Die Muskelstränge schwollen bei jedem Flügelschlag des Flugtiers an.

Weitere Eiskrähen griffen wie aus dem Nichts heraus an. Blitzartig zuckte Sternenklinge durch die Nacht. Gorians Augen waren pechschwarz geworden. Nach seinem Kampf gegen die Kristallbrüder schien er endlich wieder vollständig über die Alte Kraft zu verfügen.

Mehr als ein Dutzend Eiskrähen tötete er innerhalb weniger Augenblicke. Immer war das Schwert bereits dort, wo der nächste Angriff erfolgen würde. Ihre Körper stürzten in die Tiefe.

Als der letzte Vogelkörper hinabtrudelte, löste sich von ihm eine Lichtaura, dehnte sich aus und formte das Gesicht eines jungen Caladran.

Morygor.

»*Du kannst mir nicht entkommen!*«, sagte das Gesicht und verzog sich zu einer hasserfüllten Grimasse. »*Die Gestirne bestimmen das Schicksal, aber ich herrsche über die Gestirne! Wenn du daran zweifelst, dann sieh empor, wie der Schattenbringer am Tag die Sonne verdeckt, weil ich es ihm gebiete! Du bist wie ein geworfener Stein, dessen Bahn ich erkenne und den ich mit ausgestreckter Hand fange!*«

Damit zerplatzte die Lichterscheinung, und der Greif zuckte zusammen, geriet aus der Flugbahn.

Gorian verlor das Gleichgewicht, doch die Seilschlange hielt ihn. Er setzte sich, atmete tief durch und versuchte mithilfe seiner wiedererstarkten magischen Sinne herauszufinden, ob sich noch weitere Eiskrähen in der Nähe befanden, die sich im nächsten Moment auf den Greifenreiter stürzen würden. Denn offensichtlich zielte dieser Angriff auf Centros Bal, der sich nicht gegen die Eiskrähen verteidigen konnte und daher in diesem Spiel der Schwachpunkt war.

»Meine Güte!«, entfuhr es dem Nordfahrer. »Das war wohl knapp!«

»Ich hoffe, Ihr erlaubt mir, noch eine Weile hier bei Euch zu verweilen«, äußerte Gorian, »auch wenn das nicht den Gepflogenheiten der Greifenreitergilde entspricht.«

Centros Bal beugte sich vor und berührte mit seinen Händen ein paar Druckpunkte unter dem Halsgefieder des Greifen, der sich daraufhin wieder beruhigte.

»Die Gefahr ist noch nicht vorüber«, murmelte Gorian.

Wie zur Bestätigung seiner Worte war im nächsten Moment ein lautes, vielstimmiges Krächzen zu hören. Aber es waren Gedankenstimmen, die mit schmerzhafter Intensität in Gorians Kopf widerhallten. Die Gedankenstimmen eines ganzen Eiskrähenschwarms, der von Morygors Kräften gelenkt wurde.

Centros Bal bemerkte nichts davon. »Meine Hochachtung, wie du die Seilschlangen bereits beherrschst«, sagte der Nordfahrer. »Und hab Dank, dass du die Eiskrähen abgewehrt hast. Während meines letzten Flugs zu den Mittlinger Inseln habe ich gesehen, was von denjenigen übrig bleibt, die von diesen Bestien zerfleischt werden. Wenn sie in Schwärmen angreifen, gibt es kaum eine Möglichkeit, sich gegen sie zu verteidigen.«

»Spione und Mörder in einem«, sagte Gorian düster und

blickte in die von den Feuern des Schlangenzahns erhellte Nacht. Über dem Gebirge war der Himmel sternenklar, während sich über den eis- und schneebedeckten Ebenen nordöstlich davon schwere Wolken ballten. Nirgends waren weitere Eiskrähen auszumachen. Und doch spürte er sie.

Die Erscheinung von Morygors Gesicht eben war so deutlich gewesen wie ansonsten nur in den Tiefen des Frostreichs. Das bestätigte Thondarils Vermutung, dass die Kristallbrüder nicht in erster Linie die Feuerdämonen hatten bekämpfen sollen. Morygor setzte alles daran, denjenigen, der in Zukunft seine Schicksalslinie kreuzen sollte, zu vernichten, bevor bestimmte Ereignisse eintraten, die für den Herrn der Frostfeste eine Gefahr darstellten. Zum Beispiel die Ankunft Thondarils und vor allem Gorians auf den Caladran-Inseln. Der Kampf gegen die Feuerdämonen schien demgegenüber eine untergeordnete Rolle zu spielen.

Der Maskierte trat auf den kleinen Balkon vor der Gondeltür und blickte kurz zu Gorian empor, schien aber keinerlei Neigung zu verspüren, sich von einer der Seilschlangen hinauftragen zu lassen. Sein Blick glitt ebenfalls suchend umher. Offenbar nahm auch er irgendetwas wahr.

»Haltet den Greifen etwas näher an die Berge«, gebot Gorian dem Nordfahrer.

»Damit uns die Feuerdämonen erwischen?«, entgegnete Centros Bal. »Das werde ich nicht riskieren.«

»Aber etwas näher am Schlangenzahn könntet Ihr Euch schon halten!«, wandte Gorian ein.

»Es ist weit und breit nichts zu sehen, das uns von der weißen Seite her angreifen könnte«, gab Centros Bal zurück; damit meinte er wohl den bereits vom Frost eroberten Bereich.

»Genau das beunruhigt mich«, erklärte Gorian.

Dass der Maskierte trotz des eisigen Winds nicht den Balkon verließ und sich nicht zurück in die Gondel begab, bewies, dass Gorian mit seiner Ahnung nicht allein dastand.

Der Maskierte zog sogar sein Schwert, und die Klinge verwandelte sich in einen Flammenstrahl, der zum Himmel emporschoss und sich dabei auffächerte.

Für einen Moment wurde eine einzelne Eiskrähe sichtbar. Sie glühte kurz auf und verbrannte zu Asche, noch ehe sie einen Schrei ausstoßen konnte.

»Die war ja nahezu unsichtbar!«, stieß der Nordfahrer erschrocken hervor, während der Greif wild mit den Flügeln schlug, sodass die Gondel ins Wanken geriet und sich der Maskierte mit einer Hand am Geländer des Balkons festhalte musste.

»Das war nur ein Spion«, erklärte Gorian. »Morygors Auge. Ich fürchte, wir werden bald auch seine Hand zu spüren bekommen.«

Er erhob sich wieder, gesichert von der Seilschlange, die er mit entsprechenden Befehlen dirigierte, und packte sein Schwert Sternenklinge mit beiden Händen. Dass ein Angriff bevorstand, war für ihn keine Frage mehr.

Die Gewissheit eines Schwertmeisters erfüllte ihn. *Zur richtigen Zeit am richtigen Ort zu sein bedeutet bereits den halben Sieg,* hieß es in den Axiomen. Er sammelte die Alte Kraft in sich und versuchte mit ihr eins zu werden.

Wieder erreichten ihn die Gedankenstimmen eines Eiskrähenschwarms. Es mussten Tausende sein, und Morygor selbst hatte die Macht über jedes einzelne dieser Geschöpfe, und zwar in einer so vollkommenen Weise, wie es selbst für den Herrn der Frostfeste ungewöhnlich war, zumal dies die alleräußerste Peripherie seines Reiches war. Es sprengte jeden Rahmen, überstieg jegliche Vorstellungskraft, welch immense magischen Energien dazu notwendig waren, dass er so weit vom Zentrum seiner Herrschaft entfernt einen dermaßen starken Einfluss ausübte.

Gorian schauderte, als er daran dachte, welch ein machtvoller Geist sein Gegner war, und ihm wurde in diesem Moment deutlicher als je zuvor, wie verschwindend gering dagegen seine eigenen Kräfte waren. Zur richtigen Zeit am richtigen Ort zu sein – das allein eröffnete die Möglichkeit, einer so überlegenen Macht nicht ganz ohne Aussicht auf Erfolg gegenüberzutreten.

Die Gedankenstimmen des Vogelschwarms schrillten so laut in seinem Kopf, dass er sich dagegen abschirmen musste, und genau dies schien Morygors Kalkül zu entsprechen. Die Fähigkeit der Voraussicht eines bevorstehenden Angriffs brauchte nur für einen Augenblick auszusetzen, ein Moment der Verwirrung reichte dazu schon aus oder ein Verlust der geistigen Verbindung zum Gegner. Und Letzteres trat ein, als Gorian die schmerzende, völlig sinnlose Gedankenflut der Eiskrähen abwehrte.

In diesem Augenblick brach das Eis unter ihnen auf, und ein Leviathan stieg daraus hervor. Offenbar war er mit dem Gletscher hergespült worden, zusammen mit dem Geröll und allem, was das Eis auf seinem Weg mit sich nahm.

Der Leviathan stieg empor wie eine angreifende melagosische Kobra, wie Gorian sie einst bei einem Schlangenbeschwörer in Thisia gesehen hatte. Das kopflose Ende und sein formloses, noch geschlossenes Maul waren auf den heranfliegenden Greifen samt Gondel gerichtet.

Der Greif stieß einen schrillen Schrei aus, Centros Bal bremste den Flug stark ab und ließ das Tier zur Seite ausweichen.

Im gleichen Moment öffnete der Leviathan das Maul.

Auf den ersten Blick wirkte das, was daraus hervorkam, wie eine gespaltene weiße Schlangenzunge, in Wahrheit war es ein so dicht gedrängt fliegender Schwarm Eiskrähen, dass es kaum möglich war, einzelne Tiere zu unterscheiden. Nur Magie erlaubte es den Vögeln, in diesem Gedränge überhaupt zu fliegen.

Die Flügel rauschten wie eine Meeresbrandung und schlugen dabei heftig gegeneinander.

Die ersten Angreifer wehrte Gorian mit Sternenklinge ab, und der Maskierte richtete sein Flammenschwert auf den ausströmenden Schwarm. Grell zuckte der Flammenstrahl durch die Nacht, versengte den Kopf des Leviathans und ließ zugleich unzählige Eiskrähen zu Asche verglühen, die mit dem Atem des Leviathans in die Nacht geblasen wurden.

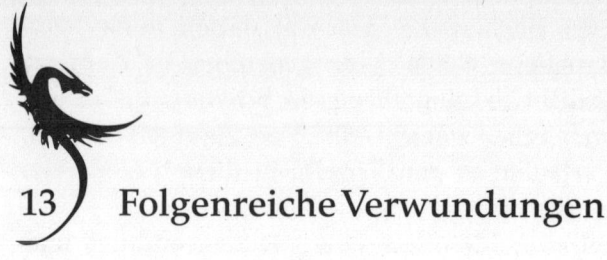

13 Folgenreiche Verwundungen

Der Greif schwenkte auf den Schlangenzahn zu, während der Leviathan zurückzuckte, krachend zu Boden ging und das verbrannte Maulende auf das Eis drückte.

Einige der Flammendämonen auf dem Schlangenzahn züngelten dem Greifen entgegen, manche wagten sich auch auf den Gletscher, aber dort schrumpften sie zischend zusammen, sodass sie die Gondel nicht mehr erreichen konnten.

Der Leviathan drehte seinen massigen Körper derweil am Boden blitzschnell um, dann schnellte er mit einer Geschwindigkeit, die man diesem gewaltigen, mehr als vier Schiffslängen messenden Wesen nicht zutraute, über das Eis, schob sich mit kräftigen Bewegungen vorwärts, die an eine Schlange erinnerten.

Gorian hatte bisher noch nie eine derartige Schnelligkeit bei einem der Leviathane gesehen, was wohl daran lag, dass dieses Exemplar nicht Rücksicht darauf nehmen musste, dass sich eine Armee mittlerer Stärke in seinem Bauch befand, die bei allzu heftigen und stoßartigen Bewegungen heillos durcheinandergewirbelt wurde.

Der Leviathan sprang empor wie ein fliegender Fisch. Noch während er in der Luft war, öffnete er das Maul und spie erneut einen Schwarm Eiskrähen aus, bevor er wieder zurück auf den eisigen Boden krachte, auf dem er dem glühenden Schlangenzahn-Gebirge entgegenrutschte.

Die Eiskrähen schwärmten auseinander, stoben in alle Richtungen davon, dennoch gelang es dem Maskierten, einen Großteil davon mit dem Feuer seines Flammenschwertes zu vernichten. Wie ein Fächer breitete sich der Feuerstrahl aus, wirkte wie ein Schirm aus Flammen, deren Wirkung dabei allerdings schwächer wurde. Davon abgesehen schienen auch die Kräfte des Maskierten nicht unerschöpflich. So verbrannten einige der Vögel nicht zu Asche, stürzten aber halb verschmort zu Boden.

Andere entgingen den Flammen gänzlich und erreichten ihr Ziel. Gorian stand auf dem Greifenrücken und erledigte mehrere von ihnen mit Schwerthieben. Immer wieder schnellte die Klinge durch die Luft, traf mit tödlicher Sicherheit die Tiere, deren Flugbahnen Gorian vorausahnte.

Torbas öffnete eines der Gondelfenster, befahl einer der Seilschlangen, ihn zu umfassen und in die Höhe zu heben. Allerdings ließ er sich nicht auf den Rücken des Greifen tragen, sondern nur bis zu dessen Bauch. Er hing an der Seilschlange und schlug einer der Eiskrähen den Kopf ab, welche die Unterseite des Greifen traktierten.

Er hatte diesen Angriff vorausgeahnt, dennoch kam er zu spät, denn drei weitere Vogelbestien hatten sich bereits in das Fell des Greifen gekrallt. Als sie ihre Schnäbel tief in dessen Fleisch versenkten, brüllte das Mischwesen aus Vogel und Löwe auf, strampelte hilflos mit den Tatzen und schlug wild mit den Flügeln, aber gegen die Eiskrähen half das nichts, sie hackten immer tiefer durch das löwenähnliche Fell.

Mit sicheren Hieben tötete Torbas mehrere von ihnen. Haarscharf schnellte die scharfe Klinge Schattenstichs dabei über den Bauch des Greifen, ohne ihn dabei zu ritzen oder auch nur zu berühren.

Doch nun kamen die Vögel von allen Seiten. Der Leviathan hatte erneut einen Vogelschwarm aus dem Maul geblasen. Torbas hieb wie von Sinnen um sich, aber es war unmöglich, alle Eiskrähen abzuwehren. Einige hackten mit ihren Schnäbeln auch in die Seilschlange, an der Torbas hing, und sie zog sich vor Schmerz zusammen.

Torbas war einen Augenblick lang abgelenkt und sah den Angriff einer Eiskrähe um einen Herzschlag zu spät voraus. Tief bohrte sich deren Schnabel in seine Schulter. Er schrie auf, wehrte einen weiteren Vogel mit dem Schwert ab und riss die Krähe, deren Kopf ganz in der Wunde versunken war, von seiner Schulter, um sie von sich zu schleudern.

Gleichzeitig drangen Krähen ins Innere der Gondel ein. Thondaril erschlug die ersten beiden, während der Namenlose Renegat eine Formel in der Sprache der Caladran rief und gleichzeitig zu der Metallkiste mit den gestohlenen Schriften lief, über die er beide Hände ausstreckte, dabei die einfliegenden Krähen ignorierend. Anscheinend verließ er sich darauf, dass Thondaril und der Maskierte sie ihm vom Leib hielten.

Zog Yaal wehrte sich etwas unbeholfen mit seinem gekrümmten Dolch, der zu allem Möglichen geeignet sein mochte, nur nicht zum Kämpfen. Sheera wendete einen Kraftzauber an und schleuderte damit mehrere der angreifenden Vögel durch den Raum und gegen die Gondelwand, dass sie augenblicklich getötet wurden.

Nur Ar-Don verharrte regungslos in einer Ecke, wie zu Stein erstarrt. Keine der Eiskrähen griff den Gargoyle an, aber es war auch fraglich, ob sie überhaupt in der Lage gewesen wären, ihm einen Schaden zuzufügen.

»*Ins Feuer!*«, rief der Maskierte mit dröhnender Gedankenstimme, die in einem Dutzend Sprachen zugleich zu sprechen schien.

Gorian fühlte die intensive fremdartige Kraft, die von diesem Gedanken ausging. Für einen Augenaufschlag drohte sie alles andere zu überdecken, sogar seinen eigenen Willen. Der Greif reagierte ebenfalls darauf, indem er augenblicklich die Flugrichtung änderte. Centros Bal hing vornübergebeugt auf dem Hals des Greifen, die Hände unter den Federn vergraben, wo er bestimmte Druckpunkte berührte, während Gorian noch immer so viele er angreifenden Eiskrähen wie möglich zu vernichten versuchte. Manche konnte er nur abwehren, indem er sie mit einem Kraftzauber aus der Flugbahn schleuderte, in dem Wissen, dass sie ihn kurze Zeit später erneut angreifen würden.

Der Greif schrie vor Schmerzen. Schwarzes Blut quoll ihm aus Dutzenden von Wunden, die schlimmsten davon am Bauch.

Er hielt geradewegs auf den brennenden Schlangenzahn zu. Die ersten Flammendämonen sprangen in die Höhe, um ihre Beute zu erreichen, doch der Greif stieg instinktiv höher, als er die ersten Felsen des Schlangenzahns überflog.

In diesem Moment rutschte Centros Bal seitlich vom Rücken des Greifen, und während er in die Tiefe stürzte, sah Gorian, dass ihm eine der Eiskrähen mitten im Herzen steckte. Sein Körper verglühte, als ihn einer der Feuerdämonen packte.

Gleichzeitig setzte der sie verfolgende Leviathan zu seinem letzten Sprung an, um die Gondel mitsamt dem Greifen in die Tiefe zu reißen. Auf sein eigenes Schicksal nahm das riesenhafte Ungetüm dabei keine Rücksicht, denn es stand vollkommen unter Morygors Kontrolle, war nichts weiter als sein Werkzeug, und obgleich es keineswegs untot war, so war doch jeglicher Überlebenswille in ihm völlig abgestorben.

Es traf die Gondel an der Rückseite, so heftig, dass ein Riss die Wand aufklaffen ließ und die Glasfenster zersplitterten. Die Gondel schwang heftig nach vorn und riss den Greifen mit sich. Einige der Seilschlangen verloren den Halt, und der Greif konnte sich kaum noch in der Luft halten, als die Gondel zurückschwang und der verwundete Greif dies mit verzweifelten Flügelschlägen auszugleichen versuchte.

Der Körper des Leviathans fiel krachend auf die Felsen, wo sich die Feuerdämonen sofort auf ihn stürzten. Diese Beute ließen sie sich nicht entgehen, und innerhalb von Augenblicken verbrannte der gewaltige Körper zu Asche, die in einer schwarzen Wolke aufgewirbelt wurde.

Herrenlos und vom Schmerz getrieben flog der verwundete Greif weiter und versuchte trotz der Pendelbewegungen der Gondel aufzusteigen, während die Flammengestalten der Feuerdämonen emporzüngelten. Aber in diesem Moment wirkte das Ritual des Namenlosen Renegaten. Ein Zauber, offenbar eigens zur Abwehr der Feuerdämonen geschaffen. Mit einem Knall bildete sich eine bläulich schimmernde Blase um den Greifen, an deren Oberfläche die Flammengestalten abprallten. Ihre fratzenhaften Gesichter verrieten Verwirrung, und wütend attackierten sie wieder und wieder die für sie undurchdringliche Blase, aber sie kamen nicht durch.

Gorian stand auf dem Greifenrücken, steckte das Schwert ein und schrie einen einzigen Namen, den er mit einem ebenso intensiven, fast zwingenden Gedanken unterlegte: »Zog Yaal!«

Danach versuchte er durch die Anwendung magischer Formeln beruhigend auf den Geist des Greifen einzuwirken. Das schwarze Blut, das aus den bedenklich großen Wunden im Bauchbereich quoll, sammelte sich in einer Lache an der Unterseite der bläulich schimmernden Blase, die Gondel und Greifen umgab.

Als sich Zog Yaal endlich von einer der Seilschlangen auf den Rücken des Flugtiers heben ließ, war sein Greifenreiter-Anzug zerrissen, und Gorian erkannte, dass auch er von den Eiskrähen verwundet worden war.

»Centros Bal ist tot. Er kann uns nicht mehr helfen«, rief Gorian. »Du bist der Einzige unter uns, der etwas vom Greifenreiten versteht und dieses Tier noch zu bändigen vermag, aber ...«

»Es wird schon gehen«, versicherte Zog Yaal. Allerdings fehlte seinen Worten die rechte Zuversicht. »Sheera hat meine Wunden notdürftig behandelt, ich spüre schon eine Besserung. Doch es wäre gut, wenn wir so bald wie möglich einen Landeplatz fänden.«

»Ich hoffe, du hältst durch!«

»Länger als der Greif«, versicherte der Dritte Greifenreiter und begab sich an seine Position.

Gorian murmelte eine Stärkungsformel und legte zugleich seine Hand auf Zog Yaals Schulter.

»*Für eine Weile wird es gehen!*«, bestätigte ihm Sheera mit einem Gedanken.

Torbas ließ sich von seiner Seilschlange ebenfalls auf den Rücken des Greifen heben. Aus mindestens einem Dutzend Wunden rann schwarzes Blut aus dem Körper der Seilschlange, und sie stieß wimmernde Laute aus.

Torbas presste eine Hand auf seine Schulter. Ebenfalls schwarzes Blut sickerte ihm zwischen den Fingern hindurch, und sein Gesicht war schmerzverzerrt. »Alles halb so wild«, behauptete er. »Nur die Seilschlange, um die ist es schade, denn ich glaube nicht, dass sie ihre Verletzungen überstehen wird.«

Ein Gedanke durchzuckte Gorian. Torbas war an der linken Schulter verwundet, genau wie er selbst!

Torbas schien seine Gedanken zu erahnen. »Ja, ich bin in allem scheinbar etwas später dran als du. Aber nach und nach werden wir uns immer ähnlicher. Fast könnte man meinen, wir wären Brüder!«

»Wir sind beide im Zeichen des fallenden Sterns geboren«, erwiderte Gorian. »Die Gestirne scheinen unser beider Schicksal maßgeblich zu bestimmen.«

Der Morgen graute, als sie den Schlangenzahn hinter sich ließen. Das Land dahinter war bisher weder von den Feuerdämonen noch vom Frostreich in Beschlag genommen worden. Aber das würde noch geschehen.

Ein schroffer, sehr tiefer Grabenbruch bildete an dieser Stelle die Grenze zwischen Gryphland und Westreich. Jenseits davon begann Bergland, das in gewisser Weise die Fortsetzung des mittelgryphländischen Bergrückens bildete. Allerdings hatten die Felsen auf der westreichischen Seite des Grabens eine deutlich rötliche Färbung. Ansonsten erstreckte sich auch hier ein zerklüftetes, sehr unzugängliches Gebiet.

Zog Yaal kannte sich in der Gegend aus. »Ich bin schon ein paar Mal hierhergeflogen«, erklärte er. »Na ja, besser gesagt, ich bin mitgeflogen, denn wie ihr wisst, war ich bislang ja noch nicht allzu oft als Greifenreiter im Einsatz.«

»Dafür machst du es hervorragend«, meinte Torbas. »Es erstaunt mich, dass du den Greifen überhaupt noch in der

Luft halten kannst, so übel, wie die Eiskrähen ihn zugerichtet haben.«

»Lange wird es nicht mehr so weitergehen«, befürchtete Zog Yaal. »Wir werden uns in den Bergen einen Platz suchen müssen, wo wir landen können.«

»Dann halte danach Ausschau«, entgegnete Gorian. »Vielleicht gibt es hier in der Gegend ja auch einen Ort, an dem wir Hilfe bekommen können.«

»Darauf würde ich nicht wetten«, sagte Zog Yaal.

»Wieso? Westreich soll ein kultiviertes Land sein. Die besten Schiffe werden dort gebaut, und die hiesige Glasbläserkunst ist einzigartig.«

»Mag sein. Aber alles, was du sagst, trifft auf die großen Städte an der Küste zu. Das Innere von Westreich – und insbesondere das Bergland im Süden – ist nur sehr spärlich besiedelt. Aber so, wie es aussieht, lassen uns die schwindenden Kräfte des Greifen keine Wahl; wir müssen runter.«

»Du nennst ihn immer nur *den Greifen*«, stellte Gorian fest. »Und auch Centros Bal habe ich nie etwas anderes sagen hören.«

»Das ist richtig«, bestätigte Zog Yaal.

»Hat euer Greif denn keinen Namen?«

»Ich fürchte, bald wird er einen haben«, murmelte Zog Yaal. »Früher, als allen lieb sein kann.«

»Das verstehe ich nicht.«

Zog Yaal wandte den Kopf, um Gorian anzusehen, und ein angestrengtes Lächeln glitt über sein Gesicht. »Du hast dich lange genug in Port Gryphenklau herumgetrieben, um unsere Sprache zu lernen, aber du hast nie etwas von den Namen der Greifen gehört?«

»Nein.«

»Ein Greif erhält seinen Namen erst nach seinem Tod, damit man sich seiner erinnert. Zuvor nennt man ihn einfach nur ›den Greifen von Centros Bal‹ oder meinetwegen auch ›den fünften Greifen von Centros Bal‹. Alles andere wäre respektlos.«

»Weshalb?«

»Wir wissen nicht, wie sich die Greifen untereinander nennen oder ob sie sich überhaupt Namen geben. Jemandem bei einem Namen zu nennen, der nicht wirklich der seine ist, wäre extrem unhöflich.«

»Und nach dem Tod ist das anders?«

Zog Yaal nickte. »Wenn ein Gryphländer stirbt, wird ihm von seiner Verwandtschaft sehr häufig ein anderer Name verliehen, damit er unbelastet von den Sünden seines Lebens vor den Verborgenen Gott treten kann.«

»Ich glaube nicht, dass dies der Lehre der Priesterschaft und des Bischofs von Atrantia entspricht.«

»Nein, das tut es nicht. Aber die Priesterschaft hat es nie geschafft, diese Sitte auszumerzen. Und warum sollte es Menschen nicht erlaubt sein, sich hinter einem anderen Namen zu verbergen, wenn sie vor einen Gott treten, der sich ebenfalls verbirgt und keinen Namen führt?« Zog Yaal beugte sich vor und berührte einen Druckpunkt am Hals des Greifen, um ihn etwas anzutreiben, woraufhin das riesenhafte Tier einen krächzenden Laut ausstieß, aus dem alle Schmerzen, die es litt, herauszuhören waren. »Centros Bal hat es immer abgelehnt, den Todesnamen eines Greifen schon im Voraus festzulegen, obwohl das viele tun. Er aber war der Meinung, dies würde Unglück bringen. Nun ja, mein Todesname steht auf dem Amulett, das ich trage. Und ich wäre dankbar, wenn ihn jemand dreimal ausrufen und das Gebet sprechen würde, das auf der anderen Seite des Amuletts eingraviert ist.«

»Du hast noch ein langes Leben vor dir«, sagte Gorian.

»Ich fürchte, das stimmt nicht. Da ist eine Kälte in mir, seit mich die Vögel verletzt haben.«

»Die wird vorübergehen«, behauptete Gorian, obwohl er sich dessen alles andere als sicher war.

Immer tiefer sank der Greif. Die bläuliche Blase, die der Namenlose Renegat mit seinem Ritual erzeugt hatte, gab es inzwischen nicht mehr. Sie war immer durchscheinender geworden und hatte sich nach und nach aufgelöst, bis das schwarze Blut, das sich an ihrem Grund gesammelt hatte, in die Tiefe fiel und sie ganz verblasste.

Der Greif stieß immer wieder klagende Laute aus. In einem Hochtal ließ ihn Zog Yaal schließlich landen. Es gab dort einen Bergsee, der bei Greifenreitern aufgrund der guten Wasserqualität bekannt war. Dort konnte man sein Reittier bedenkenlos trinken lassen. Greifen tranken zwar nur selten, dann aber gewaltige Mengen.

Die Landung des Greifen war alles andere als elegant, und das lag nicht nur an dessen Zustand, sondern auch an Zog Yaals mangelnden Erfahrungen als Greifenreiter. Davon abgesehen war es aber auch alles andere als einfach, den Greifen eines anderen Reiters zu lenken, schon gar nicht den eines Mannes wie Centros Bal, der stets darauf bestanden hatte, selbst auf dem Rücken seines Greifen zu sitzen.

Die ohnehin schon ziemlich ramponierte Gondel setzte ziemlich hart auf, und der Greif schrammte mit seinem blutenden Bauch über den harten, steinigen Untergrund. Die Seilschlangen waren klug genug, sich sofort zu lösen, sonst hätte der Greif die ganze Gondel umgerissen und noch ein gutes Stück hinter sich hergeschleift. So aber blieb den Reisenden dies erspart.

Gorian stieg so schnell es ging vom Rücken des Greifen, und Torbas folgte seinem Beispiel. Zog Yaal bleib noch etwas länger dort sitzen, um das Tier zu beruhigen und ihm zuzusprechen. Sheera und Thondaril kamen aus der Gondel, und ihnen folgte der Maskierte, während es der Namenlose Renegat zunächst vorzog, in der Gondel zu bleiben.

»Wir sollten uns hier nicht allzu lange ausruhen«, sagte Thondaril, nachdem er sich zu Gorian gesellt hatte.

Gorian deutete auf den Greifen. »Vermutlich werden wir aber dazu gezwungen sein.«

»Das wäre nicht gut«, erwiderte Thondaril missmutig, der beim Angriff der Eiskrähen unverletzt geblieben war. Er fasste Gorian am Arm und zog ihn etwas beiseite, um sich von den anderen unbelauscht mit ihm unterhalten zu können. »Morygor wird nicht aufgeben. Er hat so viel darangesetzt, uns zu vernichten, dass er uns jetzt nicht unbehelligt zu den Inseln der Caladran ziehen lassen wird.«

»Das Frostreich dehnt sich nicht schnell genug aus, dass es uns einholen wird«, gab Gorian zu bedenken, doch dann fielen ihm wieder die Worte des Caladran-Gesichts ein, das ihm erschienen war: »*Du bist wie ein geworfener Stein, dessen Bahn ich erkenne und den ich mit ausgestreckter Hand fange ...*«

»Morygor ist uns stets einen, wenn nicht gar zwei oder drei Schritte voraus«, stellte Thondaril klar. »Und wir brauchen uns nicht innerhalb seines Frostreichs aufzuhalten, damit er uns erreichen und uns seine Macht demonstrieren kann. Sieh sie dir an, mit denen du zu den Inseln der Caladran reisen willst. Kaum einer ist ohne Blessuren davongekommen. In den Eiskrähen steckte mehr von Morygors verderblichem Geist, als es bisher bei seinen anderen Dienerkreaturen der Fall war, und mit jeder Wunde, die diese Vögel geschlagen haben, ist etwas von seiner bösen Kraft in den Betreffenden eingedrungen.« Thondarils Miene wirkte düster und wie aus Stein gemeißelt. »Das wird nicht ohne Wirkung bleiben. Es ist wie ein schleichendes Gift.«

Er sah sich nach dem Greifen um, der sich, befreit von den Seilschlangen und tödlich verwundet, zum Wasser geschleppt hatte. Zog Yaal blieb in seiner Nähe, um sich um das Tier zu kümmern. Währenddessen behandelte Sheera Torbas' blutende Schulter. Der Schwertschüler hatte seinen Oberkörper entblößt, und dadurch wurde erst ersichtlich, was für eine furchtbare Wunde er davongetragen hatte.

»Wir werden uns alle gegenseitig genau beobachten müssen«, sagte Thondaril. »Achte auf Torbas – und teile nicht unnötig viele Gedanken mit Sheera. *Fürchte deine Freunde mehr als deine Feinde,* lautet ein Axiom unseres Ordens.«

»Wie könnt Ihr so etwas sagen?«, fragte Gorian, und es gelang ihm nicht, die Empörung, die er empfand, zu verbergen. Dass der zweifache Ordensmeister Ar-Don gegenüber misstrauisch war, war für ihn noch nachvollziehbar, schließlich war der Gargoyle letztlich ein Geschöpf Morygors. Aber Torbas? Und vor allem Sheera, die Gorian von all seinen Begleitern zweifellos am nächsten stand?

»Durch seinen mutigen Einsatz hat uns Torbas allen das Leben gerettet«, erklärte Gorian aufgebracht. »Hätte er den Greifen nicht zu schützen versucht, wäre dieser sicherlich noch schwerer verletzt worden, und wir hätten es vermutlich niemals bis hierher geschafft.«

»Das mag sein«, gab Thondaril zu.

»Und Sheeras Loyalität steht wohl außer Frage.«

»Wirklich?«

»Sie hat mich gerettet, als ich nach dem Kampf am Speerstein tödlich verwundet darniederlag!«

»Wir sprechen nicht über die Vergangenheit«, ermahnte ihn Thondaril.

»Es gibt niemanden, dessen Gedanken ich besser kenne als die ihren.«

»Und umgekehrt«, entgegnete Thondaril. »Und genau das macht sie für Morygor ganz besonders interessant.«

»Könnt Ihr eigentlich selbst in den engsten Gefährten nur das Schlechte sehen, das sie möglicherweise in sich tragen?«, fragte Gorian herausfordernd.

»Gerade bei engsten Gefährten lohnt sich diese Aufmerksamkeit«, behauptete Thondaril. »Glaub mir, ich spreche aus Erfahrung.«

»Dann könnt Ihr auch mir nicht trauen!«, sagte Gorian gereizt. »Immerhin wurde ich beim Kampf am Speerstein schwer verwundet, und dabei dürfte viel von dem, was Ihr als Morygors schleichendes Gift bezeichnet, in mich eingedrungen sein!«

»Und ein Teil davon ging gewiss in diejenige über, die dich heilte«, gab Thondaril zu bedenken. »Das geschieht immer. Deine Ausbildung im Haus der Heiler ist weit genug fortgeschritten, dass dir derart grundlegende Dinge klar sein sollten.«

»So misstraut Ihr also auch mir.«

»Ich rechne mit der Schwäche eines jeden«, erklärte Thondaril.

»Auch bei Euch selbst?«

»Als wir unterwegs zum Speerstein waren, habe ich meine eigene innere Schwäche bitter erfahren müssen. Aber ich habe mich selbst betreffend Vorkehrungen getroffen.«

Während sie sich unterhielten, sah Gorian, wie Sheera

einen der roten Steine, die man in diesem kargen Hochlandtal überall finden konnte, auf Torbas' Wunde drückte. Torbas Augen waren vollkommen schwarz. Der rote Stein verwandelte sich, auch er wurde schwarz – ebenso wie Sheeras Augen.

Und für einen ganz kurzen Moment glaubte Gorian, zwei feine Strahlen aus Schwarzlicht zu sehen, jeweils so dünn wie ein Zwirnsfaden, die sich von Torbas' Augen zu Sheeras spannten.

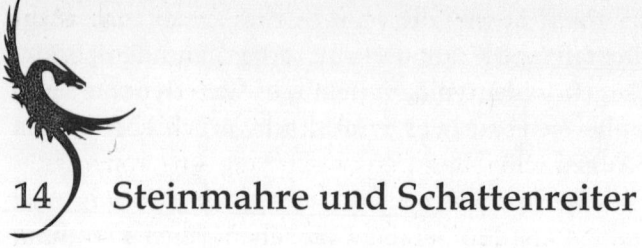

14 Steinmahre und Schattenreiter

Sheera versorgte die Wunden ihrer Gefährten. Die Steine, die überall im Tal zu finden waren, benutzte sie dafür als Heilsteine. Letztlich ging es ja nur darum, ihre eigenen Heilkräfte auf die Steine zu übertragen.

Anschließend versetzte sie Torbas und Zog Yaal in einen tiefen Schlaf, der den Heilungsprozess fördern sollte. Anders wäre es auch kaum möglich gewesen, Zog Yaal für eine Weile ruhigzustellen, denn der nun einzige Greifenreiter sorgte sich sehr um Centros Bals Greifen. Gorian hatte allerdings den Eindruck, dass der Grund dafür weniger das Mitleid mit der geschundenen Kreatur war, als vielmehr die Furcht um das eigene Leben, denn ohne den Greifen waren sie in dieser einsamen Gegend gestrandet.

Greifenreiter, die nach Westreich flogen, um Waren zu den großen Hafenstädten Westrig, Havalan oder Embador zu bringen, pflegten offenbar allenfalls eine kurze Rast an diesem See einzulegen, wenn ihre Greifen von großem Durst geplagt wurden, aber niemand wagte es, hier zu nächtigen. Die menschliche Bevölkerung in den westreichischen Bergen galt nicht unbedingt als empfehlenswerte Gesellschaft. Es handelte sich zumeist um vom Aberglauben geprägte, verschworene Dorfgemeinschaften, für die Gastfreundschaft ein Fremdwort war. Außerdem hausten in den Bergen

Räuberbanden, die stets darauf lauerten, dass eine überladene Greifengondel zu tief flog, sodass man sie mit Langbögen und Armbrüsten vom Himmel holen konnte, und Zog Yaal berichtete, bevor er einschlief, auch von wilden Stämmen, die geflügelte Affen dressierten, um Greifenreiter und ihre Gondeln zu kapern.

Auch waren in den Bergen angeblich uralten Kreaturen beheimatet. Über sie hatte Gorian zwar in den Hafenstraßen von Port Gryphenklau an jeder Ecke einen Geschichtenerzähler fabulieren gehört, aber niemand schien wirklich etwas über sie zu wissen. Von Steinmahren und Riesenschlangen war die Rede. Und von den Sonnenflüchtern – Wesen, die im Licht der Sonne zu Stein erstarrten und nur bei Dämmerung zum Leben erwachten. Angeblich wurden sie immer aktiver, je mehr sich der Schattenbringer vor die Sonne schob, und erstarrten nur noch um die Tagesmitte zu Stein, wenn die Sonne im Zenit stand.

Auch Zog Yaal hatte über diese Wesen nicht mehr erzählen können. Nun lag er in der Gondel und schlief so tief und fest wie wohl nie zuvor in seinem Leben.

Der Namenlose Renegat allerdings, der sich inzwischen bequemt hatte, die Gondel zu verlassen, erklärte auf Thondarils Nachfrage hin, dass es tatsächlich uralte Geschöpfe in dieser Gegend gab, die vor langer Zeit einmal sehr mächtig gewesen waren, diese Macht dann aber nach und nach verloren hatten.

»Den Sonnenflüchtern gehörten einst einige der Inseln, die heutzutage von den Caladran bewohnt werden«, fuhr er fort. »Als die ersten Himmelsschiffe der Caladran diesen Kontinent erreichten, führten sie Krieg gegen die Sonnenflüchter und ihre Verbündeten. Aber das ist lange her.«

»Scheint, als wären die Sonnenflüchter Morygors geborene Verbündete«, meinte Thondaril. »Schließlich verbessert sich ihre Lage, je mehr der Schattenbringer die Sonne verdeckt.«

»Vorausgesetzt, dass es überhaupt noch eine nennenswerte Anzahl dieser Wesen gibt, habt Ihr sicherlich recht«, stimmte ihm der Namenlose Renegat zu. »Aber anstatt uns den Kopf über Gefahren zu zerbrechen, die in grauer Vorzeit bestanden haben, sollten wir uns auf die Bedrohungen konzentrieren, mit denen wir es zu tun kriegen könnten.«

Thondaril verstand sofort, worauf der Namenlose hinauswollte. »Auch Ihr könnt Euch nicht vorstellen, dass Morygor die Verfolgung aufgegeben hat.«

»Nein, das halte ich für völlig ausgeschlossen.«

»Was glaubt Ihr, wird er tun?«

»Ich glaube, dass er genau weiß, wo wir uns gerade befinden und wie unsere Situation aussieht. Das heißt, er weiß auch, dass er sich mit einem Angriff nicht zu beeilen braucht, denn einstweilen sitzen wir hier fest. Aber er wird seine Zeit nutzen, und wir sollten in Erfahrung bringen, was er vorhat.« Er wandte sich dem wie gewohnt schweigsamen Maskierten zu und sagte zu ihm ein paar Worte in einer Sprache, von der Gorian überzeugt war, dass es sich nicht um Caladranisch handelte. Nicht einmal der basiliskische Sprechstein konnte sie übersetzen.

Daraufhin eilte der Maskierte im Laufschritt davon, auf das Seeufer zu und zu einem Felsbrocken an dessen Ufer, in den er verschwand.

»Er reist durch die Steine«, stellte Gorian fest.

»Eine überall sehr nützliche Kunst«, bestätigte der Namenlose Renegat. »Vor allem, wenn man sich als Kundschafter betätigt.«

Gorian unterstützte Sheera dabei, den Greifen zu heilen. Zog Yaal konnte ihnen dabei nicht zur Hand gehen, und auch mit seinem Wissen über das Verhalten der Tiere konnte er ihnen nicht helfen. So waren sie auf das angewiesen, was sie darüber bisher während ihrer Flüge mit Centros Bal und ihres Aufenthalts in Gryphenklau mitbekommen hatten.

Der Greif war zwar so schwach, dass er sich ohnehin alles gefallen ließ, dennoch wendete Sheera vorsorglich noch einen starken Beruhigungszauber an, auch wenn sie sich nicht sicher war, ob der auch bei Greifen wirkte.

»Sieh nur zu, dass er nicht für immer einschläft«, mahnte Gorian. »Dann sähe es ziemlich übel für uns aus.«

Es würde Wochen dauern, wenn sie gezwungen waren, sich über Land bis zur Küste durchzuschlagen, um dann in Havalan oder Embador ein Schiff zu besteigen, das sie zu den Inseln der Caladran brachte. Vorausgesetzt, sie fanden überhaupt einen Kapitän, der bereit war, dorthin zu fahren. Denn wie die Lage auf den Caladran-Inseln aussah, darüber gab es nicht einmal Gerüchte. Selbst Meister Thondaril, der über die Kunst des Handlichtlesens Verbindungen zu anderen Ordensmeistern in nahezu allen Ländern von Ost-Erdenrund unterhielt, die noch nicht von Morygors Horden erobert waren, war hinsichtlich des Geschehens bei den Caladran so ahnungslos wie alle anderen.

Allerdings war es allenfalls eine Frage der Zeit, bis sich das Frostreich auch auf die Inseln ausdehnen und sie unter seinem Eispanzer begraben würde, wie es mit dem Großteil von Ost-Erdenrund bereits geschehen war.

Sheera platzierte zahlreiche Heilsteine auf den Wunden des Greifen, der sich auf die Seite gelegt hatte. Damit die Steine auf den furchtbaren Verletzungen, die ihm der Eis-krähenschwarm zugefügt hatte, hafteten, musste Gorian sie mit einem entsprechenden Zauber besprechen. Das war einfache, grundlegende Magie und gehörte nicht zu dem Spezialwissen, das in den fünf Häusern des Ordens gelehrt wurde.

Einige der Wunden schlossen sich bereits, verschorften und bildeten Krusten.

Der Greif lag mit ausgestrecktem Hals da und hielt den Schnabel in das Uferwasser des Sees, sodass er jederzeit, wenn ihm danach war, trinken konnte. Seine Augen zeigten einen matten Glanz, und auch wenn Gorians Wissen hinsichtlich dieser Tiere beschränkt war, spürte er doch deutlich, dass nicht mehr viel Lebenskraft in ihm steckte.

»Wir werden uns vielleicht an den Gedanken gewöhnen müssen, unseren Weg ohne ihn fortzusetzen«, sagte Sheera leise, als fürchtete sie, der Greif könnte ihre Worte verstehen.

»Eine Heilerin darf nicht an ihren Fähigkeiten zweifeln«, entgegnete Gorian.

»Ich bin erschöpft, Gorian. Schon Torbas' Schulterwunde zu versorgen hat viel meiner Heilkraft aufgezehrt. Und für den Greifen kam, so fürchte ich, meine Hilfe bereits zu spät.« Sie seufzte und sprach nicht laut weiter, sondern benutzte ihre Gedankenstimme. »*Vielleicht aber lässt sich der Namenlose Renegat dazu herab, uns mit seiner Caladran-Magie zu unterstützen.*«

»*Bisher sieht er einfach nur in aller Seelenruhe zu, wie das Reittier, das uns von hier fortbringen könnte, zu krepieren droht*«, gab Gorian ergrimmt zurück. »*Dieser Kerl wird mir immer unheimlicher, wenn ich ehrlich bin.*«

»*Genau wie sein seltsamer Begleiter, dieser Maskierte.*«

»*Ich frage mich, woher der Namenlose Renegat so gut über Morygor Bescheid weiß. Als König Song Mol mit seiner Hilfe die*

Feuerdämonen besiegte, war Morygor nicht einmal geboren. Die beiden sind sich niemals begegnet, und doch muss es eine Verbindung zwischen ihnen geben.«

»Ich glaube allerdings nicht, dass Morygor ihn beherrscht und zum Verräter gemacht hat«, wandte Sheera ein. »*Dazu ist die Magie des Namenlosen zu stark. Außerdem hätte er in diesem Fall genug Gelegenheit gehabt, uns dem Feind auszuliefern oder zu töten.*«

Gorian warf einen Blick zu dem Namenlosen hinüber, der sich etwas abseits auf den Boden niedergelassen hatte. Er hatte die Beine untergeschlagen, die Arme vor der Brust verschränkt, die Augen geschlossen und wirkte, als würde er sich stark konzentrieren.

»*Er hält uns nicht für wert, uns in seine wahren Pläne einzubeziehen*«, stellte Gorian fest und fragte sich zugleich, ob der Namenlose seinen Gedankenaustausch mit Sheera mitbekam.

Gorian machte sich auch Sorgen um Ar-Don. Der war zwar nicht von den Eiskrähen verletzt worden, aber er wirkte stark verändert. Seit ihrer unfreiwilligen Landung in den westreichischen Bergen hockte er, zur steinernen Statue erstarrt, in der Greifengondel. Auf Gorians Gedanken reagierte er abwehrend, und Gorian erschienen die Gedanken des Gargoyles, die er durchaus empfing, vollkommen wirr.

Er fragte Meister Thondaril um Rat. »Was könnte mit ihm los sein? Selbst als er mich umbringen wollte, habe ich seine Gedanken besser verstanden als jetzt.«

»Wieder einmal erweist sich die unglaubliche Stärke von Morygors Aura«, sagte der zweifache Ordensmeister. »Niemand kann vorhersagen, wie sie auf den Einzelnen wirkt. Ar-Don hat vielleicht keine äußerlich sichtbaren Verletzungen davongetragen, aber auf seinen Geist muss das nicht zutreffen.«

»Ich verstehe«, sagte Gorian. »Ihr wollt mich erneut vor ihm warnen.«

»Nein, nur zur Vorsicht mahnen. Vielleicht erholt er sich und ist in Kürze schon wieder ganz der Alte.«

Der Maskierte kehrte zurück und brachte ein paar Kräuter mit, die in dieser kargen Landschaft vereinzelt wuchsen. Er ging zu dem Namenlosen Renegaten, der bis dahin für niemanden ansprechbar gewesen war, und sagte ein paar Worten auf Caladranisch zu ihm.

Der Renegat öffnete die Augen, und der Maskierte reichte ihm die Kräuter, die in den verschiedensten Farben zu schimmern begannen, als sie die Handfläche des Caladran berührten.

»Das habe ich gebraucht!«, stieß dieser hervor und schloss die dürre Hand um die Pflanzen.

Er erhob sich und ging zu Gorian und Thondaril. »Ihr glaubt, dass ich untätig bin und andere ihrem Schicksal überlasse. Aber ich sammle nur Kraft für das, was uns noch bevorsteht.« Er hob die Hand mit den Kräutern, öffnete sie, und es wurde offenbar, dass sie zu einem bläulich schimmernden Staub geworden waren. »Dies ist jene Substanz, die Oras Ban so lange über das Ende seiner Zeit hinaus am Leben erhielt. Allerdings hat Oras Ban sie aufgrund der besonderen Empfindlichkeit seines menschlichen Körpers immer nur in gelöster und stark verdünnter Form zu sich nehmen können, sonst hätte ihn die Lebenskraft des Elixiers wahnsinnig werden lassen. Nun, vielleicht ist er es zum Schluss dennoch geworden. Wenn ich dies dem Greifen gebe, könnte es ihn retten.«

»Dann tut es«, forderte Gorian. »Und beweist, dass die Heilkunst der Caladran der einer Heilschülerin des Ordens der Alten Kraft überlegen ist!«

»Es könnte auch geschehen, dass die Substanz ihn tötet«, warnte der Namenlose. »Oder sie lässt ihn zu einem wahnsinnigen, nicht zu bändigenden Monstrum werden. Es hängt ganz allein von der Dosis ab und von der begleitenden Magie. Ihr solltet zu eurem Verborgenen Gott beten, dass mein Versuch glückt.«

Der Namenlose ging auf den träge daliegenden Greifen zu, dessen Körper von mindestens hundert Heilsteinen bedeckt war. Viele hatten die rötliche Färbung verloren und die Schwärze des Bluts angenommen, das nach wie vor aus verschiedenen Wunden hervorquoll.

Das riesige Geschöpf hatte die Augen inzwischen geschlossen und lag regungslos da, fast wie tot, und atmete nur noch schwach. Wenn es die Luft durch das einzige Nasenloch ausblies, entstand dabei ein Laut, der an eine verendende Krähe erinnerte.

»Bleibt zurück!«, forderte der Namenlose von allen anderen.

Gorian spürte, wie sehr Sheera das widerstrebte. »Er wird schon wissen, was er tut!«, wandte er sich in Gedanken an sie.

»Das will ich hoffen«, antwortete sie skeptisch. »Aber ich traue ihm nicht. Er verfolgt nur seine eigenen Ziele.«

»Vorsicht, er liest in unseren Seelen und Gedanken!«

»Aber vermutlich nicht in diesem Moment, denn im Augenblick erfordert es seine ganze Konzentration, noch die Seele des Greifen zu erreichen.«

Der Namenlose blieb stehen, rührte sich für eine Weile nicht mehr, sondern murmelte leise eine Formel der Caladran. Ein leichtes Zittern durchlief den Körper des Greifen.

Drei der Heilsteine, die Sheera angelegt hatte, fielen von ihm ab, als hätte sich die Magie, die sie an seinem Leib gehalten hatte, aufgelöst, und erneut quoll Blut aus den Wunden.

Gorian konnte spüren, wie sich Sheeras Zweifel in Widerwillen wandelten und dass es ihr schwerfiel, sich zu bezähmen und nicht einzugreifen. Das Leben des Greifen hing an einem seidenen Faden, und Sheera befürchtete, dass der Caladran diesen Faden überspannte.

Der Namenlose schritt zu dem Kopf des Greifen, dessen geöffneter Schnabel halb im Wasser lag, und murmelte wieder etwas in caladranischer Sprache. Selbst aus der Entfernung spürte Gorian noch die eigentümliche Kraft, die von diesen Worten ausging. Es war eine Magie, die sich fundamental von der menschlichen Zauberkunst unterschied. Dabei handelte es sich um die gleiche Kraft, die auch die Mitglieder des Ordens benutzten, aber sie wurde völlig anders angewendet.

Der Namenlose streckte die Hand mit dem Staub aus und öffnete sie. Die bläulich schimmernden Staubteilchen stiegen wie Rauch empor und zogen in das wie bei einem Falken oberhalb des Schnabels sitzende Nasenloch der Kreatur. Daraufhin begannen die noch am Greifenkörper haftenden Heilsteine bläulich zu schimmern.

Ein schmerzerfüllter stöhnender Laut erfüllte das Hochtal, aber der Greif bewegte sich nicht. Es war nur ein Gedankenschrei, erkannte Gorian.

Die Löwenbrust des Greifen hatte sich bis dahin ganz leicht gehoben und gesenkt, mit jedem Atemzug einmal. Nun aber rührte sich dort nichts mehr, die Kreatur wirkte vollkommen starr, so als wäre überhaupt kein Leben mehr in ihr.

Das bläuliche Schimmern aber setzte sich überallhin fort. Die Heilsteine fielen einer nach dem anderen ab, verloren ihr Leuchten und zerfielen zu schwarzer Asche.

Der zuvor trotz der Heilmagie unstillbare Blutfluss hörte einfach auf. Nirgends drang noch ein Tropfen von schwarzem Blut aus einer der Wunden. Aber geheilt waren sie ganz sicher noch nicht.

Der Namenlose Renegat stand eine Weile regungslos da. Sein Blick war auf das gewaltige Mischwesen gerichtet. Daumen und Zeigefinger beider Hände presste er gegen die Schläfen.

»Wir werden abwarten müssen«, sagte er schließlich und ließ die Arme sinken.

»Wie lange?«, fragte Sheera.

»Eine Nacht und einen Tag. Morgen um diese Stunde werden wir wissen, ob wir noch einen Greifen haben, der unsere Gondel zu tragen vermag.«

»Es ist wertvolle Zeit, die uns zwischen den Fingern zerrinnt«, bedauerte Thondaril. »Zeit, die Morygor in die Hände spielt.«

»Vergesst nicht, dass dieser Greif nicht der Einzige unter uns ist, der eine Ruhepause benötigt«, gab der Namenlose Renegat zu bedenken. Er drehte sich zu Thondaril um und sah ihn herablassend an. »Was glaubt Ihr wohl, weshalb ich so lange gezögert habe, Felsenburg zu verlassen? Es war gegen jede Wahrscheinlichkeit, dass wir überleben. Dass wir bis hierher gekommen sind, solltet Ihr als Erfolg werten.«

»Ich habe mich nach Möglichkeit immer vom Haus der Seher ferngehalten«, erklärte Thondaril. »Und dafür hatte ich auch einen guten Grund.«

»Und der wäre?«

»Manchmal ist es besser, sein Handeln nicht von einem berechnenden Blick in die Zukunft leiten zu lassen, sondern aus dem Augenblick heraus seine Entscheidungen zu treffen.«

»Aus der begrenzten Sicht eines Menschen mag das so scheinen. Aber ich teile Eure Ansicht nicht.«

Thondaril deutete auf den so schweigsamen maskierten Begleiter des Namenlosen Renegaten. »Was hat Euer Kundschafter über unsere Verfolger herausgefunden? Oder war er nur unterwegs, um magische Kräuter zu sammeln?«

Der Namenlose wandte sich an den Maskierten. »*Komm näher und sag es ihnen selbst. Ich weiß, dass es die Reinheit des Gedankens verletzt, wenn man ihn in Worte fasst, aber diese Sterblichen sind nun mal in ihrem beschränkten Verständnis darauf angewiesen. Und warum soll andauernd nur ich mich dieser ermüdenden Qual unterziehen.*«

Gorian vernahm diese Worte und begriff erst einen Augenblick später, dass es sich um eine Gedankenbotschaft des Namenlosen an den Maskierten handelte, der eigentlich für niemand anderen bestimmt gewesen war.

Der Ordensschüler spürte für einen kurzen Moment auch die Verwunderung des Caladran, als dieser bemerkte, dass Gorian seinen Gedanken ebenfalls empfangen hatte. Er war wohl der Meinung, ungefragt in den Seelen anderer zu lesen wäre allein sein Vorrecht, und er bedachte Gorian mit einem Blick, den dieser nicht zu deuten wusste. »*Deine Kraft scheint noch zuzunehmen. Alle Achtung. Vielleicht unterschätze ich dich immer noch.*«

Diesmal spürte Gorian, wie der Namenlose seinen Geist durchforschte. Er wollte mit aller Macht herausfinden, was der junge Ordensschüler sonst noch aus seinen Gedanken erfahren haben mochte, und es gab für Gorian keine Möglichkeit, sich dagegen abzuschirmen. Er versuchte es zwar, und seine Augen wurden dabei schwarz, so sehr konzentrierte er dafür die Alte Kraft in sich, aber es wollte ihm einfach nicht gelingen; die Magie seines Gegenübers war stärker.

Doch immerhin hatte er zum ersten Mal gespürt, wie der Namenlose *einen Blick in seine Seele nahm*, wie der es zu nennen pflegte. Das war der erste Schritt, dachte er sich. Nur der erste …

Dem Namenlosen, der diesen Gedanken mit Sicherheit mitbekam, musste es wie eine Drohung erscheinen, und Gorian hatte nichts dagegen. Seine Augen verloren ihre vollkommene Schwärze, und sein Blick begegnete dem des Caladran.

Der kommentierte das Geschehene weder mit Worten noch mit einem Gedanken.

»Ich bin bis zum Grabenbruch vorgedrungen, der Gryphland und Westreich voneinander trennt«, berichtete nun der Maskierte.

»So schnell?«, fragte Thondaril.

»In einem felsigen Land wie diesem ist es einfach, sich durch Stein zu bewegen, wenn man diese Kunst beherrscht«, erklärte der Namenlose für seinen Begleiter. »Sobald wir in grasbewachsene Tiefländer gelangen, wird es schwieriger, durchgehende Steinadern im Boden zu finden, die man dafür nutzen kann. Davon abgesehen ist auch nicht jede Gesteinsart für schnelles Reisen geeignet, es gibt da gewisse Unterschiede.«

»Morygors Schattenreiter sammeln sich am Grabenbruch«, fuhr der Maskierte fort. »Es sind sehr viele. Sie schweben in der Luft wie ein Schwarm von Insekten und scheinen auf jemanden oder etwas zu warten, der oder das ihnen Richtung und Ziel angibt.«

»Schattenreiter …«, murmelte Gorian. Er erinnerte sich nur zu gut an ihren ersten Angriff auf den Hof seines Vaters, als sie über das Meer gekommen waren, um ihn zu töten. Der Gargoyle Ar-Don war ihr Begleiter und ihr Mordwerkzeug gewesen. Untote Seelen von ehemaligen Schwertmeistern waren sie, die im Kampf gegen Morygor gefallen waren und die der Herr des Frostreichs in seine Dienste gezwungen hatte.

»Was hindert sie daran, uns nach Westreich zu folgen?«, fragte sich Gorian laut. »Morygor weiß mit Sicherheit, wie er uns finden kann.«

»Vielleicht erwarten sie noch irgendeinen der Frostgötter, den Morygor auf uns hetzen will«, vermutete Thondaril. »Oder er will einfach den richtigen Zeitpunkt abpassen, der sich aus seinen Berechnungen der zukünftigen Schicksalsmöglichkeiten ergibt.«

»Er sucht Verbündete«, widersprach der Maskierte.

Meister Thondaril wirkte verblüfft, auf seiner Stirn bildeten sich tiefe Falten. »Was für Verbündete? Morygor kennt nur Diener und Sklaven. Er schätzt die Gefolgschaft von Abhängigen und Untoten, deren Widerstandsgeist erloschen ist. Auch die Frostgötter und sonstigen Kreaturen, die er nun schon seit hundertfünfzig Jahren durch das Weltentor nach Erdenrund holt, würde ich nicht als seine Verbündeten bezeichnen. Sie sind nicht weniger seine willenlosen Diener als jeder Untote, der ihm folgt.«

»Meine Fähigkeit, die Absichten dieser Schattenreiter, wie ihr sie nennt, zu erkennen, ist begrenzt«, erklärte der Maskierte vollkommen ungerührt. »Allerdings schätze ich, dass Morygors Verbündete in diesem Land beheimatet sind.«

»Das wird kaum der König von Westreich und seine Armee sein«, war Thondaril überzeugt.

»Wir werden Vorbereitungen treffen«, erklärte der Namenlose Renegat, der es nicht für nötig hielt, weitere Erklärungen abzugeben.

»Und worin sollen die bestehen?«, fragte Thondaril. Gorian spürte, dass es dem zweifachen Ordensmeister missfiel, mit welcher Selbstverständlichkeit der Namenlose die Führung für sich beanspruchte.

»Wir werden den Schattenreitern mit einer geeigneten magischen Abwehr begegnen und sie zumindest für eine Weile zurückschlagen«, prophezeite der Maskierte – und verschwand, sank einfach in das Gestein zu seinen Füßen und war im nächsten Moment nicht mehr zu sehen.

»Mein treuer Begleiter verliert nicht gern viele Worte«, erklärte der Namenlose Renegat. »Er macht sich stattdessen lieber sofort ans Werk.«

Es dauerte nicht lange, und Gorian sah auf einem der schroffen Felsmassive, die das Tal auf der anderen Seite des Sees begrenzten, eine Gestalt, die sich gegen das Sonnenlicht abhob. Als sie ein Schwert zog und sich dessen Klinge in eine Flamme verwandelte, war klar, dass es sich um den Maskierten handelte. Mit dem Flammenschwert entzündete er einen Stein, aus dem daraufhin Feuer emporschoss. Anders als bei dem Flammenkreis, den der Maskierte um Felsenburg gezogen hatte, war dieses Feuer jedoch nicht bläulich, sondern flackerte grün. Es schrumpfte rasch wieder zusammen und war nur noch als blasser Schimmer auszumachen.

Der Maskierte rannte daraufhin davon, lief einen schmalen Grat entlang und verschwand wieder im Fels, nur um kurz darauf an anderer Stelle erneut aufzutauchen und ein weiteres magisches Feuer zu entzünden. Nach und nach bildete sich so ein Ring um das ganze Tal.

Es dämmerte bereits, als der Maskierte zurückkehrte. Zog Yaal und Torbas waren inzwischen erwacht. Beiden ging es sichtlich besser.

Sie verließen die Gondel und setzten sich an ein Feuer, das der Maskierte auf blankem Boden entzündet hatte, weil es weit und breit kein Brennholz gab.

Das Lagerfeuer war jedoch von anderer Natur als jene magischen Flammen, mit denen er die Feinde abwehren wollte. Es glich einem natürlichen Feuer, nur war es deutlich weniger heiß. Die in der Gondel noch vorhandenen Vorräte ließen sich darüber allerdings zubereiten. Centros Bal hatte stets darauf geachtet, größere Mengen getrockneten Fisches auf seinen Reisen mitzunehmen. Notrationen, die nur dann angetastet werden durften, wenn sonst keine Nahrungsquellen zur Verfügung standen.

»Nicht selten hat sich Centros Bal für diese Angewohnheit den Spott der anderen Gildenmitglieder gefallen lassen müssen«, sagte Zog Yaal, während er auf einem Stück Trockenfisch kaute, das über dem Feuer noch einmal gebraten und dadurch knusprig geworden war, ganz so, wie man es in den Garküchen von Port Gryphenklau angeboten bekam. »›Du fährst doch von Markt zu Markt, von Stadt zu Stadt, weshalb nimmst du da Vorräte mit?‹, hat man ihm immer wieder vorgehalten und ihn ausgelacht, weil er wertvollen Stauraum verschwenden würde. Und ehrlich gesagt, als ich bei ihm anfing, habe ich genauso gedacht, denn die Vorräte wurden am Ende regelmäßig weggeworfen, weil sie irgendwann eben doch ungenießbar geworden waren.«

Auch Torbas hatte sich ans Feuer gesetzt. Das an der

Schulter zerfetzte, blutdurchtränkte Wams hatte er gegen eines jener Kleidungsstücke ausgetauscht, die Centros Bal in seiner Gondel mitgeführt hatte. Auch in diesem Punkt war der Nordfahrer stets für alle Eventualitäten und vor allem für jede Witterung gerüstet gewesen.

Zog Yaal sah Torbas an, und der Ausdruck im Gesicht des jungen Greifenreiters veränderte sich dabei. »Es ist seltsam, dich in *seinen* Kleidern zu sehen«, fand er.

Torbas nickte. Seine Augen wurden schwarz. Er schien noch viel der Alten Kraft aufwenden zu müssen, um sich zu stärken und den Heilungsprozess zu fördern. Vorsichtig betastete er die Schulter, die Sheera zuvor noch einmal untersucht und mit einem Heilstein behandelt hatte. »Ich verstehe, was du meinst.« Er sprach leiser als sonst und wirkte sehr in sich gekehrt und nachdenklich. »Aber so, wie ich ihn kennengelernt habe, wird er nichts dagegen haben, wenn seine Sachen jetzt jemand anderen wärmen.«

»Niemand kann etwas aus dieser Welt mitnehmen, wenn er vor den Verborgenen Gott tritt«, stimmte Zog Yaal düster zu.

»Das ist wahr.«

Thondaril aß nur mit sehr wenig Appetit. Zu viele Gedanken gingen dem zweifachen Ordensmeister durch den Kopf. »Du bist der letzte Gryphländer unter uns, Zog Yaal«, stellte er fest, »der letzte Greifenreiter.«

»Ich werde mich bemühen, mich als würdig zu erweisen«, versprach Zog Yaal. »Und was die Summe betrifft, die Ihr für Centros Bals Dienst ausgehandelt habt, so könnt Ihr Euch darauf verlassen, dass ich alles seinem Erben aushändigen werde.«

»Weißt du, wer als sein Erbe vorgesehen ist?«, fragte Thondaril.

»Nein, aber Centros Bal wird einen versiegelten Brief bei der Gilde hinterlegt haben, in dem er ihn bestimmt hat. So ist es üblich bei den Greifenreitern. Ein Greif aber kann nur an ein anderes Mitglied der Gilde vererbt werden.«

»Ich wollte auf etwas anderes hinaus«, erklärte Thondaril.

»Wenn es Euch lieber ist, einen erfahrenen Mann anzuheuern, der Euch zu den Inseln der Caladran bringt, solltet Ihr Euer Glück im Hafen von Embador versuchen. Dorthin, zu den Märkten, bringen viele Greifenreiter ihre Waren, und wenn es auch eigentlich der Gildenehre widerspricht, lässt sich sicherlich der eine oder andere Zweite Greifenreiter abwerben.«

Thondaril schüttelte den Kopf. »Darauf wollte ich nicht hinaus. Centros Bal hätte dich wohl kaum ausgesucht, wenn dein Talent zum Greifenreiten nicht ausreichen würde, um uns zu den Caladran zu fliegen.«

»Ich danke Euch für Eure Worte, Meister Thondaril.«

»Nur hoffe ich, dass die caladranische Heilmagie überhaupt bei dem Greifen wirkt, was ja wohl noch nicht ganz sicher ist. Nein, es geht mir um etwas anderes, Zog Yaal. Da du der letzte Greifenreiter unter uns bist, musst du auch noch in anderer Hinsicht in die Fußstapfen deines Herrn treten.«

»In welcher Hinsicht?«

»Du wirst der Botschafter Gryphlands sein, wenn wir die gestohlenen Schriften zu den Caladran zurückbringen«, erklärte Thondaril. »Jedenfalls wird man dich als solchen ansehen, dessen kannst du dir sicher sein. Und darauf solltest du dich innerlich einstellen. Es wird viel von dir abhängen, wenn es darum geht, die Caladran zu Verbündeten im Kampf gegen Morygor zu gewinnen.«

»Nun übertreibt nicht«, mischte sich der Namenlose

Renegat ein, der dieser Unterhaltung zunächst scheinbar gleichgültig zugehört hatte. »Auf den Inseln der Caladran interessiert man sich vorwiegend für sich selbst und seinesgleichen. Das, was die meisten Caladran gegenüber den Greifenreitern empfinden, ist bestenfalls Verachtung, aber ihren Hass haben sie auf mich gerichtet.«

»Mit Verlaub, es ist eine Ewigkeit her, dass Ihr jene Inseln verlassen habt«, erklärte Thondaril, ungehalten wegen der Einmischung des Namenlosen. »Wie wollt Ihr da wissen, auf wen die Caladran ihren Hass richten und wen sie verachten?«

Weil er mit ihnen geistig auf irgendeine schwer fassbare Art verbunden ist, erkannte Gorian. *Genau wie mit Morygor.*

Der Namenlose hob ruckartig den Kopf, und der Blick seiner wässrigen Augen schien Gorian für einen Moment geradezu zu durchbohren.

»He, da bewegt sich was!«, rief plötzlich Zog Yaal. Er war kreidebleich geworden und streckte den Arm in Richtung des Sees aus. Inzwischen schien das Mondlicht hell auf die kahlen Felshänge hinab. Aus einem dieser Hänge hatte sich ein Stück herausgelöst, als wäre das Gestein zu einer weichen Masse geworden, die langsam, einem zähflüssigen Tropfen gleich, den Hang hinunterrutschte. Zuerst langsam, dann immer schneller bewegte sich dieses riesenhafte Etwas mit breiähnlicher Konsistenz in die Tiefe, und für einen kurzen Moment spiegelte sich das Mondlicht in zwei schlangenhaften Augen, unter denen ein großes, zahnloses Maul gähnte, aus dem gurgelnde Töne drangen.

Dann versank das Wesen im Schatten der Felsen, wurde eins mit der Finsternis, die dort herrschte. Mit einem schabenden Geräusch rutschte es über den Boden. Der Laut war im ganzen Tal zu hören und wurde als Echo vielfach zurückgeworfen, sodass innerhalb kürzester Zeit ein Klangteppich entstand, der an Meeresrauschen erinnerte. Da im Moment kein Wind blies und das Wasser des Sees spiegelglatt und ohne jeglichen Wellengang war, wirkte dieses Geräusch befremdend.

»Bei der Allmacht des Verborgenen Gottes!«, entfuhr es Zog Yaal. »Was war das denn?«

»Was auch immer, es wirkte sehr lebendig«, lautete Torbas' Kommentar. »Aber … ich spüre keinerlei Lebenskraft. Keinen Gedanken.«

»Ich auch nicht«, betätigte Sheera.

»Das ist ein Steinmahr«, erklärte der Namenlose Renegat. »Es ist lange her, dass ich einen gesehen habe. Bevor die Feuerdämonen weite Teile des heutigen Gryphlands verwüsteten, sah man noch viele von ihnen über jene Ebenen wandern, die heute die Aschewüste genannt wird. Aber das ist wirklich sehr lange her.«

»In den Geschichten der Legendenerzähler wird ihr Aussehen ganz anders geschildert«, sagte Zog Yaal.

»Das liegt daran, dass keiner von ihnen jemals wirklich einem Steinmahr begegnet ist«, erklärte der Namenlose.

»Sollten wir nicht irgendetwas unternehmen?«, fragte der Greifenreiter beunruhigt. »Offenbar ist doch mehr dran an diesen Geschichten, die man sich über diesen verwunschenen Landstrich erzählt.«

»Kein Grund zur Sorge«, entgegnete der Namenlose. »Steinmahre sind so harmlos wie eine Herde Rinder oder Schafe. Vor ihren Herren sollten wir uns allerdings in Acht nehmen.« Er ließ suchend den Blick schweifen. »Ich bin mir nämlich nicht sicher, ob das Exemplar, das wir gerade gesehen haben, zu den Wildlebenden seiner Art gehört.«

Ein weiterer Steinmahr löste sich aus einem Fels heraus,

und plötzlich gerieten mehr als ein Dutzend Berghänge unversehens in Bewegung. Überall schien das Gestein aufzuweichen, und die formlosen Wesen rutschten in die Tiefe und dem See entgegen. Der war ihr Ziel, wie sich wenig später zeigte. Der Strand auf der gegenüberliegenden Seeseite wurde sowohl durch das Mondlicht als auch durch die blassgrünen magischen Feuer, die der Maskierte gesetzt hatte, relativ gut beleuchtet. Als die ersten Steinmahre dort auftauchten, waren sie deutlich zu sehen. Sie walzten auf das Seeufer zu und begannen dann zu trinken, worauf sich ihre breiartigen Körper aufzublähen begannen.

15 ⟩ Sonnenflüchter

Hunderte von Steinmahren hatten sich am gegenüberliegenden Seeufer eingefunden, offenbar um zu trinken. So zumindest hatte es zunächst den Anschein, aber einige von ihnen rutschten immer tiefer in das Wasser hinein, bis sie schließlich völlig darin verschwunden waren.

»Diese Wesen kann man nicht durch Magie beeinflussen«, erklärte der Namenlose Renegat. »Weder die Steinmahre, noch ihre Herren. Deshalb dauerte der Krieg zwischen Caladran und Sonnenflüchtern den Chroniken nach selbst für Caladran-Verhältnisse recht lange.« Er deutete zu den nach und nach im Wasser verschwindenden Steinmahren hinüber. »Wilde Steinmahre verhalten sich anders, sie treten nicht in Gruppen, sondern nur vereinzelt auf, anders als diese dort.«

»Am Grund dieses Sees werden sie uns kaum in die Quere kommen«, meinte Torbas.

»Dort werden sie nicht bleiben«, war der Namenlose überzeugt und stand auf, während er immer noch den Blick suchend durch die Nacht schweifen ließ.

Aus dem Schatten eines Felsen trat auf einmal eine Gestalt hervor. Der Körper wirkte menschlich, doch der Kopf war nicht zu sehen, denn er wurde völlig von der Schwärze der Nacht umhüllt.

Thondaril und Torbas erhoben sich ebenfalls, auch Gorian, der den Griff seines Dolchs umfasste. Sheera stellte sich neben ihn, und Zog Yaal war der Letzte, der sich von seinem Platz erhob.

Nur den Maskierten schien all das nicht zu kümmern. Er harrte am Feuer aus, steckte sich ein Stück Trockenfisch durch den Mundschlitz seiner Maske und sog es mit einem schlürfenden Geräusch in sich hinein.

»Habe ich's mir doch gedacht«, murmelte der Namenlose.

Die Gestalt trat aus dem Schatten heraus, sodass auch der Kopf sichtbar wurde. Er glich dem eines Käfers, große Beißwerkzeuge schimmerten im Mondlicht, die in sensenartigen Klingen endeten.

Das unheimliche Wesen trug eng anliegende Hosen und einen Brustpanzer aus einem unbekannten, auf jeden Fall aber nicht metallischen Material. Als wären die sensenartigen Beißwerkzeuge an seinem Kopf nicht schon Drohung genug gewesen, führte es noch ein kurzes Schwert an der Seite mit sich und hielt in der Rechten einen Stab aus Metall.

»Ein Sonnenflüchter«, sagte der Namenlose. »Es kann eigentlich nicht mehr viele von ihnen geben.«

Die Gestalt mit dem Käferkopf trat näher und hob den Stab, aus dem im nächsten Moment ein Blitz fuhr. Ungefähr zweihundert Schritt vom Lager der Gefährten entfernt schlug er ins Seeufer und tanzte dann über das Wasser, ehe er schließlich verlosch.

Wenig später tauchten an jener Stelle, wo er ins Seeufer gefahren war, die ersten Steinmahre aus dem Wasser auf und schoben sich mit grunzenden Lauten an Land. Ihre Körper wirkten aufgequollen und erinnerten an Schwämme. Manchen hing noch das Wassergras aus dem Maul, das sie auf dem Grund des Sees offenbar gefressen hatten, andere schmatzten laut.

Die ganze Herde blieb dicht gedrängt zusammen, und diejenigen, die bereits an Land waren, machten nur unwillig jenen Platz, die gerade aus dem Wasser stiegen. Immer wieder gab es Gedränge, bis der käferartige Sonnenflüchter erneut Blitze zwischen die Steinmahre sandte, um sie auf diese Weise zu lenken.

»Ich habe den Eindruck, dass sie uns gar nicht beachten«, sagte Sheera.

Nun setzte sich der Sonnenflüchter in Bewegung und rannte im Laufschritt zu seiner Herde von Steinmahren. Er kletterte auf einen Felsbrocken am Ufer, sodass er einen guten Überblick hatte, wandte den Käferkopf, bewegte dabei die übergroßen Beißwerkzeuge und schabte sie laut gegeneinander.

Daraufhin entstanden wie aus dem Nichts weitere Sonnenflüchter, bildeten sich überall aus vollkommen unscheinbaren rötlichen Felsbrocken, auch aus den Heilsteinen, die von dem Körper des Greifen abgefallen waren.

Es dauerte nur Augenblicke, und Thondaril und seine Begleiter waren von allen Seiten umstellt. Es waren Hunderte von Sonnenflüchtern, die in den Steinen ringsum geschlummert hatten und nun erwacht waren.

Das Schaben der Beißwerkzeuge bildete einen schauerlichen Chor, lauter als wenn sich alle Scherenschleifer von Port Gryphenklau verschworen hätten, zur selben Zeit in derselben Gasse ihr Handwerk auf möglichst geräuschvolle Weise zu verrichten.

»Ich hoffe, wenigstens die Voraussicht der Schwertmeister funktioniert noch bei diesen Kreaturen, wenn es zum Kampf kommt«, murmelte Torbas.

»Keine Sorge, dass tut sie«, versicherte der Namenlose Renegat. »Aber niemand kann in ihre Seelen blicken, wenn sie es nicht wollen. Und keine Magie beeinflusst ihren Geist. Darum kann ich sie auch nicht einfach mit einem Illusionszauber davonjagen.«

»Und wie machen wir ihnen dann klar, dass wir ihnen nichts Übles wollen?«, fragte Gorian.

»Da ist besonderes diplomatisches Fingerspitzengefühl gefragt, zumal sie meinesgleichen nicht besonders mögen. Ein sehr intensiver Gedanke erreicht sie vielleicht. *Wenn* sie es zulassen.«

»Können sie denn unsere Gedanken erfassen, wenn sie es wollen?«, fragte Gorian. »Gegen unseren Willen, meine ich?«

Der Namenlose wirkte unruhiger als sonst. »Das ist eine Frage, die selbst während des Krieges, den die Caladran gegen sie führten, nie beantwortet werden konnte. Die Schriften, in denen die verschiedenen Ansichten dazu niedergelegt sind, füllen ganze Bibliotheken.«

Torbas wollte sein Schwert ziehen, aber der Renegat hielt ihn mit einem sehr energischen Gedanken davon ab. *»Gegen diese Übermacht hätte selbst der beste Schwertmeister keine Chance.«* Er wandte sich an Gorian. *»Sprich du mit ihnen! Du hast die größte Kraft, deine Gedanken werden vielleicht zu ihnen durchdringen.«*

»Aber ...«

»Und du bist kein Caladran!«

Einige der Sonnenflüchter hatten sich in der Zwischenzeit dem regungslos daliegenden Greifen genähert. Einer von ihnen hob seinen Metallstab, und ein Blitz zuckte hervor, erfasste den Körper des riesigen Tieres und ließ ihn zucken.

»Nein!«

Sheeras durchdringender Gedanke dröhnte in den Köpfen aller. Ihre Augen waren schwarz. Der Sonnenflüchter drehte sich um, richtete den Stab auf sie und schleuderte einen Blitz.

Sheera hob im selben Moment die Hände, stieß einen magischen Kraftschrei aus, und der Blitz schlug gegen die unsichtbare Wand, die sie mit ihrer Magie erschaffen hatte, und knisterte zurück zu dem Sonnenflüchter, der ihn geschleudert hatte. Er wurde von den Beinen gerissen und prallte gegen den Körper des Greifen, der daraufhin aufstöhnte, ohne jedoch aus seiner schlafähnlichen Starre zu erwachen, in die ihn der Namenlose Renegat versetzt hatte.

Dutzende der Sonnenflüchter zogen ihre Schwerter, deren Spitzen wie die Zungen von Schlangen gespalten waren, und diejenigen, die mit den Blitze schleudernden Metallstäben ausgestattet waren, richteten diese gegen Sheera und ihre Gefährten.

Ein Chor schriller, zirpender Geräusche erhob sich und mischte sich mit dem Schaben der Beißwerkzeuge.

»*Kein Kampf!*« Gorian legte alle Kraft, die er aufbringen konnte, in diesen einen Gedanken. Sheera war es gelungen, zu den Sonnenflüchtern durchzudringen, also würde ihm das auch gelingen.

Zog Yaal hielt sich hinter Gorian und ließ den gekrümmten Greifenreiter-Dolch klugerweise stecken. Damit wehren hätte er sich im Falle eines Angriffs ohnehin nicht gekonnt.

»*Warum antwortet ihr nicht?*«, fragte Gorian in Gedanken. »*Wir sind auf der Durchreise und wollen nur unbeschadet von hier fortkommen.*«

Noch immer war nicht ein einziger Gedanke der Sonnenflüchter zu erfassen. Ihre Seelen blieben verschossen. Dennoch glaubte Gorian erkennen zu können, dass es unter den Sonnenflüchtern zu einem intensiven Austausch kam.

Einige von ihnen trieben derweil die Herde von Steinmahren ein Stück weiter. Diese schienen sich kaum beruhigen zu können, stießen immer wieder gurgelnde Laute aus, und manche von ihnen würgten halbverdaute Wasserpflanzen aus.

»*Ein Gedanke, Gorian! Ein weiterer Gedanke! Jetzt! Schnell!*«, drängte ihn der Namenlose. »*Ich glaube, dass sie dich anhören werden!*«

Woraus der Namenlose dies schloss, war Gorian schleierhaft, und er fragte sich, weshalb der Renegat nicht einfach mittels Steinreise floh. Dasselbe galt natürlich auch für den Maskierten, der sich bisher vollkommen ruhig verhielt, so als würde ihn das Ganze nichts angehen.

»*Diese Option halte ich mir für den Notfall vor*«, erklärte der Namenlose und machte dadurch erneut deutlich, dass er Gorians Gedanken genau verfolgte. »*Allerdings könnten der Maskierte und ich nur jeweils einen von euch auf diese Flucht mitnehmen, und auch das nur für eine kurze Strecke, so wie im Massiv von Felsenburg. Wir hätten dann zu entscheiden, wer von euch für unseren Plan verzichtbar ist, sodass wir ihn zurücklassen können.*«

Die Kälte in den Gedanken des Namenlosen erschreckte Gorian für einen Moment. Aber er spürte auch etwas anderes darin.

Furcht.

Inzwischen war es den käferköpfigen Treibern gelungen, die Steinmahre einigermaßen zu beruhigen. Manche erstarrten für kurze Zeit wieder zu Stein, nur um Augenblicke später wieder aus diesem Zustand zu erwachen. Die Treiber befahlen ihnen offenbar immer wieder, in den versteinerten Zustand überzugehen. Aber die Steinmahre gehorchten nicht auf Dauer, dafür waren sie zu aufgeregt. Vielleicht lag das an der Anwesenheit der Fremden. Oder an dem Ring der magischen Feuer, die der Maskierte entzündet hatte.

Eine Gasse bildete sich zwischen den käferköpfigen Kriegern, und aus einem sehr großen Felsblock entwuchs ein Sonnenflüchter, der inmitten seiner Artgenossen geradezu riesig wirkte. Er maß in etwa die doppelte Länge eines hochgewachsenen Mannes. Außerdem hatte er vier Beißwerkzeuge, von denen jedes länger war als die Klinge eines gewöhnlichen heiligreichischen Schwertes.

Das Zirpen verstummte ebenso wie das Schaben der Beißwerkzeuge. Der riesige Sonnenflüchter trat auf Thondarils Gruppe zu und wandte sich an Gorian.

»Du bist der, der getötet werden muss!«

Das war der erste Gedanke, den Gorian von einem der Sonnenflüchter empfing. Der Riese, dem offenbar die Rolle des Anführers zukam, beugte sich etwas herab, die spitzen Enden seiner Beißwerkzeuge richteten sich auf Gorian und verharrten, so als wollten sie im nächsten Moment zuschlagen.

Der Gedanke, den er empfangen hatte, war für Gorian von überraschender Klarheit. Er hatte kaum etwas Fremdartiges und war bei Weitem nicht so verwirrend wie das, was ihm manchmal Ar-Don übermittelte.

»Ich bin Gorian«, sagte der Ordensschüler laut. »Und weder ich noch irgendjemand sonst hier will euch schaden.«

»Ich weiß, wer du bist«, erwiderte der Sonnenflüchter-Riese mit einem sehr eindringlichen Gedanken. Gorian nahm an, dass ihn auch die anderen empfingen. Bei Sheera war er sich dessen sogar sicher. Für einen kurzen Moment erreichte ihn ein Sturm von Bildern. Er selbst kam darin vor. Er sah sich als kleiner Junge in einem Boot in der thisilischen Bucht,

zusammen mit seinem Vater. Er sah, wie die Schattenreiter Nhorichs Hof erreichten und den Gargoyle Ar-Don aussandten, um ihn zu töten. Er sah die verlorene Schlacht um die Ordensburg und dann, wie sich ihm während des Kampfes am Speerstein von Orxanor sein eigener Dolch aus Sternenmetall in die Schulter bohrte.

»*Jemand hat mir all dieses Wissen gegeben. Es wurde entnommen aus den Erinnerungen von Lebenden und Toten und soll mir helfen, dich zu vernichten, denn das zu tun sei schwer.*«

»*Warum soll ich vernichtet werden?*«, fragte Gorian.

»*Weil du derjenige bist, der getötet werden muss, damit geschieht, was geschehen soll.*«

»*Wem dienst du?*«

»*Niemandem. Darum werde ich auch nicht tun, was man von mir erwartet.*«

»*Wer erwartet etwas von dir?*«

Zur Antwort erreichte Gorian ein Bild, das mindestens tausend Schattenreiter zeigte, die durch die Nacht ritten. Sie schwebten förmlich über die Berge. Die Hufe ihrer vollkommen dunklen achtbeinigen Riesenpferde berührten kaum den Boden.

Das war es also, was der Maskierte gemeint hatte, als er sagte, die Schattenreiter seien im Begriff, nach Verbündeten zu suchen, die in diesem Landstrich beheimatet waren und die sich nicht so einfach versklaven ließen, da sie nicht durch Magie beeinflussbar waren.

Auf irgendeine Weise hatten die Verfolger also Verbindung zu den Sonnenflüchtern aufgenommen.

Und dann begriff Gorian, was diese Gedankenbilder eigentlich bedeuteten. »*Die Schattenreiter sind auf dem Weg hierher!*«

»*Sie bringen Unglück*«, erwiderte der Sonnenflüchter. »*Sie* führen einen Krieg, der uns nichts angeht. Was sie tun, ist zu unserem Nachteil. Ihr Herr verdunkelt die Sonne.«

Gorian war verwirrt. »Ich dachte, es würde euch entgegenkommen, dass der Schattenbringer die Sonne verdunkelt. Nennt man euch nicht die Sonnenflüchter?«

»Nur unsere Feinde tun dies. Weil sie es nicht besser wissen.«

»So stimmt es nicht, dass ihr erst dann aus eurer Erstarrung erwacht, wenn die Sonne nicht mehr vom Himmel brennt?«

»Doch, das ist richtig. Bei Dunkelheit finden unsere Steinmahre keine Ruhe und verlangen immerzu nach dem Unterseegras, das sie aufquellen lässt. Und auch wir müssen dann erwachen, weil nur die wärmende Sonne uns den steinernen Schlaf des Überdauerns ermöglicht.«

»Dann solltet ihr uns helfen, denn wir wollen verhindern, dass unsere Welt zu einem dunklen, kalten Ort wird.«

Der Anführer der Sonnenflüchter bewegte hektisch die Beißwerkzeuge. Vielleicht war das seine Art auszudrücken, dass ihn Gorians Aussage irritierte. Dann verharrten seine Beißwerkzeuge wieder, er richtete sich zu voller Größe auf und stemmte die rechte, beinahe menschlich wirkende Faust in die Hüfte. Als Einziger der Sonnenflüchter trug er keinerlei Waffen, wohl aber einen Brustpanzer, auf dem in seinem Fall ein silbernes Amulett eingelassen war, das an die verschlungenen Schriftzeichen der Caladran erinnerte.

»Wir stehen auf keiner der beiden Seiten, die hier einen Krieg führen. Uns interessiert nur unser eigener Krieg, der noch lange nicht zu Ende ist. Ihr gefährdet unsere Pläne ebenso wie eure Verfolger.«

Der riesenhafte Sonnenflüchter drehte sich zur Seite. Seine dunklen, vorgestülpten Augen, in denen sich das Mondlicht spiegelte, waren für menschliche Begriffe blicklos; es war nicht zu erkennen, wem gerade seine Aufmerksamkeit galt. Dann aber wandte er sich eindeutig dem Namenlosen Renegaten zu. Auch der Gedanke, den er an ihn richtete, war für alle klar und verständlich: »*Alter Feind!*«

»Selbst meine Eltern waren noch nicht geboren, als unsere Völker Krieg gegeneinander führten«, entgegnete der Namenlose laut.

»*Für mich spielt es keine Rolle, ob es deine Vorfahren waren oder du selbst, der das Schwert gegen uns führte. Es kann keinen Frieden zwischen uns geben. Stattdessen haben wir unseren endgültigen Sieg über euch beschlossen.*«

»Es existieren nur noch sehr wenige von euch«, erinnerte ihn der Namenlose. »Euer Volk würde einen erneuten Krieg nicht überleben. Es wäre besser, wenn ihr euch einem Bündnis aller Völker gegen Morygor anschließt. Und wenn euch dieser Streit gleichgültig ist, dann lasst uns zumindest ziehen, anstatt die Schlachten der Vergangenheit, die längst geschlagen sind, zu wiederholen.«

»*Wir wollen nichts wiederholen. Die Schlachten der Vergangenheit sind entschieden. Und doch haben wir den Gedanken an den Sieg nicht aufgegeben. Die Zeit ist unser stärkster Verbündeter. Ihr mögt euch für eine langlebige Rasse halten, aber gemessen an unseren Maßstäben ist eure Existenz nur kurz. Versteinert können wir Ewigkeiten überdauern, gespeist von der Kraft der Sonne, die uns bescheint. Nur in der Dunkelheit, wenn wir erwacht sind, altern wir. Eines Tages werden wir uns alles zurückholen, was man uns weggenommen hat, all die Länder und Inseln. Die Caladran werden in den Ewigkeiten, in denen wir als Steine ausharren, längst vergangen sein, und wir werden ihre Ruinen als Mahnmale herrichten, die an unseren Sieg erinnern. Deine Vorfahren haben uns niemals wirklich besiegt. Nicht endgültig jedenfalls. Und jetzt steht es dir frei zu fliehen. An deinem Tod ist niemand interessiert. Nicht einmal eure Verfolger.*«

In diesem Moment ertönte ein Fauchen wie das einer Wildkatze, und Ar-Don schwang sich auf seinen Schwingen aus der Greifengondel. Aus einem unbekannten Grund war er aus seiner Erstarrung erwacht.

»*Ah, ein Wesen aus Stein!*«, äußerte sich der Anführer mit einem Gedanken, der interessiertes Staunen vermittelte. »*Eine verwandte Seele!*«

Ar-Don drehte eine Runde über dem Tal. »*Feinde kommen! Bedrohung ist nahe!*«, empfing Gorian seine Gedanken, vermischt mit Erinnerungen von Meister Domrich, der in der Frostfeste so furchtbar gefoltert worden war und dessen Geist Morygor selbst zu einem Bestandteil von Ar-Don hatte werden lassen. Es waren Erinnerungen an schreckliche Schmerzen, an unvorstellbare Qualen, die sich in völlig chaotischen Eindrücken von Furcht, Pein und todesähnlicher Kälte mitteilten. »*Habe Kraft gesammelt … Habe viel Kraft gesammelt, um den Kampf zu bestehen …*«

Das war der einzige klar formulierte Gedanke, der Gorian noch erreichte. Der Rest war ein wilder Strudel aus Bildern und Eindrücken, den offenbar auch die Sonnenflüchter wahrzunehmen vermochten.

Unruhe entstand unter ihnen. Die zirpenden Laute hoben wieder an, wieder schabten Beißwerkzeuge gegeneinander, und die gerade einigermaßen erfolgreich in den Steinschlaf versetzten Steinmähre erwachten erneut aus ihrer Starre und fügten dem allgemeinen Lärm ihre gurgelnden Geräusche hinzu.

»Das kann nur bedeuten, dass die Schattenreiter schon sehr nahe sind«, sagte Thondaril düster.

»*Wir werden auf eurer Seite kämpfen!*«, verkündete der Anführer der Sonnenflüchter. »*Nicht um euretwillen. Und schon gar nicht um deinetwillen!*« Damit deutete er auf den Namenlosen Renegaten. »*Sondern allein um unserer selbst willen! Denn wenn sich die Sonne weiter verdunkelt, werden wir unsere Lebenskraft nicht lange genug aufsparen können, um unsere Feinde in den Himmelsschiffen zu überdauern. Außerdem ist auch Morygor, der Herr eurer Verfolger, letztlich ein Caladran, wie schon an der Art seiner Gedanken zu erkennen ist, mit denen er uns erfolglos bedrängte.*«

»Wenn mein Volk erfährt, dass ich Seite an Seite mit Sonnenflüchtern gekämpft habe, wird es mich zum zweiten Mal verstoßen«, murmelte der Namenlose finster. »Aber … das nehme ich gern in Kauf.«

Ar-Don stieß einen schrillen Ruf aus, während er ein weiteres Mal eine Runde über das Tal flog.

In diesem Augenblick flammten in den Bergen auf der anderen Seite des Sees jene magischen Feuer hoch auf, die der Maskierte entzündet hatte. Immer wieder fauchten die Flammen empor und sanken dann wieder in sich zusammen.

Dahinter hoben sich die Umrisse von Schattenreitern auf ihren achtbeinigen Riesenpferden ab; sowohl Reiter als auch Pferd schienen aus purer Finsternis zu bestehen. Der Bannkreis aus brennenden Steinen, den der Maskierte um das Tal gezogen hatte, verfehlte seine Wirkung nicht, denn wenn einer der Reiter versuchte, zwischen zwei dieser magischen Leuchtfeuer hindurchzudringen, verbanden sich die grünlich schimmernden Flammen jeweils von einem Feuer zum anderen und versperrten ihm den Weg. Es zischte und blitzte grell, wenn die dunklen Krieger von den Flammen berührt wurden und ihre magischen Kräfte mit jenen zusammentrafen, die zweifellos in den Leuchtfeuern vorhanden waren.

Aus der Ferne schallten die Stimmen der Schattenreiter herüber. Menschliche Stimmen, durchfuhr es Gorian. Aber das war nicht verwunderlich, immerhin waren diese Verdammten ehemalige Schwertmeister, die nun dazu gezwungen waren, Morygor zu dienen.

Immer wieder ritten sie gegen die Flammenwände an, versuchten sie zu überspringen oder einfach hindurchzureiten, doch sie prallten regelrecht von den sich formierenden Feuerwänden zurück, wobei jeweils grelle Lichtblitze entstanden, vermischt mit Entladungen aus Schwarzlicht und dunklem Rauch, der schließlich ganze Teile des gebirgigen Horizonts einhüllte.

»Was glaubst du, wie lange diese magische Barriere halten wird?«, wandte sich Torbas an Gorian.

»Das kann ich nun wirklich nicht sagen«, antwortete Gorian, aber er hatte ein schlechtes Gefühl, und dem Maskierten schien es ähnlich zu gehen. Auch er wirkte nun beunruhigt, war aufgestanden und trat zu dem Namenlosen. Gorian nahm an, dass sich die beiden gedanklich austauschten, ohne irgendjemand anderen daran teilhaben zu lassen.

Sheera bahnte sich auf einmal einen Weg durch die dicht beieinanderstehenden Sonnenflüchter. Mit lautem Zirpen machten sie ihr Platz. Nachdem sie einen von ihnen mit ihrem Schutzzauber die Kraft seines eigenen Blitzes hatte spüren lassen, hatten sie einen gewissen Respekt vor ihr, und außerdem hatte der riesenhafte Anführer ja verkündet, dass er die Fremden als Verbündete betrachtete.

Sheera erreichte den Greifen. Gorian wunderte sich darüber, dass sie ihn nicht mit ihren Gedanken in das einbezog, was auch immer sie vorhatte.

»Sheera?«

Offenbar machte sie sich Sorgen um das riesige Geschöpf.

Seit sie über zahlreiche Heilsteine ihre Heilkräfte auf diese Kreatur konzentriert hatte, bestand eine besondere Verbindung zwischen ihr und dem Greifen. Sie legte die Hände gegen seinen Kopf, und der Greif stieß einen Laut aus, ohne aus seiner Starre zu erwachen. Aber diesmal war es kein Laut des Schmerzes, sondern ein krächzendes Fauchen, wie es Wildgreifen bei ihren Kämpfen um die Rangfolge innerhalb ihres Schwarms ausstoßen mochten.

Als Sheera ihren Kopf etwas wandte, sah Gorian, dass ihre Augen vollkommen schwarz waren. Sie konzentrierte ihre Kräfte in höchstem Maß.

»Was ist mit dem Greifen, Sheera?«

»Ich weiß es nicht. Die Wunden bluten nicht mehr, aber ich bin mir trotzdem nicht sicher, ob die Heilmagie der Caladran ihm wirklich geholfen hat.«

Gorian wusste nicht warum, aber als er Sheeras vollkommen schwarze Augen sah, musste er unwillkürlich an jenen Moment denken, als er die Verbindung der schwarzen Lichtfäden zwischen Sheera und Torbas gesehen hatte.

Inzwischen war das Tal von allen Seiten von Schattenreitern umzingelt. Sie griffen die magische Barriere unermüdlich an, und das Aufflammen des magischen Feuers wurde mit jedem Angriff schwächer. Es schien nur eine Frage der Zeit, bis die Kräfte der Schattenreiter die Magie des Maskierten überwinden würden.

Auf einmal aber brachen ihre Attacken ab, und für eine Weile flackerte keines der Feuer mehr auf.

Gorian nahm jedoch nicht an, dass die Untoten ihr Ziel aufgegeben hatten. Und tatsächlich – die Schattenreiter griffen wieder an, stürmten von allen Talseiten gleichzeitig heran, und ihre Pferde preschten über das unwegsame Gelände. Dieses Mal aber hielten etliche der Schattenreiter

Fackeln in der Hand, an denen schwarzes Feuer brannte. Dunkler Rauch quoll von den Flammen, der sich offenbar durch die Kraft der Magie lenken ließ. Das Gemurmel der Schattenreiter hallte zwischen den Bergen wider und war im ganzen Tal zu hören, ein Singsang aus Formeln der Caladran-Magie, die Morygor wohl in seinem Sinne verändert hatte.

Der Rauch ihrer schwarzen Fackeln zog auf die magischen Feuer des Maskierten zu, hüllte sie ein und erstickte sie an einem halben Dutzend Stellen gleichzeitig, und es dauerte nicht lange, bis weitere Feuer verloschen. Doch erst, als alle vollständig erstickt waren, überquerten die ersten Schattenreiter jene Banngrenze, die der Maskierte gesetzt hatte.

Torbas zog sein Schwert. »Jetzt wird es ernst!«

16 Greifenwahn

Von allen Seiten kamen die Schattenreiter heran. Aber sie schienen keine Eile zu haben. Sie bildeten einen Ring um das gesamte Tal und ritten in breiter Front die steilen Hänge hinab, die kein gewöhnliches Pferd hätte bewältigen können, ohne sich dabei den Hals zu brechen. Den achtbeinigen Riesenpferden der Schattenreiter aber bereitete dies keine Schwierigkeiten.

Unter den Sonnenflüchtern verbreitete sich Unruhe. Ihre zirpenden Laute und das Schaben ihrer Beißwerkzeuge erfüllten die Luft, bis ihr riesenhafter Anführer einen Ruf ausstieß, der alle anderen Geräusche im Tal übertönte und der von einem Gedanken begleitet wurde, dessen Klarheit und Eindringlichkeit der Lautstärke des Rufs entsprachen. *»Nichts von dem, was die vergänglichen Völker Magie nennen, kann unseren Willen brechen! So war es früher, als wir gegen die schrägäugigen, beißwerkzeuglosen Bestien mit ihren Himmelsschiffen kämpften! Und dies gilt auch heute noch, da uns ein Abkömmling dieser sterblichen Brut vor die Wahl stellt, ihm zu gehorchen oder vernichtet zu werden!«*

Der Chor von Lauten, der dem riesenhaften Anführer antwortete, unterschied sich deutlich von dem, was bisher zu hören gewesen war. Statt die Beißwerkzeuge aneinanderzuschaben, ließ ein erheblicher Teil der Sonnenflüchter sie nun gegeneinanderschlagen, in einem Rhythmus, der immer schneller wurde und dem sich mehr und mehr Sonnenflüchter anschlossen. Drei schnellen Schlägen folgten drei langsame und ein einzelner. Diese Abfolge wurde ununterbrochen wiederholt und von einem mächtigen Gedanken des Anführers unterlegt, den auch Gorian deutlich erfasste.

»*Überdauert!*«

Die Gedanken, mit denen die anderen Sonnenflüchter antworteten, konnte Gorian nicht verstehen, denn sie waren ein ganzer Strom von Botschaften, und womöglich hatte der Krieg gegen die Caladran sie gelehrt, ihre Gedanken nach Belieben abzuschirmen, so wie sie sich auch gegen magische Beeinflussungen schützten.

»*Hilf mir! Ich brauche deine Kraft!*«, erreichte Gorian durch all dieses Chaos eine geistige Botschaft von Sheera.

Sogleich bahnte er sich einen Weg durch die Reihen der Sonnenflüchter.

Sheera berührte noch immer mit beiden Händen den Kopf des Greifen. Ihre Augen waren schwarz. Keine der Wunden blutete mehr, dennoch schien sich der Zustand des Greifen verschlechtert zu haben. Er lag nicht mehr reglos da, sondern atmete heftig, und ein Schwall wirrer Gedanken ging von ihm aus, zu fremdartig und verworren, um ihnen eine Bedeutung zuordnen zu können.

»*Es ist die Heilmagie der Caladran, die der Namenlose angewendet hat*«, glaubte Sheera. »*Der Greif verträgt sie nicht!*«

»Was geschieht mit ihm?«, fragte Gorian.

»Ich fürchte, er wird wahnsinnig.«

Auch Zog Yaal war herbeigeeilt, denn ihm war aufgefallen, dass mit dem Greifen etwas nicht stimmte.

»Komm her, konzentrieren wir unsere Kraft«, verlangte

Sheera von Gorian, und stumm fügte sie hinzu: »*Sonst kann ihn niemand mehr halten.*«

Doch es war bereits zu spät, der Greif richtete sich urplötzlich auf, schlug mit seinen mächtigen Tatzen um sich, und Sheera wurde zur Seite gestoßen.

Die Sonnenflüchter stoben irritiert davon. Einer von ihnen, den der Greif mit einem Prankenschlag erwischte, schrumpfte zusammen und wurde zu einem Stein von der doppelten Größe einer Männerfaust. Er rollte über den Boden davon und verwandelte sich dann wieder zurück.

Der Greif stand auf den Hinterbeinen und stieß ein lautes Krächzen aus, das an ein irres Kichern erinnerte. Er schlug mit den vorderen Tatzen und schnappte mit dem gewaltigen Schnabel nach unsichtbaren Feinden.

Sheera taumelte nach hinten und in den See, stakste dann wieder ans Ufer und richtete die Hände gegen den Greifen. Nadelfeine Lichtstrahlen schossen aus ihren Fingerspitzen, während sie eine Heilformel rief. Sie stammte von dem Ersten Meister, der damit einst den Wahn eines seiner Anhänger geheilt hatte, der durch den unbedachten Umgang mit der Alten Kraft zum Berserker geworden war.

Die nadelfeinen Strahlen trafen den Kopf des Greifen, der wütend knurrte.

Auch Gorian kannte diesen Zauber, hatte ihn aber noch nie angewendet. Er gehörte zum Grundwissen im Haus der Heiler, wo auch er ausgebildet worden war.

Auch er richtete die Hände gegen den Greifen, murmelte die Formel und konzentrierte alles an Magie, was er aufbringen konnte, in diesen Zauber.

Von zwei Seiten wurde der Kopf des irren Mischwesens von den äußerst feinen, fast wie ein Gespinst wirkenden Strahlen getroffen.

»*Gut so!*«, vernahm Gorian einen erleichterten Gedanken Sheeras.

Aber dann bildete sich eine Lichtaura um den Greifenkopf, an der die Strahlen abprallten, und der Greif wirbelte herum, schnellte auf Gorian zu.

Die Kunst der Voraussicht rettete ihm das Leben. Er sprang zur Seite und riss Zog Yaal mit sich. Dort, wo sie beide gerade noch gestanden hatten, fegte eine riesenhafte löwenartige Tatze durch die Luft, deren messerscharfe Krallen den felsigen Boden aufpflügten.

Ein Sonnenflüchter, der von dem Prankenschlag nur gestreift wurde, verwandelte sich sogleich in einen Stein. Das aber rettete ihn nicht, denn als der Greif daraufhin aufstampfte, zermalmte er den Stein unter sich.

»Solltest du irgendein Mittel kennen, einen wild gewordenen Greifen zu bändigen, dann wende es jetzt an!«, forderte Gorian von Zog Yaal, dem er wieder auf die Beine half.

»Ich hatte es noch nie mit Greifenwahn zu tun!«, gestand dieser hilflos.

Die Schattenreiter hatten unterdessen ihren Abstieg nicht weiter fortgesetzt, sondern auf halbem Weg angehalten. Ein mächtiger Gedankenchor erhob sich. Eben hatte es noch so ausgesehen, als suchten sie die Entscheidung in einem frontalen Angriff, doch auf einmal schienen sie einen anderen Plan zu verfolgen.

Ihr Gedankenchor bestand aus einer formelhaften Aneinanderreihung von Worten, die zum Teil der caladranischen Sprache entstammten. Doch in einem geringeren Anteil erkannte Gorian auch Alt-Nemorisch, die Sprache der Magie der Alten Kraft, wie sie im Orden gelehrt und bewahrt wurde. Offenbar wusste Morygor das magische

Wissen der gefallenen Ordensmeister für sich zu nutzen und ließ es mit der Caladran-Magie zu etwas Neuem verschmelzen.

Die Schattenreiter hoben ihre nur als Umrisse erkennbaren Schwerter und richteten die Spitzen in den Nachthimmel. Schwarze Strahlen schossen daraus hervor, spannten sich bogenförmig über das Tal und senkten sich dann nieder in den See, wo sich die Schwärze innerhalb weniger Augenblicke ausbreitete und das Wasser aussehen ließ, als würde es aus zähflüssiger Dunkelheit bestehen. Dann zog sich das schwarze, nun ölig wirkende Wasser zurück, die Finsternis komprimierte sich und legte den mit Wasserpflanzen bewachsenen Grund des Sees frei.

Die Finsternis aber, zu der das Wasser geworden war, formte den Schatten eines großen Vogels, der sich in die Luft erhob und dabei einen durchdringenden, sehr tiefen Schrei ausstieß, der im ganzen Tal widerhallte.

Gorian riss Sternenklinge hervor und wich taumelnd einen Schritt zurück. Im Kopf der magischen Kreatur leuchteten zwei glühende Augen auf, purpurrot und schimmernd, deren Blick sich sogleich auf Gorian richtete.

»Du einfältiger Narr, der du glaubst, den großen Plan durchkreuzen zu können. Das wird dir nicht gelingen, denn hier und jetzt wirst du sterben!«

In diesem Moment aber stürzte Ar-Don herab.

Der Gargoyle war zuvor hoch emporgestiegen und hatte beobachtet, was sich im Tal ereignete. Nun jagte er in die Tiefe, schneller als ein Katapultgeschoss, und bildete zwei dornenartige Fortsätze, die sich tief ins Fleisch des Greifen bohrten.

Dieser brüllte markerschütternd auf, wirbelte herum, versuchte mit dem Schnabel nach dem Angreifer zu schnappen, doch er hatte den Kampf bereits verloren.

Der Körper des Greifen versteinerte, verwandelte sich in bröckelnden Staub, der sich aber sogleich neu zusammenfügte, als der Gargoyle die Körpersubstanz in sich aufnahm. Greif und Gargoyle verschmolzen miteinander und bildeten ein riesenhaftes Wesen, einen überdimensionalen Gargoyle, dem allerdings manche Eigenschaften eines Greifen eigen waren.

Die beiden großen Flügel glichen jenen des Greifen, aber das Wesen hatte zusätzliche, kleinere und jeweils unpaarige Flügel. Der Schnabel hatte innen steinerne Zacken, die wie ein nicht ganz geglückter Versuch wirkten, Gargoyle-Zähne in einem Greifenschnabel nachzubilden. Der Leib veränderte sich mehrfach, der Kopf wurde zwischenzeitlich so groß, dass er fast die Hälfte der Körpermasse ausmachte, dann schrumpfte er wieder auf ungefähr ein Drittel zusammen, während sich der Schnabel verlängerte. Außerdem bildeten sich am Rumpf gewaltige, mit Steinkrallen bewehrte Pranken.

Auch die Farbe des Wesens wandelte sich mehrmals, der warme Braunton des Greifenfells wich einem kalten Blau, so als würde die Kreatur aus Gestein und Eis bestehen. Aber das währte nur einen Augenblick, dann wurde der Körper purpurfarben und glühte auf, als würde er jeden Moment zu Lava zerfließen.

Der gewaltige schwarze Schattenvogel über dem Tal stob währenddessen krächzend empor, konnte aber dem Angriff Ar-Dons nicht mehr entkommen. Der schoss nach oben, den verlängerten und zu Stein gewordenen Schnabel vorgestreckt. Im nächsten Moment bohrte er sich wie ein gewaltiger Dolch in den Schattenvogel, dessen Krächzen zu einem erbärmlichen Wimmern wurde.

Beide stürzten herab, wälzten sich durch den schlammigen Seegrund. Der Schattenvogel zerfiel zunächst zu einer zähen Flüssigkeit, die dann aber zu dunklem Staub geronn.

Daraufhin griffen die Schattenreiter von allen Seiten an. Sie waren ungeheuer schnell. Schon kreuzten sie ihre Schattenschwerter mit den Klingen der ersten Sonnenflüchter. Die wehrten sich auch mit ihren metallenen Blitzwerfern; immer wieder zuckte deren grelles Licht durch die Dunkelheit, und wenn ein Schattenreiter mehrmals davon getroffen wurde, zerfiel er schließlich zu Staub.

Überall entbrannte die Schlacht. Die Schattenreiter preschten tief in die Reihen ihrer Gegner hinein. Gorian ließ Sternenklinge wirbeln und stieß das Schwert in eine der schattenhaften Gestalten, die daraufhin zu Staub zerfiel.

Bald schon hatte er das Gefühl, dass seinen Gegnern die letzte Entschlossenheit im Kampf gegen ihn fehlte. Sie ahnten vielleicht, dass ihre eigene Qual ein Ende fand, wenn Gorian sein Vorhaben in die Tat umsetzte und irgendwann Morygors Schicksalslinie kreuzte.

Sheera und Zog Yaal hielten sich in seiner Nähe. Die Ordensschülerin setzte ihre magischen Fähigkeiten ein, und auch der Maskierte griff mit seinem Flammenschwert in den Kampf ein, sodass keiner der Schattenreiter bis zu Zog Yaal durchdringen konnte.

Auch Torbas und Thondaril hatten ein überraschend leichtes Spiel mit ihren Gegnern. Der Namenlose wiederum hielt sich die Schattenreiter mit der überlegenen Kraft seiner Caladran-Magie vom Leib. Die Schläge der Schattenschwerter glitten von einer unsichtbaren, jedoch undurchdringlichen Hülle ab, die ihn schützte. Mehr noch, hin und wieder vernichtete er einen der Angreifer, indem er ihn mit seiner Magie dazu zwang, sich in die eigene Klinge zu stürzen.

Von den Sonnenflüchtern fielen verhältnismäßig wenige den Schattenreitern zum Opfer; auf drei vernichtete Schattenreiter kam in der Regel nur ein Gefallener der käferartigen Krieger. Wenn ein Schattenschwert einen der Sonnenflüchter traf, verwandelte sich dieser zumeist gerade noch rechtzeitig zu einem Stein und konnte sich so vorerst retten. Erst wenn auch dieser Stein zerschlagen wurde und dabei zu viele Bruchstücke entstanden, war der Sonnenflüchter vernichtet.

Vollkommen hilflos hingegen waren die Steinmahre. In ihrer versteinerten Schlafgestalt wären sie kaum in Gefahr gewesen, aber die meisten von ihnen waren nicht vernünftig genug, in diesem Zustand zu verharren, bis der Kampf zu Ende war. Sie walzten, von heller Panik erfüllt, mit ihren breiartigen Körpern durch das Tal, stießen glucksende Schreie aus. Von ihnen ging zwar keine Gefahr für die Schattenreiter aus, aber die Sonnenflüchter ernährten sich von diesen Wesen, und das bedeutete, dass man ihnen mit der Vernichtung jedes einzelnen Steinmahrs auf die Dauer erheblich schadete, und so schlugen die Schattenreiter mit ihren Schwertern nach ihnen, wann immer sie während des Kampfes zufällig in ihre Nähe gerieten. Wenn sie an ihnen vorbeipreschten, rissen sie ihnen mit ihren Schwertern klaffende Wunden in die Außenhaut, und die Steinmahre stießen dröhnende Schmerzenslaute aus, versuchten sich dann doch noch in Steine zu verwandeln, schafften es aber oft genug nicht mehr rechtzeitig, sodass sie als groteske Mischgestalten verendeten.

Die stärkste Waffe gegen die angreifenden Schattenreiter war Ar-Don. Der ins Riesenhafte gewachsene Gargoyle schwang sich auf seinen dunklen Schwingen zunächst hoch empor, stieß dann ins Tal hinab und zog im Tiefflug seine verheerenden Kreise. Lange Greifenarme schlugen nach den Schattenreitern, die, wenn sie von einem Prankenhieb getroffen wurden, kurz aufglühten und dann zu Staub zerfielen. Andere spießte der gewaltige Schnabel einfach auf.

Schließlich stoben die verbliebenen Schattenreiter davon. Es war kein geordneter Rückzug, sondern glich eher einer Flucht.

»Wer hätte gedacht, dass der erste Sieg über Morygors Macht hier in diesem einsamen Tal gelingt«, sagte Meister Thondaril, als sich die Angreifer bereits wieder über die umliegenden Berge zurückgezogen hatten.

Ar-Don setzte ihnen noch nach und tötete so viele wie möglich. Und auch der Maskierte folgte ihnen und überholte sie per Steinreise mehrmals, tauchte unvermittelt aus dem felsigen Untergrund vor ihnen auf und griff sie an. Sein Flammenschwert verbrannte sie, wenn es sie berührte. Allerdings wirkte es nicht aus der Entfernung, dann war der Flammenstrahl, zu dem die Klinge des Breitschwerts werden konnte, wohl zu schwach.

Der riesenhafte Anführer der Sonnenflüchter trommelte sich mit den Fäusten triumphierend auf den Brustharnisch und sandte einen Gedanken an sein Volk und die Fremden, die mit der Greifengondel in dem Tal notgelandet waren.

»Dies ist unsere Zuflucht, hier werden wir die Zeit überdauern, und wir werden uns diese Zuflucht von niemandem nehmen lassen! Die Zukunft ist unser, denn der Stein überdauert alles!«

Das tosende Geklapper von Beißwerkzeugen antwortete ihm und wollte gar nicht mehr enden, bis der Riesenhafte schließlich die Hände hob.

Das Mondlicht schien auf das Unterwassergras des nun trockenen Sees, und ein fauliger Geruch zog von dort über das Tal. Hier und dort zuckten noch Fische im Schlamm. Der Gestank würde in den nächsten Tagen noch sehr viel schlimmer werden.

Ar-Don kehrte zurück, während der Maskierte den Schattenreitern noch weiter folgte. Er landete recht unbeholfen, denn er war es nicht gewohnt, einen derart riesigen Körper zu lenken.

»Muss üben!«, sandte er einen Gedanken, von dem Gorian annahm, dass er für ihn bestimmt war. *»Muss schließlich die Gondel tragen.«*

»So eine Kreatur werde ich nicht reiten!«, stieß Zog Yaal hervor und wies auf das steinerne Wesen, das von Augenblick zu Augenblick immer mehr Ähnlichkeit mit Centros Bals Greifen annahm.

Zog Yaal stand noch ganz unter dem Eindruck des Geschehenen und war noch immer ziemlich verstört. Doch was diesen einen Punkt anbetraf, war er sehr entschieden.

Der Gargoyle war offenbar darum bemüht, den Greifen nahezu perfekt nachzubilden, was schon beinahe unheimlich wirkte. Und doch war nicht zu übersehen, dass sein Körper aus Stein bestand und nicht aus Fleisch und Blut wie eine sterbliche Kreatur.

»Niemand verlangt, dass du Ar-Don reitest«, erklärte Gorian. »Und ich glaube auch nicht, dass er das zulassen würde. Es ist daher völlig ausreichend, wenn du dafür sorgst, dass die Seilschlangen die Gondel halten, dann werden wir schon zurechtkommen.«

»Du denkst wirklich, wir sollten uns von dieser … Kreatur zu den Inseln der Caladran fliegen lassen?«, fragte Thondaril, der sein Schwert noch immer nicht eingesteckt hatte, so als erwartete er, dass die Schattenreiter zurückkehrten.

»Haben wir eine Wahl?«, fragte Gorian.

»Er hat den Greifen getötet«, erinnerte ihn der zweifache Ordensmeister. »Und wenn wir aus irgendeinem Grund seinen Zielen im Weg stehen, würde er nicht einen Augenblick zögern, auch uns umzubringen oder in Steinmonster zu verwandeln.«

»*Ar-Don kämpft gegen Morygor!*«, sandte der Gargoyle einen Gedanken an alle, den offensichtlich selbst der magisch völlig unbegabte Zog Yaal mitbekam, denn er fasste sich an den Kopf und verzog das Gesicht.

»Ah … ein Greif sollte nicht in die Köpfe seiner Reiter und Passagiere eindringen«, fand er. »Dagegen kann man ja nicht einmal die Ohren verschließen!«

»*Mich zu hören ist ganz gewiss nicht unangenehmer, als wenn Morygors Stimme zu dir spricht*«, entgegnete der auf einmal ungewohnt mitteilsame Ar-Don, »*und über den hast du dich nicht beklagt.*« Erneut ließ er alle an diesen Gedanken teilhaben.

Thondaril wandte sich an Zog Yaal. »Morygor hat zu dir gesprochen?«, fragte er streng.

Zog Yaal wirkte ziemlich betreten. Er suchte zunächst nach den richtigen Worten und brachte schließlich nur ein wirres Gestotter hervor. »Da … war ein … ein Gewisper und Gemurmel in meinem Kopf, das ist wahr …«

»Bedrängende Gedanken?«, hakte Thondaril nach.

»Ja, auch das. Aber schon vor Antritt dieser Reise warnte mich Centros Bal, dass Morygors Aura sehr mächtig ist, und seit sich das Frostreich bis über Felsenburg hinaus ausgedehnt hat, sind wir doch ständig unter seinem Einfluss, oder nicht?«

»Ja, das trifft zu«, bestätigte Thondaril. »Und was wollte Morygor von dir?«

»Seine Worte waren ... unverständlich. Ja, unverständlich, aber zugleich auch irgendwie einschmeichelnd.«

Thondaril trat an Zog Yaal heran, legte ihm eine Hand auf den Kopf und konzentrierte seine Kräfte. Seine Augen wurden dabei schwarz, und die Hand leuchtete für einen Moment von innen heraus, sodass die Knochen zu sehen waren.

Als er sie zurückzog, taumelte der Greifenreiter einen Schritt zurück. »Was ... habt Ihr getan, Meister Thondaril?«

Der gab darauf keine Antwort. Stattdessen sagte er: »Wenn sich Morygor noch einmal an dich wendet, dann offenbare dies sofort!«

»Ja«, murmelte der Greifenreiter mit starren, weit aufgerissenen Augen. Dann fragte er zaghaft: »Glaubt Ihr, ich werde seinen Einflüsterungen ein weiteres Mal widerstehen können? Schließlich verfüge ich über keinerlei magisches Talent.«

»Ein solches Talent ist keineswegs eine Garantie, wie ich inzwischen aus eigener Erfahrung weiß. Niemand ist vor Morygors Einfluss wirklich gefeit.«

Bevor an einen Aufbruch zu denken war, musste die Gondel zumindest notdürftig repariert werden. Die Verglasung war zersplittert, und die noch in den Fensterrahmen steckenden Glasstücke wurden entfernt, damit sich niemand daran verletzte.

Zog Yaal und Gorian überprüften unterdessen die Seilschlangen. Ein paar von ihnen waren beim Überfall der Schattenreiter erschlagen worden.

»Das war kein Zufall«, glaubte Zog Yaal. »Denen war klar, dass wir genug Seilschlangen brauchen, wenn wir von hier fortwollen.«

»Reichen die vorhandenen noch aus, um die Reise fortzusetzen?«, fragte Gorian.

Zog Yaal nickte. »Ich denke schon. Allerdings bin ich

gespannt, wie sie darauf reagieren, wenn sie auf einmal an einem Riesengargoyle hängen.«

»Lassen wir es darauf ankommen«, meinte Gorian.

Bis zum Morgengrauen brauchten sie für die Reisevorbereitungen. Die Sonnenflüchter weckten unterdessen die Steinmahre. Überall gerieten die Felsen in Bewegung und verwandelten sich in breiartige, formlose Körper, die zu dem trockenen See hinrutschten. Gierig begannen sie die Wasserpflanzen zu verzehren. Offenbar waren die Sonnenflüchter bestrebt, auch den letzten Steinmahr aus seiner Starre zu wecken und auf den schlammigen Seegrund zu treiben.

»Sie werden lange nicht mehr grasen können, sobald die Sonne die Wasserpflanzen verdorrt«, sagte Sheera, die etwas abseits stand. Gorian suchte ihre Nähe, weil sie sich seit dem Tod des Greifen gedanklich noch mehr zurückgezogen hatte. Die Tatsache, dass ihre Augen noch immer vollkommen schwarz waren, obwohl der Kampf mit den Schattenreitern längst vorbei war, bestätigte seinen Verdacht, dass irgendetwas nicht so war, wie es sein sollte.

»Der See wird irgendwann wieder Wasser führen«, sagte er. »Die Sonnenflüchter und Steinmahre werden in ihrer versteinerten Form so lange ausharren.«

Sheera nickte und sah ihn mit ihren vollkommen schwarzen, blicklosen Augen an. »Ich habe vergeblich versucht, die schädlichen Auswirkungen der Caladran-Heilmagie zu bekämpfen«, erklärte sie. »Aber ich war nicht stark genug. Die Heilmagie des Namenlosen war wie Gift für den Greifen.«

»Die unsere konnte ihm aber auch nicht helfen.«

»Ja, das mag sein.«

»Ar-Don wird uns sicherer ans Ziel bringen, als jeder Greif das vermag.«

»Ich hoffe, du behältst recht.«

»Sheera?«

»Ja?«

»*Warum verschließt du deine Gedanken auf einmal vor mir?*«, fragte Gorian stumm.

Sie aber antwortete mit ihrer normalen Stimme: »Verbindung ist Stärke.«

»Eines der Axiome des Ordens«, erkannte er.

»Und ich bin schwach. Das ist die Erklärung, Gorian. Nichts weiter.« Stumm fügte sie hinzu: »*Es gibt keinen anderen Grund.*«

Die Sonne stieg über die Berge und bot einen Anblick, der alle bis ins tiefste Mark schaudern ließ. Der Schattenbringer bedeckte so gut wie die gesamte Sonnenscheibe und ließ nur einen schmalen Lichtkranz von ihr sehen.

»Die Nacht wird von nun an nicht mehr vom Tag abgelöst, sondern nur noch von der Dämmerung«, sagte Sheera erschüttert. »Die Macht Morygors spiegelt sich am Himmel wider. Er kontrolliert selbst die Gestirne. Was hier in diesem Tal geschehen ist, war kein Sieg, sondern nur eine Rettung für den Moment.«

Auch Thondaril blickte kurz zu der dunklen Sonne hoch, deren Feuer nur noch ein rötlicher Flammenkranz war. Dann konzentrierte er sich wieder darauf, die Meisterringe der vernichteten Schattenkrieger einzusammeln, soweit er sie finden konnte. Torbas half ihm dabei, und auch Gorian und Sheera beteiligten sich daran.

In dem steinigen Boden dieses Hochtals war es unmöglich, die Ringe zu begraben, und so geschah dies in dem wasserlosen See, dessen von Wasserpflanzen überwucherter Grund von einer dicken Schicht aus fruchtbarer Erde bedeckt war. Der riesenhafte Anführer der Sonnenflüchter wies einige der käferartigen Krieger an, eine Grube auszuheben, ohne dass Thondaril oder einer seiner Schüler ihn darum gebeten hatte. Das bestätigte ihren Verdacht, dass die Sonnenflüchter sehr viel mehr von den Gedanken anderer mitbekamen, als sie zuzugeben bereit waren.

Der Namenlose Renegat zeigte bei alledem keinerlei Anteilnahme. Er hielt sich abseits und schritt auf und ab, von einer inneren Unruhe getrieben, die für ihn eher ungewöhnlich war. Dann ging er in die Gondel und wandte sich der Truhe mit den gestohlenen Caladran-Schriften zu. Seine Hände begannen zu leuchten, als er das Metall berührte, und er schloss die Augen.

Als Gorian, Sheera und Torbas in die Gondel zurückkehrten, verharrte der Namenlose noch immer so. Ob er der Truhe Kraft entnahm oder Kraft an sie abgab, war nicht feststellbar. Nicht einmal Thondaril wusste das Verhalten des Namenlosen zu deuten.

Der Caladran löste sich aus seiner Erstarrung. Seine Augen wirkten für einen Moment wie glühende Kohlen, ehe sie wieder ihre normale Färbung annahmen, die an Bernstein erinnerte.

Er blickte auf und sagte sichtlich erleichtert: »Es wurde nichts geraubt. Die Schriften sind in einem guten Zustand, und der Schutzzauber, mit dem ich sie versehen habe, wirkt.«

»Ihr habt befürchtet, die Schattenkrieger hätten es bei ihrem Angriff auch auf die Schriften abgesehen gehabt?«, fragte Thondaril.

Der Namenlose hob die Schultern in einer unbestimmten Geste. »Morygor versucht uns zu schaden, wo immer er kann. Es wäre nicht abwegig, würde er versuchen, die Schriften zu zerstören, auch wenn sein Hauptziel zweifellos ein anderes ist.«

Mein Tod!, ging es Gorian durch den Kopf, aber er sprach es nicht aus.

»*Sehr richtig*«, bestätigte ein Gedanke des Namenlosen. »*Aber du solltest deine Bedeutung nicht überschätzen. Es gibt noch ein paar andere Dinge, die das Schicksal Erdenrunds in die richtige Bahn lenken könnten.*«

Sie hielten eine kurze Begräbniszeremonie nach Art des Ordens ab und vergruben die Meisterringe der Schattenkrieger. Sie waren gerade damit fertig, als der Maskierte zurückkehrte.

Er übergab Meister Thondaril etwa zwei Dutzend weitere Meisterringe. »*Für manche Seele ist das Ende eine Erlösung*«, äußerte er mit seiner Gedankenstimme.

»Die Seelen dieser Schwertmeister werden Euch danken, was Ihr für sie getan habt«, erwiderte Thondaril, »denn nichts ist schlimmer, als Gefangener einer fremden Magie zu sein.«

»Behaltet sie und begrabt sie nicht wie die anderen«, schlug der Namenlose Renegat vor. »In solchen Artefakten ist immer eine besondere Kraft, die sich vielleicht eines Tages nutzen lässt.«

»Nein«, widersprach Thondaril. »Die Seelen dieser Unglücklichen, die unter Morygors Einfluss gerieten, sind schon viel zu lange nichts als Werkzeuge gewesen. Ich werde diesen Zustand nicht noch länger anhalten lassen.«

So ging Meister Thondaril noch einmal hinab in den ausgetrockneten See und vergrub auch diese Ringe im schlammigen Boden.

Zog Yaal legte unterdessen die Seilschlangen an der Gondel an. Gorian half ihm dabei und hörte aufmerksam zu, wie der Greifenreiter den Schlangen Befehle erteilte. Es war ein

Unterschied, ob man nur eines oder zwei dieser Wesen kontrollieren musste oder wie in diesem Fall ein ganzes Dutzend.

»Jetzt kannst du deinen Gargoyle-Freund herbefehlen, und dann lass uns beten, dass die Seilschlangen ihn auch akzeptieren.«

»Könnte das ein Problem sein?«

»Seilschlangen sind sehr sensibel und schlingen sich nicht um jeden beliebigen Greifen. Eines der vorrangigen Ziele bei der Seilschlangenzucht ist es deshalb, dass die Schlangen möglichst viele Greifen annehmen. Was aber dieses Steinmonstrum angeht, werden wir sehen müssen.«

»Notfalls helfen wir mit Magie nach«, schlug Gorian vor.

»Wenn man den Willen einer Kreatur bricht, wird sie dadurch noch nicht zu einem treuen Diener, Gorian. Im Gegenteil, sie wird nur auf die Gelegenheit warten, es dir heimzuzahlen.«

»Du redest ja schon wie ein alter Ordensmeister, obwohl du vermutlich nie die Axiome gelesen hast«, mischte sich Torbas ein, der in der Nähe stand.

Zog Yaal drehte sich zu ihm um. »Ich gebe nur das wieder, was ich von erfahrenen Greifenreitern und Seilschlangenzüchtern gelernt habe.«

Schließlich begaben sich alle an Bord der Gondel. Zog Yaal und Gorian stellten sich auf den kleinen Balkon vor der Tür, und Gorian forderte Ar-Don mittels Gedankenbefehl dazu auf, sich der Gondel so weit zu nähern, dass die Seilschlangen ihn erreichen konnten.

»*Endlich!*«, lautete die Gedankenantwort des Gargoyle, der sich sofort mit kräftigen Schlägen seiner Flügel emporschwang. Dazu stieß er einen krächzenden Laut aus, der den Rufen eines Greifen so täuschend ähnlich klang, dass selbst Zog Yaal beeindruckt war.

»Beim Verborgenen Gott, hätte ich die Augen geschlossen, ich hätte keinen Unterschied bemerkt.«

Ar-Don flog einen Bogen über das Tal, kehrte zurück und verminderte die Geschwindigkeit, bis er schließlich über der Gondel zum Stillstand kam. Mit den Flügeln flatternd schwebte er auf der Stelle.

Die Seilschlangen reckten sich zögerlich empor. Zog Yaal rief ein paar laute Befehle, die aus Zisch- und Knacklauten bestanden. Danach half Gorian dem Greifenreiter hinauf aufs Gondeldach, damit er die Seilschlangen besser beeinflussen konnte. Besonders zwei von ihnen bedurften einer energischen Ermahnung, doch schließlich schlangen auch sie sich über den Rücken des riesenhaften Mischwesens aus Gargoyle und Greif.

Ar-Don wartete nicht, bis alle Seilschlangen richtig positioniert waren, sondern flog empor. Mit einem Ruck löste sich die Gondel vom Boden. Einige der Seilschlangen stießen seltsam quiekende Laute aus. Offenbar befürchteten sie, die Last nicht allein tragen zu können. Da aber schlangen sich auch die letzten vier Seilschlangen um den Rücken des Flugungeheuers.

Ein Fauchen drang aus dessen Schnabel, dann folgte ein Greifenkrächzen. Die Gondel schwebte höher und höher, und die Seilschlangen beruhigten sich.

Zog Yaal kletterte ohne die Hilfe einer Seilschlange vom Dach und zurück auf den Balkon. Er wollte wohl keine der Tiere im Hinblick auf ihre eigentliche Aufgabe verunsichern. Dann begab er sich in die Gondel.

Die zahlreichen Sonnenflüchter blickten der Gondel nach.

»Wir haben bereits neue Verbündete gewonnen«, meinte Torbas. »Obwohl ich bezweifle, dass die Sonnenflüchter dem nächsten Angriff des Frostreichs noch standhalten werden.«

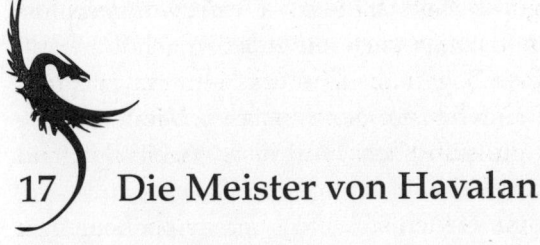

17 Die Meister von Havalan

»Wir werden auf jeden Fall frische Vorräte kaufen müssen – und vor allem ein paar zusätzliche Seilschlangen«, erklärte Zog Yaal, während Ar-Don die Gondel über die westreichischen Berge trug. Ein kalter Wind wehte durch die nun unverglasten Fenster, und alle hatten sich in Decken gehüllt auf den Boden gesetzt. Mit Grausen dachte Gorian daran, wie wohl ein Überflug über das Meer von Ost-Erdenrund unter diesen Umständen werden würde.

»Wir sollten auch überlegen, ob wir nicht in einer Glaserwerkstatt vorbeischauen«, meinte Torbas. »Ich meine, hier in Westreich sind wir doch sozusagen im Mutterland der Glasbrennerei, und wenn ich mir vorstelle, dass wir ohne Fensterglas …«

»An den kalten Wind aus Morygors Reich werden wir uns alle gewöhnen müssen«, unterbrach ihn Thondaril. »Aber die Mittel an Silber, die ich auf diese Reise mitgenommen habe, werden sicherlich auch noch für ein paar neue Fenster reichen.«

»Nur dürfen wir keine Zeit verlieren«, warnte der Namenlose Renegat. »Unsere Verfolger haben noch nicht aufgegeben.«

»Möglich, dass sie sogar schon auf uns warten«, murmelte Thondaril.

»In Embador und Havalan landen viele Greifenreiter. Da gibt's auf den Märkten auch ein gutes Angebot an Seilschlangen«, erklärte Zog Yaal. »Und dort finden wir Handwerker, die die Gondelfenster neu verglasen. Bei den vielen Greifengondeln, die zwischen Westreich und Gryphland unterwegs sind, geht ab und zu mal eine Scheibe zu Bruch, und die Gondelfenster entsprechen einem Einheitsmaß. Wenn ein Greifenreiter in Embador am Morgen landet, um Waren auf dem Markt anzubieten, und eines seiner Fenster ist beschädigt, hat er am frühen Abend ein neues und kann noch in der Nacht den Rückweg antreten.«

»Klingt gut«, meinte Torbas.

»Embador oder Havalan – dazwischen werden wir uns dann wohl entscheiden müssen«, sagte Gorian.

»Der Weg über Embador ist etwas kürzer«, mischte sich der Namenlose ein. »Zu der Zeit, als ich zum Renegaten wurde, befand sich dort ein caladranischer Außenposten, der später aufgegeben wurde.«

»Morygor wird aber damit rechnen, dass wir Embador anfliegen«, gab Gorian zu bedenken. »Ich vermute, dass seine Schergen dort bereits auf uns warten, deshalb plädiere ich dafür, diesen Ort zu meiden.« Er wandte sich an Thondaril. »Havalan ist doch die Hauptstadt Westreichs.«

»Der König residiert dort«, bestätigte Thondaril.

»Dann gibt es dort sicherlich auch eine Gesandtschaft des Ordens, die uns Unterstützung und Schutz gewähren könnte.«

»Ja, der Gesandte dort ist Meister Parrach, einer der besten Schattenpfadgänger des Ordens. Angeblich befand er sich ein ganzes Jahr in der Zwischenwelt der Schattenpfade, ohne dass sein Körper danach irgendwelche Zeichen vorzeitigen Alterns zeigte, was für ein außergewöhnlich großes Talent im Umgang mit der Alten Kraft spricht.«

»Dann verstehe ich nicht, worüber wir hier noch reden. Wir sollten uns nach Havalan wenden. Am besten nehmt Ihr per Handlichtlesen schon einmal Verbindung mit Meister Parrach auf.«

»Genau das werde ich nicht tun«, widersprach Thondaril. »Und dass es dort eine Gesandtschaft gibt, ist auch eher ein Grund, nicht nach Havalan zu fliegen.«

»Wie sollen wir das verstehen?«, frage Sheera. »Ist Meister Parrach etwa ein Verräter?«

»Nun, er wäre nicht der Erste, der sich Morygors Einflüsterungen ergibt. Und nach dem, was wir schon an Verrat innerhalb des Ordens erleben mussten, möchte ich kein Risiko eingehen.«

»Steht Ihr mit jemandem in der Gesandtschaft von Havalan in Handlichtverbindung?«, fragte Gorian. »Hat Euch jemand vor Meister Parrach gewarnt?«

»Ich hatte Verbindung zu Meister Shabran. Er ist der zweitjüngste Ordensschüler, dem je die Meisterwürde angetragen wurde«, erklärte Meister Thondaril und fügte mit einem Gedanken, der nur für Gorian bestimmt war, hinzu: »*Du weißt, welcher Narr der jüngste war!*« Laut fuhr er fort: »Doch der Kontakt zu Meister Shabran brach ab, und ich muss das Schlimmste befürchten.«

»Also geht es doch nach Embador«, stellte Torbas fest. »Ich hoffe nur, dass das kein Fehler ist.«

Thondaril sah Gorian für einen Moment sehr ernst an. »Ich denke, es ist deine Aufgabe, den Gargoyle in die richtige Richtung zu lenken.«

Gorian nickte. »Ja, Meister.«

Er nahm gedankliche Verbindung zu Ar-Don auf und

empfing sogleich einen Schwall von Eindrücken, die zunächst sehr verwirrend auf ihn wirkten. Es dauerte einige Augenblicke, bis sich das scheinbare Chaos klärte, und Gorian erkannte, dass es sich um Erinnerungen an Flüge nach Embador handelte. Centros Bals Greif war die Strecke offenbar oft genug geflogen, um sich jede markante Einzelheit dieses Fluges einzuprägen.

»*Nicht schwierig, den Weg zu finden*«, versicherte der Greifengargoyle. »*Kenne ihn gut. Oft genug geflogen mit schwerer Gondel.*«

»*Bist du immer noch Ar-Don?*«, fragte Gorian mit einem besorgten Gedanken.

»*Wer sonst?*«, lautete die Antwort. Aber Gorian kannte den Gargoyle inzwischen gut genug, um zu erkennen, dass da noch etwas anderes war. Um ihn zu beruhigen, fügte der Gargoyle hinzu: »*Werde die zusätzliche Körpersubstanz rechtzeitig abstoßen, bevor sie mich verändert. Greifenseele ist schwach, daher besteht keine Gefahr.*«

»*Wenn du meinst.*«

»*Der Greif ist schwach*«, wiederholte Ar-Don. »*Meister Domrich ist stark. Und der Hass auf Morygor unermesslich.*«

Ein böiger, eisiger Wind blies. Die dunkle, vom Schattenbringer verdeckte Sonne stand im Zenit, und trotzdem wollte es nicht richtig Tag werden. Es erinnerte an eine Sonnenfinsternis, wie sie immer wieder mal an genau vorauszuberechnenden Tagen vorkam. Aber die dauerte nie lange. Dieser Schatten jedoch, der das Sonnenlicht schluckte, blieb. Morygor hatte offenbar die Kraft, den fernen Himmelskörper, den man den Schattenbringer nannte, genau dort zu halten, wo er ihn haben wollte.

Trotz der Kälte und des unangenehmen beißenden Windes stand Meister Thondaril immer wieder an einem der offenen Fenster und blickte hinaus, um diesen beängstigenden Anblick in sich aufzunehmen.

»Der Schattenbringer scheint nicht groß genug zu sein, um die Sonne vollständig zu verdecken«, meinte Sheera, die sich irgendwann zu ihm gesellte. »Es gelangen immer noch wärmende Strahlen bis nach Erdenrund. Offenbar geht Morygors Plan nicht ganz so auf, wie er es sich vorgestellt hat.«

Thondaril wandte den Blick. »Es wäre schön, wenn es so wäre«, sagte er. »Aber reck deinen Daumen, sieh aus dem Fenster, und versuche mit der Daumenkuppe einen weit entfernten Berg, ein Haus, einen gewaltigen Baum oder was auch immer so zu verdecken, dass du das betreffende Objekt nicht mehr siehst. Du kannst mit der Kuppe deines Daumens die größten Gegenstände verdecken, wenn du den Daumen in den richtigen Abstand bringst. Und genau so verhält es sich mit dem Schattenbringer. Morygor wird die Position des Himmelskörpers nach und nach so verändern, dass auch der Lichtkranz, den wir noch sehen, immer kleiner wird, bis er ganz verschwunden ist. Kein Sonnenstrahl wird noch das Erdenrund erreichen, und der Frost wird sich weiter ausbreiten und am Ende sogar das laramontische Meer bis über Margorea hinaus in eine Eiswüste verwandeln.«

»Ich beglückwünsche Euch zu Eurer profunden Erkenntnis«, sagte der Namenlose Renegat höhnisch. »In den Zeiten, da ich König Song Mol half, die Feuerdämonen zu besiegen, war Eurem einfältigen Menschenvolk noch nicht einmal bewusst, dass es dort am Himmel überhaupt irgendwelche beweglichen Körper gibt, und man hielt das Erdenrund für eine Scheibe. Ich gebe zu, dass ich in der Abgeschiedenheit von Felsenburg die Fortschritte menschlichen

Wissens nur am Rande mitbekommen habe, aber sie sind durchaus beachtenswert – gemessen an der Begrenztheit, die die Kürze Eurer Lebensspanne mit sich bringt.«

»Ein solches Lob von einem derart berufenen Caladran«, gab Meister Thondaril ebenso spöttisch zurück. »Das hätten Generationen von Hochmeistern des Ordens nicht für möglich gehalten.«

Bevor der Namenlose darauf etwas erwidern konnte, mischte sich Gorian ein, indem er ihn fragte: »Welche Möglichkeiten gibt es, das, was wir am Himmel sehen, wieder rückgängig zu machen?«

»Die wichtigste Voraussetzung dafür bringst du bereits mit, Gorian: Du zweifelst nicht daran, dass es prinzipiell möglich ist. Die Gestirne lassen sich beeinflussen. Diese Ansicht habe ich immer vertreten und wurde dafür angefeindet.«

»Und dann hat ausgerechnet Morygor diese These unter Beweis gestellt«, stellte Meister Thondaril fest. »Was für ein Glück für Euch.«

»Ja, das hat er«, bestätigte der Namenlose.

»Ist es das, was Euch so stark mit ihm verbindet? Dass er Eure Ansichten bestätigt und in die Tat umgesetzt hat?«, fragte Gorian.

Ruckartig hob der Namenlose den Kopf und starrte ihn an. »Davon verstehst du nichts!«, behauptete er.

Am Abend tauchte Embador am Horizont auf. Die Stadt lag an der wilden Steilküste des Meeres von Ost-Erdenrund. Auffällig war der gewaltige Hafen, der von einer mehrere Meilen weit halbkreisförmig ins Meer hineinragenden Mauer umgeben wurde. Hunderte von Galeeren waren an den Kaimauern vertäut.

Die Stadt selbst glich einem Netz aus Mauern, die die einzelnen Viertel voneinander trennten. Es sah so aus, als hätte man immer wieder neu entstandene Stadtviertel mit einer Mauer umgeben, um auch sie vor äußeren Angriffen zu schützen. Irgendwann hatte man diese Vorgehensweise wohl aufgegeben, denn die Stadt wuchs ins Umland hinein, ohne von einer äußeren Mauer begrenzt zu werden.

Ar-Don schien genau zu wissen, wohin er fliegen musste. Es gab einen Landeplatz für Greifenreiter, der sich praktischerweise gleich in der Nähe des Hauptmarktes befand. Dort standen bereits ein Dutzend Gondeln. Nach Zog Yaals Auskünften wurden sie sogar gegen Zahlung einer Gebühr bewacht.

»Die Dienste der Wächter sollten auch wir unbedingt in Anspruch nehmen«, riet Zog Yaal. »Ansonsten kann es leicht passieren, dass sie sich auf andere Weise das Schutzgeld holen, von dem sie glauben, dass es ihnen zusteht.«

Ar-Don ging über dem Landeplatz für die Greifengondeln nieder und setzte die Gondel etwas unbeholfen ab. Von Centros Bals Greifen war man sanftere Landungen gewohnt, aber immerhin ging die Gondel nicht zu Bruch und nahm auch sonst keinen weiteren Schaden.

Die Seilschlangen lösten sich, und Ar-Don landete kurz darauf unmittelbar neben der Gondel.

»*Ich hoffe, du weißt dich hier zu benehmen!*«, sandte ihm Gorian einen ermahnenden Gedanken, den er mit der Alten Kraft unterlegte, damit der Greifengargoyle auch begriff, wie ernst es ihm war.

»*Keine Sorge. Greifen sind dumm und einfältig, habe aber viele Erinnerungen, aus denen Ar-Don schöpfen kann ...*«

Dass Ar-Don von sich selbst in der dritten Person dachte, war nichts Neues, trotzdem beunruhigte es Gorian.

»*Meine Persönlichkeit ist noch nicht im Begriff, zu einer dummen Greifenseele zu werden*«, beschwichtigte ihn der Gargoyle erneut. »*Habe alle in der Gewalt – Ar-Don, Greif und Meister Domrich …*«

Es wurde vereinbart, dass der Namenlose Renegat und der Maskierte bei der Gondel blieben, obwohl man die Dienste der Gondelwächter in Anspruch nehmen wollte. Dem Namenlosen war der Aufenthalt in einer lärmenden Stadt wie Embador zuwider, und zudem wollte er auch nicht die metallene Truhe mit den gestohlenen Schriften unbeaufsichtigt lassen.

Thondaril verließ mit Gorian, Sheera, Torbas und Zog Yaal die Gondel.

Ein Glaserwagen, der von einem Oger gezogen wurde, hatte sich offenbar bereits vom Rand des Gondelplatzes aus in Bewegung gesetzt, als Ar-Don gerade gelandet war.

Zwei Männer mit dem Amulett der Glasmeister-Gilde von Embador begleiteten den Wagen, auf dem mehrere Dutzend Scheiben in den immer gleichen Standardgrößen der Greifenreiter-Gondeln in einem speziellen Gestell befestigt waren. Gut zwanzig Spinnentiere, deren Körper in etwa eine Handspanne maßen, krabbelten zwischen den Scheiben umher.

»Ah, an Eurer Gondel ist ja eine ganze Menge zu tun!«, sprach einer der Glasmeister Thondaril an. »Fünf Silberstücke, und Ihr habt noch vor dem Morgengrauen wieder eine vollständig verglaste Gondel.«

»Wir geben Euch zehn, wenn Ihr vor Mitternacht fertig seid«, erwiderte Meister Thondaril. »Die Hälfte gleich, den Rest holt Ihr Euch bei dem maskierten Mann in der Gondel ab, sobald die Arbeit getan ist.«

»Einverstanden.« Der Glasmeister war begeistert und

wandte sich an seinen Partner. »Mach den Haltespinnen schon mal Beine, während wir hier den Handel perfekt machen.«

Noch während Meister Thondaril die ersten fünf Silberstücke abzählte, passten die Haltespinnen bereits die erste Scheibe in eine der Fensteröffnungen ein.

Zog Yaal machte die anderen auf ein paar kräftige und gut bewaffnete Oger aufmerksam, die über den Gondelplatz patrouillierten. »Das sind die Gondelwächter, deren Dienste wir in Anspruch nehmen sollten.«

»Die scheinen mir besser trainiert als jeder Ringer, den ich in Segantia gesehen habe«, meinte Gorian.

»Das sind sie auch«, versicherte Zog Yaal.

»Müssen wir denen das Schutzgeld zahlen?«

»Nein, sie werden nur auf die Gondel aufpassen.« Der Greifenreiter streckte den Arm aus und deutete zu einem zweistöckigen Haus am Rand des Gondelplatzes. »Über den Preis müssen wir dort verhandeln.«

»Verhandeln?«, fragte Meister Thondaril. »Gibt es dafür keine festgelegten Preise?«

Zog Yaal schüttelte den Kopf. »Festgelegte Preise sind gegen jede Händlerehre. Zumindest sieht man das hier in Embador so. Und Fischlinger lieben es zu feilschen.«

»Fischlinger?«, fragte Gorian.

»Das Schutzgeldgeschäft in Embador ist größtenteils in ihrer Hand, so wie auch der Handel mit Meeresfrüchten und zwei Dutzend anderen Gütern. Wenn man ihnen nicht zu viel bezahlt, respektieren sie einen.«

»Wir sollten uns beeilen, sonst bricht die Nacht herein, und ich kann mir nicht vorstellen, dass die Märkte dann noch offen sind«, meinte Torbas.

»In Embador sind die Märkte Tag und Nacht geöffnet«,

widersprach ihm Zog Yaal. »Ist, soweit mir bekannt, in allen westreichischen Städten so. Man sagt hier, dies sei der Hauptgrund für die Erfindung der Glasbrennerkunst gewesen, denn wie sollte man eine Stadt wie Embador ohne gläserne Laternen gut genug beleuchten, dass man auf den Märkten auch bei Nacht die Qualität einer Ware mit dem Auge prüfen und mit den richtigen Münzen bezahlen kann?«

»Eine plausible Erklärung«, meinte Torbas.

Vor dem Eingang des Hauses stand ein großer Oger mit einer Hellebarde in der linken Hand. Er winkte die Neuankömmlinge herein. An der Hellebarde klebte Blut, so als wäre damit erst vor kurzem jemand erschlagen worden.

»Das Blut an der Hellebardenklinge stammt von einem Schwein oder einem Huhn«, raunte Zog Yaal seinen Begleitern zu, als sie die Tür passiert hatten. »Das machen sie hier, um den Gondelfahrern zu zeigen, dass sie auch wirklich was tun für das entrichtete Schutzgeld.«

»Lug und Trug, wohin man sieht«, murmelte Meister Thondaril finster. »Verkommenheit und pures Streben nach Gewinn.«

»Mit Verlaub, Meister Thondaril – aber so ist die Welt«, meinte Zog Yaal.

»Das ist mir nicht unbekannt«, erwiderte Thondaril. »Was mich nur wundert, ist, dass sich das offenbar auch dann nicht ändert, obwohl das Ende all dessen, was unser bisheriges Leben ausmacht, unmittelbar bevorsteht. Ein Blick zum Himmel müsste doch ausreichen, um jedem klarzumachen, wie es um Erdenrund bestellt ist. Selbst wenn unser Plan gelingen sollte und wir Morygor besiegen, wird danach nichts mehr so sein wie bisher.«

Sie gelangten in einen großen Raum, in dessen Mitte sich

ein gläserner, nach oben hin offener zylinderförmiger Behälter befand. Darin befand sich offenbar Meerwasser. Darauf deutete jedenfalls der salzige Geruch hin, der den Raum erfüllte.

In diesem mindestens vier Schritt durchmessenden Behälter schwamm ein fischähnliches Wesen. Neben den Seitenflossen wuchs ihm ein Paar sehr kräftiger Arme aus dem Körper. Die Hände hatten fünf breite Finger und einen Daumen mit einem dolchartigen Krallennagel, und zwischen den Fingern spannten sich Schwimmhäute. Das Gesicht hingegen wirkte beinahe menschlich.

Ein Oger-Wächter und ein großköpfiger Zahlenmagier standen links und rechts des gläsernen Wasserbottichs. Die deutlich hervortretenden Adern an dem übergroßen Hinterkopf des Zahlenmagiers begannen schneller zu pulsieren, als er von seinem kleinen Stehpult aufblickte, das er wohl zur Listenführung brauchte. Er betrachtete die Ankömmlinge und schien ein gutes Geschäft zu wittern. Um das zu erkennen, brauchte man kein magisches Talent, ein Blick in seine gierig funkelnden Augen genügte.

»Seid gegrüßt und willkommen!«, sagte der Zahlenmagier dreimal hintereinander in drei verschiedenen Sprachen – Gryphländisch, Westreichisch und Heiligreichisch.

Gorian hatte seinen Sprechstein bereits mit Magie zum Schweigen gebracht, was die anderen nun nachholten.

»Wie lange werdet Ihr in Embador bleiben?«, fragte der Zahlenmagier auf Westreichisch, das dem Heiligreichischen so eng verwandt war, dass es keine großen Verständigungsschwierigkeiten zwischen Angehörigen beider Sprachgruppen gab.

»Ich hoffe, dass wir gegen Mitternacht wieder fort sind«, kündigte Thondaril an.

Der Fischlinger ruderte aufgeregt in seinem gläsernen Wasserbehälter. Der war in ein Gestänge aus dunklem Hartholz eingefasst, sodass Oger ihn wie eine Sänfte tragen konnten.

Die Gesten des Fischlinger waren offenbar eine Art Zeichensprache, die der Zahlenmagier zu deuten wusste. »Mein Herr Greshshsht sagt, dass Ihr den Gondelplatz, den Ihr belegt, dennoch für die ganze Nacht bezahlen müsst. Damit kommt er Euch sehr entgegen, denn normalerweise wird er für ein ganzes Jahr vermietet.«

Thondaril erinnerte sich an Zog Yaals Worte, denen zufolge man den Schutzgeldvermittlern nicht zu viel Geld in den Rachen werfen durfte, wollte man sich ihren Respekt verdienen. »Das Fischgesicht bekommt eine gryphländische Kupfermünze, mehr nicht. Übersetzt ihm das!«

»Das brauche ich nicht«, erklärte der Zahlenmagier. »Die Tatsache, dass Fischlinger fast stumm sind, weil sie nur wenige Laute bilden können, heißt nicht, dass sie auch taub wären. Die Flüssigkeit überträgt den Schall Eurer freundlichen Worte nur noch eindringlicher, und ich versichere Euch, dass er jedes davon versteht. Herr Greshshsht beherrscht nämlich mindestens fünf Menschensprachen. Das sind zumindest die, von denen ich weiß, und Heiligreichisch gehört dazu.«

Der Fischlinger geriet mehr und mehr in Unruhe. Er wand sich mehrfach in seinem gläsernen Wasserbehälter und schien sich gar nicht mehr beruhigen zu wollen.

»Vielleicht ist diese Verhandlungsstrategie doch nicht ganz die richtige«, raunte Torbas dem Greifenreiter zu, und tatsächlich machte Zog Yaal eine Miene, als würde nicht alles so laufen wie von ihm gewünscht.

Doch auf einmal wurde Greshshsht vollkommen ruhig.

Er drückte sein abgesehen von der fehlenden Nase sehr menschlich wirkendes Gesicht gegen das Glas und machte große Augen, so als wollte er sich die neuen Kunden ganz genau ansehen. Gorian spürte einen Schwall sehr wirrer Gedanken, zu fremdartig, um sie mithilfe der Alten Kraft zu lesen.

Der Fischlinger machte ein paar Gesten, aus denen der Zahlenmagier offenbar zunächst nicht schlau wurde. Er musste noch einmal nachfragen, was er sowohl in der Zeichensprache als auch auf Westreichisch tat.

Der Fischlinger wiederholte seine Gesten, und Gorian hatte den Eindruck, dass er seine Bewegungen diesmal noch schneller ausführte.

»Er sagt, dass er eine besondere Kraft spüre«, erklärte der Zahlenmagier und wog den übergroßen, völlig haarlosen Kopf. Das Geflecht der dunkelblauen Adern trat noch deutlicher hervor.

»Ich habe nicht gewusst, dass dein Volk die Alte Kraft kennt«, sagte Thondaril an Greshshsht gewandt. Von den Fischlingern wusste man im Heiligen Reich ohnehin nur wenig. Ihre Heimat waren die Weiten des Meeres von Ost-Erdenrund, und Westreich war das einzige Land, in dem sie mit den Menschen in nennenswerter Häufigkeit Kontakt hatten.

Gorian wusste davon nur vom Hörensagen. In der Bucht von Thisilien, wo er aufgewachsen war, hatte es nie Fischlinger gegeben, und so war er auch zuvor noch nie einem von ihnen begegnet.

Greshshsht fuchtelte erneut mit den Armen herum, und der Zahlenmagier übersetzte die Zeichen in Worte. »Die Alte Kraft ist allgegenwärtig, und jedes Wesen kann sie mit mehr oder weniger Geschick einsetzen. Die Fischlinger be-

nutzen sie für die Jagd auf die Neunarmkraken in der Tiefsee, die von den Menschen überall im Westreich als Delikatesse geschätzt werden und …«

»Wir haben nicht viel Zeit«, unterbrach ihn Meister
Thondaril. »Lasst uns weiter über das Schutzgeld für unsere
Gondel verhandeln.«

»Wir verhandeln vielleicht über Euer Leben«, ließ der
Fischlinger durch den Zahlenmagier übersetzen. »Der Preis
einer Kupfermünze ist akzeptiert, Eure Gondel steht bis
zum Morgengrauen unter unserer Bewachung.«

»Wir danken«, sagte Meister Thondaril.

Der Fischlinger ruderte mit seinen Armen ein wenig zurück und verharrte schließlich fast senkrecht im Wasser, so
als würde er dort stehen, den Kopf dabei nach vorn gereckt.
Er streckte seine linke Schwimmhaut-Hand aus und deutete
mit dem Zeigefinger geradewegs auf Gorian.

»Du!«, stieß er dazu mit dumpfer, sehr tiefer Stimme hervor. »Du!« Er bewegte dabei den Mund mit vorgestülpten
Lippen, was ihn sehr viel fischartiger als zuvor wirken
ließ. Mehrere hintereinander gestaffelte Zahnreihen wurden
dabei sichtbar. Dann begann er erneut hektisch zu gestiku-
lieren.

»Alle sollen den Raum verlassen«, übersetzte der Zahlenmagier und richtete den Blick auf Gorian. »Alle außer dir.«

»Was will Greshshsht von meinem Schüler?«, mischte sich
Meister Thondaril ein.

»Greshshsht ist hier der Herr«, erklärte der Zahlenmagier
sehr ernst. »Ich würde niemandem empfehlen, sich mit den
Ogern anzulegen, die in seinen Diensten stehen.«

»Macht Euch keine Sorgen, Meister«, sagte Gorian. »Ich
fühle mich nicht in Gefahr.«

Alle außer Gorian verließen den Raum, auch die Oger-Wachen. Greshshsht wartete ab, bis die Tür hinter ihnen geschlossen war. Dann bedeutete er Gorian näher zu kommen.

»Du!«, drang es noch einmal dumpf aus dem gläsernen Behälter. Greshshsht presste die Stirn an das Glas und bedeutete Gorian mit Gesten, es ihm gleichzutun.

Also legte auch Gorian die Stirn gegen das Gefäß. Dabei spürte er einen ganz schwachen Gedankenstrom. Er war zu wirr und zu fremdartig, um ihm irgendeine Bedeutung entnehmen zu können. Nur eines spürte Gorian sehr deutlich: den unbedingten Wunsch, ihm etwas mitzuteilen, und zwar ausschließlich ihm; niemand sonst sollte davon erfahren.

Und da war auch etwas wie Furcht oder ein eisiger Schauder.

Der Fischlinger presste auch noch die Handflächen gegen das Glas, und Gorian machte es ihm instinktiv nach. Es zischte, als plötzlich bläuliche Blitze durch die Scheibe zwischen den Handflächen hin und her zuckten.

Gorians Augen wurden vollkommen schwarz, und dasselbe geschah auch mit denen Greshshshts. Die Blitze verebbten, und die Gedanken des Fischlingers gewannen plötzlich überraschend an Klarheit und Deutlichkeit.

»Du bist derjenige, der Waffen aus Sternenmetall trägt – einen Dolch und ein Schwert«, flüsterte die Gedankenstimme so verhalten, dass Gorian die Alte Kraft konzentrieren musste, um sie zu verstehen. Auch die Fischlinger benutzten diese Art der Magie, aber auf eine völlig andere Weise, was wohl zur Folge hatte, dass die Verständigung per Gedankenübertragung sehr anstrengend war.

Trotzdem zog es Greshshsht vor, sich auf diesem Weg an Gorian zu wenden, anstatt die Übersetzerdienste des Zahlenmagiers in Anspruch zu nehmen. Offensichtlich wollte er sich mit dem Ordensschüler austauschen, ohne dass ein Zeuge anwesend war. Und da gab es kaum eine andere Möglichkeit der Verständigung als diese, denn der Sprechstein aus dem Basilisken-Reich, den Gorian noch immer bei sich trug, übersetzte nur gesprochene Worte, nicht aber eine Zeichensprache aus Gebärden.

»*Woher weißt du von meinen Waffen?*«, fragte Gorian mit einem sehr eindringlichen Gedanken. Vielleicht war er etwas zu eindringlich, denn dort, wo sich die Hände von beiden Seiten gegen das Glas drückten, knisterten wieder Blitze, und im nächsten Augenblick geschah dies auch dort, wo Gorians Stirn und die des Fischlinger die Scheibe berührten. Greshshsht stieß einen Laut aus, den Gorian als Äußerung des Schmerzes oder zumindest starken Unbehagens deutete.

Ohne Weiteres war nicht zu erkennen, aus welchem Material Sternenklinge und Rächer bestanden, schon deshalb, weil Gorian seine Waffen nicht offen trug. Und selbst dann hätte nur jemand, der etwas davon verstand, den Unterschied zu gewöhnlichem Metall festgestellt. Oder jemand mit starkem magischem Talent, der die dem Sternenmetall innewohnenden Kräfte zu spüren vermochte. Gorian aber konnte sich nicht vorstellen, dass dies bei dem Fischlinger der Fall war, dem es ja schon große Mühe bereitete, ein paar einfache Gedanken zu übertragen.

»*Es war jemand hier, der sich nach dir erkundigt hat*«, folgte ein weiterer Gedanke des Fischlinger, und zugleich wurde ein Bild an Gorian übertragen, das sich vor dessen innerem Auge manifestierte: zwei wirbelnde Rauchsäulen, die zu menschlichen Körpern verstofflichten.

»*Schattenpfadgänger!*«, erkannte Gorian.

»*Sie ahnten, dass du und deine Gefährten hier auftauchen wür-*

den, und sie wollen deinen Tod, Gorian von Twixlum. So ist doch dein Name, oder?«

Gorian sah vor seinem geistigen Auge einen jungen Mann, kaum älter als er selbst, und einen Grauhaarigen, der schon seine sechzig Winter hinter sich zu haben schien, vielleicht auch mehr. Bei Schattenpfadgängern war das nie so genau zu sagen, denn ihre Kräfte zehrende magische Kunst ließ manche vorzeitig altern, sodass sie in Wahrheit viel jünger waren, als sie aussahen. Andere hingegen schafften es nicht nur, ein vorzeitiges Altern zu verhindern, sie erzielten sogar mithilfe der Alten Kraft einen gegenteiligen Effekt.

»Sie gehören demselben Orden an wie du, Gorian, und sie haben genug dienstbare Geister in Embador. Du musst Acht geben, tausend Augen und Ohren in der Stadt werden dir nachspüren. Jeder fürchtet den Zorn dieser beiden, denn sie tauchen aus dem Nichts auf, als schwarzer Rauch, und morden leise und geschickt. Eigentlich soll ich ihnen eine Botschaft schicken, sobald ich dich sehe.«

»Stattdessen warnst du mich vor ihnen«, stellte Gorian fest. »Warum?«

»Weil diese wandelnden Schatten jener Macht dienen, die alles kälter werden lässt und die uns alle vernichten wird, wenn ihr niemand Einhalt gebietet.«

»Morygor!«

»Ja, diesen Namen habe ich immer wieder vernommen. Meine ersten Geschäfte tätigte ich mit dem Handel von Neunarmkraken. Aber es gibt kaum noch welche vor der westreichischen Küste, die zunehmende Kälte treibt sie in südlichere Gewässer. Früher sind meine Jäger im Sommer bis an die Küste von Eisrigge geschwommen, aber das können sie schon lange nicht mehr. Dich fürchtet der Herr dieser dunklen Mörder, darum will er deinen Tod und *versucht jeden, der dir begegnet, zu seinem Helfer zu machen. Aber mein Wille ist nicht so leicht zu beeinflussen.«*

»Ich danke für die Warnung.«

»Geh sobald wie möglich. Verlass diese Stadt, solange dich die Mörder noch nicht entdeckt haben. Meine Oger sind die besten Kämpfer Embadors, aber gegen die Mächte, die dich verfolgen, ist ihr Schutz nur eine Kupfermünze wert, und daher werde ich auch nicht mehr verlangen.«

»Meister Parrach und Meister Shabran von der Ordensgesandtschaft in Havalan!«, stieß Thondaril grimmig hervor, nachdem Gorian ihm die Erinnerungsbilder, die ihm der Fischlinger übertragen hatte, in seinem Handlicht gezeigt hatte. Gorian schuf dafür keine größere Lichtblase, auf der man die beiden Schattenmeister noch deutlicher hätte erkennen können, um kein weiteres Aufsehen zu erregen.

»Offenbar ist Meister Shabran, zu dem Eure Handleseverbindung abbrach, inzwischen ebenfalls zu einem Diener des Frostreichs geworden«, äußerte Gorian.

»Ja«, murmelte Thondaril finster. »So muss es wohl sein. Nicht mehr lange, und es gibt im Orden mehr von Morygors Dienern als aufrechte Kämpfer gegen ihn.«

»Sie befinden sich hier, in Embador. Wir müssen also jederzeit damit rechnen, dass sie aus dem Nichts auftauchen und zuschlagen.«

»Dann sollten wir unsere Geschäfte hier so schnell wie möglich hinter uns bringen und Greshshshts Rat folgen und die Stadt verlassen«, meinte Sheera.

»Also trennen wir uns«, schlug Zog Yaal vor. »Ich werde zusammen mit Gorian die Seilschlangen, die wir noch brauchen, erstehen. Er hat mir beim Umgang mit den Tieren zugesehen und kennt sich mit ihnen noch besser aus als

Torbas. Er kann zwar ihre Qualität nicht beurteilen – das wird meine Aufgabe sein –, aber er kann mir dabei helfen, sie herzuschaffen, ohne dass die verrückt werden, was bei einem Besitzerwechsel leicht passieren kann. Und ihr kümmert euch um die Vorräte. Auf dem Markt herrschen keine besonderen Regeln, die beachtet werden müssen, und die Haltbarkeit und Verträglichkeit der Speisen, die man in eurer Heimat nicht kennt, wird Sheera als Heilerin einschätzen können«

»Heil*schülerin*«, korrigierte Thondaril, dem der Vorschlag aus irgendeinem Grund nicht zu gefallen schien. Aber er stimmte schließlich dennoch zu, denn so konnten sie die Stadt vielleicht schon lange vor Mitternacht verlassen.

Je weiter die Dämmerung voranschritt, desto mehr Laternen wurden in Embador entzündet. Die Stadt glich bald einem einzigen Lichtermeer. Da die Glasbläserkunst in Westreich so weit fortgeschritten war wie nirgends sonst, hatten die Laternen die kunstvollsten Formen. Viele stellten Geistergesichter dar, so filigran bearbeitet, dass man glauben konnte, sie würden jeden Moment zum Leben erwachen.

»Sie sollen Glück bringen«, erklärte Zog Yaal, während er sich zusammen mit Gorian auf dem Weg zu einem Seilschlangenzüchter durch ein Gewirr enger und von vielen Menschen überlaufener Gassen bewegte. Die Priesterschaft des Verborgenen Gottes hatte sich offenbar mit den Geisterdarstellungen der Laternen arrangiert, auch wenn sie ganz sicher nicht den Lehren entsprachen, die der Bischof von Atrantia vertrat. Aber an den Laternenpfählen hingen Gebetszettel aus Pergament mit dem Siegel der Priesterschaft.

Ein Fischlinger ließ sich von zwölf Ogern in seinem Glasbottich eine der Gassen entlangtragen. Das Sänftengestell, in das der Glasbehälter eingepasst war, hatte man mit einem Überzug aus Blattgold versehen. Dahinter zogen weitere Oger einen großen Handkarren, in dem ein toter Neunarmkrake lag. Außerdem folgten mehrere bewaffnete Krieger – sowohl Menschen als auch Oger – und einige Zahlenmagier, die zum Gefolge des Fischlinger zu gehören schienen. Auf dem Handkarren balancierte ein dressierter Affe herum, der beständig damit beschäftigt war, Salz über den Körper des Neunarmkraken zu streuen.

Der Zug kam vom Hafen her und war offenbar auf dem Weg zu einem der Märkte von Embador. Gorian und Zog Yaal blieb nichts anderes übrig, als sich in eine Hausnische zu drücken, so wie andere Passanten auch, von denen einer sagte: »Lange her, dass ein solcher Fang hier angeboten wurde.«

»Darum steigen die Preise für Neunarmkraken mittlerweile ins Unermessliche«, sagte ein anderer.

»Das hier ist noch ein mickriges Exemplar.«

In diesem Moment setzte leichter Schneeregen ein.

Die Seilschlangenzüchter von Embador waren alle in derselben Gasse zu finden. Nach Zog Yaals Meinung reichten sechs zusätzliche Schlangen aus, und Gorian hatte keinen Grund, dem Sachverstand des Greifenreiters anzuzweifeln. Der traf seine Wahl sehr schnell und wirkte dabei absolut sicher.

Er überprüfte kurz jede Schlange dahingehend, wie genau sie auf Befehle reagierte. Anschließend gebot er allen sechs, sich derart zusammenzurollen, dass man sie wie Schärpen um den Oberkörper tragen konnte.

Jeder von ihnen nahm drei von ihnen, und Gorian bezahlte mit den Silberstücken, die Meister Thondaril ihm gegeben hatte. Dann machten sie sich auf den Rückweg.

Inzwischen herrschte tiefe Nacht. Mond und Sterne waren in einer so hell erleuchteten Stadt wie Embador ohnehin nicht zu sehen, weil das Licht der Laternen sie überstrahlte, zudem aber hatte sich der Himmel mit einer dunklen, drohenden Wolkendecke zugezogen, und der Schneeregen wurde immer heftiger. Auch wehte mittlerweile ein eisiger Wind und riss hier und dort einige der Gebetszettel von den Laternenmasten, die wie Laub durch die Gassen gewirbelt wurden.

Gorian wunderte sich darüber, dass ihn Zog Yaal auf einem anderen Weg zum Gondelplatz zurückführte als dem, den sie gekommen waren, fragte aber nicht nach dem Grund dafür.

Sie gelangten in eine einsame Gasse, die aber dennoch gut beleuchtet war; etwas anderes schien in Embador nicht geduldet zu werden. So standen auch hier die kunstvollen Laternen mit ihren Geistergesichtern und den Gebetspergamenten in regelmäßigen Abständen. Bei den Gebäuden rechts und links der Gasse musste es sich um Lagerhäuser handeln.

»Wundert mich, dass es in Embador Orte gibt, an denen in der Nacht nichts los ist«, meinte Gorian. »Wo doch sogar die Märkte rund um die Uhr geöffnet sind.«

Plötzlich spürte er, wie sich die drei Seilschlangen, die er um den Oberkörper trug, zusammenschnürten, sodass sie ihm die Luft aus den Lungen drückten. Taumelnd stand er da und glaubte schon, dass ihm diese sonst so dienstbaren Kreaturen die Rippen brechen würden. Er versuchte ihnen den Befehl zu erteilen, ihren Griff zu lösen, doch ihm fehlte der Atem dazu, und so entrang sich nicht mehr als ein schwaches Krächzen seiner Kehle.

Zog Yaal, der zunächst ein paar Schritte weitergegangen war, blieb stehen und drehte sich um. Sein Gesicht wirkte vollkommen verändert, war zu einer verzerrten Fratze geworden, und er bleckte die Zähne wie ein Tier. Er wirkte ergrimmt und von einem Hass erfüllt, der kaum sein eigener sein konnte. Morygors Aura musste zu stark für ihn gewesen sein. Er war den Einflüsterungen des Herrn der Frostfeste, denen er offenbar schon seit einiger Zeit ausgesetzt war, letztendlich erlegen.

Gorians Augen wurden schwarz, er sammelte die Alte Kraft. Aber die Seilschlangen schnürten ihn so zusammen, dass er nicht einmal Rächer oder Sternenklinge hervorreißen konnte, weder mit den Händen noch mit der Kraft seines Geistes.

Es war ein gut geplanter Angriff von jemandem, der alles bedacht hatte, musste Gorian eingestehen. Der Kraftschrei, den er ausstoßen wollte, erstickte in einem schwächlichen, atemlosen Röcheln.

Die drei Seilschlangen, die bis dahin noch um Zog Yaals Leib gewickelt waren, lösten sich, als der Greifenreiter ihnen den Befehl dazu gab, und glitten zu Boden. Ihre Körper veränderten sich, wurden sehr viel kürzer und nahmen dafür an Dicke zu, sodass sie nicht mehr dünnen Kletter- oder Halteseilen, sondern armdicken Würgestricken glichen.

Auch die Seilschlangen, die Gorian bereits gefangen hielten, wandelten sich auf diese Weise, vermutlich weil sie so noch mehr Kraft aufwenden konnten, um den Ordensschüler zu zerquetschen.

Die Seilschlangen am Boden schnellten zunächst mit kobragleich erhobenen Vorderenden auf Gorian zu, dann sprangen sie fast gleichzeitig mehrere Schritt weit durch die Luft. Wie eine Peitsche schlang sich eine von ihnen um

Gorians Fesseln und riss ihm die Beine weg, sodass er hart zu Boden fiel. Die anderen wickelten ihn innerhalb weniger Herzschläge ein, sodass er vollkommen hilflos war. Er versuchte sich um die eigene Achse zu drehen, doch nicht einmal das gelang ihm.

Zunächst hatte er geglaubt, seine Magie wäre vollkommen wirkungslos, aber dann begriff er, dass er ohne seine Kräfte sicherlich schon gar nicht mehr am Leben gewesen wäre.

Wieder veränderte sich Zog Yaals Gesicht. Der Hass darin wich einem Ausdruck der Hilflosigkeit. »Es tut mir leid«, wimmerte er. »Die Aura … Die Stimme … Ich war zu schwach, Gorian!«

Die Kräfte, die Zog Yaal zu seinem Verrat getrieben hatten, schienen ihn für einige Augenblicke zumindest teilweise aus ihrer Gewalt zu entlassen. Für Morygors Pläne war er nicht mehr wichtig genug, um sich voll und ganz auf ihn zu konzentrieren.

Im nächsten Moment vernahm Gorian das höhnische Lachen einer Gedankenstimme, so eindringlich, dass eine Welle des Schmerzes vom Kopf aus seinen gesamten Körper durchlief und er für einen Moment die Konzentration auf seine Kräfte zu verlieren drohte.

»*Niemand entkommt Morygor! Und niemand kreuzt meine Schicksalslinie, dem ich es nicht erlaube!*«

Auf einmal stieß Zog Yaal eine Reihe von Knack- und Zischlauten aus, zweifellos Seilschlangenbefehle, auch wenn Gorian nicht einen einzigen davon erkannte. Aber zu seiner Verwunderung spürte er deutlich, wie die mörderische Umklammerung schwächer wurde, ohne sich jedoch völlig zu lösen, so als ob die Seilschlangen unter widerstreitenden Einflüssen standen.

Gorian konzentrierte sich erneut auf seine Magie. Blitze zuckten aus seinem Körper, und die Seilschlangen lockerten ihren Würgegriff vollends, dann schnellten sie eine nach der anderen davon, während flackernde Lichterscheinungen sie umflorten und sie vor Schmerzen schrill aufschrien.

Gorian rappelte sich auf, zog Sternenklinge und Rächer. Alles, was er bisher erreicht hatte, war, die Seilschlangen ein Stück fortzujagen, aber das musste noch nicht bedeuten, dass der Kampf schon vorbei war.

Er rang nach Luft und murmelte einen einfachen Heil- und Kräftigungszauber.

Im nächsten Moment kehrten die Seilschlangen zurück, krochen blitzschnell über den gepflasterten Boden auf ihn zu und streckten dabei erneut die Vorderenden empor wie Kobras. Alle waren sie extrem kurz geworden, hatten dafür aber einen Durchmesser erreicht, der an den eines durchschnittlichen Oger-Oberschenkels heranreichte.

Die erste von ihnen sprang auf Gorian zu. Der Ordensschüler schleuderte Rächer. Die Dolchklinge aus Sternenmetall durchbohrte die Seilschlange, riss sie mit sich und nagelte sie an den Fachwerkbalken eines der Lagerhäuser. Die zweite zerteilte Gorian mit mehreren Schwerthieben. Dabei konzentrierte er in gewohnter Weise die Alte Kraft auf Sternenklinge, deren Metall von einem bläulichen Leuchten umflort war.

Ein Ruf ertönte.

Es war Zog Yaal, und das Wort, das er hervorstieß, enthielt ungewöhnlich viele jener Knack- und Zischlaute, auf die das Gehör der Seilschlangen so sensibel reagierte, hatte aber andererseits auch mehr Ähnlichkeit mit menschlicher Sprache als jeder andere Seilschlangenbefehl, den Gorian bisher vernommen hatte.

Die angreifenden Kreaturen fielen augenblicklich in eine Art Bewusstlosigkeit. Sie klatschten zu Boden und gewannen dabei wieder an Länge, während ihr Durchmesser entsprechend abnahm, so als wenn sich ein Muskel entspannte. Einen Augenblick später sahen sie fast wie ganz gewöhnliche, leblose Seile aus, wie sie in jeder Hafenseilerei geflochten wurden.

Gorian streckte die Hand aus, und Rächer wirbelte durch die Luft zu ihm zurück. Er steckte beide Waffen ein. Der Brustkorb schmerzte ihm immer noch.

Aber Zog Yaal war schlimmer dran. An mehreren Stellen seines Körpers, wo er von den Eiskrähen verwundet worden war, drang schwarzes Blut durch seine Kleidung, und es lief ihm auch aus Mund und Nase. Gorian machte einen Schritt auf ihn zu, während Zog Yaal vor ihm zurückwich und die Hände abwehrend hob. »Bleib, wo du bist, Gorian! Bleib, wo du bist, und lass mich hier in Embador zurück! Ich bin nur eine Gefahr für dich, denn du kannst mir nicht mehr trauen!«

»Du warst es doch, der mich gerettet hat«, stellte Gorian fest.

»Der Notbefehl für widerspenstige Seilschlangen. Jeder bekommt ihn von den Gildenlehrern beigebracht. Aber er wurde kaum je angewendet, und es dürfte in ganz Gryphland nicht eine Handvoll Greifenreiter geben, die aus eigener Erfahrung garantieren können, dass er überhaupt funktioniert.«

Gorian machte einen weiteren Schritt auf Zog Yaal zu, aber dieser wich erneut zurück, taumelte dabei und fiel zu Boden. Abermals hob er abwehrend die Hände. »Nicht näher kommen!«, rief er, und seine Stimme überschlug sich dabei fast. »Du weißt nicht, wie lange ich Herr meiner eigenen Gedanken und Taten bin. Ich könnte jederzeit wieder zu deinem Feind werden!«

»Das warst du nie.«

»Doch, Gorian. *Ich* war es, der den Seilschlangen den Befehl gab, dich zu töten. Niemand sonst. Ich war einfach zu schwach, um den Einflüsterungen der Stimme zu widerstehen. Ich war so schwach, Gorian. So verflucht schwach.«

»Aber du hast dich Morygors Einfluss letztlich widersetzt, Zog Yaal! Obwohl du keine Magie einzusetzen vermagst, um dich zu schützen! Es war nur dein Wille und die Stärke deines Charakters – und du hast einen hohen Preis dafür bezahlt!«

Gorian hatte ihn inzwischen erreicht und kniete neben ihm nieder. Er murmelte einen Heilzauber, der die Blutungen vorläufig zum Stillstand brachte.

»Du solltest dich vor mir in Acht nehmen, Gorian.«

»Ich muss mich vor jedem in Acht nehmen, denn niemand ist davor gefeit, Morygors Einflüsterungen zu erliegen. Wirklich niemand! Aber was dich betrifft, mache ich mir in nächster Zeit die geringeren Sorgen, denn du hast dich dem Herrn der Frostfeste erfolgreich widersetzt, und das ist etwas, was nicht einmal der Hochmeister des Ordens der Alten Kraft vermochte.«

Sie schwiegen eine Weile, während Zog Yaal am Boden lag und versuchte, neue Kraft zu schöpfen. Schließlich sagte er: »Die vier übrig gebliebenen Seilschlangen kann man noch verwenden. Vorausgesetzt, es gelingt mir, sie aus ihrem gegenwärtigen Zustand zu erwecken. Aber das dürfte nicht allzu schwierig sein.«

In diesem Augenblick öffnete sich knarrend eine der Türen eines vierstöckigen, in Fachwerkbauweise errichteten Lagerhauses, und zwei große, kräftige Oger traten ins Freie, beide mit Breitschwert, Streitaxt und einer beachtlichen Anzahl von Wurfsternen am Gürtel. In Gürtelschnalle und Lederwams war das Wappen des Handelshauses eingearbeitet, dem offenbar auch das Lagerhaus gehörte, denn das gleiche, aus einer stilisierten Blüte bestehende Wappen prangte auch neben der Tür.

Die beiden Oger-Wächter traten näher und sahen sich um.

»Gibt es hier irgendwelche Schwierigkeiten?«, fragte einer von ihnen und verschränkte die mächtigen Arme vor der Brust. Er sprach ein sehr einfaches Westreichisch, das auch jeder Heiligreicher verstehen konnte.

»Ein paar ungehorsame Seilschlangen, das ist alles«, behauptete Gorian.

»Ist aber kein Grund, hier so einen Krach zu schlagen!«

»Schon klar«, sagte Gorian hastig, da er nicht auf eine längere Diskussion mit den Oger-Wächtern aus war.

Der zweite Oger streckte den Arm aus und deutete auf Zog Yaal. »Es ist mir gleichgültig, warum du den Kerl so zugerichtet hast, aber ich gebe euch den guten Rat, eure Streitigkeiten in Zukunft anderswo auszutragen.«

»Wir sind schon so gut wie weg«, versicherte Gorian.

»Ihr seid doch fremd hier«, begann der andere wieder.

»Das ist richtig«, bestätigte Gorian.

»Und wem bezahlt ihr Schutzgeld?«

»Wir stehen unter dem Schutz von Herrn Greshshsht«, antwortete Gorian schnell, denn er hegte den Verdacht, dass sich die beiden Oger vielleicht ein paar Münzen dazuverdienen wollten, indem sie zwei Schutzlose ausraubten. Zwar zweifelte er nicht daran, notfalls mit ihnen fertig zu werden, denn der Kampfkunst eines Schwertmeisters war auch der stärkste Oger in der Regel nicht gewachsen, aber die Zeit drängte, und davon abgesehen gab es nichts, was Gorian mehr verabscheute als sinnlosen Kampf.

»Herr Gershshsht?«, echote einer der Oger, wobei er das Wort »Herr« auf eine Weise betonte, die Gorian nicht gefiel. »Ich fürchte, euer Schutz ist abgelaufen, und ihr solltet euch schleunigst einen neuen erkaufen.«

»Schließlich sind nicht alle Wächter so nett wie wir«, ergänzte der andere.

In diesem Augenblick spürte Gorian, dass Meister Thondaril versuchte, mit ihm über Handlichtlesen in Verbindung zu treten. Aber er wollte abwarten, bis sich die beiden Oger wieder ins Gebäude zurückgezogen hatten.

»Wenn ihr einen neuen Schutz braucht, dann kommt einfach bei Sonnenaufgang hierher. Bis dahin müsst ihr auf euch allein gestellt überleben, denn vorher untersagen die Gesetze von Embador einen Wechsel des Schutzgebers.«

»Was ist denn mit Greshshsht?«, fragte Zog Yaal.

Einer der Oger wandte den Kopf, um ihm einen finsteren Blick zuzuwerfen, der andere war bereits wieder im Lagerhaus verschwunden. »Er ist tot! Die Nachricht verbreitet sich gerade wie ein Lauffeuer.«

Als auch der zweite Oger weg war und die Tür hinter sich geschlossen hatte, ließ Gorian ein Licht in seiner Handfläche entstehen, in dem das Gesicht von Meister Thondaril erschien. »Kommt sofort zum Gondelplatz. Mit oder ohne Seilschlangen, das ist vollkommen gleich. Die Dinge haben sich hier sehr ungünstig entwickelt.«

Gorian und Zog Yaal sammelten die verbliebenen vier Seilschlangen ein, und der junge Greifenreiter weckte sie aus ihrem leblosen Zustand, indem er jede an einer ganz bestimmten Stelle berührte. Daraufhin wickelten sie sich von selbst auf, wie man es von ihnen gewohnt war.

»Sie scheinen perfekt zu gehorchen«, bemerkte Gorian.

»Natürlich tun sie das. Das haben sie auch, als sie versucht haben, dich umzubringen.«

Jeder von ihnen hängte sich zwei der Seilschlangen über die Schulter. Gorian zögerte einen kurzen Moment, denn die Erinnerung daran, dass ihn diese Wesen beinahe umgebracht hätten, war noch allzu frisch. Zog Yaal bemerkte es und sagte: »Wenn du jemanden fürchten musst, dann mich und meine innere Schwäche, nicht die Seilschlangen.«

»Was ist mit deinen Wunden?«

»Es geht schon. Du scheinst ein halber Heiler zu sein.«

»Ich wäre vielleicht schon ein ganzer, würde es die Ordensburg auf Gontland noch geben.«

Sie beeilten sich, zum Gondelplatz zu gelangen. Zog Yaal hatte keine Schwierigkeiten, mit Gorian mitzuhalten. Er sah mit seinem blutverschmierten Gesicht und der blutdurchtränkten Kleidung furchtbar aus, war aber körperlich wieder bei Kräften. Offenbar sprach er auf einfache Heilmagie gut an. Und vielleicht verlieh ihm auch die wachsende Erkenntnis, dass er tatsächlich einer überlegenen Macht widerstanden hatte, zusätzliche Energie.

Als sie den Gondelplatz erreichten, herrschte dichtes Schneegestöber, und der kalte Wind war noch beißender geworden. Der große Platz bot nicht den Schutz der engen Gassen, und so waren sie Wind und Schnee frei ausgesetzt.

Das Erste, das Gorian auffiel, war die Stille.

Die Sicht war schlecht, trotzdem erkannte er, dass eine ganze Anzahl von Gondeln fehlte. Sie hatten sich in den düsteren Himmel erhoben. Der Wind verschluckte das Krächzen der Greifen.

Es musste einen Grund haben, dass viele Gondelbesitzer

es vorzogen, trotz des Unwetters geradezu fluchtartig die Stadt zu verlassen, anstatt wenigstens bis zum Morgengrauen in Embador zu verweilen.

Tote Oger lagen überall auf dem Platz. Ihr Blut rann aus schrecklichen Wunden und versickerte in den Fugen des Pflasters, während sich eine Schicht aus grauweißem Schnee auf ihren leblosen Körpern bildete. Viele hatten noch nicht einmal ihre Waffen ziehen können, bevor sie von Schwerthieben mit ungewöhnlicher Präzision niedergestreckt worden waren. Das deutete auf Schwertmeister des Ordens hin, allerdings waren viele der Oger auch hinterrücks ermordet worden.

Schattenmeister, ging es Gorian durch den Kopf. Nur sie kamen dafür infrage.

Torbas stand bei der Gondel und hatte den Seilschlangen bereits befohlen, sich um den Greifengargoyle Ar-Don zu schlingen. Als er Gorian und Zog Yaal bemerkte, lief er ihnen entgegen. »Na los, worauf wartet ihr? Wir müssen hier weg!«

Gleichzeitig aber erreichte Gorian ein Gedankenbefehl von Meister Thondaril: *»Komm her! Sofort!«*

Gorian begriff sogleich, dass sich sein Meister in jenem Gebäude befand, wo Greshshsht sie empfangen hatte. Er wandte sich an Zog Yaal und rief: »Geh schon mal zur Gondel und mach sie startklar!«

»Aber ...«

»Geh schon!«, drängte Gorian.

Dann lief er zu dem Gebäude.

Auch dort lagen erschlagene Oger-Wachen, und im Haus musste er über die Leiche des Zahlenmagiers steigen, dem man den übergroßen Schädel gespalten hatte.

Der Bottich des Fischlinger war zerstört. Die Glassplitter

funkelten in einer riesigen Pfütze aus Salzwasser, und mittendrin lag Greshshsht, die Augen starr und die Arme weit von sich gestreckt. Er war zweifellos nicht mehr am Leben.

Meister Thondaril stand neben der Leiche, das Schwert in beiden Händen. Er sagte kein Wort. Seine Augen waren pechschwarz. Er schien auf etwas zu warten.

Oder auf jemanden, erkannte Gorian, der ebenfalls das Schwert zog.

»*Meister Parrach war hier*«, wandte sich Meister Thondaril mit einem Gedanken an Gorian. »*Es muss sehr schnell gegangen sein. Er kam aus dem Nichts und tötete, bevor seine Anwesenheit wirklich bemerkt wurde.*«

»*Was tun wir hier?*«, fragte Gorian in der Hoffnung, dass sein Meister und Mentor irgendeinen auch nur ansatzweise vernünftigen Plan verfolgte.

In diesem Moment drangen zwei Rauchwirbel durch eine Wand und verstofflichten. Ein jüngerer Mann – kaum älter als Gorian – stand neben einer grauhaarigen, hageren Gestalt von schwer zu schätzendem Alter.

Shabran und Parrach, erkannte Gorian sofort.

Beide hielten Schwerter in den Händen.

»Seid gegrüßt, Meister Thondaril«, sagte Parrach, und ein überlegenes Lächeln glitt über das hagere Gesicht des Leiters der Ordensgesandtschaft von Havalan.

»Ihr habt diesen Fischling ermordet«, stellte Thondaril mit tonloser Stimme fest.

»Er war ein Verräter«, entgegnete Parrach. »Der Narr hat tatsächlich geglaubt, mich hereinlegen zu können. Dabei verdankte er seine Position schon lange meiner Gnade.«

Gorian fragte sich, woher Thondaril gewusst haben mochte, dass Parrach noch einmal in dieses Haus zurückkehren würde. Er schien den abtrünnigen Schattenmeister regelrecht erwartet zu haben, so als könnte er die Schicksalswege vorausberechnen wie Morygor, der Herr der Frostfeste.

»Ich bin hier, um Euren Schüler zu töten, Meister Thondaril«, erklärte Parrach. »Aber das wisst Ihr ja bereits.«

»Ja«, antwortete Thondaril. »Nachdem Meister Shabran wieder Verbindung zu mir aufnahm und mir Eure Absicht ankündigte, rief ich meinen Schüler her.«

Parrach wandte den Kopf und sah Gorian an. »Ich spüre deine Überraschung und die Wut über das, was du als Verrat eines Meisters an seinem Schüler empfinden musst. Beides wird deine Kräfte entscheidend schwächen und deinen Tod erleichtern.«

Gorian konnte nicht fassen, was er hörte. »Meister Thondaril … Ihr doch nicht!«

»Für deinen Meister wird es eine Zukunft geben, aber nicht für dich«, erklärte Parrach.

»*Meister! Das ist nicht wahr!*«, sandte Gorian einen verzweifelten Gedanken an Thondaril.

Dieser aber verschloss seinen Geist vor seinem Schüler. Da schien nichts mehr zu sein, selbst ein kalter Stein hätte in diesem Moment nicht weniger Seele als Thondaril gehabt. Sein Gesicht war hart und kantig, als sein Blick dem von Gorian begegnete.

»Die Welt wird sich ändern, Gorian«, fuhr Parrach fort. »Nur du stehst dieser Veränderung im Weg. Es tut mir leid. Soweit ich gehört habe, warst du ein ausgesprochen talentierter Schüler, und es wäre sicherlich interessant gewesen, zu beobachten, ob du deinen ehrgeizigen Plan in die Tat hättest umzusetzen können, die Ausbildung in allen fünf Ordenshäusern zu durchlaufen, sodass am Ende fünf Meisterringe an deinen Fingern gesteckt hätten. Nun wird es nicht einmal ein einziger sein.«

Gorian hörte dem Schattenmeister kaum zu. Innerlich war er immer noch mit dem Verrat Meister Thondarils beschäftigt. »Habt Ihr denn Euren Glauben an die Axiome des Ordens völlig verloren?«, fragte er ihn fassungslos. »Oder haben sie Euch in Wahrheit nie etwas bedeutet?«

»Die Zeit des Ordens ist vorbei«, stellte Thondaril klar. »In Wahrheit existiert er nicht mehr. Dein Vater hat das viel früher erkannt als ich, auch wenn er daraus andere Konsequenzen zog.« Der Blick, mit dem er Gorian bedachte, war undurchschaubar. Er wandte den Kopf, um Meister Parrach anzusehen, und sagte: »Tut, was getan werden muss, Parrach. Ich habe diesen Raum mit einer Magie belegt, die es ihm unmöglich machen wird, seine Kunst der Voraussicht gegen Euch einzusetzen.«

18) Meisterblut

Gorian umfasste Sternenklinge mit beiden Händen.

Welche magischen Manipulationen mochte Thondaril wohl vorgenommen haben? Gorian versuchte, sie zu erspüren. Und tatsächlich, da waren Kraftpunkte im Raum, die sich ganz nach der Magie des Ordens anfühlten. Zweifellos war hier etwas geschehen, was die Bedingungen des bevorstehenden Kampfes entscheidend veränderte, indem es die Voraussicht eines Schwertmeisters dämpfte oder gar ganz außer Kraft setzte.

In einem Duell mit einem Schattenmeister war das von entscheidender Bedeutung, denn so war es Parrach möglich, plötzlich im Rücken seines Gegners aufzutauchen und zuzustechen, ohne dass Gorian den Angriff vorausahnen und parieren konnte.

Für einen kurzen Moment erwog er, seinen Dolch Rächer nach Parrach zu schleudern, solange der Schattenmeister noch verstofflicht vor ihm stand. Aber vielleicht war es genau das, was der Feind von ihm erwartete, der Fehler, der Gorians Tod bedeutet hätte.

Parrach hielt zwei Schwerter in den Händen, eines von gewöhnlicher Länge und eines mit kurzer, dafür aber recht breiter Klinge. Er stürmte auf Gorian zu und begann sich dabei in dunkle, rauchartige Teilchen aufzulösen.

Da aber prallte er gegen eine bläulich schimmernde Licht-barriere, die ihn und Meister Shabran plötzlich wie eine glä-serne Glocke umfing.

Parrach verstofflichte wieder, und Entsetzen zeichnete seine Züge. Er wollte eine Formel ausstoßen, aber kaum hatte er die ersten Silben über die Lippen gebracht, hatte bereits Meister Shabran sein Schwert gezogen, einen Kraft-schrei ausgestoßen und ihm die Klinge in den Leib gesto-ßen.

Meister Parrach sank zu Boden und blieb regungslos liegen.

»Ohne Eure Hilfe wäre es nicht möglich gewesen, den Ver-räter zu stellen«, sagte Meister Shabran. Er beugte sich nie-der und nahm dem toten Parrach den Meisterring ab. »Ich werde trotz allem dafür sorgen, dass eine entsprechende Begräbniszeremonie abgehalten wird, während sein Ring vergraben wird. Man soll sich an Parrachs gute Taten erin-nert, nicht an den Tag, an dem ihn seine innere Schwäche zum Verräter werden ließ.«

Thondarils Antwort war ein stummes Nicken, dann sprach er eine Formel und hob dabei beide Hände. Seine Augen wurden schwarz, und aus seinen Fingern schossen bläuliche Blitze. Sie trafen die Lichtglocke, die Shabran und den toten Parrach nach wie vor umgab, die sich aber darauf-hin auflöste.

»Ich gebe zu, Meister Shabran, ich befürchtete schon für einen Moment, auch Ihr könntet auf Morygors Seite gewech-selt sein«, gestand Thondaril, dann wandte er sich an Gorian. »Es tut mir leid, dass ich dich nicht einweihen konnte. Wä-ren deine Verwunderung und deine Verzweiflung nicht echt gewesen, hätte Parrach das sofort gemerkt und wäre misstrauisch geworden. Und tatsächlich habe ich auch diesen Raum magisch manipuliert, genau so wie Parrach es von mir verlangte.«

»Und nur deswegen konnte er meinen Angriff nicht voraussehen«, ergänzte Shabran, der nun ungehindert näher trat. »Denn die Fähigkeit zur Voraussicht war hier tatsächlich gedämpft, und zwar auch für ihn.«

Gorian stieß sein Schwert zurück in die Rückenscheide. »Ihr habt mich als Köder benutzt«, stellte er grimmig fest.

»Ich habe versucht, dich zu schützen«, widersprach Thondaril. »Meister Parrach war zu Morygors Knecht geworden. Er hätte sich an unsere Fersen geheftet und uns verfolgt, bis er dich getötet hätte. Und es stand zu befürchten, dass ihm das auch gelungen wäre, denn er war ein mächtiger Schattenpfadgänger.«

Meister Shabran schüttelte den Kopf, und sein Gesichtsausdruck war von tiefer Bitterkeit und Schmerz geprägt. »Was ich heute getan habe, wird mich den Rest meines Lebens verfolgen. Parrach war einst mein Meister und Mentor, und ich habe ihn lange Jahre respektiert und bewundert.«

»Was haltet Ihr davon, uns zu den Inseln der Caladran zu begleiten«, schlug Meister Thondaril vor. »Wir haben in unserer Gruppe niemanden, der die Kunst der Schattenpfadgeherei beherrscht.«

»Es wäre mir eine Ehre, Meister Thondaril«, antwortete Shabran. »Aber ich halte es für klüger, wenn ich schnellstmöglich nach Havalan zurückkehre, um jedes unnötige Aufsehen zu vermeiden. Das würde unserer Sache nur schaden. Aber wir bleiben in Verbindung.« Er sah Gorian an und sagte: »Wenn es jemand schaffen kann, die Caladran auf unsere Seite zu ziehen, dann bist du es. Und genau das ist es, was Morygor so fürchtet.«

»Wir müssen jetzt aufbrechen«, drängte Meister Thondaril. »Der Tod von Herrn Greshshsht hat sich bereits in der Stadt herumgesprochen, und das macht die Situation hier kompliziert.«

Meister Shabran sah traurig auf den toten Fischlinger hinab. »So bestraft Morygor jene, die ihm abtrünnig werden. Aber ihr Schicksal ist noch vergleichsweise gnädig im Vergleich zu denen, die er über den Tod hinaus zu seinen Sklaven macht.«

»Meister Parrach hat Herrn Greshshsht und dessen Gefolge nicht allein getötet«, sagte Gorian und sah Shabran dabei anklagend an.

Der junge Ordensmeister hielt seinem Blick stand, während er bekannte: »Was du sagst, trifft leider zu.«

»So habt Ihr an Parrachs Seite Unschuldige getötet«, hielt ihm Gorian vor.

»Ich hatte keine Wahl, Parrach hätte mir sonst misstraut. Ich weiß, eines der Axiome des Ordens lautet, dass man die Unschuldigen nicht erschlagen soll, um die Schuldigen zu treffen, aber ...«

»Ja, so sagte der Erste Meister«, unterbrach ihn Gorian mit harter Stimme.

»Niemand, der das Böse bekämpft, kann ohne eigene Schuld bleiben, Gorian«, sagte Shabran, dann wandte er sich wieder an Thondaril. »Eines solltet Ihr noch wissen, bevor Ihr zu den Inseln der Caladran aufbrecht.«

»Was?«, fragte Thondaril.

»In letzter Zeit mehrten sich Gerüchte, die von diesen Inseln zu uns dringen, und das allein ist schon ungewöhnlich, da dieses Volk in selbst gewählter Abgeschiedenheit lebt. Eines dieser Gerüchte besagt, dass die Caladran die Kunst des Sternenflugs wieder aufnehmen wollen.«

»Heißt das, die Caladran wollen Erdenrund verlassen?«, fragte Gorian erstaunt.

Meister Shabran zuckte mit den Schultern. »Niemand weiß das. Allerdings haben auch die Caladran Augen im Kopf und sehen dasselbe wie jeder andere, nämlich einen Schattenbringer, der die Sonne verdunkelt.«

»Das sähe ihnen ähnlich«, schimpfte Thondaril. »Sich einfach davonzumachen und alles dem Chaos zu überantworten, statt sich dem Übel entgegenzustellen.«

»Einem Übel, das zudem noch in Gestalt von Morygor seine Wurzeln im Volk der Caladran hat«, stimmte ihm Shabran zu. »Aber es gibt noch ein anderes Gerücht, das genau das Gegenteil bedeuten könnte. Danach befindet sich auf der Insel Pela eine große Apparatur im Bau, die angeblich dem Zweck dienen soll, die Gestirne zu beeinflussen.«

Gorian horchte auf. »Ist nach Eurer Einschätzung an diesem Gerücht etwas dran?«

»Ich habe mich über die Schattenpfade nach Pela begeben, um es zu überprüfen. Dort gibt es tatsächlich ein Bauwerk, das noch seltsamer aussieht als alles, was ich bisher von den Caladran kenne. Aber wozu es dient, konnte ich nicht in Erfahrung bringen. Es wird sehr streng bewacht und mit einer äußerst wirksamen Magie abgeschirmt, sodass ich es nur von einem benachbarten Berg aus betrachten konnte.« Er hob die Hand, und in der Innenfläche bildete sich ein Licht. »Seht euch an, was ich gesehen habe. Vielleicht werden euch die Caladran mehr über dieses Bauwerk verraten, wenn es euch gelingt, sie zu Verbündeten zu machen.«

Während sich Meister Shabran in schwarzen Rauchteilchen auflöste, um das Gebäude und die Stadt über die Schattenpfade zu verlassen, befanden sich Gorian und Meister Thondaril bereits auf dem Weg ins Freie.

»Ihr werdet mir noch viele Fragen beantworten müssen, Meister«, sagte Gorian, während er neben Thondaril herlief.

»Später, Gorian, später!«, wehrte dieser ab.

Draußen herrschte mittlerweile so heftiges Schneegestöber, dass man kaum weiter als zwei Dutzend Schritt zu sehen vermochte. Am Rand des Gondelplatzes bekämpften sich zwei Gruppen Oger. Ihre Schreie gellten durch die Nacht.

Unmittelbar vor Gorian wuchs plötzlich eine Gestalt aus dem Boden. Er schreckte zurück und konnte aufgrund seiner Fähigkeit zur unmittelbaren Voraussicht gerade noch verhindern, mit demjenigen zusammenzuprallen.

Es handelte sich um den Maskierten. »Beeilt euch! Der Tod von Herrn Greshshsht hat überall zu Kämpfen um die Verteilung seiner Pfründe und Schutzgeldrechte geführt. Eine Gondel steht schon in Flammen.«

Sie rannten weiter durch das Schneegestöber. Der Maskierte verzichtete darauf, den für ihn vermutlich unbeschwerlicheren Weg durch das Pflastergestein zu nehmen. Ein paar Oger-Söldner, von denen nicht ganz klar war, für oder gegen wen sie eigentlich kämpften, erschreckte er mit seinem Flammenschwert so sehr, dass sie sofort die Flucht ergriffen.

»Leider bist du der Einzige, auf den der Greifengargoyle hört!«, rief der zweifache Ordensmeister Gorian zu, während sie auf die bereits leicht eingeschneite Gondel zuliefen.

Ar-Don wandte den Kopf, um ihnen entgegenzusehen, und kommentierte Meister Thondarils Worte mit der Gedankenbotschaft: »*Ar-Don ist eigener Herr!*«

Auf einmal schien sein Körper zu glühen und wurde dunkelrot. Er breitete die Flügel aus und stieg empor, verharrte dann über der Gondel und fegte mit schnellem Flügelschlag den Schnee von ihr hinunter.

Zog Yaal hatte Torbas' eher provisorische und wenig fachgerechte Anordnung der Seilschlangen korrigiert und die vier weiteren Exemplare, die Gorian und er erworben hatten, bereits eingesetzt.

Gorian lief in die Gondel, gefolgt von Meister Thondaril und dem Maskierten.

Dann hoben sie ab.

»Gut, dass die Glasermeister fertig geworden sind, bevor es hier ungemütlich wurde«, meinte Torbas. »Und Vorräte haben wir ebenfalls genug an Bord.«

»Dann steht dem Flug zu den Inseln der Caladran ja nichts mehr im Weg«, meinte Thondaril. »Abgesehen vielleicht von schlechtem Wetter und Gegenwind. Aber damit sollten wir fertig werden.«

»*Ar-Don weiß den Weg*«, meldete sich der Gargoyle mit einem sehr intensiven Gedanken bei Gorian, »*und hat Kraft genug für Flug bei jedem Wetter!*«

Gorian blickte aus dem Fenster in die sturmumtoste Nacht, während Zog Yaal eine Öllampe entzündete, damit es im Inneren der Gondel etwas heller wurde.

»Macht das nicht unsere Feinde unnötig auf uns aufmerksam, wenn wir als riesige Laterne durch die Nacht fliegen?«, fragte Torbas. »Nachdem wir wieder komplett verglast sind, dürfte die Gondel so richtig schön leuchten.«

»Keiner von denen, die uns im Moment noch auf den Fersen sein könnten, ist auf Licht angewiesen, um uns zu finden«, erklärte Meister Thondaril. »Es gibt keinen Grund für uns, hier im Dunkeln zu sitzen.«

»Wie lange werden wir brauchen, bis wir die Inseln erreichen?«, erkundigte sich Gorian.

»Ein gut geschulter Greif wäre spätestens morgen Mittag an der Küste Caladraniens«, meinte Zog Yaal, während Sheera seine Wunden behandelte, die sich relativ gut wieder schlossen. Die Blutungen waren längst gestillt, aber eigentlich hätte Zog Yaal noch geschwächt sein müssen. Doch das Gegenteil war der Fall.

Sheera erschien das merkwürdig, doch Gorian erklärte es ihr mit einer Gedankenbotschaft. »*Er konnte Morygors Macht widerstehen. Manche ziehen aus solch einem Sieg ungeheuere Kräfte.*«

Sie sah ihn nur an, ihre Gedanken blieben stumm.

Nachdem er verarztet worden war, suchte sich Zog Yaal unter den Sachen des toten Centros Bal etwas Frisches zum Anziehen aus. Ihm Verbände anzulegen hielt Sheera nicht nur für unnötig, sondern sogar für schädlich.

»Wir sind ja alle etwas lädiert«, meinte Torbas mit einer Leichtigkeit, die er nicht wirklich empfand, wie Gorian sofort erkannte. »Aber wenn wir die Caladran-Inseln erreichen, haben wir das Schlimmste erst mal überstanden, schätze ich.« Während er dies sagte, betastete er seine eigene Wunde an der Schulter, die ihm wohl mehr zu schaffen machte, als er es zeigen wollte.

In diesem Moment schmerzte eigenartigerweise auch Gorians nie ganz verheilte Schulterverletzung, und Torbas sah ihn plötzlich an, so als würde er es spüren. Sie tauschten einen Blick, aber keinen Gedanken.

»Glaubt bloß nicht, alle Schwierigkeiten lägen hinter uns, wenn wir die Inseln der Caladran erreichen«, meldete sich der Namenlose Renegat wieder zu Wort. »Sie fangen dann erst an.«

»Wisst Ihr von einer Gefahr, der wir bald gegenüberstehen könnten?«, wollte Thondaril wissen. »Wenn dem so ist, solltet Ihr etwas deutlicher werden.«

Der uralte Caladran sah den zweifachen Ordensmeister nicht einmal an. Er hatte die Augen geschlossen und hockte im Lotussitz neben der Metalltruhe mit den Caladran-Schriften. Seine Hände hielt er so, dass sich die Kuppen der Finger beinahe berührten. Kleine rötliche Lichtblitze tanzten völlig geräuschlos zwischen ihnen. Offenbar handelte es sich um eine Art geistiger Übung, mit der sich der Namenlose auf die Rückkehr zu seinem Volk vorbereitete.

»Keiner von euch würde auch nur ansatzweise verstehen, was ich sage«, wehrte er Thondarils Aufforderung ab. »Und auch, wenn ich im Gegensatz zu euch genug davon habe, so hasse ich es, meine Zeit zu verschwenden.«

Draußen wurde es eisig kalt. Schneidender Gegenwind traf die Gondel und drang durch alle Ritzen und selbst durch kleinste Öffnungen ins Innere. Alles, was sich an Decken und Kleidern in der Gondel finden ließ, wurde verteilt. Manchmal war der Wind so stark, dass die Gondel schräg hinter dem unbeirrbar vorwärtsstrebenden Greifengargoyle hergezogen wurde, dessen mal fauchende, mal krächzende Laute sich mit dem Tosen des Eiswindes mischten.

Zog Yaal hatte sogar seine Greifenreiter-Handschuhe übergezogen und schlug seine Fäuste gegeneinander. »Jetzt rächt es sich, dass Centros Bal immer am Bitumen gespart hat. Kein Wunder. Wenn er dort oben auf dem Greifen saß, hat er ja nicht gespürt, dass es hier unten zieht wie in der windigen Kathedrale von Tulia.«

Die Kathedrale von Tulia galt als das größte Gebäude, das die Baumeister von Mitulien je errichtet hatten. Es lag auf einem hohen Felsen über dem Meer, und wenn die vielen Außenklappen geöffnet wurden, wehte der Wind hinein und wurde in Tausende von Pfeifen geleitet, sodass Musik zu Ehren des Verborgenen Gottes entstand. Niemand wusste, wie lange es noch dauern würde, bis der Eispanzer des Frostreichs auch dieses erhabene Wunder mitulischer Baukunst niederwalzen würde.

Meister Thondaril wandte einen herkömmlichen Wärmezauber an, der allerdings keine Wirkung zeigte. Fast konnte man den Eindruck haben, dass der kalte Wind diese Art von Magie außer Kraft setzte.

Für Gorian war das nur ein weiterer Hinweis darauf, dass das Wetter, mit dem sie es zu tun hatten, keineswegs nur von ungünstigen Luftströmungen hervorgerufen wurde.

»Kennt Ihr nicht zufällig einen tauglichen Wärmezauber?«, fragte Meister Thondaril den Namenlosen Renegaten. »Oder ist so etwas unter den Caladran unbekannt?«

»Wir sind nicht sehr kälteempfindlich«, antwortete ihm der Namenlose. »Ihr Menschen würdet die Wirkung eines Wärmezaubers, den ein Caladran webt, wahrscheinlich gar nicht bemerken.«

Gorian registrierte, dass er *wir* sagte, als er von den Caladran sprach. Er schien sich innerlich mehr und mehr auf seine Rückkehr zu seinem Volk vorzubereiten und seine bisherige Distanziertheit zu überwinden.

Die Stunden zogen dahin, doch das Wetter besserte sich nicht. An Schlaf war nicht zu denken, zu sehr wurde die Gondel immer wieder vom Wind umhergeschaukelt. Eisblumen bildeten sich an den Scheiben.

Gorian nahm mehrmals mit Ar-Don Verbindung auf, und die Gedanken des Greifengargoyles wurden ihm immer rätselhafter. Aber Gorian war sich sicher, dass Ar-Don immer noch genau vor Augen hatte, wohin er fliegen musste, und seine Kräfte waren auch noch längst nicht aufgebraucht. Zudem spürte Gorian den überaus starken Willen, der Ar-Don beseelte. Ein Wille, der sich nicht in klar formulierten Gedanken äußerte, sondern auf diffuse Weise in seiner geistigen Kraft. Die Seele von Meister Domrich war zwar längst nicht die stärkste Entität in diesem Wesen, aber im Moment schien es diejenige zu sein, die bestimmend war und dafür sorgte, dass Ar-Don weiterhin verbissen gegen den Wind ankämpfte.

Nur kurz nickte Gorian ein.

Er schreckte auf, als der Maskierte plötzlich hochsprang und zur Gondeltür stürzte. Blitzschnell riss er sie auf und trat hinaus auf den kleinen Balkon davor.

Eine eisige Brise blies herein, und sofern überhaupt jemand unter den Gondelinsassen etwas Schlaf gefunden hatte, waren nun zweifellos alle hellwach.

Eine gewaltige Hand schien die Gondel zu packen und sie gegen ihre Flugrichtung zu reißen. Gorian musste sich festhalten, Ar-Don stieß ein durchdringendes Kreischen aus.

Währenddessen richtete der Maskierte sein Schwert in die Nacht, und abermals verwandelte sich die Klinge in eine Flamme, die einen Augenblick später weit hinaus in die Dunkelheit zuckte, wobei sie diesmal allerdings mit dem Schwertgriff verbunden blieb. Der Maskierte schwang die Waffe ein paar Mal hin und her, sodass der Flammenstrahl durch die dichten Wolken schnitt, und gellende Schreie mischten sich in das Tosen des Winds.

Dann zog sich der Flammenstrahl zurück, verwandelte sich wieder in eine Schwertklinge, und der Maskierte schloss die Gondeltür.

»Ein paar Schattenreiter«, offenbarte er lakonisch. »Wie es aussieht, reichen ihren Pferden ein paar dunkle Wolken unter den acht Hufen.«

Die Gondel schaukelte heftig, da die Kraft, die sie zuvor gepackt hatte, sie wieder freigegeben hatte, und Ar-Don bemühte sich, sie wieder unter Kontrolle zu bekommen.

Dem Maskierten machte das Geschaukel nichts aus, er stand sicher auf beiden Beinen, während alle anderen entweder hilflos durchs Gondelinnere rutschten oder sich irgendwo festklammern mussten.

Er ging zu einem der Fenster, kratzte mit dem Handschuh die Eisblumen weg und blickte hinaus.

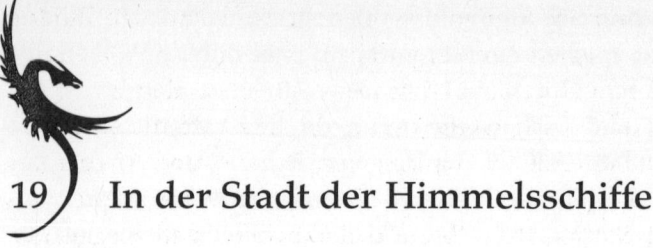

19 ⟩ In der Stadt der Himmelsschiffe

Im Morgengrauen klarte der Himmel auf, doch es wurde aufgrund der verdunkelten Sonne nicht wirklich hell. Hier und dort waren sogar vereinzelt Sterne zu sehen.

Doch so schwach der Feuerkranz auch war, der den Schattenbringer zu umschließen schien, sein bisschen Sonnenglut reichte aus, den eisigen Hauch des Frostreichs zu vertreiben, das bislang einen Bogen um jenes Seegebiet machte, in dem die Inseln der Caladran lagen. Auch die Eisblumen an den Fenstern schmolzen nach und nach.

Obwohl Gorian kaum geschlafen hatte, war er hellwach. Ihm fiel auf, dass der Namenlose von einer zunehmenden Unruhe erfasst war. Immer wieder trat er zu einem der Fenster, um kurz hinauszusehen. Danach kniff er jedes Mal die Augen wie unter einer großen Anstrengung zusammen, massierte sich mit Daumen und Zeigefinger die Schläfen und murmelte Worte auf Caladranisch, von denen Gorian vermutete, dass es sich bei ihnen um Formeln handelte, die der inneren Stärkung dienten.

Seinen Geist verschloss der uralte Caladran-Renegat nun vollkommen. Was auch immer in seinem Inneren vorging, er war offenbar der Ansicht, dass es keinen seiner Begleiter etwas anging.

Irgendwann ließ Ar-Don einen durchdringenden Ruf

hören, und am Horizont wurden kleine schwarze Punkte sichtbar, die rasch größer wurden.

Es handelte sich um Himmelsschiffe der Caladran.

Majestätisch schwebten sie heran. Sie hatten sehr unterschiedliche Größen, manche von ihnen waren länger als drei oder vier westreichische Galeeren und die Außenwandungen höher als selbst die der bauchigsten Kogge des gesamten Heiligen Reichs, andere waren schmal und verhältnismäßig klein. Die Aufbauten schimmerten messingfarben. Schlaff hingen die Segel von den Masten, unbeeinflussbar von irdischem Wind, sondern nur dazu geschaffen, jene metamagischen Schwingungen einzufangen, mit deren Energien sich die Himmelsschiffe fortbewegten.

An einigen der Schiffe entdeckte Gorian Apparaturen, die Katapulten glichen. Einige ähnelten Armbrüsten, sodass sich Gorian ihre Funktionsweise zumindest ungefähr denken konnte, andere bestanden aus scheinbar willkürlich zusammengefügten messingfarbenen Rohren und Metalltrichtern, bei denen es sich entweder um magische Waffen oder vielleicht auch um Vorrichtungen handelte, die in irgendeiner unbegreiflichen Weise der Navigation oder der Kontrolle jener geheimnisvollen Kräfte diente, die diese Schiffe in die Höhe steigen ließen.

Viele Magiermeister des Ordens hatten Jahre damit verbracht, das Geheimnis der Gewichtslosigkeit zu erforschen. Aber sie waren dabei ebenso erfolglos geblieben wie bei dem Versuch, das Rätsel der metamagischen Schwingungen zu entschlüsseln. Selbst die Zuhilfenahme von Kopien magischer Schriften der Caladran, die auch der Orden gekauft und in seinen Bibliotheken gelagert hatte, hatte letztendlich kein Ergebnis gebracht.

Ar-Don stieß eine Folge krächzender Laute aus und drosselte die Geschwindigkeit. Der bisher recht gleichmäßige Rhythmus seiner Flügelschläge geriet ein wenig aus dem Takt, sodass die Greifengondel an Höhe verlor, bevor der Greifengargoyle erneut aufstieg.

Der Namenlose Renegat öffnete die Außentür, trat auf den kleinen Balkon, breitete die Arme aus und verkündete mit dröhnender Gedankenstimme, die auch ein nicht magiebegabtes Wesen empfangen konnte: »*Nach langer Zeit kehre ich zurück und bringe Euch, was Euch gestohlen wurde, auf dass ein neues Zeitalter beginne!*«

Die Augen des Namenlosen leuchteten grell auf, und aus seinen Fingerspitzen schossen dunkelrote Lichtstrahlen, die verschnörkelte Caladran-Runen in den Himmel schrieben, wo sie nach einer Weile wieder verblassten. Danach wartete der Namenlose ungeduldig auf eine Antwort.

Aus einem röhrenartigen, messingfarbenen Metallfortsatz am Bug des größten der Caladran-Schiffe quoll ein zähflüssiger, jedoch scheinbar völlig gewichtsloser blutroter Tropfen, dehnte sich innerhalb weniger Augenblicke auf einen Durchmesser von zwei Schritt aus, schwebte auf die Greifengondel zu und gewann dabei immer mehr an Geschwindigkeit.

Ar-Don scheute davor zurück, minderte seine Fluggeschwindigkeit noch mehr, fauchte den herannahenden Tropfen an und versuchte schließlich sogar, ihm auszuweichen, doch es gelang ihm nicht. Der Tropfen glich seine Flugbahn der der Gondel an, traf auf sie, drang durch die Außenwand und verharrte dann in der Mitte des Passagierraums.

Im nächsten Moment formte sich aus ihm eine menschenähnliche Gestalt und verstofflichte zu einem Caladran-Krieger. Der Nasenschutz des messingfarbenen Helms reichte ihm bis zum Kinn, sodass von seinem Gesicht kaum mehr zu sehen war als die schräg stehenden Caladran-Augen.

Der Namenlose kehrte vom Gondelbalkon zurück, blieb aber in der offenen Tür stehen.

»Folgt uns und leistet keinen Widerstand!«, sagte der Caladran-Krieger laut. »Unsere Himmelsschiffe werden eure Gondel in ihre Mitte nehmen und nach Caladrania begleiten. Wir werden euch zeigen, wo ihr landen sollt. Tut, was man euch befiehlt. Gebt niemandem Anlass, euch oder euer Greifentier für eine Gefahr zu halten, sonst wird man euch augenblicklich vernichten.« Er hatte akzentfreies Heiligreichisch gesprochen und wiederholte seine Forderung anschließend auf Gryphländisch.

Als der Namenlose einige Worte in der Caladran-Sprache äußerte, wandte der Krieger nur kurz den Kopf und sah den Renegaten an. Dann wurde er durchscheinend und verblasste, und innerhalb weniger Herzschläge war er verschwunden.

»Bevölkern seit neuestem Geister die Inseln der Caladran?«, knurrte Torbas.

»Dies war nur der Geist einer Botschaft«, erklärte der Namenlose. »Doch wir tun gut daran, den Anweisungen genau Folge zu leisten.«

Während die Himmelsschiffe die Gondel in ihre Mitte nahmen, um sie zu eskortieren, sagte Gorian zu dem Namenlosen: »Das Ganze wirkt auf mich eher wie eine Gefangennahme.«

»Wir werden das Misstrauen, das man uns entgegenbringt, sicherlich ausräumen können«, gab sich der Namenlose zuversichtlich, doch während er dies sagte, sah er Gorian nicht einmal an, sondern schien in Gedanken mit anderen Dingen beschäftigt zu sein.

Wenig später tauchte am Horizont Caladrania, die Hauptstadt des Caladran-Reichs, auf. Nie zuvor hatte Gorian einen Ort gesehen, der mit diesem vergleichbar gewesen wäre.

Die Stadt bestand aus einem einzigen riesenhaften Felsen in Form eines Baumes, dessen Krone vielfach verzweigt war. Tausende von Türmen erhoben sich als steinerne Äste in den Himmel, umschwirrt von Hunderten kleinerer Himmelsschiffe, zumeist in der Größe von Barkassen, während die Wurzeln der Baumstadt weit ins Meer ragten und als Hafenmauern dienten. Sie schützten zahlreiche Himmelsschiffe vor den Stürmen des Meeres von Ost-Erdenrund, die dort vertäut lagen.

Das Zentrum von Caladrania bildete eine Burg. Sie lag dort, wo sich der Stamm des steinernen Baumes in drei Hauptäste teilte. Einer dieser Hauptäste reckte sich den Ankömmlingen entgegen, ein zweiter wies ins Innere der Insel, von der Gorian nicht mehr wusste, als dass sie denselben Namen wie die Hauptstadt trug, und der dritte und stärkste wies zum westlichen Meereshorizont, dorthin, wo den Legenden nach die Länder von West-Erdenrund zu finden waren, von denen es hieß, dass niemand, der dorthin aufbrach, je zurückkehrte.

»Der Stadtbaum von Caladrania!«, murmelte der Namenlose, und man konnte spüren, wie tief bewegt er war. »Welche Schönheit, welche Harmonie. Selbst die Bauwerke mitulischer Meister wirken dagegen wie Hütten. Ah, welche Freude für mein Auge, dass es diese einzigartige Pracht wieder sehen darf.«

Je näher sie kamen, desto mehr der kunstvollen Einzelheiten waren zu erkennen. Der Stadtbaum von Caladrania wirkte wie eine riesenhafte Skulptur, die ein überragender Künstler aus einem einzigen Stein gehauen hatte.

Oder, so ging es Gorian durch den Kopf, jemand hatte den Stein entsprechend beeinflusst, sodass er sich gegen seine eigentliche Natur verhalten und in derartiger Weise gewachsen war.

Der Namenlose löste sich für einen Moment von dem erhabenen Anblick, der sich ihm bot, und sah Gorian nun doch an.

»*Genau das ist geschehen*«, bestätigte er dem jungen Ordensschüler und machte ihm damit zum wiederholten Male deutlich, dass er nach Belieben in Gorians Gedanken eindringen konnte. »*Der Stein wurde dazu gebracht zu wachsen und diese Gestalt auszuformen, die dem Plan des Baumeisters entsprach.*«

»*Dann wird man sich an seinen Namen sicher bis heute in Ehren erinnern.*«

»*Er ist verfemt, und die meisten halten ihn für tot. Tot und vergessen. Aber er ist beides nicht. Er ist nicht tot, weil ich ihm einst das Leben rettete. Und er kann nicht vergessen werden, weil sein Gesicht für die größte Schande meines Volkes steht.*« Der Namenlose warf einen kurzen Blick in Richtung des Maskierten, der ebenfalls gefangen schien vom Anblick des steinernen Stadtbaumes von Caladrania. Unter seiner Maske drang ein Seufzen hervor.

Die Greifengondel wurde von den kleineren Himmelsschiffen bis zur Burg auf der dreifachen Astgabelung geleitet. Die größeren Schiffe hingegen landeten auf dem Meer, um anschließend in ihre jeweiligen Hafenbecken einzufahren.

Ar-Don schwebte mit wild flatternden Flügelschlägen über dem Burghof. Es fiel dem Greifengargoyle noch immer schwer, über einem Landepunkt quasi in der Luft zu verharren.

»Hier sollen wir landen«, interpretierte der Namenlose

die Anweisungen der kleineren Himmelsschiffe, dann wandte er sich wieder an Gorian: »Es wäre sehr freundlich von dir, wenn du das der Gargoyle-Kreatur klarmachen würdest.«

»Na los, Ar-Don!«, sandte Gorian einen Gedanken an den Greifengargoyle. »Worauf wartest du?«

Ar-Don stieß einen erschrockenen Laut aus. Was ihn so entsetzte, wusste Gorian nicht, aber irgendetwas ließ den Gargoyle zurückscheuen. Vielleicht war es die Tatsache, dass der Stadtbaum ebenso wie er selbst aus Stein bestand. Möglicherweise traute er sich aber auch eine Landung auf dem von hohen Häusern und spitzen Türmen umgebenen inneren Burghof nicht zu, die ungleich schwieriger war als auf dem vergleichsweise weitläufigen Gondelplatz von Embador.

Unten marschierten bereits reihenweise Caladran-Krieger in schimmernden messingfarbenen Rüstungen auf und postierten sich in einer geordneten Formation.

Schließlich sank Ar-Don Stück für Stück tiefer und setzte die Gondel überraschend sanft ab. »Ar-Don hat dazugelernt«, erreichte Gorian ein Gedanke, der von einem tiefen, zufriedenen Brummen begleitet wurde.

»Es scheint mir, als hätte man uns erwartet«, sagte Gorian.

»Ach wirklich?«, entgegnete der Renegat, der sich bereits zur Tür begab, um sie zu öffnen. Er bediente sich der Caladran-Sprache, aber Gorian hatte seinen Sprechstein inzwischen wieder aktiviert, denn wenn sie mit den Caladran zusammentrafen, wollte er alles mitbekommen, ganz gleich, in welcher Sprache es geäußert wurde.

»Man war über unser Kommen informiert«, sandte er einen sehr intensiven Gedanken an den Namenlosen. »Und Ihr habt es gewusst.«

Der Namenlose machte sich nicht die Mühe, darauf zu antworten, sondern trat zusammen mit dem Maskierten ins Freie. Die messingfarbene Truhe mit den gestohlenen Schriften ließ er dabei hinter sich herschweben.

Gorian und Thondaril folgten, danach verließen Torbas und Sheera die Gondel.

Torbas drehte sich zu Zog Yaal herum. »Du willst doch nicht etwa hierbleiben! Immerhin bist du der Botschafter Gryphlands!«

»Daran möchte ich lieber gar nicht denken«, murmelte Zog Yaal, der sich in seiner Haut sichtlich unwohl fühlte.

Die Formation der Krieger teilte sich, als aus dem Palas der Burg ein Mann und eine Frau traten. Sie gingen Seite an Seite. Der Mann trug eine messingfarbene Krone, die kaum breiter als zwei Finger war und sehr schlicht wirkte. Gorian aber erkannte sofort ihren Wert, denn sie bestand aus reinem Sternenmetall; er spürte die Kräfte, die darin gebunden waren. Allerdings war dieses Sternenmetall von gänzlich anderer Zusammensetzung als Sternenklinge, Schattenstich oder sein Dolch Rächer, und er nahm an, dass es auch andere Eigenschaften hatte.

Der Mann mit der Krone war von unbestimmbarem Alter. Das Haar fiel ihm über die Schultern und verbarg seine Ohren, das Gesicht war bartlos und hager, und der Blick der schräg stehenden Caladran-Augen zeigte Entschlossenheit. Er trug einen vollkommen weißen Waffenrock und eng anliegende Hosen, und seine Bewaffnung bestand aus einem verhältnismäßig langen Schwert und einem Parierdolch, an dessen Griff ein Juwel glänzte.

Die Frau an seiner Seite hatte elfenbeinfarbene Haut und langes, dunkles Haar. Auf ihrem Kleid changierten Muster und Farben, und wenn man sich darauf konzentrierte, entstanden sich bewegende Darstellungen vergangener Schlachten.

Der König und die Frau blieben stehen, und der Namenlose verbeugte sich tief vor ihnen, um schließlich das Wort zu ergreifen: »Seid gegrüßt, ehrenwerter König Abrandir, Nachfahre des Caladir. Und Ihr ebenso, edle Orawéen. Lange ist es her, dass ich unter meinesgleichen weilte. So lange, dass in der Zwischenzeit die Königswürde des Volkes der beinahe Unsterblichen an den Urenkel ging.«

»Offenbar seid Ihr trotz aller Zerwürfnisse bestens über die Verhältnisse in Euerem ehemaligen Volk informiert, Renegat«, stellte König Abrandir fest.

»Niemand, den ich hier sehe, war schon geboren, als ich geächtet wurde«, gab der Namenlose zurück. »Das Volk der Caladran hat mich verstoßen – aber das Reich des Geistes vereint die Lebenden, die Toten und bisweilen sogar die Ungeborenen.«

»Nicht alle meines Volkes waren erbaut darüber, dass Ihr über das Reich des Geistes Verbindung mit den Caladran hieltet.«

»Viele Dinge haben sich verändert seit damals«, gab der Namenlose zu bedenken.

»Der Wandel ist das Elixier unseres Lebens«, erwiderte König Abrandir.

»Wem sagt Ihr das, erhabener König.«

Abrandir richtete den Blick auf die anderen Ankömmlinge, dann wies er auf die schwebende Truhe, und ein verhaltenes Lächeln glitt über sein Gesicht. »Das Zeichen des guten Willens und des Friedens, das Ihr angekündigt habt. Gestohlene Schriften, die nun unserem Reich des Geistes wieder zugefügt werden können.« Wieder sah er den Namenlosen an. »Wie soll ich Euch nennen?«

»Ich bin der Namenlose Renegat, und das bleibe ich auch«, lautete die Antwort. »Meinen Namen habe ich abgelegt, und auch wenn ich es nicht lassen konnte, Verbindung zum Reich des Geistes und darüber zu meinem ehemaligen Volk zu halten, werde ich trotzdem nie wieder einer von Euch sein.«

»Und doch kommt Ihr hierher?«, wunderte sich König Abrandir.

»Es sind außergewöhnliche Umstände, die mich dazu zwingen. Morygor bedroht ganz Erdenrund, und nur ein großes Bündnis gegen ihn kann ihn aufhalten. Sonst wird diese Welt ein Ort, auf dem selbst die Caladran nicht mehr zu leben vermögen, auch wenn sie der Kälte besser zu widerstehen wissen als viele andere.« Der Namenlose wandte sich halb herum und deutete auf Gorian und seine Gefährten.

Es war offenbar überflüssig, sie vorzustellen; Abrandir schien über jeden von ihnen bereits Bescheid zu wissen. Gorian fragte sich, wie viel der Namenlose über ihn und die anderen seinem ehemaligen Volk übermittelt und was es mit dem geheimnisvollen Reich des Geistes auf sich hatte.

»Thondaril, Meister des Schwertes und der Magie«, sprach Abrandir den Ordensmeister an. »Für einen Menschen sind Eure Talente über Gebühr ausgeprägt.«

»Ich war immer bemüht zu lernen«, gab Thondaril bescheiden zurück. »Und das ist bis heute so geblieben.«

»Die Grenze der Erkenntnis sollte man erst dann akzeptieren, da man sie erreicht hat«, stimmte ihm Abrandir zu.

»Ich bin geneigt, solche Grenzen überhaupt nicht zu akzeptieren«, erwiderte Thondaril.

»Menschliche Selbstüberschätzung«, erwiderte Abrandir. »Mag sein, dass man sich diese Unbekümmertheit für die kurze Dauer Eurer Existenz erhalten kann.«

Thondaril deutete auf Zog Yaal. »Hier steht der Vertreter Gryphlands, der gekommen ist, angesichts der großen Gefahr mit den Caladran Frieden zu schließen, damit wir gemeinsam der Bedrohung begegnen können.«

Der Caladran-König wechselte in die Sprache der Gryphländer, die er perfekt beherrschte. »Seid gegrüßt, Zog Yaal. Eigenartig, Ihr seid der Einzige, über den mir gar nichts übermittelt wurde.«

»Seit den Tagen König Song Mols sind unsere Völker verfeindet. Doch diese Feindschaft ist selbst nur noch eine Legende.« Zog Yaal deutete auf die schwebende Truhe. »Was Euch gestohlen wurde, soll zurückgegeben werden.«

Der König der Caladran verriet durch nichts, wie er die Worte des Greifenreiters aufnahm. Stattdessen ging er auf Gorian zu und blieb dicht vor ihm stehen. Gorian spürte, wie ein fremder Geist den seinen zu durchforschen versuchte.

»Erstaunlich«, sagte Abrandir schließlich. »So viel Begabung bei einem Nicht-Caladran.« Er wandte den Kopf und sah Torbas an. »Und es gibt zwei deiner Art. Zwei, die offenbar zusammengehören wie die beiden Hände eines Kriegers.« Er streckte die Hände aus, die Linke richtete er auf Torbas, die Rechte auf Gorian, und die Augen beider wurden sofort vollkommen schwarz.

»Habt Ihr gefunden, wonach Ihr suchtet?«, fragte Gorian.

Der König der Caladran gab darauf keine Antwort. Dafür erreichte Gorian ein Gedanke, der gar nicht für ihn bestimmt war. Er kam von Orawéen. *»Diese beiden könnten tatsächlich stark genug sein, die Gestirne zu beeinflussen. Wir brauchen sie.«*

Gorian hob den Blick und sah Orawéen an. *»Und wir brauchen die Magie der Caladran, ehrenwerte Königin!«*

Abrandirs Gemahlin erschrak. Sie hatte nicht damit gerechnet, dass irgendjemand außer ihrem Mann ihre Gedankenbotschaft empfing. Doch sogleich zeigte ihr Gesicht wieder den Ausdruck perfekten Gleichmuts, und laut sagte sie: »Es scheint, als hätte ich Euch sogar noch unterschätzt, werter Gorian.«

»Ich will Morygors Schicksalslinie kreuzen. Morygor weiß, dass es geschehen wird, und darum fürchtet er sich vor mir und versucht verzweifelt, mich zu töten.«

Einige Augenblicke herrschte Schweigen. Meister Thondaril bedachte Gorian mit einem tadelnden Blick, weil sein Schüler seiner Meinung nach zu offen vorgegangen war. Aber ein anderer war durchaus zufrieden mit ihm. Es war der Namenlose. »*Gut so. Jeder Augenblick, den wir mit belanglosem Geschwätz verschwenden, nutzt nur Morygor.*«

»*Behalte sie hier. Es könnte sich lohnen*«, sandte Orawéen einen Gedanken an ihren Mann, und sie machte sich diesmal nicht die Mühe, ihn vor Gorian verbergen zu wollen. Wahrscheinlich sollte er sogar ihr Wohlwollen zur Kenntnis nehmen.

»Ihr sollt unsere Gäste sein«, erklärte König Abrandir laut und vernehmlich und fügte mit seiner Gedankenstimme hinzu: »*Alles Weitere wird sich zeigen.*«

Gorian fragte sich, für wen diese letzte Botschaft wohl bestimmt war. Möglicherweise war sie an den gesamten Hofstaat oder sogar alle Einwohner des Stadtbaums von Caladrania gerichtet.

»*Was ist mit mir?*«, dröhnte im nächsten Moment die Gedankenstimme des Maskierten in den Köpfen aller Anwesenden. »*Bin auch ich Euer Gast?*«

Abrandir, der sich bereits abgewandt hatte, drehte sich wieder herum. »Meine Worte schließen niemanden aus«, erklärte er. »Auch nicht Euch, wer immer Ihr sein mögt.

Da Ihr zum Gefolge der beiden Sternenmetall-Schwertträger gehört, sollt auch Ihr hier willkommen sein, so wie alle anderen.«

Nach diesen Worten wandte sich Abrandir seinen Soldaten zu. »Ruft alle Schamanen und Magier zusammen, die sich derzeit in Caladrania aufhalten! Die gestohlenen Schriften sollen in die Halle des Geistes gebracht werden!«

»Sehr wohl, mein König!«, bestätigte der Kommandant der Königlichen Garde.

»Und außerdem sollen sich alle Mitglieder des Kronrats einfinden. Dies ist ein bedeutender Augenblick, der feierlich begangen werden sollte!« Nach einer kurzen Pause fügte er noch, an den Namenlosen Renegaten gerichtet, hinzu: »Ihr und Euer Gefolge werdet dabei sein und Eure Forderung vortragen!«

»Ich danke Euch, werter Abrandir.«

Die schwebende Truhe wurde von den Kriegern in die Mitte genommen. König Abrandir und seine Gemahlin folgten dem Zug, und auch die Gäste reihten sich ein.

Gorian schritt neben dem Namenlosen und raunte ihm zu: »Wir haben keine Zeit für Feiern und Zeremonien. Sieht denn von den Caladran niemand zum Himmel, wo der Schattenbringer die Sonne schon fast gänzlich verdeckt hat?«

»Der Sonnenkranz wird von Tag zu Tag schmaler«, stimmte ihm der Namenlose zu. »Die Augen eines Menschen können den Unterschied nur grob abschätzen, aber ich kann es dir bestätigen; es ist tatsächlich so.«

»Dann verstehe ich Eure Ruhe nicht.«

»Ein Caladran-Leben ist lang, daher haben sie normalerweise viel Zeit, darüber nachzudenken, was getan werden muss – und manchmal tun sie dann am Ende gar nichts.

Daran wirst du mit deiner Ungeduld nichts ändern, Gorian. Selbst ich habe das vor langer Zeit nicht geschafft.« Der Namenlose seufzte. »Die Menschen sind mir immer fremd geblieben – aber nun, da ich hierher zurückgekehrt bin, fällt mir erst auf, wie fremd mein eigenes Volk mir geworden ist.«

Noch etwas bereitete Gorian Sorge, nämlich dass er Ar-Don allein bei der Gondel zurücklassen musste. Mehr als einmal hatte sich der Gargoyle als unberechenbar erwiesen, und irgendwelche Irritationen bei ihren caladranischen Gastgebern waren das Letzte, was sie in ihrer gegenwärtigen Lage brauchen konnten. Offenbar war es doch nicht so einfach, ein Bündnis mit ihnen zu schließen, wie er nach dem freundlichen und offenbar durch den Namenlosen in entscheidender Weise vorbereiteten Empfang zunächst zu hoffen gewagt hatte.

Der Gargoyle aber beruhigte ihn erneut mit einer Gedankenbotschaft. »*Ar-Don wird sich gut benehmen*«, versprach er. »*Ist zahmer Greif. Keine Wut.*«

»*Das ist gut*«, antwortete ihm Gorian.

»*Meister Domrichs Seelenteil schläft. Darum kein Zorn.*«

»*Warum sollte Meister Domrich zornig auf die Caladran sein?*«

»*Sieht in jedem Caladran-Gesicht Morygors Ebenbild. Aber schläft. Greifenseele stark. Ar-Don stark. Und Meister Domrich hat Augen geschlossen ...*«

Sie folgten der Königlichen Garde und der schwebenden Metalltruhe durch ein Portal, das in einen hallenartigen Raum führte. Mitten in diesem Raum befand sich eine ovale Öffnung. Ein tiefer Schacht gähnte dort, und zu Gorians Erstaunen marschierten die Caladran-Krieger einfach weiter. Aber sie fielen nicht in die Tiefe, sondern schwebten langsam den Schacht hinab, und jene Krieger, die die Truhe in ihre Mitte genommen hatten, hielten dabei sogar ihre Formation ein.

Auch der König schritt in den Abgrund und hielt dabei zärtlich die Hand seiner Gemahlin, sodass beide ein Bild vollendeter Anmut boten, während sie – scheinbar leicht wie Federn – in die Tiefe sanken.

»Das Geheimnis der Gewichtslosigkeit!«, stieß Gorian hervor.

»Schreite mutig voran, Gorian. Dir wird nichts geschehen«, sagte der Namenlose.

»Ich hatte angenommen, dass der Zauber der Gewichtslosigkeit nur in den Himmelsschiffen Anwendung findet«, gab Meister Thondaril ausnahmsweise seine Unwissenheit zu.

»Nein, dieser Zauber ist das wichtigste Transportmittel innerhalb Caladranias«, erläuterte der Namenlose. »Ein ganzes Netz von Schächten durchzieht den Stadtbaum und ermöglicht es, innerhalb sehr kurzer Zeit von einem Ende zum anderen dieser gewaltigen Stadt zu gelangen.«

»Und ich kann nichts dabei verkehrt machen?«, fragte Zog Yaal etwas besorgt.

Der Namenlose lächelte überlegen. »Es ist gefährlicher und weitaus unsicherer, sich auf dem Rücken eines unberechenbaren Greifentiers in die Höhe zu schwingen, als sich in diesen Schacht zu begeben.«

»Und wie weiß ich, wo ich ankommen werde, und vermeide eine harte Landung?«

»Der Zauber erkennt deine Absichten aus den kleinsten Regungen deiner Muskeln und deine Gedanken.«

Der Namenlose trat einen Schritt vor und schwebte dann ebenfalls nach unten. Nacheinander folgten Gorian, Sheera,

Torbas und die anderen. Selbst der Maskierte zog in diesem Fall diese Art der Fortbewegung jener durch den Stein vor, obwohl es für ihn zweifellos möglich gewesen wäre, sich auch per Steinreise durch die ganze Stadt zu bewegen.

Gorian erkannte, dass er seine Fallgeschwindigkeit tatsächlich durch puren Willen beeinflussen konnte. Zog Yaal aber, der zwar auch nach einigem Zögern in den Schacht gestiegen war, bremste seinen Fall so stark ab, dass er schließlich wieder emporzuschweben begann.

»Das ist die falsche Richtung!«, rief Meister Thondaril. »Als Repräsentant der Greifenreiter darfst du bei offiziellen Anlässen nicht fehlen. Also anders herum!«

Zog Yaal prallte mit einem Soldaten zusammen, der als einer der Letzten in den Schacht gesprungen war. Ein zweiter wich dem Greifenreiter gerade noch aus, ehe dieser es schaffte, seinen Aufstieg wieder zu bremsen. Danach hing er schwerelos im Schacht, offenbar glichen sich seine Bestrebung, nach unten zu gelangen, und seine Furcht vor der Tiefe gegenseitig aus.

Der Namenlose bemerkte es, stoppte seinen Abstieg und blickte empor. »Sei eindeutig in deinem Willen und deinen Gedanken, Mensch!«, rief er. »Sonst überträgt sich die Verwirrung auf den Zauber!«

Blitze zuckten bereits an zwei Stellen aus dem Nichts heraus, etwa eine Handbreit über Zog Yaals Kopf und unmittelbar unter seinen Füßen. So als ob zwei widerstreitende Kräfte an ihm zogen, schwebte er einmal eine Handbreit empor, dann wieder hinab.

»Na los!«, ließ der Namenlose noch eine Ermahnung mit einem sehr eindringlichen Gedanken folgen.

Doch die beiden Kräfte schienen immer heftiger an Zog Yaal zu zerren. Ihm standen die Haare zu Berge, die Arme wurden ihm nach oben gezogen, sodass es aussah, als wäre er auf eine unsichtbare Streckbank gespannt.

Da griff der Maskierte ein. Auch er hatte seinen Flug abgebremst und schwebte stehend im Schacht. Er hob die Hand, ein himmelblauer Lichtball bildete sich in der Handinnenfläche und schoss auf Zog Yaal zu, traf den Kopf des Greifenreiters und zerplatzte dort.

Zog Yaals Kopf sackte augenblicklich nach vorn, und gleichzeitig endete der Kampf der zwei widerstrebenden Kräfte. Zog Yaals regungsloser Körper schwebte langsam abwärts, wie von einer unsichtbaren Hand behutsam getragen.

»Er ist nur bewusstlos«, erklärte der Maskierte. »Auf diese Weise bringt ihn der Zauber der Gewichtslosigkeit wie einen Gegenstand nach unten und wird nicht durch seine Furcht verwirrt.«

Gorian setzte auf einem Marmorboden auf, in dem immer wieder wechselnde und sich verändernde Caladran-Runen aufleuchteten.

»Wir sind dem Zugang zum Reich des Geistes sehr nahe«, erklärte der Namenlose, der neben ihm landete.

»Ich möchte mehr darüber erfahren.«

»Das wirst du, Gorian. Aber sei vorsichtig. Das Reich des Geistes ist Quelle ungeahnter Gefahren für jeden, der nicht daran gewöhnt ist. Also tu nichts, ohne mich zu fragen. Nichts, hörst du?«

»Gewiss«, murmelte Gorian.

Aber er schien die Worte des Namenlosen kaum wahrgenommen zu haben. Gebannt starrte er auf die sich verändernden Runen auf dem Boden. Er spürte eine Kraft, wie er sie nie zuvor wahrgenommen hatte, mächtiger als alles, was er kannte, und eine Mischung aus Schauder und Faszination überkam ihn. Er hörte einen fernen Chor von Gedankenstimmen. Es waren unzählige, und sie schienen in irgendeinem Zusammenhang mit den Runen zu stehen. Zuerst glaubte er, dass sie Caladranisch sprachen, aber dann war er sich nicht mehr sicher. Er verstand zunächst Bruchstücke dessen, was sie sagten, dann ganze Sätze, und auf einmal war ihm die Bedeutung der aufleuchtenden Runen so klar, als würde er diese fremden Schriftzeichen schon sein halbes Leben lang selbst benutzen. Es war so vieles, worüber die Stimmen sprachen, und Gorian hatte das Gefühl, jeder von ihnen zuhören und sie verstehen zu können. Sie sprachen von Magie, vom Wissen über die Bewegungen der Gestirne, davon, wie die Sterne das Schicksal des Einzelnen bestimmten, aber auch davon, wie es möglich war, dass ein Einzelner die Gestirne beeinflusste, so wie es Morygor derzeit tat. Das alles mischte sich mit Bildern und Gedanken aus ferner Vergangenheit.

Die Stimmen erzählten von den ersten Himmelsschiffen, die aus dem Westen kommend die Inseln der Caladran erreicht und die Sonnenflüchter in blutigen Schlachten vertrieben hatten.

Caladir …

Der Name ihres legendären Anführers und ersten Königs, von dem sich der Name dieses Volkes ableitete. Er hatte die Himmelsschiffe hergeführt, zu den westlichen Inseln eines Kontinents, den die Caladran Bathranor nannten und der bei den Menschen als Ost-Erdenrund bekannt war.

Aber da waren auch Bilder, Worte, undefinierbare Töne und andere Eindrücke aus einer noch ferneren Vergangenheit, die mit einem Juwel von gleißender Leuchtkraft und einem weißhaarigen Magier zu tun hatten, der beinahe eins wurde mit dem Licht, das aus dem Edelstein in seiner Hand drang. Als er zu sprechen begann, fühlte Gorian einen stechenden Schmerz im Kopf.

Und im nächsten Moment eine eiskalte Hand.

»Nein!«

Der Schmerz ging von dem eindringlichen Gedanken des Namenlosen aus, dessen bleiche Hand auf Gorians Nacken lag. Von einem Augenblick zum anderen war die Verbindung zu all dem, was Gorian gerade wahrzunehmen begonnen hatte, abgerissen.

»Die Versuchung ist groß, Gorian. Erliege ihr später!«

Gorian konnte nichts darauf erwidern. Er spürte das starke Verlangen, die Verbindung wieder aufzunehmen. Der Gedanke, von diesem schier unendlichen Quell des Wissens abgeschnitten zu sein, erschien ihm zunächst unerträglich.

»Ahnst du jetzt, wie ich gelitten habe?«, fragte der Namenlose.

»Ja.«

»Und weshalb ich die Verbindung zum Reich des Geistes nie so radikal abbrechen ließ wie die zu meinem Volk?«

»Auch das.«

»Du scheinst sehr sensibel auf die Kräfte hier zu reagieren. Dabei sind dies nur die peripheren Abstrahlungen aus dem Reich des Geistes, und du bist nur ein sterblicher Mensch, und Menschenmagie reicht normalerweise nicht aus, um diese Dinge überhaupt wahrzunehmen.«

Tatsächlich schienen Torbas und Sheera vollkommen unberührt davon zu sein, und das galt offenbar selbst für Meister Thondaril, der sich umdrehte und Gorian irritiert ansah.

»Sie sehen die Runen nicht, sie hören die Gedankenstimmen nicht, und für sie hat sich die Zeit nicht in dem Moment gedehnt, als sich deine Seele schon halb verloren hatte«, erklärte der

Namenlose. »*Bei den vergessenen Göttern der Caladran! Vielleicht habe sogar ich dich unterschätzt. Wie bedauerlich, dass du ein so kurzlebiges Wesen bist. Wie bedauerlich und was für eine Verschwendung von Talent an die Flüchtigkeit eines kurzen Lebens.*«

»Worauf wartet ihr?«, fragte Torbas, der sich ebenfalls zu ihnen umgedreht hatte und tatsächlich von alldem nichts mitbekommen zu haben schien.

Der Namenlose sah Gorian ernst an. »*Schirm dich ab, oder du wirst dich verlieren!*« Und dann sprach er einige Worte in caladranischer Sprache. Eine Formel, die Gorian wohl dabei helfen sollte, der Macht zu widerstehen, mit der er soeben in Berührung gekommen war.

Die Runen auf dem Marmorboden verblassten und verschwanden schließlich auch für Gorians Augen.

Sie schritten durch eine weite Marmorhalle, an deren Decke sich bewegende Fresken zu sehen waren. Sie zeigten eine schier unendliche Zahl von Himmelsschiffen. Manche waren sehr klein und wirkten wie aus weiter Ferne, bei anderen, die sich weiter im Vordergrund befanden, war naturgetreu jedes Detail zu erkennen, selbst die Gesichter der Besatzungen.

Auf den Säulen, die das Hallendach trugen, sah Gorian hin und wieder ein paar Runen aufleuchten.

»*Beachte sie nicht!*«, wies ihn der Namenlose an.

Schließlich gelangten sie in eine noch viel größere Halle – die eigentliche Halle des Geistes. In der Mitte befand sich ein ovaler Altar aus Stein, und darauf lag ein faustgroßer Kristall.

Gorian spürte sofort, dass dieser Kristall das Zentrum dessen war, was die Caladran als das Reich des Geistes bezeichneten. Für einige Augenblicke hörte er wieder die Stimmen, sah Runen auf den Marmorboden und den Wänden wabern, und er musste sich dazu zwingen, sie nicht weiter zu beachten.

Es gab in der Halle des Geistes noch weitere Zugänge, durch welche die Schamanen und Magier sowie die Mitglieder des Kronrats strömten. Insgesamt handelte es sich um mindestens tausend Männer und Frauen. Dass es möglich war, so schnell eine derart große Anzahl von Personen zusammenzurufen, war wohl nur durch das ausgeklügelte System von Schächten zu erklären, in denen der Zauber der Gewichtslosigkeit wirksam war.

Die Soldaten begleiteten die Truhe mit den gestohlenen Schriften bis vor den Altar. Dort verharrte sie schwebend. Auch sie war offenbar mit dem Zauber der Gewichtslosigkeit versehen, für dessen genaue Wirkungsweise sich Gorian inzwischen genauso brennend interessierte wie für die Caladran-Magie im Allgemeinen. Je mehr Einzelheiten er darüber erfuhr, desto mehr wurde ihm bewusst, wie überlegen diese besondere Art von Magie allem war, was menschliche Magiermeister je vollbracht hatten.

König Abrandir schritt vor den Altar, während die Soldaten wieder zurücktraten. »Es wurde zurückgegeben, was gestohlen wurde – und es wird dem Reich des Geistes wieder hinzugefügt, was von ihm getrennt wurde«, sprach er, hob die Hände und streckte sie in Richtung des Kristalls aus. Dieser begann zu leuchten. »Öffne dich, Kristall des Wissens, Zentrum im Reich des Geistes, Schnittpunkt aller Möglichkeiten. Alles ist hier vereint: die Toten, die Lebenden und die Ungeborenen; das, was ist, was war und was sein könnte.«

Ein Strahl aus grellweißem Licht traf die Truhe, die daraufhin aus sich heraus zu leuchten begann. Selbst in dem kurzen Moment, da Gorian nur mit den Abstrahlungen dessen in Kontakt geraten war, was die Caladran ihr Reich des Geistes nannten, hatte er mehr erfahren, als er je über dieses Volk gewusst hatte. So wusste er auch, dass es sich bei jenen Caladran, die in weiße Kutten aus fließendem Stoff gehüllt waren, um Schamanen handelte, deren Aufgabe es war, das Schicksal zu sehen und die Verbindung zu den Toten und dem Reich des Geistes zu pflegen. Die andere Gruppe, die neben den Kriegern klar abgegrenzt war, waren die Magier. Sie trugen handgroße messingfarbene Amulette, in die Ligaturen von Caladran-Runen eingraviert und die manchmal mit Edelsteinen ausgelegt waren. Die Aufgaben der Magier waren profaner als die der Schamanen, sie sorgten dafür, dass die Himmelsschiffe ihre Flugfähigkeit behielten, dass der Zauber der Gewichtslosigkeit in den Schächten einwandfrei funktionierte, und führten Ausbesserungsarbeiten am Stadtbaum mittels Magie durch. Früher waren sie auch an den Kriegen der Caladran beteiligt gewesen, aber es war schon sehr lange her, dass dieses Volk überhaupt einen Krieg geführt hatte.

Vielleicht zu lange, um sich nun leichten Herzens einem Bündnis mit anderen Völkern anzuschließen und sich einem übermächtig erscheinenden Feind entgegenzustellen.

Gorian war erpicht darauf, noch mehr zu erfahren, und versuchte zugleich, sich so gut wie möglich abzuschirmen, denn er wollte den Namenlosen Renegaten auf keinen Fall beunruhigen. Er war bereits entschlossen gewesen, die Magie dieses Volkes zu erlernen, bevor er mit seinen Gefährten die Inseln der Caladran erreichte, nun aber erschien es ihm sogar als absolut unumgänglich, wenn er Morygor gegenübertreten und dessen Herrschaft beenden wollte. Nicht zuletzt deshalb, weil Morygor selbst ein Caladran gewesen war, auch wenn er sich inzwischen stark verändert hatte und zu einer ganz anderen Kreatur geworden war, die das Bild eines Caladran-Jünglings nur noch als eine Erscheinungsform benutzte, die weniger erschreckend wirkte als seine wahre, verborgene Gestalt.

Die Schamanen begannen Formeln zu sprechen und bildeten dabei einen Chor, getragen von tiefen, kehligen Stimmen. Gorian war erstaunt, wie viele dieser Formeln, die sie aneinanderreihten, ihm irgendwie bekannt vorkamen. Und hin und wieder begriff er sogar ihre Bedeutung. Nein, sein Entschluss stand fest, er musste mehr von diesem Wissen erlangen. Offenbar hatte er schon von Natur aus eine besondere Verbindung dazu. Anders war es nicht zu erklären, dass er die Abstrahlungen vom Reich des Geistes bereits so intensiv in sich aufgenommen und nur er die fluktuierenden Runen auf dem Marmor gesehen hatte und keiner der anderen.

Während der grelle Lichtstrahl aus dem Kristall weiterhin die metallene Truhe traf, glühte sie förmlich auf und schwebte langsam empor. Der Chor der Schamanen schwoll an. Gorian empfing ihn zusätzlich noch als Gedankenstimmen mit besonderer, aber nicht unangenehmer Intensität, was zunächst nicht der Fall gewesen war.

Wie auf ein geheimes Zeichen hin hoben die Magier die Hände, und nadelfeine, kaum sichtbare Strahlen schossen aus ihren Fingerspitzen und trafen den Kristall auf dem ovalen Altar.

Als die Truhe ungefähr zwei Mannlängen darüber schwebte, kam sie zum Stillstand und öffnete sich. Durchscheinende Ebenbilder von dicken Folianten schwebten aus der Truhe, wie sie zu Tausenden in der Bibliothek von Felsenburg gestanden hatten, aber auch Schriftrollen, manche in durchscheinenden köcherartigen Behältern.

All diese Erscheinungen schwebten auf den Kristall zu und wurden in ihn aufgenommen.

»Kristall des Geistes, öffne dich!«, murmelten die Schamanen, und die Klarheit und Selbstverständlichkeit, mit der er diese Worte verstehen konnte, erschreckte Gorian im ersten Moment.

Der König, der bis dahin wie gebannt das Geschehen um den Kristall beobachtet hatte, drehte sich um und richtete den Blick auf den Namenlosen.

Dieser schien genau zu wissen, was zu tun war. Er schritt nach vorn, sich der Aufmerksamkeit aller bewusst. Hier und dort tauschten einige Caladran Blicke und Gedanken aus, vor allem Mitglieder des Kronrats, die nicht auf gleiche Weise geistig in das Ritual eingebunden waren wie Schamanen und Magier.

»Ich gebe zurück, was ich dereinst durch Magie vom Reich des Geistes trennte«, sandte der Namenlose einen Gedanken, der klar und durchdringend genug war, dass zumindest jeder der Caladran im Raum ihn vernehmen konnte.

Für Gorian galt das ebenfalls.

Eher beiläufig nahm er auch einen Gedanken von Sheera wahr, der pure Verwirrung signalisierte. »Gorian …« Bevor sie den Stadtbaum von Caladran erreicht hatten, hätte sich Gorian unendlich darüber gefreut, dass Sheera nach längerer Zeit wieder gedankliche Verbindung zu ihm suchte. Aber in diesem Augenblick trat es für ihn vollkommen in den Hintergrund. Zu sehr nahm ihn gefangen, was sich vor ihm ereignete.

Wie leicht wäre es in diesen Momenten gewesen, in das geheimnisvolle Reich des Geistes einzudringen. Er hatte den Eindruck, lediglich dem ohnehin nahezu übermächtigen Drang nachgeben zu müssen, der ihn mit fast unerträglicher Intensität erfüllte. Sich einfach nicht mehr abschirmen, sich nicht mehr dagegen wehren und in diesem Meer aus Wissen und Erkenntnis und verborgenen Möglichkeiten eintauchen – das war es, was er im Moment so sehr wollte wie nichts anderes. Selbst der Wunsch, Morygor zu vernichten, stand dahinter zurück.

Schließlich verebbte der Strom aus Licht, und es erhoben sich aus der messingfarbenen Metalltruhe auch keine Schriften mehr, die von dem Kristall aufgenommen wurden.

Die Truhe schloss sich, schwebte langsam zurück auf ihren Platz vor dem Altar, und auch das Glühen, das sie bis dahin erfüllt hatte, erlosch.

Ein Gefühl der Rastlosigkeit und Unruhe erfüllte Gorian, die Empfindung, an einem Wendepunkt zu stehen und handeln zu müssen. Wenn er jetzt nicht ins Reich des Geistes eindrang, würde er vielleicht nie wieder Gelegenheit dazu bekommen. Sollte er warten, bis die Caladran ihre Vorbehalte aufgaben, die sich gegen jeden Fremden richteten, und ihm den Zugang gewährten? Würde ihn der Namenlose dann nicht wieder davon abhalten? Der war im Moment noch auf das Ritual konzentriert, und daher konnte Gorian auch verhindern, dass er in seine Gedanken eindrang.

Die Farbe des Kristalls änderte sich. Das weiße Leuchten verschwand, und er erinnerte erst an einen Diamanten und wenig später an schmutziges Eis.

Gorians Augen wurden schwarz. Er hatte das Gefühl, noch nie zuvor so viel von der Alten Kraft in sich gesammelt zu haben. Er musste es tun, dem Drang nachgeben. Überall erschienen – zumindest für seine Augen – Kolonnen von Runen, auf dem Marmorboden, den Wänden und unter der kuppelartigen Decke, und die Gedankenstimmen aus dem Reich des Geistes übertönten wenige Augenblicke später den Sprechchor der Schamanen und alle anderen Eindrücke.

Gorian streckte beide Hände aus. Blitze zuckten aus seinen Fingerspitzen und erfassten den Kristall, der wieder zu strahlen anfing.

Auf einmal schoss ein greller Lichtblitz daraus hervor, traf Gorian und schleuderte ihn zurück.

Alles, was er sah, war dieses Licht, das zunächst angenehm war, dann aber Wellen des Schmerzes durch seinen Körper und seinen Geist sandte. Er hatte das Gefühl zu fallen.

Licht und Kälte umgaben ihn – und Kolonnen von Caladran-Runen, deren Schwärze sich schließlich ausbreitete und sich wie ein dunkles Leichentuch über seinen Geist legte.

Dann war da nichts mehr.

Gar nichts.

20 Orawéen

Lange Zeit herrschte nur Leere in ihm. Da war kein Geist, keine Erinnerung, keine Empfindung und kein Wille mehr.

»*Gorian!*«

Ein Gedanke. Ein Name.

Zuerst mutete er ihm fremd an, so wie der Name von jemandem, den man lange nicht mehr gesehen hat und an den man sich kaum noch erinnert.

»*Gorian, wacht auf!*«, drängte ihn erneut ein Gedanke, von dem er zumindest wusste, dass es nicht sein eigener war. »*Öffnet die Augen, oder Ihr werdet sie vielleicht für immer geschlossen halten.*«

Gorian gehorchte und wurde zunächst von grellem Licht geblendet. Es dauerte ein wenig, ehe sich sein Blick klärte.

Eine Gestalt hob sich gegen die Helligkeit ab, die durch ein Fenster fiel. Dann kehrte Stück für Stück die Erinnerung zurück. Die Erinnerung an den Kristall, diesen einzigartigen Zugang zum geheimnisvollen Reich des Geistes der Caladran.

Gorian lag auf einem weichen Lager aus einem ihm unbekannten Material, das sich bei jeder noch so geringen Bewegung seinem Körper anpasste.

Er setzte sich auf. Der Raum war hell und sehr spartanisch eingerichtet. Das Fenster schien glaslos, was Gorian im ersten Moment verwunderte. Sollten die edlen Caladran hinsichtlich ihrer Wohnkultur nicht einmal das Niveau der Westreicher erreicht haben, deren Glaserkunst in ganz Ost-Erdenrund berühmt war?

»*Ihr wisst es besser*«, meldete sich die Gedankenstimme wieder in seinem Kopf. Und tatsächlich, plötzlich sah er ein schwaches Flimmern in dem offenen Fenster.

Die Gestalt hob die Hand, und das Fenster verdunkelte sich. Magisches Glas, erkannte Gorian. Fast unsichtbar, und doch selbst für einen abgeschossenen Armbrustbolzen nicht zu durchdringen. Auch das gehörte offenbar zu dem Wissen, das er bei seiner kurzen Berührung mit dem Reich des Geistes in sich aufgenommen hatte.

Die Gestalt hob sich nicht mehr als dunkler Schatten gegen die Helligkeit ab, sondern war deutlich sichtbar.

»Orawéen!«, entfuhr es ihm erstaunt. Ganz gewiss hatte er nicht damit gerechnet, dass die Königin selbst an seinem Lager saß, wenn er erwachte. Ein Heiler vielleicht, schließlich war der Ruf der Caladran auf diesem Gebiet geradezu legendär, aber nicht die erhabene Gemahlin von König Abrandir.

»Wie geht es Euch, werter Gorian?«, fragte Orawéen. Sie trug ein anderes Kleid als bei der Begrüßung; es war weiß, aber aus einem ebenso fließenden Stoff und veränderte sich ebenfalls ständig. Doch diesmal waren es keine Bilder, die changierten, sondern Caladran-Runen, die sich immer wieder aufs Neue zu waagerechten oder senkrechten Zeilen zusammenfanden und manchmal auch kleine Kolonnen bildeten oder zu Ligaturen verschmolzen. Dabei änderte sich stets die Bedeutung dessen, was dort stand. Es erinnerte Gorian an die Runen auf dem Marmor.

Orawéen lächelte. »Es war nicht meine Absicht, Euch zu verwirren«, sagte sie. »Euer Geist ist schon genug geprüft und beansprucht worden. Man sollte ihn nicht überreizen.« Sie strich sich mit einer beiläufigen Geste über das Kleid, es raschelte, und all die Runen lösten sich auf, sodass nichts weiter zurückblieb als eine schneeweiße Fläche. *»Ihr habt meine Frage noch nicht beantwortet«*, sandte sie ihm wieder einen Gedanken.

Gorian erhob sich. Im ersten Moment fühlten sich seine Beine schwach an, aber diese Empfindung verflüchtigte sich rasch, als er nur ein wenig der Alten Kraft sammelte. Er sprach dazu ein paar Worte, eine Formel. Und erst da fiel ihm auf, dass die Königin in der Sprache der Caladran zu ihm gesprochen und er dennoch jedes Wort verstanden hatte. Es war ihm so selbstverständlich vorgekommen, dass er es gar nicht bemerkt hatte.

»Es ist ein Glück, dass Ihr noch am Leben seid, werter Gorian«, sagte Orawéen. »Das Reich des Geistes gehört den Caladran; für alle anderen ist es sehr gefährlich, sich dorthin zu begeben. Euch muss der pure Leichtsinn getrieben haben, dass Ihr es versucht habt.«

»Es war die pure Verlockung«, erwiderte Gorian. »Ich konnte nicht widerstehen, als ich die Kraft des Kristalls spürte.«

»Dann werdet Ihr Selbstbeherrschung lernen müssen, Gorian. Aber vielleicht ist das zu viel verlangt für jemanden, dem nur ein so kurzes Leben vergönnt ist. Und wer weiß, vielleicht ist es gerade die aus Eurer Unerfahrenheit geborene Unberechenbarkeit, die Morygor so sehr fürchtet.«

»Das mag sein.«

»Tut mir einen Gefallen und tut das, was Ihr heute getan habt, nie wieder. Es würde Euch umbringen.«

»Vielleicht aber würde ich beim zweiten Versuch auch sehr viel besser mit den Kräften zurechtkommen, die in dem Kristall wirksam sind. Ehrenwerte Orawéen, ich brauche dieses Wissen! Ich will die Magie der Caladran erlernen, denn nur so kann ich Morygors Schicksalslinie kreuzen und vielleicht Erdenrund retten.«

Orawéen bedachte ihn mit einem nachdenklichen Blick. »Ihr scheint an Selbstüberschätzung zu leiden.«

»Ich spüre, dass ich schon vieles an Wissen aus dem Reich des Geistes in mich aufgenommen habe. Wenn ich in mich hineinhorche, entdecke ich so viel Neues, was dort vorher nicht war.«

»Ist Euch bewusst, dass auch Morygor die Verbindung zum Reich des Geistes nie wirklich abgebrochen hat?«

»Der Namenlose Renegat hat es auch nicht vermocht«, erinnerte sich Gorian.

Orawéen nickte, während Gorian ihrem Blick standhielt. Einem sehr prüfenden Blick, wie ihm durchaus bewusst war. »Morygor meidet das Reich des Geistes, damit niemand Rückschlüsse auf seine finsteren Pläne ziehen kann. Aber kein Caladran ist imstande, die Verbindung zum Reich des Geistes endgültig abzubrechen, auch wenn für ihn immer die Gefahr besteht, dass er etwas von sich selbst und seinen Gedanken und Absichten ungewollt preisgibt. Daher wissen wir auch, wie sehr Morygor Euch fürchtet. Mehr als alles andere auf der Welt. Aber bisher ist jener Schicksalsweg, auf dem Ihr ihm zum Verhängnis werden könntet, nichts weiter als eine Möglichkeit, die noch weit davon entfernt ist, Gewissheit zu werden.«

»Das mag sein, und darum muss ich die Caladran-Magie so beherrschen wie einer aus Eurem Volk, denn nur dann kann ich Morygor auf Augenhöhe begegnen.«

»So einfach wird das nicht sein, Gorian. Wir alle sind erstaunt darüber, dass Ihr diesen törichten Versuch überhaupt überlebt habt und auch nicht in einen Zustand geistiger Umnachtung gefallen seid. Die einzige Erklärung dafür ist Euer einzigartiges Talent. Zumindest für menschliche Begriffe ist es einzigartig. Aber jetzt solltet Ihr Euch erholen. Unsere Beratungen hinsichtlich des Weges, den wir in Zukunft einschlagen, werden noch eine Weile andauern. Ihr müsst wissen, dass wir Caladran nicht gerade ein besonders entscheidungsfreudiges Volk sind.«

»In dieser Situation ist das mehr als bedauerlich«, entgegnete Gorian, und Enttäuschung schwang unüberhörbar in seinen Worten mit.

Orawéen bewegte sich in Richtung Tür. Ihr fließendes Gewand raschelte dabei auf ganz besondere Weise.

»Wartet!«, forderte er. »Ich möchte genau wissen, was geschehen ist. Und was es mit diesem Kristall auf sich hat.«

»Später«, verweigerte sie ihm zunächst die Auskunft.

Gorian sprach weiter, als hätte er ihre Antwort überhört. »Und ich muss wissen, was für eine magische Apparatur auf der Insel Pela errichtet wird. Könnte sie uns helfen, Morygors Einfluss zurückzudrängen und vor allem den Schattenbringer zu vertreiben?«

Ein Ruck durchfuhr Orawéens schlanken Leib. Sie drehte sich herum, und ihr sehr ebenmäßiges Gesicht zeigte zum ersten Mal einen Ausdruck des Erstaunens. *Von dem Geheimnis auf Pela könnt Ihr nicht aus dem Reich des Geistes oder von seinen Abstrahlungen erfahren haben*, stellte sie in Gedanken fest. *Vielleicht seid Ihr sogar noch unberechenbarer, als wir alle bisher dachten. Und möglicherweise haben wir diesen Faktor nicht gebührend in unsere Überlegungen miteinbezogen. Eure Kraft und Euer Potenzial scheinen die unserer Magier und Scha-*

manen zu übertreffen, vorausgesetzt man schöpft die verborgenen
Möglichkeiten aus.«

»Also gut«, sagte sie dann laut. »Ihr sollt erfahren, was mit Euch geschehen und wie die Lage im Moment ist. Ihr scheint keine Schonung zu brauchen.«

»Sagt mir alles über diesen Kristall«, verlangte Gorian, denn der Zugang zum Reich des Geistes erschien ihm am wichtigsten zu sein.

»Einst lebten unsere Vorfahren auf dem Kontinent im Westen, den Ihr West-Erdenrund nennt, während wir ihn das Zwischenland nennen – oder auch das Falsche Bathranor.«

»Das Falsche Bathranor …«, murmelte Gorian.

»Unser Volk suchte nach den Gestaden der Erfüllten Hoffnung. Bathranor. Und für eine Weile glaubten einige unserer Vorfahren, es dort im Westen gefunden zu haben.«

»Und noch heute nennt ihr Caladran diesen Kontinent so.«

»Nach Meinung mancher Caladran beruht das auf einem Irrtum. Aber der Name blieb. Unsere Vorfahren lebten dort unter der Herrschaft von Fürst Bolandor, in einem Reich, in dem die Zeit langsamer als überall sonst verging, weil die Bewohner dieses Landes mit den Geistern ihrer Vorfahren lebten. Ein Magier namens Andir, der als Erster das Reich des Geistes fand und dort viele Jahre verweilte, schuf nach vielen Versuchen den Kristall, den Ihr in der Halle des Geistes gesehen habt. Alles, was unsere Vorfahren und Nachkommen je an Erkenntnis gewonnen haben oder noch gewinnen, sollte in diesem Kristall bewahrt werden.«

»Das gesammelte Wissen Eures Volkes.«

»Der Magier Andir wollte, dass dieses Wissen die Zeiten überdauert und allen Caladran zur Verfügung steht. Bevor er endgültig in das Reich des Geistes einging, übergab er den Kristall Fürst Bolandor. In dessen Reich, in dem die Zeit langsamer verging, glaubte Andir dieses Artefakt am sichersten.«

»Und wie ist es hierhergelangt?«, fragte Gorian. »Die Gedankenstimmen machten darüber nur dunkle Andeutungen.«

Orawéen lächelte huldvoll. Ein Lächeln, das von einer ganz besonderen Mischung aus Überlegenheit und Nachsicht geprägt war. »Na, was glaubt Ihr wohl? Natürlich war es Raub. Aber das wird selten erwähnt, weil kein Geringerer als der Erbauer der Himmelsschiffe darin verwickelt war, unser allererster König und der Vorfahr meines Gemahls. Doch die Wahrheit ist nun einmal die Wahrheit. Ihre Folgen sind auch dann spürbar, wenn man sie ignoriert.«

»Caladir!«, erkannte Gorian. »Ihr sprecht vom ruhmreichen Caladir! Er hat den Kristall geraubt!«

»Ja. Er war der Sohn von Fürst Bolandor, den dieser noch in einem Alter zeugte, das selbst für unser Volk sehr hoch ist. Ein Sohn der Freude, so hat er ihn genannt, aber er sollte nicht viel Freude an ihm haben. Caladir war das Leben in einem Reich, in dem die Zeit nahezu stillsteht, leid. Und vor allem hatte er den Traum nicht aufgegeben, irgendwann das Wahre Bathranor zu finden.«

»Er schuf den Zauber der Gewichtslosigkeit«, murmelte Gorian, denn manches, was zuvor nur ein wüstes Konglomerat aus Bildern, Eindrücken, Worten und Kolonnen von Runen gewesen und aus dem Reich des Geistes auf ihn abgestrahlt war, wurde nun klarer, das Wissen ordnete sich.

»Dass Caladir den Zauber der Gewichtslosigkeit als Erster entdeckte, möchten seine Nachfahren gern glauben, und mein Gemahl bildet da keine Ausnahme«, erklärte Orawéen. »Aber in Wahrheit entdeckte er den Zauber der Gewichtslosigkeit *wieder* – und auch die Kunst, Himmelsschiffe zu bauen. Denn beides gab es schon in einer sehr fernen Vergangenheit.«

»Ich nehme an, dass er mithilfe des Kristalls darauf gekommen ist«, vermutete Gorian.

»Natürlich. Durch den Kristall hatte er Zugang zum Reich des Geistes und zum verlorenen Wissen der Ahnen. Und zu ihrer mächtigen Magie, die im Lauf der Zeitalter immer schwächer wurde und nur noch ein müder Abklatsch ihrer einstigen Stärke war. Er musste nur lange genug suchen, um zu finden, was er brauchte – aber da unser Volk mit einer langen Lebensspanne gesegnet ist, können wir es uns leisten, viel Zeit mit der Suche nach mitunter auch nutzlosen Erkenntnissen zu verbringen. Es kam, wie es kommen musste. Caladir brach mit einer Schar Getreuen – den Caladran – nach Westen auf, um das Wahre Bathranor zu finden. Aber zuvor stahl er den Kristall des Andir und vertauschte ihn mittels des Zaubers der Zweiheit mit einem wertlosen Ebenbild.«

»Und als er mit seinen Himmelsschiffen diese Inseln erreichte und die Sonnenflüchter vertrieben hatte, wurde er der erste König der Caladran.«

»Aber er blieb es nicht lange. Und genau da liegt der Grund für eines von mehreren tiefgehenden Zerwürfnissen, die unser Volk bis heute durchziehen. Caladir glaubte schon sehr bald nicht mehr daran, dass diese Inseln oder der dazugehörige Kontinent, den Ihr Ost-Erdenrund nennt, das Wahre Bathranor waren. Und so traf er Vorbereitungen für eine noch weitere Reise. Eine Reise, die es in dieser Form noch nie gegeben hatte und die nicht einmal im Reich des Geistes existierte.«

»Die Reise zu den Sternen! Ich dachte, das wäre eine Legende.«

»Selbst in unserem Volk herrscht darüber keine Einigkeit, und im Reich des Geistes findet man sowohl die Bestätigung als auch die Widerlegung dieses Gedankens. Aber es heißt, dass Caladir den Sternenflug erfand und schließlich die Herrschaft an einen seiner Söhne abgab. Danach brach er mit seinen Getreuen in das Reich der Fernen Sterne auf, um dort das Wahre Bathranor zu finden, da es auf Erdenrund offenbar nicht existierte. Zwölf Schiffe sollen damals in den Nachthimmel gestiegen sein. Von keinem hat man je wieder gehört, und ihre Spuren im Reich des Geistes sind schwach. Mag sein, dass dies an den großen Entfernungen liegt, die diese Schiffe zurückgelegt haben, vorausgesetzt sie sind nicht doch nur Erfindungen der Legendenweber. Vielleicht sind Caladir und seine Himmelsfahrer aber auch den Gefahren in den Weiten des Polyversums zum Opfer gefallen. Tatsache ist, dass angesichts der Bedrohung, die Morygors Frostreich auch für uns darstellt, ein immer größerer Teil von uns denkt, es wäre das Beste, die Kunst des Sternenflugs wiederzuentdecken. Auch unser Oberster Magier vertritt diese Meinung. Er sucht ständig im Reich des Geistes nach jenen Erkenntnissen, die Caladir dazu befähigten, mit den Himmelsschiffen Erdenrund zu verlassen.«

»Die edlen Caladran wollen sich einfach so davonmachen und ganz Erdenrund sich selbst überlassen?«, fragte Gorian fassungslos. »Ich gebe zu, dass ich davon bereits gehört habe, bevor ich nach Caladrania gelangte, aber es fällt mir schwer zu glauben, dass es tatsächlich so sein soll.«

»Wir sind ein Volk, das nicht nur zum Gleichmut, sondern auch zur Gleichgültigkeit neigt«, stellte Orawéen klar.

»So ist Euch das Schicksal aller anderen Geschöpfe auf Erdenrund egal?«

»Wir beschäftigen uns vorwiegend mit den Pfaden unseres eigenen Schicksals«, gab die Königin kühl zurück. »Das heißt nicht, dass wir kein Mitgefühl hätten.«

»Aber es scheint nicht besonders ausgeprägt«, stellte Gorian fest.

»Wie gesagt, ein Teil von uns denkt daran, Erdenrund zu verlassen. Mein Gemahl allerdings ist in diesem Punkt anderer Ansicht. Er glaubt nicht, dass eine Wiederentdeckung des Sternenflugs schnell genug möglich ist, um uns zu retten. Die Spuren von Caladir sind sehr stark im Reich des Geistes, die seiner Erkenntnisse über den Sternenflug aber erschreckend schwach. Das ganze Vorhaben würde noch dadurch erschwert, dass wir nicht die Macht haben, Morygor den Zugang zum Reich des Geistes zu verwehren. Er würde solche Pläne gewiss hintertreiben. Auch deshalb denkt Abrandir durchaus daran, sich dem Bündnis gegen Morygor anzuschließen.«

»Das beruhigt mich«, bestand Gorian offen.

»Und Ihr werdet vielleicht der entscheidende Faktor dabei sein. Ihr und Euer Freund Torbas, wobei Letzterer ein etwas unsicherer Kandidat ist. Meinem Gemahl ist Euer Potenzial gleich aufgefallen. Schon das, was der Renegat uns durch das Reich des Geistes übermittelte, war vielversprechend. Ich persönlich bin überrascht, dass es außerhalb des Volkes der Caladran so viel Begabung gibt. Aber es hat ja auch in der Vergangenheit immer wieder Völker gegeben, deren Magier mit den unseren vergleichbar waren.«

Ihr Blick richtete sich auf einen Tisch, eines der wenigen Möbelstücke im Raum. Darauf waren neben einigen anderen persönlichen Dingen von Gorian auch seine Waffen abgelegt, Rächer und Sternenklinge.

Sie lächelte mild. »Offenbar könnt Ihr Eure Kraft noch

nicht ohne primitive *Werkzeuge der Sammlung* gänzlich aus-
schöpfen. Doch das ist nicht weiter schlimm. Es gibt keine
besseren Instrumente als jene, die aus Sternenmetall gefertigt wurden. Und doch sind diese Werkzeuge von unter-
schiedlicher Qualität.«

»So?«

Sie sah Gorian an. »Mein Gemahl glaubt, dass es mithilfe
der richtigen Kräfte, konzentriert in die richtigen Instrumente, möglich sein müsste, die Gestirne zu verändern und
den Schattenbringer ebenso zu bewegen, wie Morygor es
tut.«

»Und glaubt auch Ihr dies?«, fragte Gorian erstaunt.

»Ich war mir anfangs nicht sicher, vor allem nicht hinsichtlich Euch und Eurer inneren Stärke.«

»Aber jetzt seid Ihr es?«

Sie nickte. »Was Euch angeht, ja. Was Euren Freund
Torbas betrifft, nein. Aber Eure beiden Schicksale sind nun
einmal untrennbar miteinander verwoben, das steht fest.«

»Was wird jetzt geschehen?«, fragte Gorian.

»Ihr werdet abwarten müssen. So schwer es Euch fällt.
Und vielleicht werdet Ihr tatsächlich noch einmal das Reich
des Wissens betreten müssen, um die Magie der Caladran
in Euch aufzunehmen, so wie es Euer Wunsch ist. Ihr
wärt dann für die eigentliche Prüfung, die Euch bevorsteht,
zweifellos besser gewappnet – aber vielleicht auch tot oder
wahnsinnig.«

»Ich scheue das Risiko nicht.«

»Nein.« Sie lächelte. »Aber es wird sich noch erweisen,
ob Euch das zum Helden oder zum Narren macht.«

»Lasst mich zum Kristall!«, verlangte Gorian.

»Später vielleicht.« Sie ging erneut zur Tür, blieb dann
noch einmal stehen und drehte sich halb herum. »Eines soll-

tet Ihr noch wissen: Die Heilkunst der Caladran wäre in Eurem Fall machtlos gewesen, denn wir wissen zu wenig über die Natur anderer Völker. Wärt Ihr nicht gestorben, hättet Ihr zumindest unter dauerhaftem Wahn gelitten, hätte nicht jemand anderes Euch geheilt ...«

»Sheera!«

»... und sich möglicherweise für Euch geopfert.«

»Geopfert?«, wiederholte Gorian entsetzt.

»Ist Euch nicht bewusst, dass ein Heiler einen Teil des Übels in sich aufnehmen muss, das er bekämpft? Zumindest wenn dieses mit Magie zu tun hat.«

»Doch, aber ...«

»Ein Teil dessen, was Ihr aus dem Reich des Geistes in Euch aufgenommen habt, ist auch in sie geströmt. Auch ihr Potenzial ist ungewöhnlich hoch für eine Angehörige Eures Volkes, aber sie hat nicht Eure Stärke.«

»Wo ist sie?« Er versuchte gedanklich Verbindung zu ihr aufzunehmen. »*Sheera!*«

Aber er erhielt keine Antwort.

»Sie ist sehr schwach«, erklärte ihm Orawéen. »Und niemand weiß, ob ihr verbleibendes kurzes Leben ausreicht, um ihre geistige Gesundheit wiederherzustellen. Ich hatte Euch das eigentlich nicht sagen wollen, bis Ihr selbst ...«

»Bringt mich zu ihr!«, unterbrach er sie.

Sheera befand sich in einem Raum, dessen Zentrum auf den ersten Blick wie ein Springbrunnen aussah. Beim zweiten Blick fiel jedoch der Unterschied auf: Es handelte sich um eine in ständiger Bewegung befindliche Skulptur aus Wasser, die fortwährend wechselnde Szenen und Gesichter in einer Klarheit und Naturgetreue nachbildete, wie kein menschlicher Bildhauer es vermocht hätte. Die Kraft der

Magie hielt das Wasser in seiner Form – wie so vieles andere im Stadtbaum von Caladrania.

Sheera saß auf der mit Ornamenten verzierten Begrenzungsmauer der Wasserskulptur und schien Gorian zunächst gar nicht zu bemerken, zu sehr war sie in ihre eigenen Gedanken vertieft. Der Blick war starr und verlor sich in der Wasserskulptur.

»*Sheera!*«

Offenbar hatte sie sich in ihren Gedanken vollkommen verschlossen, denn sie vernahm seinen Ruf nicht.

Er setzte sich zu ihr und berührte sie an der Schulter, und erst da schien sie seine Gegenwart zu bemerken. Sie wandte langsam den Kopf.

Die Skulptur begann sich daraufhin zu verformen, zunächst war nichts mehr zu erkennen, dann entstand ein Abbild Gorians.

»Was hast du nur getan?«, murmelte sie.

»Wovon sprichst du?«

Sie antwortete nicht. Dass ihre Augen permanent von purer Finsternis erfüllt waren, konnte nur bedeuten, dass sie die Alte Kraft in sich sammelte und unter einer andauernden Anspannung stand.

Die Wasserskulptur veränderte sich erneut. Gorians Gesicht zerfloss, und das Wasser bildete das Gesicht eines jungen Caladran. Ein Gesicht, das Gorian nur allzu gut kannte.

»Morygor!«, murmelte er.

»Es war so schrecklich, Gorian …«

»Was ist geschehen?«

»Ich bin ihm begegnet.«

»Aber …«

»Ich weiß nicht, was alles aus dem so genannten Reich des Geistes mittels dieses Kristalls in dich eingedrungen ist und deine Seele vergiftet hat, aber da war auch Morygor. Ich bin mir ganz sicher.«

»Er ist ein Teil dieses Geistreichs und wird es wohl auch immer bleiben, selbst wenn es gelingen sollte, seine Schicksalslinie und seine Herrschaft zu beenden«, war Gorian überzeugt.

»Warum hast du das getan? Warum hast du dich mit all diesen Dingen verbunden? All dieser Magie, all diesem Wissen, all diesen Worten und Bildern, die einen den Verstand verlieren lassen?«

Er legte ihr sanft die Hände auf die Schultern. »Weil es sein musste«, antwortete er. »Ich muss die Magie der Caladran beherrschen, um Morygor besiegen zu können.«

»Das bedeutet, du wirst erneut die Verbindung über den Kristall suchen.«

»Ich habe keine Wahl.«

»Ich werde dich vielleicht nicht noch einmal heilen können. Meine Kraft ist so erschöpft wie niemals zuvor, nicht mal, nachdem wir aus dem Frostreich zurückkehrten. Ich habe wirre Gedanken und weiß manchmal nicht mal mehr meinen Namen. Nur wenn ich genug an Alter Kraft sammle, kann ich meine Seele einigermaßen zusammenhalten.« Tränen glitzerten in ihren schwarzen Augen.

Gorian nahm sie in die Arme, und sie schmiegte sich an ihn. Er strich ihr übers Haar und spürte den Schlag ihres Herzens. Und doch hatte er in diesem Augenblick das Gefühl, dass sie weiter voneinander entfernt waren denn je.

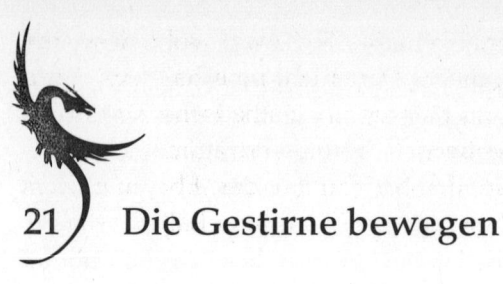

21 ⟩ Die Gestirne bewegen

Die Tage vergingen wie im Flug, und Gorian hatte das Gefühl, dass die Zeit im Stadtbaum von Caladrania nur so dahinraste.

Man hatte seinen Gefährten großzügig ausgestattete Quartiere zukommen lassen, und das Wissen, das er durch seine Berührung mit dem Reich des Geistes erlangt hatte, half ihm, sich in Caladrania zu orientieren.

Ar-Don verharrte als versteinerter Gargoyle auf dem inneren Burghof in der Astgabelung. Er wirkte wie eine Statue – allerdings eine, die gemessen an dem architektonischen und künstlerischen Gestaltungsniveau der Umgebung eher wie ein primitives Standbild oder der erste Versuch eines mittelmäßig begabten Bildhauers wirkte, der noch in einer Phase war, in der er sein Material zu beherrschen lernen musste.

Die Gondel stand neben ihm. Beides zusammen war gewiss für die ästhetisch anspruchsvollen Augen vieler Caladran eine Beleidigung, und es bildeten sich immer wieder Gruppen von Männern und Frauen um dieses für sie sehr eigenartige Gebilde, deren Gemüter sich darüber erhitzten.

Gorian hörte ihren Gesprächen mitunter zu und stellte fest, dass ihm auch das Wissen aus dem Reich des Geistes noch manche feine Nuance der Caladran-Sprache nicht eröffnet hatte. Aber der allgemeine Tenor war wohl, dass viele froh darüber waren, dieses *Ding* nicht innerhalb des Stadtbaums beherbergen zu müssen; die ästhetische Zumutung war ihnen im Außenbereich leichter erträglich, als wenn sie diesen Frevel an den Prinzipien der Ebenmäßigkeit und Harmonie im Inneren von Caladrania hätten ertragen müssen.

Gorian versuchte zwischendurch gedankliche Verbindung mit Ar-Don aufzunehmen, aber der Gargoyle erwies sich als ziemlich einsilbig.

»*Sammle ... Kraft ...*«, war eine gedankliche Aussage von ihm. »*Brauche bald viel davon ...*«

Gorian fragte sich manchmal, ob Ar-Dons eigene Persönlichkeit wohl noch die Oberhand in der ohnehin ziemlich zusammengewürfelten Seele dieses Wesens hatte oder ob inzwischen nicht doch der eher abgestumpfte Greif in ihm nach und nach den entscheidenden Einfluss gewann.

Irgendwann rief Thondaril seine Schüler und auch den jungen Greifenreiter Zog Yaal in sein Quartier. Der Namenlose Renegat und der Maskierte nahmen an der Versammlung nicht teil, sie waren unauffindbar.

»Ein Caladran-Magier sprach mich an. Sein Name ist Sirabas, und ich glaube zwar kaum, dass er mich wirklich als seinesgleichen ansieht, aber man gab ihm wohl den Auftrag, mich über den Stand der Dinge zu informieren.«

»Und wie ist der?«, fragte Gorian, nicht ohne Ungeduld.

»Die Pläne der Magiergilde, mit Himmelsschiffen zu den Sternen aufzubrechen und dort einen anderen Ort zu suchen, wo ihr Volk leben kann, sind wohl weiter vorangeschritten, als wir bisher angenommen haben. In nächster Zeit soll sich ein erstes Schiff mittels der Alten Magie Caladirs in den

Himmel erheben, und falls dies gelingt, steht dem Vorhaben wohl nichts mehr entgegen.«

»Fragt sich nur, was die Caladran unter *in nächster Zeit* verstehen«, mischte sich Torbas ein.

»Ich glaube kaum, dass die noch lange damit warten werden«, erwiderte Meister Thondaril. »Über die nördlichsten Caladran-Inseln ist ein Eissturm hereingebrochen, wie ich hörte. Er war so heftig, dass selbst die Magie der Caladran machtlos dagegen war und die Elemente nicht beruhigen konnte. Da nur wenige Caladran dort lebten, konnten sie alle mit ihrem Himmelsschiff flüchten und warten nun weiter südlich ab, bis sich die Verhältnisse beruhigen.«

»Das ist der Anfang«, stellte Gorian fest. »Die Eroberung durch das Frostreich hat begonnen.«

Meister Thondaril bat ihn, noch zu bleiben, während die anderen den Raum wieder verließen.

»Was begehrt Ihr, Meister?«

»Nenn mich nicht mehr Meister, Gorian. Nachdem du mit dem Reich des Geistes der Caladran in Berührung gewesen bist, ist dies nicht mehr angebracht.« Ein schwaches Lächeln huschte über sein kantiges Gesicht. »Aber ist das nicht der Lauf der Dinge? Der Sinn jeder Erziehung? Will nicht jeder Meister, dass sein Schüler ihn eines Tages überflügelt?«

Er holte den Ring aus einer Tasche seines Gewandes hervor – jenen Meisterring aus dem Haus des Schwertes, den er Gorian schon einmal angetragen hatte.

»Nimm ihn jetzt«, forderte er. »Ich weiß, du hast gesagt, unter welcher Bedingung du ihn nehmen würdest, und ich habe meine Meinung darüber bereits deutlich gemacht. Du musst den Ring nehmen. Wenn du es heute nicht tust, wird es nie geschehen.«

»Wie kommt Ihr darauf? Wie Ihr wisst, hege ich noch

immer den ehrgeizigen Plan, einst alle fünf Meisterringe des Ordens zu tragen.«

»Das sagst du jetzt, bevor du zum zweiten Mal in das Reich des Geistes eingetaucht bist. Und vielleicht wirst du sogar eine dauerhafte Verbindung zu jener Ebene der Wirklichkeit finden, von der mir auf schmerzhafte Weise bewusst ist, dass sie mir verschlossen bleiben wird. Nicht, weil mir der Todesmut fehlen würde, aber die Kraft und die Fähigkeiten. Es ist nicht leicht, das einzugestehen, aber sagen nicht die Worte des Ersten Meisters, dass kein Weg zum Ziel führt als der durch den Schmerz der Wahrheit?«

Thondaril drehte sich um, ging zu den drei ovalen, magisch verglasten Fenstern und blickte hinaus auf die Weite des Meeres von Ost-Erdenrund.

»Ihr werdet immer mein Meister bleiben, Thondaril. Nichts, was ich im Reich des Geistes erfahren mag, könnte daran etwas ändern.«

Thondaril schwieg eine Weile. »Nimm den Ring, bevor du ein zweites Mal in das Reich des Geistes eintauchst«, verlangte er dann mit Nachdruck. »Sonst wird dir alles, was mit dem Orden und seinen fünf Meisterhäusern zu tun hat, geradezu lächerlich und nichtig erscheinen, und unsere Magie wird auf dich den gleichen Eindruck machen wie das Jagdzauber-Ritual eines Oger-Medizinmannes auf einen unserer Magiemeister. Und was Torbas betrifft ...« Er drehte sich herum, und die Blicke von Meister und Schüler begegneten sich.

»Was ist mit Torbas?«

»Euer Schicksal scheint in der Tat auf eine besondere Weise miteinander verwoben. Nimm ihn mit ins Reich des Geistes. Denn es könnte sein, dass ihr nur gemeinsam stark genug seid, Morygor zu besiegen.«

»Er könnte dabei sterben oder wahnsinnig werden!«, entfuhr es Gorian. »Seht Euch an, was mit Sheera geschehen ist! Und sie hat nur einen geringen Teil von dem aufgenommen, was bereits in mir war.«

»Es ist ein Risiko, ich weiß. Aber vielleicht ist es das größere Risiko, diese Gefahr zu scheuen. Was wird dir ein Gefährte nützen, der dir in allen Belangen so weit unterlegen ist, dass er vielleicht nicht einmal versteht, was du beabsichtigst? Davon abgesehen kann ich die Stärke meiner Schüler durchaus abschätzen – auch wenn ich sie auf dem Weg, den sie gehen werden, nicht begleiten kann.« Thondaril schüttelte den Kopf und hielt ihm noch einmal den Ring hin. »Nimm ihn – und zeige ihn Torbas! Und dann sag ihm dies: Wenn er es wagt, mit dir ins Reich des Geistes zu gehen und sich der Wahrheit und dem Wahnsinn zu stellen, die dort zu finden sind, dann gebe ich auch ihm einen Meisterring, denn den hat auch er sich dann verdient.«

Ein paar Tage später stieg, bestaunt von der gesamten Bevölkerung des Stadtbaums von Caladrania, ein Himmelsschiff aus einem der von den Wurzelarmen abgegrenzten Hafenbecken auf. Es war ein sehr großes Schiff, dessen Aufbauten und Decks zur Gänze von einer transparenten, leicht bläulich schimmernden Aura umgeben waren. Aufgrund des Wissens, das Gorian im Reich des Geistes erworben hatte, schloss er, dass es sich um eine Variante des magischen Glases handelte, wie es die Fenster des Stadtbaums aufwiesen und das sowohl Licht als auch Wind nach Belieben einließ oder filterte. Offenbar sollte die Aura vor den Unbilden des Kosmos schützen.

Viele Caladran hatten sich an diesem dämmrigen Tag auf dem Burghof und einigen anderen Plätzen des Stadtbaums versammelt. Andere standen hinter dem magischen Glas ihrer Fenster. Der Himmel war vollkommen klar und doch so düster wie sonst nur kurz vor Einbruch der Nacht. Der Lichtkranz, der vom Schattenbringer verdeckten Sonne war so schmal wie nie zuvor, und bisweilen schien er an manchen Stellen bereits völlig zu verschwinden. Die Sterne – das Ziel dieser Himmelsschiffsreise – waren inzwischen den ganzen Tag über zu sehen. Das spärliche Sonnenlicht schaffte es einfach nicht mehr, sie zu überstrahlen.

Gorian mischte sich mit Zog Yaal und Torbas unter die Schaulustigen. Sheera hatte sich zur inneren Sammlung zurückgezogen und das magische Glas in den Fenstern ihres Gästegemachs verdunkelt; so viel hatte auch sie an Caladran-Magie in sich aufgenommen, dass sie dazu in der Lage war, so wie sich auch jeder der Gäste, Zog Yaal eingeschlossen, nach und nach an den richtigen Gebrauch der Schächte mit dem Zauber der Gewichtslosigkeit gewöhnt hatte.

Das Schiff stieg höher und höher.

Rudanas lautete der Name des Kapitäns, den die Caladran in einem Chor aus Gedanken und Stimmen murmelten, eingebettet in einer Formel magischer Kraftspende. Rudanas würde diese Kraft brauchen, um das Schiff sicher an sein Ziel zu bringen.

Oder zumindest an *irgendein* Ziel.

Schließlich wurde das Schiff am Himmel kleiner und kleiner und war zum Schluss nur noch als bläulicher Schimmer auszumachen, so als wäre es zu einem der vielen Sterne geworden. Die Caladran sollten von ihm nie wieder etwas hören. Kein Gedanke im Reich des Geistes deutete auf sein weiteres Schicksal hin, und auch mithilfe eines westreichischen Fernglases oder der sehr viel besseren magischen Linsen der Caladran war später keine Spur mehr von ihm am Himmel zu entdecken.

Das bläuliche Schimmern verschwand einfach …

»Nicht schlecht, wenn man so davonfliegen und das der Vernichtung preisgegebene Erdenrund verlassen kann«, meinte Zog Yaal. »Leider werden die Caladran wohl keinen von uns mitnehmen.«

»Nein, das werden sie nicht«, murmelte Gorian. Er wandte sich an Torbas und hob dabei die Hand mit dem Ring des Schwertmeisters. »Hast du dich bereits entschieden?«

In den nächsten Tagen verschlechterte sich das Wetter. Der Himmel wurde so düster, dass man Tag und Nacht nicht mehr voneinander unterscheiden konnte. Ein eiskalter Wind blies vom Norden her, zeitweilig begann es zu hageln, und hin und wieder rieselte Schnee aus dem dunkelgrauen Himmel. Von den Sternen war nichts mehr zu sehen, und der ohnehin schon sehr schwache Lichtkranz der Sonne war kaum noch auszumachen. Raureif legte sich morgens über Teile des Stadtbaums und verschwand erst, wenn die Magier der Caladran einen entsprechenden Zauber wirkten.

Schließlich trieb sogar ein kleiner Eisberg am Stadtbaum vorbei. So etwas hatte es seit der Zeit, da die Caladran gegen die Sonnenflüchter gekämpft hatten, nicht mehr gegeben. Damals, so lauteten die Überlieferungen, die auch Gorian inzwischen bekannt waren, war das Klima auf den Inseln noch weitaus rauer gewesen, und erst ein intensiver Wetterzauber und die Anwendung der Magie der Wasserströme hatten dazu geführt, dass die Witterung milder wurde. Aber offenbar waren diese uralten Zauber zu schwach geworden, um dem sich ausdehnenden Einfluss des Frostreichs weiter standzuhalten.

Am dritten Tag, nachdem Rudanas' Himmelsschiff zu

den Sternen aufgebrochen war, wurden Torbas und Gorian zu einer Audienz gerufen. Abrandir empfing sie in einem Zimmer seiner Privatgemächer. Außer dem König und seiner Gemahlin Orawéen waren überraschenderweise auch der Namenlose Renegat und der Maskierte anwesend.

Gorian verneigte sich vor dem Königspaar, und Torbas folgte seinem Beispiel. Abrandir nahm dies mit teilnahmsloser Miene hin.

Eine Lichtskulptur, die eine kugelförmige Abbildung Erdenrunds zeigte, bildete das Zentrum des Raums. Gorian bewunderte den Detailreichtum, mit dem die Küsten nachgezeichnet waren. Die Karten und Globen der Menschen zeigten lediglich die bekanntesten Länder Ost-Erdenrunds in einer annähernd vergleichbaren Genauigkeit. Was jenseits des östlichen Ogerlandes und des Basilisken-Reichs lag, wurde auf diesen Darstellungen zumeist nur noch vage angedeutet, denn was man von diesen Gebieten wusste, basierte auf nicht viel mehr als Hörensagen.

Noch mehr galt das für die anderen Kontinente Erdenrunds. Zwar hatten Zahlenmagier längst den Umfang des Planeten und seinen Abstand zur Sonne errechnet, aber über die Länder West-Erdenrunds wussten die Menschen so gut wie nichts und noch weniger über den dritten Kontinent, den die Caladran Athranor nannten.

»Ein Abbild unserer Welt«, sagte Orawéen. »Aber es ist möglich, dass es schon sehr bald nicht mehr der Wirklichkeit entspricht. Die Eispanzer werden sich ausdehnen, und sollte Rudanas einst von seiner Sternenreise zurückkehren, dürfte ihm Erdenrund wie ein einziger riesenhafter schmutziger Schneeball erscheinen.«

»Umso wichtiger ist es, Morygors Pläne zu vereiteln«, stellte Gorian klar.

»Aus diesem Grund sind wir hier zusammengekommen«, meldete sich der Namenlose zu Wort

Gorian wandte sich ihm zu. »Wir haben uns eine ganze Weile nicht gesehen.«

»Es waren viele Beratungen zu führen und Vorbereitungen zu treffen. Nun aber kommt unser Plan in eine Phase, in der man diejenigen einbeziehen sollte, welche die Hauptlast tragen werden. Die Invasion des Frostreichs hat begonnen, und seit der erste Eisberg vor Caladrania gesichtet wurde, dürfte das jedem Caladran klar geworden sein.«

»Von was für einem Plan sprecht Ihr?«

»*Meinem* Plan«, ergriff König Abrandir das Wort. »Auf der Insel Pela steht eine Apparatur, die offenbar bereits die Aufmerksamkeit von Spionen und neugierigen Beobachtern erregt hat, denn wie könntet Ihr sonst schon davon gehört haben.« Er ging zu dem Licht-Globus und machte eine Handbewegung, woraufhin sich der Globus auflöste und der Abbildung jener Apparatur wich, von der Abrandir gesprochen hatte. »Sie gleicht einem Hohlspiegel, der mit Magie aufgeladen wird, sodass sie über eine sehr große Entfernung hin wirksam werden kann.«

»Ihr Einfluss reicht bis zu den Gestirnen?«, fragte Gorian erstaunt. Faszination und Bewunderung über diesen Triumph caladranischer Erfindungsgabe und Magie klang in seinen Worten mit. »Im Reich des Geistes habe ich nichts davon entdeckt. Eigenartig.«

»Absicht!«, widersprach König Abrandir. »Morygor hat Zugang zum Reich des Geistes; den können wir ihm ebenso wenig verwehren wie dem Namenlosen Renegaten, obwohl es in der Vergangenheit ganz gewiss viele Caladran gab, die Letzteres befürwortet hätten. Aber so hat der legendäre Magier Andir einst den Kristall geschaffen: Niemand, der über ihn jemals Zugang zu seinem Reich erlangte, kann daraus wieder verbannt werden, und alles, was sie tun oder denken, hinterlässt dort mehr oder minder starke Spuren.«

»Die Freiheit des Geistes«, stellte Gorian fest. »Sie war das höchste Gut, an das Andir glaubte.«

Abrandir lächelte. »Ihr habt schon viel gelernt. Vielleicht würdet Ihr es sogar schaffen, wie ein Caladran zu denken und zu leben, hättet Ihr noch ein oder zwei menschliche Lebensspannen lang Zeit, uns zu studieren.«

»Warum sind wir hergebeten worden?«, fragte Torbas. Sein Sprechstein hatte ihm die bisher auf Caladranisch geführte Unterhaltung übersetzt, doch so manche Feinheiten waren ihm dabei entgangen.

»Sie sind ein ungeduldiges Volk, mein König«, entschuldigte ihn der Namenlose. »Und ich fürchte, in der Zeit, die ich unter den Menschen weilte, habe auch ich diese Eigenschaft angenommen.«

»Sie sei ihm verziehen«, sagte Orawéen. »Schon deswegen, weil diese beiden dringend gebraucht werden.« Sie wandte sich an Torbas und Gorian. »Mein Gemahl erteilt Euch die Erlaubnis, noch einmal zum Kristall des Geistes zu gehen, so wie Ihr es gewünscht habt, auch wenn eine gewisse Gefahr besteht.«

»Wir beide?«, vergewisserte sich Gorian.

»Ja.«

»Wir fürchten den Tod nicht«, sagte Torbas.

»Das Risiko ist für Euch leicht zu tragen, da Ihr ohnehin nur noch kurze Zeit zu leben habt«, erwiderte Orawéen. »Ihr opfert weit weniger, als es ein Caladran in dieser Situation tun müsste. Ich sprach von einem Risiko für *uns* und unser Volk, denn der Plan meines Gatten wird scheitern, wenn Ihr versagt.«

»Wir benötigen Eure Magie«, erklärte Abrandir. »Keiner unserer Magier ist an dem, was auf Pela vor sich geht, beteiligt, denn sie sind zu eng mit dem Reich des Geistes verbunden. Aber Ihr beide seid es nicht.«

»Werden unsere Gedanken denn dort keine Spuren hinterlassen?«, fragte Gorian.

»Nicht eine einzige, dazu seid Ihr – noch – nicht fähig. Eine sehr viel längere Verbindung zum Reich des Geistes wäre dafür nötig, für die Eure Lebensspanne vielleicht gar nicht reicht. Ihr werdet Wissen von dort beziehen, das Euch hoffentlich in die Lage versetzt, Morygor zu begegnen, seiner Aura zu widerstehen und Eure Kräfte gegen die seinen zu setzen. Die Schwerter aus Sternenmetall sind mächtige Artefakte, die diese Kräfte sammeln können, so wie es auch diese Apparatur tun wird. Der Hohlspiegel besteht aus einer Legierung des Sternenmetalls, die Eure Kräfte vervielfachen und sie auf den Schattenbringer richten wird, sodass er seine Position ändert.«

»Es bedarf dafür eines starken Geistes«, ergänzte der Namenlose.

»Und was ist Eure Rolle dabei?«, fragte ihn Gorian. »Ich habe Euch schon einmal gefragt, in welcher Verbindung Ihr zu Morygor seht.«

»In einer so starken, dass ich mich nicht an diesem Experiment beteiligen darf«, erwiderte der Namenlose, »denn meine Handlungen könnte er vorausberechnen.«

»Nur Ihr seid für ihn unberechenbar, Gorian«, sagte Orawéen. »Darum fürchtet Morygor Euch wie niemand anderen. Aber Euer Schicksal verfolgt er bereits sehr intensiv, schon seit Eurer Geburt.«

»Und Torbas?«

»Euer Gefährte ist vielleicht der Stein, der ihn tödlich

treffen wird, ohne dass er je damit gerechnet hätte. Morygor unterschätzt sein Potenzial, denn die Furcht vor Euch, Gorian, nimmt seine ganze Aufmerksamkeit in Anspruch.«

»Ihr werdet heute noch zum Kristall gehen«, kündigte König Abrandir an. »Danach werdet Ihr in einem Himmelsschiff nach Pela aufbrechen.«

Gorian und Torbas betraten die Halle des Geistes zu zweit. Niemand begleitete die beiden.

Gorian spürte die Abstrahlungen des Kristalls sehr viel stärker als beim ersten Mal. Überall sah er die Runen aufleuchten.

»Siehst du sie nicht?«, fragte er.

»Was?«

»Die Zeichen.«

»Ich gebe es ungern zu: Beim Schwertkampf habe ich dich besiegen können, aber hinsichtlich der Magie bist du der Stärkere.«

»Dann werde ich dich führen müssen.«

Sie gingen auf den ovalen Altar zu, und jeder von ihnen nahm an einer Seite des Steins Aufstellung. Der Kristall leuchtete auf, und Gorian hörte einen wispernden Gedankenchor: »*Willkommen im Reich des Geistes.*«

Seine Augen wurden schwarz, und Gleiches geschah bei Torbas.

»Es ist wichtig, dass du dich abschirmst«, ermahnte ihn Gorian. »Verlier dich nicht in diesem Meer des Wissens.«

Torbas grinste und umfasste den Griff von Schattenstich, so als wollte er sich daran festhalten. »Ja ... *Meister*«, antwortete er auf eine Weise, in der sich Respekt und Ironie die Waage hielten.

»Und noch etwas, Torbas ...«

»Ich höre.«

»Halte dich von Morygor fern!«

»Mag sein, dass ich dir magisch unterlegen bin, aber ich bin kein Dummkopf.«

Als Gorian diesmal in das Reich des Geistes eintauchte, war die Wirkung nicht von der gleichen überwältigenden und zerstörerischen Intensität wie beim ersten Mal. Von Anfang an achtete er darauf, nur einen Bruchteil dessen in sich aufzunehmen, was auf ihn einströmen wollte.

Es war wie ein sehr intensiver, von der Wirklichkeit nicht zu unterscheidender Tagtraum: Plötzlich befanden sich Gorian und Torbas an Deck eines Himmelsschiffs. Sie waren allein, außer ihnen beiden gab es keinerlei Besatzung. Die Segel hingen schlaff von den Masten, was aber charakteristisch für die Schiffe der Caladran war.

Die metamagischen Raumzeitwinde bewegen dieses Gefährt, doch es bedarf eines starken Geistes, sie zu nutzen ...«

Wessen Gedanken da zu ihm sprachen, wusste Gorian nicht. Vielleicht waren es seine eigenen Erkenntnisse, die wie ein geistiges Echo aus dem geheimnisvollen Reich zurückgeworfen wurden. Aber das spielte keine Rolle. Plötzlich wusste er, was zu tun war. Es erschien ihm vollkommen selbstverständlich. Das Himmelsschiff ließ sich mit Leichtigkeit manövrieren, allein durch die Kraft des puren Willens.

»Der Zauber der Gewichtslosigkeit ist so einfach, wenn man sein Geheimnis durchschaut hat. Man sieht es an den Schächten im Stadtbaum von Caladrania ...«

Das Schiff erhob sich aus der See, deren Wellen es für eine Weile durchfurcht hatte, und stieg höher und höher.

»Wenn der lenkende Geist nicht stark genug ist, kann es sein, dass er mit dem Schiff strandet, irgendwo in einer fremden Raumzeit des unendlichen Polyversums, vielleicht sogar in einer Raumzeit, in der nur du allein existierst. Wie in jener Welt, die den Schattenmeistern bekannt ist ...«

Gorian übergab Torbas die Steuerung des Schiffs, der das Wissen dazu mit überraschender Leichtigkeit aufnahm. Vielleicht hatte Gorian ihn unterschätzt. Doch irgendetwas schien seinem Gefährten zusätzliche magische Stärke zu verleihen.

Und dann verschwand das Schiff plötzlich unter Gorians Füßen. Innerhalb eines Herzschlags war es nicht mehr da – ebenso wie Torbas.

Gorian hatte das Gefühl zu fallen. Dann aber merkte er, dass dieser Zustand eher der Gewichtslosigkeit in den Schächten des Stadtbaums ähnelte.

»Der frei schwebende Geist ... Das Ideal des Magiers Andir ... Nur von wenigen für kurze Zeit erreicht ...«

Schon drohte der Strom aus Wissen, Bildern und vielfältigsten Eindrücken seinen Geist zu überschwemmen, und er musste weitere Kräfte aufwenden, um sich stärker abzuschirmen. Wenn er als ein dem Wahn Verfallener aus dem Reich des Geistes zurückkehrte, war König Abrandirs Plan gescheitert. An Torbas dachte er kaum noch, obwohl die Sorge um ihn unterschwellig vorhanden war.

Für eine Weile war er von einem Chaos aus Farben, Formen und unverständlichen Schriftzeichen und Stimmen umgeben, aber dann klärten sich diese Eindrücke, ihm offenbarte sich der Sinn der geflüsterten Worte, die Schriftzeichen erschienen bekannt, ja, sogar vertraut.

»Alles, was du benötigst, liegt vor dir. Du brauchst nur auszuwählen ...«

Die Gestalt des Namenlosen erschien vor ihm. Gorian brauchte einen Augenblick, ihn zu erkennen, denn er sah ihn als jungen Caladran, dessen Begehr es war, gleichzeitig die Künste der Magiergilde und die der Schamanen zu erlernen, was sich traditionellerweise eigentlich ausschloss. Ein junger Mann, der einer Lehre anhing, der zufolge der Einzelne das Schicksal und den Verlauf der Gestirne zu bestimmen vermochte und Mitleid mit Menschen und anderen schnellsterblichen Wesen keine Zeitverschwendung oder Ausdruck von Schwäche war.

Diese Anschauung hatte einen tiefen Graben durch das Volk der Caladran gezogen, der seine unübersehbaren Spuren im Reich des Geistes hinterlassen hatte, zumal der Namenlose seinen Worten auch Taten hatte folgen lassen, indem er dem Greifenreiter-König Song Mol half, die Feuerdämonen zu besiegen.

Den Namen des Renegaten vermochte Gorian nirgends zu entdecken. Vielleicht war es ihm gelungen, ihn vollständig aus dem Reich des Geistes zu tilgen. Vielleicht aber hatten dies auch seine Gegner getan, die nach dem Diebstahl der magischen Schriften die Oberhand gewonnen und die Lehre des Renegaten zur Irrlehre erklärt hatten.

Auch diese aus dem Reich des Geistes zu verbannen war nicht möglich, aber sie galt von nun an als verpönter Irrtum eines Verräters, der sich von den Caladran losgesagt hatte.

Ein anderer Caladran erschien Gorian, ebenfalls jung, kaum zehn Jahre alt, aber in einer Epoche geboren, in der das Renegatentum des Namenlosen und der Raub der Schriften nur noch ein dunkler Fleck in der Geschichte der Caladran waren. Ein Junge noch – und doch waren die Gesichtszüge bereits sehr charakteristisch. Vor allem das überlegen wirkende Lächeln.

Morygor ...

»Das hättest du nicht erwartet, mir hier zu begegnen«, sagte die Gedankenstimme des Jungen.

Gorians erster Reflex bestand darin, sich sofort abzuschirmen. Auch wenn dies nur der Gedanke an ein früheres Selbst des Frostreich-Herrschers war, so musste er doch dessen Aura fürchten.

Das Gesicht des Jungen verzog sich zu einem höhnischen Grinsen, und für einen Moment widerstritten in Gorians Seele die pure Furcht und die Begeisterung darüber, vielleicht mehr über Morygor zu erfahren.

Aber konnte nicht all dies auch eine Falle sein? Er dachte an Sheera und wie verheerend offenbar schon eine kurze gedankliche Berührung mit dem war, was Morygor im Reich des Geistes hinterlassen hatte.

Doch er entschied sich, das Risiko einzugehen – wobei er nicht hätte sagen können, ob es tatsächlich seine freie Entscheidung war oder ob er nicht etwa der Aura von Morygors Gedanken erlag.

Er sah in rascher Folge Abschnitte aus dem Leben eines wissbegierigen Jungen, der mit großem Tatendrang in das Reich des Geistes eindrang. Die Magie der Himmelsschiffe interessierte ihn ebenso wie der Lauf der Gestirne und die Berechnung der Schicksalswege, und im Letzteren übertraf ihn niemand. Und er wuchs schnell. Die Caladran bestimmten die Geschwindigkeit ihrer körperlichen Reifung selbst. Der augenscheinlich Zehnjährige, der Gorian begegnet war, war in Wahrheit erst vier Jahre alt gewesen und hatte mit zwölf bereits die Gestalt eines jungen Mannes, in der er sich bis zu diesem Tag am liebsten zeigte, obwohl sie ganz sicher nicht mehr seinem tatsächlichen Aussehen entsprach.

Schon mit diesem schnellen körperlichen und geistigen

Wachstum machte er unter den Caladran auf sich aufmerksam – denn normalerweise nahmen sich Caladran wesentlich mehr Zeit für ihre Reifung als etwa die kurzlebigen Menschen. Morygor aber konnte es nicht schnell genug gehen.

Und er war fasziniert von den verfemten Ideen des Namenlosen Renegaten. Das Schicksal selbst bestimmen, die Gestirne lenken, anstatt sich von ihnen lenken zu lassen, die Welt prägend verändern, anstatt von den Umständen geprägt zu werden ...

»Ja, er ist mein geistiges Kind«, sagte die Gedankenstimme des Namenlosen.

»Ist das die besondere Verbindung zwischen euch?«

»Was Morygor heute tut, hat seine Wurzeln in meinen Ideen. Es hat lange gedauert, bis ich mir endlich eingestand, dass ich dafür mitverantwortlich bin. Er verändert die Welt nach seinem Willen und zerstört sie damit, macht sie zu einem Ort, an dem niemand leben kann, der nicht sein Sklave ist. Das war immer die größte Frage, die ihn umtrieb: Wo ist die Grenze der absoluten Macht eines Einzelnen? Kann ein Wille alles vernichten und alles neu entstehen lassen?«

»Aber Ihr wolltet nicht, dass ich dies erfahre.«

»Es wäre nicht nötig gewesen, dass du Zeuge meiner Schande wurdest.«

»Warum ist es Eure Schande, wenn ein Nachgeborener Eure Ideen in das Gegenteil dessen verkehrt, was Ihr beabsichtigt habt, Namenloser?«

»Du kennst das Reich des Geistes zu wenig, um das zu verstehen. Wärst du ein Caladran, wäre das anders. Auch wenn ich mich innerlich von diesem Volk getrennt habe und mich nie wieder selbst als Caladran bezeichnen werde, so blieb ich es in meinem Inneren doch mehr, als mir lieb ist. Aber nun richte den Blick

nicht auf die Vergangenheit, sondern auf das, was kommt. Sieh nicht auf Morygor und seine Macht, sondern auf dich selbst und das, was du bewegen sollst.«

»Was ich bewegen soll ist ein Gestirn!«, gab Gorian zu bedenken.

»Dennoch ist es möglich. Wenn du diese Überzeugung nicht gewinnst, wird sich diese Variante des Schicksals allerdings nicht erfüllen.«

»Über ein Rätsel der Vergangenheit sollte ich noch Bescheid wissen ...«

»Folge meinem Rat!«

»Wer ist der Maskierte?«

»Er ist kein Caladran. Welche Spuren kann er also im Reich des Geistes hinterlassen haben?«

Gorian spürte, dass etwas vor ihm verborgen werden sollte. Von Anfang an war dies der Fall. Je tiefer er in die Vergangenheit zurücksah, desto mehr Spuren schienen bewusst verwischt worden zu sein. Doch sie ganz auszulöschen war offenbar nicht möglich. Zu groß war der Respekt vor Andir dem Magier und der Idee der Freiheit des Geistes. Aber es gab viele Täuschungen und Ablenkungen, die den Suchenden von gewissen Gedanken fernhalten sollten.

»Es ist wie beim Raub des Kristalls durch Caladir«, stellte er fest. »Niemand soll es erwähnen oder darüber nachdenken. Aber ich will die Wahrheit wissen!«

»Du wirst nichts finden, Gorian. Nichts, was dir weiterhelfen wird. Du wirst nur deine Kraft mit etwas verschwenden, das heute nicht mehr von Bedeutung ist. Vielleicht wirst du sogar den König der Caladran und seine Gemahlin erzürnen, denn sie werden nur sehr ungern an die Schuld und die Schande ihrer Vorfahren erinnert.«

»Welche Schuld? Welche Schande?«

Die Stimme des Namenlosen antwortete nicht mehr, und sosehr Gorian auch im Reich des Geistes nach den Spuren jenes Geheimnisses suchte, das der Namenlose nur angedeutet hatte, er tappte dabei im Dunkeln.

Alles, worauf er stieß, war die Erinnerung an eine Hand mit sechs Fingern.

22 Der Flug nach Pela

Der Kristall war grau geworden und hatte seine Klarheit verloren.

Gorian stand da und war einen Augenblick lang nicht in der Lage, etwas zu sagen oder auch nur einen klaren Gedanken zu fassen. Sein Körper fühlte sich eigenartig schwer an. Selbst die Luft in der Halle des Geistes schien auf einmal auf ihm zu lasten. Wie leicht war ihm hingegen das Reich des Geistes erschienen, und er verstand auf einmal, warum in dem legendären Magier Andir der Wunsch erwacht war, völlig in diese Ebene der Existenz überzuwechseln.

Von der anderen Seite des ovalen Altarsteins aus sah ihm Torbas entgegen, mit Augen, die vollkommen von Schwärze erfüllt waren. Gorian musste an Sheera denken und den Zustand, in dem sie sich befand.

Torbas schien völlig erstarrt, und auch seine Miene war zunächst ganz und gar reglos. Gorian war sich angesichts der blicklosen schwarzen Augen nicht einmal sicher, ob ihn sein Gefährte überhaupt bemerkte. Eine gedankliche Verbindung gab es nicht, sie war in jenem Moment abgerissen, als sich das Himmelsschiff so plötzlich aufgelöst hatte, fortgerissen von Kräften aus den Tiefen des Geistreichs.

Auf einmal aber atmete Torbas tief durch, sein Brustkorb

hob und senkte sich, und er sagte: »Wir sind wieder zurück, wie es scheint.«

Die von Schwärze erfüllten Augen machten deutlich, dass er noch immer Kräfte sammelte, aber ansonsten schien er völlig in Ordnung. Schon der nur indirekte Kontakt mit dem Reich des Geistes hatte Sheera sehr geschwächt und sie dem Wahnsinn nahegebracht, doch auf Torbas schien das nicht einmal ansatzweise zuzutreffen. Seine Gedanken waren verschlossen, aber seine Kraft deutlich zu spüren. Mehr noch, sie war sogar angewachsen, wie Gorian erkannte, auch wenn er dafür keine Erklärung hatte.

»Es ist so viel Wissen in mir, dass es kaum auszuhalten ist«, sagte Torbas und ballte die Hände zu Fäusten. »Die Gedanken ... Sie rasen, es gibt keine Grenzen für sie. Ich brauche nur in mich hineinzuhorchen, dann entdecke ich so vieles, was zuvor nicht da war ...«

»Du warst plötzlich verschwunden, mitsamt dem Schiff«, erklärte Gorian.

»Es ... etwas ...« Torbas brach ab, schüttelte den Kopf. »Ich konnte nichts dagegen tun.« Er lächelte auf eine Art, die Gorian an das Lächeln von jemand anderem erinnerte. Aber dieser Eindruck währte nur einen Moment, und vielleicht war er auch nur eine Nachwirkung dessen, was ihm im Reich des Geistes widerfahren war.

»Glaubst du, diese vergeistigten Brüder lassen uns mal mit einem ihrer Himmelsschiffe fliegen?«, fragte Torbas spöttisch und meinte damit natürlich die Caladran.

»Es ist etwas anderes, die metamagischen Winde in Wirklichkeit beherrschen zu wollen statt nur in Gedanken«, warnte ihn Gorian.

»Mag sein. Aber ich traue es mir zu. Und ich glaube, auch du würdest nicht Nein sagen, würde sich dir die

Gelegenheit bieten.« Torbas hob die Brauen. Seine Augen waren noch immer vollkommen schwarz, und das würde wohl auch erst einmal so bleiben, während die von Gorian längst wieder ihr normales Aussehen angenommen hatten.

Er fragte sich, woher Torbas die zusätzliche Kraft hatte, doch er ließ niemand anderen, schon gar nicht seinen Gefährten, an diesem Gedanken teilhaben. War diese Kraft vielleicht schon immer in Torbas gewesen und nur durch die Erkenntnisse im Reich des Geistes wachgerufen worden? Oder bestand Grund, sich um ihn Sorgen zu machen?

Das Flaggschiff des Königs trug den klangvollen Namen *Hoffnung des Himmels*. König Abrandir machte Gorian und seinen Gefährten das Angebot, an Bord dieses Schiffes zu reisen statt in der mittlerweile ziemlich ramponierten Greifengondel.

Meister Thondaril gefiel das zunächst nicht. Er wollte sich nicht derart abhängig von den Caladran machen. Andererseits hegte er nach wie vor ein tiefes Misstrauen gegen Ar-Don, und es missfiel ihm erst recht, sich erneut in dessen Hände zu begeben.

Gorian und Torbas allerdings hatten gegen das Himmelsschiff nichts einzuwenden. Das, was sie im Reich des Geistes erlebt hatten, hatte diese Reise bereits vorweggenommen, auch wenn weder Torbas noch Gorian ernsthaft damit rechneten, dass man einem von ihnen auch nur für einen Moment die Steuerung des Schiffes überließ.

Schließlich überwand sich auch Thondaril zu der Entscheidung, dass die ganze Gruppe an Bord des Himmelsschiffs gehen und man die Gondel zurücklassen sollte. Gorian versuchte mit dem zur Greifenstatue versteinerten Ar-Don in gedankliche Verbindung zu treten, aber Ar-Dons Geist schwieg.

»Er tut ohnehin, was er will«, meinte Thondaril. »Gleichgültig, was du ihm auch mitteilen oder befehlen magst, er folgt nur seinem eigenen Willen.«

»Als ich das letzte Mal geistigen Kontakt zu ihm hatte, gab er an, Kraft zu sammeln«, erklärte Gorian. »Er würde sehr bald viel davon brauchen. Was könnte er damit gemeint haben?«

Thondarils Gesicht verzog sich zu einem harten Lächeln. »Da fragst du mich? Niemand kennt diesen Brocken Sternengestein besser als du.«

Die *Hoffnung des Himmels* verließ das äußere Hafenbecken des Stadtbaums von Caladrania und fuhr in die offene See. Die Wellen waren mittlerweile so hoch, dass sie die äußere Hafenmauer überspülten, die Reling des Himmelsschiffs jedoch nicht; die Gischt perlte an einem magischen Schirm ab, der offenbar auch den Wind fernhielt.

Der Steuermann hieß Lendaris. Er hatte sein schulterlanges schneeweißes Haar zu einem Dutzend Zöpfe geflochten und zählte zu den wenigen Caladran, die sich einen Bart hatten wachsen lassen. In Lendaris' Fall war er auf das Kinn beschränkt und ebenfalls zu einem Zopf geflochten, der ihm bis auf Höhe des Brustbeins herabreichte.

Er stand auf dem Achterdeck, und das Schiff folgte seinem Willen. Dafür bedurfte es nur einer Anstrengung des Geistes. Torbas und Gorian spürten, wie er seine Kräfte einsetzte, um die metamagischen Raumzeitwinde zu nutzen, die das Großsegel der *Hoffnung des Himmels* nicht blähten, aber dennoch das Schiff vorantrieben. Gorian hatte das Gefühl, diese Winde ebenso zu spüren wie den eisigen Sturmwind, der zurzeit aus Norden wehte, oder jene sanfte Sommerbrise, die geherrscht hatte, als seine Erinnerungen im Alter von zweieinhalb Jahren auf dem Boot seines Vaters einsetzten, das in der Bucht von Thisilien gesegelt war. Aber jene Welt war vergangen, begraben unter dem Eispanzer des Frostreichs.

Der Gedanke dämpfte die optimistische Hochstimmung, in der er sich seit seinem Aufenthalt im Reich des Geistes befunden hatte. Zudem sorgte er sich um Sheera, die reglos an der Reling stand und hinaus in den Sturm blickte, dessen Gischt sie aufgrund des magischen Schutzschirms nicht erreichen konnte. Es kostete sie im Moment wohl all ihre Kraft, einigermaßen bei Sinnen zu bleiben. Ihre Augen waren weiterhin von Dunkelheit erfüllt.

Für Torbas' Augen galt dasselbe. Allerdings schien es ihm nicht im Mindesten etwas auszumachen, ständig, ohne irgendeine erkennbare Unterbrechung, die Alte Kraft zu sammeln. Im Gegenteil, er schien Vergnügen an dieser Fahrt zu haben und nahm begierig alles in sich auf, was er sah.

Gorian dachte daran, dass Torbas und er beide in der Nacht des fallenden Sterns geboren waren. Vielleicht war es ein Irrtum zu glauben, nur er selbst wäre auserwählt, Morygor gegenüberzutreten. Schon in dem Moment, als er Torbas Schattenstich überließ, musste ihm das instinktiv bewusst gewesen sein.

Aufmerksam verfolgten er und Torbas alles, was Lendaris tat. Jede Verlagerung der Kraft, jede Anstrengung seines Geistes war für sie deutlich zu erkennen.

Lendaris bemerkte, dass er beobachtet wurde, und das auch auf geistiger Ebene, und er war darüber zunächst irritiert.

»Wir sehen einem erfahrenen Steuermann« dabei zu, wie er sein Handwerk in Vollendung ausführt«, sagte Torbas, als er Lendaris' Unmut erkannte. Es war das erste Mal, dass er Caladranisch sprach.

Davon abgesehen trug er nun wie Gorian den Ring eines Schwertmeisters an der Hand. Meister Thondaril hatte das Versprechen wahr gemacht, das er Gorian gegeben hatte.

In dem Moment, da sich die *Hoffnung des Himmels* aus den Fluten erhob, erwachte Ar-Don aus seiner Versteinerung. Der Greifengargoyle breitete plötzlich mit ungelenk wirkenden Bewegungen die Flügel aus und schwang sich in den Himmel über den Stadtbaum Caladrania, schwebte dann über das tosende Meer und sank zunächst in die Tiefe, ehe er sich fing und dem Himmelsschiff folgte. Die Gondel ließ er zurück.

Als König Abrandir den Gargoyle gewahrte, wandte er sich an Gorian. »Ihr habt doch Gewalt über diese Kreatur.«

»Nur in Grenzen, mein König.«

»Befehlt diesem Wesen umzudrehen und in Caladrania auf unsere Rückkehr zu warten!«

»Ar-Don ist mein Gefährte«, erwiderte Gorian. »Er hat mir das Leben gerettet und wird es vielleicht in Zukunft wieder tun.«

»Er könnte Euch auch umbringen«, gab Abrandir zu bedenken. »Ihn umgibt eine Aura des Zwielichts. Er ist unberechenbar und verfügt zugleich über beträchtliche Kräfte.«

Gorian lächelte mild. »Ein Element des Chaos, wie Torbas und ich selbst. Ihr solltet seinen Beistand daher begrüßen und ihn nicht fürchten. Abgesehen davon hat er ein Talent dafür, zur richtigen Zeit am richtigen Ort zu sein. Darauf vertraue ich.«

»Ihr habt also nichts dagegen einzuwenden, dass uns dieses Wesen begleitet?«

»Nicht das Geringste.«

König Abrandir atmete tief durch. »Es scheint, als wärt Ihr in der besseren Verhandlungsposition und könnt Eure Wünsche durchsetzen; schließlich brauchen wir Eure Hilfe. Aber vergesst nicht, dass Caladran es mitunter als besondere Schmach empfinden, sich in die Abhängigkeit sterblicher Menschen zu begeben.«

»Euer Volk ist nicht in Gefahr, von Menschen abhängig zu werden«, gab Gorian ruhig zurück. »Den Caladran bleibt die Flucht zu den Sternen, allen anderen Bewohnern Erdenrunds nur die Hoffnung, dass ich Morygors Schicksalslinie beende.«

»Vielleicht bleibt auch uns nur diese eine Hoffnung«, entgegnete König Abrandir. »Es mag sein, dass der große Caladir den Sternenflug beherrschte. Ein Jahrtausend lang blieb die geistige Verbindung zu ihm und den seinen bestehen, bis der Abgrund der Raumzeit zu groß wurde. Aber zu Rudanas verloren unsere Magier und Schamanen schon am dritten Tag nach seinem Aufbruch jede Verbindung. Mögen die Vergessenen Götter unserer Vorfahren erahnen, wo ihn die metamagischen Winde haben stranden lassen. Jedenfalls glaube ich nicht, dass unsere Magie im Moment bereits in der Lage wäre, Caladirs Reise zu wiederholen. Und abgesehen davon würden die Kräfte, die dafür aufgebracht werden müssten, kaum ausreichen, uns alle zu retten. Wir bräuchten Jahrhunderte, vielleicht ein Jahrtausend, um die Kunst des Sternenflugs zu perfektionieren, und selbst dann wäre das Ergebnis ungewiss.«

»In der Zwischenzeit hätte Morygor Euer Reich in jedem Fall vernichtet.«

»Ja.«

»Warum hasst er die Caladran so, obwohl er doch einer von euch war?«

»Seid Ihr denn nicht im Reich des Geistes gewesen, Gorian?«, wunderte sich Abrandir.

»Doch, und ich weiß inzwischen vieles über Morygors Vergangenheit. Aber auch wenn es nicht möglich ist, Erinnerungen und Spuren aus dem Reich des Geistes zu tilgen, so wird doch manches geschickt verborgen.«

Abrandir lächelte. »Zu geschickt für einen flüchtigen Besucher wie Euch?«

»Mag sein.«

»Morygor griff die alte Lehre des Renegaten wieder auf, doch solchen Irrlehren gegenüber sind die Caladran nicht sehr tolerant. Darum verstießen sie ihn, verbannten ihn und machten ihn zu einem Ausgestoßenen, so wie den Namenlosen Renegaten.«

»Aber Morygor hat Euch gezeigt, dass dessen Lehre keine Irrlehre war. Die Gestirne lassen sich bewegen und das Schicksal bestimmen.«

»Ja.« Abrandir nickte. »Und ironischerweise werden wir in Pela diese Lehre gegen Morygor selbst richten.«

Caladranien war die südlichste und größte der fünf Inseln, aus denen König Abrandirs Reich bestand. Von Caladranien durch eine Meeresstraße getrennt lag die Insel Pela mit dem gleichnamigen, an einer Bucht gelegenen Stadtbaum. Nördlich davon reihten sich die Inseln Segell, Calarien und die Nördliche Insel aneinander, die man auch Klein-Calarien oder Ohne-Baum-Land nannte, da sie die einzige der fünf Caladran-Inseln war, auf der es keinen Stadtbaum gab. Inzwischen war die Nördliche Insel von ihren wenigen, vereinzelt lebenden Bewohnern verlassen worden, und man musste sie wohl als vom Frostreich erobert betrachten.

Während des ganzen Fluges peitschte der *Hoffnung des Himmels* ein eisiger Sturm entgegen, doch weder Schneeregen noch Hagel konnten den magischen Schirm durchdringen, und der Gegenwind hatte keinerlei Einfluss auf die Geschwindigkeit des Schiffes.

Wie stark dieser Sturm aus Norden über Land und Meer fegte, konnte man beim Blick über die Reling ermessen. Das Himmelsschiff flog zumeist an der zerklüfteten Steilküste Caladraniens entlang, und dort bogen sich die Bäume, wurden teilweise mit ihrem Wurzelwerk aus dem Boden gerissen und durch die Luft geschleudert. Hier und dort standen auch kaum von der Umgebung zu unterscheidende Burgen vereinzelt lebender Caladran. Noch blieben sie unberührt von den Unbilden aus dem Norden, geschützt durch Magie wie die Himmelsschiffe, die in der Nähe dieser Residenzen vor Anker lagen. Aber dass man manche dieser Schiffe an Land gebracht hatte, wies darauf hin, wie ungewöhnlich dieses Klima war. Wilde Strömungen und Strudel waren zu sehen, und immer wieder bewegten sich Wellen gegen die Windrichtung.

»Die Wetterzauber, die einst das Klima der Inseln bezähmten, können dem Sturm nicht mehr standhalten«, stellte Orawéen fest, als sie dies alles sah.

»Darum bemüht man nun die Magie der Meeresströmungen«, erkannte Gorian.

»Ja, aber es ist lange her, dass wir sie anwenden mussten. Das war noch zu jenen Zeiten, da Caladir auf dem Thron saß.«

»Gibt es nicht noch genügend Magier, die damals schon gelebt haben? Euer Volk ist doch fast unsterblich.«

»Auch die Unsterblichen vergessen. Und auch die wichtigste Erkenntnis kann in die Tiefen des Geistreichs versinken. Die wenigsten von uns könnten der Zeit widerstehen, ohne zu vergessen.«

Als die *Hoffnung des Himmels* schließlich die Meerenge zwischen Caladranien und der Insel Pela erreichte, griff ein Schwarm Eiskrähen an.

Es waren Tausende, und niemand hatte sie kommen sehen, denn ihre gefiederten Körper hoben sich kaum gegen die ewige Dämmerung ab, die den ganzen Tag über herrschte. Zudem war die Sicht schlechter geworden, weil der Schneefall immer dichter geworden war.

Mit durchdringendem Kreischen stürzte sich der Schwarm im Sturzflug auf das Schiff, doch die Vögel prallten reihenweise an dem Schutzschirm ab. Manchmal verfing sich auch eines der Tiere in dem magischen Schirm, dann umgab ein blaues Leuchten den Vogel, der krächzende Laute ausstieß, ehe er davongeschleudert wurde. Taumelnd gewann die Krähe schließlich wieder an Höhe, um sich einer neuen Angriffswelle anzuschließen.

»Ich habe bereits König Abrandirs Großvater gedient«, äußerte Lendaris. »Aber seit ich an Deck dieses Schiffes stehe, habe ich so etwas noch nicht erlebt.«

Gorian, der im Reich des Geistes gewesen war, begriff sofort, was der Steuermann damit zum Ausdruck bringen wollte. Es war viele Zeitalter her, dass jemand dreist genug gewesen war, ein Himmelsschiff der Caladran anzugreifen. Den Krieg mit den Greifenreitern hatte schließlich auch Lendaris noch nicht erlebt.

»Dieser Angriff gilt dir«, sagte Meister Thondaril zu seinem ehemaligen Schüler. »Morygor weiß, dass etwas geschehen wird, was für ihn zu einer entscheidenden Niederlage führen kann. Er will um jeden Preis verhindern, dass wir Pela erreichen.«

Eine der Eiskrähen schaffte es schließlich sogar, den Schirm zu durchdringen. Mit dem Schnabel voran schoss sie pfeilgleich auf Gorian zu, so als wollte sie Thondarils Worte bestätigen.

Blitzschnell riss der zweifache Ordensmeister sein Schwert hervor und fing das Tier nur eine Handbreit vor Gorians Stirn ab. Seine Klinge zerteilte es, und Krähenblut spritzte aufs Deck.

»Ich hoffe nicht, dass der Aufenthalt im Reich des Geistes deiner Fähigkeit zur Voraussicht geschadet hat«, sagte Thondaril, und ein leichter Vorwurf schwang in seiner Stimme.

»Ich habe den Angriff des Vogels ebenso vorausgesehen wie Euer Eingreifen«, erwiderte Gorian.

Meister Thondaril steckte das Schwert wieder ein. »Du solltest dich in Zukunft auf niemanden mehr verlassen, Gorian. Auch nicht auf mich.«

Hunderttausende von Eiskrähen umlagerten mittlerweile das Schiff. Auf einmal stürzten sie sich alle zugleich gegen den magischen Schirm, der die *Hoffnung des Himmels* umgab. Der Schirm konnte sie nicht mehr zurückwerfen, weil zu viele von ihnen nachdrängten, und wären nicht aufgrund des dämmerigen Tageslichts magische Schiffslaternen entzündet worden, hätte vollkommene Dunkelheit an Bord geherrscht. Körper an Körper drängten die Eiskrähen gegen den Schirm und umschwirrten das Schiff wie ein Bienenschwarm, der sich auf eine einzelne Hornisse stürzte, um sie mit ihrer Körperwärme zu töten. Dieses Bild entstand vor Gorians innerem Auge – eine jener vielen, unbedeutend erscheinenden Erkenntnisse, die aus dem Reich des Geistes zusammen mit dem großen Gedankenstrom in seine Seele gespült worden waren.

Aber in diesem Fall war es nicht die Wärme, die töten

sollte, sondern die Kälte, erkannte Gorian. Und da die Caladran gegen Kälte recht unempfindlich waren, war jeder Zweifel daran beseitigt, wem dieser Angriff in erster Linie galt.

Es wurde innerhalb von Augenblicken so eisig, wie Gorian es nicht einmal in den Tiefen des Frostreichs erlebt hatte, als er den Kampf am Speerstein von Orxanor hatte bestehen müssen. Diese Kälte war zweifellos magischen Ursprungs, die Kehlen tausender Eiskrähen hauchten sie aus, und sie ließ innerhalb weniger Augenblicke eine Eisschicht entstehen, die sich über den magischen Schirm legte und sich sehr schnell ausbreitete.

Der Maskierte nahm sein Schwert, ließ dessen Klinge zu einer Flamme werden und richtete diese empor.

»Nein!«, rief Orawéen und sandte dabei einen Gedanken aus, der von tiefstem Entsetzen geprägt war.

Aber der Maskierte hatte bereits gehandelt und ließ den Flammenstrahl seines Schwertes nach oben schießen. Dieser traf auf den schon zu zwei Dritteln vereisten Schirm, der daraufhin von einem magischen, grünlich und bläulich schimmernden Feuer erfasst wurde. Zischend schmolz das Eis und regnete herab, und die Eiskrähen, die noch gegen den Schirm drängten, verglühten zu Asche.

Wie ein Blitz erfasste das magische Feuer den gesamten Bereich um die *Hoffnung des Himmels*, die nun von einer ovalen Flammenhülle umgeben wurde. Sie war so hell, dass sie jeden an Bord blendete, aber keinerlei Wärme oder gar Hitze ging von ihr aus; dieses Feuer war so kalt wie das Eis, das die *Hoffnung des Himmels* gerade noch wie die Schale eines riesigen Eises umgeben hatte.

Der eisige Nordwind fegte über das Deck des Schiffs, trieb allen an Bord Schnee ins Gesicht und machte klar, dass es keinen magischen Schutz mehr gab, weder vor dem Wetter noch vor anderen Gewalten, die dem Frostreich dienten.

Von den Eiskrähen waren einige wenige entkommen – Kundschafter Morygors, über deren Augen er mit Sicherheit erfahren würde, was sich in der Meeresenge zwischen Caladranien und der Insel Pela zugetragen hatte.

»Ihr habt den magischen Schirm zerstört«, sagte Orawéen anklagend zu dem Maskierten. »Der Zauber, der ihn neu erschafft, wirkt nicht so schnell.« Während sie sprach, zerzauste der Wind ihr Haar und zerrte an ihrem dünnen Gewand.

»So werden wir den Rest der Reise ohne diesen Schutz auskommen müssen«, erklärte der Maskierte ungerührt, während sich die Flammenklinge in Stahl zurückverwandelte. »Ihr werdet Euch wohl oder übel auf meinen Schutz verlassen müssen, bis wir den Stadtbaum von Pela erreicht haben.«

Ar-Don tauchte aus dem Grau des Schneegestöbers auf und stieß einen durchdringenden fauchenden Laut aus, der sogar das Tosen des Windes übertönte. Er hielt mit seinen Krallen ein schiffsgroßes Fledertier mit weißem Fell und drei walrossähnlichen Zähnen umklammert, einen Dreizahnigen. Der Legende nach gab es sieben von ihnen, und sie gehörten zu den legendären Frostgöttern, die einst in der Schlacht am Weltentor vertrieben und von Morygor zurück nach Erdenrund geholt worden waren.

Der Dreizahnige war um einiges größer als Ar-Dons Mischgestalt aus Gargoyle und Greif, dennoch war es Ar-Don offenbar gelungen, einen bevorstehenden Angriff des Frostgottes abzuwehren. Sein Blut spritzte fontänengleich aus den geöffneten Adern. Ar-Don hatte gleich ein halbes

Dutzend steinerner Dornen ausgebildet und sie in den Leib des riesenhaften Ungeheuers gerammt.

»*Ar-Don gesiegt ... Ar-Don sammelt ... Substanz ... für langen Weg zum Ursprung.*«

Dieser rätselhafte Gedanke seines zwielichtigen Gefährten erreichte Gorian, während sich der Körper des dreizahnigen Frostgottes bereits umzuwandeln begann und ein Teil Ar-Dons wurde. Der sank tiefer, flatterte wild mit den Flügeln, hatte offenbar Schwierigkeiten, die zusätzliche Masse zu bewältigen. Doch nach und nach verwandelte sich der Körper des getöteten Frostgottes, und der Kadaver des Dreizahnigen wurde zu einem Teil von Ar-Dons steinernem Leib.

Die meisten Besatzungsmitglieder und Passagiere der *Hoffnung des Himmels* gingen unter Deck, um nicht ungeschützt der stürmischen Witterung ausgesetzt zu sein. Zu den wenigen, die im Freien blieben, gehörten neben dem Steuermann Lendaris und dem Maskierten auch Gorian und Torbas.

Ar-Don hatte unterdessen eine leuchtend rote Farbe angenommen, sein Körper war durch die Substanz des Dreizahnigen um mehr als das Doppelte angewachsen, er hatte ein zusätzliches Paar Flügel ausgeformt und außerdem ein paar Zähne, die jenen des Frostgottes sehr ähnlich waren.

Der Schneesturm ließ nach, die Sicht verbesserte sich, und so konnte man in der Ferne weitere Dreizahnige sehen, die offenbar auf eine Gelegenheit zum Angriff warteten.

Aber die Anwesenheit Ar-Dons schien sie davon abzuhalten. Sie hatten wohl mitbekommen, was mit einem von ihnen geschehen war, und Ar-Don hatte jetzt eine Größe, die es wohl keinem der anderen Dreizahnigen geraten erscheinen ließ, mit ihm anzubinden.

Immer wieder näherten sie sich, umkreisten in einigem Abstand die *Hoffnung des Himmels* und verzogen sich wieder, sobald Ar-Don einen seiner durchdringenden Schreie ausstieß.

»Es sind alle sechs Dreizahnige, die noch übrig sind«, stellte Torbas fest. »Aber selbst gemeinsam trauen sie sich nicht mehr an Ar-Don heran.«

»Warum tut er das?«, murmelte Gorian.

»Was meinst du?«

»Das Sammeln von Substanz. Wieso legt er so viel Wert darauf, immer größer zu werden? Bisher hatte er immer Angst davor, dass sich seine Seele dadurch verändert.«

»Ich bin nicht der Richtige, den du über das Seelenheil dieses Steindrachen befragen solltest«, antwortete ihm Torbas.

»Und was ist mit der deinen?«

»Was soll damit sein?«

»Deine Augen sind immer noch schwarz, Torbas. Das ist, als ob man seine Muskeln ständig angespannt hält. Niemand hält das über einen längeren Zeitraum aus.«

»Ich anscheinend schon.« Er lachte. »Beunruhigt es dich vielleicht, dass ich etwas kann, wovon du glaubst, dass es unmöglich wäre?« Er ballte die Hände zu Fäusten. »Ich habe so viel Kraft, Gorian. So unvorstellbar viel.«

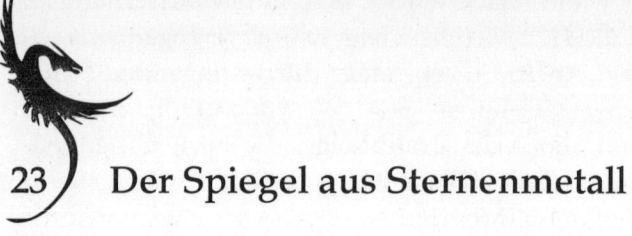

23 Der Spiegel aus Sternenmetall

Die *Hoffnung des Himmels* erreichte schließlich den Stadtbaum von Pela. Er war nicht so groß wie jener von Caladrania, und in den Hafenbecken lagen gerade einmal eine halb so große Anzahl von Himmelsschiffen.

Schon von Weitem war jene Apparatur zu sehen, die Meister Shabran offenbar von den in der Nähe liegenden Bergen aus betrachtet hatte. Der Hohlspiegel aus Sternenmetall befand sich auf einem Turm, der auf der höchsten Astgabelung des steinernen Stadtbaums von Pela aufragte.

»Kein anderer Ort in meinem Reich ist so stark durch Magie gesichert wie dieser«, sagte König Abrandir, der inzwischen wieder an Deck war. »Und jeglichen Magiern und Schamanen war der Aufenthalt hier verboten, nachdem sie die magischen Sicherungen, Bannflüche und dergleichen mehr gewirkt hatten. Sie mussten die Stadt verlassen, damit sie nichts von dem, was dort auf der höchsten Astgabel geschehen ist, ins Reich des Geistes einbringen.«

Die *Hoffnung des Himmels* legte an, und Gorian und Torbas gingen zusammen mit Abrandir als Erste von Bord, während ihnen der Maskierte folgte.

Ein schriller Schrei ertönte, und Torbas drehte sich um. Jenseits der Bucht von Pela schwebten die Dreizahnigen am Himmel, aneinandergereiht wie eine Perlenkette.

Auch Gorian sah zu ihnen hinüber. Sie wirkten auf ihn wie Geier, die darauf warteten, dass ihre Beute verendete und zu Aas wurde. Sie warteten. Auf den richtigen Moment vielleicht. Oder darauf, dass sie Verstärkung bekamen. Offenbar dachte Morygor nicht daran, einfach zuzulassen, was hier in Pela geschehen sollte.

Und dann fiel Gorian auf, mit welchem Gesichtsausdruck Sheera die Bestien betrachtete. Scheinbar grundlos liefen ihr Tränen über die Wangen. Auch ihre Augen waren noch immer schwarz, aber ihre Züge waren von Furcht geprägt, wie Gorian sie noch nie bei einem Menschen gesehen hatte.

Er legte den Arm um sie, aber sie schien es gar nicht zu bemerken.

»Wir müssen uns beeilen«, drängte König Abrandir.

Ar-Don schwebte empor. Hoch über dem Stadtbaum von Pela zog das gewaltige steinerne Wesen, zu dem er geworden war, wie ein geflügelter Wächter seine Kreise. Die ungewöhnlich tiefen Rufe, die es dabei ausstieß, waren eindeutig eine Drohung.

König Abrandir und seine Begleiter erreichten schließlich einen Empfangsraum. Außer dem König und seiner Gemahlin, dem Namenlosen Renegaten, Meister Thondaril und Zog Yaal gehörte auch Lendaris, der Steuermann, dazu, der in die Pläne des Caladran-Herrschers offenbar sehr viel weitergehender eingeweiht war, als Gorian zunächst vermutet hatte.

Gorian führte Sheera am Arm. Sie schien im Augenblick nicht in der Lage, etwas zu sagen oder auch nur einen vernünftigen Gedanken zu formulieren. Sie blieb in jeder Hinsicht stumm, geistig und sprachlich.

Torbas registrierte dies alles mit unbewegtem Gesicht.

»Es wird alles gelingen«, sagte er auf einmal, und genau in diesem Moment ging ein Ruck durch Sheeras Körper, und sie sah auf. Zwischen den blicklosen, von Schwärze erfüllten Augenpaaren der beiden schien für einen kurzen Moment eine Kraft wirksam zu werden, die sie aneinander band.

»Seid gegrüßt, mein König!« Ein Caladran, der das Amulett des Statthalters von Pela trug, ging auf Abrandir zu und verneigte sich tief.

»Bringt uns zum Spiegel«, forderte Abrandir »Wir haben keine Zeit zu verlieren.«

»Sehr wohl, mein König«, antwortete der Statthalter von Pela.

Er führte sie zum nächsten Schacht. An den Zauber der Gewichtslosigkeit hatte sich inzwischen selbst Zog Yaal gewöhnt. Allerdings trug er, seit er diese Caladran-Magie kennengelernt hatte, stets eine aufgewickelte Seilschlange wie eine Schärpe um den Oberkörper, damit er ihr im Notfall den Befehl geben konnte, sich auszurollen und an der nächsten Wand zu befestigen. »Sicher ist sicher«, hatte er dazu gesagt, als Meister Thondaril ihn darauf angesprochen hatte. »Ich mag es eben nicht, der Spielball fremder Magie zu sein.«

Über die Schächte, die den Stadtbaum von Pela durchzogen wie Venen einen Körper, gelangten sie auf jene höchste Astgabelung, wo der Hohlspiegel stand.

Ein magischer Schirm wölbte sich über den Platz, hielt die Auswirkungen von Wind und Wetter fern und erschwerte es zudem, den Hohlspiegel aus der Ferne zu erspähen. Nur jemandem mit der magischen Begabung eines Meister Shabran war es möglich, ihn aus der Entfernung heraus überhaupt auszumachen.

Der Spiegel befand sich auf einem Turm, der in der Mitte

des Gabelungsplatzes aufragte und einen vollkommenen Bruch mit der fließenden, organisch wirkenden Architektur der Caladran darstellte. Denn anders als die astähnlichen Fortsätze des Stadtbaums wirkte er nicht wie aus dem Stein herausgewachsen; es war auf den ersten Blick zu erkennen, dass er auf andere Weise entstanden war, errichtet von anderen Baumeistern, die vergleichsweise grob vorgegangen waren und deren Fähigkeiten mit Sicherheit weit hinter denen zurückstanden, die die Stadtbäume geschaffen hatten.

Sogleich forschte Gorian in den Erinnerungen aus dem Reich des Geistes nach dem Grund dafür, aber er fand nichts.

König Abrandir schien seine Gedanken zu erahnen. Er lächelte wissend und erklärte: »Es waren Menschen und Oger, die diesen Turm erbauten.«

Gorian trat an das Gemäuer heran und berührte es. »Damit möglichst wenig davon ins Reich des Geistes dringt.«

»So ist es. Die Bauten der Baumeister Mituliens gelten bei Eurem Volk als filigran. Vergleicht man sie mit den primitiven Hütten, in denen der Großteil der Menschen haust, mag das sogar stimmen. Und immerhin sind ihre Bauwerke einigermaßen stabil, und im Gegensatz zu unseren Stadtbäumen wurde dieser Turm nicht für die Ewigkeit, sondern nur für diesen Augenblick errichtet.«

Gorian sah den Caladran-König an. »Ihr verfolgt Euren Plan offenbar schon länger, als ich bisher ahnte, und das mit vorausschauender Konsequenz.«

Abrandir nickte, dann sagte er: »Nun folgt mir. Als Mensch dürfte es Euch keine Schwierigkeiten bereiten, die Stufen einer Treppe zu erklimmen, während wir Caladran Treppen nur aus den Überlieferungen unserer Vorfahren kennen.«

»So gibt es hier keinen Zauber der Gewichtslosigkeit?«

»Nein. Und den magischen Schirm, der uns vor dem Wind schützt, werden wir gleich auflösen. Nichts soll jene Magie stören, die nun eingesetzt werden soll.«

»Was werden wir tun müssen?«

»Ihr werdet es gleich erfahren. Doch ich bin überzeugt, dass Euch vieles davon nicht überraschen wird.«

In der Ferne tauchten dunkle Schatten am dämmrigen Horizont auf.

»Himmelsschiffe!«, stellte Orawéen fest. »Es sind mindestens hundert!«

»Es werden noch mehr werden«, erklärte der Statthalter von Pela. »Ihr habt die schlechte Nachricht noch nicht erhalten?«

Orawéen wurde bleich. »Wir haben die Verbindung zum Reich des Geistes gemieden und uns vollkommen auf den Plan und seine Vorbereitung konzentriert.« Sie schluckte schwer; der Statthalter von Pela musste gar nicht aussprechen, was geschehen war. »Oh, bei den Vergessenen Göttern unserer Vorfahren ...«

»Was ist geschehen?«, mischte sich Meister Thondaril ein, der auf seinen basiliskischen Sprechstein angewiesen war, um dem Gespräch folgen zu können.

Der Statthalter von Pela wandte sich an den zweifachen Ordensmeister und erklärte mit ernstem Gesicht: »Die See nördlich von Calarien ist gefroren, und der Stadtbaum von Calar wurde von einem Gletscher niedergerissen, dessen eisiger Panzer bereits die Hälfte der Insel unter sich begräbt. Die Magie der Meeresströme versagt, stattdessen driften von Magie gelenkte Eisschollen gen Süden, auf denen Leviathane, Wollnashornreiter und andere Kreaturen befördert werden, die unsere Inseln erobern sollen.« Der Statthalter deutete auf die Himmelsschiffe. »Dies sind die Überlebenden von Calar. Die meisten von ihnen werden gleich weiter in den Süden, nach Caladrania, fliegen, denn hier haben wir nicht einmal genug Anlegeplätze für ihre Schiffe.«

Der Namenlose Renegat mischte sich ein. »Wir können von Glück sagen, wenn wir Pela lange genug halten können, um König Abrandirs Plan in die Tat umzusetzen.«

Abrandir öffnete die Tür des Turms. Dahinter war der Treppenaufgang zu sehen. »Außer mir werden nur die unmittelbar am Zauber Beteiligten zum Spiegel gehen. Falls es zu gefährlich wird, sollten sich alle anderen ins Innere des Stadtbaums zurückziehen. Niemand kann vorhersehen, wie genau die Kräfte wirken, die wir freisetzen werden, denn anders als sonst ist das Reich des Geistes kaum miteinbezogen worden, sodass die möglichen Folgen schlechter kalkulierbar sind als sonst, wenn wir Caladran unsere Magie einsetzen.« Er machte eine kurze Pause. Dann zählte er auf, wer ihm folgen sollte: »Gorian, Torbas und Ihr, Renegat!«

»Ohne meinen maskierten Begleiter wird es nicht gehen«, entgegnete der Namenlose mit unumstößlicher Entschiedenheit. »Ich habe nichts davon ins Reich des Geistes dringen lassen, darum könnt Ihr auch nichts davon wissen, mein König. Morygor hat Euren Plan bisher unterschätzt, weil er wusste, dass dieser Spiegel und dieser Turm in ihrem bisherigen Zustand kaum in der Lage sein werden, die Kraft aus den beiden Sternenschwertern so zu seinem Schattenbringer emporzusenden, wie es nötig wäre. Erst seit kurzem scheint er zu ahnen, dass er doch mehr zu befürchten hat, als er ursprünglich dachte.«

Abrandir zog die Augenbrauen hoch. »Ein Betrug an Eurem König, mit dem Ihr ein Bündnis schließen wollt!«

»Eine List in einem Krieg«, widersprach der Namenlose. »Gebt es zu, Ihr ahnt längst, wer mein maskierter Begleiter ist. Und Ihr solltet froh sein, dass er auf Eurer Seite steht und sich nicht auf Morygors geschlagen hat. Gründe, Euch und allen anderen Caladran zu schaden, hätte er wahrlich genug.«

»So sei es«, stimmte Abrandir zu, ohne auf die Andeutungen des Namenlosen weiter einzugehen. Zu dunkel war das Geheimnis des Maskierten, als dass irgendeiner der Caladran darüber länger als unbedingt nötig reden wollte. Wer sich hinter der Maske verbarg, schien König Abrandir gar nicht wissen zu wollen, und seine Gemahlin machte diese Haltung noch sehr viel deutlicher, indem sie demonstrativ den Blick abwandte.

»Und ich bestehe darauf, dass Sheera mit hinaufgeht«, stellte auch Torbas eine überraschende Forderung. »Wie Ihr schon bemerktet, werter Abrandir, sind die Kräfte, die der Spiegel bündelt, nicht bis ins Letzte kalkulierbar, und so besteht für jeden, der sich an diesem Zauber beteiligt, ein hohes Risiko. Daher möchte ich, dass eine Heilerin zugegen ist.«

»Sie ist nicht in der Verfassung, irgendeinen von euch zu heilen, sollte dies erforderlich werden«, widersprach Meister Thondaril heftig.

»Sie ist dazu eher in der Lage als irgendjemand anderes hier!«, entgegnete Torbas ungewöhnlich schroff. »Sie hat bewiesen, was sie kann!«

Ein Ruck ging durch Sheeras Körper, sie schloss für einen Moment die schwarzen Augen und sagte dann: »Es ist in Ordnung, Meister Thondaril. Ich werde mit hinaufgehen und tun, was nötig ist.«

Abrandir führte sie die enge Treppe hinauf zur Turmspitze, die einen Durchmesser von fast hundert Schritt hatte. In der Mitte befand sich der Hohlspiegel, ausgerichtet auf den Schattenbringer, der inzwischen nicht einmal mehr einen halben Lichtkranz von der Sonne sehen ließ.

Alles an dieser Apparatur bestand aus Sternenmetall, wie Gorian schnell feststellte, selbst die Halterungen und Verankerungsschienen, mit denen der Hohlspiegel im Gestein des Turms befestigt war. Vermutlich war dies die größte Ansammlung von Sternenmetall, die es auf ganz Erdenrund je gegeben hatte, und allein schon das Zusammentragen und Bearbeiten dieses Materials war eine enorme Leistung. Und ebenso, dass man dies alles zum Großteil vor dem Reich des Geistes hatte abschirmen können.

Das Metall an der Außenseite des Spiegels war von deutlich anderer Beschaffenheit als jenes, mit dem das Innere verkleidet war. Es war genau wie die Halterungen messingfarben, das Innere hingegen wirkte wie reines Silber, und jeder Lichtstrahl, der den Spiegel in dieser Welt der dauerhaften Dämmerung noch erreichte, schien darin vervielfältigt zu werden und löste somit ein helles Flimmern aus.

»Beginnen wir«, sagte der Namenlose Renegat und wandte sich an den Maskierten. »Der erste Akt gehört dir, mein Freund.«

Der Maskierte zog seine Handschuhe aus. Schon bei ihrer ersten Begegnung war Gorian aufgefallen, dass jeweils der kleine Finger eigenartig verdickt schien, als wäre er missgebildet. Nun wurde offenbar, dass der Maskierte sechsfingrige Hände hatte. Anscheinend hatte er die Handschuhe auch getragen, um dies zu verbergen.

Er kniete nieder, presste beide Hände auf den Stein und

murmelte Worte in einer Sprache, von der Gorian noch nie ein Wort gehört hatte. Selbst im Reich des Geistes der Caladran war nichts davon zu finden gewesen, und auch dem basiliskischen Sprechstein war dieses Idiom fremd.

Ein Beben durchlief im nächsten Moment den Turm. Gorian versuchte es auszubalancieren, Abrandir hielt sich an den Zinnen fest. Der Turm begann zu wachsen. Das Gestein, aus dem er geschaffen war, veränderte sich, die einzelnen Blöcke verschmolzen miteinander, die ohnehin nur sehr schmalen Fugen verschwanden, und der Turm reckte sich immer weiter empor, hinein in den dämmrigen, fast lichtlosen Himmel.

Der Maskierte stieß einen lauten, dröhnenden Ruf aus, murmelte Worte, die wie sinnlos aneinandergereihte Silben klangen, und dabei leuchteten seine Augen rot durch die Sehschlitze seiner messingfarbenen Maske.

Der Turm wuchs immer höher, und für einen Moment blendete ein bläulicher Blitz alle, die sich auf seiner Spitze befanden. Danach sahen sie über sich den freien Himmel. Sie hatten jenen magischen Wetterschirm durchdrungen, der den Platz auf der Astgabelung überspannte. Der wachsende Turm hatte ihn einfach durchstoßen, die Magie des Maskierten hatte die nötige Kraft dazu gehabt.

Immer höher wuchs der Turm und schien dabei alle Gesetze der Statik und der Schwere zu verhöhnen. Ar-Don flatterte überrascht neben der Turmspitze her, und die bisher in der Ferne lauernden dreizahnigen Fledertiere näherten sich nun neugierig, wahrten aber einen gewissen Abstand.

Eisige Winde umwehten den Hohlspiegel und alle, die sich auf der Turmspitze befanden. Die Luft wurde dünner und das Atmen schwerer. Gorian murmelte eine Stärkungsformel, die er im Haus der Heiler gelernt hatte, und fragte sich, wie hoch der Maskierte den Turm wohl noch wachsen lassen wollte.

»Nie zuvor hat ein Mensch aus dieser Höhe hinab auf Erdenrund geblickt«, sagte Torbas, während er über die Zinnen in die Tiefe sah. »So hoch fliegt kein Greifenreiter, da bin ich mir sicher!« Er lachte laut auf, während sein Atem zu Raureif gefror.

In der Ferne sah Gorian Eisschollen gen Süden treiben. Sie glichen kleinen Inseln und waren gerade groß genug, um ein oder zwei der Leviathane zu befördern, in deren Bäuchen die Horden Morygors auf ihren Einsatz in der Schlacht warteten.

Einzelne Himmelsschiffe versuchten noch nach Süden zu entkommen. Manche von ihnen waren so überladen, dass selbst die Magie der Gewichtslosigkeit sie nicht über eine gewisse Flughöhe hinaus anzuheben vermochte, und das machte sie zu leichten Angriffszielen. Orxanische Frostkrieger beschossen sie mit Katapulten und Armbrüsten, doch die Geschosse prallten an magischen Schirmen ab.

Schlimmer war es, wenn sich ein Schwarm Eiskrähen um ein Himmelsschiff gruppierte und die Vögel es mit ihren Körpern einhüllten, so wie sie es auch bei der *Hoffnung des Himmels* getan hatten. Es dauerte nicht lange, und das betroffene Himmelsschiff wurde zu einem eiförmigen Eisklumpen, den die Frostkrieger mittels mit Katapulten abgeschossenen Seilhaken zu sich heranzogen. Manchmal erlosch der Zauber der Gewichtslosigkeit auch, und das Schiff fiel in die eisige See.

»Grauenhaft«, murmelte Gorian.

»Es ist immer eine Frage, auf welcher Seite man steht«, gab Torbas zurück.

»Eine seltsame Aussage aus deinem Mund und in diesem Moment.«

Torbas lächelte. »Nur ein leicht abgewandeltes Axiom unseres Ordens, das du auch kennen solltest.«

Der Maskierte erhob sich. »Ich nehme an, die letzten Zweifel, wen Ihr vor Euch habt, sind nun beseitigt, König Abrandir.«

»Schweigt«, sage Abrandir.

»Nein!«, widersprach der Maskierte. Und nahm mit ein paar schnellen Handgriffen die Maske ab.

König Abrandir schrie auf und blickte schnell zur Seite, um sich diesem Anblick nicht auszusetzen.

Auch Gorian erschrak, als er das furchtbar entstellte Gesicht sah, das bisher unter der Maske verborgen gewesen war.

»Setzt Eure Maske wieder auf!«, bat Abrandir.

»Die Maske zeigt mein Gesicht, so wie es war, bevor mich einer Eurer Ahnen foltern und so schrecklich entstellen ließ. Lange ist es her, und Eure Vorfahren haben all das aus ihren Gedanken und ihrem Reich des Geistes zu verbannen versucht: mein Gesicht, so wie es war und wie es entstellt wurde, ebenso wie meinen Namen und dass nicht die Caladran die Stadtbäume haben wachsen lassen. An all das sollte nie wieder jemand denken. Aber nachdem ich Euch mein Gesicht gezeigt habe, wird es erneut in Eurem Reich des Geistes erscheinen, König Abrandir, und all die Erinnerungen an die Wahrheit werden an die Oberfläche kommen.«

Ein Strom intensiver Gedanken ging von dem Maskierten aus, Bilder, Eindrücke, Erinnerungen. Vieles davon kannte Gorian aus dem Reich des Geistes der Caladran, allerdings ließen die Gedanken des Maskierten manches in einem anderen Zusammenhang erscheinen oder fügten dem Mosaik der Vergangenheit einige entscheidende Steinchen hinzu.

Demnach waren die Caladran, als ihre Himmelsschiffe Ost-Erdenrund erreichten und sie die Sonnenflüchter in einem blutigen Krieg vertrieben, auch auf eine abgeschieden lebende Gemeinschaft eines magiebegabten unsterblichen Volkes gestoßen, dessen Angehörige sechs Finger an jeder Hand hatten. Seinen eigenen Legenden nach hatte dieses Volk einst ganz Erdenrund beherrscht. Aber das war so lange her, dass selbst die ältesten Legenden der Caladran-Vorfahren darüber nichts überliefert hatten.

Die Sechsfingrigen hatten sich auf die Kunst verstanden, Stein wachsen zu lassen. Sie waren es gewesen, die die Stadtbäume erschaffen hatten, wenn auch im Dienste und nach den Wünschen der Caladran.

»Verschone mich damit!«, flehte Abrandir. »Ich war noch nicht geboren, als das Schreckliche geschah!«

»*Weder Rettung noch Zukunft ohne Wahrheit!*«, entgegneten ihm die Gedanken des Maskierten mit aller Entschiedenheit. »*Die Wahrheit lässt sich im Reich des Geistes auf Dauer nicht verbergen, das wisst Ihr am besten!*«

»Die Wahrheit ist, dass in allen Stadtbäumen eine unbegründete Furcht um sich griff«, sprach nun der Namenlose. »Die Furcht vor der überlegenen Magie der Sechsfingrigen – und davor, dass man aufgrund ihrer Dienste in Abhängigkeit geraten könnte. Die Magiergilde fürchtete um ihren Einfluss, die Schamanen ebenso. Und was wäre, würden sich die Sechsfingrigen auf die Seite einer feindlichen Macht schlagen? Als dann eines der Himmelsschiffe in einem weit entfernten Gebirge eine verborgene, aus Stein gewachsene und mit Magie abgeschirmte Stadt entdeckte, kam das Gerücht eines geheimen Reiches der Sechsfingrigen auf. Furcht wurde zu Hass, der sich entlud, und die Sechsfingrigen wurden getötet. Nur einer von ihnen konnte mit knapper Not entkommen, nachdem man ihm schrecklich mitgespielt hatte.«

Sogar im Heiligen Reich erzählte man sich Legenden über die Sechsfingrigen, und Gorian wusste, dass es in der Ordensbibliothek auf Gontland einige Bände darüber gegeben hatte. Sie galten als magisch begabte Schreckensgestalten aus der Zeit, bevor sich der Glaube an den Verborgenen Gott durchgesetzt hatte. Nach der Lehre der Priesterschaft gab es eine Reihe von üblen Dämonen, die sechs Finger an jeder Hand hatten und die Menschen vom Glauben abbringen wollten. Kinder, die mit einem zusätzlichen Finger oder Zeh zur Welt kamen, waren in Thisilien und Estrigge immer schon gleich nach der Geburt getötet worden, und in vielen anderen Menschenländern herrschten ähnliche Sitten. Es war also kein Wunder, dass der Maskierte seine Hände stets verborgen gehalten hatte, denn zweifellos hätte ihm andernfalls nicht nur unter den Caladran ein schlimmes Schicksal bevorgestanden.

»Was habt Ihr damit zu tun, Renegat?«, fragte König Abrandir. »Habt Ihr Euch nicht von Eurem Volk und damit von aller Schuld losgesagt?«

Statt dass der Namenlose antwortete, ergriff der Maskierte wieder das Wort. »Er fand Hinweise auf mich in Eurem Reich des Geistes«, erklärte er. »Dort habe ich meine Spuren ebenso hinterlassen wie all die anderen meines Volkes, die ein noch schlimmeres Schicksal traf. Unauslöschlich, wie der Magier Andir es wollte. Über das Reich des Geistes nahm er Verbindung zu mir auf, und so kam ich nach Felsenburg.«

»Du musst uns noch mehr hassen als der Renegat«, war Abrandir überzeugt.

»Nein, die Zeit des Hasses ist längst vorbei«, widersprach der Maskierte. »Es ging nur darum, die Erinnerung an das Geschehene im Reich des Geistes wieder wachzurufen. Das ist nun geschehen.«

»Ja«, murmelte Abrandir düster.

Eines der dreizahnigen Fledertiere flog heran, und erst als Ar-Don ein ganzes Stück in seine Richtung vorstieß, begab sich das Monstrum wieder in sichere Entfernung.

Der Namenlose wandte sich an Gorian und Torbas. »Es wird Zeit. Tretet vor und richtet eure Schwerter auf das Sternenmetall im Hohlspiegel. Und dann sammelt alles an Alter Kraft, was ihr aufbieten könnt!«

Gorian und Torbas nahmen vor dem Hohlspiegel Aufstellung, zogen ihre Schwerter aus Sternenmetall und richteten die Spitzen von Sternenklinge und Schattenstich geradewegs auf das Zentrum der Apparatur.

Torbas' Augen waren bereits schwarz, nun füllten sich auch die Gorians mit purer Finsternis. Torbas' Züge zeigten ein triumphierendes Lächeln, Gorians Miene drückte entschlossenen Ernst aus.

Blitze zuckten um die Klingen der Sternenschwerter und schließlich aus ihren Spitzen geradewegs ins Zentrum des Spiegels. Beide murmelten dazu eine Formel, die ihnen wie selbstverständlich über die Lippen kam. Es war Caladran-Magie, die sie aus dem Reich des Geistes mitgebracht hatten.

Ein dicker Lichtstrahl schoss aus dem Spiegel hinauf zum Schattenbringer, und Gorian hatte das Gefühl, selbst als Teil dieser Kraft zu jenem Himmelskörper emporzurasen, der die Sonne verdeckte. Er meinte den Moment sogar körperlich zu spüren, da das Licht auf die öde, steinige Oberfläche des Schattenbringers traf. Für einen Moment glaubte er sogar, Morygors verzweifelten Gedankenschrei zu hören, übertragen durch seine Aura und durch das Geistreich der Caladran.

Es war vollbracht!

So dachte Gorian.

Aber das war ein Irrtum.

Denn im nächsten Moment riss Torbas sein Schwert herum und löste es aus der Verbindung mit dem Spiegel. Der Lichtstrahl, der zum Schattenbringer emporschoss, wurde daraufhin merklich schwächer.

Torbas' Gesicht hatte sich zu einer grimassenhaften Fratze verzerrt, während er mit dem noch blitzumflorten Schattenstich zustieß und dabei geradewegs auf Gorians Herz zielte.

Da aber griff der Maskierte ein, riss sein Breitschwert hervor und lenkte Torbas' Stoß ab. Es zischte, als sich beide Klingen berührten.

Torbas wirbelte blitzschnell herum, und noch während sich die Klinge des Maskierten in eine Flamme verwandelte, schlug er dem geheimnisvollen Mann aus dem Volk der Sechsfingrigen den Kopf ab.

Der maskierte Schädel rollte über den Boden, sein noch schwankender Körper ließ das Flammenschwert sinken, und das Blut schoss in Schüben aus dem Halsstumpf.

Der Namenlose Renegat hob die Hände, murmelte den Anfang einer Formel. Weiter kam er nicht, denn Torbas riss das Flammenschwert des Maskierten mit nur einer Handbewegung empor und ließ die Flamme hervorschießen, die den Namenlosen erfasste und ihn innerhalb eines Augenblicks zu Asche verbrannte.

Der Strahl zum Schattenbringer drohte abzureißen. Gorian spürte, dass seine Kräfte nicht ausreichten, ihn allein aufrechtzuerhalten.

In diesem Moment stürzte Ar-Don herbei. Mit ausholenden Bewegungen seiner gewaltigen Flügel schwebte er in den Strahl, ließ sich von ihm erfassen und davontragen, wobei sein Körper aufglühte wie ein Stück Sternengestein, das vom Himmel fiel, nur dass die Reise in diesem Fall in die umgekehrte Richtung ging.

Der glühende Gesteinsbrocken, zu dem Ar-Don verschmolz, schoss mit dem schwächer werdenden Strahl empor in Richtung des Schattenbringers. Als der Lichtstrahl im nächsten Moment abriss, sah man Ar-Don wie einen Stern über den Himmel schießen.

»*Viel Kraft für weite Reise ...*« Dieser Gedanke erreichte Gorian noch. »*Viel Stoff gesammelt ... Wird verglühen und im Feuer aufgehen ...*«

Wieder griff Torbas an, und Gorian musste seinem Schwertstreich ausweichen. Ganz knapp nur verfehlte Schattenstich seinen Kopf, und die Klinge prallte gegen das Sternenmetall des Hohlspiegels. Den nächsten Hieb parierte Gorian mit seinem Schwert, aber Torbas riss seine Klinge immer wieder blitzschnell herum und trieb Gorian mit einer Anzahl sehr rasch aufeinanderfolgender Schläge zurück.

»Ich bin das Element des Chaos, und das erweist sich nun mehr als je zuvor!«, schrie er, während er den Griff seines Schwertes mit beiden Händen umfasste, um einen neuen Angriff zu starten.

»Torbas!«, rief Gorian. »Du bist nicht du selbst!«

»Vielleicht bin ich das jetzt mehr, als ich es jemals war!«, entgegnete dieser.

»Es ist Morygors Einfluss, der dich so handeln lässt!«

»Ich habe mich verändert, Gorian. Es begann schon, als wir zum Speerstein von Orxanor flogen und so tief ins Frostreich eindrangen.«

Abrandir zog sein Schwert und wollte in den Kampf eingreifen, doch Torbas richtete eine Hand auf ihn, woraufhin der Caladran-König zurückgeschleudert wurde und mit einer Wucht gegen die Zinnen prallte, die kein Mensch überlebt hätte. Eine caladranische Magieformel murmelnd sank er am Mauerwerk zu Boden.

»Haltet Euch heraus, Caladran-König!«, rief Torbas. »Ich würde Euch ungern töten, denn Morygor legt großen Wert darauf, dass alles, was hier geschieht, Eingang ins Reich des Geistes findet, und das wird über Eure Augen zweifellos der Fall sein!«

Er schien geradezu vor Kraft zu bersten. Ein Teil der Magie, die durch den Hohlspiegel hätte gebündelt und auf den Schattenbringer hätte einwirken sollen, war offensichtlich in ihn zurückgeflossen.

Und Morygors Aura war mit ihm. Er war nun sein Geschöpf, und so wirkte diese Aura kraftspendend und nicht lähmend auf ihn.

Sheera stand reglos da. Starr war ihr Blick hinauf zum Schattenbringer gerichtet, so als hätte nichts von dem, was sich in den letzten Augenblicken auf der Turmspitze ereignet hatte, ihre Aufmerksamkeit erregen können.

»Das, was ich gerade über mich gesagt habe, gilt übrigens auch für sie«, erklärte Torbas.

»Nein!«, stieß Gorian entsetzt hervor, obgleich er die schreckliche Wahrheit in Torbas' Worten spürte.

»Würde ich ihr befehlen, dich zu töten, würde sie das ohne Zögern tun, glaub es mir!«

Es folgte eine dichte Abfolge weiterer Schwerthiebe. Sternenklinge und Schattenstich prallten Funken sprühend und von Blitzen umflort aufeinander, und Torbas trieb Gorian dabei vor sich her.

Auf einmal hielt der Thiskarener inne, und wieder umspielte ein hartes Lächeln seine Mundwinkel. »Im Schwertkampf habe ich dich schon mal besiegt, aber was die Magie anbelangt, warst du mir stets überlegen – bis zu dem Moment, da du mich ins Reich des Geistes geführt hast. Jetzt sind wir ebenbürtig. In jeder Hinsicht.«

Erneut griff er an. Hieb um Hieb prasselte auf Gorian ein. Er konnte zwar jeden dieser Schläge gerade noch parieren, so schnell und hart sie auch ausgeführt wurden, trotzdem wurde Torbas' Überlegenheit mehr als deutlich. Nur die Voraussicht nach Art der Schwertmeister bewahrte Gorian bisher vor dem sicheren Ende, doch zu einem Gegenangriff kam er nicht. Vielleicht hemmte ihn auch irgendetwas, mit der notwendigen Kompromisslosigkeit gegen Torbas vorzugehen.

Schließlich stieß er mit dem Rücken gegen die Brustwehr, die den Turm begrenzte.

Da hielt Torbas noch einmal inne. »Es scheint, als hätten wir zu oft gegeneinander gekämpft«, sagte er. »Wir kennen uns zu gut, wissen, was der andere tun wird, ahnen voraus, was geschieht.« Er schüttelte den Kopf, ohne Gorian dabei aus den Augen zu lassen. »Aber kann nicht das Element des Chaos jedes Gleichgewicht außer Kraft setzen? Ich sollte mich mehr darauf besinnen.«

Schattenstich noch immer mit beiden Händen haltend, holte er zu einem fürchterlichen Schlag aus, auf dessen Abwehr sich Gorian sogleich vorbereitete. Torbas' Kampfschrei jedoch bestand aus einer caladranischen Windbeschwörung, der die Kräfte des ohnehin brausenden Höhenwinds, der schon die ganze Zeit über aus Norden blies, konzentrierte. Torbas führte seinen Schlag nicht aus, stattdessen wurde Gorian von dem magisch fokussierten Wind erfasst und über die Brüstung gerissen.

Torbas trat an die Zinnen und blickte seinem fallenden ehemaligen Mitschüler nach.

»Nie zuvor ist ein Mensch so tief gestürzt wie du, mein Freund«, höhnte er.

Er konnte Gorians Fähigkeiten gut genug abschätzen, um zu wissen, dass der einen Fall aus dieser Höhe nicht abzufedern vermochte.

24 Torbas und Sheera

Ein Licht flammte auf der ansonsten vollkommen dunklen Oberfläche des Schattenbringers auf. *Ar-Don!*, durchfuhr es Torbas. Offenbar hatte das zwielichtige, undurchschaubare Wesen nur für diesen Moment all die Kraft und die Materie gesammelt und die grotesk vermehrte Substanz seines Körpers mit purer Magie aufgeladen. Für diesen Moment, den diese Kreatur vielleicht vorhergesehen hatte – doch wer vermochte das schon mit Bestimmtheit zu sagen?

Aber auch wenn der Gargoyle dieses magische Experiment letztlich doch noch zu einem gewissen Erfolg geführt hatte, er konnte sich nur einmal opfern.

Torbas glaubte fast körperlich zu spüren, wie der Schattenbringer in Bewegung geriet, und wenige Augenblicke später veränderte sich der Sonnenlichtkranz, wurde breiter, heller und schloss sich schließlich sogar wieder.

»*Hierher!*« Torbas streckte die Hände aus, und ein Chor durchdringender Schreie antwortete ihm. Es waren die dreizahnigen Riesenfledertiere, die wie in einer Phalanx auf den Turm zuflogen, riesenhaft, doch pfeilschnell. Sie umkreisten den Turm, bis eines der Monstren aus der Formation ausscherte und auf dem Turm landete.

Torbas wandte sich an Sheera, die noch immer in ihrer Starre gefangen war.

»Komm!«

Ein Gedanke wie ein Peitschenschlag. Sie zuckte regelrecht darunter zusammen, und ein wimmernder Laut drang ihr über die Lippen, der vielleicht ein Wort des Protestes hatte werden sollen, aber nicht mehr als das schmerzerfüllte Aufbäumen einer gefangenen Seele war, die kaum noch wusste, wer sie war, und aus der alle Klarheit der Gedanken längst verschwunden war.

Abermals ging ein Ruck durch ihren zierlichen Körper, dann gehorchte sie. Torbas half ihr auf den Rücken des Dreizahnigen und setzte sich hinter sie. Ein Gedanke genügte, damit sich das Wesen mit machtvollem Flügelschlag emporhob.

Gleich darauf stürzten sich die fünf anderen Dreizahnigen auf den Hohlspiegel, packten ihn mit ihren Pranken. Blitze zuckten aus dem Sternenmetall, aber sie konnten den Kreaturen nicht gefährlich werden, schließlich zählten die Dreizahnigen zu den Frostgöttern, und auch wenn Morygor sie zu Befehlsempfängern degradiert hatte, so waren sie in der alten Zeit vor der Schlacht am Weltentor von den Völkern des Nordens als machtvolle Herrscher verehrt worden.

Die dreizahnigen Riesenfledertiere rissen den Spiegel aus seiner Verankerung und flogen mit ihm davon, hinaus in die Weite des Meeres. Als sie das seichte Küstengewässer um die Caladranischen Inseln verlassen hatten und über der Tiefsee schwebten, ließen sie den Spiegel fallen. Funkensprühend und Bälle aus purem Licht abstoßend sank der Spiegel in die Fluten, tausendmal schwerer als jeder Stein. Konzentrische Wellen, auf denen grelle Blitze tanzten und erst nach mehr als einer caladranischen Meile verloschen, bildeten sich dort, wo der Spiegel ins Meer geschlagen war. Blasenartige Gebilde aus bläulichem und gelblichem Licht sprudelten an die Oberfläche und zerplatzten dort, man sah das magische Feuer noch über Stunden im Meer leuchten, als würde ein unterseeischer Vulkan sein Magma ausspeien. Aber je tiefer der Spiegel sank, desto schwächer wurden diese Erscheinungen.

Niemand konnte in diese schier unergründliche Tiefe gelangen, um dieses magische Werkzeug zu bergen und es ein zweites Mal gegen Morygor einzusetzen, zumal sich bald ein meilendicker Eispanzer auch über diesen Teil des Ozeans bilden würde.

Die dreizahnigen Fledertiere zogen nach Nordosten, Morygors Reich entgegen.

»Wir waren schwach«, murmelte Sheera. »Viel zu schwach …«

Es waren die ersten klaren Worte seit ihrem Aufbruch, und in ihrer Stimme lag die Trauer über das eigene Versagen.

»Nein«, widersprach Torbas. »Wir hatten die nötige Stärke, um uns auf die Seite des Siegers zu schlagen.«

Sheera schluckte. »Morygor …«

»Nur ein Narr wie Gorian könnte daran zweifeln.«

Der Stadtbaum von Pela, die Bucht, der Hafen mit den Himmelsschiffen – all das schien auf Gorian zuzurasen.

Er fiel aus einer Höhe, die die jedes bekannten Berggipfels überstieg. Der schier ins Endlose gewachsene Turm wirkte wie ein gerader, schwankender Strich, der sich von der höchsten Astgabelung des Baumes in den Himmel emporzog, aufrecht gehalten durch Magie. Aber auch Magie würde ein derartiges Bauwerk nicht auf Dauer stützen können. Es war nur eine Frage der Zeit, bis es in sich zusammenstürzen würde, zumal sein Baumeister nicht mehr existierte, um die Magie zu erneuern.

Abgesehen davon wirkten mächtige Kräfte darauf ein. Magische Kräfte, allen voran die stärker werdende Aura Morygors und die kalten Frostwinde, die er von den Frostgöttern nach Süden schicken ließ. Spätestens das Eis würde alles niederwalzen und einknicken wie Grashalme, die man niedertrat. Den Turm und den Stadtbaum gleich mit. Nichts würde dieser Urgewalt widerstehen.

Gorian fühlte sich wie betäubt. Seine Hand umklammerte noch immer den Griff von Sternenklinge, obwohl ihn die Waffe nicht davor bewahren würde, am Boden zerschmettert zu werden. Einen solchen Fall konnte niemand so abbremsen, dass er ihn überlebte. Zumindest nicht, wenn man einen vergleichsweise empfindlichen menschlichen Körper hatte. Für Gargoyles mochten andere Gesetze gelten.

Die Gedanken rasten in Gorian, während sich die Zeit zu dehnen schien. Sollte das, was er als seine Bestimmung angesehen hatte, bereits sein Ende gefunden haben? Sollte die letzte Begegnung mit Morygor niemals stattfinden und er nie dessen Schicksalslinie kreuzen?

Wenn dem so war, hatte Morygor gesiegt.

Und das vermutlich endgültig.

Erdenrund würde ein einziges Reich der Kälte werden, von den Polen bis zum Äquator mit Eis bedeckt. Selbst entfernte, unbekannte Länder würden unter der sich ausbreitenden Kälte untergehen, noch bevor die dort lebenden Wesen auch nur ahnten, welche Macht für ihre Vernichtung verantwortlich war.

Gorian dachte an Sheera, seine Seelenverwandte, deren Gedanken nicht mehr zu ihm sprachen. Aber für einen Moment war ihm, als ob er durch ihre Augen blickte. Er sah aus ihrer Perspektive von einem weißen Riesenfledertier hinab, dessen Flügel ruhig in der Luft standen, blickte kurz zurück zu dem nadelartig in den Himmel ragenden Turm und sah aus den Augenwinkeln das schattenhafte Profil von Torbas' Gesicht.

»Warum folgst du ihm?«, dachte er – aber es gab keinerlei Anzeichen dafür, dass sein Gedanke sie erreichte.

Er hatte Torbas für einen Freund gehalten. Seinen Zwilling im Geiste, dem er Schattenstich überlassen hatte.

Als er das Feuer auf dem Schattenbringer aufblitzen sah, dachte er an Ar-Don. Wer hätte gedacht, dass sich ausgerechnet der Gargoyle als Gorians treuester Gefährte erweisen würde, zumal er doch einst gekommen war, um Gorian zu töten. Ausgerechnet er …

Er sah sein Leben wie im Flug an sich vorüberziehen. All die Erinnerungen, die mit jenem Moment begannen, da er im Boot seines Vaters in der Bucht von Thisilien erwacht war. Und noch einmal sah er vor seinem geistigen Auge, wie Nhorich, sein Vater, von den Frostkriegern erschlagen worden war.

Sollte all das umsonst gewesen sein?

Nein!

Der Moment der Agonie ging vorüber, und wie ein Fanal durchschoss Gorian die Erkenntnis, dass es nur eine Möglichkeit gab, am Leben zu bleiben.

Die Schattenpfade!

Er hatte die Ausbildung im Haus der Schattenmeister begonnen, aber in den Wochen vor dem Fall der Ordensburg hatte kein geordneter Unterricht mehr stattfinden können. So gut wie alle Schattenmeister waren für den Kampf gegen Morygors Horden oder für Kundschafterdienste im Frostreich abgezogen worden, und so hatte Gorian im Wesentlichen nur theoretisches Wissen über die Schattenpfadgängerei erlangt. Bis auf kurze unfreiwillige Aufenthalte im

Zwischenreich der Schattenpfade, wie etwa während seines Kampfes gegen den Totenalb im Palast des Greifenreiter-Königs.

Die Gefahr, in den Zwischenwelten zu stranden, war immens groß. Wenn ihm das widerfuhr, gab es kaum noch Rettung. Im schlimmsten Fall würde er sich auf einer Welt wiederfinden, auf der er fortan vollkommen allein existieren würde, bar jeden Sinneseindrucks und jeden Voranschreitens der Zeit, eine Ewigkeit gefangen in den eigenen Gedanken eines einzigen Moments. Konnte man sich eine furchtbarere Folter vorstellen? Selbst der Tod konnte nicht schlimmer sein, auch dann nicht, wenn die schrecklichsten Vorstellungen der Priesterschaft des Verborgenen Gottes über die Hölle der Wahrheit entsprachen.

Als Gorian die Dreizahnigen davonfliegen sah – auf einem von ihnen unverkennbar Sheera und Torbas –, war sein erster Gedanke, sie über die Schattenpfade zu verfolgen. Wohin sie sich auch wenden würden, er konnte sie einholen. Das Beschreiten der Schattenpfade erlaubte schließlich, die entferntesten Orte ohne nennenswerten Zeitverlust zu erreichen. Und in diesem Moment wäre es ihm auch gleichgültig gewesen, wenn er dafür so viel Kraft hätte aufwenden müssen, dass er dadurch zum vorzeitig gealterten Greis wurde.

Aber dann entschied er sich dagegen. Eine lange Strecke im Zwischenreich der Schattenpfade zurückzulegen barg ein zu großes Risiko, und selbst eine kurze Entfernung auf diese Weise zu überwinden konnte ihm schon zum Verhängnis werden. Und wenn er sein Ziel nicht erreichte, half er damit niemandem.

So wählte er ein anderes.

Er sammelte die Alte Kraft in sich und murmelte in Gedanken eine unterstützende Formel der Schattenmeister.

Kurz bevor sein Körper auf den felsigen Berghängen in der Nähe des Stadtbaums von Pela aufschlug, verwandelte er sich in einen schwarzen Rauchwirbel …

… und erreichte dann den Hafen von Pela. Über einem der Himmelsschiffe verstofflichte er wieder, stolperte aus Hüfthöhe ungeschickt zu Boden und schlug hart auf den Planken auf, denn er hatte nicht daran gedacht, diesen letzten kleinen Fall magisch abzumildern. Sternenklinge entglitt seiner Hand und rutschte ein Stück über das Deck.

Auf die Schattenmeisterwürde musste er wohl noch etwas warten.

Er streckte die Hand aus, und das Schwert kehrte zu ihm zurück. Dann besann er sich auf das, was er im Reich des Geistes gelernt hatte. Dort war er schon einmal mit einem Himmelsschiff geflogen, wenn auch nur in Gedanken.

Aber der Unterschied konnte so groß nicht sein. Alles, was notwendig war, um dieses Schiff sich in die Lüfte erheben zu lassen und den dreizahnigen Riesenfledertieren zu folgen, wusste er.

Er ging zum Heck, zerschlug die Taue aus feinstem Caladran-Seil mit ein paar Schwerthieben, eilte dann zum Bug und machte das Schiff auch dort frei.

Es trug den Namen *Sonnenbarke von Pela*, wie die Caladran-Runen verrieten, die die Aufbauten weithin zierten. Allerdings hatte das Schiff nicht einmal ein Drittel der Länge, die das Flaggschiff des Königs auszeichnete.

Die *Sonnenbarke von Pela* setzte sich in Bewegung, ohne dass sich das Segel rührte. Gorian spürte die metamagischen Winde. Und er spürte auch all die Möglichkeiten des Schiffes, die sich durch einen puren, auf die richtige Weise formulierten Gedanken in Gang setzen ließen.

Das Schiff trieb auf die Einfahrt des Hafens zu, dann ließ

er es schneller fahren, und es durchpflügte die hohen Wellen in der Bucht von Pela, ehe es sich schließlich aus dem Wasser erhob. Ein Ruck ging durch die *Sonnenbarke*, als Gorian noch einmal die Geschwindigkeit erhöhte und dafür sorgte, dass die metamagischen Winde das Gefährt vorantrieben.

Vielleicht war das etwas zu schnell, denn die Umgebung begann zu verschwimmen. Selbst der noch relativ nahe Stadtbaum von Pela war nur noch als verwaschene, gebogene Kontur wahrzunehmen, wie ein Zerrbild seiner selbst.

Er durfte nicht außer Acht lassen, dass er ein Anfänger war und ihm die Magie der Caladran noch viele ungelöste Rätsel aufgab. Gleichzeitig entsann er sich all der Warnungen im Zusammenhang mit den Himmelsschiffen und den metamagischen Winden. Es bedurfte eines starken Geistes, um nicht ungewollt allein in einer eigenen metamagischen Raumzeit zu enden.

Die Umgebung verformte sich noch stärker, während Gorian zusätzliche Kräfte zu sammeln versuchte. Seine Augen waren mittlerweile permanent von Schwärze erfüllt. Er drosselte die Geschwindigkeit ein wenig, und die Formen der Umgebung wurden wieder klarer und vertrauter, waren nicht mehr verzerrt.

»*Es sind nicht deine eigenen Kräfte, die dieses Schiff vorantreiben, sondern die metamagischen Winde und Schwingungen*«, hörte er eine Gedankenstimme in sich, die geradewegs aus dem Reich des Geistes zu kommen schien. »*Du bestimmst nur, wie sehr du ihnen das Schiff überantwortest. Also verhalte dich nicht wie ein Koggenkapitän, der selbst den Wind zu blasen versucht, anstatt ihn zu erwarten und die Segel nach ihm auszurichten!*«

Es war die Gedankenstimme des Namenlosen Renegaten. Dort, wo alle Gedanken und Erinnerungen der Caladran aufgehoben waren, würden wohl auch die seinen für alle Zeiten bewahrt bleiben. Mochte er sich auch noch so sehr von seinem Volk losgesagt haben, die Spuren, die er im Reich des Geistes hinterlassen hatte, waren unauslöschlich.

Und so achtete Gorian mehr auf die metamagischen Strömungen und versuchte, ihre Kraft zu nutzen, statt seine eigene zu verschwenden.

Das Schiff gewann überraschenderweise an Fahrt, während es Gorian plötzlich sehr viel leichter fiel, es unter seiner Kontrolle zu halten. Es dauerte nicht lange, und er gewann beinahe dieselbe Leichtigkeit im Umgang damit, wie er sie bereits während der Fahrt mit Torbas im Reich des Geistes empfunden hatte.

Den eisigen Wind, der ihm entgegenwehte, milderte er mittels eines leichten magischen Schirms, der sich durch einen einfachen Gedanken über das Schiff wölben ließ. Den Zauber, der dazu nötig war, brauchte der gegenwärtige Steuermann der *Sonnenbarke von Pela* keineswegs selbst zu wirken, er war vielmehr schon da und musste nur noch in Kraft gesetzt werden.

Ein gleißendes Licht ließ ihn den Blick wenden, und er sah zum Schattenbringer, um den sich der Sonnenkranz noch einmal deutlich vergrößert hatte. Das dunkle Gestirn hatte sich zweifellos in Bewegung gesetzt, und erstmals seit längerer Zeit brach die Dämmerung sichtbar auf. So viel Helligkeit hatte es lange nicht gegeben. Man konnte fast meinen, dass ein neuer Tag anbrach.

Der Schattenbringer gab stetig ein bisschen mehr von der Sonne frei. Aber Gorian gab sich keinen Illusionen hin. Die Kraft, die den finsteren Himmelskörper in Bewegung versetzt hatte, würde längst nicht ausreichen, um ihn gänzlich von der Sonne wegzuschieben. Sie würde erlahmen, und dann gewannen wieder jene dunklen Kräfte die Überhand, die Morygor einsetzte, um die Welt zu verderben. Das Pendel würde zurückschwingen und die Finsternis danach tiefer sein als zuvor.

Und auch die Hoffnungslosigkeit …

Meister Thondaril meldete sich über das Handlicht.

Es war nicht das erste Mal, dass der zweifache Ordensmeister versuchte, Gorian seit seinem plötzlichen Aufbruch aus dem Hafen von Pela zu erreichen. Diesen hatte Thondaril ebenso verfolgt wie zuvor den schrecklichen Sturz und die Flucht von Torbas und Sheera.

Aber zunächst hatte sein ehemaliger Schüler seine Versuche ignoriert, mit ihm in Verbindung zu treten, um sich voll auf die Lenkung des Himmelsschiffs konzentrieren zu können; das hatte seine Aufmerksamkeit zunächst vollkommen in Beschlag genommen.

Nun endlich legte er die Handkanten gegeneinander, ließ ein Licht in seinen Händen entstehen, und das Gesicht des zweifachen Ordensmeisters erschien darin.

»Endlich, Gorian! Ich hatte schon die schlimmsten Befürchtungen …«

»Es geht mir den Umständen entsprechend«, erklärte Gorian. »Torbas hat sich auf Morygors Seite geschlagen. Und er hat Sheera in seiner Gewalt.«

»Sie waren schwach, Gorian. Jedem von uns hätte das passieren können.«

»Können, aber nicht dürfen«, erwiderte Gorian. »Meister, warum habe ich nicht bemerkt, welche Veränderungen in meinen Gefährten vor sich gingen?«

»Vielleicht hast du es und wolltest die Wahrheit nur nicht sehen. Davon will ich mich selbst nicht freisprechen.«

»Mag sein. Ich bin ihnen jetzt auf den Fersen und werde ihnen bis in die Frostfeste folgen, wenn es sein muss.«

»Kehr um, Gorian. Du begibst dich in eine Gefahr, der du noch nicht gewachsen bist.«

»Nein, das kann ich nicht«, widersprach Gorian mit Bestimmtheit.

»Verbanne die Gedanken an Torbas und Sheera aus deinem Geist. Sie werden dich nur schwächen bei den großen Herausforderungen, die dir immer noch bevorstehen.«

»Ich kann Sheera nicht einfach aufgeben. Sie ist Torbas nicht aus freien Stücken gefolgt.«

»Bist du dir sicher?«, fragte Meister Thondaril.

Die Wahrheit war, dass er sich keineswegs sicher war. Immerhin war die gedankliche Verbindung zwischen ihnen abgerissen.

»Ihr hattet von Anfang an recht, als Ihr daran gezweifelt habt, dass Torbas des Meisterrings würdig ist«, murmelte er.

Auf einmal wurde Thondarils Bild in seinen Händen undeutlich. Es verschwamm und war im nächsten Moment verschwunden.

»*Gorian?*«, klang ihm noch die Gedankenstimme seines Mentors im Kopf.

Dann riss die Verbindung vollkommen ab.

Morygors Aura, dachte Gorian. Es war ihm nicht bewusst gewesen, wie stark sie in dieser Gegend bereits war. Je tiefer er in das Frostreich eindrang, desto mehr überlagerte sie alles andere, den eigenen Willen ebenso wie jede Art von Magie, die Morygor nicht zu dulden bereit war.

Gorian versuchte mithilfe seiner magischen Sinne zu erspüren, wohin genau sich Torbas und Sheera gewandt hatte. Die grobe Richtung kannte er.

Schließlich spürte er deutlich Torbas' magische Kraft –

und die Magie der Dreizahnigen. Beides war für ihn wie eine gut sichtbare Fährte, und so war es ihm ein Leichtes, ihr zu folgen.

Unter sich sah er immer wieder Eisschollen gen Süden treiben, die bis zum Rand mit den Horden des Frostreichs besetzt waren. Sie manövrierten mit einer Leichtigkeit gegen die Strömung und dem Wind, dass es einen westreichischen Galeerenkapitän vor Neid hätte erblassen lassen.

Wo auch immer diese Horden anlanden würden, ob auf Pela, in Caladranien oder noch weiter südlich an der Küste Mituliens und des Westreichs, würden sie Angst und Schrecken verbreiten und alles zerstören, was endlose Generationenfolgen mühevoll errichtet und aufgebaut hatten.

Endlich erreichte Gorian jene weiße Grenze, die sich mitten durch den Ozean zog und an der sich der nach Süden drängende, ständig wachsende Eispanzer durch das endlose Wasserreservoir des Meeres von Ost-Erdenrund speiste. Auch das wenige Sonnenlicht, das wieder auf Erdenrund strahlte, hatte nicht dazu geführt, dass sich der Frost zurückgezogen hätte. Nicht eine Meile. Das Gegenteil war der Fall.

An der Bruchkante des Eispanzers lagerten Leviathane und Hunderttausende von Wollnashornreitern. Untote aus Orxanien, aus Torheim und von den Torlinger Inseln und aus Eisrigge formierten sich dort.

Immer wieder brachen Stücke aus dem Panzer, aber diese Brüche wurden bewusst herbeigeführt, wie Gorian erkannte. Sie waren zu gerade, zu akkurat, um nur Ergebnis blinden Zufalls oder chaotischer Spannungskräfte zu sein. Auf diesen Schollen fuhren die einzelnen Kriegsverbände gen Süden; es war der Beginn einer Reise, die mit Eroberung und Zerstörung ihren Höhepunkt finden sollte.

Gorian ließ das Himmelsschiff höher steigen. Er wollte

kein Ziel für Katapultbeschuss oder den Angriff durch einen Schwarm Eiskrähen darstellen.

Eine ganze Weile flog er die sich beständig nach Süden voranschiebende Eisgrenze entlang, dann drang er schließlich in jene weiße Wüste vor, die ehedem Meer gewesen war.

Schneegestöber behinderte seine Sicht, und er war froh, dass der magische Schirm der *Sonnenbarke von Pela* die Auswirkungen des Wetters weitgehend fernhielt.

Die Nacht brach herein.

Zum ersten Mal seit langer Zeit hatte Gorian den Unterschied wieder deutlich bemerken können. Der Schneefall hörte auf, und ein fahler, bleicher Mond stand am Himmel und leuchtete auf eine weiße Ebene hinab, die sein Licht zurückstrahlte.

Als die Sonne aufging, sah sie aus wie eine riesige Feuersichel und wirkte auf den ersten Blick wie ein unnatürlich großer und greller Mond. Es wurde so hell wie schon seit langer Zeit an keinem Morgen mehr, auch wenn noch immer einige Sterne sichtbar blieben.

Ein trügerisches Zeichen der Hoffnung, dachte Gorian. Aber vielleicht machte es dem einen oder anderen Mut, der nun in Gryphland oder in den südlichen Herzogtümern des Heiligen Reichs darüber nachdachte, sich gegen Morygors Macht zu stemmen.

Im Morgengrauen holte Gorian die dreizahnigen Riesenfledertiere ein. Sie schwebten über schneebedeckte Anhöhen und Gebilde, bei denen es sich womöglich um die Turmspitzen hoher Gebäude handelte.

Das musste die Torlinger Stadt sein. Gorian erinnerte sich der präzisen Darstellungen auf König Abrandirs Globus.

Vor kurzem noch war die Torlinger Stadt ein großer Seehafen und Zentrum des Handels im nördlichen Meer von Ost-Erdenrund gewesen, nun war sie begraben unter einer dicken Schicht aus Eis und Schnee. Immerhin waren wieder Konturen in der Landschaft zu erkennen, und so gab es etwas Abwechslung in der weißen Einöde.

Gorian spürte die Wirkung von Morygors Aura. Aber sie beeinträchtigte ihn keineswegs mehr so stark wie bei seinem ersten Vorstoß ins Frostreich, als er zum Speerstein von Orxanor gelangt war. Und das, obwohl der Einfluss Morygors keineswegs schwächer geworden war, sondern sich ganz im Gegenteil noch erheblich weiter ausgedehnt hatte.

Gorian beschleunigte das Schiff.

Sheera!, dachte er und versuchte alle Kraft in diesen Gedanken zu legen, die er im Moment aufzubringen vermochte. Warum sollte es nicht trotz allem möglich sein, zu ihrer Seele vorzudringen? Es konnte nicht ihre freie Entscheidung sein, dass sie auf Torbas' Seite stand und zu Morygors Dienerin geworden war.

Die Dreizahnigen veränderten ihre Flugbahn. Alle bis auf jene Kreatur, auf der Torbas und Sheera saßen, flogen einen Bogen und stießen annähernd gleichzeitig auf die *Sonnenbarke von Pela* zu. Dann stürzten sich gleich drei von ihnen von oben herab auf das Himmelsschiff.

Zischend prallten sie gegen den magischen Schutzschirm, sodass es grell aufblitzte. Zwei weitere Dreizahnige krallten sich von unten an die *Sonnenbarke* und rissen sie in die Tiefe. Ein geübterer Himmelsschiff-Steuermann hätte das vielleicht rechtzeitig ausgleichen können. So aber schrammte das Schiff wenig später über das Eis, grub sich in den Schnee und blieb schließlich kurz vor den Ruinen der Torlinger Stadt stecken.

Bevor sie unter dem Schiff begraben worden wären, waren jene Dreizahnigen, die sich von unten an das Gefährt gekrallt hatten, davongeflogen. Nun stürzten sie sich wie die anderen von oben auf die *Sonnenbarke von Pela*.

Der magische Schirm schleuderte sie davon und flackerte. Die Dreizahnigen taumelten durch die Luft, aber sie gewannen sehr schnell wieder eine stabile Flugbahn. Erneut kam einer von ihnen im Sturzflug heran. Der magische Schirm war bereits über Gebühr strapaziert worden, der Zauber, der ihn aufrechterhielt, wirkte nur noch schwach.

Als der herabstürzende Dreizahnige erneut gegen den Schirm prallte, zerplatzte dieser mit einem grellen blauen Blitz. Gorian stieß einen Kraftschrei aus und stieß den Strahl von Sternenklinge in den Körper des Monstrums. Zischend übertrug sich die angesammelte Kraft auf den Dreizahnigen. Blitze wanderten die Klinge entlang, das Riesenfledertier stieß einen röchelnden Laut aus und stob davon, taumelte durch die Luft und fiel zuckend zu Boden, krachte auf das Eis und blieb reglos liegen.

Die anderen Dreizahnigen waren daraufhin vorsichtiger. Sie kreisten etwas höher um Gorian und die *Sonnenbarke von Pela*. Dann wagte wieder einer einen Vorstoß, und Gorian schleuderte ihm seinen Dolch Rächer entgegen, der ihn genau zwischen die Augen traf. Die Klinge aus Sternenmetall bohrte sich in den Schädel des weißen Riesenfledertiers, das daraufhin gegen eine der Turmspitzen rammte, die noch aus dem Eis ragten. Das Mauerwerk bröckelte, die Turmspitze brach mitsamt dem massigen Körper des Dreizahnigen seitwärts und wurde umgerissen.

Gorian streckte die Hand aus, und der Dolch kehrte zu ihm zurück.

»Wo bist du, Torbas? Du wirst nicht damit gerechnet haben,

mich noch einmal lebend zu sehen! Was wird dein Herr sagen,
wenn du vor ihn trittst, ohne seinen Auftrag erledigt zu haben?
Du wirst mich hier und jetzt töten müssen, wenn du nicht in Un-
gnade fallen willst!«

Es dauerte nicht lange, da kehrte jener Dreizahnige, auf
dem Sheera und Torbas ritten, zurück und landete kaum
fünfzig Schritt von dem im Eis gestrandeten Himmelsschiff
entfernt.

Mit einem Gedanken, der so mächtig war, dass auch
Gorian ihn mitbekam, scheuchte Torbas die anderen Dreizahnigen davon. Sie reagierten erst etwas ungläubig, doch
dann flogen sie tatsächlich fort.

Torbas stieg von seinem Reittier, während Sheera dort
sitzen blieb, reglos, mit starrem Gesicht und von Finsternis
erfüllten Augen.

Torbas ging auf das gestrandete Himmelsschiff zu, Schattenstich mit beiden Händen umfassend, und Gorian sprang
über die Reling der *Sonnenbarke*.

In einem Abstand von kaum fünf Schritten blieben sie
stehen. Gorian hatte Rächer eingesteckt, denn so leicht wie
ein Dreizahniger war ein Schwertmeister mit einer solchen
Waffe nicht zu besiegen.

Und noch mehr galt dies für einen Schwertmeister, der im
Reich des Geistes der Caladran gewesen war und dort sein
magisches Wissen noch in einer Weise vervielfältigt hatte,
wie es in der Vergangenheit keinem Meister des Ordens
möglich gewesen war.

»Ich habe dich schon einmal besiegt und werde es wieder
tun«, sagte Torbas. »Die Dinge geschehen, wie sie geschehen, und Morygor bestimmt das Schicksal und die Gestirne.
Sieh zum Himmel, sieh zur Sichel der Sonne, und benutze

dabei deine Augen so, wie es die Caladran tun und wie es auch dir möglich ist, seit du im Reich des Geistes warst. Dann erkennst du, dass die Sichel bereits wieder schmaler wird und der Schattenbringer die Sonne langsam, aber unaufhaltsam verlöschen lässt. Morygor ist sehr großzügig, bedauerlicherweise aber nicht dir gegenüber. Sheera und mir steht der Weg frei, uns auf die Seite dessen zu stellen, der eine neue Welt schaffen wird. Dir aber ist dieser Weg verwehrt. Für dich gibt es – früher oder später – nur den Tod und das ewige Vergessen.«

»Das werden wir sehen«, murmelte Gorian.

»Nein, es steht schon fest!«

Dann griff Torbas an. Eine Folge wilder Schläge prasselte auf Gorian ein, so blitzschnell, dass sie auch für jemanden, der die Kunst der Voraussicht beherrschte, gefährlich waren. Gorian musste zurückweichen, und Torbas trieb ihn fast ein Dutzend Schritte vor sich her.

Auf einmal aber hielt er inne. Ein kaltes Lächeln spielte um seine dünn gewordenen Lippen. »Die Aura Morygors verleiht mir ungeahnte Kräfte, aber deine werden dadurch geschwächt. Insofern hast du einen guten Ort gewählt, um diesen Kampf zu verlieren.«

Erneut griff er an, und in seinen Schwerthieben lag eine unbändige Wut, die ihnen noch zusätzliche Energie verlieh. Sternenmetall schlug auf Sternenmetall, Funken sprühten, Blitze zuckten die Klingen entlang und sprangen von einer Waffe zur anderen.

Gorian parierte die Hiebe und ging dann selbst zum Angriff über. Mit aller Macht schlug er zu, aber so rasch er seine Hiebe auch aufeinander folgen ließ, Torbas wehrte sie alle scheinbar mühelos ab. Immerhin gelang es Gorian, seinen Gegner einige Schritte zurückzutreiben, ehe dieser wieder die Oberhand gewann. Ein mörderischer Hieb sauste dicht über Gorians Kopf hinweg; er hatte sich im letzten Augenblick ducken können. Er stieß mit Sternenklinge zu, aber Torbas wich mit einer unglaublichen Leichtigkeit aus und schlug Gorians Klinge mit Schattenstich einfach zur Seite.

»Du kannst mich nicht besiegen, Gorian. Du wirst gegen mich verlieren, weil du gegen mich einfach nicht gewinnen kannst. Die entsprechende Schicksalslinie wurde durch die letzten Ereignisse festgelegt!«

Gorian empfand auf einmal die schreckliche Gewissheit, dass Torbas recht hatte. Erneut trieb dieser ihn vor sich her, drängte ihn Schritt für Schritt zurück. Gorian konnte die überlegene Kraft seines Gegners deutlich spüren. Es folgte Schlag auf Schlag …

… und dann stieß Torbas einen Kraftschrei aus, wie Gorian ihn noch nie gehört hatte. Schattenstich glühte auf, und dieses Glühen sprang innerhalb eines Augenaufschlags auf Sternenklinge über, raste über den Griff in Gorians Hände, und ein höllischer Schmerz stieß von dort aus über Arme und Schultern in seinen gesamten Körper.

Ein Bild erschien in diesem Moment vor seinem inneren Auge. Er sah Nhorich, seinen Vater, als er die Schwerter Sternenklinge und Schattenstich schmiedete, damals, in jener Nacht, als das Sternenerz vom Himmel fiel und zwei Jungen mit besonderer Begabung geboren wurden.

Gorian schrie auf. Er hatte das Gefühl, seine Hände und Arme würden verbrennen. Verzweifelt versuchte er, das Schwert zu halten, aber es gelang ihm nicht; die Wucht eines zweiten Hiebes riss es ihm aus den Händen, schleuderte es hoch empor, wo es noch einmal aufglühte, um dann mehr als dreißig Schritte entfernt mit der Spitze in einen Eisblock zu fahren, wo es zischend stecken blieb.

Gorian riss Rächer heraus, schleuderte ihn auf Torbas, einen Kraftschrei auf den Lippen, doch der wehrte den Dolch mit Schattenstich ab.

Torbas' schwarze Augen veränderten sich. Sie wirkten auf einmal, als wären sie von flüssiger Lava erfüllt. Er streckte die Hand aus, stieß erneut einen Schrei aus, und im nächsten Moment wurde Gorian zu Boden geschleudert und gegen das Eis gepresst. Er versuchte sich zu befreien, aber unsichtbare Fesseln banden ihn. Auch Rächer oder Sternenklinge konnte er auf einmal nicht mehr zu sich rufen.

Eine lähmende Macht drückte ihn zu Boden wie eine Grabplatte aus schwerem Blei. Ausgestreckt lag er auf dem Eis, hilflos, magisch gefesselt und nahezu kraftlos.

Torbas näherte sich.

»Es wird Zeit, dass auch du den Moment vollkommener Schwäche erlebst«, wisperte eine Gedankenstimme, bei der sich Gorian nicht sicher war, ob sie wirklich Torbas gehörte oder jemand anderes ihm die Worte sandte, vielleicht sogar Morygor selbst.

Torbas streckte die Linke aus, und Sternenklinge wurde wie von einer unsichtbaren Hand aus dem Eis gerissen, schwebte durch die Luft, wirbelte um den Schwerpunkt und landete schließlich in Torbas' zuschnappenden Fingern.

»Zwei Schwerter, endlich wieder vereint. Aber sie haben keine Bedeutung mehr, denn niemand wird den Spiegel aus der Tiefsee bergen können, um noch einmal zu versuchen, das dunkle Gestirn zu bewegen. Niemand!«

Torbas lachte auf und trat mit beiden Schwertern in den Händen auf den hilflos daliegenden Gorian zu.

»Du wunderst dich darüber, welche Kraft dich zu Boden zwingt und dich lähmt? Es ist zum größten Teil deine eigene, die ich gegen dich gewandt habe. Eine interessante Art von

Magie haben die Caladran in ihrem Reich des Geistes bewahrt. Eine Magie, die fast gänzlich ohne eigene Kraft auskommt, wenn man sie richtig anwendet.« Er lachte wieder.

Dann stand er über Gorian, der inzwischen eingesehen hatte, dass es sinnlos war, sich von den unsichtbaren Fesseln befreien zu wollen. Sie drückten ihn nur noch ärger zu Boden, je mehr er sich dagegen auflehnte.

»Torbas, warum tust du das? Wie konntest du mich so verraten? Ich habe dir vertraut!«

»Ich dir nie. Wer in den Straßen von Thiskaren aufgewachsen ist, traut niemandem«, gab Torbas kühl zurück. Er wandte sich halb herum. »Komm her, Sheera!«, rief er. »Sofort! Jetzt ist der Augenblick gekommen, da du beweisen kannst, dass du Morygors Gunst wirklich verdienst!«

Sheera stieg zögernd und mit ruckartigen, seltsam ungelenken Bewegungen vom Rücken des weißen dreizahnigen Riesenfledertiers. Langsam näherte sie sich. Ihre Schritte waren klein und unsicher, die dunklen Augen weit aufgerissen und wirkten aus der Entfernung wie die leeren Höhlen eines Totenschädels. Sie war bleich und zitterte leicht.

Torbas trat einen Schritt zur Seite und warf ihr Sternenklinge zu. Sie hob die Hand und fing die Waffe sicher auf.

»Töte ihn«, verlangte Torbas. »Jetzt! Das wird Morygor von deiner Treue überzeugen!«

»Sheera!«, rief Gorian.

»Tu, was ich dir sage!« Torbas steckte Schattenstich in die Schwertscheide seines Waffengehänges.

Sheera trat weiter vor. Ihre Bewegungen wirkten marionettenhaft. Sie packte den Griff von Sternenklinge mit beiden Händen, hob das Schwert, als wollte sie es Gorian in die Brust rammen.

Dann wirbelte sie herum, stieß einen Kraftschrei aus und wollte Torbas den Kopf abschlagen.

Torbas hob nur seine Hand.

Sternenklinge prallte von einer unsichtbaren Wand ab, so schien es, schnellte zurück – und durchschnitt Sheeras Kehle!

Blut spritzte aus ihrer geöffneten Halsschlagader, während sie röchelnd zu Boden ging.

Torbas ließ Sternenklinge in seine Hand schweben. Sheeras Blut troff von der Klinge, die er dicht neben Gorians Kopf in das Eis rammte.

»Worauf wartest du?«, schrie Gorian entsetzt. »Töte mich!«

»Ich habe dich schon besiegt.«

»Dann mach ein Ende!«

»Es ist mir nicht mehr bestimmt, dich zu töten, wie auch dir nicht mehr bestimmt ist, Morygors Schicksalslinie zu beenden. Was auf dem Turm geschah, hat alles verändert. Das Schicksal ganz Erdenrunds ist nicht mehr dasselbe. Auf dem Turm hätte ich dich töten sollen – hier nicht.«

»Hat Morygor dir seine Voraussicht der Schicksalslinien offenbart?«, fragte Gorian ächzend.

Torbas verzog das Gesicht zu einem kalten Lächeln. »Er fürchtet dich nicht mehr, denn er weiß, dass von dir keine Gefahr mehr für ihn ausgeht. *Du* wirst Morygor nicht töten, Gorian.«

Dann wandte er sich der am Boden liegenden Sheera zu, deren Blut in den Schnee strömte und dort dampfend verrann.

»Und du – heile dich selbst!«

25 Eissturm

Torbas drehte sich um und ging zu seinem Dreizahnigen, bestieg das weiße Riesenfledertier und flog davon.

Gorian versuchte erneut, sich von den unsichtbaren magischen Fesseln zu befreien, aber er schaffte es immer noch nicht.

Er sah, wie sich der Dreizahnige mit Torbas auf dem Rücken erhob und davonflog. Schneefall setzte ein, und der Eiswind wurde stärker.

»Sheera?«, fragte er.

Als Antwort erhielt er nur ein Röcheln. Er wandte den Kopf, doch sie war zu tief in den Schnee eingesunken, als dass er viel von ihr hätte erblicken können. Er konzentrierte sich auf die magischen Fesseln, es musste eine Möglichkeit geben, sie zu sprengen. Falls nicht, würde ihn die Kälte schon bald töten, zumal offenbar ein Schneesturm aufkam.

Sheera murmelte etwas. Ob es eine magische Formel oder ein letztes Gebet zum Verborgenen Gott war, konnte Gorian nicht verstehen. Sie sprach zu verwaschen und undeutlich, sodass er allenfalls einzelne Worte mitbekam, die aber keinerlei Sinn ergaben.

Er sammelte zunächst so viel der Alten Kraft wie möglich, um sich ein weiteres Mal gegen die Fesseln zu stemmen. Vergeblich. Sie hielten ihn fester als zuvor, sein Bewegungsspielraum war noch geringer geworden. Fast so, als hätte er an einer Schlinge gezogen, die sich daraufhin noch enger um seinen Körper geschnürt hatte.

Er versuchte es mit einer anderen Art von Magie: Anstatt Kräfte zu sammeln und aufzubieten, saugte er die Kraft der Fesseln in sich hinein, nahm sie auf, und siehe da, schon nach wenigen Augenblicken waren seine Hände frei und wenig später auch seine Füße, und er konnte sich wieder frei bewegen.

Sofort kümmerte er sich um Sheera.

Sie hatte viel Blut verloren, war aber noch am Leben. Zu Gorians Überraschung hatte sich die Wunde an ihrem Hals sogar schon beinahe geschlossen, das Blut darüber war geronnen und hatte den Blutfluss gestoppt. Eigentlich unmöglich bei einer zerfetzten Schlagader, aber offensichtlich galt das nicht für eine Heilerin.

Er befreite auch sie von den magischen Fesseln, dann half er ihr auf. Dabei stützte er sich auf Sternenklinge und steckte die Waffe anschließend in seine Rückenscheide. Er streckte die Hand aus und rief Rächer zu sich.

Der aufkommende Sturm war so heftig, dass sich Gorian und Sheera kaum auf den Beinen halten konnten. Sie wankten vorwärts. Gorian legte den Arm um sie und stützte sie, denn sie war offenkundig sehr schwach und fast orientierungslos. Vielleicht hatte das mit dem starken Blutverlust zu tun.

Der Schnee peitschte ihnen in die Gesichter. Sie schleppten sich bis zu der gestrandeten *Sonnenbarke von Pela*, erklommen das Deck und retteten sich ins Innere der Aufbauten.

Schon bald toste draußen der Wind und häufte hohe Schneeverwehungen auf. Die magischen Fenster der Caladran verloren unter dem Einfluss von Morygors Aura nach und nach ihre Wirksamkeit, der Schnee drang ein, und so musste Gorian die Läden schließen, von denen er eigentlich angenommen hatte, dass sie bei den Aufbauten der *Sonnenbarke von Pela* eher einem dekorativen Zweck dienten.

»Was ist mit deiner Wunde?«, wandte sich Gorian an Sheera.

»Du denkst, sie dürfte eigentlich nicht heilen.«

»Vielleicht habe ich die Fähigkeiten einer Heilerin unterschätzt«, gestand er lächelnd ein.

»Ja, und ich vielleicht auch«, gab sie zurück. »Die Herrschaft über das Blut – eine der schwierigsten magischen Praktiken, die man im Haus der Heiler erlernen kann.«

»Du beherrschst sie anscheinend sehr gut. Dein Blut ist geronnen, obwohl es eine Schlagader war.«

»Jenen, die keinen Meisterring tragen, ist es eigentlich verboten, diesen Zauber anzuwenden, denn man kann dabei vieles falsch machen, und die Auswirkungen sind dann verheerend.«

»Doch du beherrschst diesen Zauber.«

»Ich habe darüber einiges gelesen, das ist alles.« Sie atmete tief durch. »Es ist so, wie die Axiome sagen: Sich selbst zu heilen ist immer am schwersten und manchmal so gut wie unmöglich!«

»Und was ist mit deinem Geist, deiner Seele?«, fragte er. »Bist du wieder frei? Hast du wieder einen eigenen Willen?«

»Es war seltsam. Torbas hat den Moment meiner Schwäche genutzt, um mich unter seinen Willen zu zwingen. Aber gerade eben, in dem Moment, da ich dich töten sollte ...« Sie schüttelte den Kopf. »Ich habe mich tatsächlich vollkommen frei entscheiden können. Darauf muss er großen Wert gelegt haben.«

»*Er* hat dich frei entscheiden lassen?«, fragte Gorian überrascht.

»Anders kann ich es nicht erklären.«

»So wie ich nicht zu erklären vermag, weshalb er mir Sternenklinge gelassen hat.«

»Hast du ihm nicht einst auch Schattenstich überlassen?«

»Gewiss.«

»Na also, das ist es. Er will Gleiches mit Gleichem vergelten, und vielleicht erwartet er einen ähnlichen Freundschaftsdienst eines Tages von dir.«

Gorian schüttelte den Kopf. »Er ist jetzt ein Diener Morygors. Für ihn wird es meinerseits keinen Freundschaftsdienst mehr geben.«

»Ein Diener Morygors«, sagte Sheera. »Das wäre ich jetzt auch.«

»Und warum bist du es nicht?«

»Es war der Moment, in dem ich dich töten sollte, der alles geändert hat«, erklärte sie. »Das hätte ich nicht gekonnt. Aber wer weiß, zu welchen Scheußlichkeiten wir fähig sind, wenn wir noch länger unter dem Einfluss von Morygors Aura bleiben.«

Der Sturm machte es zunächst unmöglich, mit dem Schiff aufzusteigen. Auch der Zauber der Gewichtslosigkeit hätte sie nicht davor bewahren können, ein Spielball dieses mörderischen Winds zu werden, der von Norden her über die blanken Eisflächen fegte und zudem deutlich spürbar mit Magie angereichert war.

So warteten sie ab, bis der Sturm nachließ.

Auf den Schiffen der Caladran wurden glühende Steine mitgeführt, die sowohl für Wärme als auch für Licht sorgen konnten und damit ein hervorragender Lagerfeuerersatz waren. So war es auch auf der *Sonnenbarke von Pela*. Der magische Schirm konnte so schnell nicht erneuert werden, aber mithilfe der glühenden Steine ließ es sich auch so aushalten.

Nachdem Gorian und Sheera das Schiff einigermaßen vom Schnee befreit hatten, setzte Gorian es in Bewegung, wofür er intuitiv das Wissen nutzte, das er im Reich des Geistes erworben hatte. Die metamagischen Winde schoben das Schiff über den eisigen Untergrund, dann hob es sich empor.

Betrachte das Werkzeug als Verlängerung des eigenen Körpers, erinnerte sich Gorian an eines der Axiome des Ordens.

Sie flogen zurück nach Pela, wo sie hofften, Meister Thondaril, Zog Yaal und König Abrandir wiederzutreffen. Doch schon der Überflug über die weiten weißen Ebenen machte deutlich, dass das Eis in der kurzen Zeit, in der sie unterwegs waren, erschreckend weit nach Süden vorgedrungen war. Hin und wieder sahen sie unter sich auch weitere Leviathane über das endlose Weiß ziehen.

Als sie dann Pela erreichten, fanden sie dort nichts als Ruinen vor. Der Hafen existierte nicht mehr, der Stadtbaum war von den Eismassen niedergewalzt, seine Trümmer ragten hier und dort aus Eis und Schnee hervor. Daneben waren deutliche Spuren der Leviathane zu entdecken.

Gorian landete das Schiff auf dem Eis, zu dem inzwischen die Bucht von Pela gefroren war, dann legte er die Hände nach Art der Handlichtleser zusammen, um Kontakt zu Meister Thondaril aufzunehmen und ihm zu sagen, dass er überlebt hatte und mit Sheera nach Pela zurückgekehrt war.

Aber es kam keine Verbindung zustande.

Schon während der Fahrt hatte es Gorian immer wieder vergeblich versucht.

Meister Thondaril schien verstummt zu sein.